HEYNE <

Das Buch

Die Zukunft: Die Menschheit reist mit Überlichtgeschwindigkeit ins All. Auf ihren Flügen begegnet sie dem »Konklave«, einer interstellaren Organisation verschiedener außerirdischer Spezies. Diese Organisation wird von den »starken Rassen« geleitet, die den anderen, unterlegenen Bewohnern der Milchstraße ihre jeweilige Rolle zuweisen. Allein die Menschen sind jedoch in der Lage, den Sprung durch Raum und Zeit in Überlichtgeschwindigkeit zu verkraften, und so wird ihnen die Funktion interstellarer Transportleute zugeteilt. Pjotr Chrumow ist ein solcher Raumpilot und Fuhrmann, der eines Tages in seinem Schiff einen blinden Passagier entdeckt: Ein kleines, reptilienartiges Wesen fordert ihn auf, Kontakt zur Erde herzustellen, genauer gesagt zu Pjotrs Großvater. Zunächst glaubt Pjotr, die Angelegenheit still und leise bereinigen zu können, doch dann überschlagen sich die Ereignisse. Für den Raumfahrer beginnt ein Abenteuer, das ihn in die Weiten des Alls und an die Grenzen seiner eigenen Identität hinausträgt. Denn die Existenz unserer Zivilisation steht auf dem Spiel ...

Mit »Sternenspiel« erscheint ein neues phantastisches Meisterwerk von Sergej Lukianenko, dem Kultautor von »Wächter der Nacht« und »Spektrum«.

»Sergej Lukianenko ist der meistgelesene russische Autor der Gegenwart.«
Stern

»Düster und kraftvoll – der Russe Sergej Lukianenko ist der neue Star der phantastischen Literatur!« *Frankfurter Rundschau*

Der Autor

Sergej Lukianenko, 1968 in Kasachstan geboren, studierte in Alma-Ata Medizin, war als Psychiater tätig und lebt nun als freier Schriftsteller in Moskau. Mit seiner »Wächter«-Serie – »Wächter der Nacht«, »Wächter des Tages«, »Wächter des Zwielichts« und »Wächter der Ewigkeit« – wurde er zum erfolgreichsten russischen Fantasy- und Science-Fiction-Autor der Gegenwart. Als Drehbuchautor war er außerdem an den Verfilmungen von »Wächter der Nacht« und »Wächter des Tages« beteiligt. Zuletzt sind im Wilhelm Heyne Verlag die Romane »Weltengänger« und »Weltenträumer« erschienen.

Sergej Lukianenko

STERNEN SPIEL

Roman

Aus dem Russischen
von Christiane Pöhlmann

Deutsche Erstausgabe

WILHELM HEYNE VERLAG
MÜNCHEN

Titel der russischen Originalausgabe:
ЗВЕЗДЫ – ХОЛОДНЫЕ ИГРУШКИ
Deutsche Übersetzung von Christiane Pöhlmann

Die Passage aus »Winternacht« von Boris Pasternak (Seite 413, »Kein Ende kannte die Kerze …«) ist übersetzt von Richard Pietraß und zitiert nach: Boris Pasternak, *Gedichte und Poeme*, Berlin: Aufbau (1996).
Die Übersetzung der Gedichte von Jacques Prévert aus dem Französischen besorgten Michael Koseler und Christiane Pöhlmann.

FSC
Mix
Produktgruppe aus vorbildlich bewirtschafteten Wäldern und anderen kontrollierten Herkünften
Zert.-Nr. SGS-COC-1940
www.fsc.org
© 1996 Forest Stewardship Council

Verlagsgruppe Random House
FSC-DEU-0100
Das für dieses Buch verwendete FSC-zertifizierte Papier *Super Snowbright* liefert Hellefoss AS, Hokksund, Norwegen.

Redaktion: Erik Simon
Lektorat: Sascha Mamczak
Deutsche Erstausgabe 2/09

Printed in Germany 2009
Umschlagillustration: Dirk Schulz
Umschlaggestaltung: Animagic, Bielefeld
Satz: C. Schaber Datentechnik, Wels
Druck und Bindung: GGP Media GmbH, Pößneck

ISBN 978-3-453-52411-8

www.heyne.de
www.heyne-magische-bestseller.de

Prolog

Das Meer trug nichts nach. Gleich dem Himmel glaubte es an die Freiheit, gleich dem Himmel duldete es keine Einschränkung. Ich stand im feuchten Sand, die Wellen umspülten meine Füße, und nichts war leichter, als zu glauben, der fremde Stern am Himmel sei meine Sonne, das salzige Wasser die alte Wiege der Menschheit.

Wenn nicht die Uferlinie allzu gleichmäßig gewesen wäre, gerade wie der Horizont – und ebenso unecht. Sollte ich an diesem Ufer entlangwandern, würde sich nie etwas ändern: Rechter Hand zögen sich die niedrigen, gleichsam zurechtgestutzten Haine hin, linker Hand würden die Wellen branden. Nur der Sand unter meinen Füßen würde die Farbe wechseln, von Gelb zu Weiß, von Weiß zu Rosa, von Rosa zu Schwarz und zurück. Denn für das Auge unmerklich, beschrieb der Strand einen Bogen nach rechts, Schnee würde ihn bedecken, dann wieder der Sand sich dahinziehen, und irgendwann, nach sehr langer Zeit, würde ich an diesen Punkt zurückgelangen, an dem die Wellen noch immer das Ufer liebkosen würden ...

Ein Mensch ist schon mehr als genug, um die Welt zu ändern. Ich machte einen Schritt, und das Wasser schoss zischend in meine Fußstapfen. Die Welt war schon zu klein, um sie in Ruhe zu lassen. Und Gleichmut taugt ja auch nicht für die Lebenden. Allein das Meer und der Himmel kennen die Ruhe.

Ich hob die rechte Hand, betrachtete sie – und meine Finger verlängerten sich. Mein Blick formte sie, verwandelte das Menschenfleisch in scharfe, gekrümmte Krallen.

Allerdings: Hatte ich eigentlich noch das Recht, mich als Menschen zu bezeichnen?

Erster Teil
Der Zähler

Eins

»Nimmst du einen Brief für mich mit?«, fragte Elsa. »Wir sitzen hier bestimmt noch zwei Wochen fest, da macht sich mein Mann sonst Sorgen.«

»Ich an seiner Stelle würde diese Beschäftigung auch nach dem Brief fortsetzen«, frotzelte ich.

Elsa lächelte nur und hielt mir über den Tisch den Umschlag hin. Ihre Kollegen saßen fünf Meter weiter, tranken dunkles Bier und beobachteten uns grinsend. Kein Wunder! Neben Elsa wirkte ich ziemlich farblos. Eine schöne Deutsche, das ist ja ohnehin eine Seltenheit, jedenfalls meiner Meinung nach. Und Elsa Schröder war nicht nur schön, sie trug auch noch ihre prachtvolle Uniform der Lufthansa, in der sie wie eine moderne Walküre aussah. All diese funkelnden Kinkerlitzchen an ihrer Jacke, die lange Reihe silberner Sterne über der linken Brusttasche, das Schiffchen, das ihr wundersamerweise nicht vom Blondhaar rutschte, die beeindruckende Pistole in dem versiegelten Holster …

»Er wird damit auch weitermachen«, erwiderte Elsa in ernstem Ton. Um ihren Humor war es wesentlich trauriger bestellt als um ihr Russisch. »Was ist nun, nimmst du den Brief mit?«

»Klar.« Ich nahm ihr den Umschlag ab und wollte ihn mir in die Innentasche stecken, doch das Ding zeigte sich widerspenstig. Seufzend beugte sich Elsa über den Tisch zu mir vor, öffnete meine Jacke und verstaute den Brief in der Tasche, in der bereits die Flugroute und die Kerosinbons Platz gefunden hatten.

Wieso kannte sie die Uniform der Transaero eigentlich besser als ich selbst?

»Danke, Peter«, sagte Elsa mit tiefer, weicher Stimme. Anscheinend brachte sie ihre Zuneigung zum Ausdruck, indem sie meinen Namen deutsch entstellte. »Bist ein guter Junge.«

Vor Ärger verschluckte ich mich sogar.

»Sag mal, könntest du vielleicht einen Abstecher in Frankfurt machen und den Brief selbst abgeben?«, fuhr Elsa fort. »Warst du schon mal in Frankfurt? Mein Mann würde sich freuen, dich kennenzulernen.«

Damit wären wir mitten im üblichen Spielchen: Reich jemandem den kleinen Finger ...

»Wir haben einen engen Terminplan, ich bin insgesamt nur drei Tage auf der Erde«, brummte ich.

»Dann eben beim nächsten Mal«, gab Elsa ohne weiteres auf. »Tschüs, Peter ...«

Sie stand auf.

»Wohin fliegt ihr eigentlich?«, erkundigte ich mich noch im letzten Moment.

»Nach Jamaija.« Elsa seufzte. »Wir haben eine Lieferung aufgebrummt gekriegt.«

»Vögel?«

»Wellensittiche und Spatzen.« Die Co-Pilotin der Lufthansa verzog das Gesicht. Ich verstand sie bestens. Tausend lärmende, scheißende und durch die Enge und die ungewohnten Umstände durchgeknallte Vögel irgendwo hinzubefördern war kein Zuckerschlecken.

Elsa kehrte zu ihren Kollegen zurück, ließ mich allein mit meinem unausgetrunkenen Bier. Noch gestern hätte ich mich mit einem einzigen Bierchen nicht zufriedengegeben. Aber heute musste ich fliegen, so dass genau genommen schon dieses eine verboten war.

Verstohlen schaute ich mich in der Bar um. Sie war gut besucht, die Leute saßen dicht in Gruppen zusammen. Den größten und lautesten Pulk bildeten die Amerikaner von Delta und United Airlines, nicht ganz so zahlreich waren die Japaner von JAL und die Engländer von British Airways vertreten. Selbst Australier von Qantas und Spanier von Iberia entdeckte ich. Nur von unseren Leuten ließ sich niemand blicken. In puncto Freizeitgestaltung brauchten wir noch Nachhilfe, ganz gewaltig sogar. Seufzend erhob ich mich. Ich ging zum Tresen und langte nach dem Telefon. Der Barkeeper, ein kräftiger Kerl, reichte es mir mit einem freundlichen Lächeln.

»Ah!«, rief er aus. »Young russian pilot!«

Er erinnerte sich noch von meinem gestrigen Besuch her an mich. Barkeeper lieben Russen. Sie verdienen gut an uns – selbst dann, wenn wir allein kommen.

»Ja, ja, der *pilot* …«, bestätigte ich zerstreut. Ich nahm das Telefon und wählte die Nummer des Kontrollzentrums.

Es dauerte, bis jemand ranging. »Flug 36-18, Transaero. Gibt es ein Startfenster für mich?«

Ehrlich gestanden hoffte ich darauf, dass es mit dem Flug heute nicht klappen würde. Dann könnte ich weiter hier rumsitzen, ein gepflegtes Bierchen trinken und mich in dem gemütlichen Hotelzimmer ausschlafen. Wir kamen nur selten auf diesen Planeten, das Zimmer war in letzter Minute reserviert worden – weshalb ich angenehmerweise eine Luxussuite erhalten hatte.

»Flug 36-18 …« Am anderen Ende der Leitung hämmerte die Frau auf ihren Computer ein. »Ja, wir haben noch ein Fenster. Um 17.06 Uhr. Bestätigen Sie den Start?«

Ich schaute auf die Uhr. Noch nicht mal drei.

»Ja.«

»Zur Gesundheitskontrolle begeben Sie sich in Zimmer 12, anschließend gehen Sie ins Kontrollzentrum«, informierte mich die Frau freundlich.

Ich legte auf und starrte den Mann hinterm Tresen finster an.

»Away?«, fragte er fröhlich.

Genau, away …

Ich nickte ihm noch zu, bevor ich zur Tür ging. Da mir eine ganze Traube von Menschen entgegenkam, Chinesen oder Filipinos vielleicht, musste ich mich gegen die Wand pressen. Ich nutzte den kurzen Stau, um den Deutschen zuzuwinken, doch sie bemerkten es nicht.

Es würde heute hoch hergehen im *Alten Donald Duck* …

Nach dem Halbdunkel der Bar mit ihren getönten Scheiben und den vorgezogenen Gardinen blendete mich das Licht jetzt natürlich. Ich kniff die Augen zusammen, holte die Sonnenbrille raus und setzte sie auf. Erst dann sah ich mich um.

Sirius-A und Sirius-B brannten den Himmel aus, dass er weiß strahlte. Über mir nichts als Licht. Keine einzige Wolke. Logisch ...

Der Erdsektor nahm den Rand des Kosmodroms ein. Einen beachtlichen Teil davon, aber eben doch nur den Rand. Drei Kilometer von der Siedlung entfernt verliefen die Landestreifen, zwei zartfliederfarbene Bahnen, die weder aus Beton noch aus Stein oder Kunststoff bestanden. Man hatte bereits mehrfach versucht, dieses fliederfarbene Material zu analysieren, war bisher allerdings jedes Mal gescheitert. Vor einem Jahr hatte sich eine englische Fähre bei der Landung überschlagen, als sie mit einem Titankratzer eine Probe vom Landestreifen nehmen wollte. Weiter hinten landete gerade ein Shuttle, der Farbe nach ein amerikanisches. In diesem Sektor kontrollierten sie und die Franzosen praktisch allein den Handel. Transaero und Aeroflot mussten sich mit weniger gastfreundlichen Gegenden abfinden.

Zwischen der Siedlung und dem Landeplatz standen Fähren, die auf den Start warteten. Ich hielt nach meinem Vogel Ausschau. Er wurde gerade zur Startrampe gebracht. Eine zwanzig Meter lange Röhre, über und über mit Antennen bestückt, und eine Kugel an der Basis, mehr war für den Start nicht vorgesehen. Aber wie heißt es bei unserer Linie: »Auf der Erde musst du starten, bei den Fremden musst du landen ...«

Es warteten etwa fünfzig Fähren. Hyxi-43, der achte Planet von Sirius-A, war ein stark frequentierter Ort.

Und der einzige in diesem System, auf dem Menschen lebten.

Ich begab mich zum Hotel, den Kopf in die Schultern gezogen, damit mir die Sonne nicht in den Nacken knallte. Kaum jemand versteht, warum wir Piloten bei unserem Gehalt ungern weiter südlich als im Baltikum Urlaub machen.

Diese Leute sollten mal auf Sirius brutzeln – danach konnte ihnen Hawaii gestohlen bleiben.

Das Hotel unterstand theoretisch der UNO, genau wie der Zentralposten des Erdsektors im Raumhafen. Tatsächlich verwaltete es jedoch das Hilton. Ich zeigte den Marinesoldaten am Eingang im Vorbeigehen meine Papiere, eine unsinnige Regel, eingeführt bei Errichtung des Sektors und bis heute gültig. Doch wem lauerten diese muskulösen Kerle mit der M-16 auf dem Rücken eigentlich auf? Menschen war der Zutritt zum Hotel ohne jede Einschränkung erlaubt, Aliens erkannte man auch, ohne dass sie mit ihren Papieren wedelten.

Einer der Marinesoldaten reagierte überhaupt nicht auf mich, der andere lächelte freundlich. Wir hatten uns gestern Abend in der Bar unterhalten. Die Marines schützte ein verspiegeltes Plastikdach gegen das Licht, hinter jedem der beiden lief außerdem ein Ventilator. Sie litten weniger unter der Hitze als vielmehr unter Langeweile. Was hatten sie schon groß an Abwechslung? Sie konnten die Starts und Landungen beobachten, ein paar Bekannte angrinsen und mit den wenigen Frauen flirten ...

Im Hotelzimmer nahm ich eine kalte Dusche, ohne dabei auf das rationierte Wasser zu achten. Heute Abend würde ich ohnehin keins mehr brauchen. Das Abtrocknen schenkte ich mir, die leicht surrende Klimaanlage hatte die Hitze sowieso nicht vertreiben können. Ich baute mich vorm Spiegel auf und musterte mein Gesicht.

Klar, als cooler Pilot ging ich nur auf der Erde durch – wenn ich durch die Straßen eines Provinznests spazierte. Denn schon in Moskau schenkte man uns Kosmonauten kaum noch Aufmerksamkeit. *Bist ein guter Junge* ... Als mir Elsas Worte wieder einfielen, stürmte ich wütend rüber ins Wohnzimmer. Wenn wenigstens mein Bart dichter wäre! Aber nein, ich war ein gutmütiger, fünfundzwanzigjähriger Milchbubi mit strohblondem Wuschelkopf und vollen Wangen! Jeder Pilot las mir meine Biographie auf den ersten Blick ab: Luftwaffe, selbständige Flüge, die sich an einer Hand abzählen ließen, Astrokurse im Schnelldurchgang und ein altes Shuttle, für das ein erfahrener Mann zu schade war.

Geschenkt.

Im Großen und Ganzen fielen die Unterschiede zwischen uns Piloten kaum ins Gewicht.

Ich zog mich an und packte meine paar Habseligkeiten in einen Aktenkoffer. Nachdem ich das Zimmer verlassen und die Tür hinter mir zugezogen hatte, händigte ich dem Zimmermädchen der Etage die Schlüssel aus und wartete, bis sie meinen Auszug im Computer eingegeben hatte.

Die Frau war überarbeitet und müde. Alle Weltraumbahnhöfe litten unter Personalmangel. Jeder Arbeitsplatz kostete Unsummen! Steuern für die veratmete Luft, Steuern für die Schuldentilgung des Grundstücks, Steuern für

Veränderung der Planetenmasse ... Den Außerirdischen mangelte es in dieser Beziehung nicht an Phantasie. Und das waren ja noch nicht mal die direkten Ausgaben. Von mir aus hätten sie ruhig ein paar von diesen absolut überflüssigen Marinesoldaten entlassen können, statt den Leuten aus dem Kontrollzentrum und dem Dienstpersonal immer noch mehr aufzubürden.

»Wünsche guten Flug«, sagte die Frau mit polnischem Akzent. »Kommen Sie wieder?«

»Glaub schon.«

»Wünsch gute Erholung, Panie.« Die Frau seufzte. »Ach ja ... mein Urlaub ... oi-oi ... muss noch ein halbes Jahr warten.«

Ich schüttelte mitfühlend den Kopf.

»Sie kennen Boris Kossuch? Von Aeroflot?«

»Nein«, antwortete ich. Mit unseren Hauptkonkurrenten hatten wir nicht häufig zu tun. Und zwar nicht, weil unsere Linie eine solche Politik ausgab, sondern einfach, weil unsere Flüge sich selten überschnitten.

»Ein lustiger Mann«, erklärte die Frau. Sie seufzte erneut. »Ich habe gedacht, alle russischen Piloten sind lustig ...«

Mit einem dummen Lächeln ging ich weiter zum Fahrstuhl. Was hatte sie wohl damit sagen wollen? Man konnte ja glauben, ich sei ein alter Trauerkloß!

Da mir noch Zeit blieb, schaute ich auf einen Sprung in der Bar im Erdgeschoss vorbei, um einen starken »intergalaktischen Kaffee« zu trinken, mit Zimt und Ingwer. Nichts vertreibt die Bierfahne besser. In diese Bar kamen niemals Piloten. Irgendwie hatte es sich so ergeben, dass wir das *Donald* mit Beschlag belegt hatten, die Hotelbar jedoch fest in der Hand der Soldaten vom Bodenpersonal war. Anständigen Kaffee machten sie aber.

Jetzt noch der Arzt.

Die Verwaltungsgebäude lagen ganz in der Nähe. Überhaupt war in den Raumhäfen auf anderen Planeten immer alles konzentriert beieinander. Trotzdem geriet ich ins Schwitzen, während ich über den Betonweg zu den piekfeinen zweistöckigen Häusern stapfte. Ich schlüpfte gleich ins erste, waren die Bauten untereinander doch mit Gängen aus Spiegelglas verbunden, so dass ich mich nicht mehr als nötig zu quälen brauchte. Der Wachtposten nickte mir mitfühlend zu. »Heiß draußen?«

»Und wie«, antwortete ich.

Damit endete unser karges Gespräch wie von selbst. Ich ging durch die Korridore zum Krankenhaus.

Die Tür zu Zimmer 12 stand offen, Stimmen klangen zu mir herüber, auch ein Lachen. Sofort wurde mir leichter zumute: Die Leute unterhielten sich auf Russisch. Ich klopfte gegen den Türpfosten und steckte den Kopf ins Zimmer.

»Ah!« Der Arzt, ein nicht sehr großer, kräftiger Mann in grünem Chirurgenkittel, erhob sich hinter seinem Tisch. »Von der Transaero?«

»Genau.«

»Worauf wartest du noch? Immer rein!« Er klopfte mir zur Begrüßung auf den Rücken. »Kostja!«, stellte er sich vor. »Einfach Kostja.«

Er war um die dreißig, vielleicht etwas älter. Seine Vitalität und die rötlichen Wangen ließen keinen genaueren Schluss zu.

»Petja«, brummte ich.

Die beiden Krankenschwestern, die höchst sittsam auf einer Bank vorm Fenster saßen, brachen in Gelächter aus.

»Einen Monat lang habe ich jetzt keinen Russen zu Gesicht bekommen!«, gestand der Arzt. »Wann fliegst du?«

»In zwei Stunden.«

»Hast du Beschwerden?« Der Arzt versuchte hartnäckig, eine offizielle Miene aufzusetzen. »Ach, was rede ich denn ... Setz dich!«

»Es ist alles in Ordnung.« Als ich nach meiner Flugkarte kramte, hätte ich beinahe Elsas Brief mit herausgerissen. Die Karte hielt ich dem Arzt hin.

»Woher bist du?«

»Aus Moskau.«

»Hmm ... weit weg. Ich bin aus Abakan. Also, raus mit der Sprache, wie viel hast du heute getrunken?«

Anscheinend musste ich Farbe bekennen. »Ein halbes Bier.«

Der Arzt drohte mir mit dem Finger und langte nach dem Alkoholdetektor auf dem Tisch.

»Wenn du mehr als zwei Gläser getrunken hättest, würde ich dich heute nirgendwo hinlassen! Atme aus!«

Gehorsam pustete ich in das Röhrchen.

»Noch mal«, verlangte der Arzt mit einem Blick auf die Skala.

Ich atmete tief aus, wie ein Sprinter nach dem Rennen.

»Sag mal, war dein Bier ein Kefir?«, wollte der Arzt wissen. »Tüchtig! Normalerweise unternehmen unsere Jungs doch alles, um das allgemeine Vorurteil zu bestätigen: Russen besaufen sich vor jedem Start!«

»Gestern ... da habe ich auch etwas übertrieben«, gab ich zu.

»Wie viel?«

»Drei Gläser.«

Die Krankenschwestern und der Arzt sagten kein Wort. Nach einer Weile steckte der Arzt sein Instrument in die Tasche. »Ein interessanter Fall«, bemerkte er nachdenklich. »Wo sind deine Papiere?«

Er drückte einen Stempel auf die Karte, unterschrieb und fuhr mit dem Codierungsring über den Streifen des Magnetindikators. »Bist du schon lange dabei?«, erkundigte er sich.

»Seit zwei Jahren.«

Die eine der beiden Krankenschwestern kicherte ungläubig, die andere schenkte mir ein Lächeln. Was für eine angenehme Frau ...

»Schau ruhig öfter mal bei uns rein«, forderte der Arzt mich auf. »Ich schreibe gerade meine Dissertation, zum Thema ›Der Einfluss extremer extraterrestrischer Bedingungen auf die Verhaltensimperative‹. Dafür brauche ich markante Beispielfälle.«

»Kommt drauf an, was meine Linie entscheidet. Allerdings mag ich diesen Planeten nicht besonders«, gab ich zu. »Es ist zu heiß. Und die Bevölkerung ist ziemlich ... verschlossen.«

»Dass die nicht zu Scherzen aufgelegt sind, ist doch kein Wunder! In einer Woche beginnt für sie die Jahreszeit der kollektiven Euthanasie«, brummte der Arzt. »Die Larven sind inzwischen herangereift, jetzt muss freier Raum her. Gut, lassen wir das ... Petja. Guten Flug.«

»Danke.« Ich zog mich rasch Richtung Tür zurück.

»Hast du wenigstens ein paar Souvenirs gekauft?«, fragte der Arzt.

»Klar«, antwortete ich, indem ich gegen die Tasche meiner Jacke klopfte. Die beiden Krankenschwestern kicherten verlegen.

»Komm wirklich mal wieder vorbei, Petja«, wiederholte der Arzt nach einer kurzen Schweigepause.

»Mach ich, Kostja.« Damit verließ ich den Raum.

Das war's. Das größte Problem war gelöst, die Erlaubnis hatte ich.

Ich ging rüber zum Gebäude des Kontrollzentrums. Dort wimmelte es von Marinesoldaten, weshalb ich meine Papiere herausholen und sie in der Hand behalten musste. Ich suchte ewig nach einem freien Schalter. Schließlich fand ich einen mürrischen Typ, der meine Daten in den Computer eingab und die letzten Punkte der Erlaubnis abzeichnete. Mein Schiff wurde inzwischen durchgesehen und aufgetankt. Ich händigte dem Typen hinterm Schalter Gutscheine über zweieinhalb Tonnen Kerosin aus und bestätigte, keinerlei Mängel zu beanstanden.

Damit dürfte nun wirklich alles geregelt sein.

Bis zum Start blieben mir noch anderthalb Stunden. Ich hätte zwar um einen Elektrocar bitten können, zog es aber vor, zu Fuß zum Schiff zu gehen. Wer weiß, wann es mich das nächste Mal nach Hyxi verschlug.

Diesmal hatte mich eine einfache und problemlose Fracht hierhergebracht. Bilder. Kleine Dinger, wie sie jeder kennt, fünfzehn mal zehn Zentimeter, in einem Holzrahmen und unter Glas. Jedes zeigte einen Ausschnitt vom Meer mit Bäumen am Ufer, dem Mond am Himmel und einem silbrigen Streifen auf dem Wasser. Die Maler gaben sich alle Mühe, die größtmögliche Abwechslung in sie hineinzubringen, weshalb manchmal ein paar Segel aufblitzten, Vögel am Himmel flogen oder sich Wolken vor den Mond schoben. Dergleichen könnten sie sich getrost sparen, denn der Blick der Hyxoiden ist unserem weit überlegen. Ihnen genügt jene Individualität, die das Bild durch ein aus dem Pinsel herausragendes Haar oder einen Fingerabdruck in der Tempera erhält, vollauf.

Auf dem Rückweg sollte ich sogar eine noch ödere Fracht aufnehmen, nämlich Kortrisonplatten. Anscheinend galten sie bei den Hyxoiden ebenfalls als Ziergegenstand. Auf der Erde stellte man aus ebendiesen Platten jedoch die besten Schusswesten oder Schutzhüllen für neue Schiffstypen her. Die Hyxoiden protestierten nicht gegen diese Verwendung, obwohl sie sich durchaus auf das Gesetz zur Unsachgemäßen Anwendung hätten berufen können. Vermutlich unterstellten sie den Menschen das Bedürfnis, ihre Schiffe so schön wie möglich zu gestalten.

Mein Vogel war einer der ältesten, noch mit einer Keramikverschalung. Es war eine bereits vor fünfzig Jahren entwickelte Spiral, zwanzig Tonnen schwer und mit recht kleinem Frachtraum. Selbst wenn das Schiff inzwischen modernisiert worden war, hatte es sich äußerlich kaum verändert. Den »Latschen« – da konnte man einfach nichts machen, bei der Form würde die Spiral im Volksmund immer so heißen – schickte man inzwischen mit einer alten, wenn auch ebenfalls überholten Proton ins All. Keine sehr angenehme Vorstellung. Aber wie heißt es doch? »Bei den Fremden startet man gern, auf der Erde landet man lieber.«

Am Durchlass zum Flugfeld zeigte ich meine Papiere ein letztes Mal vor, danach steckte ich sie in die Tasche. Geschafft. Höchste Zeit, dass ich wieder nach Hause kam ...

Ich ging um die anderen Schiffe herum zur Startrampe. Die Spiral war bereits in Position gebracht worden, das Personal wuselte aber immer noch um meinen Vogel herum. Ich legte einen Zahn zu. Ein paar Außerirdische unter die Lupe zu nehmen, das fand ich immer interessant.

Es handelte sich um eine gemischte Mannschaft. Zwei gigantische, an die drei Meter große Hyxoide. So eine Art graue Gottesanbeterinnen. Angeblich sind sie trotz ihres robusten Äußeren extrem zerbrechlich. Ich selbst hatte einmal beobachtet, wie ein Hyxoid ausgerutscht und gefallen war und sich eine seiner Stützpfoten gebrochen hatte. Insofern wunderte ich mich nicht, dass sie den gebotenen Abstand zum Schiff hielten. Dieses hatten drei seltsame Wesen bewegt, Gestalten, die wie Schildkröten aussahen, allerdings ohne Panzer, sondern mit faltiger Haut. Ab und an schlängelte sich aus diesen Falten ein langer, dünner Fühler heraus und schob das Schiff sanft ein, zwei Meter weiter.

Einer der Hyxoiden kam mir entgegen. Sein Maul – das Wort »Mund« wollte mir einfach nicht über die Lippen! – öffnete sich weit. »Pilot?«, krächzte der Hyxoid.

Ich nickte und kämpfte gegen den Wunsch an, ihm meine Papiere zu zeigen. Typisch Russe – denn die Hyxoiden interessierten sich überhaupt nicht für Papiere.

Der Hyxoid wich etwas zurück. Ich wartete, bis die »Schildkröten« von der Spiral weggekrochen waren, bevor ich auf die Luke zutrat. Zum Glück hatten die »Schildkröten« auch eine Einstiegsleiter herangeschafft. Ich hantierte an dem eingelassenen Griff und öffnete die Luke. Aus den Augenwinkeln schielte ich zu den mich beobachtenden Hyxoiden hinüber und kletterte ins Schiff.

Je weniger du mit Außerirdischen sprichst, desto weniger Schaden kannst du anrichten. Ansonsten platzt du womöglich mit einer Bemerkung heraus, die völlig harmlos klingt – mit der du aber eine diplomatische Krise auslöst. Wenn du den Hyxoiden in dieser Jahreszeit zum Beispiel Gesundheit und ein langes Leben wünschen würdest, hieße das, sie kolossal zu verhöhnen.

Im Schiff war alles bestens. Und vor allem war es kühl. Eben doch eine erstklassige Wärmedämmung! Es roch nach Leder und Plastik. Und ganz leicht nach Elektrizität. Nicht nach Ozon, sondern nach einem spezifischen Geruch, der von den vielen Elektrogeräten herrührte. Außerdem hing noch ein zarter Hauch von Gewürzen in der Luft, die ich vor zwei Monaten geladen hatte und von denen einige Packungen bei der Landung geplatzt waren und ihren Inhalt im Frachtraum verteilt hatten.

Die Schleuse war winzig. Ein kleines Steuerpult für die Türen, ein Schrank mit dem Raumanzug, den ich seit einem halben Jahr nicht mehr angehabt hatte. Eine Tür führte zum Cockpit, eine in den Frachtraum. Ich aktivierte die Hermetisierung, und während in der Wand die Servomotoren summend die Luke zuzogen und das Schiff hermetisch abschlossen, überprüfte ich die Fracht.

Kortrison ist sehr leicht. Die Platten entsprachen von der Größe haargenau den Bildern, die ich auf dem Herflug geladen hatte, und waren in durchsichtiges Material eingepackt und an den Wänden verzurrt. Auf jeder war akkurat die Masse und das Gewichtszentrum ausgewiesen. Mit Hilfe der Standardtabelle kontrollierte ich, ob das Schiff ausbalanciert war.

Tadellos, da gab's nichts zu beanstanden. Die pedantischen Hyxoiden, die Individualität nur in der Kunst schätzten, hatten sicherlich zum Beladen einen Zähler hinzugezogen.

Ich verriegelte den Frachtraum, pumpte die Luft ab und begab mich ins Cockpit. Auf dem hufeisenförmigen Pult glommen gelbe Stand-by-Lampen. Nachdem ich den Zentralrechner hochgefahren hatte, schaltete ich auf Empfang und leitete die Systemtests ein. Ich setzte mich und legte die Gurte an.

Rechts von mir hätte sich eigentlich der Sitz für den zweiten Piloten befinden müssen. Stattdessen stand da der Jumper, ein einen Meter hoher Zylinder aus Aluminium. Ich klopfte gegen seine kühle Seitenfläche.

Natürlich ist es dumm, zweihundert Kilogramm Leitungen und Mikrochips wie ein Lebewesen zu behandeln. Da könnte ich ja noch eher meinen Computer begrüßen. Aber jeder hat halt seine eigenen Macken.

»Kontrollzentrum an Flug 36-18, Transaero«, drang eine Stimme aus dem Lautsprecher. »Bist du startklar?«

»Flug 36-18 an Kontrollzentrum, ich bin fast startklar.«

»Die Startrampe gibt dir einen Countdown von zehn Minuten. Plus drei Minuten, um eine Entscheidung zu treffen.«

»Verstanden. Warte auf Bestätigung.«

Ich beobachtete, wie der Rechner den Test der eigenen Verbindungen, Programme, des Reservecomputers und der Systeme des Schiffs beendete. Nach zwei Minuten und vierzig Sekunden schaltete ich wieder auf Empfang. »Flug 36-18 an Kontrollzentrum Hyxi«, meldete ich mich. »Ich bin startklar.«

»Einen guten Start, Pilot.«

Was hatte Gagarin damals gesagt? *Los geht's!*

Auf dem Monitor blinkte einsam die Silhouette eines Schiffs, die meine Lage im Raum markierte. Das Shuttle verlor das Gleichgewicht, schaukelte und reckte die Nase in den weißen Himmel.

Ich startete.

Ohne die geringste Beschleunigung. Noch immer spürte ich nur die »0,8 g«, die auf Hyxi herrschten. Die isolierte Gravitationsschwankung mit meinem Vogel mitten drin stieß vor in den Kosmos.

Das erinnerte überhaupt nicht an einen Start. Eher war es, als würde der Planet unter mir weggerissen, als kröche er unter dem Schiff weg, verlöre seine Fläche und verwandle sich in eine Kugel.

»Flug 36-18«, erklang die Stimme des Operators. »Du fliegst bereits.«

»Das merke ich.«

»Einen langen Jump!«

»Vielen Dank, Hyxi.«

Ein zarter Schleier hüllte das Shuttle ein. Also gab es doch Wolken auf Hyxi, nur dass man sie vom Boden aus nicht sah. Dann folgte wieder der klare Himmel, jetzt bereits hellblau, eine Parodie auf den Himmel unserer Erde. Die vordere Spitze des Schiffs bebte und neigte sich zur Seite. Ich wurde entgegen der Drehung des Planeten davongetragen, hinaus in den Orbit. Die Startrampe konnte das Schiff so lange kontrollieren, wie es sich noch in Sichtweite befand. Das genügte völlig, um auf Kreisbahngeschwindigkeit zu beschleunigen.

»Flug 36-18, die Kontrolle des Raumhafens hat die Information für deinen Korridor durchgegeben …« Der Mann stockte.

»Was ist, Hyxi?«

»Da fliegt ein Raumkreuzer der Alari auf deiner Gleitbahn.«

»Spinnt ihr?«, brüllte ich, während ich auf das Radar linste.

»Das geht nicht auf unser Konto, Transaero. Das musst du uns glauben.« Der Mann stand ebenfalls am Rande eines Nervenzusammenbruchs. Nur konnte er seine Gefühle besser beherrschen. Was verständlich war – schließlich befand er sich unten, am Boden von Hyxi.

»Kommt es zu einer Kursüberschneidung?«

Alles ging viel zu schnell, als dass ich in Panik geraten konnte.

»Eventuell …«

»Wie viel Zeit bleibt noch?«

»Plus zweihundert Sekunden bis zum Eintritt in den Orbit. Transaero, wir haben bereits offiziell Protest eingelegt ...«

Ich drückte auf den Knopf, mit dem ich den Lautsprecher abschaltete. Sollte die Gesellschaft doch später entscheiden, ob sie die Flugkontrolle von Hyxi vor ein interplanetares Gericht stellte. Ich musste jetzt meinen Hintern retten.

Das Jumper-Pult war mit einer transparenten Plastikscheibe abgedeckt. Ich klappte sie hoch und setzte den Generator in Betrieb.

Diese Arschgeigen! Diese verdammten Arschgeigen – denen ich nicht mal etwas vorwerfen konnte. Bis zum Jump hatte ich noch zwei Minuten. Aus Sicht der Außerirdischen reichte das vollauf, um dem Raumkreuzer auszuweichen.

Notjump!, gab ich ein. *Ausgangspunkt: Hyxi. Zielpunkt: Erde. Selbstbestimmung des Zwischenpunkts. Toleranz ...* Einen Moment stockte ich, während ich überschlug, was ich mir da maximal leisten konnte. *Null Komma null drei Prozent ... Enter.*

Entweder blieb ich unter den drei Hundertsteln, oder mir würde ein lustiges kosmisches Bockspringen bevorstehen.

Die Startrampe steuerte mich immer noch und gab mir die letzten Prozente orbitaler Geschwindigkeit. Hyxi dehnte sich zu einem gelb-weißen Hügel aus. Um mich herum gab es nichts als Dunkelheit und Sterne.

Der Sitz sackte unter mir weg, mein »Gravitationsindikator« – ein mit einer Angelschnur befestigtes Mäuslein aus weichem synthetischen Fell – schwebte durch die Luft. Die Rampe hatte sich abgeschaltet, und die Schwerelosigkeit nahm das Schiff in die zärtlichste Umarmung der Welt. Das war's. Ich befand mich im freien Flug. Und – was am wichtigsten war – außerhalb der Atmosphäre. Jetzt konnte ich den Jumper einschalten, ohne mir darüber Sorgen zu machen, dass ein Teil des Planeten zusammen mit meinem Schiff auf Reisen ging. Abermals blickte ich auf das Radar.

Ein winziger Punkt leuchtete am äußersten Bildschirmrand. Ein großer Raumkreuzer. Ein sehr großer. Die kleinen, possierlichen Alari liebten gigantische Schiffe …

»Komm schon!«, beschwor ich meinen Rechner. Die Meldung »Berechne Jump« auf dem Monitor flößte mir kein sonderliches Vertrauen ein. Manchmal dauerte eine solche Berechnung bis zu einer halben Stunde.

Der Punkt kam näher. Ich schätzte die Richtung ab, riss den Kopf herum und schaute nach vorn, in Flugrichtung. In dem Moment erspähte ich den fernen Schimmer über dem gebogenen Horizont.

Meine Fähre würde kaum so unglücklich fliegen, dass sie den Kreuzer frontal rammte. Aber das war auch gar nicht nötig. Näherte ich mich ihm bis auf acht Kilometer, würde mich der Energieschild des Kreuzers einfach zermalmen. Vielleicht würde ich auch bloß in den Bereich des gekrümmten Raums abdriften und die nächste Viertelstunde im Kielwasser des Kreuzers festhängen. In dem Fall würde das Shuttle bersten wie ein morsches Boot unter den Peitschenschlägen eines Tsunamis.

»Komm schon, du Miststück!«, schrie ich den Jumper an. Er schien mich irgendwie zu verstehen.

Berechnung beendet.

Ich guckte mir die Kursdiagramme gar nicht erst an. Den Blick fest auf den Raumkreuzer gerichtet, diese inzwischen mit bloßem Auge erkennbare Scheibe, entfernte ich die Verriegelung und drückte den Starter. Der Jumper fuhr sich leise surrend hoch.

Der alarische Kreuzer war wunderschön. Die Scheibe hatte einen Durchmesser von achthundert Metern und war mit Türmen bestückt, deren Funktion sich mir nicht erschloss. Vielleicht handelte es sich um Waffenstationen, vielleicht auch um Wohneinheiten. Welcher Mensch konnte sich schon damit brüsten, je auf einem Kreuzer der Alari gewesen zu sein? Falls mich mein Gedächtnis nicht im Stich ließ, war die Scheibe fünfzig Meter dick und wies an der Unterseite drei Gitter von Gravitationstriebwerken auf. Jetzt mussten sie mit einem fliederfarbenen Licht blinken, denn der Raum, welcher die Gigawatt Energie nicht ertrug, die in den Kosmos strömten, riss auf. Möge Gott verhüten, dass ich dieses Licht je sah!

Die Alari galten nicht als sonderlich kriegerische Rasse. Dennoch waren ihre Kreuzer hervorragend ausgestattet. Ich erinnerte mich an einen Dokumentarfilm, der uns während der Ausbildung gezeigt wurde: Zwei alarische Kreuzer, die einen *Planeten* in Staub verwandelten. Ein graziöser Tanz in den Umlaufbahnen, zarte Strahlen, die Streifen auf die Planetenoberfläche warfen, und matt orangefarbene Feuerwellen, die über die Kontinente wogten. Als die Alari irgendwann die Triebwerke des Schiffs dem Planeten zudrehten, hatte eine fliederfarbene Flamme den Bildschirm eingenommen. Danach gab es nur noch Staub und Asteroidenschwärme, in die sich der Planet verwandelt hatte. Steinbrocken, die an den Kraftschilden der Kreuzer verbrannten. Ein Inferno, geschaffen binnen weniger Minuten.

Wir wussten nicht mal, um welchen Planeten es sich handelte. Ob er bewohnt war oder nicht. Die Alari hatten uns die Aufzeichnung einfach so zur Verfügung gestellt, zur Kenntnisnahme.

Und wir hatten sie zur Kenntnis genommen.

Sahen sie mich jetzt, die Alari? Bestimmt. Ich schaute auf die Maus, die über dem Pult tanzte. Sie könnte als leicht verkleinerte Kopie eines Alari durchgehen. Wie komisch der Kosmos war – er hatte uns gelehrt, vor Mäusen Angst zu haben. Vor zwanzig Kilo schweren bepelzten Nagern, deren Kreuzer Planeten zerlegen.

Was ging ihnen durch den Kopf, wenn sie eine dieser Nussschalen von uns Menschen erblickten? Wenn ihnen diese Schiffe mit ihren Flüssigkeitsraketentriebwerken entgegenkamen? Erwarteten sie dann ein Feuerwerk? Jetzt leiteten sie jedenfalls kein Manöver ein. Seit ein paar Monaten schon krochen sie auf Hyxi zu, brachen sie sich stur durch den Raum. Nun träumten sie bloß noch davon, endlich festen Boden unter die Füße zu bekommen.

»Macht's gut, Mäuse«, sagte ich, während ich den Knopf für den Jump drückte.

Der Jumper fiepte leise, als die Kondensatoren die angesammelte Energie auf die Antenne jagten. Anscheinend sollte ich das Glück haben, das *Nichts* zu sehen.

Der Raum um das Schiff öffnete sich und nahm meinen Vogel in sein Inneres auf.

Der Jump.

Schon richtig, wir waren die rückständigste Rasse in dieser Welt. Die primitivste.

Ein Jump. Das hieß gut zwölf Lichtjahre überwinden, die Strecke war konstant, blieb immer gleich, unabhängig davon, wie der Jumper konstruiert war oder welche Masse das Schiff hatte. Hier kam etwas zum Tragen, das in der Natur des Raumes selbst verankert und unveränderlich wie die Gravitationskonstante oder die Zahl Pi war. Deshalb sprang ich nicht Richtung Erde, denn die lag zu dicht an Sirius. Mein Shuttle driftete seitlich weg, verschwand in eine Gegend des Weltalls, von der aus die Entfernung zur Erde eben »gut zwölf Lichtjahre« betrug.

Der Jump.

Keine Zeit, keine Wahrnehmung. Nur Freude brachte er. Euphorie in Reinform. Funkelnde Dunkelheit, absolute Sicherheit und Ruhe. Sex, Drogen und Alkohol können abstinken im Vergleich zum Jump. Total.

Nur schade, dass ich nicht vor Glück stöhnen konnte.

Beim Jump existiert nämlich keine Zeit. Wir bewegen uns außerhalb des gewohnten Raums, und kein Chronometer ist in der Lage, jenen Zeitausschnitt einzufangen, in dem das Schiff die »gut zwölf Lichtjahre« zurücklegt. Subjektiv betrachtet dauert der Jump endlos.

Eine süße Ewigkeit lang ...

Und genau das ist es, was uns wieder und wieder ins All treibt. Nicht Geld und Orden locken uns, die von den Fluglinien und Regierungen großzügig verteilt werden.

Nicht die Exotik fremder Welten – denn die existiert im Grunde für uns gar nicht, da niemand den Raumhafen verlassen darf.

Nein, uns lockt die süße Ewigkeit des Jumps. Jene Euphorie, mit der sich kein terrestrisches Vergnügen vergleichen lässt.

Das *Nichts* wich der Dunkelheit, die Glückseligkeit dem Schmerz. Keinem konkreten Schmerz, denn der Jump hat keinerlei schädliche Folgen. Doch im Vergleich zur abgeklungenen Euphorie bedeutet jeder Zustand Schmerz.

Ich lag im Sitz, von Gurten gegen das weiche Polster gepresst. Die Schwerelosigkeit kam mir wie Beschleunigung vor. Bleiplatten gleich lastete meine Kleidung auf meiner Haut. Meine Lider waren rau wie Schmirgelpapier und schnitten mir bei jedem Blinzeln in die Augen.

Macht nichts. Halb so wild – denn es würde noch einen Jump geben ...

Stöhnend öffnete ich die Augen. Im Schiff herrschte völlige Dunkelheit. Nur durch die Frontfenster schienen die Sterne herein. Hier sind sie blendend hell und nadelspitz. Doch heller wird es davon nicht.

Der Jumper knisterte leise und kühlte ab. In meinen Ohren rauschte es, winselte ein feiner Ton. Ansonsten war es totenstill. Dem Schiff war jede Energie entzogen, wie immer nach einem Jump. Mit zitternden Fingern knöpfte ich meine Tasche auf, holte das Leuchtröhrchen heraus und knickte es. Die Flüssigkeit im Innern schäumte auf und erstrahlte in kaltem blauen Licht. Die erloschenen Bildschirme an den Pulten und das Panzerglas glänzten.

»K-knapp«, kommentierte ich das Geschehen für mich selbst. »Na, Petja, was meinst du? War das knapp?«

Immer noch summte es in meinen Ohren. Ich löste die Gurte, hängte sie über den Sitz, klammerte mich an den Armstützen fest und behielt das über dem Pult schwebende Leuchtröhrchen im Auge. Es verging eine Minute, dann eine weitere, bis schließlich am Pult die ersten Lämpchen zart aufleuchteten. Die Akkumulatoren überwanden allmählich den Schock des Jumps. Das System der Havarieventilation, das auf simpelsten Elektroschaltkreisen beruhte, schaltete sich ein. Um zu funktionieren, brauchte es lediglich Spannung. Schließlich meldete sich auch der Rechner zurück, ein paar Zeilen flackerten auf, bis er plötzlich wieder verstummte. In den Speichern gab es keine Informationen. Alle Datenträger, die während des Jumps unter Spannung gestanden hatten, waren komplett gelöscht worden. Eine kleine Unannehmlichkeit für den Piloten – und ein enormes Glück für die Menschheit.

Aus dem Container unter der rechten Armstütze holte ich die erste CD und schob sie ins Laufwerk des Pults. Gut, fangen wir wieder bei null an ... Die Scheibe rotierte, der Rechner verleibte sich gierig das Betriebssystem, die Lebenserhaltungsprogramme und die Testprogramme ein. Na, mach schon, Kumpel, sieh zu, dass du wieder auf Touren kommst! Ich stieß mich vom Pult ab, glitt über den Sitz und schnappte mir im Flug das Leuchtröhrchen. Ich musste das Schiff inspizieren. Dabei hätte ich viel lieber zum Fenster rausgeguckt. Und zwar sofort, solange sich die Beleuchtung noch nicht wieder zugeschaltet hatte, solange der Computer die Hauptsysteme des Schiffs nicht wieder aktiviert und das zarte Surren der Ventilation dem üblichen Dröhnen den Vortritt gelassen hatte.

Nach wie vor hallte dieses Geräusch in meinen Ohren ...

Ich hing vorm Fenster auf der rechten Seite und spähte in den Kosmos. Da war er, Sirius, einer der Heimatsterne der Hyxoiden. Ein grellweißer Stern. Wenn ich den Kopf so weit wie möglich herumdrehte, sah ich einen kleinen, von der Nase des Schiffs fast verdeckten Stern: die Sonne.

Der Rechner fiepte leise, nachdem er die erste Disc eingelesen hatte. Ich stieß mich von der Wand ab, segelte zum Pult, wechselte die CD und starrte auf den Monitor. Alles in Ordnung, die Hauptverbindungen standen bereits wieder, jetzt liefen die Systemtests. Woher kam dann nur dieses seltsame Gefühl, etwas stimme nicht? Was ließ meine inneren Alarmglocken schrillen? Was?

Die Beleuchtung schaltete sich wieder an, die kleine Kabine erstrahlte im Licht. Das Shuttle musste von außen ziemlich komisch aussehen, dieser strahlende Punkt inmitten der endlosen Leere. Wenn ich wollte, könnte ich den Raumanzug anziehen und nach draußen gehen, zum Beispiel unter dem Vorwand, die Fracht zu kontrollieren, und dann ein paar Photos schießen. Aber meine Nerven waren nicht stark genug, um außerhalb der Kabine rumzuschweben, Auge in Auge mit den Sternen und der Leere.

Mir war sowieso schon ziemlich mulmig zumute. Woran lag das bloß?

Ich drehte den Kopf, schaute auf die Bildschirme der sich wieder einschaltenden Pulte sowie auf die Havariemelder und versuchte durch das Fiepen in meinen Ohren hindurch wenigstens ein einziges Alarmsignal wahrzunehmen.

Verdammt!

Es rauschte gar nicht in meinen Ohren! Das Geräusch kam aus dem kleinen Schrank mit den Werkzeugen und den Lebensmitteln.

Na, super!

Ich knöpfte das Holster auf und holte die Pistole heraus. Ich entriegelte die Sperrvorrichtung, und der Kondensator aus der Patrone schoss ins Bodenstück. Die »Laserpeitschen« der russischen Fluggesellschaften verfügten über einen gewaltigen Vorteil: man konnte sie auch in der Kabine eines Raumschiffs abfeuern. Der Strahl war zu schwach, um das Gehäuse zu verbrennen. Diese Waffe war insofern mit der Spiral verwandt, als sie ebenfalls noch für das Mondprogramm entwickelt worden war.

Nur dass wir immer noch nicht auf dem Mond gelandet waren.

Stattdessen waren wir zu den Sternen geflogen. Zu diesen unwirtlichen Funken am Himmel, die uns nicht gehörten.

Und nie gehören würden.

Auf keinen Fall durfte ich jetzt Zweifel aufkommen lassen. Wenn ich auch nur eine Minute über mein Tun nachdenken würde, verließe mich der Mut, den Schrank zu öffnen. Ein durchgedrehter Hyxoid ... Nein, ein Hyxoid würde nicht in diesen kleinen Schrank passen ... Aber wer auch immer da drin stecken mochte – von mir aus sogar eine alarische Maus ohne Panzeranzug –, so oder so würde dieses Wesen den Verstand verloren haben – und bliebe damit ein gefährlicher Feind.

Ich stieß mich mit den Beinen vom Pult ab und schwebte zum Schrank. Nachdem ich die Waffe entsichert hatte – die Pistole schimmerte jetzt im grünen Licht –, riss ich die Tür auf.

Im unteren Fach zitterte zwischen den durch Gurte festgeklemmten Beuteln mit meiner Kleidung eine leise wimmernde, geschuppte graue Kugel.

Ein Zähler!

Ich flog ein kleines Stück vom Schrank weg, behielt die winselnde Kugel dabei aber fest im Blick.

Na prima ...

Was hast du denn hier verloren, Reptiloid? Sicher, für dich war es kein Problem, die Codeschlösser zu knacken. Was sind schon eine Million Kombinationsmöglichkeiten für ein Wesen, das weitaus schneller rechnet als jeder Computer der Erde und das in der Lage ist, sich direkt an die elektrischen Schaltkreise anzuschließen? Aber warum um alles in der Welt hast du dich dem Wahnsinn in die Arme geworfen?

Denn nur für uns, für die Menschen, bedeutet der Jump eine süße Ewigkeit.

Aber kein einziger Außerirdischer ist in der Lage, den Sprung durch das Innere des Raums zu verkraften, ohne dabei den Verstand zu verlieren. Das wurde bereits vor zwanzig Jahren festgestellt, als eine Patrouille der Hyxoiden ein amerikanisches Schiff beim Sirius festhielt und damit den lang ersehnten Kontakt herstellte.

Genau das hatte die Menschheit gerettet.

Wir besetzten jene seltsame Nische, die in der galaktischen Hierarchie der Rassen noch frei war. Wir stellten die Teeklipper des Weltalls ... Für Aliens dauerte der Weg von Stern zu Stern Monate. Für uns Stunden oder Minuten. Natürlich reißt sich niemand um die Rolle des Fuhrmanns ...

Immerhin garantiert sie unsere Freiheit.

Der Reptiloid stöhnte immer noch und zitterte in seiner Embryonalstellung. Was er wohl gerade durchmachte? Ich hatte keinen blassen Schimmer. Was wussten wir schon über die Psyche der Nicht-Menschen – ganz zu schweigen vom Wahnsinn der Nicht-Menschen? Mich beruhigte allerdings, dass die Zähler zu den schwächsten und hilflosesten Wesen im Kosmos gehören.

Ich streckte die Hand aus und berührte die weichen, fast samtartigen Schuppen. Der Reptiloid zuckte unter meiner Hand zusammen, machte sich flach und streckte die kleinen Pfote aus.

»Du Blödian, du bist echt bescheuert ...«, murmelte ich.

Der Zähler vibrierte leicht und rollte herum. Er ähnelte einer großen Wassereidechse ... nein, eher einem Gürteltier. Ein warmblütiges, angeblich eierlegendes Wesen ... Viel wussten wir nicht über unsere himmlischen Nachbarn.

»Verrat mir mal, was ich jetzt mit dir machen soll«, sagte ich. Hinter mir fiepte der Rechner und verlangte nach einer neuen CD. Er würde sich gedulden müssen. Mit den lebenswichtigen Informationen hatte ich ihn bereits gefüttert.

Endlich reckte der Reptiloid seinen kurzen Hals und hob den kleinen, dreieckigen Kopf, den er bisher auf dem

Bauch gebettet hatte. Er blinzelte und hob die graue Nickhaut.

Die Augen des Zählers waren von zartem Blau und geschlitzt.

»Dir kann das völlig egal sein«, brachte ich heraus, wobei ich versuchte, woanders hinzusehen. »Aber mir droht ein Prozess. Wegen Entführung eines Aliens. Wer wird mir denn glauben, dass du selbst ins Schiff gekrochen bist?«

Der schmale Mund des Reptiloiden öffnete sich und entblößte gleichmäßige Kauplatten.

»Ni-ni-ni...«, zischelte der Zähler.

Ein Krampf packte mich. Ich zuckte und schlingerte, bremste erst an der Decke ab, hing über dem Schrank und richtete die Pistole auf den Reptiloiden.

»Nicht tö-ten ...« Das Wesen, das hätte wahnsinnig sein müssen, klammerte sich mit den Pfoten an dem Beutel mit meiner Paradeuniform fest. Knisternd zerriss das Polyäthylen. »Mensch, nicht mich tö-ten, es ist für uns bei-de wich-tig.«

Was kosteten den Reptiloiden diese Worte, bei seiner winzigen Lunge und den nicht entwickelten Stimmbändern? Sie kommunizierten normalerweise ausschließlich mit Elektroimpulsen, diese Zähler. Diese lebenden Computer des Alls. Auch sie waren Diener, genau wie wir.

Nur dienten sie schon länger.

»Ich bit-te dich, Mensch ...«

Für ihn stellten diese Worte einen Schrei dar. Einen gequälten Aufschrei, ausgestoßen in einem ihm völlig fremden Kommunikationssystem. Verfügte er über ein Gehör, um meine Antwort zu verstehen?

Und was konnte ich ihm überhaupt antworten?

Was uns James McNamara, der Captain der *Explorer* beim Einführungsvortrag für die Astrokurse erzählt hatte? Jener Mann, der den ersten Kontakt hergestellt hatte …? Wie er uns etwas erzählt hatte, das alle bereits wussten? Nämlich dass die Hyxoiden nach dem Jump den Verstand verlieren und die Alari ins Koma fallen … Dann hatte er jedoch noch etwas hinzugefügt, das er niemals in der Öffentlichkeit gesagt hätte: »Wir haben befürchtet, diese Reaktionen würden den Tod der Menschheit bedeuten. Vielmehr hat sich jedoch herausgestellt, dass genau darin ihre Rettung lag. An dem Tag, an dem die Außerirdischen es gelernt haben, den Jump zu ertragen, verliert die Erde ihre Unabhängigkeit.«

Nun war es da, dieses Ende der Unabhängigkeit. Vor mir kauerte ein Zähler – der nach dem Jump nicht verrückt geworden war.

»Ich bin ein Freund …«, zischelte der Reptiloid. »Ich bin ein Freund. Ich bin ein Freund …«

Zwei

Das Komplizierteste im Raum ist nicht der Flug. Das Komplizierteste ist die Orientierung. Selbst im erdnahen Orbit ist das eine sehr verantwortungsvolle Prozedur. Was sollte man da erst vom interstellaren Raum sagen?

Mein Vogel orientierte sich an sechs Sternen. Zunächst stellte ich den Sensor grob auf Sirius ein, und der Rechner glich sein Spektrum penibel mit den Normwerten ab und stimmte schließlich dahingehend mit mir überein, dass es sich hier um Sirius handelte. Anschließend richtete ich die Fähre mit ein paar Stößen der Steuerungstriebwerke auf Fomalhaut aus. Von jetzt an würde der Computer allein zurechtkommen. Sechs Orientierungspunkte. Und Berechnungen – Millionen, Milliarden von Operationen, um jene Kette von Sprüngen zu ermitteln, die meine Spiral ins Sonnensystem bringen würden, und zwar zur Erde.

Wenn meine Fähre nach dem Sprung irgendwo in der Nähe des Mars herauskommen würde, gäbe es für mich wahrscheinlich noch Rettung. Brächte mich der Jump in die Nähe des Pluto, würde ich einen Wiederholungssprung versuchen müssen, dergleichen passiert relativ häufig. Aber manchmal versiegt die Energie oder der Sauerstoff, bevor das Schiff wieder in die Erdatmosphäre eintritt. Mitunter fallen die Piloten nach einer Sprungserie auch in eine Hyperraumeuphorie. Und leiten endlose Sprünge ins Nichts ein, einen Jump um des Jumps willen, bis ihre Energie völlig verbraucht ist ...

Ich drehte mich im Sitz um und betrachtete den Reptiloiden. Der Zähler hockte auf dem Zylinder des Jumpers, eine unheimliche Gestalt, fast so was wie ein kleiner, lebendiger Wasserspeier.

»Wie soll ich dich nennen?«, fragte ich.

Ich glaube, er dachte erst darüber nach, dies jedoch verdammt schnell, denn die Antwort hatte er quasi sofort parat.

»Nenn mich Karel.«

»Das ist ein Menschenname.«

»Stimmt. So hieß der erste ...« Eine Pause, der Reptiloid atmete tief ein, um den Satz zu Ende bringen zu können. »... Vertreter eurer Rasse ... zu dem wir Beziehungen aufgebaut haben.«

»Und du glaubst, das reicht als Grundlage, um diesen Namen anzunehmen?«

»Ja. Oder etwa nicht?«

»Was spielt das schon für eine Rolle?« Ich zuckte mit den Achseln.

Die warmblütige, eierlegende Echse namens Karel sah mich mit durchscheinenden, hellblauen Augen an. Und zwar erwartungsvoll.

»Ich bin Pjotr.«

»Ist dieser Name deinen religiösen Überzeugungen geschuldet?«

»Was? Nein, das ist einfach ein Name.«

»Gut.«

Das Shuttle bebte erneut, als es sich drehte. Eine behäbige und ungelenke Kursänderung. Das redete man nicht schön, das Steuerungssystem hatte nun mal sein halbes Jahrhundert auf dem Buckel. Gewiss, es war kontinuierlich entwickelt und verbessert worden – doch egal, wie sehr man sich anstrengt, aus einem Shiguli macht niemand einen Mercedes.

»Brauchst du Hilfe?«, wollte der Reptiloid wissen, wobei seine Worte nur ansatzweise eine fragende Intonation färbte.

»Welcher Art?«

»Bei den Berechnungen.«

»Danke, ich komme schon klar.«

»Ich würde mich aber gern nützlich machen.«

Na, herrlich! Da hatte ich mir ja einen schönen Co-Piloten aufgehalst!

»Ich brauche dich nicht. Was zum Teufel hast du überhaupt auf meinem Schiff verloren?«

Der Zähler zog den dreieckigen Kopf ein, als sei er verlegen.

»Pjotr, ich bringe wichtige Informationen.«

»Wichtig – für wen?«

»Für die Menschen.«

Ich nickte. Präziser ging's ja nicht. »Und von wem stammen die Informationen?«

»Von den Zählern.«

»Du hältst mich doch nicht etwa für einen Einfaltspinsel? Ihr seid schließlich kein völlig unbeschriebenes Blatt für uns.«

»Was soll das heißen?«, zischelte der Reptiloid.

»Eure Stimme ist im galaktischen Konklave nicht ausschlaggebend. Verschiedene Planeten haben kollektiv die Vormundschaft über euren übernommen, das Sagen haben bei euch vor allem Hyxi und Daenlo. Was solltet ihr der Menschheit da schon bieten können?«

»Stärke und Macht.«

Die zarte Stimme des Reptiloiden klang gleichmütig und monoton. Anscheinend bereitete es ihm Schwierigkeiten, Gefühle hineinzulegen.

»Du lügst doch, Zähler.«

»Karel.«

»Von mir aus. Du lügst, Karel. Die Menschheit braucht keine Hilfe.«

»Euer Planet genießt im Konklave auch nur Beobachterstatus. Ihr seid verpflichtet, Hyxi und Daenlo zu konsultieren. Die starken Rassen glauben, diese Lösung sei bequemer, als die Erde unter ihr Protektorat zu stellen, und profitabler, als sie zu vernichten. Ihr habt das Recht, Kolonien zu gründen, aber nur, nachdem alle Rassen mit ausschlaggebender Stimme auf den zur Debatte stehenden Planeten verzichtet haben. In den letzten zwanzig Jahren ist nicht ein von Menschen entdeckter Planet der Erde zugesprochen worden.«

»Noch reicht uns unser Platz.«

»Noch. Aber man wird euch nie erlauben, in der Galaxis zu expandieren. Euren Status werdet ihr nie los. Ihr werdet Frachten termingerecht abliefern – bis man irgendwann eine Alternative zum Jump gefunden hat.«

Der Computer fiepte. »Die Berechnung des Jumps ist beendet«, informierte er mich mit sanfter weiblicher Stimme. »Ich warte auf weitere Befehle.«

Unter dem hartnäckigen Blick des Zählers streckte ich die Hand zum Pult aus und gab über die Tastatur den Code ein. Eine der Klappen auf dem Pult bewegte sich und gab eine kleine Vertiefung frei, in der drei Tasten lagen. Das Fach erstrahlte in rotem Licht.

»Was ist das?«, fragte der Reptiloid.

»Das Todespult, Karel.«

Vorsichtig ließ ich die Finger über die Knöpfe gleiten. Es brauchte einige Kraft, sie zu drücken, widerspenstig wie sie waren; davon hatten sich während unserer Ausbildung alle Kursteilnehmer überzeugt.

»Unser Eid, Karel, enthält eine Zeile ...« Ich beobachtete ihn aus den Augenwinkeln heraus, versuchte, selbst die geringste Bewegung von ihm mitzubekommen. *»Als höchster Wert werden mir die Interessen der Menschheit gelten. Um jeden Preis werde ich sie gegen jedwede Gefahr verteidigen, von wem auch immer diese ausgehen möge.«*

»Das ist ein vernünftiges Versprechen«, bestätigte der Reptiloid.

»Ich könnte das Shuttle eine Reihe von Jumps vollführen lassen, den Jumper abbrennen oder die Treibstofftanks sprengen. In jedem Fall wäre das unser beider Tod.«

»Wozu, Pjotr?«

»Damit niemand erfährt, dass ihr den Jump verkraftet.«

Das war mehr oder weniger gelogen. Ehrlich gesagt war ich mir selbst nicht darüber im Klaren, ob ich einen dieser Knöpfe drücken könnte. Aber der Zähler fasste meine Worte für bare Münze auf.

»Dazu besteht kein Anlass, Pjotr. Nicht der geringste Anlass. Das ist absolut nicht nötig.«

»Dann beweis es mir!« Ich legte den Finger auf den Knopf für den Serienjump.

»Die anderen Rassen wissen nicht, dass wir Zähler in der Lage sind, den Jump auszuhalten.«

»Sie können es herauskriegen.«

»Das würde nichts ändern, Pjotr. Unsere Methode taugt nur für uns. Sie ist einmalig.«

»Und worin besteht sie?«

»Das werde ich auf der Erde darlegen.«

»Was hast du den Menschen anzubieten?«

»Das werde ich auf der Erde darlegen.«

»Warum erst da?«

»Wir wissen nur wenig von dir, Pjotr. Wir sind uns nicht darüber einig, ob wir dir vertrauen dürfen. Meine Informationen sind sehr wichtig, wenn sie zu den Starken Rassen durchsickern, würde das großen Schaden anrichten.«

Erst nach einer Weile begriff ich seine Anspielung.

»Willst du etwa behaupten, ich könnte die Erde verraten und das, was du mir zu sagen hast, den Außerirdischen hinterbringen?«

»Ja.«

Warum wunderte ich mich eigentlich über diese Einstellung? Hatte ich Evelyn Raksh von der *Explorer* etwa schon vergessen, diesen »Fluch des Feminismus«? Diese

»Schande der Afroamerikaner«? Jene schwarze Quoten-Pilotin, die der Crew von der NASA aufs Auge gedrückt worden war? Diese junge, nette Frau, die bei den Hyxoiden ohne Folter und Drohung absolut alles ausgeplaudert hatte? Was ein Jump ist, wie man ein Schiff lenkt, wo die Erde liegt ... Natürlich hätten die Aliens all das auch ohne ihre Hilfe herausgekriegt. Aber Fakt bleibt Fakt.

Ich kannte die Videoaufzeichnung von den Verhören, die auf der Erde stattgefunden hatten. Raksh wusste keine Erklärung für ihr Verhalten. Da ihr Anwalt die Verteidigung seiner Klientin auf der nicht verifizierten Behauptung ihrer psychischen Manipulation durch die Hyxoiden aufgebaut hatte, war Evelyn lediglich aus dem Raumfahrtprogramm herausgenommen worden. Sie hatte ihren Namen ändern und nach Kanada ziehen müssen, wo sie ein halbes Jahr später Selbstmord beging. Vielleicht hatte sie sich tatsächlich vom Balkon gestürzt, vielleicht hatte aber auch jemand nachgeholfen, ich weiß es nicht ...

»Und wem würdest du vertrauen? Dem Direktor der Transaero? Der UN-Vollversammlung? Dem russischen Präsidenten?«

»Andrej Chrumow.«

Ich schwieg lange. Damit hatte mich der Zähler nun wirklich schachmatt gesetzt.

»Du weißt, wer das ist?«

»Ein Psychologe und Teilnehmer an den ersten Kontaktgesprächen zwischen der Erde und dem galaktischen Konklave. Der Autor des *Manifests der Verdammten.*«

»Und sonst?«

»Dein Vorfahr in der männlichen Linie.«

»Er ist mein Großvater.«

»Richtig«, bestätigte der Zähler.

»Karel, mein Großvater wird dich umbringen, wenn er dich erwischt.«

»Ich bewege mich sehr langsam.«

»Er ist auch nicht mehr der Schnellste, schließlich ist er schon über siebzig. Aber er wird sich alle Mühe geben. Hast du dich auf mein Schiff geschlichen, weil du meinen Großvater treffen willst?«

»Das ist einer der Gründe«, gab der Zähler zu.

»Ich hätte nie gedacht, dass deine Rasse so wahnsinnig ist, Karel. Wie könnt ihr Hilfe und Unterstützung von einem Mann erwarten, der alle Außerirdischen hasst und einer der berüchtigtsten Chauvinisten ist?«

»Wer sagt dir, dass wir keine Chauvinisten sind?«

Ich sah dem Reptiloiden in die Augen. Langsam öffnete er den Mund und verzog ihn zu einem Lächeln. Na großartig! Besaßen diese lebenden Computer jetzt etwa auch einen Sinn für Humor?!

»Das alles schmeckt mir nicht«, gestand ich. »Mist! Dann bin ich also nur wegen meines Großvaters in diese Geschichte reingerasselt? Erst hatte ich seinetwegen beim Studium ständig Scherereien, dann wollte mir niemand eine Stelle geben und jetzt ... was ist das nun schon wieder für ein Schlamassel?«

»Das lässt sich nicht ändern. Das ist nun mal das Problem aller Rassen, deren Bürger ihre Eltern nicht wählen können«, erklärte der Zähler.

Ich schloss die Klappe vom Todespult wieder. Wenn ich mich nicht irrte, atmete der Zähler daraufhin erleichtert auf.

Die Navigationsberechnungen wären am Ende beinahe vergeblich gewesen. Ich hatte mich zu lange mit dem Zähler unterhalten, ihn mit dem Todespult erschreckt – und darüber fast den Moment verpasst, wo ich eine Entscheidung treffen musste. Die Sterne bewegten sich auf ihrer Umlaufbahn, und mit jeder Sekunde schwanden meine Chancen für einen erfolgreichen Jump.

»Pass auf, es geht los«, informierte ich den Zähler. Der begriff sofort, worum es ging, straffte sich und hielt sich am Gehäuse des Jumpers fest, wobei er mit den Krallen über das Metall ratschte und die Augen verdrehte.

Wie wollte er den Jump überstehen?

Vier Sekunden, bevor die Navigationsberechnungen automatisch gelöscht wurden, drückte ich den Jump-Knopf, und der Raum kehrte sein Inneres nach außen.

Ah!

Mehr! Mehr davon!

Wenn dieser Augenblick doch nie enden wollte! Sollte sich der Zähler ruhig in Panik winden! Sollte die Erde doch weiter vergeblich um ihre Gleichberechtigung kämpfen und die Starken Rassen ihre Erwachsenenspielchen spielen! Scheiß drauf – wenn nur dieser Augenblick anhielt, sich in alle Ewigkeit ausdehnte ...

Ich öffnete die Augen.

Mich empfingen Dunkelheit und das Winseln des Zählers.

Wie schwer es war, in die Realität zurückzukehren.

Die chemische Leuchtröhre in meinen Händen flimmerte auf. Ich sah den dünnen Faden meines Speichels, der in der Luft hing und sich langsam zu einer Kugel aufrollte. Ich wischte ihn mit dem Ärmel weg. Dann hielt ich nach dem Reptiloiden Ausschau. Wie schwer mir jede Bewegung fiel ...

Der Zähler schlingerte am vorderen Fenster, neben der Spielmaus. Offenbar hatte ihm der Jump diesmal stärker zugesetzt. Ununterbrochen schüttelten den geschuppten Körper leichte Krämpfe.

»Zähler!«, rief ich ihn. »Karel!«

Wie in Zeitlupe hob der Reptiloid den Kopf vom Bauch. »Entschuldige bitte ...«, zischelte er.

»Wie schaffst du das?«, fragte ich in scharfem Ton. »Wie hältst du den Jump aus?«

»Ich ...« Pause. »Das erkläre ich später ...«

Ich streckte den Arm aus, fasste nach seiner Vorderpfote und zog ihn runter zum Pult. Der Zähler kletterte behände auf seinen angestammten Platz.

Er war bereit, alles zu erklären, aber erst später. Ob es dann zu spät war? Würde die Erde mein Verhalten billigen? Oder würde sie mich an den Eid und das Todespult erinnern? Keine Ahnung. Erst mal musste ich nach Hause zurück.

Ich löste die Gurte und glitt zum Fenster auf der linken Seite. Hier gab's nichts Besonderes zu sehen, bloß Sterne. Anscheinend die gewöhnliche, nicht verzerrte Anordnung der Sternbilder.

»Sind wir da?«, wollte der Zähler wissen.

»Ja. Nur wo?« Ich stieß mich ab und flog durchs Cockpit. Doch als ich durch das andere Fenster spähte, entdeckte ich ebenfalls nichts Außergewöhnliches. Gut, wartete ich also ab. Das Schiff drehte sich langsam um die eigene Achse, irgendetwas würde ich wiedererkennen.

Der Rechner piepte, die Instrumente meldeten sich zurück.

»Soll ich einen Datenträger einlegen?«, erkundigte sich der Zähler. Ich schaute zu ihm hinüber. Inzwischen war er in den Sitz umgezogen und tastete mit der Pfote unter der rechten Armstütze herum. Er hatte sich gut vorbereitet und wusste, wo was lag.

»Kannst du das denn?«

»Ich glaube schon.«

Eine halbe Minute mühte sich der Zähler mit dem Schloss. Die drei langen Finger an den Pfoten waren zwar recht beweglich, es fehlte ihnen jedoch an einem Gegenspieler. Schließlich öffnete er das Fach mit beiden Pfoten und holte eine Laserdisc heraus.

»Sieh zu ... Karel«, brummte ich. Der Wortschatz des Zählers ließ nichts zu wünschen übrig, er verstand mich auf Anhieb.

Die nächsten Minuten starrte ich in das kalte Leuchten des Kosmos, während der Reptiloid am Pult hantierte, jedes Mal leise zischend, wenn sich die für Menschen gedachten Tasten seinen Anstrengungen widersetzten.

»Kann ich mich direkt an das System anschließen?«, fragte der Zähler nach einem besonders wilden Kampf mit der CD-ROM. Ich antwortete nicht, weil mir die nächste Drehung des Schiffs ein wirklich schönes Bild bescherte.

»Karel!«, rief ich ihn leise.

Der Reptiloid schwebte langsam zu mir rüber.

»Guck mal!«

Der Saturn sah aus wie auf einer Abbildung in einem Kinderbuch. Der Ring war uns im spitzen Winkel mit der flachen Seite zugekehrt, das Sonnenlicht ließ ihn reliefhaft und besonders schön hervortreten. Von der gelbbraunen Kugel des Planeten, der irgendwie flach und nicht sonderlich beeindruckend wirkte, hob sich der Ring geradezu körperhaft und massiv ab ... ein Steinfluss, der durch den Kosmos sprudelte.

»Ist das nicht schön?«, hauchte ich, selbst über meine Frage erstaunt. Was für einen Schönheitsbegriff hatte diese fremde Rasse schon?

»Ja.« Der Zähler atmete schwer und schnell. »Das ist ... wie unser Zuhause.«

»Wie dein Planet?«

»Ja ...«

Oha! In unserem Nachschlagewerk fehlten jegliche Angaben über den Heimatplaneten der Zähler. Jetzt konnte ich da getrost eintragen: Von einem Ring umgeben ...

»Ist das der Saturn?«, erkundigte sich der Zähler. »War der Jump erfolgreich?«

»Das ist der Saturn. Aber das gibt uns keinen Anlass zur Freude.«

Der Reptiloid starrte mich an.

»Karel, mein Schiff arbeitet mit Flüssigkeitsraketentriebwerken. Du weißt doch, was das ist?«

»Tinnef«, urteilte der Zähler erbarmungslos.

»Richtig. Und um zur Erde zurückzugelangen, dürfte das Schiff nicht weiter als fünfhunderttausend Kilometer von ihr entfernt sein, es müsste sich irgendwo in der Ekliptik befinden und sich mit höchstens vierzig Kilometer pro Sekunde relativ zur Umlaufgeschwindigkeit des Planeten bewegen.«

»Tinnef …«, wiederholte der Zähler. »Habt ihr viele Todesfälle zu beklagen?«

Ich antwortete nichts, sondern genoss den Anblick des Saturns, der langsam aus meinem Blickfeld entschwand. Am Rand des Fensters loderte ein blendender Lichtreflex auf: Jetzt strahlte uns die Sonne in die Augen.

»Du brauchst Hilfe, Mensch«, befand der Zähler. »Du brauchst dringend Hilfe …«

»Versuchen wir es mit einem erneuten Jump.«

Der Zähler verkrampfte sich. »Gibt es hier denn keine menschlichen Siedlungen?«, fragte er.

»Auf dem Saturn? Witzbold. Auf Io … das ist einer der Monde des Planeten … will man eine Forschungsstation einrichten. Vielleicht gelingt das ja, in zwei Jahren oder so.«

»So viel Zeit haben wir nicht.« Der Zähler drehte den Kopf vom Fenster weg.

Ich sparte es mir, ihn daran zu erinnern, dass wir im Schiff nicht mal genug Sauerstoff für eine Woche hatten. Stattdessen half ich ihm, zum Pult zu kommen, und legte die nächste Disc ein.

»Mach dich an die Arbeit. Ich hab derweil was zu erledigen.«

Ich überließ den Reptiloiden sich selbst und schwebte zu dem kleinen Schrank mit den Sanitärutensilien. Mit dem Rücken zum Zähler langte ich nach dem Flexschlauch und knöpfte meine Hose auf.

»Musst du Ausscheidungsprodukte ableiten?«

Herr im Himmel!

Selbstverständlich verkniff ich mir jede Erwiderung. Ich stellte den Saugapparat an und versuchte, den neugierigen

Blick des Reptiloiden, der sich mir in den Rücken bohrte, zu ignorieren. Ich hasste diese kleinen Alltagsprobleme. Aber was willst du machen, ohne künstliche Gravitation?

»In Zukunft spar dir bitte jeden Kommentar zu meinen Bedürfnissen, ja?«

»Entschuldige«, meinte der Zähler. »Ich habe mich mit Xenobiologie befasst, und das ist ein höchst interessanter Aspekt ...«

»Denk lieber an die nächsten beiden Jumps.«

»Wenn du es mir erlauben würdest, zusammen mit dem Rechner zu arbeiten ...«

»Ja?«

»Dann würde ich das Schiff mit maximaler Präzision zur Erde bringen.«

Dergleichen hatte es noch nie gegeben. Das war derart irrsinnig, dass unsere Vorschriften es nicht mal ausdrücklich verboten. Im Gegenteil, ich könnte mich durchaus auf den Punkt zur Zulässigkeit einer Inanspruchnahme von Hilfe seitens der Außerirdischen bei den Kursberechnungen berufen.

Warum hatte Gott bloß keinen Beamten an meine Stelle gesetzt ...?

»Gut«, antwortete ich, wobei ich spürte, wie ich eine unsichtbare Grenze überschritt. »Wie willst du das anstellen?«

»Ganz einfach.« Der Reptiloid kroch vom Sitz und überließ mir den Platz des Piloten, während er über dem Pult schwebte. »Wir arbeiten häufig mit Computern.«

»Aber nicht mit denen von Menschen ...«

»Funktioniert er mit Binärcode?« Der Zähler fuhr mit der Pfote übers Pult. Sanft drückte er auf die Schnittstellen des Rechners, die unter einer transparenten Abdeckung lagen.

»Soll ich die wegnehmen?«, fragte ich.

Der Zähler antwortete nicht, der Monitor erlosch aber langsam.

Es wäre idiotisch gewesen, mich da einzumischen. Deshalb beobachtete ich einfach, wie der Reptiloid den Rechner ausschaltete, wie der Computer neu startete, sich jedoch aufhing, ohne das Betriebssystem hochgefahren zu haben. Das Lämpchen der Festplatte flackerte, doch die Information verschwand irgendwohin. Anscheinend in das kleine dreieckige Köpfchen.

Wie das wohl war – direkt mit einem Rechner zu interagieren? Sollte das tatsächlich die normale Kommunikationsform der Zähler sein?

Und wenn ja, wie schafften sie es dann, Wesen mit Emotionen zu bleiben? Irgendwo hatte ich mal gelesen, jedes Lebewesen, das in der Lage sei, Informationen auf dem Niveau einzelner Bytes zu verarbeiten, sei emotional unterkühlt, zumindest in unserem Verständnis. Die Zeit verläuft dann nämlich mit ganz anderem Tempo.

»Eine höchst interessante Programmlösung ...«, meinte der Reptiloid, als er die Pfote vom Pult nahm. Der Computer startete sich daraufhin nicht, die Monitore schimmerten immer noch schwarz, obendrein verlosch nun auch noch das Betriebslämpchen für die Festplatte.

»Was für eine Lösung?«

»Das Navigationssystem. Für einen derart leistungsschwachen Rechner ist eine solche Genauigkeit und Schnelligkeit ganz außerordentlich. Haben Menschen das entwickelt?«

»Selbstverständlich.«

»Ihr seid sehr begabt«, lobte der Reptiloid gönnerhaft.

»Du wolltest die Koordinaten des Jumps berechnen.«

»Ich bin gerade dabei.«

»Und gleichzeitig unterhältst du dich mit mir?«

»Beides findet auf unterschiedlichen Ebenen des Bewusstseins statt, Pjotr. Wir haben ein externes und ein internes Bewusstsein. Mit dem einen verarbeiten wir riesige Datenmengen. Mit dem anderen realisieren wir eine äußerlich erkennbare Tätigkeit.«

»Und beide Ebenen funktionieren parallel?«

»Wenn es sein muss, ja. Jetzt zum Beispiel. Wenn ich zu Hause bin, in meinem Nest, dann schalte ich das externe Bewusstsein ab. Wenn ich keinen Informationszugang habe, schalte ich das interne Bewusstsein ab.«

»Und welches Bewusstsein ist wichtiger für dich?«

»Das ist eine sinnlose Frage«, erwiderte der Reptiloid.

»Aber was hat sich bei euch eher herausgebildet, Karel?«, verbiss ich mich in das Thema. »Das interne oder das externe Bewusstsein?«

»Bist du ein Xenobiologe?«

»Nein, es interessiert mich nur.«

»Das interne. Das externe haben wir künstlich entwickelt.« Anscheinend rückte der Zähler nur widerwillig mit der Sprache raus.

Was mich nicht wunderte. Abermals hatte er mir damit Informationen über seine Heimat gegeben – etwas, das jede Rasse gern vermeidet. Ich versuchte mir eine Welt vorzustellen, in der eine solche Lebensform entstand. Eine Welt, in der es nicht nötig war, gegen Feinde zu kämpfen, sich um Nahrung zu kümmern, sich gegen Unwetter zu schützen oder Arbeitsgeräte zu entwickeln. Eine Welt, in der das Überleben von der Schnelligkeit und Genauigkeit der Informationsverarbeitung abhing.

Irgendwie war das unvorstellbar.

Aber die Natur bringt keine absurden Lebensformen hervor. Jedes Wesen passt in idealer Weise in seine ökologische Nische. Die zerbrechlichen und gigantischen Hyxoiden waren die Könige der heißen und windlosen Steppen des Siriusplaneten. Die alarischen Mäuse eine Schöpfung der hügeligen Ebenen einer Welt bei Fomalhaut, die sich in den Labyrinthen tiefer Bauten herausgebildet hatten, für sie kam es auf Beweglichkeit und geringe Maße an.

Wie musste da der Planet aussehen, der die Zähler aus dem Nichts hatte entstehen lassen? Eine Welt, die wie der Saturn mit einem Ring umgeben war, eine Welt, in der tagein, tagaus Informationen verarbeitet und ausgetauscht werden mussten, noch dazu Informationen in elektronischer Form ...

»Ich habe die Berechnung beendet«, teilte mir der Reptiloid mit. Ich hatte den Eindruck, er messe mich mit einem ironischen Blick. Als wüsste er genau, worüber ich gerade nachgedacht hatte.

»Dann lass es uns überprüfen.«

Der Zähler stieß ein leises Knirschen aus. Ich begriff nicht auf Anhieb, dass es sich dabei um Lachen handelte.

»Pjotr, ich habe *alle* Daten, die es auf deinem Computer gibt, ausgewertet. Ich habe die ideale Gleitbahn für die Landung ermittelt und das bequemste Kosmodrom. Dabei habe ich sogar die Gravitationsfaktoren und die Bewegung der Sterne berücksichtigt, von denen Menschen nicht einmal ahnen. Ich habe die Ressourcen des Schiffs kontrolliert.«

Er legte eine Pfote aufs Pult, und das Lämpchen der Festplatte flackerte auf.

»Du hast noch nie so einen idealen Kurs gehabt.«

Der Hauptbildschirm sprang an, die Kurstabelle erschien.

»Die Berechnung des Jumps ist beendet«, informierte mich der Computer mit einem Stolz, der völlig fehl am Platze war. »Ich warte auf weitere Anweisungen.«

Unter dem amüsierten Blick des Zählers klickte ich im Menü die »Details« an.

»Jump Erde – Erde«, teilte der Rechner mir mit. »Toleranz: ein Millionstel Prozent.«

»Zufrieden?«, fragte der Zähler.

Blöde Frage! Ein Hundertstel wäre ein exzellentes Ergebnis, ein Tausendstel ein seltener Glücksfall und die Garantie für einen erfolgreichen Jump.

»Pass auf, es geht los«, warnte ich den Zähler, während ich mich setzte. Und ob ich es wollte oder nicht – insgeheim wünschte ich mir, dem Zähler wäre ein Fehler unterlaufen.

Natürlich war das nicht der Fall.

Auf den Jump folgte die halbe Stunde, in welcher das Leben ins Schiff zurückkehrte. Ich aß etwas, der Reptiloid lehnte das Menschenessen jedoch entschieden ab. Etwas anderes hatte ich allerdings auch nicht erwartet, denn im Kosmos hat jede Rasse einen eigenen Stoffwechsel.

Der zweite Jump brachte uns zur Erde.

Ich brauchte nicht mal die Lampe anzuzünden, da wir über der Tagesseite wieder in den realen Raum zurückgelangt waren und der Planet wie ein gigantischer Scheinwerfer sein Licht in das Schiff schickte. Wir waren sehr, sehr dicht an der Erde, ich bekam sogar Angst. Bevor der Computer sich wieder hochfuhr, konnte die Erdanziehung uns auf eine nicht berechnete Bahn abdrängen.

Diese Befürchtung erwies sich jedoch als überflüssig. Das Schiff kam nach dem Jump auf einer normalen stabilen Umlaufbahn heraus. Ich schielte zum Zähler rüber, der zischte und zitterte, sich aber allmählich vom Jump erholte. Ich wollte ihn schon fragen, ob er das wirklich alles genau so geplant hatte. Aber dann ließ ich es bleiben.

Natürlich hatte er das alles so geplant.

»Bist du zufrieden, Pjotr?«, wollte der Reptiloid wissen.

»Ein astreiner Jump«, räumte ich ein. »Ich ... hätte die Flugbahn niemals so exakt berechnen können.«

Der Zähler gab einen Schmatzlaut von sich. »Das war kein Kinderspiel, Pjotr. Ich habe diese Art der Berechnung lange geübt. Wir haben nämlich jede Wendung der Ereignisse einkalkuliert ... selbst die, dass ich selbst das Schiff steuern muss.«

»Dann bereitet ihr euch schon lange auf dieses Unternehmen vor?«, fragte ich beiläufig.

»Drei Jahre, nach menschlicher Zeitrechnung.«

Darauf sagte ich kein Wort. Die Zivilisation der Zähler hatte ein paar Jahre darauf verwendet, diesen Erdbesuch vorzubereiten. Sie mussten ernsthafte Motive haben ...

»Pjotr, du musst mir glauben, dass wir nur Gutes wollen ... für unsere und für eure Zivilisation. Vier Zähler haben ihr Leben geopfert, um mein Eindringen in dein Schiff zu decken. Das ... das sind sehr viele. Wir sind nur eine kleine Rasse.«

Er hatte sich bereits an die Schwerelosigkeit gewöhnt, denn er glitt geschickt vom Jumper auf den Boden, hielt sich mit den Krallen an dem weichen Belag fest und stellte sich vor mich hin. »Wir wollen nur Gutes, Pjotr!«, wiederholte er, wobei er den Kopf in meine Richtung reckte.

»Für die Hyxoiden ist kollektive Euthanasie eine gute Sache. Für die Cood-Deldo Kannibalismus. Wie könnt ihr da für uns entscheiden?«

»Wir haben eure Geschichte studiert! Eure Gesellschaft, eure Träume, Religionen und Ideale. Wir haben alle Zufallsfaktoren ausgeschieden und die wesentlichen Punkte herausgefiltert. Jetzt machen wir euch ein Angebot, das ihr nicht ablehnen könnt.«

Ich winkte ab. Sollten sie ihr Angebot machen. Schließlich würde nicht ich darüber entscheiden müssen. Eine halbe Stunde nach der Landung würden diverse Präsidenten, die Experten für Außerirdische und die Generäle der Weltraumsicherheit Kopfschmerzen bekommen ...

Ich schaltete den Hauptsender ein und sandte ein Signal. Es verstrichen zehn Sekunden, bevor mir geantwortet wurde – und zwar auf Russisch, mit leichtem englischen Akzent. Offenbar hatten sie meinen Code bereits entschlüsselt und wussten, wer am anderen Ende saß.

»Hier Orbitalkontrolle, wir sehen Sie.«

»Hier Transaero, Flug 36-18. Ich komme von Hyxi zurück, vom Sirius.«

Eine Pause.

»Eine gute Flugbahn. Wie ist der Flug?«

»Hervorragend.« Ich wartete geduldig. Das Schiff musste bereits auf den Radarschirmen aufgetaucht sein – und vielleicht nicht nur da, wer wusste denn schon, welches der Märchen über die Weltraumsicherheit der Wahrheit entsprach und welches eine Lüge darstellte. Natürlich war der Gedanke, ein Dutzend ihrer Satelliten und ein paar Orbitalstationen könnten einem außerirdischen Raumschiff Widerstand leisten, lächerlich. Trotzdem bezahlten alle ohne zu murren die Steuern für den Geheimdienst des Kosmos. Angeblich leisteten sogar die russischen Oligarchen, die sonst jeder Steuerzahlung entkamen, anonyme Spenden.

Wir haben den Himmel immer gefürchtet. Sie liegt uns Menschen im Blut, diese Angst vor der unendlichen Weite, durch welche die Erde treibt. Die Menschen sind bereit, irgendeinen Scheiß zu fressen und sich in hundsmiserablen Krankenhäusern behandeln zu lassen, solange sie nur wissen, dass über ihnen, in diesem unendlichen Himmel, ein paar Eisenkörner mit Röntgenlasern kreisen ...

»Es ist alles in Ordnung, Transaero. Wir übergeben dich an die Russen.«

»Transaero an Wesi, bis bald.«

Der diensthabende Offizier schaffte es entweder nicht mehr zu antworten oder hielt das für überflüssig. An seiner Stelle meldete sich jetzt eine andere Stimme: »Willkommen zu Hause, Transaero! Das Kontrollzentrum ist auf Empfang.«

»Hallo, Erde!«, erwiderte ich, während ich auf die weißlich-blaue Ebene über mir schaute. Ich flog gerade über Afrika hinweg, die Verbindung musste also über ein russisches Schiff vom Weltraumnachrichtenverkehr oder über eine Relaisstelle der USA realisiert werden. Wir arbeiteten jetzt ja sehr eng mit ihnen zusammen ... anders ging es nicht.

»Du kommst gut runter«, lobte mich der unsichtbare Operator. »Ich bin Maxim, und ich bringe dich bis zum Kosmodrom. Du wirst in Swobodny landen.«

»Warum nicht in Baikonur?« Ich linste auf den Navigationsschirm, auf dem sich ein Globus drehte, der mit einem Netz überzogen war, welches meine Umlaufbahn symbolisierte. Die Flugbahn schien eine Landung in Baikonur durchaus zuzulassen ...

»Baikonur ist besetzt. Beide Landestreifen. Wenn du unbedingt willst, bringen wir dich auf dem Reservestreifen von Saratow runter. Aber wozu die Mühe?«

»Okay, Erde.« Jeder Widerspruch war zwecklos. Wenn es nicht nötig war, versuchte man eine Landung in China nun mal zu vermeiden, schließlich bedeutete sie nur Steuern in die Kasse eines fremden Staates. Und der Reservelandestreifen in der Nähe von Saratow – das künftige Juri-Gagarin-Kosmodrom – taugte nicht viel. Ich selbst war da zwar noch nie gelandet, meine Kollegen hatten mir jedoch davon erzählt.

»Du hast noch fünfundzwanzig Minuten, um eine zu rauchen sozusagen. Der Funkkontakt bricht gleich ab, wir nehmen ihn dann am Apogäum wieder auf, über Alaska, und leiten sofort den Bremsvorgang ein.«

»Ist mit dem Schiff alles in Ordnung?«, wollte ich wissen. Die Telemetriedaten wurden jetzt automatisch vom Schiff aus übertragen, und die Leute im Kontrollzentrum konnten weitaus besser abschätzen, wie mein Vogel den Jump verkraftet hatte.

»Alles bestens«, beruhigte mich Maxim. »Entspann dich. Bis zur Funkstille bleiben dir noch dreißig Sekunden.«

»Ich hab euch auch was mitgebracht ...«, brummte ich, während ich zum Zähler rüberschielte.

»Na, ich will doch hoffen, dass du nicht mit leerem Frachtraum anschwirrst«, meinte der Operator lachend. »Deine Fluggesellschaft löchert uns schon mit ihren Fragen. Es geht da um irgendeinen Vertrag ...«

Die Stimme riss so abrupt ab, als sei sie mit einem Messer gekappt worden. Die Automatik regelte das immer schwächer werdende Signal bis zum letzten Moment aus, dann unterbrach sie die Verbindung einfach. Wenn ich wollte, konnte ich mich mit der Wesi in Verbindung setzen, ihre Stationen deckten den ganzen Horizont ab. Aber wozu?

»Wenn ihr wüsstet, was ich euch mitgebracht habe ...«, sagte ich in die Leere hinein. »Mach dich auf was gefasst, Karel«, warnte ich den Zähler. »Sobald wir unten sind, wird ...«

»Das ist doch nicht nötig«, fiel mir der Reptiloid ins Wort. »Darauf können wir doch verzichten! Meine Mission zielt wahrlich nicht auf eine Begegnung mit Vertreten des Staates ab!«

»Ach nein?«, amüsierte ich mich. »Worauf hoffst du eigentlich, Zähler?«, fragte ich kopfschüttelnd.

»Karel, nicht *Zähler*!« Der Reptiloid machte eine energische Kopfbewegung. »Das Wort *Zähler* ist beleidigend, Pjotr!«

»Warum? Das haben nicht wir uns ausgedacht, alle Aliens nennen euch so.«

»Und die Menschen nennen sie *Fuhrleute*.« Der Reptiloid wies mit seiner kurzen Pfote demonstrativ auf mich. »Eine enge Funktion, Pjotr, stempelt dich immer ab! Sie bedeutet Rettung für die Schwachen Rassen – ist aber gleichzeitig ihr Fluch. Wer den Rahmen, in den ihn die Natur gespannt hat, nicht sprengt, bleibt immer ein Diener!«

»Entschuldige.« Ich schämte mich wirklich. »Gut ... Karel. Wie du meinst. Aber ich muss der Erde doch von dir Mitteilung machen.«

Der Reptiloid ließ sich die Sache offenbar durch den Kopf gehen. »Wir haben nur zehneinhalb Erdtage«, teilte er mir nach einer Weile mit. »Im Laufe dieser Zeit müssen unsere Rassen einen Haddsch unternehmen.«

»Was?«

»Einen Haddsch. Eine Wallfahrt. Eine Heldentat. Eine Messe. Das ist ein ausgesprochen komplexer Begriff, der schwer mit einem einzigen Wort zu übersetzen ist.« Er überschlug sich jetzt fast beim Sprechen, als sei er nervös. »Pjotr! Ich habe dir doch schon gesagt, dass ich Andrej Chrumow treffen muss. Du kannst an diesem Gespräch teilnehmen. Dann wirst du alles verstehen. Die offiziellen Kanäle sind zu langsam!«

»Natürlich sind sie langsam! Aber woher soll ich bitte schön wissen, was du *wirklich* willst? Vielleicht hat man dich ja hier hergeschickt, um meinen Großvater zu ermorden!«

»Nein! Wir töten nicht! Niemals!« Der Zähler erschauderte allein bei dem Gedanken. »Pjotr, du hast mir erlaubt, das Schiff zu lenken – und alles ist gut gegangen. Vertraue mir noch einmal!«

»Ob ich dir vertraue oder nicht, spielt keine Rolle.«

»Warum nicht?«

»Zum Beispiel wegen der Black Box. Alle Gespräche an Bord werden aufgezeichnet. Sie werden sie abhören und erfahren, dass ich nicht allein geflogen bin.«

»Die Aufzeichnungen kann ich ändern«, erklärte der Zähler lakonisch. Ich wollte schon einwenden, das sei unmöglich, schließlich lasse sich ein Aufnahmegerät mit Stahldraht, das in einem hermetischen Kasten steckte, nun mal nicht von außen manipulieren ... brachte dann aber kein Wort heraus.

Was heißt hier: von außen? Die magere Pfote würde sich auf die Stahlverkleidung legen – und der Motor würde anspringen. Die Spulen würden sich zurückrollen. All unsere Gespräche würden gelöscht werden, stattdessen würden ein paar harmlose Geräusche aufgenommen, dazu ab und an ein Ausruf, von dem Piloten, der in seiner Langeweile mit sich selbst quatschte.

Das würde der Zähler hinkriegen, nahm ich jedenfalls an.

»Kannst du dich auch unsichtbar machen?« Das meinte ich nicht mal ironisch. Mir fielen nur gerade die Kontrolle und die Untersuchung ein. Das »Röntgentor«, die Wärmedetektoren, das Scannen der Netzhaut und der ganze andere Kram, der uns im Kosmodrom nach einer Reise in fremde Welten erwartete.

Selbst einen Zähler von der Größe einer Katze könnte ich an dieser Kontrolle nicht vorbeischmuggeln.

»Unsichtbar? Nein. Aber die Kontrolle werden wir überwinden.«

Ich schüttelte den Kopf.

»Pjotr, meine Rasse hat sich seit drei Jahren auf diese Mission vorbereitet. Es wird klappen!«

Aus unerfindlichen Gründen hätte ich ihm gern geglaubt ...

»Karel, es ist nicht so, dass ...«

»Ich füge niemandem Schaden zu!«

»Darum geht es nicht. Das ist ein Verbrechen, verstehst du? Selbst wenn du nicht lügst, wird man mich vor Gericht bringen.«

»Sieger werden nicht verurteilt, Pjotr.« Der Zähler stieß sich vom Jumper ab, glitt geschmeidig zu mir herüber und landete auf meinen Knien. Er brachte seinen Kopf ganz nah an mein Gesicht. »Vertraue mir«, wiederholte er flehend. »Vertraue mir. Das Schicksal der Galaxis liegt jetzt in deinen Händen!«

Ich schüttelte energisch den Kopf. »Das sind nur Worte ...«

»Das ist die Wahrheit! Pjotr, wenn du dich weigerst, wird es in einem Monat keine Erde mehr geben! Und es wird ... auch meinen Planeten nicht mehr geben!«

Drei

Über Alaska nahm das Kontrollzentrum den Funkkontakt wieder auf.

»Transaero, wir fangen jetzt an.«

»Gut, Erde.«

»Alles klar?«

Ich löste meinen Blick von dem Reptiloiden, bevor ich antwortete: »Ja.«

Auf diese Weise wird man also zum Verräter. Indem man einem Alien glaubt. Ganz egal, ob das ein Mensch in einer außerirdischen Uniform ist oder eine sprechende Echse. Hinter einem Verrat stehen nicht Angst oder Gier – sondern nur die besten Absichten.

Am Ende hatte der Zähler allerdings sowieso keine Chancen. Er machte sich kein Bild davon, was es mit dem Sicherheitssystem eines Raumhafens auf sich hatte ... Ich selbst wusste kaum etwas darüber. Gerade mal so viel, um zu begreifen: die Posten trickst du nicht aus.

Das Schiff vibrierte und drehte sich. Die Erde schob sich unter uns. Jetzt flog die Spiral mit den Düsen voran und bereitete sich darauf vor, einen Impuls ans Bremssystem weiterzuleiten.

»Nummer eins«, kündigte der Operator an. Es zog mich aus dem Sitz, als das Triebwerk sich in Gang setzte. Es lief sieben Sekunden lang, bevor eine Pause eintrat.

Während der Computer die neue Flugbahn berechnete, schielte ich zum Zähler rüber. Wir durften uns jetzt nicht mehr unterhalten, denn er hatte die Aufzeichnung der Black Box bereits »korrigiert«, übrigens genauso, wie ich vermutet hatte. Er hatte einfach seine beiden Pfoten auf das Pult gebettet ... Selbst jetzt saß er noch in dieser Position da, zur Sicherheit mit einem feinen Seil an die Bügel auf dem Gehäuse des Jumpers gebunden. Dynamische Operationen sind etwas anderes als ein Start auf einem Gravitationsstrahl der Außerirdischen oder ein Sprung durch das Innere des Raums. Hier ist die Beschleunigung unvermeidlich.

»Transaero, wir wiederholen das Ganze jetzt«, teilte mir der Operator mit.

Kam es mir nur so vor, oder klang seine Stimme anders?

»Wie ist die Flugbahn, Maxim?«

»Ein wenig ungewöhnlich ...« Ohne Frage, er zögerte. Noch blieb genug Zeit, in eine stabile Umlaufbahn zurückzukehren. »Wir korrigieren das. Der zweite Impuls erfolgt in neun Sekunden und dauert drei Komma eins fünf Sekunden ...«

Der Zähler blickte mich an. Langsam und unter Aufbietung seiner Kräfte zwinkerte er mir mit einem seiner grauen Lider zu.

Was führte er bloß im Schilde ...?

Das Schiff schaukelte, das Triebwerk heulte. Dann trat Stille ein.

»Maxim ...« Ich gab mir alle Mühe, ruhig zu klingen. »Mein Pult gibt mir einen Impuls von drei Komma vier Sekunden an. Das Schubmoment ist berechnet.«

Der Mann schwieg runde fünf Sekunden. »Transaero«, meldete er sich dann, »wir haben die gleichen Werte. Wir berechnen es noch mal!«

»Die Flugbahn!«

»Keine Panik! Du bist immer noch im Landekorridor.«

Wenigstens das. Ich würde also weder verbrennen noch von der Atmosphäre abprallen. Ich streckte die Hand aus, um den Zähler sanft anzustupsen. Besser, er hielt sich bereit. Eventuell würde ich auf seine Fähigkeiten noch zurückgreifen müssen.

»Pjotr!« Der Operator sprach mich unvermittelt mit meinem Namen an. »Du trittst ganz normal in die Atmosphäre ein.«

Ich atmete geräuschvoll aus.

»Du kriegst aber Probleme beim Landen. Du ... kommst nicht auf der Bahn runter.«

Die Landung ...

Von mir aus konnten die Journalisten ruhig über dahingleitende Raumschiffe schreiben, die voll beladen zur Landung ansetzten. Fakt ist jedoch, dass ein Schiff mit der Eleganz eines gusseisernen Bügeleisens landet. Selbst ein Passagierflugzeug ist zum freien Fall verdammt, wenn die Triebwerke versagen – und das hatte noch ganz normale Flügel. Mit meinen ausklappbaren Trageflächen dagegen konnte ich den Flug gerade mal ein wenig korrigieren, mehr nicht ...

Wir würden abstürzen. Nicht fliegen, sondern, wie ich es mal in einem Zeichentrickfilm gehört hatte, »wunderschön bauchlanden«. Direkt auf die idealen, mit einem halben Meter Beton ausgegossenen Landestreifen des Kosmodroms. Wir würden abstürzen – und damit die Kinetik der Orbitalgeschwindigkeiten in eine Art Flug verwandeln.

»Wie weit daneben?«

In dem Moment, da ich die Frage stellte, zeigte mir mein Computer das traurige Ergebnis seiner eigenen Berechnungen.

»Etwa hundert Kilometer, Pjotr«, bestätigte der Operator die Angabe.

Ich schluckte. »Ich warte auf weitere Befehle, Erde«, sagte ich.

»Du kannst schon nicht mehr in eine stabile Umlaufbahn zurück. Das Wichtigste ist jetzt, Ruhe zu bewahren, Pjotr. Wir holen dich da runter.«

»Und wo setzt ihr mich ab? Bei den Chinesen? Damit die ein Andenken an uns haben?«

»Du ... landest bei Blagoweschtschensk ...«

»Ich stürze bei Blagoweschtschensk ab! Oder ist in dieser Woche da ein neuer Weltraumbahnhof gebaut worden?«

»Pjotr, verlier jetzt nicht die Nerven. Wir suchen nach anderen Lösungen.«

»Verstanden.«

Ich wartete. Der Landevorgang lief bereits. Ich musste runter zur Erde, denn der Treibstoffvorrat der Spiral ist äußerst begrenzt. Das Einzige, was ich noch tun konnte, war, die Flugbahn leicht zu korrigieren.

»Transaero, wir übernehmen jetzt die Steuerung. Halte durch.«

Abermals heulte das Triebwerk, wenn auch nur kurz, dann war es leer, hatte mit dem letzten Impuls die Reste des Treibstoffs geschluckt. Es blieb nur noch ein winziger Vorrat, gerade genug für ein paar Manöver im atmosphärischen Flug.

»Pjotr?«

Ich schaute auf den Monitor. Der angekündigte Landepunkt hatte sich verschoben, von Blagoweschtschensk nach Swobodny ... besser gesagt: in die Richtung des Weltraumbahnhofs.

»Wir haben die Flugbahn korrigiert ...«

»Und?«

Eine Pause. »Du wirst nicht über der Stadt abstürzen«, kam die erbarmungslose Antwort.

»Vielen Dank«, hauchte ich.

»Pjotr, wir schicken dir Hubschrauber ...«

»Vielen Dank«, wiederholte ich.

Das Schiff zitterte erneut, als es sich mit der Spitze nach vorn drehte. Mich hatten sie von dem Manöver erst gar nicht in Kenntnis gesetzt.

»Pjotr, du musst den Vogel manuell runterbringen. Hör mir jetzt gut zu ...« Der Operator sog die Luft ein. »Dein Landeanflug bringt dich zu einer Autobahn ...«

Ich lachte los. Was hätte ich auch sonst tun sollen? Klar, wenn's weiter nichts ist, bring ich meinen »Latschen« von zwanzig Tonnen auf einer miserablen Asphaltstraße runter ...

»Das ist eine gute Autobahn, Pjotr …«

Als ob ich unsere Straßen nicht kennen würde!

»Einen anderen Ausweg gibt es nicht, Pilot.«

Natürlich nicht. Die Spiral verfügte über kein Notlandungssystem. Warum sollte man das Schiff damit belasten, wo es doch so viele Freiwillige gibt, die auf den Platz des Piloten scharf sind, und jedes Kilogramm extraterrestrischer Scheiße Unsummen kostet?

Das Schiff fing leicht zu vibrieren an. Die erste, noch zärtliche Berührung der Atmosphäre.

»Leckt mich doch alle!«

Sie hatten diese letzte, diese wahnsinnige Kurskorrektur absichtlich vorgenommen und mir damit praktisch jede Möglichkeit geraubt, das Schiff zu steuern. Um die Stadt vor einer Katastrophe zu bewahren. Damit mir nichts anderes übrig blieb, als mein Raumschiff auf einer Straße voller Schlaglöcher zu landen.

»Wir sperren die Autobahn ab, in einer halben Stunde ist sie leer.«

Wie krampfhaft er sich bemühte, ausschließlich von »Autobahn« zu sprechen, dieser mir unbekannte Typ aus dem Kontrollzentrum! Unweigerlich tauchte vor meinem inneren Auge eine dieser funkelnden, pfeilgeraden Autobahnen aus dem Westen auf.

»Die Verbindung bricht jetzt ab. Halte durch, Pjotr.«

Um das Schiff herum flammte die ionisierte Luft auf. Die Nase des Schiffs hob sich langsam, um den Hauptschlag des Plasmas mit dem gepanzerten Bauch abzufangen. Trotzdem züngelten über das ultrabruchsichere, hitzebeständige Glas des vorderen Fensters ein paar Feuerschlangen.

»Da haben wir uns was eingebrockt, Kumpel«, meinte ich, indem ich mich zum Zähler umdrehte.

Aber so spielt das Schicksal nun mal.

Und vermutlich hatte es recht. Es bügelte meine Fehler aus, meinen schwachen Charakter. Es erlaubte dem Feind, der es geschafft hatte, einen unerfahrenen Piloten nach seiner Pfeife tanzen zu lassen, nicht auf der Erde zu landen ...

Der Zähler lächelte. Als ob ihn weder der Feuersturm um uns herum noch die unvermeidliche Tragödie bei der Landung oder der entsetzliche Fehler in den sonst so zuverlässigen Landeprogrammen erschreckten ...

Der Fehler in den Programmen?

»Du Dreckskerl!«, brüllte ich und wirbelte im Sitz herum. »Du Vieh!«

Die simpelste Möglichkeit, an der Kontrolle in einem Weltraumbahnhof vorbeizukommen, war natürlich die, gar nicht in ihm zu landen.

Wenn ich in dem Moment hätte aufstehen können, hätte ich den Zähler mit bloßen Händen in Stücke gerissen. Aber die Beschleunigung machte sich bereits bemerkbar, wollte mich aus den Gurten zerren und gegen das zerbrechliche Innere des Pults schleudern.

Trotzdem würde er mir nicht entkommen.

Bestimmt nicht.

Worauf hoffte er denn bloß, dieser geschuppte Außerirdische namens Karel? Der Schlag bei der Landung würde viel zu stark sein, als dass ...

Aber woher wollte ich eigentlich wissen, welche Beschleunigung sein Körper aushielt?

Eingehüllt in ein explodierendes Feuergewand schoss die Spiral auf die Erde zu.

Der Zähler linste zu mir rüber. Seine Bedingungen waren längst nicht so gut wie meine, saß er doch nicht in einem bequemen anatomischen Sessel mit breiten Gurten, sondern musste mit einem Stahlseil um die Taille vorliebnehmen ...

Der Monitor funkelte mit einem orangefarbenen, Aufmerksamkeit heischenden Licht auf. Ich schaute auf den Schirm. Oberhalb der Berechnungen für die Flugbahn liefen langsam ein paar Zeilen dahin: *Pjotr, es ist alles in Ordnung. Sag etwas, aber sprich mich nicht an. Uns bleibt keine Zeit, die Aufzeichnungen noch einmal zu löschen.*

Warum, wüsste ich nicht zu sagen, doch ich kam der Aufforderung nach. »Das Schiff kann nicht außerhalb des Kosmodroms landen«, brachte ich heraus.

Du schaffst es.

»Nein, das ist einfach unmöglich!«

Du bist ein guter Pilot.

»Zwanzig Tonnen! Dafür braucht man einen speziellen Landestreifen!«

Hör auf damit! Schweig!

Ich sagte kein Wort mehr. Das Schiff vibrierte, nicht sehr stark, eigentlich wie sonst auch. Feuer peitschte gegen die Fenster. Normalerweise bist du in diesen Minuten leicht neben der Spur. Obwohl die Wärmedämmung sicher ist, sind bereits zwei Shuttles bei der Landung verreckt. Irgendein Teil war durchgebrannt oder eine Keramikplatte abgesprungen, so dass der Plasmastrahl ins Schiff schoss.

Mir drohte momentan jedoch eine weitaus realistischere Gefahr.

Noch nie in der Geschichte der Raumfahrt musste ein Schiff auf einer nicht dafür vorgesehenen Piste landen. Immer nur auf speziellen Streifen, bei einer Notlandung nur in den besten Militärflughäfen, immer nur auf von der Natur selbst geglätteten Flächen ausgetrockneter Salzseen.

Aber niemals auf einer Straße.

Eine Komödie, ein alter Film noch aus Sowjetzeiten, fiel mir ein, in dem ein Passagierflugzeug auf einer Chaussee runterging. Die Szene war auf einem Flugplatz gedreht worden – der normale Straßenbelag hätte den Vogel nicht verkraftet.

Wovon ich mich gleich in der Praxis überzeugen würde.

Was für seltsame Dinge heutzutage passieren! Interstellare Flüge und fremde Zivilisationen sind für uns Realität geworden. Aber nichts – nichts! – hat sich deswegen geändert! Die Straßen, über die Kamas-Laster und Shigulis brettern, sind so löchrig wie eh und je, im Fernsehen laufen nach wie vor dieselben Seifenopern, die Wasserleitungen sind undicht, und jeder Frühling bringt Rotznasen.

Die Zukunft hatte die Gegenwart berührt, ihr herablassend auf die Schulter geklopft und sich schlafen gelegt.

Zwanzig Prozent der Erdbevölkerung arbeiten im Kosmosbereich. Sie bauen Raumschiffe, bereiten den Treibstoff auf, errichten lächerliche orbitale Festungen und versuchen eine Ökologie, die seit dem Raketenboom verrückt spielt, in den Griff zu kriegen.

Und ich musste auf unter sengender Hitze aufgedunsenem Asphalt landen.

»Leb wohl«, sagte ich zum Zähler. Der reagierte nicht, gab keinen Ton von sich, schloss sich nicht an den Rechner an.

Na schön.

Der Feuersturm ums Schiff legte sich bereits, jetzt glitten wir durch die Stratosphäre, in einer Höhe von gut zwanzig Kilometern, genau wie jedes andere Überschallflugzeug auch ... nur halt mit ausgefallenen Triebwerken. Ich schaltete die Automatik ab und griff nach dem Steuerrad. Ich bewegte das Schiff ein wenig hin und her ... so schlecht sprach es nicht auf das Steuer an, schließlich gleicht bei dieser Geschwindigkeit der Druck der anströmenden Luft die geringe Dichte aus.

Wäre in den Tanks wenigstens noch die normale Brennstoffreserve gewesen, hätte ich versucht, zu manövrieren und doch noch im Kosmodrom zu landen. Aber die Tanks waren fast leer.

Innerhalb von nur zehn Minuten erreichten wir die Wolkendecke. In dem Moment stand auch die Funkverbindung wieder.

»Transaero, antworte!«, wiederholte der Operator müde.

»Ich höre euch.«

»Flug 36-18! Wir sehen dich!«

»Freut mich ungemein«, sagte ich.

»Die Hubschrauber sind in der Luft, Pjotr. An dem Punkt, wo du runterkommst, ist die Straße frei. Du fliegst direkt auf sie zu, deine Chancen stehen nicht schlecht.«

Ich verzichtete darauf, mir diese Chancen in Prozenten angeben zu lassen. Zum Fluchen war das nicht gerade der beste Zeitpunkt.

»Was ratet ihr mir, Erde?«

»Pjotr, hier kommt Alexander Danilow«, informierte mich der Operator. Gleich darauf schaltete sich eine zweite Stimme ins Gespräch. Ich kannte sie flüchtig. Danilow, den besten Piloten der Transaero, hatte ich vielleicht drei Mal gesehen. Er flog jetzt eine Buran, angefangen hatte er aber ebenfalls auf einer Spiral.

»Wir haben keine Zeit für Beileidsworte, Pjotr«, kam er gleich zur Sache. »Außerdem geben wir uns alle Mühe, dass sie überhaupt nicht nötig sind. In zehn Minuten überfliegst du das Kosmodrom. Zwei Minuten später bist du etwa fünf Kilometer über der Straße.«

Wenigstens verzichtete er auf den Ausdruck »über der Autobahn«.

»Die Straße ist beschissen«, bemerkte Danilow in schonungsloser Offenheit. »Ich bin da schon mit dem Auto langgefahren. Aber das Stück, an dem du auf null Meter runtergehst, ist relativ intakt ... Chinesische Händler nehmen sie öfters, die haben den Belag ausgebessert. Hoffe nicht auf die Automatik. Wie steht's mit deiner Flugerfahrung?«

»Zwei Flüge mit meinem Ausbilder, sieben allein. Alle auf der Spiral.« Ich schluckte, bevor ich fortfuhr: »Alle Landungen mit Automatik ...«

»Das weiß ich. Militärische Einsätze?«

»Neun Flüge.«

»Womit?«

»Mit einer Suchoi, einer S-37.«

»Gut. Vergiss nicht, dass sich die Spiral wirklich manuell steuern lässt. Sie reagiert bei der Landung sehr träge aufs Steuer, aber unmöglich ist es nicht. Ich selbst bin zwei Mal ohne Automatik gelandet.«

»Ist die Straße breit?«, wollte ich wissen. Die ruhige, kräftige Stimme Danilows hatte etwas Hypnotisierendes.

»Fünf Meter. Könnte schlimmer sein. Wenn du präzise runtergehst, landen die Räder nicht im Graben. Rolle mindestens hundert Meter aus, um die Geschwindigkeit zu drosseln. Dann hast du Chancen, es zu überstehen, wenn du von der Straße abkommst.«

»Sind da noch Leute unterwegs?«

»Nein. Die Straße ist frei, mach dir darum keine Gedanken.«

»Sascha …« In meiner Nervosität vergaß ich jeden Respekt. »Habe ich wirklich eine Chance?«

»Eine kleine, aber die ja. Ich bin jetzt im Hubschrauber … Ja, ich sehe dich! Schau nach unten … Scheiße, du hast kein Rundumblick … Siehst du das Kosmodrom?«

Das tat ich. Vor mir – und sehr weit unten.

Bei keiner Landung in Swobodny war ich in dieser Höhe über den Weltraumbahnhof geflogen. Natürlich nicht …

»Du kommst gut runter«, tröstete mich Danilow. »Der Vogel wird noch ein Weilchen fliegen. Hast du die Kursdaten?«

»Ja«, antwortete ich mit einem Blick auf den Monitor. »Zwei Korrekturen?«

»Eine, damit du auf die Achse der Straße kommst, die andere vorm Aufsetzen.«

»Mein Treibstoff reicht aber nur für eine.«

»Dann mach nur die erste«, entschied Danilow nach einer Schweigesekunde. »Ansonsten landest du völlig ab vom Schuss. Und dann setze auf.«

»Verstanden.«

»Na, dann los«, munterte mich Danilow auf. »Es ist praktisch windstill, die Sicht ideal. Ich bin auf Empfang, störe dich aber nicht weiter. An alle: Ab jetzt wird geschwiegen!«

Ich schaute noch einmal auf das rechter Hand liegende Kosmodrom. Vier Hauptstartrampen für die Raumschiffe, dazu drei kleinere für Sputniks. Zwei exzellente, breite und mit allen Finessen ausgestattete Landebahnen. Am Himmel entdeckte ich einen winzigen Punkt: den Hubschrauber. Innerlich winkte ich Danilow zu.

Der Zähler hüllte sich in Schweigen, fuhr lediglich mit der Pfote über das Gehäuse des Jumpers. Das leise Scharren irritierte mich. Als ich den Reptiloid böse anguckte, hörte er damit auf. Allem Anschein nach hatte er verstanden.

Die Berechnung der letzten Kurskorrektur war bereits im Computer. Eigentlich wird die Nutzung des Haupttriebwerks in der Atmosphäre nicht empfohlen. Ich hatte jedoch eh nichts mehr zu verlieren.

Nachdem ich das Manöver bestätigt hatte, schaltete sich ein paar Sekunden später das Triebwerk automatisch ein. In der Atmosphäre arbeitete es irgendwie schwerfällig und gluckernd ... aber vielleicht bildete ich mir das auch nur ein. Es folgte ein Impuls von zwei Sekunden, das Schiff ruckte kurz, als fiele ihm ein, dass es ja gelernt hatte, selbstständig zu fliegen, dann setzte es seinen Fall fort.

Zumindest flogen wir tatsächlich direkt über der Straße. Herr im Himmel, sollte man in Russland etwa gelernt haben, Straßen gerade zu führen – und sie nicht um jedes Hügelchen herumzuleiten? Oder stammte die hier noch aus Zeiten des Zaren?

Inzwischen hatte sich die Höhe auf einen Kilometer reduziert. Vor mir blitzten am Straßenrand winzige Autos auf. Immerhin, die Straße hatten sie tatsächlich geräumt ...

Blieb die Geschwindigkeit, mein Hauptfeind. Gut dreihundert Stundenkilometer sind nach Weltraummaßstäben absolut lächerlich. Für eine normale Straße lagen sie jedoch weit über dem, was ihr zuzumuten war.

Ich bewegte das Schiff leicht zur Seite, um zu sehen, wie es mir gehorchte. Erstaunlich gut. Auf dem Computerschirm spaltete sich eine gelbe Linie – meine Flugbahn – von einer grünen ab. Ich brachte die Spiral wieder auf die Achse der Straße. Die idiotische Hoffnung, es doch irgendwie zu schaffen, schien auf einmal nicht mehr ganz so idiotisch. Das Kontrollzentrum hatte mich derart tadellos zu dieser Straße gebracht, als sei das Manöver seit langem erprobt.

Der Zähler fing schon wieder an, über das Gehäuse zu kratzen. Jetzt blieb mir jedoch keine Zeit, mich mit ihm zu beschäftigen. Die Straße lag nur noch hundert Meter unter uns, und die Höhe schmolz rasant. Ich versuchte herauszukriegen, ob ich mittig runterkam, aber der Rechner erwies sich inzwischen als nutzlos, und die Sicht aus dem Cockpit der Spiral konnte sich noch nie ihres Panoramas rühmen. Im letzten Moment riss ich das Schiff ein wenig nach rechts.

Genau in dieser Sekunde, als sich der Vogel vornüber neigte, registrierte ich zwei Dinge auf einmal. Erstens, meine Intuition hatte mich nicht getäuscht, ich wäre tatsächlich im Graben gelandet, hätte ich dieses letzte Manöver nicht vorgenommen. Die zweite Neuigkeit war weniger erfreulich: Einen halben Kilometer vor mir machte die Straße eine scharfe Kurve, um einen nicht sehr hohen, mit Bäumen bewachsenen Hügel zu umrunden. Als ob das nicht reichte, kam mir auch noch ein Auto entgegen!

In welches der beiden Hindernisse ich reinjagte, machte übrigens für mich keinen Unterschied. Noch sechs Sekunden, dann ...

Das Schiff rumpelte, als das Fahrgestell auf der Straße aufsetzte. Es geriet sofort ins Schleudern, genau wie ein Auto auf Glatteis, und schlitterte mit dem linken Flügel vorneweg weiter. Von blindem Eifer getrieben, versuchte ich, das Schiff unter Kontrolle zu bringen. Der klotzige, alte Ikarus vor mir machte eine Kehrtwende. Als der Fahrer das auf ihn zurasende Raumschiff erblickt hatte, war er so geistesgegenwärtig gewesen, auf die Bremsen zu steigen und zu wenden.

Herr im Himmel, was für ein Albtraum! Das Schiff schoss schaukelnd über die Straße, hatte es aber bisher fertiggebracht, weder im Graben zu landen noch sich bei einer der zahllosen Unebenheiten zu überschlagen. Der Autobus vor mir suchte das Weite, mit allem, was der Motor hergab. Worauf hoffte der noch? Ich war so oder so schneller als er und würde ihn einholen! Wenn der Fahrer wenigstens herausspringen, wenn er die Menschen rauslassen würde ... nein, das würde er nicht schaffen ... aber wenn er wenigstens von der Straße runterfahren würde, dann bliebe vielleicht jemand am Leben ...

Daraufhin setzte ich alles daran, die Spiral von der Straße zu bekommen. Von mir aus konnte ich im Graben landen oder gegen den Hügel knallen – Hauptsache, ich raste nicht in den Autobus! In meinem Kopf dröhnte plötzlich die durchdringend tragische Stimme einer halb in Vergessenheit geratenen Sängerin: »Und die ganze Stadt, die glaubt, das war ein Übungsflug ...«

Das Raumschiff teilte meine Bereitschaft zur Selbstaufopferung ganz entschieden nicht. Inzwischen polterte es nicht mehr über die Straße, sondern schoss über sie dahin, fand sich mit dem Asphalt unter seinen Rädern ab. Die russischen Raumschiffe sind die zuverlässigsten der Welt!

Der Bus beschleunigte auf eine halsbrecherische Geschwindigkeit, der Abstand verringerte sich so langsam, dass ich sogar das Kennzeichen entziffern konnte: 06-31. Auch den Auspuff erkannte ich klar und deutlich, der dichten, graublauen Rauch ausstieß, einen zerbeulten Eimer, der hinten festgemacht war, und ein Schild: »Schlechte Sicht – nicht überholen«.

O nein, überholen würden wir den Bus nicht. Wir würden voll in ihn hineinkrachen ...

Selbst angeschnallt warf es mich hin und her, das Schiff erbebte und bäumte sich auf. Die mit Keramik verkleidete Spitze der Spiral erwies sich als solider als das verrostete Eisen. Die Fähre steckte halb im Bus, als die Flügel die geschossartige Bewegung stoppten. Ein paar Sekunden fuhren wir als bizarres Tandem weiter, rasierten die wenigen Betonpfeiler ab und nahmen uns den Hügel vor. Ungefähr nach dem zehnten Baum kapitulierten sowohl der Bus wie auch das Raumschiff vor den Barrieren und blieben stehen.

In dem Moment krachte es so gewaltig, dass ich kurz in Ohnmacht fiel. Als ich meine Augen wieder aufkriegte, stellte ich überrascht fest, dass ich noch lebte. Die Nase der Spiral war plattgedrückt, das Cockpit zusammengequetscht wie ein Akkordeon. Absurderweise war aber kein einziges Fenster zersprungen, und die Beleuchtung funktionierte auch noch. Auf dem umgestürzten Jumper hockte der Zähler und band sich das Seil ab, das ihn gesichert hatte. Wie hatte er es bloß geschafft, nicht zerfetzt zu werden?

Indem ich den Kopf schüttelte, versuchte ich den blutigen Rotz aus meinen Augen zu vertreiben.

Bis plötzlich alles in mir eiskalt wurde.

Das Blut war nicht in meinen Augen. Alle Scheiben der Spiral waren mit blutrotem Matsch verschmiert.

Gütiger Gott!

Ich riss die Gurte ab, rappelte mich aus dem Sitz und torkelte zur Schleuse. Der Zähler, der sich auf dem Gehäuse des Jumpers aufgerichtet hatte, klatschte mir die Pfote auf den Arm, als wollte er mich aufhalten, doch ich kümmerte mich nicht weiter um ihn. Das Schiff zitterte, offenbar rutschte es den Hang runter. Die Tür zur Schleuse gab erst beim dritten Ruck nach, anschließend zerrte ich am Hebel des Notausgangs. Die Luke ging nicht sofort auf, schließlich schaffte ich es aber doch – meine Panik verlieh mir Kraft.

Die Luft war kalt und feucht, von der glühend heißen Verschalung stieg Dampf auf. Um mich herum richtete sich das lädierte Kiefernwäldchen wieder auf, der Ikarus, der starr vor mir aufragte, verströmte Brandgeruch. Ich sprang aus zwei Metern Höhe zu Boden, rutschte im nassen Gras aus, stolperte und torkelte zum Bus. Ein Teil der Scheiben war ebenfalls noch intakt und lediglich mit einem Spinnennetz aus Rissen überzogen, durch die ich genau den gleichen purpurroten Brei ausmachte.

Bitte, lass es keine Kinder gewesen sein! Ein Kloß schnürte mir die Kehle zu. Mit zitternden Händen öffnete ich das Holster. Ich würde mich erschießen, wie es sich für einen Offizier gehört ...

Quietschend öffnete sich die Tür des Busses, und ein ausgemergelter, unrasierter Mann in Trainingsanzug sprang heraus. Kopfschüttelnd betrachtete er erst den zerquetschten Bus, dann mich. Er stand auf. In der einen Hand hielt er ein Brecheisen.

»Du bescheuerter Kosmonaut!«, brüllte er. »Fliegen in der Weltgeschichte rum, die Arschlöcher!«

»Wie viele?«, konnte ich nur fragen. Meine Beine trugen mich nicht mehr, Mütterchen Erde forderte mich tadelnd zum Hinlegen auf. »Wie viele ...? Da drin?«

Ich nickte in Richtung des zusammengedrückten Autobusses und versuchte, jeden weiteren Blick auf die verschmierten Fenster zu vermeiden.

»Achtzig!«, polterte der Fahrer. Alles in mir drin zerbrach. Die Kinder, die hatte ich auf dem Gewissen ...

»Achtzig Kisten, du Mistkerl! Wie soll ich die jetzt bezahlen?«

Noch bevor ich diese Worte bewusst wahrnahm und mir vergegenwärtigte, dass Menschen nicht in Kisten transportiert werden, hatte der Fahrer mit seinem Brecheisen mich auch schon beinahe erreicht.

»Halt!«, schrie ich und riss die Pistole heraus. »Ich bin Major der russischen Luftwaffe! Pjotr Chrumow! Ich habe das Recht, von der Waffe Gebrauch zu machen! Nicht näher kommen!«

Der Fahrer ließ das Brecheisen fallen, sackte auf die Böschung und heulte los, den Kopf in beide Hände gestützt und sich wiegend. Ich schnappte etwas von chinesischen Vertragsbauern auf, die Tomaten anbauten, über die Einwohner von Chabarowsk, die sich ohne diese Tomaten kein Leben vorstellen konnten, über den armen Ikarus, der den Fahrer ernährt hatte und der jetzt nur noch für den Schrottplatz taugte. Mir fehlte jedoch die Kraft, um Mitleid mit ihm zu haben. Tomaten! Achtzig Kisten! Und selbst wenn es die ganze chinesische Jahresernte gewesen wäre!

»Wieso um alles in der Welt transportierst du in diesem Bus Tomaten?«, fragte ich.

»Worin denn sonst, wenn ich keinen Kamas-Laster habe?«

»Mach dir keine Sorgen, man wird dir deinen Verlust erstatten!«

Der Fahrer hörte prompt mit seinem Geflenne auf und hob den Kopf. »Wirklich?«, hakte er ungläubig nach.

»Wird man!«, versprach ich, während ich zum Bus rüberging. Er bot einen furchtbaren Anblick. Ich bückte mich, klaubte ein wenig von dem purpurroten Brei aus dem Gras und hielt ihn mir unter die Nase, wobei ich mir wie ein frisch initiierter Vampir vorkam. Kein Zweifel, das waren Tomaten ...

»Haben die wegen dir die Straße gesperrt?«, erkundigte sich der Fahrer hinter mir.

Ohne mich zu ihm umzudrehen, nickte ich.

»Mist! Ich hab gedacht, da sind mal wieder bei einem dieser Schrottdinger die Tanks geplatzt ...«, grummelte der Fahrer. »Echt, sobald euer Treibstoff ausläuft, riegeln die die ganze Strecke ab ...«

»Passiert das denn so oft?«, wollte ich wissen.

»Zwei Mal pro Jahr ...«

Klar. Die Trägerraketen flogen mit hochtoxischem Treibstoff. Es gab viele Starts, die Tanks waren alt, ewig fehlten Fachleute ...

»Wenn dein Vehikel nicht gewesen wäre«, brachte ich seufzend heraus, »wäre ich erledigt gewesen ...«

Der Fahrer schielte die Straße runter und kratzte sich die Wange. »Kannst du laut sagen! Du hattest ordentlich was drauf ... zweihundert Stundenkilometer?«

»Die Landegeschwindigkeit liegt bei dreihundertfünfzig.«

Der Fahrer schnalzte mit der Zunge. »Also, mehr als hundert, das trau ich mich hier nicht ...« Sein Ton hatte sich prompt geändert. Jetzt war ich nicht mehr ein abgestürzter Kosmonaut, sondern fast ein Kollege. »Meinen Motor kannst du sowieso vergessen. Aber klar, bei euch sieht das anders aus ...« Er verstummte und starrte zum Schiff rüber, spuckte aus und brummte: »Ich hab gewaltig was auf die Birne bekommen ... Wie heißt du, Kosmonaut?«

»Habe ich doch schon gesagt: Pjotr!«

»Petja ... Ich bin Kolja.«

Automatisch schüttelte ich die Hand, die er mir entgegenstreckte. Man hätte in diesem Moment von uns beiden problemlos ein Photo für ein Agitationsplakat der kommunistischen Partei schießen können: die unverbrüchliche Einheit von Armee und Volk. Nur das Schiff, das seine Nase so vorwitzig in den Bus gebohrt hatte, müsste dann retuschiert werden, andernfalls könnte man auf falsche Gedanken kommen.

»Von wo bist du gestartet?«, erkundigte sich der Fahrer.

»Von Sirius-A-8. Vom Planeten Hyxi.«

»Den kenn ich!«, begeisterte sich der Fahrer. »Sirius habe ich schon mal gesehen! Mein Sohnemann hat ihn mir gezeigt, er ist in einer Astronomengruppe, hat selbst ein Teleskop zusammengebaut, so ein kleines ... Er will auch Kosmonaut werden.«

Er ging näher an das Schiff heran, berührte scheu die Schutzhülle und zog fluchend die Hand zurück. Logisch, die Keramik war noch nicht erkaltet, sondern hatte mindestens hundert, zweihundert Grad.

»Verdammt, ist das heiß!«, schimpfte Kolja. »Mir verschmurgeln ja meine Tomaten. Hilf mir beim Ausladen!«

Ich bedachte Kolja mit einem tadelnden Blick.

»Ach ... schon gut«, winkte er ab. »Vergessen wir's ... Sag mal, das Ding ist doch nicht verstrahlt?«

»Das Schiff? Nein, keine Sorge. Die Strahlung liegt ganz wenig über dem natürlichen Strahlungshintergrund. Sie ist nicht gefährlich.«

»Was sollten wir nach so einem Knall auch noch fürchten«, meinte der Fahrer. »Petja, das ist, als ob du ein zweites Leben gekriegt hättest!«

»Hm ...«

»Meinst du ... wir sollten das begießen?«

Der Vorschlag brachte mich derart aus dem Konzept, dass ich nicht wusste, was ich darauf erwidern sollte. Kolja fasste mein Schweigen als Zustimmung auf, zwängte sich in die Fahrerkabine und tauchte kurz darauf mit einer angebrochenen Flasche Wodka, einem Glas und einem in die *Literaturzeitung* eingewickelten Stück Speck wieder auf.

»Aber nachher, wenn die Streifenhörnchen anrücken, sagst du, dass ich nüchtern war!«, verlangte Kolja, während er die Zeitung im Gras ausbreitete. »Dass wir erst jetzt ... um den ganzen Stress abzubauen ...«

Mich beschlichen leise Zweifel, ob Kolja wirklich nüchtern gewesen war und warum er sich derart auf die Flasche stürzte. Ich sagte jedoch kein Wort. Schließlich hatte sein Autobus mir das Leben gerettet.

Wir setzten uns hin, Kolja drückte mir das Glas in die Hand und goss ein. In dem Moment hörte ich das Rattern eines Hubschraubers.

»Meine Leute kommen«, teilte ich ihm mit und stand auf.

»He, mach schon, trink!«, drängte Kolja. »Hier ... soll ich dir 'ne Tomate holen?«

Er flitzte zum Bus und fischte aus dem Brei unter den Rädern eine unversehrte Tomate. Gerade schob sich der Hubschrauber, der tief über unseren Köpfen flog, ins

Blickfeld. Allerdings kamen da keineswegs unsere Retter angeflogen: Aus der offenen Tür lugte das Auge einer Fernsehkamera heraus. Der Kameramann, mit einem Gurt gesichert, machte gierig seine Aufnahmen von dem Unfall.

»Die sind von uns, vom Fernsehen in Chabarowsk ...«, erklärte Kolja, während er mir die Tomate hinhielt. »Hier, für nach dem Wodka!«

Es war mehr ein Reflex, als ich den Wodka trank und in die Tomate biss. Das Gemüse der Chinesen war gut und schmackhaft, der Wodka verbrannte mir aber fast den Hals, das reinste Kerosin.

Kolja entspannte sich umgehend und zwinkerte mir zufrieden zu. »Wir sollten der Verkehrspolizei jetzt nicht in die Hände fallen!«, bemerkte er vertrauensselig. »Wenn bloß deine Leute schon da wären und uns hier wegbringen würden! Schließlich stecke ich voll im Stress und muss mich ausruhen!«

Alles klar ...

»Mach dir um die Polizei keine Sorgen. Damit befasst sich der Föderale Sicherheitsdienst!«, beruhigte ich ihn.

Der Hubschrauber kreiste immer noch über uns, machte aber nicht die geringsten Anstalten, tiefer zu gehen und uns Hilfe anzubieten. Wir spendierten uns ein weiteres Schlückchen, als unsere Retter kamen, zwei leichte Hubschrauber, mit einem orange und einem weißen Streifen, und ein Hubschrauber der Armee, ein Ka-72 mit Tarnanstrich. Die Reporter verdufteten prompt, als befürchteten sie, gleich unter Raketenbeschuss zu geraten. Der Armeehubschrauber zog über dem Hügel seine

Kreise, während aus den beiden gelandeten Rettungshubschraubern Leute auf uns zuliefen. Ein paar Ärzte, zwei MPi-Schützen und Oberst Danilow höchstpersönlich. Ich stand auf, wimmelte die Herren Doktoren ab und rapportierte: »Ich melde eine erfolgreiche Notlandung. Keine Opfer, die Fracht ist unbeschädigt. Der Zustand des Schiffs ist zufriedenstellend ...«

Schweigend schloss mich Danilow in die Arme. Er war ein kräftiger, stämmiger Mann aus Sibirien, der mich um einen Kopf überragte.

»Na, Pjotr, da hast du ja ganz schön was ...«, brummte er. »Verdammt, aber du bist gelandet! Gelandet, gelandet!«

»Also ... es war ein Glück, dass der Bus aufgetaucht ist ...«

Als Danilow zum Ikarus rüberschielte, entglitten ihm die Gesichtszüge. »Wie viele?«, wiederholte er meine Frage.

»Da waren Tomaten drin, Genosse Oberst. Es gibt keine Opfer.«

»Petja, hol mich doch ...« Ungläubig starrte Danilow auf das Tomatenpüree, das an den Scheiben klebte. »Das gibt neue Sterne auf den Schulterstücken ...«

Er hatte einen Arm nach wie vor um meine Schultern gelegt und drückte dem plötzlich ganz eingeschüchterten Fahrer die Hand. Anscheinend beeindruckte diesen die militärische Uniform weitaus stärker als mein Pilotenoverall.

»Ich danke Ihnen.«

»Nicht doch ...« Der Fahrer machte mit beiden Händen eine abwehrende Geste. »Ich hab halt gesehen, dass da was angeflogen kommt! Direkt auf den Hügel zu. Pah, denke ich, zum Teufel mit ihnen, mit den Tomaten, meine ich, ein Mensch ist mehr wert! Hab den Stoßdämpfer gespielt ... äh ... also ...«

Er stockte verlegen. Kolja, Kolja!

»Ich werde persönlich veranlassen, dass Sie für eine Auszeichnung vorgeschlagen werden«, versprach Danilow. »Für den Schaden kommen wir auf.«

Der Fahrer strahlte.

»Für euch gibt es hier nichts zu tun!«, wandte sich Danilow an die geduldig wartenden Ärzte. »Habt ihr gehört? Nichts!«

Die Ärzte sahen nicht gerade so aus, als seien sie ob dieser Neuigkeit enttäuscht. Inzwischen schnappte sich der Oberst die Flasche vom Boden, nahm einen Schluck, verzog das Gesicht und erteilte Befehle. Fünf Minuten später entstiegen dem Armeehubschrauber drei weitere Soldaten, die etwas abseits ein Feldfunkgerät aufbauten.

»Sammel deine Sachen ein.« Doch dann winkte Danilow ab. »Ach was, zum Teufel mit ihnen ... Du hast hier nichts mehr verloren. Fliegen wir nach Hause.«

Ich nickte und blickte noch einmal zurück zum Schiff. Was hatte ich schon für Sachen? Ein paar Souvenirs, frische Unterwäsche ...

Und einen Zähler!

Das war wie ein Schlag gegen den Solarplexus.

Als ob sich der Vorhang hob, der mein Bewusstsein abgeschirmt hatte.

Der Zähler!

Wir waren in den Bus geknallt, ich hatte mich durch die Schleuse gezwängt – während der Reptiloid noch mit dem Seil hantierte.

Wo war er?

»Alexander Olegowitsch ...«, flüsterte ich. Danilow schaute mich stirnrunzelnd an. »Alexander Olegowitsch, da im Schiff ...«

Er packte mich am Arm und zog mich wortlos zum Schiff. Unter der offenen Luke stand bereits ein MPi-Schütze, reingeklettert war bisher jedoch noch niemand.

»Weshalb hast du die Leiter nicht runtergelassen?«, fragte er, während er die offene Luke taxierte.

»Ich hab mich beeilt und da ...«, murmelte ich schuldbewusst.

»Wie heißt es doch so schön: Eile mit Weile ... Mach mir mal eine Räuberleiter!«

Unter dem neugierigen Blick des Soldaten stemmte ich Danilow ein Stück in die Luft, bis dieser sich hochziehen konnte und in der Luke verschwand. Kurz darauf glitt langsam die Leiter heraus.

»Komm rauf ...«, vernahm ich seine Stimme.

Danilow hatte die Schleusenkammer nicht verlassen. Als ich hochkam, öffnete er die Luke zum Frachtraum und betrachtete nachdenklich die aufgestapelten Kortrisonplatten.

»Alexander Olegowitsch, ich muss Ihnen etwas sagen ...«, setzte ich halb im Flüsterton an.

»Du musst überhaupt nichts«, fiel mir Danilow ins Wort, ohne sich umzudrehen. »Pjotr, alle Piloten haben mindestens einmal in ihrem Leben irgendwas geschmuggelt. Das verstehe ich doch. Schnapp dir deine Sachen und lass uns gehen.«

»Darum geht es doch gar nicht!«

»Mach jetzt hin!«, blaffte Danilow. »Ich überprüfe die Fracht. Du sammelst deine Sachen zusammen.«

Wie hypnotisiert kletterte ich ins Cockpit.

Am Pult blinkten Lichter. Der zerquetschte Zylinder des Jumpers. Die Tomatenschlieren an den Scheiben der Kabine. Der offene Schrank, aus dem ein Beutel mit frischer Unterwäsche gefallen war.

Sicherheitshalber inspizierte ich alle Fächer des Schranks und den Kühlschrank.

Warum erstaunte es mich überhaupt nicht, dass der Zähler verschwunden war?

Klar, ich hatte unter Schock gestanden – nachdem ich in den Bus gerast war. Und klar, die Erleichterung nach den Worten des Fahrers war noch größer gewesen.

Aber warum hatte ich trotz allem den Zähler so schnell vergessen? Und zwar völlig?

Ich erinnerte mich noch an das letzte Mal, als ich ihn gesehen hatte. Seine bekrallte Pfote hatte mich flüchtig berührt ... jene Pfote, die so mühelos die Festplatte des Computers gelöscht hatte.

Ein Mensch ist kein Rechner. Aber spielte das für einen Zähler eine Rolle? Er hatte mich gezwungen, seine Existenz – wenn auch nur vorübergehend – zu vergessen! Und dann war er, während ich mit dem Busfahrer Wodka trank und chinesische Tomaten aß, abgehauen!

Selbstverständlich wusste ich genau, was ich jetzt zu tun hatte. Ich musste alles Danilow erzählen, damit er die

Gegend absperrte. Eine Razzia ... Soldaten, Hunde, Hubschrauber, eine Mobilisierung der Bevölkerung vor Ort. Um den geschuppten Karel zu finden!

Nein, ich bin etwas naiv, das weiß ich selbst. Aber so weit reicht meine Naivität dann doch nicht ...

Wer würde mir denn glauben? In dem Schiff deutete bereits nichts mehr auf die Anwesenheit eines Aliens hin. Wahrscheinlich würde man bei mir sämtliche Hinweise auf eine Gehirnerschütterung und einen Schock feststellen. Pro forma würde man die Gegend durchkämmen – und natürlich niemanden finden. Der Zähler hatte wirklich alles bedacht! Inzwischen konnte er irgendwo im Boden vergraben oder durch irgendeine unvorstellbare Metamorphose das Aussehen eines Keilers, eines Baums oder eines Steins angenommen haben ... Vielleicht schoss er auch gerade die Straße entlang, mit einer Geschwindigkeit von dreihundert Stundenkilometern. Was wissen wir schon über die Außerirdischen? Vor allem über so seltene wie die Zähler?

Mir würden das Krankenhaus und die Entlassung aus dem Flugdienst winken. Für alle Fälle. Eine bescheidene Rente, Arbeit als Armeeausbilder in einer Schule oder als Ingenieur in einer Fabrik oder als Fahrer. Genau, ich würde Fernfahrer, wie Kolja, und finnischen Joghurt oder polnisches Büchsenfleisch transportieren und allen neuen Bekannten Märchen über ferne Welten erzählen.

»Hast du deine Sachen, Petja?« Danilows Hand legte sich mir sanft auf die Schulter. Ich fuhr zusammen.

»Ja-a, fast ...«

Unter seinem nachsichtigen Blick raffte ich meine Jacke und den Beutel mit den Andenken – ganz normales Zeug, bestimmt keine Schmuggelware! – zusammen. In alter Gewohnheit ging ich zum Pult und schaltete alle Systeme des Schiffs ab. Mit ihm würde sich die Bergungsmannschaft beschäftigen.

»Dein Vogel dürfte wohl kaum noch einmal in die Luft aufsteigen«, vermutete Danilow sachlich.

Ich schluckte und schaute mich in dem kleinen Cockpit um. Was auch immer geschehen war, zehn Flüge hatten wir zusammen gemacht ... ich hatte mich an das Schiff gewöhnt ...

»Nimm's nicht so schwer. Du bist lange genug mit einem ›Latschen‹ geflogen. Ich werde dir helfen. Wenn du willst, kannst du auf meiner Buran als Co-Pilot mitfliegen.«

Der Vorschlag machte mich sprachlos. Danilow bot mir an, Mitglied in seiner Crew zu werden! Die die interessantesten und einträglichsten Routen flog!

»Gehen wir.« Der Oberst stupste mich leicht in Richtung Schleuse. »Der Hubschrauber wartet.«

Etwas hatte ich noch vergessen ...

»Gleich ...« Ich riss die Angelschnur ab, an der die Fellmaus über dem Pult baumelte, steckte das Plüschtier in die Tasche und linste verlegen zu Danilow rüber.

Aber er lachte mich nicht aus.

Als wir abflogen, rückten drei Planwagen mit Soldaten, zwei Pkws und ein Transportpanzer an. Danilow schickte ihnen einen freundlichen Blick hinterher.

»Wie sind die Pläne, Pilot?«, fragte er mich, das Dröhnen der Rotoren übertönend. »Sollen wir eine Pressekonferenz abhalten?«

Ich schüttelte den Kopf. Das hätte mir noch gefehlt, die ganze Welt anzulügen!

»Einverstanden«, stimmte mir Danilow zu. »Die können bis morgen warten ...«

Immer wieder hatte ich gehört, Danilow sei nicht nur der beste Pilot der Transaero und der Stolz der russischen Raumflotte. Mir war aber auch zu Ohren gekommen, er sei Mitarbeiter des Geheimdienstes und halte ein hübsches Aktienpaket der Fluggesellschaft. Vermutlich stimmte das – gar zu leichthin traf er seine Entscheidungen.

»Trink einen Schluck!« Danilow hielt mir eine Glasflasche hin. »Das ist echter Armagnac ... nach dem Fusel von dem Busfahrer ist mir immer noch kotzübel!«

Gehorsam trank ich einen Schluck von dem Brandy.

»War der Busfahrer betrunken?«, erkundigte sich Danilow sachlich. Ich verschluckte mich und zuckte die Achseln. »Gut, lassen wir das, wir bringen ihn nicht vor Gericht! Schließlich hat er dich gerettet!« Der Oberst machte eine wegwischende Handbewegung. »Wir werden ihm sein Vehikel bezahlen, ist eh nur Kleingeld!«

Der Hubschrauber folgte zunächst der Straße, drehte dann ab und flog auf kürzestem Weg Swobodny an. Ich stierte auf den kurz geschorenen Nacken des Piloten und ließ mir durch den Kopf gehen, wie glücklich ich jetzt eigentlich sein müsste.

Die Rückkehr von einer Geschäftsreise, die wundersame Landung, die Beförderung und ein Platz in Danilows Mannschaft ... Zeitungen und Fernsehen würden sich um mich reißen, der Präsident mir einen Orden verleihen ... Und wie sich mein Großvater freuen würde!

Ich stützte meinen Kopf in beide Hände und schaute auf die näher kommenden Gebäude des Kosmodroms. Unter uns erstreckten sich Lagerhallen und ein Schienennetz sowie dreckige, schwarze Teiche. Noch vor einer Stunde war ich über Swobodny hinweggeflogen, von meinem sicheren Tod überzeugt. Jetzt kehrte ich zurück, in mir drin jubilierte es jedoch nicht ...

»Ist alles in Ordnung, Pjotr?« Danilow beugte sich zu mir rüber. »Hast du vielleicht Kopfschmerzen? Oder wird dir schwarz vor Augen?«

Er ist ein anständiger Kerl, ohne Frage. Selbst wenn er für den Geheimdienst arbeitet.

»Es ist alles in Ordnung, Alexander Olegowitsch.«

Danilow nickte und hielt mir noch einmal die Flasche hin. »Ein letztes Schlückchen. Die Ärzte werden dich sowieso durchleuchten, Pjotr, denen entkommst du nicht ... genauer gesagt, sie sind schon da ...«

Der Hubschrauber ging tiefer. Auf dem Landeplatz standen tatsächlich zwei weiße Laster.

»Ich werde dafür sorgen, dass du im Hotel ein ordentliches Zimmer bekommst ...«, dachte Danilow laut.

»Das ist doch nicht nötig, Alexander Olegowitsch. Ich würde lieber nach Hause fahren«, bat ich.

Daraufhin sagte Danilow kein Wort, sondern sah mich nur neugierig an. »Gut«, brach er schließlich sein Schweigen. »Das verstehe ich, Pilot. Aber zunächst erwartet dich die Ärztekommission, anschließend ein Mittagessen. Danach bringen wir dich nach Chabarowsk. Die Abendmaschine nach Moskau erreichst du allemal.«

Vier

Die Ärzte quälten mich eine geschlagene Stunde. Röntgen, Analysen, Enzephalographie und, warum auch immer, Gastroskopie. Als sie mich endlich wieder freigaben, konnte ich mich des Eindrucks nicht erwehren, mich allzu früh über meine Rettung gefreut zu haben. Das Essen, das Danilow mir angekündigt hatte, stellte sich als kleines Bankett heraus, an dem auch der Leiter des Kosmodroms, General Kisseljow, und ein Dutzend Vertreter niederen Ranges teilnahmen. Die Journalisten, von denen sich Gerüchten zufolge schon rund fünfzig eingefunden hatten, ließ man glücklicherweise nicht zu dem Bankett zu. Dafür traf ich jedoch zwei Amerikaner von Delta, die letzte Nacht von Kerinnari-3 zurückgekehrt waren. Lächelnde, schlanke Menschen mit weißen Zähnen.

»Auf den Heldenmut der russischen Piloten!«, toastete der hagere Alte Kisseljow und stürzte das erste Gläschen hinunter. Die Amerikaner applaudierten. Ich kam nicht umhin, ebenfalls auf ex zu trinken.

Zwanzig Minuten später herrschte in dem kleinen Raum ein ausgelassenes Treiben. Alle hatten sich von ihren

Stühlen erhoben, kleine Gruppen gebildet und diskutierten jetzt hitzig über dieses und jenes. Das gepflegte Bankett war zu einem typisch russischen Gelage mutiert. Entsetzt verfolgte ich die Fraternisierung und das Brüderschaftstrinken der amerikanischen Piloten und des russischen Generals. Die Offiziere kippten Wodka oder Kognak in sich hinein und aßen winzige Brotscheiben mit Kaviar oder Schinken dazu. Die Menschen im Raum schienen sich förmlich zu vermehren. Zigarettenrauch stieg zur Decke auf, in einer Schüssel mit Salat, aus der ich mir etwas auftun wollte, entdeckte ich sogar ein paar noch qualmende Kippen.

Für einen Moment löste sich Danilow aus dem Knäuel. Er schaute mich an, passte einen vorbeihuschenden Kellner ab – einen Soldaten in weißem Kittel – und erteilte ihm einen Befehl. Kurz darauf brachte der Soldat mir auf einem Tablett einen Teller Borschtsch.

»Iss nur«, forderte mich Danilow auf, der plötzlich hinter mir stand. »Und achte nicht auf die Leute um dich herum, sie haben sich heute Morgen reichlich Sorgen gemacht ...«

Als ob ich mir keine gemacht hätte!

Das tolle Treiben dauerte noch rund eine halbe Stunde. Ich kauerte mich am Tisch zusammen und wünschte aus tiefstem Herzen, kleiner zu sein. Rasch verschlang ich die Suppe. Einer der Amis näherte sich mir, erstrahlte und zog einen Photoapparat heraus, um ein paar Aufnahmen von mir zu machen. Dabei wählte er die Perspektive so, dass auch einige leere Wodkaflaschen mit ins Bild kamen. Innerlich explodierte ich schon, doch da schlängelte sich abermals Danilow aus der Menge, die inzwischen garantiert auf dreißig Leute angewachsen war, als hätte sich jeder Oberst verdoppelt und jeder General einen Ableger bekommen. Obwohl er nicht weniger als die anderen getrunken zu haben schien, wirkte er völlig nüchtern.

»Rechne mit deinem Portrait im *Playboy* oder dergleichen«, foppte Danilow mich. »Der russische Held bei der Erholung ... Petja, schlag dich zum Ausgang durch, ich komm gleich nach.«

»Aber was ist ...?«

»Es ist alles in Ordnung, deine Rolle als Ehrengast hast du hervorragend gespielt.« Danilow breitete die Arme aus. »Nur keine falsche Bescheidenheit. Und jetzt zum Ausgang!«

Ich stand auf und kämpfte mich mit verkrampftem Lächeln zum Ausgang durch. Am anderen Ende des Tischs klaubte ein kleinerer, schüchterner Major Schinkenscheiben und roten Fisch von den Broten und verfrachtete beides in eine Plastiktüte.

»Guten Tag, Petja«, begrüßte er mich ein wenig verlegen und streckte mir die Hand hin. »Ich bin Maxim. Maxim Hiller. Ich habe Sie vom Kontrollzentrum aus geleitet ...«

»Vielen Dank, Maxim«, erwiderte ich aufrichtig.

»Ich habe Katzen zu Hause«, erklärte Maxim. »Eine sehr seltene Rasse. Ohne Fell. Kennen Sie die?«

Ich schüttelte den Kopf.

»Ich wollte ihnen eine kleine Freude machen ... Damit sie mal etwas Anständiges zwischen die Zähne bekommen, nicht immer bloß ihr Whiskas.«

»Dann nehmen Sie auch noch etwas Käse mit«, riet ich ihm.

Maxim nickte zufrieden. »Das mache ich, nach Käse sind sie nämlich ganz verrückt ...«

Ich quetschte mich an den Kellnern vorbei und schlüpfte ins Vorzimmer von Kisseljow. Den Eingang bewachten zwei Sergeanten mit MPis. Sobald sie mich erblickten, nahmen sie eine stramme Haltung an. Ich ließ mich auf den nächstbesten Stuhl plumpsen und rieb mir die Stirn.

Was für ein Albtraum!

Die Sergeanten mussten die reinsten Haltungswunder sein ...

»Finden hier häufig solche Banketts statt?«, wandte ich mich an die beiden.

Sie wechselten Blicke. »Eigentlich nicht«, antwortete einer der beiden Sergeanten dann mit gedämpfter Stimme. »Vielleicht zwei Mal pro Woche, Genosse Major ...«

»Sind Sie früher noch nie dabei gewesen?«, erkundigte sich der zweite und kühnere Wachtposten.

»Nein«, gestand ich.

... Normalerweise müsste ich mich nämlich jetzt um alle Formalitäten kümmern, was mich einen halben Tag kosten würde. Die Bestätigung für die Übergabe des Schiffs wollte unterzeichnet sein, man würde mir Tickets und Spesengeld für die Reise aushändigen, dann würde ich einen Hubschrauber oder einen Bus in die nächste Stadt mit Flughafen nehmen, um von dort nach Moskau zu fliegen. Gewiss, manchmal trank ich auch ein Gläschen Kognak mit dem Chef der Schicht im Kontrollzentrum oder ein Bierchen mit einem der Piloten ...

Die Tür ging, und Danilow kam ins Vorzimmer. Sofort standen die Sergeanten wieder stramm.

»Ach, hier bist du«, meinte der Oberst zufrieden. »Gut. Gehen wir. Übrigens habe ich Jonathan den Film versaut ...«

»Wirklich?«

»Ich habe mir den Apparat angeschaut und dabei rein zufällig die Rückwand geöffnet ...« Danilow grinste. »Komm jetzt, sonst verpasst du deinen Flieger.«

»Ich muss noch meine Sachen holen ...«

»Dann los!«

Die Rotoren des Hubschraubers kreisten bereits, als wir auf ihn zurannten. Daneben stand ein junger Leutnant, der mit einer Hand die zum Himmel hochstrebende Mütze runterdrückte und mir mit der anderen einen Aktenkoffer mit meinen Sachen entgegenhielt.

»Ich habe noch etwas dazugepackt«, bemerkte Danilow leichthin. »Keine Angst, es ist keine Bombe. Ein Geschenk für deinen Großvater. Ich hätte es ihm selbst gebracht, aber ich hänge hier noch einen Tag fest ... Leutnant, bringen Sie Chrumow direkt bis zum Flugzeug!«

»Zu Befehl!«

Danilow und ich umarmten uns, bevor ich in den Hubschrauber stieg. Der Leutnant folgte mir.

»Ich setze mich in ein paar Tagen mit dir in Verbindung!«, schrie Danilow. »Und grüß deinen Großvater von mir, Petja!«

Natürlich wunderte ich mich, aber es blieb mir keine Gelegenheit nachzufragen, woher Danilow meinen Großvater kannte. Der Hubschrauber stieg bereits in die Luft.

»Das schaffen wir schon«, bemerkte der Leutnant nach einem Blick auf seine Uhr. »Vermutlich ...«

Am Ende hätten wir es doch nicht geschafft, hätte der Transaero-Flug »Chabarowsk–Moskau« nicht eine halbe Stunde Verspätung gehabt. Kaum waren wir aus dem Hubschrauber gesprungen, schoss ein alter Wolga des Flughafens mit der blinkenden Aufschrift »Follow me« auf uns zu. Wir rasten über die Startbahn zur Boeing. Zu spät fiel mir auf, dass ich noch kein Ticket bekommen hatte.

Auf der Gangway standen zwei Stewardessen und der gedankenverloren rauchende Kommandant des Vogels. Der Leutnant führte Danilows Befehl absolut wortgetreu aus – und brachte mich direkt bis zur Gangway, reichte mir den Aktenkoffer und salutierte.

»Freut mich, Sie kennenzulernen!« Der Pilot streckte mir die Hand entgegen. »Ich bin Gennadi.«

Die Stewardessen lächelten und sahen mich mit unverhüllter Begeisterung an.

»Ganz meinerseits ...«, erwiderte ich verlegen. »Pjotr. Da ist etwas schiefgelaufen, mit meinem Ticket ...«

Der Kommandant brach in schallendes Gelächter aus, während er mich mit sich in die Boeing zog.

»Wenn du willst, komm ins Cockpit«, bot er an. »Bist du schon mal eine 707 geflogen? Das ist natürlich kein Raumschiff, aber ...«

»Vielen Dank, aber da lass ich lieber die Finger von.« Ich schüttelte den Kopf. Natürlich hätte es mir gefallen, mal eine Boeing in die Luft zu bringen – aber doch nicht mit Passagieren an Bord!

»Trotzdem, wenn du willst ...«

Man brachte mich in der halb leeren Business-Class unter. In der langweilten sich bereits ein paar Chinesen und Japaner in streng geschnittenen Geschäftsanzügen, ein paar alternde Damen mit gefärbtem Haar sowie einige junge Geschäftsleute in Anzügen aus »Wollbaumwolle« vom Planeten Kennari. Wie auf Befehl richteten sich alle Blicke auf mich. Nach einer Weile stimmten die Japaner ein leises Getschilpe an. Allenthalben flog ein Lächeln in meine Richtung.

Ich lächelte verkrampft zurück, verstaute den Aktenkoffer in der Gepäckablage und machte es mir in dem überbreiten Sitz neben einem dösenden Mann – allem Anschein nach ein Staatsdiener – bequem. Irgendwann schloss ich die Augen und spielte den Schlafenden.

Über mir knisterte es, darauf erklang Gennadis Stimme. »Verehrte Passagiere, die Linie Transaero entschuldigt sich für die aufgrund technischer Probleme eingetretene Verzögerung des Abflugs ...«

Ich rückte ein wenig hin und her, um es mir bequemer zu machen. Eine Stewardess huschte durch den Gang und flüsterte den Passagieren höflich etwas zu. Sie blieb kurz neben mir stehen, legte mir den Gurt an und eilte weiter. Die Boeing zuckelte zum Start.

»Es ist mir ein Vergnügen, an Bord unseres Flugzeugs heute den tapferen Kosmonauten Pjotr Chrumow zu begrüßen, dessen Heldenmut Tausenden von Menschen das Leben gerettet hat ...«, fuhr der Kommandant inzwischen fort. Sämtliche Passagiere der Business-Class spendeten bereitwillig Beifall. Also musste ich die

Augen öffnen und noch ein wenig mehr von meinem Lächeln stiften.

Doch die Bürde des Ruhms brauchte ich nicht lange zu tragen. Die Boeing gewann an Tempo, hob schwerfällig ab und beschrieb langsam eine Kurve. Die Passagiere erstarrten in ihren Sitzen und blickten tapfer geradeaus. Ich spähte zum Fenster hinaus auf das Feld des Flughafens, das sich unter uns gleichsam auf die Hinterbeine zu stellen schien, atmete tief durch und entspannte mich.

Bald würde ich zu Hause sein.

Und wenn auch niemandem sonst – aber meinem Großvater müsste ich alles erzählen.

Ein Schauder rieselte mir über den Rücken.

Wie groß ist dieses Land, meine Heimat!

Selbst wenn man in einem amerikanischen Überschallflugzeug darüber hinwegfliegt.

Der Flug dauerte fast sechs Stunden. In der Zeit schlief ich mich aus, einmal aß ich sogar etwas, nachdem mich die zärtliche Stimme der Stewardess geweckt hatte. Es könnte alles so schön sein ... wenn jetzt nicht ein Zähler durch die Lande spazierte. Ein Alien. Ein trickreicher und hinterhältiger Feind, den ich selbst in meine Heimat eingeschmuggelt hatte.

Was hatte ich da bloß angestellt ...?

Im Halbschlaf träumte ich krudes Zeug zusammen. Ein Reptiloid kroch, behängt mit Patronengürteln, über den Kamm eines Staudamms. Seine kleinen Augen funkelten hämisch. Er bereitete alles für einen Terroranschlag vor.

In der Ferne erhoben sich die Antennen der Kommandozentrale der Weltraumsicherheit. Gleich würde der Zähler ein Kraftwerk in die Luft sprengen, die Antennen würden versagen, die ihrer Verteidigung beraubte Erde an die Außerirdischen fallen ...

Vermutlich hatte ich in meiner Kindheit zu viele Spionageromane gelesen. Mein Großvater hatte ein ganzes Zimmer voller Schränke mit Krimis und Actionromanen. Er las diese Bücher übrigens nicht bloß, sondern arbeitete sie regelrecht durch, machte sich mit dem Laptop auf den Knien Notizen ...

»Unsere Maschine setzt zur Landung im Flughafen Scheremetjewo-1 an. Bitte legen Sie den Gurt an, stellen Sie das Rauchen ein und bereiten Sie sich auf die Landung vor ...«

In Moskau dämmerte es gerade erst. Die Boeing landete und rollte zum Terminal. Meine Nachbarn packten geschäftig ihre Sachen zusammen, hüllten ihre in teuren Anzügen steckenden Körper in nicht minder exquisite Mäntel und Jacken. Eine ältere Dame bedachte mich mit einem rätselhaften Blick, mein schlaftrunkener Sitznachbar bewegte den Kopf hin und her und guckte mich an, als suche er nach einer Erklärung, wie er plötzlich zu einem Nachbarn kam.

»Pjotr ...« Der Kommandant kam aus dem Cockpit. »Ich habe gehört, da würden schon Reporter lauern. Wie stehst du dazu?«

Anscheinend stand die Antwort klar in meinem Gesicht geschrieben.

»Komm mit.«

Zusammen mit dem Kommandanten und einer der Stewardessen verließ ich das Flugzeug. Wir gingen über das Feld zum Personaleingang. Die Luft war feucht und schwer, wie vor einem Regenschauer.

»Wo musst du hin?«, erkundigte sich der Kommandant.

»Nach Hause.«

»Ins Sternenstädtchen?«

»Nein, einfach nach Hause. Zu meinem Großvater, nach Peredelkino.«

»Holt dich jemand ab?«

»Nur die Journalisten.«

»Also ... schön. Mach's gut. Wenn du noch mal mit uns fliegst, schau im Cockpit vorbei.«

Ich nickte dem Flieger zu und schüttelte ihm die Hand.

»Vielleicht werde ich ja auch irgendwann ...« Der Kommandant lächelte verlegen. »Ich habe einen Antrag auf Aufnahme in die Kosmosgruppe eingereicht.«

»Aber die nimmt doch nur Militärpiloten«, gab ich vorsichtig zu bedenken.

»Die Zeiten sind vorbei. Vor einer Woche haben sie erklärt, jetzt könnten sich alle melden.«

Interessant ...

»Wie ist es da? Bei den Sternen?«, fragte der Pilot. Völlig ernst, ohne jede Ironie.

Ich schaute zur Halle des Flughafens rüber, auf die kreuz und quer kurvenden Busse, auf die einer Perlenkette gleichende Landebahnfeuerung. »Also eigentlich ...«

Damit betraten wir die Halle.

Nach Hause zu kommen ist schön. Selbst die Sehnsucht nach der Euphorie des Jumps gibt dich dann frei. Ich betrat die Flughafenhalle durch die Personaltür, sah mich um und durchquerte sie. Es wimmelte von Menschen, solchen, die abflogen, und solchen, die in der ehemaligen Hauptstadt Russlands ankamen, es funkelten die Schaufenster. Hier scherte sich niemand um einen Kosmonauten, der sich noch vor vierundzwanzig Stunden in der interstellaren Leere herumgetrieben hatte.

Mir sollte das nur recht sein.

Ich hatte mich bereits für ein Taxi entschieden, als ich kurz vorm Ausgang einen Schrei hörte: »Pjotr! Chrumow!«

Der Kommandant der Boeing holte mich ein. »Mist!« Schnaufend blieb er stehen. »Verdammt! Beinahe wärst du mir entwischt.«

»Was ist passiert?«

»Ein Wagen wartet auf dich. Das hätte mich den Kopf kosten können.«

»Wieso das?«

Der Pilot brachte seine Verärgerung lediglich mit einer unwirschen Geste zum Ausdruck. Sobald wir die Halle verließen, empfingen uns schmeichlerische Stimmen: »Spottbillig ... Wohin wollt ihr, Leute? ... Zum Stadtzentrum? ...«

Gennadi bleckte die Zähne in Richtung der Taxifahrer. »Gestern haben sie einen von unseren Leuten ausgeraubt«, erklärte er mir. »Der hatte sich auch ... einfach ins erstbeste Taxi gesetzt. Sie haben ihn zusammengeschlagen und alles mitgehen lassen. Jetzt hat die Gesellschaft den Befehl ausgegeben, dass wir vom Flughafen einen Dienstwagen nehmen.«

»Und wen hat es erwischt?«

»Keine Ahnung. Aber dir wird man es bestimmt sagen.«

Wir steuerten den Parkplatz für die Dienstwagen an. Gennadi sah sich um. »Da drüben«, rief er aus. »Der graue Volvo. Verdammt, wenn ich dich nicht eingeholt hätte ...«

Ich fuhr relativ häufig mit einem Dienstwagen. Aber früher war es nicht verboten gewesen, eigene Wege zu gehen.

Irgendwie wollte mir nicht in den Kopf, wie man einen Kosmonauten zusammenschlagen und ausrauben konnte. Einen von denjenigen, die der Erde ihren Platz in der Galaxis sichern.

»Viel Glück, Pjotr ...« Der Pilot drückte mir die Hand. »Du bist schon in Ordnung ...«

»Aber?«, fragte ich.

»Was?«, fragte Gennadi irritiert.

»Du bist schon in Ordnung, aber ...«

»Stimmt«, sagte der Pilot, »wahrscheinlich hast du recht. Du bist in Ordnung, aber etwas zu korrekt. Und zu ernst. Also, viel Glück.«

Ich nahm auf dem Rücksitz Platz. Auf dem Beifahrersitz saß ein mürrischer Wachmann vom Sicherheitsdienst der Transaero.

»Chrumow?«, erkundigte sich der Fahrer.

»Ja. Wartet ihr auf mich?«

»Hmm. Wir stehen hier schon seit über einer Stunde. Der Flug hatte Verspätung. Wohin willst du?«

»Nach Peredelkino.«

»Ach ja«, sagte der Fahrer. »Da hab ich dich schon mal hingefahren, weißt du noch?«

Sicherheitshalber nickte ich.

»Die Gauner werden immer unverschämter«, knurrte der Fahrer. Der Wagen schoss vom Parkplatz runter und bog rasant in die Straße ein. »Jetzt müssen wir alle unsere Leute von hier wegbringen.«

Vielleicht eine Minute lang hörte ich mir seine Meinung über das private Kutschiergewerbe an, über die Auswüchse der Kriminalität sowie die üblichen Versprechen seitens des Bürgermeisters Poljankin, ihrer Herr zu werden, dann schlief ich ein, ohne es zu merken.

Als wir zur legendären Datschensiedlung kamen, war es bereits völlig dunkel. Der Fahrer weckte mich, ich zeigte dem Sicherheitsmann an der Einfahrt zur Siedlung meine Papiere. Es war Abend, bereits der zweite Abend, aber weil ich inzwischen geschlafen hatte, meinte ich, der Tag habe sich auf wenige Stunden verdichtet.

»Jetzt nach rechts«, instruierte ich ihn. »An Pasternaks Datscha biegen Sie ab ...«

»Welche ist das?«

»Die da ...«

Der Fahrer legte sich meisterlich in die Kurve. »Pasternak?«, fragte er dann. »Ist das auch einer von uns?«

Ich verschluckte mich und wusste nicht, was ich darauf antworten sollte.

»Ach nein, der hieß ja Paterny oder so ...«, überlegte der Fahrer laut. »Nein, jetzt hab ich's! Das ist doch so ein Schriftsteller, oder?«

»Ja«, erwiderte ich kraftlos. »Ein Schriftsteller. Ein Dichter. Ein ziemlich berühmter …«

Zufrieden ob seiner Bildung fing der Fahrer an, leise vor sich hinzupfeifen. Der steinerne Nacken des Wachmannes zitterte. »Berühmt zu sein gehört sich nicht«, gab er mit überraschend weicher Stimme von sich.

Sie sind schon seltsam, diese zufälligen Begegnungen. Das Auto hielt vor der Datscha meines Großvaters. Beim Aussteigen versuchte ich, das Gesicht des Wachmannes zu erkennen, was mir jedoch nicht glückte, dazu war es einfach zu dunkel im Wagen.

»Vielen Dank, Kollegen«, verabschiedete ich mich. Der Volvo fuhr leicht heulend davon.

Ich blieb zurück, allein mit dem Haus.

Nein, es entspräche nicht der Wahrheit, wollte ich behaupten, ich würde mich vor meinem Großvater fürchten. Selbst als Kind hatte ich keine Angst vor ihm gekannt. Angst hat man normalerweise vor dem Vater – was ja auch gar nicht verkehrt ist. Nur hatte ich nie erfahren, was eine zärtliche Mutter, was ein strenger Vater ist.

Meine Eltern waren tödlich verunglückt. Ich war damals zwei Jahre alt gewesen. Ein Flugzeugabsturz, mit einer dieser dämlichen Tupolews, einer Tu-154. Diesen Typ hätte man schon in den neunziger Jahren des letzten Jahrhunderts aus dem Verkehr ziehen sollen. Infolgedessen hatte mich mein Großvater erzogen … falls man das Erziehung nennen durfte.

Ich trippelte vor der Pforte auf und ab. Sie war nicht abgeschlossen, schließlich wurde die ganze Siedlung in Peredelkino hervorragend bewacht.

Gut, es half nichts, ich musste Rede und Antwort stehen.

Ich stieß die Pforte auf und betrat den Garten. Die Fenster der Datscha schimmerten durch die Bäume hindurch, schwach in der Diele im Parterre, heller im ersten Stock, im Zimmer meines Großvaters.

Erst unmittelbar vor dem Haus schoss hinter den Bäumen ein lautloser schwarzer Schatten hervor und stürzte sich auf mich. Ich blieb stehen und ließ mich von Tyrann beschnuppern.

»Na?«, fragte ich. »Erkennst du mich denn nicht?«

Ein kaukasischer Schäferhund ist ein sich seiner Wichtigkeit bewusster Hund. Folglich inspizierte Tyrann erst fünf Sekunden lang meine Hosen, bevor er sich auf dem Weg hinlegte. Er verlangte Aufmerksamkeit, der durchtriebene Kerl. Ich weiß nicht warum, aber in den ganzen vier Jahren seines Hundelebens hatte er es nicht gelernt, mich als Herrchen anzuerkennen. Eher sah er in mir einen Spielgefährten, mitunter auch ein Instrument des Bauchkraulens. Zumindest las ich in diesem Moment Letzteres in seinen Augen.

»O nein, mein Junge, da hast du dich verrechnet.« Ich stieg über den Hund hinweg, holte den Schlüssel heraus und schloss auf. Tyrann gab unter Aufbietung aller Kräfte vor, nicht enttäuscht zu sein und sich aus purem Ruhebedürfnis auf den Weg gelegt zu haben.

Ich trat ins Haus ein und schloss hinter mir wieder sorgfältig ab. Ein Wachschutz ist schön und gut, der Hund im Garten bekam sein Pedigree auch nicht umsonst – aber ein Schloss war nun mal der zuverlässigste Schutz.

»Bist du müde, Petja?«

Wie angewurzelt verharrte ich in der Diele und schielte nach oben, die hölzerne Wendeltreppe hinauf. Die brüchige Greisenstimme kam aus seinem Zimmer. Mein Großvater musste die Tür offen gelassen haben, damit er hörte, wann ich heimkam.

»Nein, Großpapa!«

»Dann komm rauf.«

Mit einem Anflug von Sehnsucht schaute ich auf meine Zimmertür. Könnte ich doch jetzt in mein Bett schlüpfen, das zwar schon ein wenig durchgelegen war und quietschte, mir dadurch jedoch nur umso vertrauter war ... Ich würde eine CD mit Meeresbrandung abspielen ... oder nein, ich würde das Fenster aufreißen und dem Rauschen im Garten lauschen ...

»Pjotr Danilowitsch!«, brüllte mein Großvater.

»Ich komme!« Ich hechtete die Treppe hoch.

Die Stufen waren recht flach, vermutlich damit die altersschwachen Schriftsteller die russische Literatur nicht um ihren Reichtum brachten, indem sie die Treppe runterstürzten. Ich beschrieb einen ganzen Kreis auf der Wendeltreppe, bevor ich den ersten Stock erreichte. Die Tür zum Zimmer meines Großvaters stand offen, von den anderen Räumen, die längst und zuverlässig verschlossen waren, wehten förmlich Dunkelheit und Einsamkeit herüber. Und düster war es hier ... Wie überstand mein Großvater wohl die Zeit ohne mich?

Andrej Valentinowitsch Chrumow, einst von Beruf Psychologe und Publizist, seinerzeit Teilnehmer an den Verhandlungen zwischen der Erde und dem galaktischen

Konklave, der Mann, den man den Himmler des Weltraumzeitalters genannt hatte, ein dicker siebzigjähriger Greis, mein Großvater ...

Er saß in einem alten Ledersessel, der früher mal hellbraun gewesen, inzwischen aber bis ins Falbe ausgeblichen war und den Ton der silbergrauen Haare meines Großvaters zeigte. Schweigend sah er mich an. Auf dem Tisch leuchtete der Schirm seines Laptops, aus der Ecke des Raums, die dem klapprigen Bücherregal gehörte, brummte der laufende Fernseher.

»Was gibt's denn, Großpapa?«, fragte ich leise.

Mein Großvater stemmte sich langsam hoch, kam auf mich zu und schloss mich in die Arme. Ich überragte ihn um einen Kopf, fühlte mich jetzt aber wieder wie ein kleiner Junge.

»Du Tausendsassa ...«, flüsterte mein Großvater. »Petka ... Bengel ... die haben zunächst durchgegeben, du seist verunglückt ...«

»Wirklich?« Entsetzen packte mich. Wenn ich mir vorstellte, was mein Großvater durchgemacht hatte!

»Es hieß, du habest das Schiff von der Stadt weggelenkt und seist zerschnellt ...«

»Und das hast du geglaubt?«

Mein Großvater trat um die Länge eines ausgestreckten Arms von mir weg. Er blickte mir fest in die Augen. »Ob ich es geglaubt habe? Natürlich. Wäre das nicht typisch für dich gewesen?«

Ich erwiderte kein Wort.

»Eine halbe Stunde lang habe ich auf neue Nachrichten gewartet. Gott und die Welt habe ich angerufen. Dann kam durch, dass das Schiff auf einer Straße notgelandet ist.«

Mein Großvater stieß ein leises, hüstelndes Lachen aus.

»Da habe ich mich wieder beruhigt. Dass du bei dem Versuch, Menschenleben zu retten, verunglückst, das hätte durchaus stimmen können. Aber bei einer Notlandung? Niemals!«

»Warum das denn nicht?«

»Darum nicht!«, blaffte mein Großvater, der damit wieder in seinen üblichen Ton wechselte. »Haben dich die Ärzte durchgecheckt?«

»Selbstverständlich!«

»Gehirnerschütterung, Quetschungen, Knochenbrüche?«

»Dann wäre ich jetzt nicht hier! Nein.«

Mit einem Nicken schlurfte mein Großvater zum Sessel. Ich nahm auf dem harten Wiener Stuhl in der Zimmerecke Platz. Schon in meiner Kindheit hatte ich gern hier gesessen, um still zu beobachten, wie mein Großvater arbeitete. Ab und an hatte er mir erlaubt, meinen Laptop mit herzubringen, den ich auf den Rand des Tischs stellte, um dort meine Hausaufgaben zu erledigen, während er arbeitete. Wenn er in guter Laune war, verbanden wir gegen Abend unsere Notebooks und spielten ein Strategiespiel ...

»Dann erzähl mal«, forderte mich mein Großvater auf, während er es sich im Sessel bequem machte. »Nein ... warte noch.«

Leicht verlegen wich er meinem Blick aus und entnahm einer Schublade seines Schreibtischs einen gewaltigen Kristallaschenbecher, Streichhölzer, eine Pfeife und einen Tabakbeutel. Schon vorhin, beim Betreten des Raums, war mir aufgefallen, dass mein Großvater heute Abend geraucht hatte. Ich hatte ihm jedoch keinen Vorwurf gemacht.

Aber dass er sich in meiner Anwesenheit den Organismus vergiftete, das war lange nicht vorgekommen.

»Bei der Berechnung der Landeflugbahn ...«, setzte ich an, während ich Hilfe heischend auf das Photo an der Wand starrte. Es zeigte meine Mutter, meinen Vater und mich. Ich war damals noch ganz klein, ein Knirps mit hellblonden Locken und einem naiven, beleidigten Gesicht.

»Halt«, unterbrach mich mein Großvater, nachdem er sich seine Pfeife angezündet hatte. »Die Details deiner Landung interessieren mich nicht. Ich will wissen, was auf Hyxi passiert ist.«

Also kein Präludium.

Aber was hätte ich von meinem Großvater anderes erwarten sollen?

»Ich habe die Fracht aufgenommen ... Kortrison ...«

»Petja, mein Junge ... mich interessiert vor allem eins: wer? Die Alari, die Zähler oder die Cualcua? Sprich ganz offen, hier kann uns niemand hören.«

»Die Zähler ...«, hauchte ich.

Mein Großvater blies weißen, eher nach Kräutern als nach Tabak riechenden Rauch an die Decke.

»Ich hätte auf die Alari getippt«, bemerkte er. »Sie haben mit der Sache definitiv nichts zu tun?«

»Ich weiß es nicht ...«, gab ich völlig verwirrt zu. »Sieht so aus, als ob nicht.«

»Petja, wozu habe ich dir beigebracht, dass eine Verneinung niemals eine ausreichende Information darstellt?«

»Eventuell haben sie was damit zu tun.«

»Gut. Und jetzt erzähl alles der Reihe nach.«

»Hyxi. Die Kortrison-Ladung. Ein normaler Start. Beim Eintritt in den Orbit kam mir ein Raumkreuzer entgegen ... ein Kreuzer der Alari ...«

Mein Großvater lächelte selbstzufrieden.

Ich gab alle Versuche, etwas von den Ereignissen zu begreifen, auf, und erzählte schlicht, was mir passiert war. Kurz und knapp, solange es um die Vorgeschichte ging, und detailliert, kaum dass der Zähler die Bühne betreten hatte – falls die winzige Kabine der Spiral als Bühne bezeichnet werden durfte.

»Vorzüglich«, urteilte mein Großvater. »Das ist besser als erwartet.«

»Ich verstehe wirklich nur Bahnhof«, gab ich zu.

»Was begreifst du denn nicht?«

»Was haben die Alari damit zu tun?«

»Was hat dich daran gehindert, vor dem Jump die nötige Kontrolle des Schiffs vorzunehmen?«

»Der Kreuzer ...«

»Na, siehst du. Die Folge deines Notjumps war zum einen, dass du den Zähler zunächst nicht bemerkt hast, zum anderen, dass du deinen Sprung mit einer schlecht berechneten Flugbahn angetreten hast. Das wiederum zwang dich, die Hilfe des Aliens zu akzeptieren.«

»Du meinst, das war alles so geplant? Er hat mich also angelogen?« Ich wunderte mich nicht einmal darüber.

»Was heißt *angelogen*?«, entgegnete mein Großvater. »Er hat dir lediglich bloß einen Teil der Wahrheit mitgeteilt. An der Operation, auf die Erde vorzudringen, nehmen nicht nur diese lebenden Computer teil, sondern auch noch die kriegerischen Nager.«

»Aber was versprechen sie sich davon?«

»Dich beeindruckt ein Umstand, der allen Kosmonauten bekannt ist, Petja: Die Alari haben die stärksten Kriegsschiffe im Konklave. Aber kommt es dir nicht komisch vor, dass die Alari gezwungen sind, eine solch monströs große und destruktive Flotte zu unterhalten? Nein, Petja, auch sie sitzen in der Falle. Genau wie wir oder die Zähler. Sie sind die Kampfgarde des Konklave. Diese Rolle mag einen Teil der Rasse zufriedenstellen, aber niemals alle Alari. Wenn sie von Natur aus kriegerisch wären, hätten sie einander längst ausgerottet oder sich mit allen anderen Außerirdischen angelegt.«

Mein Großvater hustete, klopfte die Pfeife aus und stopfte sie erneut.

»Damit haben wir es mit einer klassischen Situation zu tun«, meinte er genüsslich. »Wir haben mindestens drei Rassen im Kosmos, denen der gegenwärtige Stand der Dinge missfällt. Drei Rassen, die sich ausgenutzt, versklavt und in eine ihnen missliebige Rolle gedrängt fühlen. Wenn du wüsstest, wie lange ich auf diesen Augenblick gewartet habe!«

»Aber was ist mit dem Zähler? Wie wollen wir ihn finden?«

»Ihn finden? Wozu? Er wird uns schon zu finden wissen. Genauer gesagt mich.«

Wenn ich eins bei meinem Großvater noch nicht bemerkt hatte, dann war das Größenwahn.

»Großvater, du bist weder der Generalsekretär der UNO noch der Präsident Russlands …«

»Wer braucht denn schon derlei Funktionen?«, schnaubte mein Großvater verächtlich. »Glaubst du, ich würde diesen Sessel gegen den Stuhl von M'bani Montenebo oder Alexej Schipunow tauschen? Pah!«

»Und du glaubst wirklich, der Zähler kommt zu dir?«

»Selbstverständlich! Wie heißt er? Karel? Karel Gott …« Mein Großvater schüttelte sich vor Lachen. Mir hingegen war absolut schleierhaft, warum er den Zähler als Gott bezeichnete.

»Großpapa …«, jammerte ich, etwa in dem Ton, den ich angeschlagen hatte, wenn ich als Junge an einer Aufgabe in Differentialrechnung scheiterte oder partout nicht hinter die Paragraphen des Galaktischen Kodex stieg, mit all den verschwiemelten Kommentaren und dem Gewirr aus Querverweisen …

»Petja! Du bist müde! Du musst jetzt schlafen. Und ich muss nachdenken.«

Ich erhob mich. Wenn mein Großvater mich ins Bett schickte, war jeder Widerspruch zwecklos. Das hatte ich bereits als Kind begriffen.

»Dann … bist du mir also nicht böse?«, fragte ich trotzdem noch. »Du hältst mich nicht für einen Verräter?«

Mein Großvater legte die Pfeife ab und schaute mich verblüfft an. »Petja! Du hast dich hervorragend geschlagen! Du hast genau das getan, was notwendig war! Wenn es für Erziehung einen Nobelpreis gäbe, wäre ich ein sicherer Anwärter.«

Daraufhin trat ich eiligst den Rückzug an. Mein Großvater hat nicht viele Schwächen, doch sobald die Rede auf den Nobelpreis kam, gab ich besser Fersengeld. Andernfalls müsste ich mir ein weiteres Mal die Geschichte anhören, wie mein Großvater den Preis nicht bekommen hatte – und zwar einzig und allein wegen der Feigheit der Beamten, die nicht den Mumm hatten, die Auszeichnung dem verdienten Autor des *Manifests der Verdammten* und der *Einführung in die Psychologie der Nicht-Menschen* zuzusprechen.

Endlich konnte ich mich ausschlafen. In meinem eigenen Bett, unter dem Rauschen des einsetzenden Regens, das durchs offene Fenster drang. Und vor allem: entlastet durch die Worte meines Großvaters. Wenn er der Ansicht war, ich hätte mir nichts zuschulden kommen lassen, als ich den Zähler mit zur Erde gebracht hatte, dann war alles in Ordnung.

Ich wachte erst spät auf. Vorm Himmel hatte sich eine dichte Wolkendecke zusammengezogen. Es regnete, draußen, irgendwo unter der Vortreppe, winselte Tyrann leise vor sich hin. Er hatte dort eine richtige Höhle, aber anscheinend zog es den Hund gegenwärtig in die menschliche Behausung. Ich stand auf, rieb mir die Augen, ging in die Diele, ließ den Hund rein und legte mich noch einmal hin. Der Schlaf wollte sich jedoch nicht wieder einstellen.

Irgendwann schaltete ich den Fernseher an, lümmelte mich im Bett und hörte mir die neuesten Nachrichten an, die vor einer Stunde aufgezeichnet worden waren.

Eine nie dagewesene reiche Ernte im Nicht-Schwarzerde-Gürtel wurde vermeldet, die man gar nicht einbringen könnte, ein Zollstreit mit Großchina, ein Auftritt des US-amerikanischen Präsidenten Murphy ... Schließlich berichtete man auch noch einmal über mich. Dazu lief eine Computeranimation, mit der die Landung der Spiral veranschaulicht wurde. Ein mir nicht bekannter Spezialist von Roskosmos legte verschiedene Versionen zu den Gründen der unvorhergesehenen Landung dar. Im Anschluss daran wurde ein landendes Shuttle gezeigt, keine Spiral, sondern eine Buran, aber welcher Fernsehzuschauer würde das schon in den drei Sekunden mitkriegen? Dann kam ich ins Bild, wie ich mit dem Fahrer des schrottreifen Ikarus einen lüpfte. Man lobte mich, sogar recht stark. Ich wurde rot und löschte die Aufzeichnung der Nachrichten aus dem Speicher des Fernsehers.

Heute durfte ich vermutlich noch zu Hause bleiben. Die Fluggesellschaft zeigte sich in solchen Situation durchaus großzügig. Morgen würde allerdings die Untersuchung bei Transaero und Roskosmos eingeleitet, dann müsste ich Interviews geben und den Kollegen meine wundersame Rettung erklären ...

Entzückende Aussichten ...

Ich ging aufs Klo und wusch mich, begab mich dann nach oben, aber im Zimmer meines Großvaters herrschte Stille. Daraufhin machte ich mir in der Küche ein paar belegte Brote zurecht, schnappte mir den Teekessel und zog mich in mein Zimmer zurück. Auf dem Tisch lag ein Buch meines Großvaters, *Ein Platz unter den Sternen*. Zunächst beachtete ich es nicht weiter, bis mir jedoch auffiel, dass das Titelbild etwas anders war. Außerdem fanden sich darin mehr Namen galaktischer Rassen, eingetragen in blutroter Schrift auf schwarzem »kosmischen« Untergrund. Also eine Neuauflage, ergänzt und überarbeitet, ganz wie es sich gehörte.

Ich setzte mich ans Fenster, biss in ein Brot und blätterte das Buch durch. Im Wesentlichen schien alles wie gehabt. Die drei »Postulate Chrumows«, hämischer Spott an die Adresse amerikanischer Astrophysiker und des begeisterten Kontaktaufnehmers Mulder, kurze und unbarmherzig böse Charakteristiken aller den Menschen bekannten Rassen im Kosmos. Ich schlug die Artikel zu den Zählern und den Alari auf.

Seltsam, aber über diese beiden Rassen hatte mein Großvater nahezu hasserfüllt geschrieben! Wollte ich dem Text glauben, handelte es sich bei eben diesen zwei Rassen um unsere Erzfeinde, genauer gesagt: um unsere erbittertsten Konkurrenten ...

Ich schlug das Vorwort auf und las:

»Die galaktische Familie – das ist nicht nur ein Allgemeinplatz. Wir fassen die neun Starken Rassen des Kosmos, die nun bereits seit rund tausend Jahren zusammenleben, völlig zu Recht als Familie auf. Es stellt sich lediglich die Frage, welche Rolle innerhalb dieser Familie die jungen und Schwachen Rassen einnehmen, die Alari, die Menschheit, die Zähler, die Cualcua, die Blinker, die Jentsh, die Unaussprechlichen und die Stäubler. Diese Liste ließe sich verlängern, übersteigt die Zahl der Schwachen Rassen die der Starken doch um ein Vielfaches. Die Unterschiede zwischen den Starken und den Schwachen erschließen sich freilich nicht auf den ersten Blick. Die Schiffe der Alari sind weitaus stärker als die Flotte der Daenlo. Die Zähler sind fraglos intelligentere Wesen als die Hyxoiden. Alle Rassen indes, die wir zu den Schwachen zählen, weisen ein unauslöschliches Stigma auf: ihre enge Spezialisierung.

Welche Rolle spielen nun wir in jener galaktischen Familie? Sind wir Kinder oder Stiefkinder?

Betrachten wir die Gesellschaft der Menschen einmal näher, ließe sich folgende Analogie festhalten: Eltern haben das Recht, ihre Kinder so zu erziehen, wie sie es für aussichtsreich erachten. Wir helfen einem Jungen mit absolutem Gehör, Musiker zu werden, während ein Mädchen mit außerordentlicher Gelenkigkeit auf eine Karriere als Ballerina hoffen darf. Wir haben das Recht dazu, denn es sind unsere Kinder, und für gewöhnlich erkennen wir besser, welcher Weg ihnen in ihrem Leben größeren Erfolg beschert.

Die Starken Rassen sind indes nicht unsere Eltern. Und die Rolle der kosmischen Fuhrleute, die uns vor zwei Jahrzehnten aufgezwungen worden ist, verkörpert nicht den Traum der Menschheit.

Wie urteilen wir über eine Menschenfamilie, die hilflose Kinder aufnimmt, um sie zu erziehen, sich dabei jedoch ausschließlich von ihren eigenen Bedürfnissen leiten lässt? Wie stehen wir zu Menschen, die einen physisch kräftigen Jungen zu einem Holzfäller heranziehen, einen wendigen und schlanken zum Schornsteinfeger – ohne ihm dabei eine Chance zu lassen, seinen eigenen Weg im Leben zu wählen? Flexibilität und Universalität bildeten stets die Grundlage der menschlichen Zivilisation, und dies nicht allein auf gesellschaftlicher Ebene, sondern auch auf individueller. Nun jedoch finden wir uns ins Prokrustesbett eingepasst. Noch leben Menschen, welche sich diese oktroyierte Zukunft wahrlich nicht erträumt haben. Doch binnen ein, zwei Generationen schon wird der Prozess irreversibel sein. Dann wird in der Psyche der Menschen auf lange Sicht – wenn nicht gar für immer – die ihnen von den Starken Rassen vorgeschriebene Rolle fest verankert sein ...«

Ich schlug das Buch zu und legte es beiseite. Ich lauschte. Richtig! Im ersten Stock waren Geräusche zu hören. Mein Großvater war aufgewacht.

Er liebte es, mit Vergleichen zu arbeiten. Dabei hatte er mir immer gepredigt: »Traue Vergleichen nicht! Traue den verlogenen Analogien nicht! Sie geben dir einzig über die Persönlichkeit des Autors Auskunft, niemals jedoch über den Kern der Sache!« Er selbst mied sie allerdings nicht. Zumindest nicht in populären Werken wie dem *Platz unter den Sternen*.

»Petja!«, erschallte es von oben. »Bist du schon wach?«

Als ich ins Zimmer meines Großvaters hinaufging, beendete er gerade ein Telefonat. »Ja, Maschenka ... Vielen Dank, mein Schatz. Johanniskraut? Natürlich, das bring mit! Niemand kennt sich mit Kräutern so aus wie du ... Vergiss auch Oregano nicht. Und Schierling ...«

Mein Großvater äugte leicht verärgert zu mir rüber, fast als hätte er nicht damit gerechnet, mich so schnell, noch vor dem Ende seines Gesprächs, zu sehen. Er nickte in Richtung Stuhl. »Immortellen hast du keine gesammelt?«, fuhr er fort. »Schade ... Aber doch wenigstens Passionsblumen? Mein Augenstern ... Was täte ich bloß ohne dich? Die Passionsblumen werden sich bestimmt gut machen. Hast du schon alles eingepackt? Dann warte ich auf dich. Und ich stelle dir endlich Petja vor. Er sitzt gerade neben mir. Also, bis später.«

Was für ein seltsames Gespräch. Mein Großvater sprach mit dieser mir unbekannten Mascha wie mit seiner Lieblingsenkelin. Nur dass ich keine Schwestern hatte, nicht mal Cousinen.

Außerdem hatte er sich nie mit Heilkräutern beschäftigt, desgleichen machte er sich nichts aus Blumen. Folglich musste es ein verschlüsseltes Gespräch gewesen sein, voller Codewörter, die nur die beiden verstanden. Gerade der letzte Hinweis, ich halte mich im Zimmer auf, hatte mich stutzig gemacht. Als wollte mein Großvater Mascha zu verstehen geben: »Ich kann nicht frei sprechen ...«

Nachdem mein Großvater aufgelegt hatte, schwieg er eine gute Minute. »Das war eine Doktorandin aus dem Zentrum in Petersburg«, stellte er dann klar. »Ein sehr begabtes Mädchen. Ja, ich scheue mich nicht, von einem genialen Mädchen zu sprechen ... in ihrem Bereich, natürlich.«

»In der Pflanzenheilkunde?«, fragte ich scheinheilig.

»So könnte man es auch bezeichnen.« Mein Großvater seufzte. »Heute Abend müssen wir ein ernstes Gespräch führen, Petja. Ein sehr ernstes. Mascha kommt am Nachmittag hierher ... Ihr solltet euch schon lange kennenlernen.«

Mein Gott! Hatte mein Großvater etwa die Absicht, mich zu verkuppeln?

»Leider geht es dabei nicht darum, euch beide unter die Haube zu bringen ...« Wie üblich hatte mein Großvater den Lauf meiner Gedanken erraten. »Hättest du Zeit, in die Stadt zu fahren, Petja?«

»Klar.«

»Kauf ein paar Lebensmittel. Etwas Gutes. Und besorge auch eine Flasche anständigen Sekt. Dann noch Bailey's und Advokaat. Ein halbes Pfund Kaviar. Drei *Suchr* Schinken, aber keinen fetten. Und einen *Betten* mageres Kalbfleisch, falls es welches gibt ...«

Ging das wieder los. Mein Großvater liebte Späße dieser Art. Zu gern pumpte er mir unendlich lange Listen ins Hirn, wobei er obendrein Gewichte, Größen und Mengen in verschiedenen Systemen der Erde und der Galaxis angab. Als Gedächtnisübung ... Nie würde ich vergessen, wie mich die ganze Klasse ausgelacht hatte, als ich, verwirrt durch die Einkäufe, die ich nach der Schule zu erledigen hatte, meine Klassenarbeit im Zahlensystem der Hyxoiden löste ...

»Ist das alles?«, wollte ich wissen, sobald mein Großvater die Aufzählung beendete.

»Ja. Hast du Geld?«

Ich überschlug, wie viel Bargeld ich noch besaß. »Genug. Was wollen wir denn heute feiern?«

»Deine wunderbare Rückkehr natürlich!«, gab sich mein Großvater erstaunt.

»Natürlich. Entschuldige, Großpapa«, sagte ich verlegen. »Soll ich gleich los?«

»Ja«, entschied mein Großvater mit einem Seufzer. »Vergiss aber nicht, vorher den Tank aufzufüllen. Es heißt, in Moskau gibt es schon wieder kein Benzin.«

Ich nickte und verließ sein Zimmer. Nachdem ich meinen Trenchcoat angezogen hatte, pfiff ich nach Tyrann und trat hinaus in den Regen. Unsere Garage lag etwas ungünstig, ein ganzes Stück vom Haus entfernt, wahrscheinlich war man davon ausgegangen, zum Wagen gehöre unweigerlich ein beflissener und wasserdichter Fahrer.

Während ich, gegen den Regen durch das vorspringende Garagendach geschützt, am Schloss rumhantierte, wuselte Tyrann aufgeregt um mich herum. Bestimmt hoffte er, ich würde ihn mitnehmen. Das kam natürlich nicht in Frage. Zum einen dürfte ich dann den Sitz schrubben, weil er jede Menge Dreck ins Auto schleppen würde. Zum anderen sollte bei dem Übermut, den die Diebe in Moskau an den Tag legten, besser ein zuverlässiger Wachtposten beim Haus bleiben.

»Onkel Petja!«

Von einer drohenden Gefahr überzeugt, fing Tyrann an zu kläffen. Ich packte ihn am Halsband und winkte dem kleinen Jungen zu, der hinterm Zaun aufgetaucht war.

»Sie waren im Fernsehen!«

»Und wie war ich?«

»Cool!«

Aljoschka war der Sohn eines Geschäftsmannes, der eine der Nachbardatschen angemietet oder gekauft hatte. Er war ein netter Junge.

»Und wo waren Sie, Onkel Petja?«

Als ob er das nicht wüsste, der Schlingel. Einen Monat lang hatte er mich bei jeder Begegnung gefragt, wann ich zum Sirius fliegen würde.

»Auf Hyxi-43.«

»Beim Sirius?«

»Hmm.« Endlich kriegte ich das Schloss auf.

»Ob es da schöne Steine gibt?«, fragte Aljoschka gedankenversunken.

Ich grinste. »Wunderschöne. Ich habe dir ein paar mitgebracht.«

»Oh!«, rief Aljoschka aus und fing an herumzuhüpfen. »Vielen Dank, Onkel Petja! Kein anderer Junge hat Steine von Sirius!«

Es musste toll sein, in der Kindheit eine solche Kollektion zusammenzutragen, lauter kleine Stücke von fremden Planeten. Du nimmst sie in die Hand und stellst dir vor, ein unerschrockener Entdecker ferner Welten zu sein. Ich seufzte. Ach ja ... ein Entdecker ... Ob wohl irgendwann der Tag kommen würde, an dem die Erde von einem Planeten als »Erde-2« sprechen durfte?

»Komm nachher mal vorbei«, schlug ich vor. »Jetzt muss ich in die Stadt fahren.«

Aljoschka war zwar eindeutig enttäuscht, versuchte jedoch, sich nichts anmerken zu lassen. »Na gut.«

»Oder willst du ein Stück mitfahren?«, fragte ich.

»Nein, ich hab zu tun ...« Der Junge hob seinen Arm mit einem riesigen Kescher über den Zaun. »Ich bin auf der Jagd.«

»Hast du schon viele Spatzen gefangen?«

»Keinen einzigen. Das sind alles Schisshasen.« Aljoschka seufzte. Ihm durfte es kaum um eine Aufbesserung seines Taschengelds gehen, vermutlich litt er einfach an Jagdfieber. »Onkel Petja ... die Aliens, die essen die Vögel bestimmt nicht?«

»Nein. Extraplanetare organische Stoffe sind giftig für sie.«

»Was soll denn an Spatzen extraplanetar sein?«

»Das bezieht sich doch auf die Außerirdischen, Dämlack.«

Aljoschka klatschte sich gegen die Stirn.

»Flugtiere sind in der Galaxis komischerweise eine enorme Seltenheit«, erklärte ich ihm. »Sie werden wegen ihrer Schönheit gehalten. In großen Volieren, damit sie frei fliegen können. Im Grunde haben es die Vögel bei den Außerirdischen besser als bei uns.«

»Gut«, erwiderte der Junge ernst. »Ich würde sie nicht fangen, wenn sie gefressen werden. Spielen Sie heute Abend was mit mir? Ich habe ein neues Spiel ... mit frucht... mit einer fruchtalen ...«

»Fraktalen.«

»Genau! Mit einer hochauflösenden Fraktalgraphik. Echt klasse!«

»Mal gucken. Wenn mein Großvater mir das Telefon überlässt, machen wir ein Spielchen.«

Aljoschka nickte wissend. Diese Probleme kannte er ... Ich winkte ihm noch einmal zu, bevor ich den Motor anließ.

Fünf

Mein Großvater hatte recht, was das Benzin anging. Jedenfalls fiel mir auf, dass in den Moskauer Straßen wenig Autos unterwegs waren. Ich fuhr direkt zum Delikatessengeschäft Jelissejew, dann fiel mir jedoch die Bitte Elsa Schröders wieder ein. Glücklicherweise trug ich auch heute meine Transaero-Jacke, in deren Innentasche geduldig der Brief lag. Seufzend bog ich ab, fuhr über die Ogarjowstraße zurück und parkte den alten Shiguli, den mein Großvater aus patriotischen Gründen nicht durch ein anderes Modell ersetzte, gegenüber der Hauptpost.

An die prompte Zustellung durch unsere Post glaube ich nicht. Deshalb gab ich den Brief lieber hier auf, dann würde er wenigstens etwas schneller in Frankfurt sein.

Ich steckte einen Jeton in die Parkuhr am Straßenrand und eilte zur Post. Ein paar Leute schauten mich mit einer gewissen Neugier an, aber anscheinend erkannte mich niemand.

Der Ruhm ist eine unbeständige Sache. Hätte ich dafür gesorgt, dass die Spiral nicht über Moskau abstürzte, hätten mich die Einwohner der ehemaligen Hauptstadt vermutlich noch lange wiedererkannt. Aber so ...

Da der Brief unzureichend frankiert war, musste ich noch etwas nachzahlen. Ich tauschte meine »Spacebucks« gegen Rubel, klebte zwei Marken à dreißig Kopeken auf den Umschlag und steckte ihn in den Kasten. Mit besten Grüßen, lieber Herr Schröder, du wohlanständiger deutscher Bürger. Deine hübsche Frau sehnt sich nach dir und schickt dir diesen Brief.

Es wäre dumm gewesen, den Parkplatz aufzugeben. Deshalb ging ich die zwei Blöcke zu Fuß, um schließlich ins duftende Innere des Jelissejew einzutauchen.

Die reiche Auswahl an erlesenen Speisen ist schon ein prachtvoller Anblick. Selbst wenn ich gastronomischen Verlockungen recht gleichgültig gegenüberstehe, trieben jetzt uralte Instinkte das Adrenalin durch mein Blut und zischelten: »Nimm alles! Alles – und viel!«

Gegen diese Instinkte ankämpfend, schritt ich die einzelnen Stände ab. Als Erstes entdeckte ich den Schinken, mageres Fleisch, genau das, worum mein Großvater gebeten hatte. Ich nickte der lächelnden Verkäuferin zu. »Siebenhundertzweiunddreißig Gramm Delikatess-Schinken, bitte«, verlangte ich, nachdem ich im Kopf eine kurze Umrechnung angestellt hatte.

Vermutlich hätte ich die Bitte meines Großvaters nach »drei *Suchr*« nicht derart exakt erfüllen müssen ...

Das Lächeln der Verkäuferin nahm etwas leicht Verkrampftes an, dennoch versuchte sie, meiner Bitte nachzukommen. Um ihre Virtuosität konnte ich sie nur beneiden. Ein rosafarbenes Stück Fleisch landete auf der Waage.

»Siebenhundertdreißig Gramm«, verkündete sie. »Soll's noch ein bisschen mehr sein?«

»Nein, danke«, antwortete ich, wobei ich mir ziemlich bescheuert vorkam. »Das ... war nur ein Spaß.«

Mit einem gequälten Lächeln wickelte die Frau den Schinken in Folie, ich bezahlte, zuckelte weiter und nahm mir fest vor, zukünftig die gängigen Mengenangaben zu bemühen. Schließlich nahm ich nicht an interstellaren Handelsgesprächen teil, berechnete auch nicht den Jump, sondern befand mich einfach in einem exzellenten Lebensmittelgeschäft.

... Eine Viertelstunde später hatte ich meine Einkäufe erledigt. Sowohl die Liköre als auch den *Betten* mageren Kalbfleischs hatte ich erstanden. Mit zwei Tüten in den Händen verließ ich das Geschäft und ging die Straße entlang.

»Enkelchen ...«, hielt mich da eine leise Stimme auf.

Die alte Oma stand fünf Meter vom Eingang entfernt. Die Bettlerin hatte sich dort eindeutig mit dem Ziel aufgebaut, dem gestrengen Blick des Wachschutzes vom Jelissejew zu entgehen. Eine typische arme Frau, in sauberer, aber fadenscheiniger Kleidung, uralt ... Mein Großvater behauptete immer, den Bettlern vor den Luxusläden ginge es nicht schlechter als Schullehrern oder Bezirksärzten ... dennoch gab er ihnen stets etwas.

Auch ich blieb jetzt stehen und kramte in meiner Tasche.

Die Alte ließ den Blick zwischen mir und dem Eingang zum Geschäft hin und her schweifen. Ihre Sehkraft schien ungeachtet ihres Alters noch ausgezeichnet zu sein.

Ich hielt ihr einen Einrubelschein hin. Die Münzen aus meinen Taschen zu fischen, nachdem ich gerade Lebensmittel für hundert Rubel eingekauft hatte, wäre mir schäbig vorgekommen.

»Bist du ein Kosmonaut, Jungchen?«, wollte die Frau wissen – allerdings eher in einem feststellenden als in einem fragenden Ton. Meine Jacke sprach nun mal Bände.

»Ja.«

»Sag mal ...« Die Alte schaute sich erneut um und fuhr dann, von der Abwesenheit der Miliz beruhigt, fort: »Warst du *dort* ...?«

Hatte ich etwa eine Gläubige vor mir?

»Dort, in den fremden Sternensystemen ... Du bist doch nicht nur einfach ein Pilot, oder?«

»Ich bin nur ein Pilot, Großmütterchen. Ein Fuhrmann.«

Etwas hielt mich ab, mich einfach mit diesem Rubel freizukaufen, die Alte stehen zu lassen und weiterzugehen.

»Trotzdem ...« Auf dem faltigen Gesicht kräuselte sich ein schwaches Lächeln. »Ich erinnere mich noch an Gagarin ... als er gelebt hat ... Ich bin im Kommunismus groß geworden.«

Mein Großvater hatte mir beigebracht, echten Kommunismus habe es im letzten Jahrhundert gar nicht gegeben, mit der Bettlerin wollte ich jedoch keinen diesbezüglichen Streit anfangen ...

»Jungchen ...« Eine trockene Hand umschloss zupackend mein Handgelenk. »Du bist ein guter Mensch. Ein anständiger Mensch. Sag einer Alten ... Und du wirst mich doch nicht belügen?«

Ein leichter Regen ging, ich wäre gern so schnell wie möglich im warmen Innern des Shiguli verschwunden, schämte mich dessen aber beim Anblick dieser Alten mit dem ungeschützten grauen Kopf.

»Ich werde nicht lügen.«

»Sag mir, haben wir noch etwas vor uns? Für mich ist das einerlei ...« Ihr Lächeln war kläglich wie Regen im Herbst. »Aber ich habe einen Urenkel ... und einen Enkel, obwohl ich das manchmal selbst bezweifle ...«

»Worauf wollen Sie hinaus, Großmütterchen?«

»Verstehst du das wirklich nicht?«, wunderte sich die Alte. »Dabei hast du so kluge Augen ... Stets hat man uns unsere große Zukunft ausgemalt. Das Glück der Menschheit. Ich habe den Kommunismus mitaufgebaut ... dann den Kapitalismus ... jedenfalls habe ich das versucht ... Deswegen haben wir all das ertragen. Um dieser Zukunft willen. Um dieses Glücks willen ... Jetzt baut ihr die Sternenzukunft auf. Mein Junge, glaubst du an das, was du tust?«

»Ich möchte es glauben«, flüsterte ich.

In dem Moment scherte aus dem über den Gehsteig dahinwogenden Strom von Fußgängern ein Milizionär im grauen Regenumhang aus. Er blieb vor uns stehen, blitzte die Alte kurz an und salutierte vor mir. »Du schon wieder?«, fragte er die Bettlerin.

Die Alte wich zurück.

»Willst du auf der Wache landen?«, fuhr der Milizionär fort.

Nun stürzte die Bettlerin förmlich davon. Der Milizionär wollte ihr nachsetzen, doch da packte ich ihn beim Oberarm. »Lassen Sie sie!«

Gott sei Dank besitzen alle russischen Kosmonauten einen doppelten Status. Wir gehören nicht nur unserer Fluggesellschaft an, sondern auch dem Roskosmos. Und reden wir nicht um den heißen Brei herum: Bei dem handelt es sich um eine militärische Organisation.

Mein Rang als Major der Luftwaffe bedeutete nach dem vor drei Jahren von Präsident Schipunow erlassenen Ukas auch in der Hierarchie des Innenministeriums etwas.

Allerdings wirkte der Milizionär weder bösartig noch enttäuscht.

»Sie sind Kosmonaut«, brachte er überzeugt hervor. »Glauben Sie nicht, dass ich ... einer bin, der ...«

Wie jung er noch war, dieser Moskauer Milizionär! Und anscheinend handelte es sich bei ihm wirklich nicht um eins von diesen Schweinen, die jedem Händler Geld abpressen und die Bettler verjagen.

»Sie ist einfach verrückt, diese Alte ... Ständig drückt sie sich hier herum und belästigt die Kosmonauten. Mit Fragen wie: ›Wie sieht es auf den Sternen aus?‹ und ›Was erwartet uns?‹ Sie ist krank ...«

Ich blickte ihm in die Augen. Ehrliche Augen, nur noch sehr jung. Sogar noch jünger und naiver als meine.

»Aber vielleicht ist sie die einzige Normale unter uns, Sergeant?«, fragte ich.

Aber anscheinend verstand er mich nicht.

... Nachdem ich die Tüten mit den Einkäufen auf den Rücksitz verfrachtet hatte, saß ich eine Minute hinterm Steuer, mit beiden Händen aufs Lenkrad gestützt.

Glaubte ich an unsere Zukunft?

Ich drehte langsam den Kopf und ließ meinen Blick über die Menge schweifen. Wie eine Kamera, die eine Gesamtansicht aufnimmt. Dann schloss ich die Augen und schaute mir das Bild an.

Glaubten diese Menschen an die Sternenzukunft der Menschheit? Brauchten sie, die sie sich mit den Problemen des öffentlichen Nahverkehrs und den nicht funktionierenden Heizungen in ihren Wohnungen, mit dem auf Befehl von oben abgestellten Strom und den exorbitant teuren Lebensmitteln herumschlugen, diese Zukunft? Was gab der Kosmos ihnen – abgesehen von der Angst vor fremden Welten und dem teuer bezahlten Stolz auf den Planeten Erde samt seinen Raumschiffen, die die schnellsten in der Galaxis waren ...?

Der Motor heulte, als ich mit dem Fuß aufs Pedal trat. Ich fuhr über die Ogarjowstraße, mit dem klaren Wunsch, die Stadt so schnell wie möglich hinter mir zu lassen.

Am besten wäre ich nie aus dem Haus gegangen. Peredelkino, das Sternenstädtchen, Swobodny, die Galaxis ... Das war eine höchst zufriedenstellende Route. Aus der Gemütlichkeit der alten Datscha in die akademische Ruhe der Hauptstadt der russischen Weltraumfahrt, von dort ins Gewusel des Kosmodroms – und dann der Jump.

Der Jump! Die sagenhafte Euphorie des Sprungs und die unvorstellbar weiten Welten, die sich nicht einmal der

Phantasie erschlossen. Zumindest mir gab der Kosmos eine Menge.

War es denn meine Schuld, dass ausgerechnet ich im Sitz des Piloten saß und die interstellaren Abgründe überwand?

Unter dem dümpelnden, noch unentschiedenen – sollte er nun richtig loslegen oder aufhören – Regen lief ich von der Garage zum Haus. Die Tür war nicht abgeschlossen, in der Diele türmten sich Tüten, Pappkartons und pralle Taschen. Ihrer Anzahl nach zu schließen, stand uns ein einmonatiger Besuch einer Großfamilie bevor. Vielleicht hatte auch eine Expedition von Alpinisten hier vor ihrem Aufstieg zu den Gipfeln der Demokratie haltgemacht. Alle Sachen waren feucht. Folglich waren die geheimnisvollen Gäste gerade erst eingetroffen.

Weniger als drei Stunden war ich fort gewesen – und schon verströmte das Haus etwas Fremdes!

Ich schlängelte mich zwischen den Kartons hindurch in die Küche.

»Petja?«

»Ja, Großpapa«, erwiderte ich wie üblich.

»Stell deine Einkäufe ab und komm rauf!«

Etwas in mir explodierte. Vielleicht reichten mir die Kommandos aus dem ersten Stock einfach, vielleicht fiel mir auch die Alte vor dem Jelissejew wieder ein ... Ich knallte die Tüten auf den Fußboden und ging hoch. Auf halbem Weg wurde mir bewusst, dass ich ohne zu überlegen die Tüte mit dem Fleisch und dem Schinken zuerst hingeworfen hatte und die zweite mit den Flaschen darauf.

Ich brachte es also nicht mal fertig, in einem Wutanfall ein paar Flaschen zu zerdeppern!

Im Zimmer war es frisch, anscheinend hatte mein Großvater erst kürzlich gelüftet. Leise Musik spielte, einer der Komponisten des italienischen Barock, Corelli oder Manfredini. Im Grunde war alles wie sonst auch.

Die erste Überraschung bestand darin, dass mein Großvater auf meinem Platz, auf dem Stuhl, saß. Den Sessel hatte jemand anders in Beschlag genommen, was bereits die zweite Überraschung war. In ihm saß eine Frau um die fünfundzwanzig, die Beine wie ein Mann übereinandergeschlagen. Sie wirkte sehr ernst mit ihrem grobknochigen, hageren Gesicht und den zu einem spilllerigen Zopf zusammengebundenen Haaren, den Jeans und dem selbst gestrickten Pullover.

Wenn mich etwas in Verlegenheit bringt, dann sind das hässliche Frauen.

Ich entwickle ihnen gegenüber stets Schuldgefühle. »Es ist hässlich, hässlich zu sein ...« – um es einmal tautologisch und in Anlehnung an einen Dichter auszudrücken. Freilich, mir ist klar, dass nicht jede Frau Mannequin oder Schönheitskönigin sein kann. Aber wenn eine junge Frau demonstrativ auf ihr eigenes Erscheinungsbild spuckt, dann muss jemand daran schuld sein.

Und ich habe immer das Gefühl, dieser Schuldige sei ich.

»Petja, ich möchte dir jemanden vorstellen.« Mein Großvater erhob sich. »Das ist Mascha. Meine beste Mitarbeiterin.«

»Ich habe schon viel von Ihnen gehört.« Ohne sich aus dem Sessel zu bemühen, streckte mir Mascha die Hand hin. Ihr Handdruck war kräftig und kameradschaftlich. Ihre Stimme klang abgehackt und scharf. »Ich glaube, wir werden hervorragend miteinander auskommen.«

»Sehr angenehm ...«, murmelte ich.

Mein Großvater nickte zu seinem Bett rüber, einen anderen Sitzplatz gab es im Zimmer nicht mehr.

»Mir ist nicht klar, wie weit du eingeweiht bist, Pjotr ...«, sagte sie. »Es ist doch in Ordnung, wenn ich dich duze?«

»Klar ...«

»Gut. Ich liebe diese Formalitäten nicht. Also, Andrej Valentinowitsch hat mir die Situation in aller Kürze geschildert ...«, begann Mascha.

»Entschuldigen Sie ...«

Mascha zog eine Augenbraue hoch.

»Entschuldige, bist du Psychologin?«, fragte ich.

Mascha schielte zu meinem Großvater rüber.

»Das ist meine Schuld«, sagte er. »Petja blickt in dieser Situation überhaupt nicht durch. Ich habe erst in sechs Monaten oder einem Jahr mit diesen Ereignissen gerechnet ...«

»Ich bin Technikerin«, teilte mir Mascha mit. »Ich habe Physik studiert, arbeite aber meist als Technikerin. Vor drei Jahren hat mich Andrej Valentinowitsch zu sich geholt ...« Abermals huschte ihr Blick zu meinem Großvater, der ihr zunickte. »Ich befasse mich mit der Ausarbeitung der Methoden und Mittel zur ... äh ... zur Kommunikation mit Außerirdischen.«

»Mit Methoden, sie zu foltern und umzubringen«, stellte mein Großvater traurig klar.

Da machte es bei mir klick. »Schierling? Johanniskraut? Oregano? Passionsblumen? Na, Mascha, hast du auch an alles gedacht?«

Mascha nickte, jedoch in einer Weise, als entginge ihr die Ironie.

»Großpapa!«, japste ich. »Was um alles in der Welt hast du vor?«

Schön, ich konnte mir ohne weiteres vorstellen, dass mein Großvater den Wunsch verspürte, einen Außerirdischen zu töten. Aber nicht in diesem ... in diesem fast industriellen Maßstab!

Er könnte bereits jetzt für einige hundert Jahre hinter Gittern landen, allein für die Vorbereitung dieses Verbrechens!

»Du verpfeifst mich doch nicht, Enkel?«, fragte mein Großvater.

Schweigend richtete ich den Blick auf die Decke und in die Ecken des Zimmers.

»Keine Sorge, hier ist alles sauber«, mischte sich Mascha mit gelangweilter Stimme ein. »Sämtliche Wanzen haben wir schon vor langer Zeit entdeckt und an einen Computer mit Stimmenimitation angeschlossen. Der FSB, das Innenministerium, Roskosmos, der CIA und der Mossad hören Andrej Valentinowitsch ab. Sie glauben jedoch, dein Großvater erzähle uns in diesem Moment etwas über die Heimtücke der Aliens und schimpfe auf die Präsidenten.«

»Du hast ja völlig den Verstand verloren, Großpapa!«, brüllte ich. »Was ist? Hast du vor, den Zähler einzufangen und zu foltern?«

»Einzufangen brauche ich ihn nicht, denn er wird freiwillig zu mir kommen«, konterte mein Großvater. »Und foltern ... das wird sich finden. Das müssen wir abwarten.«

Mascha sah mich neugierig an, und das gab mir meine Selbstbeherrschung zurück.

»Großpapa, du bist im Unrecht«, sagte ich nur. »Du bist ganz und gar im Unrecht. Die Gefühle gehen mit dir durch.«

»Mit mir?« Mein Großvater lachte. »Wie kommst du denn darauf, Petja? Ich kann mir schon seit langem keinen solchen Luxus wie Gefühle leisten. Nur noch Berechnung. Statt hier sinnlos mit mir herumzustreiten, hilf lieber Mascha, den Tisch zu decken. Schließlich sollte man seine Freizeit auf angenehme Weise verbringen.«

Er lächelte uns beide an und beugte sich über seinen Laptop. Als wollte er uns auf diese Weise zu verstehen geben, dass das Gespräch beendet sei. Ein gewisser Gehorsam ihm gegenüber hielt sich immer noch in mir, weshalb ich aufstand und nach Mascha den Raum verließ. So zielbewusst, wie Mascha runter in die Küche ging, blieb kein Zweifel: Sie war schon des Öfteren hier gewesen.

Während ich den terrestrischen Plunder zum Tausch gegen den außerirdischen Kram durch den Weltraum kutschiert hatte ...

Oh, oh, Großvater!

»Das Kochen ist keine Beschäftigung für Frauen«, erklärte Mascha.

Sie hämmerte mit einer solchen Wut mit einem hölzernen Fleischklopfer auf das zukünftige Kotelett ein, als läge vor ihr das Filetstück eines Alien.

»Natürlich ist das keine Beschäftigung für Frauen«, pflichtete ich ihr bei. »Die besten Köche sind schon immer Männer gewesen.«

Mascha linste zu mir rüber, widersprach jedoch nicht. Eine halbe Stunde lang bereiteten wir nun schon gemeinsam, wenn auch in völligem Schweigen, das Essen vor.

»Ich beneide dich, Pjotr«, brachte sie nach einer Weile heraus. »Der Enkel von Andrej Valentinowitsch zu sein, das ist ein Riesenglück.«

»Eigentlich hatte ich ja keine Wahl oder Vergleichsmöglichkeit ...«

»Machst du dich über mich lustig?« Mascha schaute mich misstrauisch an.

»Bestimmt nicht.«

»Ich habe keinen ausgeprägten Sinn für Humor«, gab sie selbstkritisch zu, während sie das Feuer unter der Bratpfanne anfachte. »Das solltest du im Hinterkopf behalten, Petja. Wo wir jetzt zusammenarbeiten, sollten wir jedes Konfliktpotenzial ausräumen ...«

»Ich tu mich schwer damit, mit jemandem zusammenzuarbeiten. In meinem Schiff ist sogar der Sitz des Co-Piloten abgebaut, stattdessen steht da der Jumper.«

Als ich an meine alte Spiral dachte, befiel mich Traurigkeit.

»Hast du schon oft einen Jump erlebt?«

»An die fünfzig Mal.«

»Ist das wirklich mit einem Orgasmus vergleichbar?«

»Nö ... vermutlich nicht.«

»Fehlt dir die Vergleichsmöglichkeit?«

Was für ein Albtraum! Gut, mit ihrem Sinn für Humor stand es nicht gerade zum Besten – dafür hatte sie mit ihrer Direktheit nicht die geringsten Probleme!

»Nein. Aber das ist etwas ganz anderes. Es ist, als würde man dich bitten, den Geschmack von Orangen mit einem Orgelkonzert von Bach zu vergleichen.«

»In dem Fall würde ich immer die Orangen wählen«, erklärte Mascha entschieden. »Gut, lass uns jetzt unsere Fracht löschen.«

Die nächsten zwanzig Minuten packten wir die Kartons und Taschen aus. Wir förderten verschiedene elektronische Apparaturen zutage, Kabelrollen und – sorgfältig, als handle es sich um den Tannenbaumschmuck, in Watte und Papier eingepackt – Detektoren.

»Wenn dein Passagier auftaucht«, sagte Mascha, »erwartet ihn eine Überraschung. Hier ist eine Videokamera mit einer pseudointelligenten Identifizierungseinheit, Magnetsensoren, Infrarotdetektoren, aktive Funksysteme, Geräte, mit denen elektrische Felder gemessen werden können ... Da kommt niemand dran vorbei.«

»Wir haben einen Hund«, gab ich zu bedenken.

»Den sperren wir ein. Obwohl ... nein, das wird nicht nötig sein. Den Hund nehmen wir in die Liste der zugelassenen Objekte auf.«

Ab und an huschte Mascha in die Küche rüber, eine Gelegenheit, die ich jedes Mal nutzte, um mir ihr Wunderwerk genauer anzusehen.

Das war keine Arbeit vom Band, das hatte sie alles selbst angefertigt.

Und zwar höchst akkurat.

Konnte ein Mensch allein das alles herstellen, selbst wenn er fertige Schaltkreise und Bauanleitungen benutzte? Und die weitaus interessantere Frage: Ließ sich diese Arbeit vor den entsprechenden Organen verheimlichen? Die so sehr darum bemüht sind, jede Antipathie den Außerirdischen gegenüber im Keim zu ersticken?

Ich glaube nicht an die genialen verrückten Wissenschaftler!

Aber ich glaube an meinen Großvater. Und der glaubte an Mascha ...

»Ich habe das Gas ausgeschaltet«, teilte Mascha mit, als sie aus der Küche zurückkam. »Lass uns die Detektoren aufstellen.«

Wir gingen in den Regen hinaus und machten uns daran, die Sensoren im Garten der Datscha zu verteilen. Eine einfache Aufgabe, denn alle waren mit Funksendern ausgestattet, so dass wir keine Kabel verlegen mussten. Innerhalb von einer halben Stunde hatten wir im welken Gras, um die Baumstämme, am Zaun und auf den Wegen rund hundert winzige Plastikgegenstände platziert, die wie Steine oder dürre Zweige aussahen. Einige Detektoren deponierte Mascha in einigermaßen abgeschmackten Gehäusen. Es gibt ja diese Läden, die überdimensionale Windeln, »abgehackte Finger«, »echtes Blut« und ähnlichen Unsinn verkaufen, der Fünftklässler und Erwachsene mit schwachem Intellekt begeistert ... Ich musste allerdings zugeben, dass die künstlichen Hundehaufen recht glaubhaft aussahen.

Schließlich ließ sich Mascha mit der Mini-Empfangsstation in der Diele nieder, während ich den verständnislosen Tyrann über das Gelände führte. An die provozierend gestalteten Sensoren verschwendete er nicht die geringste Aufmerksamkeit – sie verbreiteten nicht den richtigen Geruch.

Wir kehrten wieder ins Haus zurück, durchgeweicht und ohne dem Spaziergang irgendein Vergnügen abgewonnen zu haben.

»Perfekt«, urteilte Mascha zufrieden. »Der Hund kann ungehindert übers Gelände streifen.«

Sie streichelte Tyrann ohne jede Furcht über den Kopf, was mir einen weiteren Beweis lieferte, dass die beiden sich schon länger kannten.

»Ich werde mal in deinem Bad verschwinden«, kündigte Mascha an, schnappte sich die kleinste und unscheinbarste Tasche und ging sich waschen. Da mir nichts anderes übrig blieb als zu warten, begab ich mich nach oben.

Mein Großvater saß am Laptop und hämmerte mit der Miene eines Dichters, dem ein seltener Moment der Inspiration zuteil wurde, auf die Tasten ein.

»Wir haben das Sicherheitssystem installiert«, teilte ich ihm mit.

»Sehr schön ...«

»Glaubst du, dass es funktioniert, Großpapa?«

Er sah mich nachdenklich an.

»Der Zähler hat sogar die Blackbox im Schiff umprogrammiert ...«

»Wir sollten davon ausgehen, dass die Außerirdischen nicht allmächtig sind«, erwiderte mein Großvater leicht verärgert. »Ansonsten müssten wir uns nämlich mit dem Status quo abfinden ...«

»Wäre das denn so schlimm?«

»Siehst du das etwa anders?«, fragte mein Großvater erstaunt.

»Nein, im Großen und Ganzen nicht.« Mir fielen die Moskauer Straßen ein, auf denen fast keine Autos gefahren waren, die verschlossenen, grimmigen Gesichter der Fußgänger und die verrückte Bettlerin. »Wenn wir die Wirtschaft des Landes ruinieren ... nein, nicht nur des Landes, sondern des ganzen Planeten. Wenn selbst Spanien, Portugal und Brasilien Kosmodrome einrichten ... ist das eine Situation, die nicht mehr normal ist.«

»Aber?«, forderte mich mein Großvater zu weiteren Überlegungen auf.

»All diese Unglücksfälle ... im Küstengebiet soll die Ökologie bereits völlig vor die Hunde gegangen sein ... Und ja ... es stimmt, wir können mit dem vorgegebenen Tempo nicht mithalten. Aber wenn wir uns zum aktiven Widerstand entscheiden, Großpapa, dann vernichten die Außerirdischen vielleicht die ganze Erde.«

»Niemals. Das Huhn, das goldene Eier legt, landet nicht in der Suppe. Selbst dann nicht, wenn es seinem Herrn in den Finger hackt.«

»Der Vergleich hinkt«, wandte ich ein.

»Gut, er mag hinken. Aber das ändert nichts am Kern der Sache. Eine Gefahr droht nur uns persönlich, Petja. Wenn wir eine Dummheit begehen, kriegen wir einen

Schauprozess und werden zum Holzfällen geschickt.« Mein Großvater kicherte, als sehe er sich gerade vor seinem inneren Auge, mit einem Beil in der Hand und bis zu den Knien im Schnee versunken. »Aber unserem Mütterchen Erde wird es nicht schlechter ergehen.«

»Ich hoffe, du weißt, was du tust, Großpapa.«

»Ja.«

»Du hast mich noch nie betrogen, Großpapa. Ich vertraue dir. Aber ich habe Angst.«

Mein Großvater wandte den Blick ab. »Alles wird gut, Petja. Aber ohne deine Unterstützung wird unser Plan scheitern. Also, was ist, hilfst du uns?«

Ich nickte. Was sollte ich auch sonst tun? Mein Großvater hatte diese mehrzügige Kombination auf Jahre im Voraus geplant und gespielt. Es wäre dumm zu versuchen, ihn an einem einzigen Tag von seinem Vorhaben abzubringen.

»Hast du dich schon mit Mascha angefreundet?«

»Also ... ein bisschen.«

»Sie ist ein interessantes Mädchen«, sagte mein Großvater.

»Ja, sehr klug ...«, brachte ich das einzig mögliche Kompliment hervor.

»Und das ist alles?«, fragte mein Großvater, dem die Anspannung in meiner Stimme nicht entgangen war.

»Sie ist ordentlich ...«, meinte ich, während ich dem Rauschen des Wassers im Parterre lauschte.

»Manchmal überraschst du mich, Pjotr«, sagte mein Großvater lachend.

»Du mich auch, Großpapa. Kennt ihr euch schon lange?«

»Ja. Ich kenne viele seltsame Leute, Petja.«

»Großpapa ... Danilow lässt dich grüßen!«, fiel mir wieder ein.

»Alexander Olegowitsch?« Mein Großvater riss aufgeregt die Hände hoch. »Ach ja, er hat dich ja abgeholt ...«

»Und ich soll dir nicht nur einen Gruß ausrichten«, druckste ich kleinlaut. »Er hat mir auch was für dich mitgegeben ... Ich hab völlig vergessen, meinen Aktenkoffer auszupacken.«

»Bring ihn her«, befahl mein Großvater. Er wirkte absolut angespannt. »Aber bring ihn ungeöffnet her!«

Ich stürzte nach unten. An der Haustür drückte sich Tyrann rum, der mit der Pfote nach dem Schloss tatzte. Ich öffnete ihm die Tür, und der Hund jagte in den Garten. Sollte er ruhig, schließlich hatte der Regen inzwischen nachgelassen. Vielleicht reagierte ja einer der Sensoren auf ihn – andernfalls würde Mascha allzu selbstgefällig auftreten.

Während ich den Aktenkoffer holte, vernahm ich aus dem Bad Wasserrauschen und Gesang. Mascha hatte ein gutes Gehör. Mit der Stimme verhielt es sich leider nicht ganz so gut.

Mit dem Aktenkoffer in der Hand kehrte ich zu meinem Großvater zurück – und erstarrte.

Mein Großvater stemmte sich aus seinem Sessel hoch und hing sich eine seltsame Plastikpelerine über. Ein durchsichtiges, zweilagiges Stück, wobei sich zwischen den beiden Schichten ein spinnwebfeines Kupfernetz spann. Das Gesicht schützte ein Helm mit Sichtscheibe, die ebenfalls ein Drahtgeflecht aufwies.

In der Hand hielt er ein kleines grün-braunes Metallgerät mit einer kompliziert geformten Antenne, zwei Kippschaltern und einem Display.

»Den Koffer auf den Tisch«, klang die Stimme meines Großvaters barsch unter dem Visier hervor. »Und tritt zurück.«

»Was ist denn das für ein Ding?«, fragte ich.

»Keine Ahnung. Ich bin kein richtiger Schweißer, das habe ich auf einer Baustelle gefunden«, antwortete mein Großvater eindeutig mit einem Zitat. Woher es stammte, wusste ich nicht. »Das ist ein Indikator für organische Stoffe, mein Junge.«

Auf dem Bett lag ein offener Koffer, anscheinend einer von Maschas. Er enthielt eine Unmenge mir unbekannter Gerätschaften.

»Dann schauen wir mal ...«, flüsterte mein Großvater und betätigte einen der Schalter.

Das Display leuchtete rot auf.

»Würde dein Zähler in den Aktenkoffer passen?«, fragte mein Großvater beiläufig.

Alles in mir drin erkaltete. »Nein ... Ich weiß nicht ...«

»Niemand weiß das«, räumte mein Großvater ein. Den Blick fest auf den Aktenkoffer gerichtet, wich er rückwärts zum Bett rüber und entnahm dem Koffer etwas, das verdammt nach einer Waffe aussah: Griff, Abzug und konischer Lauf. Allerdings schien die Waffe nicht mit Kugeln geladen zu werden, denn der Lauf erinnerte eher an eine Antenne.

»Das ist nicht nötig!«, schrie ich. Genau in dem Moment betätigte mein Großvater den Abzug. Daraufhin geschah rein gar nichts, nur in meinen Ohren vernahm ich ein leises Geräusch, das irgendwie keine Quelle hatte.

»Das ist der Prototyp eines Lähmungsstrahlers«, erklärte mir mein Großvater, während er die Waffe beiseitelegte. »Ein Einweggerät. Es funktioniert bei allen terrestrischen Lebensformen.«

»Und was ist mit außerirdischen?«

»Das werden wir gleich sehen.«

Mein Großvater trat an den Tisch heran und öffnete den Aktenkoffer. In ihm fand er mehrere kleine Beutel mit meinen Sachen und mit Souvenirs. Und eine große Tüte.

Vorsichtig und höchst penibel lugte mein Großvater in diese Tüte hinein.

Mit einem Seufzer der Erleichterung ließ er sich in den Sessel plumpsen und nahm den transparenten Helm ab.

»Sascha hat nicht vergessen, wie gern ich roten Fisch esse …«, sagte er. »Möchtest du etwas, Pjotr? Das ist guter, eingesalzener … und inzwischen auch paralysierter Lachs.«

Ich polkte ein Stück ab und kostete es.

Ganz normaler Fisch. Den Geschmack hatte die geheimnisvolle Waffe nicht beeinflusst.

»Ein guter Lachs, Großpapa …«, bemerkte ich. »Was hast du denn?«

Mein Großvater saß da, den Kopf in beide Hände gestützt, und starrte auf den Aktenkoffer.

»Glaubst du etwa, ich hätte keine Angst, Petja?«, fragte er mich mit traurigem Blick. »Glaubst du, ich hätte nachts keine Albträume? Glaubst du, meine Nerven würden nicht blank liegen, Petja … Ich habe schon nicht mehr damit gerechnet, diesen Tag zu erleben ... ich habe gefürchtet, nicht durchzuhalten ...«

Auf der Treppe waren Schritte zu hören. Mein Großvater riss sich wieder zusammen.

»Geh dich waschen. Mascha und ich müssen uns unterhalten.«

Ich schlängelte mich an der Frau vorbei, die in der Türfüllung stand. Sie trug nur einen Bademantel und hatte sich ein Handtuch um den Kopf gewickelt.

»Hier hat es ein kleines Gefecht gegeben«, teilte ich ihr freundlich mit.

Ich duschte lange und mit Genuss. Als könnte ich alle Probleme und unangenehmen Überraschungen der letzten Tage von meinem Körper schrubben. Und wieder zu meiner ruhigen und unbeschwerten Gemütsverfassung zurückfinden.

Letzten Endes hatte ich mich daran gewöhnt, an dieses Vertrauen in mich selbst und in den morgigen Tag. Von klein auf wusste ich: Ich war nicht allein, ich hatte meinen Großvater, dessen giftige Formulierungen die Zeitungen auf den Titelseiten abdruckten, meinen Großvater, bei dem sich Abgeordnete und Geschäftsleute Rat holten. Er beschützte mich vor allem und jedem. Nie hatte er mich zu etwas gezwungen. Ich selbst hatte die Kurse gewählt, die ich in der Schule belegte, den Sport, den ich treiben wollte, ich selbst hatte entschieden, Militärpilot zu werden und dann in die Raumfahrt überzuwechseln ... Mein Großvater war jedoch stets bereit gewesen, mir bei allem zu helfen.

Ob es in der Galaktischen Familie auch Enkel gab?

Ich grinste und fing an zu pfeifen, bis mir der schiefe Gesang von Mascha einfiel und ich verstummte.

Mein Großvater hatte in seinem Buch einen anschaulichen Vergleich gefunden, als er von Kindern und Stiefkindern sprach. Einen Vergleich, der kein gutes Licht auf die Menschheit warf. Wenn wir nur endlich lernen würden, solche Kränkungen auch zu empfinden!

Andererseits sind natürlich alle Vergleiche falsch ...

Etwas bedrückte mich. Ein kalter Klumpen lauerte in mir und zerrte mit dünnen Spinnenbeinen an meinen Nerven. Und diese Kälte vertrieb ich nicht mit einer heißen Dusche.

Es war, als hätte ich etwas Wichtiges übersehen. Als hätte ich mich weggedreht, um es nicht zu sehen ...

Halt! Was sollte das? Ich führte mich ja wie der reinste Neurastheniker auf! Dabei war mit mir alles in Ordnung. So weit es ging jedenfalls.

Nachdem ich mich mit dem weichen, alten Handtuch abgerubbelt hatte, nahm ich den Föhn vom Regal und trocknete mein Haar an. Mascha hatte sich entweder nicht getraut, ihn zu benutzen, oder sie hatte ihn übersehen. Wahrscheinlich Letzteres. Ich hätte sie darauf hinweisen sollen. Diese seltsame Frau ...

Ob ich ihr gefiel? Nicht als Enkel des vergötterten Andrej Chrumow, sondern einfach so, als Mensch.

Ich lugte hinaus, ob sich jemand in meinem Zimmer aufhielt, und verließ das Bad. Mascha war eine Frau, die keine großen Umstände machte, ihr war zuzutrauen, dass sie unaufgefordert hereinplatzte. An dergleichen war ich nicht gewöhnt. Etwa mit fünf Jahren hatte ich begriffen: In meinem Zimmer war ich mein eigener Herr. Wenn ich nicht wollte, betrat mein Großvater es nicht. Später hatte ich in einem der Bücher meines Großvaters gelesen, der Verlust des »persönlichen Territoriums« zöge eine anormale Entwicklung sowohl des einzelnen Individuums als auch einer ganzen Nation oder Rasse nach sich. Mein Großvater hatte dabei an die Menschheit gedacht, die nicht mehr das Recht hatte, über die Erde zu bestimmen. Er hatte prognostiziert, wohin das führen würde, indem er einige ausgesprochen kühne Vergleiche zur Geschichte unterschiedlicher Völker gezogen hatte. Vermutlich hatte er seine Überzeugung jedoch auch mir gegenüber walten lassen.

An der Tür klopfte es leise.

»Petja«, rief mein Großvater. »Wenn du dich frisch gemacht hast, dann hilf uns doch, den Tisch zu decken.«

Ich mag diese häuslichen Bankette nicht. Ich sehe keinen Sinn darin. Es ist eine Sache, wenn Gäste kommen und man ihnen eine wahre Festtafel präsentieren will. Mit dem feinen Porzellan des Geschirrs, dem Kristall der Weinkelche, mit Kalbsbraten, in Minzsauce geschmort, und rotem Beaujolais, frisch aus Frankreich importiert ... Denn es ist schön, anderen Menschen ein Vergnügen zu bereiten.

Oder wenn du dir selbst etwas Besonderes gönnen willst, in ein kleines, gemütliches Restaurant gehst ... und dich bei frisch gezapftem Bier über ein Schaschlik aus Hammelfleisch hermachst.

Etwas ganz anderes ist es jedoch, wenn du selbst alles vorbereiten musst, kochen, raffinierte Salate anrichten, ein Tischtuch auflegen, das Besteck verteilen ... nur damit du ein paar Stunden später, sobald alles aufgegessen und ausgetrunken ist, das Geschirr abwäschst und alle Spuren der Feier beseitigst.

Ist dergleichen nicht dumm?

Man könnte doch ebenso gut in der Küche sitzen, eine Pizza in der Mikrowelle aufbacken und für jeden eine Flasche tschechisches Bier aufmachen. Und sich das ganze Brimborium sparen. Sogar eine Kerze, in ein leeres Glas gesteckt, könnte man anzünden und in der Mitte auf den Tisch stellen ...

Während ich zwischen Küche und Esszimmer hin und her schwirrte, registrierte ich, wie sich der Tisch unter Maschas Bemühungen in eine Festtafel verwandelte. Sie hatte sogar irgendwo einen Kerzenhalter aufgetrieben, Servietten mit einem fröhlichen Muster und einen alten Eiskübel aus Neusilber ... Ich wusste nicht mal, dass wir derart viele überflüssige Dinge besaßen. Den Ehrenplatz nahm eine Platte mit dem paralysierten Lachs ein.

Natürlich hatte Mascha auch die Empfangsstation der Alarmanlage nicht vergessen, die einen Platz neben ihrem Teller gefunden hatte. Mascha war halt allzeit auf Posten.

»Wie gefällt's dir?«, fragte sie mich, als ich stehen blieb und durchatmete. Mit ihrem langen bordeauxfarbenen Kleid und dem hochgesteckten Haar sah sie schon wesentlich hübscher aus.

Oder hatte ich mich inzwischen einfach an ihren Anblick gewöhnt?

»Also …« Ich traute mich nicht recht, mit der Sprache rauszurücken, und fragte stattdessen: »Kommt noch jemand?«

»Nein. Wieso?«

»Na ja …«

Am liebsten hätte ich die Nachbardatschen abgeklappert, einen der alten Schriftsteller oder ihrer lausigen Enkel angeschleppt und an die Tafel gesetzt. Sie hätten diese Pracht vermutlich zu schätzen gewusst.

Denn so stimmte das doch hinten und vorn nicht. Als ob wir Geschäftsverhandlungen führen wollten.

Erst eine halbe Stunde später setzten wir uns zu Tisch. Für das Mittagessen war es bereits zu spät, für das Abendbrot noch zu früh. Verstohlen blickte ich zu meinem Großvater hinüber, der reichlich komisch aussah. Er hatte seine Trainingshose und seinen Pullover gegen einen altmodischen Anzug, ein weißes Hemd und eine schmale Krawatte – bestimmt war sie irgendwann mal modern gewesen – eingetauscht. So kleiden sich Rentner, um eine Erhöhung ihrer Rente zu verlangen oder eine Renovierung ihrer Wohnung auf Kosten der Stadt. Fehlte nur noch ein Orden an der Brust … den mein Großvater allerdings nie erhalten hatte. Denn er war nie beim Militär gewesen. Hatte weder im Kaukasus gekämpft noch während der Krim-Krise.

Ob er gerade deshalb bis heute so kämpferisch war?

»Kinder …« Mein Großvater hüstelte, sah erst mich an, dann Mascha. »Jungs und Mädels … es war längst an der Zeit, dass ihr euch kennenlernt.«

Was für ein interessanter Anfang.

»Seit fünfundzwanzig Jahren warte ich nun auf den Tag, an dem die Menschheit diese Chance erhält«, fuhr mein Großvater fort. »Ein Vierteljahrhundert. Ein Drittel meines Lebens. Ich habe mich auf diesen Tag vorbereitet. Und vermutlich waren viele meiner Schritte nicht gerade ethisch ... Aber sie waren nun einmal notwendig.«

Er drehte das Schnapsglas in den Händen und schielte zu der Flasche Staraja stoliza rüber, dem besten Wodka Moskaus.

»Heute ist unser Tag gekommen, das spüre ich. Der Tag der ganzen Menschheit. Selbst wenn sie nichts davon weiß ... Petja!«

Schweigend öffnete ich die Flasche, goss meinem Großvater ein volles Glas und mir selbst ein wenig ein. Fragend blickte ich Mascha an.

Unter ihrem unerbittlichen Blick füllte ich das Glas bis zum Rand.

»Auf uns ... Abenteurer.« Mein Großvater stürzte sein Glas auf ex hinunter. »Wenn du keinen Wodka magst, Pjotr, dann nimm dir Mineralwasser.«

Erleichtert goss ich den Inhalt meines Glases in das meines Großvaters und schenkte mir Selters ein.

Mascha musterte mich mit kränkender Neugier. »Du schlägst wohl nie über die Stränge, was, Pjotr?«

»Ist das etwa schlecht?«, antwortete ich mit einer Gegenfrage.

»Es ist ein bisschen langweilig.«

»Das ist mir noch nicht aufgefallen.«

Die nächsten Minuten aßen wir schweigend unser Essen. Maschas Koteletts schmeckten hervorragend. Ich entspannte mich sogar ein wenig. Vielleicht liefen sämtliche Geschäftsverhandlungen ja auf ein paar patriotische Trinksprüche hinaus ...

»Die einzige Chance der Menschheit, eine akzeptable Position in der Galaxis einzunehmen, besteht darin, unersetzlich zu werden«, erklärte mein Großvater unvermittelt.

»Aber wir sind doch schon unersetzlich«, wandte ich ein.

»Wir haben die schnellsten Schiffe ... das stimmt. Und weiter? Wir sind nützlich, Petja. Du darfst Nützlichkeit jedoch nicht mit Unersetzlichkeit verwechseln. Ein Vierteljahrhundert habe ich gewartet. Gehofft und auf eine Situation gewartet, in der die Menschheit etwas tun kann, das sich andere Rassen nicht einmal vorzustellen vermögen ...«

Mein Großvater stieß mit Mascha an, die beiden tranken auf ex. Das Gesicht unserer Besucherin blieb reglos. Offensichtlich wusste sie, wovon mein Großvater sprach. Mich kränkte das ein wenig.

»Ich habe gehofft, dass drei relative junge Rassen, die sich genau wie wir nicht frei entfalten können, ebenfalls darauf warten«, fuhr mein Großvater fort. Seine Augen glänzten zart. »Die Alari, die Zähler und die Cualcua. Kämpfer, Mathematiker und Chamäleons.«

»Wer?«

»Du weißt, dass die Rasse der Cualcua kein beständiges Äußeres hat?«

Ich zuckte mit den Achseln. Klar, in den Filmen, die ich gesehen hatte, sahen die Cualcua jedes Mal anders aus.

»Es sind symbiotische Lebewesen aus Protoplasma, die kein Innen- und kein Außenskelett haben und zwischen einem halben Kilo und zwei Zentnern wiegen.« Mein Großvater lachte lautlos. »Sie sind unverzichtbar für Montagearbeiten und Reparaturen, denn sie können in jede Spalte hineinkriechen und gelangen noch in das winzigste Arbeitsmodul. Oder in einen Raketensprengkopf. Was glaubst du, Petja, gefällt ihnen diese Rolle?«

»Wir wissen nichts über ihre Psychologie, Großpapa. Nicht einmal du weißt etwas darüber.«

»Humbug! Der Überlebenswunsch, der Selbsterhaltungsinstinkt – das sind Konstanten. Rassen, die sich nicht um ihr Überleben scheren, gibt es nicht! Aber das Leben der Cualcua ist heutzutage keinen Pfifferling wert. Wer kriecht denn in einen Reaktor, der in Betrieb ist? Die Cualcua. Wer bringt eine Erkundungssonde auf einen Planeten, ohne die Möglichkeit der Rückkehr zu haben? Natürlich die Cualcua. Wer richtet einen Torpedo auf sein Ziel aus? Jene kleinen genügsamen und intelligenten Lebewesen ... die Cualcua eben.«

Klar, das war eine Schweinerei. Die mir nicht unbekannt war. Ich hatte jedoch noch nie gehört, dass die Cualcua sich über diese Rollenverteilung empörten. Übrigens: Wusste eigentlich ein durchschnittlicher Hyxoid oder Stäubler etwas von der Unzufriedenheit der Menschen?

»Die Zähler sind also auf der Erde gelandet. Und sie haben nur ein Ziel: mich zu treffen.« Mein Großvater langte nach der Wodkaflasche und goss sich sein nächstes Glas selbst ein. »Sie haben alles verstanden ... Sie konnten meine Texte analysieren. Sie wissen, dass ich in der Lage bin, ihnen zu helfen.«

Also echt, mein Großvater wurde langsam alt ... Worauf beruhte dieses Selbstbild? Schließlich stand nichts und niemand hinter ihm, abgesehen von ein paar wissenschaftlichen Zentren, die sich mit Fragen der extraterrestrischen Psychologie beschäftigten. Und abgesehen von einer fanatischen jungen Frau. Aber er kam nicht an Schiffe heran oder an ...

Halt! Ich kam an Schiffe ran!

Mir war zumute, als hätte mich jemand mit kaltem Wasser übergossen ...

»Und wenn der Zähler gelogen hat, Großpapa?«, fragte ich. »Wenn er nicht zu dir kommt?«

»Er hat die Wahrheit gesagt!«, fuhr mich mein Großvater an.

»Und wenn er unterwegs verreckt? Er muss das ganze Land durchqueren. Er ist fremd hier, hat nicht die leiseste Ahnung von den Bedingungen, ist allein auf einem feindlichen Planeten.«

Mein Großvater senkte den Blick. »Er muss sich darauf vorbereitet haben«, knurrte er nach einer Weile. »Er war verpflichtet, sämtliche Faktoren zu berücksichtigen. Alle Rassen verfügen über Daten zu unserem Planeten. Das Prinzip der informativen Einseitigkeit des Konklave ist dir ja wohl bekannt, oder? Wir dürfen keine Informationen von älteren Rassen verlangen, müssen sie ihnen aber zur Verfügung stellen.«

»Ich weiß, Großpapa. Aber niemand kann sämtliche Faktoren berücksichtigen.«

»Es würde mich nicht wundern, wenn er sogar deinen Autobus mit den Tomaten einkalkuliert hat!«, brummte mein Großvater griesgrämig.

»Fangt jetzt bloß keine Schlägerei an«, bemerkte Mascha, während sie sich Salat auftat.

Darauf verstummten wir. Sie hatte ja recht ...

»Entschuldige, Großpapa«, sagte ich. Mit einem Mal wollte ich auch etwas Alkoholisches trinken. Natürlich keinen Wodka, aber in der Küche musste es Wein geben.

»Du auch, Petja.« Mein Großvater rieb sich die Stirn. »Lass Tyrann rein, er winselt ...«

Ich ging in die Küche und holte die Flasche moldawischen Nigru de Purkal und einen Korkenzieher. Von der Vortreppe klang tatsächlich Hundegejaule herüber. Ob der Regen wieder eingesetzt hatte? Oder hielt der Hund es für seine Pflicht, an unserem Essen teilzunehmen?

Mit der Flasche in der Hand schlenderte ich zur Tür, schaltete in der Diele das Licht an und schloss auf. Tyrann kam aufgeregt angelaufen.

»Was machst du für einen Radau wie eine Ratte im Keller?«, fragte ich. »Wenn du wenigstens anständig kläffen würdest!« Aber kläffen konnte er nicht.

Tyrann stolzierte mit dem Gebaren vollendeter Pflichterfüllung herein, den schlaffen Körper des Reptiloiden über den Fußboden schleifend. Seine starken Kiefer hielten den Hals des Zählers fest umschlossen. Der Hund ließ den Außerirdischen vor mir fallen und stupste mich mit der Schnauze ins Knie.

Lobe mich, mein junger Herr ...

»Großpapa!«, schrie ich. »Großpapa!«

Zweiter Teil
Die Alari

Eins

Er wog nicht mehr als ein kleines Kind, fünfundzwanzig, dreißig Kilo. Als ich Karel aufs Sofa bettete, beschmierte ich das beigefarbene Velours mit Dreck. Anschließend richtete ich mich wieder auf.

Sicherlich hatte der Zähler noch im letzten Moment versucht, sich zur Kugel einzurollen. Doch da war es schon zu spät gewesen. Tyrann stammte aus einem ruhmreichen Geschlecht, falls es denn in Hundekämpfen Ruhm gibt. Sein Vater war der berühmte Temirlan, der sich brüsten durfte, ohne jede Hilfe drei Bullterrier getötet zu haben.

Der Reptiloid hatte gegen Tyrann keine Chancen gehabt.

»Petja!« Mein Großvater legte mir eine zitternde Hand auf die Schulter. »Ihr müsst doch ... ihr müsst doch Kurse in kosmischer Medizin gehabt haben!«

Ich schüttelte bloß den Kopf. Gerade mal ein paar Brocken Wissen hatte man uns hingeworfen, darüber, wie man Aliens das Leben rettet, wenn der Zufall es einmal erlaubte, sich ihnen anzubiedern und diesen Dienst zu leisten. Wer wie atmete, bei wem man wie eine Blutung stoppte.

Aber über Zähler wusste ich nichts, nicht mal, ob sie Blut hatten.

Ich schaute zu Mascha hinüber. Sie war ebenfalls schockiert.

»Wie ihr sie foltern und umbringen könnt, das hast du dir überlegt«, sagte ich. »Aber wie man sie wiederbeleben kann, nicht, oder?«

Ihre ganze Selbstsicherheit hatte sich in Luft aufgelöst. Ihre Lippen zitterten.

»Karel ...«, rief mein Großvater ohne jede Hoffnung. Er hockte sich vors Sofa und legte dem Alien die Hand an den Hals. »Karel, stirb nicht!«

Vielleicht war er schon tot ... Blut gab es zwar keins, der geschuppte Hals des Reptiloiden wirkte auch nicht gebrochen, aber womöglich war er erstickt? Schließlich gehörte er zu den atmenden Lebewesen – das immerhin wusste ich.

Tyrann bellte fordernd und streckte meinem Großvater seine Pfote hin. Er bat um einen Handschlag.

»Bring den Hund weg!«, krächzte mein Großvater mit brüchiger Stimme. »Schaff ihn mir aus den Augen!«

»Warum hat eigentlich die Alarmanlage nicht funktioniert ...?«, flüsterte Mascha plötzlich. »Sie hätte ... doch ...«

Ich packte Tyrann beim Halsband und zog ihn aus dem Esszimmer. Der Hund wollte schon loskläffen, spürte jedoch, dass mit mir jetzt nicht zu scherzen war, und zog es vor zu schweigen. Ich verfrachtete ihn in die Diele und schloss die Tür. Als Tyrann kläglich zu jammern anfing, löste sich meine Wut auf.

»Du bist ja nicht schuld«, versicherte ich. »Das haben wir Idioten selber zu verantworten ...«

Ich ließ den verzweifelten Hund allein und kehrte zu den anderen ins Zimmer zurück. Dort war alles wie gehabt. Es lief der zweite Akt, immer noch dieselben Personen, der Körper des Reptiloiden lag auf dem Sofa, mein Großvater kniete davor, Mascha stand zur Salzsäule erstarrt da.

Wenn ich abends vom Holzfällen zurückkam, würde ich in einer Ecke meiner Baracke ein Stück schreiben: *Tod eines Aliens*.

»Man kann eben nicht alles einplanen«, sagte ich. »Großpapa ...«

Ich wollte schon erklären, ich würde die Verantwortung für all das übernehmen und jetzt die Miliz oder besser gleich den FSB anrufen.

In dem Moment krampfte sich der Reptiloid jedoch zusammen. Er öffnete die Augen und riss den Kopf hoch.

Mein Großvater wich vom Sofa zurück, wobei er unbeholfen nach hinten fiel. Mascha stürzte vor, schaffte es, ihn abzufangen und gleichzeitig mit einer Bewegung hinter sich – ob sie auf dem Rücken ihres Abendkleides ein Holster trug? – den bereits vertrauten Prototyp dieses Paralysators zu ziehen.

»Gewaltanwendung ist nicht nötig ...«, zischelte der Reptiloid. Er linste zu mir hoch. »Guten Tag, Pjotr Chrumow.«

Keiner von uns brachte einen Ton heraus. Der Zähler schaute Mascha an.

»Meine gute Frau«, sagte er mit seiner normalen, gequälten Flüsterstimme, »von meiner Seite droht Ihnen keine Gewalt. Sie können auf die Waffe verzichten.«

Mascha rührte sich nicht.

»Außerdem gibt es keine Garantie, dass mir die Waffe überhaupt etwas anhaben könnte«, fügte der Zähler hinzu.

Mein Großvater stemmte sich ächzend vom Boden hoch. »Und was, wenn ich den Hund rufe?«, fragte er.

Mit einem Satz war der Zähler auf der Sofalehne. »Ich habe wichtige Informationen, die das Schicksal der Menschheit zum Besseren wenden könnten!«, ratterte er los.

Mein Großvater lachte. »Die Idee, mir einen Hund zuzulegen, war goldrichtig«, meinte er zu mir.

Der Reptiloid wartete und drehte den Kopf so, dass er uns alle im Blick behielt.

»Steck die Pistole weg, Mascha«, verlangte mein Großvater schließlich. »Ich glaube nicht, dass unser Gast ein Killer ist.«

»Die moralischen Normen unserer Rasse erlauben keinen Mord«, beteuerte der Zähler.

»Und was erlauben sie?«, wollte mein Großvater wissen.

»Zielt die Frage darauf, was für uns am wichtigsten ist?«

»Genau.«

»Das Begreifen der Urwahrheit.« Der Zähler erschauderte sogar, als er diese Worte aussprach. »Aber dieses Bestreben verlangt Freiheit ...«

»Wer ist an der Verschwörung beteiligt?«, wechselte mein Großvater abrupt das Thema.

Karel starrte demonstrativ zu Mascha hinüber. Die schnaubte nur.

»Sie ist auf Menschenseite Teilnehmerin an dem Projekt«, stellte mein Großvater in resolutem Ton klar.

»Von unserer Rasse abgesehen sind die Alari und die Cualcua an der Aktion beteiligt«, brachte der Zähler heraus.

Warum hatte mein Großvater immer hundertprozentig recht? Ich setzte mich an den Tisch, entkorkte die Weinflasche und goss mir ein volles Glas ein.

Der Zähler zeigte keinerlei Absicht, das Sofa zu verlassen. Mein Großvater bestand allerdings auch nicht darauf. Ihm ging es offenbar nur darum, den Reptiloiden nicht zu berühren.

Sollte der Zähler das menschliche Bewusstsein tatsächlich beeinflussen können, war diese Vorsicht mehr als geboten. Im Nachhinein verstand ich auch, dass die idiotische durchsichtige Pelerine, die mein Großvater in seinem Zimmer getragen hatte, als Schutz gegen genau diese Form der Manipulation hatte dienen sollen. Vielleicht war das sogar gerechtfertigt – falls der Reptiloid nämlich die elektromagnetische Wechselwirkung benutzte. Aber was, wenn sie auf der Ebene irgendwelcher Mikroleptonen erfolgte? Oder auf der der Tachyonen?

»Als Hausherr ...« Mein Großvater lächelte den Zähler an, der daraufhin mühevoll die Zähne bleckte. »... möchte ich eine Reihe von Fragen stellen. Je nachdem, wie ehrlich und umfassend die Antworten ausfallen, werden sich unsere weiteren Beziehungen gestalten. Wenn ich dich drei Mal bei einer Abweichung von der Wahrheit ertappe, muss ich die Unterredung beenden.«

»Gut«, stimmte Karel nach sekundenkurzem Zögern zu.

»Wie bist du von Swobodny nach Moskau gekommen?«

»Mit demselben Flugzeug wie Pjotr. Ich kann mich tarnen. Sind Details von Bedeutung?«

»Hat dir jemand geholfen?«

»Nein.«

»In Ordnung, vertagen wir diesen Punkt auf später. Deine Aktion zum Vordringen auf die Erde ist von der Regierung eurer Rasse sanktioniert worden?«

»Wir haben keine Regierung.«

»Erste Warnung, Karel«, wies ihn mein Großvater zurecht. »Ihr müsst eine Struktur haben, welche die wichtigsten Entscheidungen koordiniert. Jemand muss euch im Konklave vertreten.«

»Das Wesen, das die Entscheidungen im Konklave vorträgt, ist nur ein Vermittler. Wir diskutieren die wichtigsten Fragen mit der ganzen Rasse ... mit den Vertretern, die sich auf dem Hauptplaneten befinden.«

»Eine Abstimmung?«, fragte mein Großvater.

»Nein. Wir gelangen zu einer gemeinsamen Gesamtwahrheit. Menschen und andere Rassen sind dazu nicht in der Lage, aber wir sind ... besonders.«

»Das glaube ich sofort. Hat die ganze Rasse deine Landung auf der Erde diskutiert?«

Karel klappte mit den Kiefern. »Jetzt habe ich den Sinn der Ausgangsfrage verstanden. Nein. Die Aktion ist von einer beachtlichen Zahl von Individuen ausgearbeitet und umgesetzt worden. Es war jedoch keine gemeinsame Entscheidung aller. Wenn unser Plan scheitert, soll unsere Rasse noch Überlebenschancen haben.«

»Sehr schön. Gilt das auch für die Alari und die Cualcua?«

»Für die Alari wohl schon. Aber für die Cualcua ...« Der Reptiloid streckte die Pfote aus und kratzte sich die fliehende Stirn, eine Geste, die bewusst menschlich wirken sollte. »Die Cualcua sind uns ein großes Rätsel. Ich weiß nicht, wie sie vorgegangen sind. Ich habe darüber keine Informationen.«

Mein Großvater sah mich an. Sein Blick blieb leicht verwundert an dem erneut nachgefüllten Weinglas hängen. »Hast du das gehört, Petja?«, sagte er. »Alle Beteiligten haben ihre Entscheidung unter größtmöglichen Sicherheitsvorkehrungen getroffen!«

»Und genau diese Harmonie wundert mich«, brummte ich. Ich nahm es den beiden ein wenig krumm, dass sie mich kurzerhand vom Gespräch ausgeschlossen hatten. Ich hatte meine Funktion als Fuhrmann erfüllt ... ich hatte den Agenten der Zähler zu meinem Großvater gebracht ... und war damit fast überflüssig geworden.

Bis zum nächsten Mal?

»Karel ...« Mein Großvater klang jetzt sehr ernst. »Warum wurde von den Menschen auf der Erde ausgerechnet ich für einen Kontakt ausgesucht?«

»Wir haben alle Vorträge, Artikel und Bücher der Menschen analysiert, die sich mit den Fragen der Kosmospolitik beschäftigen«, gab Karel bereitwillig Auskunft. »Angefangen von den uns bekannten Verrätern, die von den Starken Rassen gekauft wurden …«

Die Offenheit ließ meinen Großvater sogar leicht erschaudern.

»… bis hin zu den aggressivsten Chauvinisten.«

»Ich brauche die Namen dieser Verräter!«, schrie mein Großvater.

»Ich bin nicht berechtigt, sie herauszugeben«, konterte der Zähler wie aus der Pistole geschossen. »Wenn wir unseren Plan in die Tat umgesetzt haben, ist die Rasse der Zähler bereit, der Menschheit alle ihr vorliegenden Informationen zur Verfügung zu stellen. Darunter auch diese Namen. Aber erst *danach*.«

Bei der Spannung, die jetzt im Zimmer hing, hätte ich nichts gegen eine Pelerine mit Erdung gehabt.

»Danach …«, wiederholte mein Großvater gedankenverloren. »Gibt es Beweise für den Verrat?«

»Ja.«

»Und ihr habt keine Angst vor dem Zorn der Starken Rassen?«

»Nach Durchführung unserer Mission werden weder die Zähler noch die Alari, die Cualcua oder die Menschheit Anlass haben, jemanden zu fürchten.«

Mascha, die bisher schweigend hinter dem Stuhl meines Großvaters gestanden hatte, atmete geräuschvoll aus. Sie blickte mich mit leuchtenden Augen an.

Daraufhin gab ich mir alle Mühe, Begeisterung vorzutäuschen.

»Du hast meine Frage noch nicht abschließend beantwortet«, erinnerte mein Großvater den Zähler mit leicht veränderter Stimme.

»Richtig. Nach der Analyse aller Informationen hielten wir Ihre Persönlichkeit für den geeigneten Kandidaten. Wir waren zu der Überzeugung gelangt, dass Sie bereits seit etlichen Erdjahren Pläne zur Befreiung der Menschheit ausarbeiten. Wir waren uns sicher, Sie könnten einen entscheidenden Beitrag zu unserer Sache leisten. Zum Beispiel für unseren Transport sorgen ...«

Mein Großvater wagte lange nicht, zu mir herüberzusehen.

Schließlich drehte er sich aber doch um.

»Eltern haben das Recht, die Entwicklung ihrer Kinder zu steuern ...«, sagte ich. »Ist es nicht so, Großpapa? Also hast du doch dafür gesorgt, dass ich Kosmonaut werde?«

»Ja«, hauchte mein Großvater. »Ja, Petja.«

Ich nahm einen Schluck von dem herben Rotwein. »Ist schon in Ordnung, Großpapa«, sagte ich. »Du hattest ja wirklich das Recht ... Vergessen wir das.«

Wir sollten jetzt besser keinen Streit anfangen. Mein Großvater und ich gerieten ohnehin selten aneinander, und immer endeten unsere Auseinandersetzungen damit, dass ich mich entschuldigte. Vermutlich hatte er also recht gehabt.

Und war ich denn unzufrieden mit meinem Schicksal? Mit den fremden Himmeln, der Ekstase des Jumps und sämtlichen Annehmlichkeiten der Erde?

»Verzeih mir, Petja«, sagte mein Großvater trotzdem. Er sah den Zähler an, der neugierig diese Familienszene verfolgte, und fuhr fort: »Noch ein letzter Punkt, der wichtigste von allen: Wie hast du den Jump überstanden?«

Der Zähler hüllte sich in Schweigen.

»Das ist die entscheidende Frage, mein teurer, geschuppter Gast. Du musst sie vorbehaltlos beantworten.«

»Die Methode zur Vermeidung des Jump-Wahnsinns funktioniert nur bei uns Zählern.«

»Zweite Verwarnung. Die Antwort ist unvollständig.«

»Ich habe mich in einen Zustand der temporären Verrücktheit gebracht. Ich habe mein Bewusstsein paralysiert.«

Ich hatte den Eindruck, mein Großvater setzte an, etwas einzuwenden. Vielleicht wollte er dem Zähler ja eine dritte und letzte Warnung erteilen. Doch Karel kam ihm zuvor.

»Wie ich bereits Pjotr Chrumow erzählt habe«, fuhr der Zähler fort, »besitzen wir zwei Bewusstseinsebenen, eine externe und eine interne. Entscheidend ist das interne Bewusstsein. Dieses verarbeitet riesige Datenmengen. Es greift auf mathematische Logik zurück. Es hat seine Beschränkungen ... zum Beispiel bei unlösbaren Gleichungen.«

»Der Große Fermatsche Lehrsatz«, warf Mascha plötzlich ein.

»Was?«

»$X^n + Y^n = Z^n$. Ist n größer als 2, gibt es keine Lösung im Bereich der positiven ganzen Zahlen.«

»Ganz interessant«, meinte der Zähler. »Aber wieso sollte diese Gleichung unlösbar sein?«

»Du kannst Fermats Letztes Theorem beweisen?«, fragte Mascha.

»Nein. Beweisen kann ich es nicht. Es ist falsch. Ich kann eine Lösung im Bereich der ganzen positiven Zahlen nennen.«

»Stopp!« Mein Großvater klatschte in die Hände. »Mit der Lösung klassischer Theoreme kannst du dich nachher befassen, Mascha!«

»Aber das ist ...« Soweit ich mich erinnerte, war es das erste Mal, dass Mascha es auf einen Streit mit meinem Großvater ankommen ließ.

»Ich glaube nicht, dass dieses Theorem wichtiger ist als das Schicksal der Menschheit!«

»Wie schade, dass Sie nicht über die Fähigkeit zum kollektiven Nachdenken verfügen«, bemerkte der Zähler mit einem lauten Seufzer. »Das würde unser Gespräch entschieden einfacher gestalten.«

»Also, wie hast du es geschafft?«, bohrte mein Großvater erneut.

»Ich habe dividiert.«

»Was hast du dividiert?«

»Es ist völlig unwesentlich, durch was genau ich dividiert habe ...«, antwortete Karel lächelnd.

»Er hat durch Null dividiert«, erklärte Mascha. »Stimmt's?«

»Stimmt.«

»Jeder simple Taschenrechner antwortet auf eine solche Teilung mit ERROR«, entgegnete mein Großvater.

»Ich bin komplizierter als ein Taschenrechner«, hielt der Zähler mit unerschütterlicher Ruhe dagegen. »Ich habe einen Schock erlitten. Das ist die klassische Reaktion unserer Rasse, wenn sie nicht in der Lage ist, Informationen zu verarbeiten.«

»Der Hypersprung ist auch eine Null ...« Ich wusste selbst nicht, warum ich das sagte. »Das große Nichts, in das du fällst ... in dem du verschwindest. Mascha, du hast mich gefragt, ob der Jump mit einem Orgasmus zu vergleichen ist. Nein, das ist er nicht. Eher ist er mit einem Sprung in den Tod zu vergleichen.«

Der Zähler stellte sich auf die Hinterbeine und klatschte leicht in die Vorderpfoten. Ich begriff nicht auf Anhieb, dass er mir Beifall spendete.

»Keine der Rassen des Konklave kann auf diese Methode zurückgreifen«, trumpfte der Reptiloid auf. »Ich weiß nicht, was es euch erlaubt, beim Jump Vergnügen zu empfinden. Für mich ist es pure Folter. Aber ich kann sie ertragen.«

Mein Großvater langte nach der Flasche und goss sich ein weiteres Glas ein. »Musst du etwas essen, Karel?«, fragte er, nachdem er den Wodka heruntergekippt hatte.

»Nein, ich habe keinen Hunger«, antwortete der Reptiloid. »Mein Bedürfnis nach organischen Stoffen ist nicht sehr groß ... und es besteht keine Notwendigkeit herumzuexperimentieren.«

»Gut, ich glaube dir«, sagte mein Großvater. »Du bist also der inoffizielle Vertreter einer Gruppe von Unzufriedenen. Du bist zu mir gekommen, um mir einen Vorschlag zu unterbreiten. Dann fang mal an.«

»Das ist eine streng geheime Information.«

»Selbstverständlich. Aber wir, wir drei hier, nehmen auf Seiten der Menschheit an dem Projekt teil.«

»Einverstanden. Ich bestehe jedoch darauf, dass die Frau das Gerät für Audioaufnahmen ausschaltet und die bisherigen Aufzeichnungen löscht.«

Mein Großvater und ich starrten Mascha an.

»Ich habe gedacht ... eine Aufzeichnung könnte uns für eine Analyse hilfreich sein ...« Sie sah uns mit absolut schuldbewusstem Ausdruck an.

»Kläre so was beim nächsten Mal vorher mit mir ab«, wies sie mein Großvater sanft zurecht. Ich selbst fürchtete diese Sanftheit in seiner Stimme. Aber Mascha kannte meinen Großvater nicht so gut wie ich und entspannte sich. Schweigend nahm sie das Medaillon ab, das ihr um den Hals baumelte, und hielt es meinem Großvater hin.

»Wenn Sie gestatten?«, zischelte Karel vom Sofa aus, bevor er auf den Boden sprang und zu meinem Großvater watschelte. Der legte das Medaillon unverzüglich auf den Boden. Der Reptiloid berührte es kurz mit der Pfote, dann zog er sich aufs Sofa zurück.

»Höchst theatralisch«, grummelte mein Großvater.

»In dem Stück steckt ein Mikrochip ... er ist durchgebrannt. Tut mir leid«, erklärte der Zähler, während er wieder aufs Sofa kletterte.

Mein Großvater trat trotzdem noch mit aller Kraft auf das unglückselige Medaillon und zerquetschte es mit dem Fuß, als töte er ein giftiges Insekt. »Wenn das Zimmer jetzt sauber ist, dann fang an«, forderte er den Zähler auf.

»Andrej Valentinowitsch Chrumow, falls Sie nichts dagegen haben, würde ich zunächst gern hören, wie Sie die gegenwärtige Situation einschätzen.«

Mein Großvater runzelte die Stirn.

»Ich würde gern Ihre Fähigkeiten zur Analyse einer Situation bei unzureichender Informationsbasis abschätzen«, erklärte der Zähler höflich.

»Weshalb denn das?«

»Sie sind bereits relativ alt für einen Menschen«, stellte der Reptiloid mit trauriger Stimme fest. »Wir wissen, dass die geistigen Fähigkeiten der Menschen im Alter abnehmen. Ich muss mir ein Bild machen, wie nützlich Sie noch sind ... für unser Projekt.«

Mich hätte eine solche Offenheit verletzt. Aber mein Großvater ... steckte sie weg. Sogar lächelnd.

»Ich darf wohl annehmen, dass du, sollte ich nicht von Nutzen sein, sämtliche Informationen zurückbehältst. Sicherheitshalber. Oder etwa nicht?«

»Richtig«, bestätigte der Zähler. »Aber in erster Linie ist mir wirklich daran gelegen, Ihre Analysefähigkeiten abzuschätzen.«

»Einverstanden«, sagte mein Großvater. »Ich gehe von drei Möglichkeiten aus, die der Menschheit zur Verfügung stehen, um ihren Status in der Galaxis zu verbessern ...«

»Verzeihen Sie, Andrej Valentinowitsch ...« Der Zähler hob eine Pfote. »Welche Bedeutung hat die Zahl Drei? Drei Warnungen, drei Möglichkeiten ... Das menschliche Bewusstsein stützt sich doch weitgehend auf Zweier- und Zehnerkategorien.«

»Ich weiß nicht«, antwortete mein Großvater achselzuckend. »Zwei – das würde nur die Extreme erfassen. Vier und mehr – das sind bereits zu viele Möglichkeiten für unser Bewusstsein. Drei passt dagegen genau. Fragst du dich, ob Menschen Informationen unberücksichtigt lassen, sofern sie sich nicht in dieses Dreiersystem fügen?«

»Ja.«

»Das glaube ich nicht. Wir führen lediglich die unterschiedlichsten Situationen auf drei Hauptkonstellationen zurück. Das ist ausgesprochen effektiv und bequem für uns.«

»Vielen Dank. Fahren Sie bitte fort.«

»Wie gesagt, ich sehe drei Möglichkeiten.« Mein Großvater lachte unsicher. »Also ... Im ersten Fall entwickelt die Menschheit unvermutet neues Wissen, das für die ganze Galaxis von existenzieller Bedeutung ist. Etwas wie der Jump ... Nennen wir diese Variante den *Apfel Newtons*. Dieses Wissen erhöht den Status der Menschheit sprunghaft. Denkbar wäre auch eine Situation, in der eine andere Rasse über dieses neue Wissen verfügt, die Menschheit aber aktiven Anteil an seiner Ausarbeitung hatte.«

»Nun ja ...«, sagte der Zähler interessiert.

»Diese Variante halte ich jedoch für unwahrscheinlich«, schloss mein Großvater seufzend. »Die Entwicklung einer Zivilisation vollzieht sich in einem ausgesprochen komplexen Prozess. Überlegenheit allein in einem einzigen Bereich reicht bei weitem nicht aus ... schließlich hat uns der Jump ja auch nicht zu unserem Glück verholfen. Selbst wenn wir eine Waffe entwickeln, mit der wir Sterne auslöschen können und die in eine Streichholzschachtel passt, macht diese Erfindung uns Menschen nicht zu den Herrschern in der Galaxis.«

»Einige Rassen versuchen durchaus, ihren Status zu verbessern, indem sie neues Wissen, das anderen nicht zugänglich ist, akkumulieren ...«, bemerkte der Zähler. »Was sie dabei nicht begreifen, ist, dass sie auf diesem Weg allenfalls eine Veränderung ihrer Funktion im Konklave erreichen können. Entsprechende Präzedenzfälle hat es bereits gegeben. Zum Beispiel die Stäubler. Früher sind sie Kumpel gewesen. Bergleute. Heute beschäftigen sie sich mit der Metamorphose der Planeten nach den Bedürfnissen der Starken Rassen.«

»Die Geschichte kenne ich«, sagte mein Großvater.

»Interessant sind auch die Forschungen derjenigen, die die Menschen die Unaussprechlichen nennen«, fuhr der Zähler fort. »Sie versuchen eine Allgemeine Moral auszuarbeiten ... oder eine Allgemeine Philosophie ... Es gibt dafür keine exakte Übersetzung. Es ist eine Moral, die den Bedürfnissen aller Rassen Rechnung tragen muss.«

»Zweifelhaft«, kommentierte mein Großvater kopfschüttelnd.

»Ich teile diese Sicht. Trotzdem versuchen sie es. Mit einer Allgemeinen Moral würden sämtliche Forderungen, die die Rassen aneinander stellen, ad absurdum geführt und der Ausbeutung der Schwachen durch die Starken ein Ende bereitet.«

»Eher würde eine solche Allgemeine Moral den Status quo festigen«, brummte mein Großvater. »Vielleicht würde sie gewisse psychologische Probleme lösen, mehr aber auch nicht. Oder sie würde in der Galaxis die Herrschaft der Unaussprechlichen etablieren.«

»Wie angenehm, wenn man einander versteht!«, rief der Zähler begeistert.

»Jetzt die zweite Möglichkeit.« Mein Großvater hustete. »Petja, gieß mir etwas Mineralwasser ein ... Den zweiten Weg halte ich für etwas realistischer. Bei dieser Variante hätte die Menschheit Zugang zu einem Komplex von Kenntnissen ... genauer nicht nur Kenntnissen, sondern auch Kräften. Zum Beispiel zum Wissen einer anderen, dem Konklave unbekannten Zivilisation. Diese Situation wurde in der Literatur hier auf der Erde ausgiebig diskutiert ... also ... äh ... in der Unterhaltungsliteratur. Denkbar sind die Bibliothek einer längst untergegangenen Rasse, eine riesige kosmische Flotte oder ein mächtiges Hyperwesen, das dennoch bereit ist, dem Erstbesten, dem es begegnet, zu dienen. Diese Variante wollen wir *Deus ex machina* nennen.«

»Wie sehr doch alle nach leichten Wegen streben ...«, merkte der Reptiloid traurig an.

»Du machst dir kein Bild! Als ob bloß eines dieser erbärmlichen terrestrischen Raumschiffe in unbekannte Bereiche des Kosmos vorzudringen bräuchte und dort würden prompt drei ...« Mein Großvater lachte. »Nein, vier Millionen! Vier Millionen Raumschiffe von der Größe eines Planeten herumfliegen! Und jedes dieser Raumschiffe würde mit Menschenstimme sagen: ›Guten Tag, neuer Herr! Wir sind bereit, deinen Willen zu erfüllen!‹«

Kichernd goss ich mir das dritte Glas Wein ein. Ich konnte mir das Lachen wirklich nicht verkneifen. Wie oft haben wir Piloten während der Ausbildung von einer solchen Begegnung geträumt ...

»Auch diese Variante ist letzten Endes unwahrscheinlich«, erklärte mein Großvater. »Soweit wir wissen, gibt es in den zugänglichen Teilen der Galaxis keine Hinweise auf Rassen, die älter als die Starken sind. Und sollten solche Hinweise je entdeckt werden, werden die Starken zuerst davon wissen. Die Blinker, die für sämtliche Kanäle der Informationsübermittlung die Verantwortung tragen, unterstehen schließlich hundertprozentig der Kontrolle von Daenlo. Und leider dienen sie schon zu lange ... sie haben sich daran gewöhnt. Der entscheidende Punkt ist jedoch: Wertvolle Werkzeuge bleiben nicht herrenlos. Eine untergegangene Rasse kann Artefakte hinterlassen ... aber nicht ganze Lagerhallen mit weit aufgerissenen Türen. Man muss ein unverbesserlicher Optimist sein, um auf diese Variante zu hoffen.«

»Wenn ich es richtig begriffen habe«, sagte der Zähler, »ist die realistischste Variante also die dritte?«

»Ja. Diese Variante können wir die *Zweite Kraft* nennen. Dagegen spricht indes, dass die politische Situation gegenwärtig stabil ist. Die Möglichkeiten der neun Starken Rassen übersteigen jede denkbare Grenze. Sie sind vereint, und sie allein haben die Macht. Wenn in der Galaxis jedoch eine Kraft auftauchen würde, die dem Konklave ebenbürtig wäre ... Selbst wenn sie nicht herrenlos wäre. Selbst wenn sie nicht die geringste Absicht hätte, irgendjemandem zu dienen. Ja, selbst wenn diese Kraft aggressiv, monströs und widerwärtig wäre! Trotzdem brächte solch eine Konfrontation, in der ein Gleichgewicht der Kräfte *entsteht*, für die Schwachen Rassen eine Chance mit sich. Die Starken Rassen dürften uns dann nämlich nicht einfach benutzen. Sie müssten die Schwachen Zivilisationen entwickeln. Sie müssten Kompromisse eingehen, damit sie im entscheidenden Moment auf die Dienste der Zähler, der Cualcua, der Stäubler oder der Menschen zurückgreifen können.«

»Sprechen Sie von einem Krieg?«

Mein Großvater ließ sich mit der Antwort Zeit. »Ich weiß es nicht«, sagte er dann. »Wenn dir der Begriff bekannt ist, dann vielleicht von einem Kalten Krieg.«

»Ich kenne eure Geschichte.«

»In einer solchen Situation könnten wir viel gewinnen. Und falls ... falls wir von dieser Zweiten Kraft noch vor den Starken Rassen erführen ...«

Schweigen breitete sich im Zimmer aus.

Der Zähler rieb sich mit beiden Pfoten übers Gesicht.

»Ich vermute, in einer solchen ... rein hypothetischen Situation ... könnte es notwendig werden, mit dieser Zweiten Kraft in Kontakt zu treten«, tastete sich mein Großvater vor. »Hier könnten die Alari einen gewissen militärischen Schutz garantieren ... Die Zähler könnten vermutlich ...«

»Ja, ja!« Karel lebte auf. »Was könnten wir?«

»Die Navigation sicherstellen, die Flugbahn des Jumps berechnen. Du hast das bereits bewiesen. Außerdem habt ihr erstaunliche linguistische Fähigkeiten. Ihr könntet die Gespräche ermöglichen. Darüber hinaus versteht ihr es hervorragend, die Verhaltensweisen anderer Rassen zu analysieren, und seid in der Lage, diese zu imitieren. Nimm dich, Karel. Du führst dich auf wie ein Mensch. Wörter, Tonfall, Gesten und Denkweise ... Dabei gleichst du selbst den Reptilien auf der Erde nur äußerlich. Du bist absolut fremd hier. Dein internes Bewusstsein verarbeitet einfach auf der Stelle sämtliche Informationen, vergleicht sie mit den vorhandenen Daten über die Menschen und generiert daraus die zutreffenden Antworten für das externe Bewusstsein.«

»Ganz so einfach ist es zwar nicht ... aber im Großen und Ganzen haben Sie recht.« Karel verstummte abrupt und streckte sich auf dem Sofa aus. »Ja.«

»Wozu brauchen wir die Cualcua?«, wollte mein Großvater wissen. »Als Partner der Alari ... allein darum kann es nicht gehen. Ihre Funktion als Waffenträger würden sie auch so ausfüllen. Nein, ich glaube, wir brauchen die Cualcua, damit sie das Äußere verändern. Weil sie imstande sind, jede Form zu imitieren. Als Wesen, die es uns erlauben, unser Aussehen zu wechseln. Das könnte für die Herstellung des Kontakts äußerst wichtig sein.«

Karel schwieg.

»Was mich aber am meisten interessiert, ist, welche Aufgabe die Menschen übernehmen sollen.« Mein Großvater seufzte schwer. »Die der Fuhrleute, sicher ... sie sollen die Delegationen zu den Verhandlungen bringen ... Fuhrleute? Was, wenn die Zweite Kraft nichts kennt, das mit dem Jump vergleichbar wäre? Dann wird der Jump sie erschrecken und sie zwingen, uns mit größerem Respekt zu begegnen. Oder nicht?«

Der Reptiloid antwortete nicht.

»In welchen Punkten habe ich unrecht?«, fragte mein Großvater scharf.

»Sie haben ja recht«, zischelte Karel. »Ganz und gar recht ... was diese rein hypothetische Situation angeht.

Ja ... Aber die menschliche Rasse verfügt über einen weiteren Trumpf, den Sie nicht aufgezählt haben. Übrigens mindert er den Wert einer anderen Rasse ...«

»Stopp«, unterbrach ihn mein Großvater. »Stopp.«

Der Reptiloid reckte den Kopf in die Höhe.

»Schweig. Ich ... ich glaube, ich weiß, worauf du hinauswillst.«

Mascha und ich sahen uns unwillkürlich an. Wahrscheinlich wollte jeder von uns beiden wissen, ob er der einzige Idiot in Gesellschaft dieser beiden Genies war.

»Ich glaube, die weitere Diskussion sollten wir ... nicht hier führen.« Mein Großvater erhob sich langsam. Er ging zu Karel und blieb wie erstarrt vor ihm stehen. Sein Gesicht war nur wenige Zentimeter von dem des Reptiloiden entfernt. »Bist du sicher?«

»Ja«, antwortete der Zähler leise.

»Was schlägst du vor?«

»Ist Ihr Organismus in der Lage, einen Raumflug zu verkraften?«

»Ich bin zweiundsiebzig Jahre ...«, flüsterte mein Großvater. »Ich habe lange darauf gewartet ...«

»Der Zeitpunkt wurde nicht von uns bestimmt. Als er eingetreten ist, haben wir unsere Aktion sofort eingeleitet. Wir haben uns sehr beeilt, Andrej Valentinowitsch. Wir haben nur fünfundzwanzig bis vierzig Erdtage. Nach Ablauf dieser Frist erhalten die Starken Rassen die Informationen ebenfalls ... dann wird die Rasse der Menschen vernichtet werden. Unverzüglich. Egal, wie verdient sie sich gemacht hat.«

»Pjotr!« Mein Großvater drehte sich zu mir um. »Du hast genug getrunken! Was ist? Bin ich in der Lage, einen Jump zu verkraften?«

Ich verschluckte mich am Wein.

»Großpapa!«

»Sag's mir!«

»Ich weiß es nicht ... Es geht ja nicht allein um den Jump. Beim Start erreicht die Beschleunigung drei g ...«

»Werde ich verrecken?«

Am liebsten hätte ich geantwortet, das sei Wahnsinn. Aber ich war daran gewöhnt, meinem Großvater gegenüber ehrlich zu sein.

»Nein, wahrscheinlich nicht. Aber es wird dich niemand von der Erde starten lassen!«

»Wir müssen sowieso eine Fähre kapern«, sagte mein Großvater.

Karel nickte.

Ich breitete nur die Arme aus. Wenn man die Sache so anging, entfielen ohnehin sämtliche gesundheitlichen Bedenken.

Es ist unmöglich, eine Fähre zu kapern! Das ist ja nicht einmal ein Flugzeug! Bei jedem Start sind Hunderte von Menschen beteiligt! An den Startrampen gibt es Sicherheitspersonal – das Einzige, was seit Gagarins Zeiten nur noch strenger geworden ist!

»Mir sind die Schwierigkeiten klar«, räumte mein Großvater ein. »Absolut. Trotzdem müssen wir ein Schiff kapern. Noch dazu ein besseres als deine Spiral. Hast du nicht gesagt, Danilow wolle dich in seine Besatzung aufnehmen?«

Die Nacht verbrachte der Zähler in meinem Zimmer. Mir war unklar, ob mein Großvater wirklich vorbehaltlos von Karels Friedfertigkeit überzeugt war oder ob das auch zu seinen Plänen gehörte.

Mich selbst schreckte die Aussicht, in einem Raum mit dem Alien zu schlafen, nicht besonders. Schließlich hatten wir schon gemeinsam im winzigen Cockpit des Schiffs gesessen. Wir hatten gemeinsam einen Jump überstanden, der für mich ein süßes Vergnügen, für den Reptiloiden Folter bedeutete.

Vielleicht klingt das komisch, aber eine gemeinsame Reise ist recht gut geeignet, Phobien abzubauen.

»Wirst du schlafen?«, fragte ich den Zähler, während ich mich hinlegte. Karel hatte sich wie ein Hund auf dem Sessel eingerollt.

»Ich schalte mein externes Bewusstsein ab«, antwortete er. »Ich vermindere seine Funktion auf das Alarmminimum.«

»Ganz schön praktisch.« Ich konnte mir eine ironische Bemerkung nicht verkneifen: »Ich wünschte, ich würde über eine solche Möglichkeit verfügen. Damit ich im Schlaf nicht irgendwas vergesse ... rein zufällig.«

Der Zähler suchte eine bequemere Position.

»Warum hast du mein Gedächtnis nach der Landung gelöscht?«, fragte ich ihn dann ganz direkt.

»Ich habe es nicht gelöscht. Ich habe es nur vorübergehend blockiert«, klärte mich der Zähler nach kurzem Schweigen auf.

»Hättest du es auch löschen können?«

»Ja.«

»Du könntest hier auf der Erde recht nützlich sein«, bemerkte ich. »Zum Beispiel indem du die Verbrecher kurierst. Indem du aus ihrem Bewusstsein alle asozialen Neigungen löschst.«

»Das hieße, einer Persönlichkeit Gewalt anzutun.«

»Und was ist mit dem Terroristen, der eine Bombe im Supermarkt hochgehen lässt?«, konterte ich in Erinnerung an den Anschlag in Stawropol im letzten Jahr. »Wendet der etwa keine Gewalt an?«

»Die Menschen würden kaum zustimmen, dass ein Vertreter einer außerirdischen Zivilisation an ihrer Psyche rumbastelt ... und sei es an der Psyche eines Mörders. Die Menschen bevorzugen alte, erprobte Methoden. Gefängnis und die Todesstrafe.«

Vermutlich hatte er recht. Ich seufzte.

»Irgendwann«, fuhr der Zähler mit weicher Stimme fort, »wenn unser Plan klappt, werden unsere Rassen einander besser verstehen ... und die Hilfe der anderen Seite ohne Vorbehalte annehmen. Das externe Handeln war für uns nie von entscheidender Bedeutung, Pjotr. Aber wir leben nun mal in einer materiellen Welt, und das Rad der Zeit lässt sich nicht zurückdrehen. Früher haben wir in unseren Nestern geschlummert – und die Welt verstehen gelernt. Als unser Planet uns keine weiteren Informationen bot, sind wir in den Kosmos aufgebrochen. Vielleicht war das ein Fehler ... Wir sind auf Daenlo gestoßen, und das Konklave hat uns gezwungen, mit anderen Rassen zusammenzuarbeiten.«

»Bedauert ihr wirklich, dass ihr nicht auf eurem Planeten geblieben seid?«, fragte ich erstaunt.

»Ein wenig.«

»Aber es ist unmöglich, neues Wissen zu erlangen, wenn man sich nicht im Raum ausbreitet! Wenn Erkenntnis für euch das wichtigste Ziel im Leben ist, dann musstet ihr in den Kosmos vorstoßen!«

»Nicht unbedingt, Pjotr. Jedes Atom trägt die Informationen über das Universum in sich. Ein Neutrino, das durch einen Planeten wandert, liefert mehr Informationen als tausend Schiffe, die den Weltraum erforschen. Wir hätten auch diesen Weg gehen können, aber er ist lang ... zu lang. Damit hätten wir riskiert, dass unser Stern verlischt, noch ehe wir die Welt ganz begreifen. Wir wollten lieber auf Nummer sicher gehen ...«

Der Zähler seufzte, genau wie ein Mensch.

Was für ein seltsamer Kerl. Mitunter wirkte er wie ein Mensch in der Haut eines Reptils – dabei war das nur Illusion.

»Gut, Karel. Schlaf jetzt ... oder wie auch immer du das nennst.«

Der Zähler beobachtete, wie ich mich zur Lampe an der Wand vorbeugte. »Hilfst du uns, eine Fähre zu kapern?«

»Karel, das ist unmöglich.«

»Nichts ist unmöglich auf der Welt, Pjotr.«

»Dann weiß ich es noch nicht«, gab ich ehrlich zu. »Es ist ein Verbrechen. Und das Schlimme ist nicht mal, dass so eine Fähre Milliarden von Dollar kostet. Wenn man eine Fähre entführen will, muss man Gewalt anwenden.«

Der Zähler hüllte sich in Schweigen.

»Du betonst doch auch, wie friedfertig du bist«, erinnerte ich den Zähler. »Das gefällt mir. Aber dann musst du verstehen, dass ich meine Freunde nicht mit einer Waffe bedrohen will. Diejenigen, die mich in den Kosmos bringen, diejenigen, die mir helfen, nach Hause zu kommen. Und wenn ich schießen müsste ...«

Der Zähler hörte gespannt zu.

»Ich kann das nicht, Karel.«

»Mord ist für dich kein gangbarer Weg?«

»Der Mord von Unschuldigen? Nein!«

»Schlaf jetzt«, sagte der Zähler. »Morgen früh sehen wir weiter.«

»Schwöre, dass du meine Psyche nicht manipulierst!«, verlangte ich. Ob mein Großvater vielleicht genau das wollte? Hatte er womöglich nach dem langen und ergebnislosen Streit, bei dem er mich nicht von seiner Position hatte überzeugen können, beschlossen, diese »Überzeugungsarbeit« dem Alien zu überlassen?

Was für Mist mir in den Sinn kam!

»Warum glaubst du, ein Versprechen würde mich daran hindern?«, fragte der Zähler.

»Keine Ahnung. Aber ich merke bestimmt, wenn du meine Psyche veränderst. Nehme ich jedenfalls an. Du könntest mich doch wohl kaum unbemerkt manipulieren. Wenn ich nur den leisesten Verdacht habe, dass du dich in meinen Verstand einschleichst ... dann liefere ich dich aus. Dann informiere ich Roskosmos und die Wesi.«

»Ich schwöre, dass ich ohne deine vorherige Einwilligung niemals auf deinen Verstand einwirken werde«, erklärte der Zähler.

Ich ließ mir den Wortlaut seines Versprechens durch den Kopf gehen und nickte. »Gute Nacht.«

Nachdem ich das Licht ausgeschaltet hatte, streckte ich mich im Bett aus. So still, wie der Zähler dalag, konnte man fast glauben, er sei gar nicht im Raum. Doch sobald ich in seine Richtung linste, machte ich die schwach leuchtenden Augen aus. Sie leuchteten wirklich, glänzten nicht nur wie die einer Katze.

»Deine Augen leuchten«, teilte ich ihm mit.

»Entschuldige«, erwiderte der Zähler. »Ich bin zu angespannt. Ist es so besser?«

Wahrscheinlich hatte er die Lider gesenkt, denn die kleinen Feuer erloschen.

»Ja, so ist es besser«, sagte ich. »Danke.«

Vielleicht lag es an der Anspannung, vielleicht auch am Wein, den ich abends getrunken hatte – jedenfalls wachte ich um halb vier auf. Im Bett liegend, versuchte ich den Atem des Zählers zu hören.

Aber im Zimmer herrschte absolute Stille. Als ob der Reptiloid auch die Atmung nur imitiert hatte. Die Ziffern der Uhr schimmerten, draußen wogten die Bäume. Der Regen hatte aufgehört ... endlich.

Als mir nach zehn Minuten klar wurde, dass ich nicht wieder einschlafen würde, tastete ich nach der Fernbedienung auf dem Nachttisch und schaltete den Fernseher an. Nachdem ich mich im blassen Licht des Bildschirms davon überzeugt hatte, dass der Zähler immer noch da war, zappte ich mich durch die Kanäle.

Im Nationalen Fernsehen moderierte Darja Narjalowa eine Sendung über das Leben und die Kultur von Außerirdischen. Für die breite Masse mochte das interessant sein.

Mir fiel jedoch auf, dass die Sendung aus einzelnen Fetzen zusammengeschnitten war, aus Aufnahmen von Touristen und Piloten, aber auch aus Propagandafilmen der Außerirdischen und einigen Mitschnitten von Sendungen der Hyxoiden, eine der wenigen Rassen, die etwas besaß, das sich mit unserem Fernseher vergleichen ließ. Weiter. Der erste Kanal brachte eine Seifenoper für Erwachsene. Ich schaute kurz der freizügigen Bettszene zu. Und weiter. Das Russische Fernsehen wiederholte den *Bücherwurm*, der TV-Prozessor wertete die kodierte Information aus und teilte mir mit, es blieben nur noch sieben Minuten bis zum Ende der Sendung, eine Wiederholung gäbe es morgen Mittag. Ich blieb bei dem Kanal und ließ mich auf die schlichte Inszenierung ein. Auf einer nackten Bühne stand eine Frau in prachtvollem Kleid, die Hände vor der Brust verschränkt, und deklamierte in den Raum: »Wie ich deinen Namen hasse! Nimm einen andren an, und ich gehöre dir! Bedeute ich dir denn weniger als dieses leere, verhasste Wort!«

Von der Seite her trat ein leicht kahlköpfiger Mann auf, ebenfalls altmodisch gekleidet, mit einem Degen an der Hüfte. Er streckte der Frau die Hände entgegen. »Ich habe dich nie gezwungen, mir das zu sagen«, trompetete er. »Schenk mir deine Liebe – und ich ändere meinen Namen!«

Mich beschlich das idiotische Gefühl zu kennen, was da lief ... Inzwischen umarmten der Mann und die Frau sich, der Bildschirm wurde dunkel, ein Buch in reißerischem Einband wurde gezeigt. Ein blutüberströmter Jüngling mit einem Dolch in der Brust vor einem Sarg, dem eine bleiche, an einen Vampir erinnernde Frau entstieg.

»In der Serie ›Klassische Frauenromane‹«, sprach eine weiche Stimme ein, »stellen wir Ihnen den Roman *Romeo und Julia* von William Shakespeare vor, der nun endlich in einer adäquaten modernen Übersetzung vorliegt! Nun können auch Sie dieses anerkannte Meisterwerk der Weltliteratur lesen und eintauchen in flammende Leidenschaften, in ein Feuerwerk an Gefühlen, eine schöne Landschaft und ein Labyrinth an Intrigen! Und sorgen Sie sich nicht wegen des traurigen Endes – eigens für diese Ausgabe hat der talentierte Literaturwissenschaftler Viktor Busdugan eine Fortsetzung geschrieben, *Julia Montague*, die ganz dazu angetan ist …«

Ich wusste nicht, ob ich lachen oder weinen sollte. Vermutlich eher lachen. Mit dem Kopfkissen vorm Mund erstickte ich mein Gelächter. Nachdem mein Lachkrampf vorbei war, schaltete ich auf den Petersburger Kanal um. Dort lief der alte SF-Film *Alien*. Ganz schön mutig, das musste ich zugeben. Die Programmmacher könnten durchaus wegen Verbreitung von Xenophobie belangt werden … Ich ließ mir die Informationen zur Ausstrahlung anzeigen: Er war recht bescheiden als »Klassiker« angekündigt, ohne Titel. Nach dem Film würde der bekannte Schriftsteller und Kritiker Andrej Nikolajew einen Auftritt haben. Vermutlich, um die eingeschränkte Sichtweise des Regisseurs zu entlarven.

Im Moskauer 24-Stunden-Kanal wurde der neue Beschluss Poljankins diskutiert, enorme Zuschüsse für alle zu zahlen, die nach Moskau zogen und hier arbeiteten.

Die Kommentatoren stimmten dahingehend überein, eine solche Maßnahme würde nichts bringen, die Bürger würden lediglich das Geld einstreichen und die Stadt damit umgehend wieder verlassen. Wer würde denn schon – sofern er noch alle beisammen hatte – freiwillig Nishni Nowgorod, Wladiwostok oder Petersburg gegen die verdreckte, laute und chaotische ehemalige Hauptstadt eintauschen?

Der letzte der Nachtsender war der Sechste Kanal. Auch der bot nichts Anständiges, sondern bloß einen Teleshop. Ich landete mitten in einem Werbespot für einen elektrisch betriebenen Wunderkorkenzieher, mit dem man bis zu zwanzig Weinflaschen pro Minute öffnen konnte.

Genau in dem Moment hakte etwas bei mir aus, und ich brach lauthals in Gelächter aus. Auf dem Bildschirm quälte sich eine hübsche junge Frau mit einem normalen Korkenzieher ab. Irgendwann trat ein schmieriger Typ auf, warf den althergebrachten Korkenzieher aus dem Fenster und holte den elektrischen heraus ... Ich lachte wie ein Irrer, saß auf dem Bett und presste beide Hände vor den Mund, ohne dass es etwas genützt hätte.

Der Zähler schnellte in seinem Sessel hoch. Seine Augen leuchteten auf.

»Ent... entschuldige ...«, stöhnte ich.

»Bis zu zwanzig Flaschen pro Minute!«, erklang es aus dem Fernseher. Ein weiterer hysterischer Lachanfall schüttelte mich.

»Ich habe dich nicht manipuliert!«, stellte der Reptiloid klar.

Ich konnte nur nicken, ein vernünftiges Wort brachte ich nicht heraus. Als ob uns irgendwelche Aliens manipulieren müssten! Als ob nicht jeder sein eigenes Gerät zur Gehirnwäsche zu Hause hätte: den Fernseher!

»49 Dollar und 99 Cent oder 89 Rubel oder drei Spacebucks! Rufen Sie gleich an, und Sie erhalten für den genannten Preis auch noch ein Set Korken, mit dem Sie den Wunderkorkenzieher testen können!«

Nachdem ich mich ausgelacht hatte, drehte ich den Ton weg. »Entschuldige«, erklärte ich dem verwirrten Zähler. »Ich konnte nicht schlafen. Da habe ich den Fernseher eingeschaltet ... und einen Lachanfall gekriegt.«

»Den Fernseher?« Verschlafen wirkte der Zähler dümmer als sonst.

»Siehst du den nicht oder was?«

Der Reptiloid drehte den Kopf in Richtung Apparat. »Ja, da ist Licht ...«, sagte er. »Aber ich kann die Bildabfolge eurer Fernseher nicht aufnehmen.«

»Warum nicht?«

»Die Abtastung ist zu langsam, die Segmente, aus denen sich das Bild aufbaut, sind zu groß ... Außerdem gibt es Unmengen von Störungen. Es ist äußerst schwierig, solche Informationen zu verarbeiten.«

Für mein Empfinden lieferte der Fernseher ein ideales Bild.

»Aber du hast doch auch die Information auf dem Monitor im Schiff gelesen!«

»Das habe ich nicht. Ich habe die Daten auf dem Weg zum Schirm eingelesen. Das ist wesentlich bequemer.« Der Zähler rollte sich wieder zu einer Kugel zusammen.

»Setz deine Erholung ruhig fort, ich werde das Geräusch nicht mehr als äußerliches Ärgernis wahrnehmen.«

Schon im nächsten Moment schlief er wieder. Genauer gesagt, er schlief nicht, sondern überließ sich kognitiven Prozessen ... Sie hatten eine praktische Physiologie. Ich ließ die Beine aus dem Bett baumeln und lehnte mich seufzend gegen die Wand. Schlaf wollte sich einfach keiner mehr einstellen.

Konnte man eine Fähre kapern?

Im buchstäblichen Sinne nicht. Die Startvorbereitungen enden erst eine Stunde vor dem Abschuss. Und selbst dann braucht man noch hundert Leute, damit das Schiff startet.

Konnte man die Mannschaft austauschen? Eine Buran hatte bei ihren Transportflügen drei Mann dabei, den Kommandanten, der zugleich auch der erste Pilot war, den Co-Piloten und den Jump-Navigator. Ging ich einmal davon aus, Danilow nahm mich tatsächlich in seine Crew auf ... als Co-Pilot wahrscheinlich. In welcher Phase ist die Kontrolle der Mannschaft am geringsten? Im Autobus, auf dem Weg zum Start, wimmelt es von Leuten. Vielleicht am Starttisch, bevor sie in den Fahrstuhl steigt. Aber wie sollte ich meinen Großvater und den Zähler dort hinbringen? Und was wurde in dem Fall aus Danilow und dem Jump-Navigator? Blieben sie im Startbereich zurück, wäre das Mord. Wenn die ›Energija‹ die Buran in den Orbit hochträgt, wird der Starttisch von einem Feuerfluss überflutet. Wenn wir sie aber laufen ließen, würden sie Alarm schlagen ...

Und würde das Kontrollzentrum nicht stutzig, wenn sämtliche Gespräche der Co-Pilot führte? Und was war mit der Telemetrie? Sobald mein Großvater die Sensoren anlegen würde, würden die Ärzte den Flug abblasen. Denn ein laxes Verhalten in puncto Gesundheitszustand der Crew legen die Ärzte nur auf anderen Planeten, nur bei den Außerirdischen an den Tag ... da reicht es, wenn die Leute nüchtern sind, alles andere spielt keine Rolle ...

Hunderte von Problemen.

Stopp! Was tat ich hier eigentlich?!

Ich zerbrach mir ja den Kopf darüber, wie wir ein Raumschiff kapern könnten!

Ich unterdrückte meinen ersten Impuls, mich auf den Zähler zu stürzen, und versuchte, Ordnung in meine Gedanken zu bringen. Schließlich würde mich der Zähler doch nicht wirklich manipuliert haben?

Nein, anscheinend nicht.

Meine Einstellung zu dem Plan, den mein Großvater und der Zähler ausgeheckt hatten, war nach wie vor die gleiche. Mir schmeckte das nicht ... zumindest nicht, solange sie mir keine klaren Erklärungen geliefert hatten. Und ich hatte nicht die geringste Absicht, mir mit Gewalt Zutritt zu einem Schiff zu verschaffen, mit einer MPi im Anschlag und meinem Großvater im Huckepack!

Nein, mich hatte einfach Wut erfasst. Nach dieser genialen Fassung von *Romeo und Julia* in moderner Sprache, nach der Werbung für den elektrischen Korkenzieher, nach dem alten Film, der nur feige mitten in der Nacht gezeigt wurde und in dem die Aliens nicht gerade im besten Licht erschienen.

Alles würde nur schlimmer und schlimmer werden. Wir würden degenerieren. Schnell und unwiderruflich. In eine Rasse von Idioten würden wir uns verwandeln.

Die Tür knarzte.

»Petja?« Mein Großvater lugte besorgt ins Zimmer. »Ist alles in Ordnung?«

Ich stand schnell auf, huschte auf Zehenspitzen zur Tür und schlüpfte hinaus in die Diele. Hier war es dunkel, nur im ersten Stock schimmerte an der Treppe matt eine Glühbirne. Ich glaube, als Kind habe ich mich vor der Dunkelheit gefürchtet ... aber ich weiß nicht mehr, warum. Mein Großvater hatte mir damals versprochen, an meiner Tür würde immer ein Licht brennen, und er hat sein Versprechen gehalten. Kein Nachtlicht überm Bett – mein Großvater hat meinen Ängsten nie Vorschub geleistet –, sondern ein Licht über der Tür. Mir hatte das jedoch genügt. Diese Glühbirne konnte man nicht mal abschalten. Sie brannte immer ... sowohl wenn ich in meinem eigenen Bett schlief als auch an den Tagen, an denen ich in der Ausbildungsstätte übernachtet hatte oder wenn ich mir in einem Hotel auf einem fremden Stern ein Zimmer nahm.

»Ist alles in Ordnung, Petja?«, fragte mein Großvater beunruhigt.

In dem alten Pyjama und den Latschen wirkte er nicht gerade wie der Chefideologe des Chauvinismus der Menschheit oder wie ein durchtriebener Demagoge und unerbittlicher Opponent aller Regierungen. Jetzt war er nur noch ein aufgedunsener Alter, der seine Tage längst mit einem Glas Kefir vorm Fernseher verbringen sollte ...

»Du ... machst dir meinetwegen Sorgen?«, fragte ich. »Glaubst du, der Zähler würde versuchen, mich zu manipulieren?«

Mein Großvater blickte woanders hin.

»Ich habe nur Fernsehen geguckt.«

»Gibt's was Neues?«

»Einen elektrischen Korkenzieher«, sagte ich achselzuckend. »Er öffnet zwanzig Flaschen pro Minute.«

Mein Großvater lächelte pflichtschuldig. So lächelt man ein Kind an, das aufgeregt seinen ersten Witz erzählt. Aber ehrlich gesagt fand ich die Sache inzwischen selbst schon nicht mehr komisch.

»Wir stürzen in einen Abgrund, Großpapa«, behauptete ich und ließ mich gegen den Türrahmen sacken. »Wir verblöden. Und ... sind glücklich dabei.«

»Glückliche Verblödung, das trifft es genau.« Mein Großvater nickte.

»Also, ich glaube nicht, dass der Zähler mich manipuliert hat ... vielleicht liegt es einfach an der Nacht. Ich habe angefangen, darüber nachzudenken, wie man eine Fähre entführt!«

Mein Großvater wartete geduldig.

»Die Nacht ... da wächst die Wut, Großpapa. Ich bin daran gewöhnt, nachts zu schlafen. Und tagsüber gute Bücher zu lesen oder gute Filme zu sehen. Da bleibt mir keine Zeit, über etwas Böses nachzudenken. Ob ich einen Fehler mache, wenn ich nachts schlafe?«

»Du hast dich durch zwei, drei Kanäle gezappt und zwei, drei dumme Sendungen gesehen«, stellte mein Großvater fest. »Bist du danach etwa immer noch der Ansicht, man müsse sich an die Regeln halten, die *diese* Menschheit aufgestellt hat?«

»Ja, wahrscheinlich schon. Aber es waren fünf Kanäle.«

»Du hast nicht ganz recht, Petja. Die glückliche Verblödung ist nämlich der Normalzustand der Menschen. Sie nimmt nur unterschiedliche Formen an. Wenn es zu einem Zusammenstoß der Kulturen kommt, zu einem Verlust der globalen Werte – wie es momentan der Fall ist –, dann tritt sie deutlicher, geradezu körperlich zutage. Aber immer und zu allen Zeiten gefiel der Zustand der glücklichen Verblödung der Mehrheit der Menschen.«

»Gut, dann habe ich mich bei der Ursache geirrt. Aber wie sieht es mit der Schlussfolgerung aus?«

»Ob wir das Recht haben, die Gesetze zu verletzen? Nicht die, die im Gesetzbuch festgehalten sind, sondern die moralischen Gesetze, die ethischen Postulate?«

»Genau. Nur nicht *wir*, denn du hast deine Entscheidung ohnehin längst getroffen. Habe *ich* das Recht?«

Mein Großvater drückte meine Hand, fest und kräftig. »Petja, ich wollte dich zu einem Menschen erziehen. Zu einem echten Menschen. Ich glaube sehr oft ... und auch jetzt ... dass mir das gelungen ist.«

»Danke ...«

Dergleichen hatte mir mein Großvater noch nie gesagt. Unser Verhältnis existierte einfach, was daran Erziehung war, was Liebe und was die Ambitionen des großen Demagogen, wusste ich nicht. Und ich wollte es auch gar nicht wissen.

»Du bist anständig, Petja«, fuhr mein Großvater leise fort. »Du machst dir selbst keinen Begriff, wie anständig du bist. Als du noch ein Junge warst, hat das die Erwachsenen gerührt und deine Altersgenossen von dir ferngehalten ... Als du erwachsen geworden bist, hielt genau das die Erwachsenen von dir fern und trieb dir die Kinder in die Arme.« Er lachte leise. »Wenn sich die Leute mit dir unterhalten, kriegen sie einen Minderwertigkeitskomplex.«

»Was?«, fragte ich völlig entgeistert.

»Einen Minderwertigkeitskomplex«, wiederholte mein Großvater. »Du bist absolut ehrlich und verhältst dich immer ethisch. Du stellst das allgemeine Wohl immer über dein persönliches. Du bist in der Lage, dich über jedes x-beliebige Thema zu unterhalten ... vom Einfluss der griechischen Kultur auf die Entwicklung der östlichen Philosophie bis hin zur Technologie der Heimschmelze legierten Stahls ...«

»Wart mal, Großpapa, legierter Stahl wird nicht in Heimarbeit ...«

Mein Großvater kicherte leise. Ich rieb mir die Stirn und verstummte.

»Du rufst bei deinen Mitmenschen eine spontane Antipathie hervor. Und gerade weil sie völlig unbegründet ist, verhalten sie sich dir gegenüber übertrieben freundschaftlich. Gleichzeitig hast du keine echten Freunde. Einen idealen Menschen hat man nicht zum Freund, dem ordnet man sich unter. Aber davor konnte ich dich bewahren ... Wenn es auch schwer war.«

Meine Wangen glühten. Das war nicht nur unangenehm, das war widerlich!

»Damit habe ich erreicht«, fuhr mein Großvater fort, »dass du in dem entscheidenden Moment ... und wie sehr habe ich auf sein Eintreffen gehofft! ... das Recht hast, eine Entscheidung zu treffen. Dass du keine Angst hast, die allgemeine Moral zu verletzen. Die Gesetze, die nur dazu ersonnen wurden, damit man sie zerstört. Denn jeder Schritt der Menschheit ins Morgen stellte eine Verletzung der Gesetze von heute dar. Und immer hat sich jemand gefunden, der es wagte, die Gesetze zu übertreten. In der Regel Schufte. Mein Traum sah jedoch anders aus. Ich wollte, dass du deine Entscheidung treffen kannst – ohne nach der Menschheit zu schielen. Gleichzeitig solltest du kein minderwertiger Vertreter von ihr sein. Eine unmögliche Aufgabe. Aber ich habe versucht, sie zu lösen.«

»Glaubst du eigentlich selbst, was du da sagst, Großpapa?«, flüsterte ich.

»Ja.«

»Du willst mich überreden, eine eigene, eine persönliche Ethik zu vertreten? Und gleichzeitig hoffst du darauf, ich würde ein Mensch bleiben?«

»Ja.«

»Aber das ist ganz und gar nicht meine Ethik, Großpapa«, hielt ich leise dagegen. »Das ist alles nur eine Projektion deiner Ansichten. Das sind deine Ängste, deine Komplexe und deine Träume. Und ich bin nur dein Werkzeug, Großpapa. Du hast geglaubt, die Menschheit brauche, um ihre Würde zu erlangen, jemanden wie mich. Deshalb hast du mich geschaffen. Du hast mich wie in einem Reagenzglas gezüchtet.«

»Das stimmt«, gab mein Großvater zu. »Aber ich möchte dir eine Frage stellen. Glaubst du, dass ich recht habe?

Glaubst du, dass der heutige Zustand zum Untergang der Erde führt?«

»Ja«, antwortete ich. »Ja, das glaube ich.«

»Dann fürchte dich nicht, diese Entscheidung zu treffen, Petja.«

Ich schwieg lange, aber mein Großvater erwartete eine Antwort. Draußen pfiff der Wind. Die klapprigen Schriftsteller schliefen in ihren Datschen, ihre energischen Kinder spielten wie wild Poker. Die ehemalige Hauptstadt sammelte Kräfte für den neuen Arbeitstag. Im Sternenstädtchen brachte die Nachtschicht im Kontrollzentrum die heimkehrenden Schiffe runter auf die Erde. Das riesige Land hielt die Produktion am Laufen und nietete Trägerraketen zusammen, betrachtete gierig den außerirdischen Plunder und fing Spatzen, die die Aliens so liebten. Der winzige Planet Erde schwebte auf seiner Bahn, um die Erde herum spannte sich der Himmel – und die Menschen schauten voller Draufgängertum, Angst und Hoffnung zu diesem Himmel hinauf.

Und niemand scherte sich darum, dass man mich gerade gebeten hatte, die Menschheit zu retten – und damit meine eigenen Prinzipien zu verraten.

»Wir brauchen die Buran, Großpapa. Anscheinend nimmt man mich in die Mannschaft auf. Aber ich weiß nicht, wie ich die anderen Mitglieder der Besatzung ausschalten soll.«

»Komm mit«, sagte mein Großvater.

»Wohin?«

»In mein Zimmer. Wir rufen Danilow an. Er müsste gestern Abend angekommen sein.«

Zwei

Als mein Großvater nach dem Telefon langte, bat ich ihn ein letztes Mal: »Bitte, das ist doch nicht nötig.«

»Ich weiß ja, es ist noch früh ...«, brummte mein Großvater. »... vier Uhr erst ... aber egal ... Danilow sollte das gewöhnt sein. Er ist schließlich ein Militärflieger.«

Aus dem Lautsprecher ertönten lange Signaltöne. Vermutlich hatte Danilow das Telefon über Nacht abgestellt. Mich freute das, aber mein Großvater drückte melancholisch die Tasten. Drei, sieben, null. Offenbar kannte er den Dringlichkeitscode von Danilows Apparat.

»Hallo!«, meldete sich jemand. Mein Großvater ließ den Lautsprecher eingeschaltet, so dass ich notgedrungen das ganze Gespräch mitbekam. Danilows Stimme klang fest und munter. Ob er gar nicht geschlafen hatte?

»Vielen Dank für den Fisch«, sagte mein Großvater.

»Freut mich, dass er Ihnen geschmeckt hat«, erwiderte Danilow nach einer sekundenkurzen Pause.

»Schau doch mal vorbei ... irgendwann.«

Mein Großvater legte auf und lächelte mich an.

»Und dafür war es nötig, Alexander Olegowitsch mitten in der Nacht zu wecken?«

»In dreißig Minuten, einer Stunde ist er da«, teilte mir mein Großvater mit. »Der Code war ›Schau doch mal vorbei‹. ›Irgendwann‹, das hätte ich mir auch sparen können.«

Aufgeregt rutschte ich auf dem alten Stuhl, der mich schon als Kind getragen hatte, hin und her. »Könntest du auch den Präsidenten direkt anrufen, Großpapa?«

»Den Präsidenten nicht. Den Berater für nationale Sicherheit, den ja. Aber den brauchen wir nicht. Der ist durch sein Amt verdorben.«

Natürlich wusste ich, dass mein Großvater einen riesigen Bekanntenkreis hatte. Dass er jedoch auf dermaßen vertrautem Fuße mit ihnen stand ...

»Woher kennst du Danilow?«

»Ich habe im neunten Jahr der Kommission zum Austausch von Kriegsgefangenen angehört. Alexander sollte erschossen werden, weil er den *Hetman Masepa* abgefackelt hatte, einen fast fertiggestellten Flugzeugträger, der in der Nikolajew-Werft lag. Kurz danach kriegte Alexander selbst eine Rakete ins Triebwerk. Also ... wir haben es geschafft, den Jungen auszutauschen.« Mein Großvater kicherte unvermittelt los. »Wir konnten ihn austauschen ... denn in der Ukraine gab es zu der Zeit ein enormes Treibstoffdefizit. Zwei Güterzüge mit Erdölprodukten gegen einen Kriegsverbrecher.«

Das erklärte einiges. In den wahnsinnigen Zeiten der Krim-Krise – an den Jump war damals nicht einmal zu denken, und die Menschen zogen es vor, ihre Nachbarn zu hassen, nicht die Aliens – war ich fünf Jahre alt. Ich erinnere mich an kaum noch etwas aus dieser Zeit. In der Schule lernten wir bereits anhand von Karten, welche die Krim als unabhängigen Staat auswiesen, und nur mein Großvater ließ ab und zu eine Bemerkung der Art fallen, die Unabhängigkeit der Krim sei die einzige Alternative zu einem russisch-ukrainischen Krieg gewesen.

»Danach haben wir uns noch ein paar Mal getroffen«, fuhr mein Großvater gedankenverloren fort. »Als wir die Priester zu den Hyxoiden entsandt haben. Danilow arbeitete damals noch nicht bei der Transaero, sondern gehörte dem Roskosmos an. Er hat besonders wichtige Fracht befördert. Und dann kamen die Kosmonauten in ihren Soutanen ins Sternenstädtchen ...«

Diese Geschichte kannte ich. Vor zehn Jahren hatten sich verschiedene Kirchen – die Katholische, die Evangelische und die Orthodoxe – zusammengetan und die USA und Russland zu einer nie dagewesenen Demarche veranlasst. Die Erde verlangte nämlich von Hyxi, die missionarische Arbeit der Menschen auf ihren Planeten zuzulassen. Das Ansinnen wurde mit irgendeinem Paragraphen des Galaktischen Kodex begründet. Damit begann der »Kreuzzug ins Himmelreich« der vereinten Konfession. Hyxi bestand dann darauf, seinerseits auf der Erde missionieren zu dürfen. Erst zwei Jahre später begriffen die Menschen, dass man ihnen im Gegenzug keine Diener eines außerirdischen religiösen Kults geschickt hatte, sondern eine Gruppe professioneller Illusionisten ... Auf Hyxi gibt es nämlich etwas, das sich sehr gut mit unserem Zirkus vergleichen lässt. Mir ist entfallen, was genau die

Christen daran kränkte, die Bekehrung der Hyxoiden wurde jedoch abgeblasen, und kurze Zeit später kehrten auch die Aliens nach Hause zurück.

Die Methode, mit der die Außerirdischen Wasser in Wein verwandelten und unheilbar Kranke kurierten, stellt übrigens nach wie vor ein Rätsel dar.

»Du bist schon einmalig, Großpapa ...«, sagte ich. »Du bist wirklich zu allem bereit.«

»Danilow ist ein kluger Mann. Er wird uns verstehen.«

»Heißt das, du willst ihm alles sagen?«

»Hmm«, brummte mein Großvater mit sichtlichem Vergnügen.

»Sag mal ... wenn du Danilow so gut kennst ... stehst du dich doch bestimmt auch mit den anderen Leuten aus der Chefetage unserer Linie ganz gut, oder?«

Mein Großvater zuckte mit den Schultern.

Doch ich ließ nicht locker: »Meine Karriere, meine Beförderung und mein jetziger Posten – wem habe ich all das zu verdanken? Habe ich das aus eigener Kraft geschafft? Oder haben mich deine Freunde die Leiter raufgehoben?«

»Du hast alles aus eigener Kraft erreicht, Petja. Ich habe mich nicht um die Karriere meines Enkels gekümmert. Ich wollte nur, dass du ein Profi wirst. Dass du an deine eigenen Kräfte glaubst.«

Eine halbe Stunde später ging ich zur Pforte, um Danilow in Empfang zu nehmen. Ich blickte zu den vereinzelten Lichtern in den Nachbarhäusern hinüber. Ich glaube, bei meinem jungen Freund brannte auch noch Licht. Vermutlich konnte sich Aljoschka gar nicht mehr von seinem Spiel mit der sagenhaften Fraktalgraphik losreißen. Wegen der Steine hatte er sich noch nicht bei mir gemeldet ... Bestimmt hatte er sich nicht getraut.

Endlich hörte ich das weiche Brummen eines Motors. Danilow litt entweder nicht an übertriebenem Patriotismus oder hegte einfach eine Vorliebe für gute Autos, denn er fuhr einen nagelneuen schwarzen Mercedes. Ich öffnete das Tor, er bog aufs Gelände ein und stellte den Motor ab.

»Was ist passiert, Pjotr?«, fragte der beste Pilot der Transaero mich beim Aussteigen. Er trug die Uniform eines Obersten der Kosmosstreitkräfte, die Brust derart schwer mit Medaillen behangen, als sei er unterwegs zu einem Empfang beim Präsidenten. Sogar zwei Heldensterne glitzerten da ... Wahrscheinlich hatte Danilow mögliche Probleme mit Posten und Patrouillen schon im Keim ersticken wollen.

»Wir haben einen Alien im Haus, Alexander Olegowitsch«, informierte ich ihn, während wir uns mit Handschlag begrüßten.

»Teufel auch!«, entfuhr es Danilow. »Was für einen?«

»Einen Zähler.«

»Nicht zu fassen. Habt ihr ihn unschädlich gemacht?«

Wir gingen gemeinsam zum Haus. Tyrann sprang auf uns zu und fing an, mit dem Schwanz zu wedeln. Brach sich da etwa ein genetisch bedingter Respekt vor Orden und Medaillen Bahn?

»Der Zähler hat uns einen Vorschlag zu machen. Einen geschäftlichen.«

»Verstehe.« Der Oberst schlug mir auf die Schulter. »Damit sind die Hoffnungen deines Großvaters wohl endlich in Erfüllung gegangen, oder?«

»Ja …«, gab ich verdattert zu. »Alexander Olegowitsch, er will …«

»Lass diesen pietätvollen Ton, ja?«, brummte Danilow. »Schließlich kenne ich dich, seit du zwei Jahre alt bist.«

»Wirklich?«, wunderte ich mich.

»Nenn mich Sascha … oder Onkel Sascha.« Danilow grinste. »Also, was will der Alte?«

»Die Buran.«

Danilow mahlte mit den Kiefern. »Natürlich. Ich hätt's mir denken können …«

Erleichterung durchströmte mich. Danilow würde meinem Großvater nicht helfen. Das Schiff würde nicht entführt werden.

»Glaubst du, der Alte würde den Start verkraften?«, fragte der Oberst, als wir das Haus betraten. Etwas in mir drin ging kaputt. Also, wenn ich so anständig war, wie mein Großvater behauptete, dann mussten alle um mich herum verrückt sein.

»Das würde er … Sascha.«

»Immerhin etwas.«

In der Diele herrschte nach wie vor Halbdunkel. Während Danilow sich die Schuhe auszog, überlegte ich, in welches Zimmer ich ihn jetzt bringen sollte. In dem Moment schlurften Hausschuhe über die Treppe, und mein Großvater erschien.

»Hallo, Sascha«, sagte er beim Herunterkommen.

»Ich grüße Sie, Andrej Valentinowitsch.« Danilow nahm Haltung an, wie ein Rekrut vor einem General. »Da bin ich.«

»Weck Karel, Pjotr.«

Ich öffnete die Tür zu meinem Zimmer – und blickte direkt in die funkelnden Augen des Zählers. »Komm mit«, forderte ich ihn müde auf.

»Was ist passiert?« Der Reptiloid sprang vom Sessel.

»Die Kavallerie ist eingetroffen.«

Hinter mir luchste Danilow ins Zimmer. Sobald er den Reptiloid sah, stieß er einen Pfiff aus.

»Es ist mir eine Freude, den berühmten Weltraumbezwinger kennenzulernen!«, ratterte der Zähler los.

Natürlich war auch Mascha wach geworden. Als es tagte, hatten wir uns alle miteinander bekannt gemacht. Die Fakten – meiner Ansicht nach eher die reinsten Hirngespinste – waren dargelegt. Der Zähler hatte erneut das inzwischen altbekannte Lied vom unausweichlichen Untergang der Menschheit angestimmt, falls nicht ...

Ich saß neben Danilow. Als hoffte ich, wenigstens er, der kampferprobte Offizier und erfahrene Kosmonaut, fände Argumente gegen den zur Diskussion stehenden Plan.

Zumindest teilweise erfüllten sich diese Hoffnungen.

»Warum darf die Regierung nicht von der Situation unterrichtet werden?«, bohrte Danilow.

»Sollte die Regierung unsere Aktion sanktionieren, würde der Zorn der Starken Rassen die ganze Erde treffen ...«, setzte mein Großvater an.

»Die Regierung könnte ihr Einverständnis in unterschiedlichen Formen erklären«, fiel Danilow ihm ins Wort. »Mündlich beispielsweise. Oder doppeldeutig.«

»Außerdem fehlt uns dafür die Zeit. Die Bürokratie würden wir niemals überwinden.«

»Das stimmt.«

»Welchen Rang hast du jetzt beim FSB?«, fragte mein Großvater.

»Denselben wie im Kosmos«, antwortete Danilow stirnrunzelnd. »Oberst.«

Na so was! Danilow gab offen zu, für den Geheimdienst zu arbeiten!

»Sascha, du bist ein kluger Mann. Wir haben reelle Chancen auf Erfolg ... Weshalb sollte uns der Zähler belügen?«

»Um ein Schiff zu kapern.«

»Die Baupläne für einen Jumper sind allen Aliens zugänglich. An der Technologie können sie also kein Interesse haben.«

»Vielleicht will er uns ans Messer liefern.«

»In dem Fall liefert Karel seine eigene Rasse ebenfalls ans Messer.«

Der Zähler saß mit teilnahmslosem Blick da, als tangiere ihn das Gespräch überhaupt nicht.

»Was sagst du dazu?«, wandte sich Danilow an den Reptiloiden. »Spielst du ein doppeltes Spiel?«

»Würde meine abschlägige Antwort wirklich etwas beweisen?«

»Warum weigerst du dich dann, alle Fakten auf den Tisch zu legen?«

»Ich fürchte Verrat.«

»Was soll man dazu noch sagen?!« Danilow breitete die Arme aus. »Petja, was hältst du von dieser Argumentation? Wir sollen anscheinend auf sein Ehrenwort vertrauen ...«

»Es gibt da einen Unterschied«, musste ich einräumen. »Wir riskieren nur unser Leben. Aber der Zähler riskiert das Schicksal der ganzen Galaxis.«

Darauf erwiderte Danilow erst mal kein Wort. »Das ist ja sehr trostreich ...«, knurrte er nach einer Weile. »Nur unser Leben. Diese Kleinigkeit ...«

Der Zähler schwieg.

»Gut.« Danilow schielte zu meinem Großvater rüber, der ihm zunickte. »Mir wurde ein Flug für übermorgen angeboten. Nach Dschel-17.«

»Wir handeln mit Dschel?«, hakte mein Großvater nach.

»Gelegentlich. Sie wollen zehn Tonnen Kunstwerke kaufen.«

»Aber sie sind doch blind!«, rief ich aus, mich meiner Flüge nach Hyxi erinnernd.

»Wir liefern Skulpturen. Dschel kauft uns Büsten von Personen ab. Russland hat den Amerikanern diesen Auftrag vor der Nase weggeschnappt. Schließlich haben wir ja eine schier unglaubliche Menge von Büsten, die ... heute nicht mehr ganz aktuell sind. Marmor, Gips und Bronze. Es ist ein Eilauftrag, die Strecke unbekannt. Mir wurde der Flug angeboten. Boshenko, das ist mein Co-Pilot, hat Urlaub. Sie wollten ihn schon zurückbeordern, aber da habe ich dich als Piloten vorgeschlagen, Petja.«

Also hatte Alexander mir das Angebot nicht zufällig gemacht.

»Mein Navigator ist Rinat Turussow. Ein guter Mann ... ich würde ihn ungern da reinziehen.«

»Ich kann jeden Jump berechnen«, warf der Zähler sofort ein.

»Das bezweifle ich nicht«, sagte ich. »Aber wie lassen wir Rinat auf der Erde? Und wie kriegen wir dich und meinen Großvater an Bord des Schiffs?«

»Nicht nur Karel und Andrej Valentinowitsch.« Jetzt mischte sich auch Mascha, die bislang geschwiegen hatte, ins Gespräch. »Sondern auch mich.«

»Ist das eine Forderung des Zählers?« Danilow sah Karel an.

»Das ist meine Forderung«, intervenierte mein Großvater. »Mascha wird uns gute Dienste leisten.«

»Nach unserer Flucht wird deine Familie ernste Schwierigkeiten bekommen, Mädchen.« Auf Danilows Gesicht stand deutlich geschrieben, was er von dieser Idee hielt.

»Ich habe keine Familie. Ich bin Waise«, nahm ihm Mascha den Wind aus den Segeln.

Unwillkürlich huschte mein Blick zu ihr. Sie also auch ... Auch sie war ohne Eltern aufgewachsen ... obendrein noch ohne Großvater, ganz allein. Dennoch hatte sie die Spur, auf die alle Waisenkinder stillschweigend gesetzt werden, gewechselt ... indem sie ein Studium abgeschlossen und nicht auf einem Bauernhof oder in einer Raketenfabrik geschuftet hatte ... Hut ab, Mascha ...

Erneut schrie etwas schwach und alarmierend in meiner Brust auf. Ich hatte den Eindruck, ich würde mich von etwas abwenden, würde einer unangenehmen, bösen, ekelhaften Wahrheit nicht ins Auge sehen wollen.

»Gut. Wenn Sie darauf bestehen, Andrej Valentinowitsch …«

Mein Großvater nickte.

»Ich kriege euch schon ins Schiff«, erklärte Danilow. »Petja und ich übernehmen das.«

Er schaute auf die Uhr.

»Sieben. In einer Stunde ruft jemand aus dem Sternenstädtchen Petja an. Sie schicken einen Wagen. Halte dich also zum Rapport bereit, Junge.«

Ich nickte.

»Den ganzen Vormittag werden sie dich quälen. Dann musst du bei jemandem aus dem Direktorenrat von Transaero und bei jemandem von Roskosmos vorsprechen …«, sinnierte Danilow laut. »Sie alle werden dir über den Kopf streichen und dich loben. Irgendwann strecken sie dann ihre Fühler aus und wollen wissen, ob du bereit für neue Flüge bist. Sie werden dir einen Platz als Co-Pilot auf der *Wolchw* vorschlagen.«

Mein Herzschlag beschleunigte sich. Als Pilot auf dem legendären Schiff Danilows zu fliegen – damit ging mein Traum in Erfüllung!

»Du erklärst dich einverstanden … Zwei Stunden gehen danach noch für die Bürokraten drauf … Am Abend musst du wahrscheinlich nach Chabarowsk. Ich denke, wir werden im gleichen Flugzeug sitzen.«

»Mascha und ich werden eine andere Maschine nehmen«, schaltete sich mein Großvater ein. »Ich nehme an, ins Kosmodrom kommen wir problemlos? In den Besucherbereich?«

»Ja«, sagte Danilow. »Der Chef des Kosmodroms, General Kisseljow, hält übrigens einiges von *Chrumows Postulaten*.«

»Man kann nie wissen, auf welchen Boden die eigenen Worte fallen«, bemerkte mein Großvater nachdenklich. »Petja, geh dich waschen – wenn du schon mal ins Sternenstädtchen fährst.«

Ich erhob mich. Ich schnappte mir vom Teller ein Stück eingetrockneten Lachs.

»Tritt ernsthaft und konzentriert auf!«, rief mir Danilow hinterher. »Lass dir nicht anmerken, dass du schon alles weißt.«

»Zu Befehl, Genosse Schiffskommandant«, entgegnete ich.

Also echt, die Welt musste verrückt geworden sein. Also musste auch ich überschnappen – um mit der Mode zu gehen.

Warum ist Großpapa nur so von meinen Fähigkeiten überzeugt?, überlegte ich, während mich der Wagen der Fluglinie gegen Abend nach Hause zurückbrachte. Wenn er unbedingt aus mir den Retter der Menschheit hatte machen wollen, dann hätte ich doch einfallsreich und trickreich wie er selbst sein müssen. Und mich nicht immer nur allen Entscheidungen fügen dürfen.

Mit mir setzte er aufs falsche Pferd – falls er denn auf mich setzte. Auf das ganz falsche.

Das Auto hielt vorm Zaun.

»In drei Stunden holen wir Sie wieder ab«, informierte mich der Fahrer. »Reicht das, um Ihre Sachen zu packen, Pjotr Danilowitsch?«

»Ja, absolut. Vielen Dank.«

Kaum dass ich aus dem Auto gestiegen war, bemerkte ich Aljoschka. Der Junge drückte sich an der Pforte zu seiner Datscha herum, blickte mürrisch und unzufrieden drein.

»Hallo!« Ich winkte ihm zu. In aller Seelenruhe machte sich Aljoschka daran, die Straße zu überqueren. Er blieb kurz stehen, um das abfahrende Auto vorbeizulassen.

»Guten Tag ...« Er erwiderte meinen Gruß erst, als er mich fast erreicht hatte, dann auch noch grummelnd.

»Hast du auf mich gewartet?«

»Als ob ich nichts Besseres zu tun hätte!«

»Komm mit, deine Steine warten auf dich.«

Wie kam Großpapa bloß darauf, Kinder würden mich mögen? Sie nehmen sich bei mir alles heraus – so wurde schon eher ein Schuh draus.

»Ich habe heute mal angerufen«, erzählte Aljoschka, der jetzt etwas auftaute. »Ihr Großvater hat gesagt, dass Sie weggefahren sind, nur kurz wiederkommen und dann gleich wieder wegfahren ... für sehr lange.«

»Das stimmt«, sagte ich. »Aber die fünf Minuten werde ich schon Zeit haben.«

Tyrann war Gott sei Dank nicht im Garten. Ich glaubte zwar, der Hund würde sich nie auf ein Kind stürzen, legte es aber nicht darauf an, meine Hypothese zu verifizieren.

»Zieh dir bitte die Schuhe aus«, bat ich den Jungen, nachdem ich ihn ins Haus gelassen hatte.

Inzwischen ging ich vor in mein Zimmer. Der Reptiloid war nicht da.

»Komm rein«, rief ich, während ich in meinem Aktenkoffer kramte.

Ein wenig schüchtern kam Aljoschka herein. Abschätzig musterte er meinen Computer, mit wesentlich größerem Interesse beäugte er das zweihändig geführte Schwert, das über meinem Bett hing.

»Ist das außerirdisch?«, fragte er.

»Nein, warum sollte es? Das ist ein Espadon, aus England.«

»Ein echtes?«

»Nein, eine Kopie«, gab ich zu.

»Ah ja ...« Aljoschka verlor das Interesse an dem Schwert. »Haben Sie auch eine echte Waffe ... Och!«

Der Effekt war schon toll. In der letzten Zeit war in den Raumhäfen im kleinen Rahmen ein richtig professioneller Handel mit Souvenirs entstanden. Hier hatte man eine durchsichtige Plastikschachtel in neun Fächer unterteilt, in jedem lag ein kleiner bunter Stein. Außerdem enthielt die Schachtel ein beeindruckend aufgemachtes Dokument, das besagte, bei den vorliegenden Steinen handle es sich tatsächlich um einen Teil des Planeten Sirius-8, auch bekannt als Hyxi-43.

»Sind die echt?«, brachte Aljoschka leise heraus.

»Also ... da ist doch ein Zertifikat dabei«, antwortete ich ausweichend.

»Ein Zertifikat! Pah!«, entgegnete der Junge verächtlich. Vage Zweifel am Geschäft seines Vaters keimten in mir auf. »Ein Zertifikat zu fälschen ist ja wohl das reinste Kinderspiel!«

»Ich habe diese Steine beim Sirius gekauft«, stellte ich klar.

Mein Ehrenwort reichte ihm anscheinend völlig. Aljoschka nickte und balancierte die Schachtel auf der Hand.

»Vielen Dank, Onkel Petja. Was meinen Sie, was ich damit für eine Sammlung habe ...«

»Freut mich für dich.« Seufzend setzte ich mich aufs Bett. Ich lauschte. Von oben kam anscheinend niemand herunter. Bestimmt hatten mein Großvater und der Reptiloid mitbekommen, dass ich nicht allein war.

»Ich gehe dann mal wieder«, verkündete Aljoschka großherzig. »Schließlich müssen Sie noch packen ... Wohin fliegen Sie denn?«

»Ich weiß es nicht.«

»Falls ...«

»Klar«, versprach ich, »ich bringe dir einen neuen Stein mit. Falls es da welche gibt ...«

Aljoschka nickte und zog sich zur Tür zurück, seinen kostbaren Beutel fest an sich gepresst. Mit einem Mal blieb er jedoch stehen. »Haben Sie Ärger, Onkel Petja?«

»Wie kommst du denn darauf?«

»Es ... es sieht halt so aus.«

»Sag mal, Aljoschka«, erwiderte ich seufzend, »musstest du schon mal was machen, wozu du keine Lust hattest? Was dir absolut falsch vorkam?«

Der Junge nickte.

»Also ... jetzt muss ich so was machen«, teilte ich ihm mit.

»Aber Sie sind doch schon erwachsen!«, meinte Aljoschka verwundert.

Unwillkürlich musste ich lachen. »Das rettet dich auch nicht, glaub mir. Na, komm, ich bring dich noch zur Pforte.«

Tyrann ließ sich immer noch nicht im Garten blicken. Auch im Haus vernahm ich kein Geräusch ... Ich wurde leicht nervös, brachte den Jungen aber trotzdem erst mal zum Zaun. Danach inspizierte ich den Garten. Da war niemand.

In der Diele allerdings wartete jetzt jemand auf mich. Mascha und Karel. Der Reptiloid thronte auf dem Treppengeländer und schaute mich so unbeteiligt an wie immer. Mascha hielt den Paralysator im Anschlag. Selbst das erstaunte mich nicht, so absurd das auch klingt.

»Was war dieser Junge?«, fragte Mascha scharf.

»Nicht *was*, sondern *wer*«, erwiderte ich, während ich sie umrundete. »Mein Nachbar. Ich bringe ihm hin und wieder ein paar Andenken mit.«

Mascha packte mich am Oberarm. »Hast du den Verstand verloren, Pjotr?«, fauchte sie. »Wie kannst du dich jetzt mit solchem Kinderkram abgeben! Was, wenn er Karel gesehen hätte?«

»Dann hättest du ihn wohl paralysiert, oder?«, konterte ich. Mascha sagte kein Wort. »Und anschließend hätte der Zähler das Gedächtnis des Kindes bereinigt, oder etwa nicht?«

»Das geht dich überhaupt nichts an!« Die Frau hielt mich immer noch gepackt. Ja, sie richtete sogar die Pistole auf mich. »Du hast alles aufs Spiel gesetzt! Andrej Valentinowitsch ...«

Etwas in mir drin erzitterte und zerbrach. Ich umfasste ihr Handgelenk, verdrehte es und zwang sie damit, die Pistole zu senken. Karel kraxelte daraufhin das Geländer hoch, wortlos und den Blick fest auf mich gerichtet.

Einen Moment lang leistete Mascha Widerstand, dann gab sie auf.

»Und ob mich das etwas angeht!«, knurrte ich, wobei ich ihre Hände zusammenpresste. »Das ist mein Haus. Der Junge ist mein Freund. Andrej Valentinowitsch ist mein Großvater.«

»Du störst ...«, setzte Mascha an. Dann erstickte ihre Stimme, als hielte ich sie nicht bei den Händen gepackt, sondern umklammerte ihre Kehle. »Du machst alles kaputt ...«

»Soll ich's endgültig kaputt machen?« Ich lächelte. »Indem ich verlange, dass du auf der Erde bleibst?«

Sie ließ die Arme hängen.

»Entschuldige.« Mascha sagte das gar zu schnell. »Ich habe um den Erfolg gefürchtet ...«

Ich ließ sie los und ging hoch in den ersten Stock. Karel sah mir mit funkelnden Augen nach. Mascha stand da und massierte sich die Hände.

Was ging hier bloß vor?! War mein Haus denn etwa nicht mehr mein Haus? Spielten wir jetzt alle Verschwörer? Die Frau sollte man zum Psychoanalytiker schicken – nicht ins All!

Ich weiß nicht, ob mein Großvater unser Wortgefecht mitangehört hatte oder nicht. Seine Tür stand jedenfalls halb offen. Insofern durfte ich es wohl annehmen. Aber eingemischt hatte er sich nicht.

Der große Chauvinist saß auf dem Fußboden und blätterte in Photoalben. Dicke Familienalben, Dinger von der Art, die jeden Gast in Angst und Schrecken versetzen. Mein Großvater als kleiner Junge, an der Uni, während des Praktikums in den USA, mit meiner Großmutter ... Sie war schon lange von uns gegangen ... Mein Großvater mit meinem Vater. Mein Vater bei der Armee. Mit meiner Mutter ... und mit mir in der Entstehungsphase ... Ich, nackt auf einer Decke ...

Warum nahm er sich jetzt diese alten Photos vor?

Sobald ich das Zimmer betrat, klappte er das Album abrupt zu.

»Gab's Probleme?«

»Nein. Ich bin in die Mannschaft der *Wolchw* aufgenommen, der Start ist für übermorgen angesetzt ... Hast du den Hund gesehen?«

»Ja. Mascha hat Tyrann ins Tierheim gebracht.«

»Was?«, schrie ich entsetzt.

»Mascha. Hat. Den. Hund. Ins. Tierheim. Gebracht.«

Schnaufend erhob sich mein Großvater.

»Petja, das Haus wird leer sein. In achtundvierzig Stunden wird man es versiegeln und in sämtlichen Unterlagen herumwühlen. Ich will nicht, dass sie den Hund abknallen, weil er unseren Plunder verteidigt. Mascha hat für seine Unterbringung im Tierheim für zwei Jahre im Voraus bezahlt. Wir holen ihn, sobald wir zurück sind. Hoffe ich jedenfalls.«

Wie immer hatte mein Großvater recht. Aber ...

»Warum hast du nicht vorher mit mir darüber gesprochen? Ich hätte mich gern von ihm verabschiedet!«

»Man darf kein Stück seiner Seele zurücklassen, Petja. Auf überflüssige Abschiedszeremonien muss man verzichten.«

»Sie sind nicht überflüssig ...« Tränen schossen mir in die Augen. Wie leicht sich das sagt: Lass nichts zurück ... Dabei würde ich alles zurücklassen: die Erde, Russland, mein Zuhause ... und den klugen Bengel Aljoschka, für den ich nichts weiter war als eine Quelle von Andenken. Noch nie war ich irgendwohin aufgebrochen und hatte so klar gewusst, dass die Gefahr bestand, nicht zurückzukehren. Selbst vor dem ersten Trainingsflug ins All hatte ich nicht solche Panik gehabt wie jetzt ...

»Dem Hund wird es da gut gehen, Pjotr. Glaubst du etwa, ich würde mir keine Sorgen machen?«

Ich zwang mich, den Kopf zu schütteln.

»Das Haus wird durchsucht werden«, fuhr mein Großvater fort. »Ich habe bereits alle Papierdokumente verbrannt und die Dateien im Rechner gelöscht. Mach das bei deinem Computer auch ... falls du da persönliche Sachen abgespeichert hast. Und formatiere sämtliche Festplatten, am besten mehrmals.«

Sein Laptop war in der Tat angeschlossen, der Bildschirm jedoch dunkel bis auf ein paar Zeilen aus dem BIOS. Im Kamin lag eine große Menge leichter, weißlicher Asche.

»In Ordnung, Großpapa.«

»Und nimm diese Alben«, bat mein Großvater seufzend. »Bring sie in den Garten. Verbrenn sie. Ich will das nicht im Zimmer machen, das würde zu stark stinken.«

Meinte er das ernst?

»Ich will nicht, dass unsere Gesichter von fremden Pfoten begrapscht werden«, erklärte mein Großvater. »Verzeih einem alten Mann diese Schwäche. Irgendwo muss es noch die Negative geben, da lassen wir die Photos später nachmachen ... sofern wir zurückkehren.«

»Großpapa ...«

»Petja, ich bitte dich.«

Ich zögerte.

»Oder soll ich den Kram selbst in den Garten schleppen?«, schrie mein Großvater leicht hysterisch. »Ja? Soll ich?«

Den Arm voller Alben trat ich aus dem Haus. Mascha war unten im Erdgeschoss nirgends zu sehen gewesen, der Reptiloid auch nicht. Ich schleppte die Alben in die abgelegenste Ecke des Gartens, wo ich in meiner Kindheit Lagerfeuer gemacht und jeden Sommer eine Hütte gebaut hatte. Ich warf die Dinger ins welke Gras.

Dem Ganzen haftete etwas Widerwärtiges und Unnatürliches an. Der Mensch hätte Photos lieber gar nicht erst erfinden sollen – wenn sie doch manchmal verbrannt werden mussten. Von den aufgeklappten Seiten blickten mich Gesichter an, mein Großvater, meine Eltern, ich selbst, bekannte und unbekannte Leute ... Da war mein Großvater, noch nicht so alt, auf irgendeinem Kongress. Und hier ... nicht zu fassen! ... mit Danilow! Letzterer noch ganz jung, aber mit verschlossenem, scheuem, dem Objektiv ausweichendem Blick. Ich sah mir alte Aufnahmen nicht gern an – was ein Fehler gewesen war.

Ich holte die Streichhölzer, die mein Großvater mir feierlich überreicht hatte, aus der Tasche. In dem Moment fiel mein Blick auf ein Photo meiner Eltern. Mit mir auf dem Arm. Ein kleinerer Abzug des Bilds, das bei meinem Großvater im Zimmer hing.

Nein, du nicht!

Ich beugte mich vor, zog die Klebefolie ab und nahm das Photo an mich. Diese Aufnahme würde mit mir mitfliegen. Das Feuer hatte auch so genug Nahrung.

Unter dem Photo fand ich ein doppelt zusammengefaltetes, über die Jahre vergilbtes Blatt Papier. Ich nahm auch dieses an mich und entfaltete es behutsam. Mein Herz krampfte sich zusammen.

Es war ein Zeitungsausschnitt. Ein Artikel mit der Überschrift »Der Präsident kondoliert ... von Bord der Boeing«. Die Schwarzweißphotographie zeigte einen Berg von Eisen in einem ovalen Trichter, der von abgeknickten Bäumen umstanden war.

Mein Großvater hatte gut daran getan, mir diese Zeitung nie zu zeigen. Ich wandte den Blick ab. Mit trockener Kehle schluckte ich einen bitteren Klumpen aus Schmerz und Schuld hinunter. Ich faltete den Artikel zusammen und steckte ihn zusammen mit dem Photo in meine Tasche.

Die Alben brannten nur schlecht. Was hatte ich anderes erwartet? Sie waren halt aus Plastik. Ich musste in die Garage gehen und Benzin über die Dinger schütten. Ich hockte mich neben das Feuer und wärmte mir die klammen Hände, aber der Rauch biss mich zu sehr.

Die Erinnerung – die brennt immer schlecht.

Braucht man lange fürs Packen, wenn man für immer fortgeht?

Frische Unterwäsche, ein paar Hemden ... im Flugzeug würde ich sowieso meine Uniform tragen. Eine CD mit allem möglichen Quatsch, Gedichten aus meiner Teenagerzeit, einem angefangenen und nie beendeten Roman, Briefen und meinen Lieblingsspielen. Ein paar Scheiben mit Musik. Es wäre schade, wenn bei der Hausdurchsuchung »rein zufällig« meine Sammlung verloren ginge. Allerdings bestand sie überwiegend aus Klassik, nicht aus Pop, vielleicht würde sie den Besuch überleben ...

Wie immer passte alles in meinen Aktenkoffer. Wenn man für einen Tag oder für immer fortgeht, verliert Besitz jeden Sinn. Das ist keine Reise an einen Ferienort.

Ich ging nach oben und verabschiedete mich von meinem Großvater. Falls keine Probleme auftraten, würden wir uns morgen wiedersehen. Mein Großvater durchforstete noch immer seinen Kram. Ich wollte ihm schon sagen, dass ich diesen Zeitungsartikel entdeckt hatte, überlegte es mir dann aber. Auch ihn würde die Erinnerung schmerzen.

Unten erwartete mich Mascha, diesmal ohne Pistole.

»Ich wollte mich entschuldigen«, sagte sie.

Ich stand ziemlich dämlich da, mitten auf der Treppe und sie damit überragend. Es wäre jedoch grob unhöflich gewesen, die Frau einfach zu ignorieren.

»Schon vergessen«, sagte ich beiläufig. »Außerdem muss ich mich genauso entschuldigen, schließlich bin ich ausgerastet.«

»Ich mache mir einfach Sorgen um den Erfolg unserer Operation«, erklärte Mascha. »Es wäre doch blöd, wenn alles wegen einer Kleinigkeit platzen würde ... also, entschuldige.«

»Du verstehst dich sehr gut mit meinem Großvater. Kennt ihr euch schon lange?«

Sie zögerte. »In gewisser Weise schon«, antwortete sie dann. »Ich habe unter der Ägide des Chrumow-Fonds studiert. Insofern hat dein Großvater meine Ausbildung finanziert ... also, er hat einfach alles für mich bezahlt. Aber ich würde ihn auch sonst mögen!«

»Weiß ich doch!« Ich berührte kurz ihre Schulter. Diese kameradschaftliche Geste würde ihr bestimmt gefallen, glaubte ich wenigstens. »Wird schon alles schiefgehen. Wir sehen uns in Swobodny.«

Mascha nickte.

»Kümmer dich um meinen Großvater«, bat ich sie und verließ das Haus.

Der Wagen war noch nicht da, doch ich hatte keine Lust, wieder ins Haus zu gehen. Vielleicht einfach, weil Mascha und ich uns nichts mehr zu sagen hatten. Jedenfalls vorerst nicht. Ich durchquerte den Garten, hielt dabei automatisch nach Tyrann Ausschau und verließ das Gelände durch die Pforte.

Warum hatte ich bloß keine schlechte Angewohnheit? Es wäre so viel amüsanter, die Zeit totzuschlagen, indem ich eine Zigarette rauchen oder Bier direkt aus der Dose trinken würde.

Zehn Minuten wartete ich auf das Auto. Als ich in der Ferne bereits ein Motorengeräusch vernahm, bemerkte ich eine kleine Figur, die auf mich zugerannt kam.

»Onkel Petja!«

Aljoschka hielt keuchend vor mir an. Offenbar war er so schnell gelaufen, wie er nur konnte.

»Was ist passiert?«, fragte ich, unwillkürlich alarmiert.

»Nichts ... Ich hatte Angst, dass ich Sie verpasse. Ist das Ihr Auto?«

Ich sah zu dem näher kommenden Auto rüber. »Ja.«

»Ich ... ich habe ein Geschenk für Sie.«

Der Junge kramte irgendwie linkisch in seiner Hosentasche und reichte mir mit gesenktem Blick ein längliches Päckchen.

»Bitte ... Also, dann hau ich mal wieder ab.«

»Warte«, bat ich. Ich wickelte das Papier auf. Aljoschka wurde immer verlegener.

Ein Messer.

Und was für eins!

Kein chinesisches Imitat. Dazu war der Stahl zu gut, der Griff zu abgenutzt. Ein Messer der russischen Landetruppen. Ein solches Stück gelangt nie auf den freien Markt.

»Was soll das, Junge?«, fragte ich leise.

»Sie mögen Stichwaffen doch. Und ... mir ... gefallen sie nicht so gut.«

»Du kriegst Ärger mit deinen Eltern.« Ich hielt ihm das Messer wieder hin. »Hier.«

»Sie wissen nichts davon. Das ist mein Messer, ich habe es bei den anderen Jungen eingetauscht. Schon vor langer Zeit. Behalten Sie es bitte.«

Was für ein seltsames Geschenk. Von dem Messer ging etwas Unfassbares aus ... eine befremdliche, ungute Aura. So liegt nur eine Waffe in der Hand, die bereits über Leben und Tod entschieden hat.

Ich durfte dem Jungen das Messer nicht zurückgeben. Behalten durfte ich es aber auch nicht. Ich müsste es der Miliz aushändigen. Andererseits war es ein Geschenk ...

Ich bin ja vielleicht ein abgebrühter Terrorist! Da plane ich, ein Raumschiff zu kapern – und habe Schiss, eine nicht registrierte Waffe bei mir zu haben!

»Vielen Dank«, sagte ich, während ich das Messer in die Tasche steckte. »Wenn ich wieder da bin, reden wir noch einmal darüber, ja? Und tausche solche Sachen nicht mehr ein.«

»Hab ich sowieso nicht vor.«

»Vielen Dank«, wiederholte ich noch einmal. Dann verwuschelte ich dem Jungen das Haar und stiefelte zum Auto. Ob der Fahrer und der Bodyguard bemerkt hatten, was ich eingesteckt hatte?

Was sollte sie das allerdings angehen? Immerhin war ich Offizier. Ich könnte mit einer Pistole die Straße entlangspazieren, was bedeutete da schon ein Stück geschliffener Stahl? In meinem Dienstausweis steht ausdrücklich drin: »Hat das Recht, jede Waffe zu tragen und einzusetzen.«

»Guten Flug!«, rief mir Aljoschka nach.

Ich nahm hinten Platz, der Fahrer fuhr sofort los. »Danilow hat gebeten, Sie früher hinzubringen ...«, erklärte er.

Anscheinend ist es mein Schicksal, ständig auf den letzten Drücker zu meinen Flügen zu kommen. Ich drehte mich noch einmal zurück und betrachtete die Datscha und den Jungen an der Pforte.

Lass nichts zurück!

Nur wie willst du dann verstehen, wohin du gehen musst?

Scheremetjewo war wie immer, laut und chaotisch. Der Bodyguard brachte mich zum Personaleingang des Transaero-Trakts. Erst nachdem er mich abgeliefert hatte, sah er seine Pflicht als erfüllt an.

»Guten Start!«, wünschte er mir.

Viel trennte ihn nicht von Aljoschka.

»Ich werde mir Mühe geben«, versprach ich. Sobald ich am Eingang meine Papiere vorzeigte, ließ man mich ohne Probleme durch.

In dem kleinen Vorraum war es laut und verraucht. Das Zentrum der Gesellschaft bildete Danilow. Er flegelte sich auf einem kleinen Sofa, um ihn herum drängten sich die Frauen vom Bodenpersonal, bereits in Mänteln und Jacken – sie hatten bestimmt in der letzten Schicht gearbeitet, waren aber jetzt noch geblieben, um den Geschichtchen des allgemeinen Lieblings zu lauschen –, dazu ein paar Flieger, die ich nicht kannte. Fast alle qualmten, die Piloten und Danilow tranken Bier.

»Und dann wabert so ein Stäubler auf mich zu«, fuhr Danilow mit seiner Erzählung fort, »und fängt an, sich um meine Beine zu winden. Ich habe mich allen Ernstes gefragt, wie ich zu dieser Ehre kam. Dann will ich ihn mit dem Schuh wegkicken ...«

Diejenigen, die eine mehr oder wenige zutreffende Vorstellung von einem Stäubler hatten, lachten.

»Aber der ringelt sich einfach um meinen Fuß! Das war's dann wohl, denke ich mir, mein Bein kann ich vergessen ...«

In dem Moment bemerkte Danilow mich und unterbrach seine Erzählung.

»Petja! Na, dann können wir ja gehen!«

»Bis zum Flug sind es aber noch zwanzig Minuten«, brachte eine der Frauen bittend hervor. »Alexander Olegowitsch, wie war das denn nun …?«

»Dreck!«, trumpfte Danilow auf. »Ich hatte Dreck an den Schuhen! Erinnert ihr euch noch an die Rillen in der Sohle? Der Stäubler hat den ungewöhnlichen Mineralbestand gespürt und ist ganz aus dem Häuschen geraten! Ein neues Rohstoffvorkommen!«

Unter dem Gelächter bebten die Wände.

Danilow war nicht bloß ein Possenreißer – nein, die Leute liebten ihn dafür, dass er in seinen Erzählungen die Aliens stets als die reinsten Idioten darstellte! Früher hatten in der russischen Folklore die Stelle der Idioten die Amerikaner, Franzosen und Deutschen eingenommen. Heute waren es die Aliens. »Kommen ein Mensch, ein Hyxoid und ein Daenlo auf einen unbewohnten Planeten …«

Ob das auf den Einfluss meines Großvaters zurückging, oder ob Danilow von Natur aus so war?

Oder sollte ich vielleicht die alte Version bemühen, wonach alle Witze über überalterte kommunistische Herrscher – später über russische Neureiche und noch später über die Generäle und Minister aus der Junta Schipunows – von Mitarbeitern der Geheimdienste verfasst und in Umlauf gebracht worden waren? Wenn man die Menschen nicht dazu zwingen kann, die heimlichen Herrscher einer Gesellschaft zu lieben, dann muss man den Leuten erlauben, diese Herrscher auszulachen. Das kanalisiert ihren Hass und verwandelt ihn in Ironie. In dummes, kraftloses und selbstzufriedenes Gelächter. Die kleinen und klugen Völker haben das übrigens schon lange verstanden – und erlauben es, dass über sie gelacht wird. Unsere Machthaber, die im Grunde nur Söldner der Außerirdischen sind, stehen heute vor der Aufgabe, die Antipathien gegenüber den Aliens abzubauen.

»Wenn ich euch Petja vorstellen darf. Pjotr Chrumow. Der Schrecken aller chinesischen Bauern!«, palaverte Danilow inzwischen weiter, wobei er mir den Arm um die Schultern gelegt hatte. Alle lachten, aber Danilow selbst wurde mit einem Mal ernst. »Das ist der Mann, der einzige Mensch auf der Welt, der in der Lage ist, ein Raumschiff auf einer Straße zu landen. Ich mache keinen Witz. Ich würde das nicht schaffen.«

Alle Augen richteten sich auf mich.

»Schon bald wird sein Name in aller Munde sein«, fuhr Danilow fort. »Auf dem ganzen Planeten! Ihr solltet euch gleich ein Autogramm geben lassen.«

Mir jagten seine Worte ja schon einen Schauder über den Rücken. Mascha aber hätten – bei ihrer Übervorsicht – garantiert die Haare zu Berge gestanden! Dabei sah niemand etwas Verdächtiges in Danilows Worten. Ich schüttelte den Piloten die Hand, hörte mir Komplimente von den Frauen an und folgte Danilow den Gang hinunter. Selbstverständlich brauchten wir nicht einzuchecken. Zusammen mit den Piloten, die die Maschine nach Chabarowsk bringen würden, fuhren wir im Auto zur Boeing. Wir nahmen in der ersten Klasse Platz. Die Stewardessen förderten kleine Fläschchen mit französischem Wein zutage. Ohne viel Federlesens öffnete Danilow eins und goss sich ein Glas ein.

»Na, Petja, sei kein Frosch!«

Ich schenkte mir eine winzige Menge ein. Wir stießen an.

»Auf unser Glück!«, prostete mir Danilow zu. »Wir können wirklich welches brauchen!«

Tagsüber hatte ich Danilow im Sternenstädtchen nur flüchtig zu Gesicht bekommen. Da war er jedoch ein ganz anderer Mensch gewesen. Konzentriert, entschlossen und offiziell. Wir hatten uns begrüßt, Danilow hatte mir ein paar aufmunternd-wohlwollende Worte gesagt, und ich hatte meinen Zug durch die Korridore der Bürokratie fortgesetzt.

Jetzt saß ich neben einem nervösen, angespannten und eben deshalb geschwätzigen Mann. Mir fiel der junge Flieger ein, der stocksteif auf dem Photo neben meinem Großvater stand. Wahrscheinlich litt Danilow bis heute unter jenem Krieg, unter der Gefangenschaft, der Gefahr, erschossen zu werden. Diese Angst würde ihn nie verlassen, sie würde nie vergehen, die letzten zwanzig Jahre hatten sie lediglich tief in sein Inneres verbannt. Konnte es sein, dass mein Großvater das nicht wusste?

Alexander Olegowitsch würde es schwer haben, wenn etwas schiefging.

Nach und nach füllte sich das Flugzeug mit Menschen. Geschäftsleute mit ihren Geliebten, junge Beamte aus staatlichen Institutionen, die sich noch nicht daran gewöhnt hatten, mit dem Geld hauszuhalten, und ein paar Ausländer. Die Economy Class war ebenfalls gerammelt voll.

»Ich erinnere mich da an eine Geschichte ...«, bemerkte Danilow nachdenklich. »Vor einem Jahr ist der Co-Pilot der *Welikoross*, Shenja Leikin, wenige Stunden vor dem Start auf der Treppe ausgerutscht und hat sich das Bein gebrochen. Den Flug abzusagen hätte extreme finanzielle Einbußen bedeutet. Es gab jedoch keine anderen Piloten mehr. Sie sind dann so geflogen, zu zweit. Damit hätten wir also einen Präzedenzfall.«

»Der Jump-Navigator ist wichtiger«, hielt ich nach kurzem Nachdenken dagegen.

»Aber unser Flug ist noch dringender. Du hast doch eine globale Zulassung, oder, Petja? Als Pilot und Jump-Navigator für die kleinen Schiffe, als Co-Pilot und Jump-Navigator für mittlere und größere?«

»Ja.«

»Das sollten wir nicht vergessen«, sagte Danilow zufrieden und öffnete die zweite Flasche Wein.

Ich lehnte mich im Sitz zurück. Gütiger Gott! Sicher, ein gebrochenes Bein ist ein geringeres Übel, als jemanden vom Starttisch zu stoßen.

Aber fing ich jetzt schon an, das Übel abzuwägen?

Es in ein größeres und ein kleineres zu unterscheiden?

Die Maschine fuhr schneller und schneller, ich schloss die Augen und entspannte mich. Ich wünschte, ich würde einschlafen.

Das gelang mir tatsächlich.

Die Stewardess weckte mich nicht. Danilow ging da weniger taktvoll vor. Als man uns das Abendbrot – oder genauer gesagt: das Frühstück – brachte, rüttelte er mich am Oberarm. »Pjotr, das Essen ...«

Verständnislos schaute ich ihn an.

»Produziere Magensaft, nimm Eiweiße und Kalorien zu dir ...« Alexander öffnete mit übertriebener Sorge die Packung mit meinem Frühstück. »Dann wollen wir es uns mal schmecken lassen.«

Wir aßen, wechselten ein paar bedeutungslose Sätze und schauten zum Fenster raus, hinter dem nur die Dunkelheit und der Widerschein der Signallichter am Flügel des Flugzeugs zu sehen waren. Das Dröhnen der Motoren wirkte hier, in der ersten Klasse, schwach und fern.

»Wir müssen über Nowosibirsk sein«, vermutete Danilow. »Bist du schon mal hier gewesen?«

»Als ich noch ganz klein war. Ich erinnere mich nicht mehr daran.« Ich presste die Lippen aufeinander.

»Entschuldige ...« Danilow begriff, bei welcher Gelegenheit, wenn auch zu spät. »Verzeih mir, Pjotr. Ich habe nicht mehr daran gedacht.«

»Du musst ja auch nicht daran denken, wo meine Eltern ums Leben gekommen sind.«

»Verdammt.« Der Oberst sah jetzt wirklich verlegen aus. »Manchmal bin ich wirklich ein Idiot.«

»Vergiss es, Sascha. So was kann jedem passieren.« Ich reichte der Stewardess die durchsichtige Plastikschüssel, die ich nicht mal bis zur Hälfte geleert hatte. Man bekam hier ein allzu gutes Essen, der Kampf gegen das Kotelett und die Duelle mit den Salaten hatte mich erschöpft.

»Ehrlich gesagt, erinnere ich mich selbst nicht mehr an meine Eltern.«

Ich erhob mich und ging den Gang hinunter. Genauso waren meine Eltern damals wahrscheinlich auch geflogen … ruhig und sorglos. Sicherlich waren die Gänge schmaler gewesen, und es hatte nicht an jedem Platz einen Fernseher und ein Telefon gegeben. Ansonsten hatte sich aber kaum etwas verändert. Noch immer die Duraluminiumröhre mit den Flügeln und die Turbojettriebwerke. Noch immer dieselben zweihundertfünfzig, dreihundert Meter in der Sekunde. Lächerliche Werte, verglichen mit den kosmischen Fluchtgeschwindigkeiten. Und absolute Ruhe, verglichen mit dem Jump.

Selbst diese Geschwindigkeit reichte jedoch völlig, wenn eine Tupolew in zehntausend Metern Höhe den rechten Flügel verlor …

Woran hatten sie gedacht, meine mir unbekannten und jungen Eltern, in dieser letzten Minute, als sich das Flugzeug, nachdem es sich nicht mehr steuern ließ, strudelnd der Erde näherte? An mich, vermutete ich. Daran, welch kluge Entscheidung sie getroffen hatten, mich nicht mitzunehmen.

Ich zog an der Toilettentür, doch sie war verschlossen. Ich lehnte mich gegen die mit Synthetik bespannte Wand, griff mit der Hand in die Tasche und holte das Photo sowie den dreiundzwanzig Jahre alten Zeitungsartikel heraus.

Ich wollte mir nicht das Gesicht meiner Eltern ansehen. Das wäre nicht richtig. Vor allem hier und jetzt nicht. Ich betrachtete nur mich, den kleinen und eigenwilligen

Jungen, der sich von der Hand seines Vaters losreißen wollte. Denn er, dieser kleine Junge, trug keine Schuld daran, wie ich geworden war ...

Abermals entfaltete ich das spröde Papier. »Der Präsident kondoliert ...«

Warum hatte ich diesen Artikel an mich genommen? Was hoffte ich, zwischen diesen professionellen Beileidszeilen zu finden? Schließlich hatte ich noch nie versucht, Details jener Katastrophe in Erfahrung zu bringen. Und vermutlich hatte ich gut daran getan.

»Der Vertreter der *Russischen Fluglinien* lehnte die Version einer Spur in den Kaukasus oder auf die Krim kategorisch ab, betonte jedoch ... Eine der Blackboxes konnte bereits sichergestellt werden, zur Zeit befasst man sich mit der Dechiffrierung ... Mehr als hundert Tote, darunter auch zwölf Kinder ...«

Bla, bla, bla ... Ich weiß, was Mitleid gilt – wenn es von Außenstehenden kommt. Wenn es so zäh vermischt ist mit Neugier, Erleichterung und gerechtem Zorn ... auf die Weichensteller. Beziehungsweise in diesem Fall auf die Mechaniker, die die alte Maschine zum Start vorbereitet haben.

»In Nowossibirsk trafen die Angehörigen der Opfer des Flugzeugunglücks ein. Einer der Ersten war der bekannte Politologe und Publizist Andrej Chrumow, der in der Katastrophe seine ganze Familie verloren hat, seinen Sohn, die Schwiegertochter und den zweijährigen Enkel. Unser Korrespondent hat versucht, ein Interview mit ...«

Bla, bla, bla ...

Ich schloss die Augen.

Mein guter Korrespondent, da hast du dich getäuscht! Mein Großvater hat mich nicht verloren. Denn ich bin ja hier. Ich stehe hier, in dieser Metallzigarre, die über einem einsamen Obelisken in der sibirischen Taiga dahinjagt. Ich bin am Leben!

»Wir wollen es nicht riskieren, die Antwort Chrumows zu zitieren. Es dürfte jedoch nicht schwer sein, sich die Reaktion der leidgeprüften Menschen vorzustellen. Schmerz und Verzweiflung ...«

Aber ich bin am Leben!

Mich gibt es nicht nur auf einem alten Photo! Ich bin aufgewachsen und Flieger geworden! Dem Schicksal zum Trotz, das meine Eltern getötet hat! Allen zum Hohn! Ich bin am Leben!

»Der Aufprall war von einer solchen Wucht, dass die Identifizierung ...«

»Nein«, flüsterte ich, indem ich den Artikel zerknüllte. Das mürbe Papier riss an den Faltkanten. »Nein!«

Was für ein Aufprall? Ich lag nicht in diesem Duralsarg!

Eine Stewardess blieb neben mir stehen und fasste mich am Ellbogen. »Pjotr Danilowitsch? Fühlen Sie sich nicht wohl?«

Ich schluckte und sah in ihr erschrockenes Gesicht. Sag mal, Mädchen, verstehst du das nicht? Mir kann nicht wohl oder unwohl sein! Mich gibt es nämlich gar nicht! Ich bin irgendwo dort unten, im Geäst der Kiefern und im dichten Gras, in jenem Schlamm, am Boden jenes mit Wasser gefüllten Trichters! Zehn Kilogramm verletzliches Fleisch, die nie zu einem kräftigen Mann herangewachsen sind, um die Träume eines Großvaters zu erfüllen.

»Pjotr Danilowitsch ...« Die Frau wollte mich zum nächsten Sitz ziehen.

»Es ist nichts ...«, hauchte ich.

»Was heißt das, nichts?«

»Es ist schon vorbei.« Ich wandte den Blick ab. »Es ist wieder alles in Ordnung. Ich ... war etwas verwirrt ...«

Sie sah mich verständnislos an.

»Verzeihen Sie ...« Ich befreite meinen Arm, stieß einen lächelnden Japaner zur Seite und zwängte mich ins Klo. Der Japaner schickte mir rasch eine Entschuldigung hinterher. Ich schlug die Tür hinter mir zu und presste die Stirn gegen den makellos sauberen Spiegel. Im Klo duftete es nach Rosen. In einem Fernseher an der Wand lief ein Zeichentrickfilm – wie eh und je jagte eine dämliche Katze eine schlaue Maus. Und so würde es immer sein.

Ich hob das Photo und betrachtete den blonden Jungen.

Verzeih, Kleiner. Du konntest nicht ich werden. Du hast dich in einen Teil der Erde verwandelt. Und ich bin du geworden. Ich habe deinen Namen und dein Schicksal angenommen. Ich bin gewachsen, habe mich für Pjotr Chrumow gehalten, den Enkel des »bekannten Politologen und Publizisten«.

Was halten wir von den Starken Rassen, die die Menschheit, die sie nicht zu ihresgleichen zählen, zu Weltraumfuhrleuten heranziehen?

Was halten wir von einem Menschen, der sich der Erziehung eines Kindes annimmt, mit einem einzigen Ziel – den Retter der Menschheit heranzuziehen?

Dabei war ich ihm nicht mal ähnlich. Nur die Haarfarbe stimmte. Er jedoch hatte dunkle Augen, ich blaue. Wie einfach es doch zu erklären gewesen war: Ich war herangewachsen, hatte mich verändert ...

Ich durfte nichts zurücklassen?

Aber ich habe auch nichts, was ich zurücklassen könnte, Großpapa ... Verzeihung, Andrej Chrumow. Ich habe rein gar nichts. Ich bin allein auf dieser Welt. Mir gehört nichts. Selbst Liebe und Freundschaft habe ich gemieden, denn die hätten mich gebunden. Sie haben mich wirklich großartig erzogen, Andrej Valentinowitsch.

Sie hätten den Nobelpreis wahrlich verdient.

Ich beugte mich übers Klosett – die von einem purpurroten Duftmittel gefärbte Wasserlache sah wie Blut aus – und hustete. Es würgte mich, etwas Bitteres und Widerliches stieg in mir auf. Als ich den Würgereiz zu unterdrücken versuchte, wurde es bloß noch schlimmer. Alles kam jetzt aus mir heraus, das nicht verdaute Frühstück und der französische Wein. Mit beiden Händen stützte ich mich an der gewölbten Wand ab, hinter der die vom Flugzeug zerschnittene Luft dröhnte, und stand gut eine Minute da, mit zittrigen Beinen und einem bitteren Geschmack im Mund.

Dieser Zeitungsartikel reichte gerade, um mir die Finger abzuwischen. Die Photographie zerriss ich in kleine Schnipsel und warf sie ins Klo.

Lass nichts hinter dir ...

Ich beugte mich zum Hahn vor und spülte mir den Mund mit warmem, nach Desinfektionsmittel riechendem Wasser aus. Es kam mir zuckersüß vor. Wie die Liebe meines Großvaters – für die herrenlose Waise, die er anstelle seines toten Enkels angenommen hatte.

Haben Sie mich lange ausgesucht, Andrej Chrumow? Darauf geachtet, ob ich gesund und klug war? Mich Ihrer Erziehung problemlos fügen würde? Nicht mit einem negativen Erbe belastet war? Haben Sie ihn lange ausgesucht – denjenigen, der den Traum von der Größe der Menschheit erfüllen sollte?

Aber auch das aussortierte Material verkam nicht. Mein Großvater behielt auch die kluge kleine Mascha im Auge. Und nicht nur sie, nehme ich an. Wie viele seid ihr, ihr abgelehnten Pjotr Chrumows, die ihr unter der fürsorglichen Aufsicht des Chrumow-Fonds herangewachsen seid, die Universität besuchen durftet, Arbeit erhalten und den Glauben an die große Zukunft der Menschheit eingeimpft bekommen habt?

Ich hatte nur mehr Glück als ihr alle. Ich hatte die Illusion einer Familie.

Aber die Illusion der Freiheit, die besaßen wir alle.

Drei

Von Chabarowsk nach Swobodny flogen wir in einem Hubschrauber des Roskosmos. Danilow sah mich fragend an, sagte jedoch kein Wort. Erst im Anflug, als der Hubschrauber schon wieder tiefer ging, beugte er sich zu mir rüber und sprach mich an: »Entschuldige, Petja. Ich habe alte Wunden aufgerissen ...«

Glaubte er wirklich, die beiläufige Erwähnung meiner Eltern wäre mir aufs Gemüt geschlagen? Was für ein Unsinn! Das waren ja gar nicht meine Eltern, die da über der kalten Taiga abgestürzt waren. Das war nicht mein Fleisch und Blut, das da in den Hügeln verschmiert worden war.

Denn ich war ein Niemand.

Ein Zombie, ein Homunkulus, ein Wechselbalg. Einer, den die Gesellschaft weggeworfen und der dann das große Los gezogen hatte, um eben dieser Gesellschaft irgendwann zu dienen.

Ich hatte an Liebe und Freundschaft geglaubt, an Uneigennützigkeit und Treue. Doch die Liebe hatte sich als Berechnung erwiesen, die Freundschaft als Geschäftsbeziehung, die Uneigennützigkeit als vorteilhafte Kapitalanlage, die Treue einfach als Verrat.

»Ich habe es satt, ein anständiger Junge zu sein ...«, flüsterte ich.

»Was?« Danilow glaubte vermutlich, er habe sich verhört.

»Ich habe es satt, ein anständiger Junge zu sein!«, schrie ich. Meine Stimme ging zwar im Brummen der Rotorblätter unter, dennoch verstand mich der Oberst diesmal. Er zuckte mit den Schultern und drehte sich weg.

Sollte er.

Halte mich ruhig für einen Hysteriker, du Mitarbeiter des FSB, Mitbesitzer der Transaero, ehemaliger Kriegsgefangener und bester Pilot der Gesellschaft! Du wirst nie begreifen, was ich mit einem Blick auf dein altes Photo erkannt habe. Du bist seit langem zerbrochen, seit dem Zeitpunkt, da man dich in den Krieg gejagt hat, dich zum Tod verurteilt und gegen zwei Güterzüge Masut freigekauft hat. Du kannst gar nicht mehr zerbrechen, denn jeder Schlag trifft nur auf die alte Fraktur.

Aber ich, ich bin dazu noch imstande.

Ich habe die Schnauze voll davon, ein anständiger Junge zu sein.

Das Zimmer, das ich im Hotel bekam, war weitaus besser als meine bisherigen. Aber jetzt war ich ja auch nicht der übliche Todeskandidat, der auf einem alten Schiff durchs Weltall saust. Jetzt gehörte ich zu Danilows Crew.

Ich schleuderte den Aktenkoffer aufs Bett und ließ mich in den Sessel plumpsen. Noch hatte sich die fahle Morgendämmerung kaum ausgebreitet, trotzdem war es in den Gängen und im Park vor dem Hotel bereits laut. Ein Kosmodrom schläft nie. Flüge, Flüge ... ein Loch durch die Ozonschicht, Luft und Erde, die vergiftet wurden, der unwiderrufliche Verlust von gefühllosem Metall und naiven Piloten. Für ein Häufchen außerirdischer Scheiße, für einen Teller dünner Linsensuppe, für einen Himmel, in dem es keine Schiffe Starker Rassen gibt. Und wofür würde ich sterben?

Für mich.

Was kostete denn das Leben noch – außer dem Leben selbst?

Ich tastete nach der Fernbedienung auf dem Tisch. Ich wollte den Fernseher schon einschalten, überlegte es mir dann aber. Was würde ich da zu sehen kriegen? Die Landung der Spiral, den dröhnenden Bass des Präsidenten, den sagenhaften Korkenzieher? Der war am Ende ja noch am sinnvollsten. Mit dem konnte man ganze zwanzig Flaschen pro Minute öffnen.

Jemand klopfte an die Tür.

»Herein!«, rief ich.

Danilow trat ein, ihm folgte ein lächelnder, hagerer Typ im Trainingsanzug.

»Dann will ich die Crew mal bekannt machen!«, verkündete Danilow aufgeräumt.

Der Jump-Navigator schüttelte mir die Hand. »Rinat.«

»Pjotr«, sagte ich. »Auf den Vatersnamen verzichten wir besser.«

Danilow rieb sich die Nasenwurzel.

Turussow war noch jung. Wenn er ein Flieger gewesen wäre, hätte er einen oder zwei Jahrgänge über mir seine

Ausbildung absolviert. Aber die Jump-Navigatoren bildete die Bauman-Uni aus.

»An diesem Kommandanten wirst du noch deine helle Freude haben«, unkte Rinat, als er sich neben mich setzte. »Dieser Drill! Nicht mal ausschlafen lässt er mich, aus dem Bett schleift er mich raus!«

»Ich würde eigentlich selber gern noch ein bisschen schlafen«, gestand ich. »Wann ist der Gesundheitscheck? Um zwölf?«

»Hmm.« Ohne sich zu erheben, streckte sich Rinat zum Kühlschrank, öffnete ihn und seufzte. »Dir haben sie auch das ganze Bier abtransportiert, diese Schweine ...«

»Vergiss dein Bier!«, ereiferte sich Danilow. »Dir winkt ein Querfeldeinrennen, die Sauna und die Schwimmhalle. Und keine faulen Ausreden!«

Rinat verzog das Gesicht.

»Komm schon«, drängelte ihn der Oberst. »Mensch, früher, da hätte man dich nicht mal einen Flug in der Atmosphäre machen lassen! Vom Kosmos ganz zu schweigen!«

»Kommst du mit, Pjotr?«, fragte Turussow gequält.

»Nein, ich schlafe noch 'ne Runde.«

»Genehmigt«, verkündete Danilow. »Der Mann kann nicht im Flugzeug schlafen, Rinat. Er ist müde. Und wir joggen jetzt.«

»Heiliger Himmel ...«, stöhnte Rinat und erhob sich.

Ich konnte den Rat, sich das Gefluche für später aufzuheben, gerade noch unterdrücken. Nachdem ich die Tür hinter den beiden abgeschlossen hatte, legte ich mich angezogen aufs Bett.

Ich musste fit sein. Ich musste ausschlafen. Danilow hatte gelogen, ich konnte in jeder Position und bei jeder Lautstärke schlafen.

Ich brauchte lediglich die Gewissheit, dass in der Nähe ein Licht schimmerte.

Nach einer Stunde weckte mich das Klingeln des Telefons. Ich wusste, wer anrief, ich wusste, was ich hören würde. Darum ließ ich mir Zeit. Ich rieb mir die Augen und tastete nach dem Telefon auf dem Nachttisch.

»Ja?«

»Petja?« Danilows Stimme klang nicht besorgt – sondern völlig gebrochen. »Petja, wir hatten einen Unfall.«

»Was ist passiert?«, fragte ich, dabei aus dem Fenster guckend. Auf dem Tennisplatz vor dem Hotel spielten zwei Frauen. Die kräftigen, muskulösen Figuren und die kurzen Haare wiesen sie als Mitglieder einer Frauencrew aus. Vielleicht von uns, vielleicht von den Franzosen, die häufig von hier aus starteten.

»Rinat ... er hat es fertiggebracht, beim Laufen zu stürzen ... und sich das Bein zu brechen.«

Ob man das beim FSB lernte oder ob Danilow einfach eine vielseitige Persönlichkeit war? Einem Menschen das Bein zu brechen, noch dazu so, dass dieser gar nicht begriff, wer eigentlich schuld daran war, ist nicht gerade eine der leichtesten Übungen.

»Das ist ja schrecklich«, sagte ich. »Einfach nicht zu glauben. Wie geht es ihm?«

»Wir sind gerade im Krankenhaus. Die Ärzte untersuchen ihn noch ... Sie sagen, es ist ein Stauchungsbruch ...«

Danilow fluchte. Dann fuhr er fort, allerdings nicht ins Telefon: »Was soll das, Rinat ...«

Eine der beiden Frauen schlug ein Ass. Wütend schleuderte die andere ihren Schläger hin. Sie tat mir leid, bisher hatte sie ein gutes Spiel geliefert.

»Wird der Flug abgesagt?«, wollte ich wissen.

»Keine Ahnung. Die Fracht muss schnellstens abgeliefert werden.« Danilow seufzte. »Alle Mannschaften sind ausgebucht, wir kriegen keinen Jump-Navigator ... Petja, komm jetzt gleich zum Leiter des Kosmodroms. Wir müssen eine Entscheidung treffen.«

Als es im Hörer piepte, legte ich auf.

Du hast Glück gehabt, Jump-Navigator. Ein Bruch, selbst ein Stauchungsbruch, ist ein weitaus geringeres Übel als ein Platz unter den Düsen der startenden Energija.

Wachen standen momentan keine vor dem Büro von Kisseljow. Die Sekretärin, eine Frau in mittleren Jahren, presste das Telefon mit der Schulter gegens Ohr und nickte schweigend Richtung Tür. Ich klopfte an und ging hinein.

Danilow saß mit gesenktem Kopf vor dem General. Der stand, die Hände auf den Tisch gestützt, vor dem Oberst, dräuend wie eine männliche Ausgabe der Nemesis. Verärgert schaute er zu mir herüber, deutete mit einer Kopfbewegung auf den Stuhl und setzte die Schelte fort: »Hast du den Verstand verloren? Was sind das für Albernheiten? Bis zum Start sind es noch fünfzehn Stunden und ihr lauft ... irgendeinen Slalom!«

Die Bezeichnung der absolut unschuldigen Sportart klang aus Kisseljows Mund wie ein grober Fluch. Dergleichen brachte nicht jeder fertig, alle Achtung.

»Du weißt Bescheid, Pjotr?«, wandte sich der General an mich und gewährte Danilow damit eine kurze Verschnaufpause.

»Es geht um den Jump-Navigator, Genosse General?«

»Ja. Die beiden haben ein Hindernisrennen veranstaltet. Diese gottverdammten ... Marathonisten!«

Kisseljow stand mit aufgeknöpfter Uniformjacke da und malträtierte seine Generalsmütze mit beiden Händen. Kaum zu glauben, dass dieser Diener des Zaren und Vater der Soldaten vor zwei Tagen heiter und ausgelassen durch einen Bankettsaal gehüpft war und den Amerikanern gezeigt hatte, was echter russischer Tanz ist, indem er eine Lesginka hingelegt hatte, dass er Brüderschaft getrunken und unanständige Witze erzählt hatte. Nein, das musste jemand anders gewesen sein ...

»Wo kriege ich jetzt einen Navigator für euch her?«, polterte der General weiter. »Soll ich einen aus Moskau anfordern? Weil es ein Spezialauftrag ist, jemanden aus dem Urlaub zurückbeordern und denen da oben alles erklären? Und wenn die niemanden finden? Schließlich steht euer Startfenster nur eine halbe Stunde! Das Oxidationsmittel ist schon eingefüllt! Die Weltraumsicherheit ist über den Zeitpunkt eures Starts informiert!«

»Genosse General ... hat die *Wolchw* einen Standard-Jumper?«

»Einen Standard-Jumper? Danilow!«

»Ja …«, antwortete der Oberst, ohne aufzusehen. »Die dritte Serie …«

»Ich habe eine Doppelqualifikation, Genosse General«, teilte ich ihm mit. »Ich bin Pilot und Jump-Navigator. Ich bin befugt, die Berechnungen für die Sprünge bei Schiffen von mittlerer und großer Tonnage zu machen.«

Der General hüllte sich in Schweigen. Danilow und ich warteten.

»Stehen uns noch Piloten zur Verfügung?«, wollte Kisseljow schließlich wissen und beugte sich zur Telefonanlage vor.

Mein Herz hämmerte. Wir hatten vorab festgestellt, dass man uns keinen anderen Navigator aufs Auge drücken konnte. Aber was war mit einem anderen Piloten?

»Nein«, sagte Danilow leise. »Sonst ist nur noch die Mannschaft von Wladimirski hier. Aber sie starten in drei Stunden.«

»Immer dasselbe!«, presste der General heraus. »Was machen wir jetzt? Danilow? Du hast uns die Suppe eingebrockt, jetzt sieh zu, wie du sie auslöffelst!«

»Wir könnten zu zweit fliegen«, schlug ich vor. Danilow hatte offenbar beschlossen, mir die Initiative zu überlassen. Eine kluge Entscheidung. Der Leiter des Kosmodroms war wütend genug, um jeden seiner Vorschläge abzulehnen.

»Zu zweit? Starten?«, hakte der General in ironischem Ton nach. »Wohin wollen Sie denn, Major? Ins nächste Geschäft – um ein Bier zu kaufen?«

»Genosse General, Schiffe der Serie Buran dürfen durchaus mit einer reduzierten Mannschaft starten.«

»Du bist noch nie auf einer Buran geflogen!«

»Doch. Bei zwei Trainingsflügen. Ein orbitaler, einer zu Proxima Centauri.«

»Was für Helden«, kommentierte der General gallig. Er ließ sich in den Sessel fallen und rieb sich die Stirn. »Erst der Leichtsinn, jetzt der Heroismus. So geht das doch nicht, Kinder ...«

Mit einem Mal verwandelte er sich noch in einen dritten General Kisseljow. In einen besorgten General.

»Und wenn etwas passiert, Kinder?«

»Wenn wirklich etwas passiert«, mischte sich Danilow ein, »dann wird uns ein dritter Mann in der Besatzung auch nicht retten.«

Der Leiter des Kosmodroms schwieg. Er knetete sich das Gesicht, als wolle er einen frischen Gedanken herauspressen.

»Ich übernehme die Verantwortung«, versicherte Danilow.

»Das versteht sich ja wohl von selbst!«, krächzte Kisseljow. Da begriff ich, dass wir die erste Etappe unseres Abenteuers gemeistert hatten.

Unsere Besatzung würde aus zwei Mann bestehen. Blieb die Frage, wie Danilow meinen Gr... Chrumow, Mascha und den Zähler an Bord schmuggeln wollte. Mir war das schleierhaft.

»Dein Großvater kommt«, wechselte der General abrupt das Thema.

»Das kann nicht sein«, erwiderte ich ehrlich.

»Doch. Dein alter Herr hat mich angerufen ...« Der General hob den Kopf. »Ich kenne ihn flüchtig.«

Er zwinkerte mir sogar verschwörerisch zu. Ach, General, wie naiv du doch bist! Andrej Valentinowitsch kennt alle, die ihm von Nutzen sein können!

»Er möchte sich den Start ansehen!«, fuhr Kisseljow fort. »Wahrscheinlich hat er sich bei deiner letzten Landung ziemliche Sorgen gemacht, oder?«

»Natürlich.«

»Wir wollen ihm seinen Wunsch nicht abschlagen. Dein Großvater ist ein anständiger Mann ...« Der General brummte, dann drückte er den Knopf der Telefonanlage. »Galina, gibt's Neuigkeiten?«

Ich verstand die Worte der Sekretärin nicht, registrierte jedoch den Ton – einen unfrohen Ton.

»Pjotr ist ein hervorragender Jump-Navigator. Und der geborene Pilot«, sagte Danilow. »Er hat das ja neulich erst unter Beweis gestellt ...«

»Er muss es heute unter Beweis stellen«, fuhr ihn Kisseljow an. »Petja, willst du noch dein Gepäck ...« Der General verstummte und machte eine energische Handbewegung. »Nein, das kommt nicht in Frage. Wir hatten genug Scherereien. Gebe Gott, dass jetzt alles gut geht. Wir wollen den Unfallchirurgen nicht noch mehr Arbeit verschaffen. Ihr zwei verlasst mir das Gelände nicht mehr!«

Danilow und ich begaben uns gemeinsam zu Turussow ins Krankenhaus. Der Navigator wurde gerade aus dem Röntgenlabor zurückgebracht. Er wälzte sich im Bett und versuchte verzweifelt, eine bequeme Position zu finden. Er machte eine Miene wie jeder gesunde Mann, der noch nie im Krankenhaus gelegen hat – und plötzlich ans Bett gefesselt ist.

»Wie fühlst du dich, Rinat?«, fragte Danilow voller Anteilnahme.

»Geht so ...« Die Stimme des Navigators klang belegt und gedehnt. Wahrscheinlich hatte man ihm Beruhigungsmittel gespritzt. Er sah Danilow mit einem sehr seltsamen Blick an ... fast mit kindlichem Staunen.

Kein Wunder. Sein Verstand begriff durchaus, dass sein unglücklicher Sturz den Hang hinunter kein Zufall war. Sein Herz jedoch weigerte sich, es zu glauben.

»Ich habe schon alles geklärt«, informierte ihn Danilow freundlich, während er sich auf den Bettrand setzte. »Offiziell hast du einen Betriebsunfall. Du kriegst dein Gehalt voll weiter, Prämien und Sonderleistungen, die Kosten für deine Behandlung und den Urlaub übernimmt die Linie. Und in ein paar Monaten bist du wieder dabei!«

Obwohl mir die Prognose allzu optimistisch vorkam, sagte ich kein Wort.

»Was ist mit dem Flug?«, erkundigte sich Turussow. Vorsichtig berührte er das in einer Plastikschiene ruhende Bein und verzog vor Schmerz das Gesicht.

»Alles in Ordnung. Petja und ich fliegen zu zweit. Er ist ja auch Navigator.«

»Die Strecke ist unbekannt ...« Turussow schüttelte den Kopf. »Ich habe natürlich schon ein paar Flugbahnen berechnet ...«

»Es gibt leider keine freien Navigatoren«, seufzte Danilow. »Was bleibt uns da anderes übrig?«

»Schaffst du das?«, wandte sich Rinat an mich.

»Ich glaube schon«, erwiderte ich ausweichend.

Turussow verzog das Gesicht. Wie jeder Profi konnte er sich nur schwer jemand anderen auf seinem Platz vorstellen.

»Meine Berechnungen sind in der Hauptbox für die Flugbahnen«, informierte er mich widerwillig. »Sie sind als Dschel-17,1 und Dschel-17,2 gekennzeichnet. Die erste Flugbahn ist bequemer, da habt ihr nur sechs Jumps. Die zweite hat acht, geht dafür aber über die Systeme der Stäubler, Hyxoiden und der Unaussprechlichen. Da könntet ihr Hilfe erbitten ... falls was ist. Ich glaube, ihr solltet lieber den zweiten Kurs nehmen.«

Natürlich traute er mir die Sache nicht zu. Er glaubte nicht, dass ich mit der neuen Strecke ohne Schwierigkeiten zurechtkommen würde. Vielleicht hatte Rinat sogar recht – nur würden wir ja gar nicht nach Dschel-17 fliegen. Und nicht ich würde die Flugbahnen berechnen.

»Es wird schon alles klappen«, versicherte ich.

Eine Krankenschwester trat ein, aufgezogene Spritzen in der Hand. Sie blieb stehen und schaute Danilow schweigend und missbilligend an.

»Wir gehen ja schon.« Der Oberst stand rasch auf. »Werd wieder gesund, Rinat!«

»Saschka ...« Die Stimme des Navigators ereilte uns, als wir schon fast draußen waren. »Warum?«

Danilow blieb stehen. Ich bemerkte, wie sich sein Nacken anspannte.

»Was meinst du, Rinat?«

Eine Sekunde hielt Turussow Danilows Blick stand, dann winkte er ab. »Schon gut, Sascha ... Manchmal hat man komische Gedanken.«

»Erhol dich«, riet Danilow ihm. »Was du jetzt brauchst, ist Schlaf, die beste Medizin überhaupt.«

Wir traten in den Gang hinaus. Alexander bedachte mich mit einem finsteren Blick.

»Du bist ein Dreckskerl, Oberst«, sagte ich.

Danilows Kiefer mahlten.

»Petja, ich fliege jetzt seit vier Jahren mit Rinat ...«

»Genau das meine ich.«

Danilow machte auf dem Absatz kehrt und stapfte den Gang hinunter.

Um fünf Uhr nachmittags saß ich immer noch im Hotelzimmer und glotzte aus dem Fenster. Gerade startete die *Prorok*, ein Schiff vom gleichen Typ wie die *Wolchw*, unter dem Kommando von Oberst Wassili Wladimirski. Sie brachte eine Ladung Mineralien in ein System der Stäubler. Erz zu transportieren rentierte sich nach kosmischen Maßstäben eigentlich überhaupt nicht. Aber die Rassen, die sich von anorganischen Stoffen ernähren, haben nun mal ihre eigenen Vorlieben.

Vielleicht landeten der Schwefelkies, das Gusseisen und Bauxit auf der Tafel des Königs. Oder wer regierte da, bei den Stäublern? Vielleicht ein Großwurm?

Soweit ich es verstanden hatte, würde die *Prorok* auf dem Rückweg ebenfalls Mineralien geladen haben. Da bereits heute, drei Tage vor der angesetzten Rückkehr des Schiffs, in Swobodny eine Einheit der Truppen des Innenministeriums stationiert worden war und zwei große, gepanzerte Laster zum Abtransport der Fracht bereitstanden, dürfte es sich um etwas sehr Kostbares handeln.

Gold, Platin oder Plutonium ...

Der interplanetare Handel nimmt schon seltsame Formen an. Im Grunde erinnert er eher an normalen Tauschhandel. Wir liefern den Hyxoiden Vögel oder Bilder, dafür erhalten wir von ihnen Kortrison oder Aktivkunststoff, von dem ein Kilo ausreicht, um daraus ein kleineres, höchst solides Haus zu bauen. Je besser du feilschst, desto mehr verdienst du. Natürlich ist das alles in jene Ketten gelegt, die aus den Beschränkungen, Präzedenzfällen, Gesetzen und Satzungen der miteinander handelnden Rassen und der vom Konklave aufgestellten Regeln geschmiedet worden sind. Technologien werden uns beispielsweise praktisch nicht verkauft. Nicht dass es unmöglich wäre – es ist einfach unwahrscheinlich. Dann gibt es noch jene Gemeinheit, die sich »Gesetz zur Unsachgemäßen Anwendung« nennt. Dieses Gesetz gilt nur für jüngere Rassen, also für uns. Und es kommt am ehesten feinem Spott gleich.

Als der Handel noch in den Kinderschuhen steckte, hatten die Stäubler der Erde monomolekulare Fäden verkauft. Sieben Tonnen dieser Fäden, mit denen man Granit und Titan durchschneiden kann und die enorme Belastungen aushalten. Das hätte zu einem einmaligen Wendepunkt in all unseren Produktionsbereichen werden können. Aber sieben Tonnen annähernd gewichtlosen Fadens, der feiner als jedes Spinnennetz ist – das ist sehr viel. Diese Menge hätte dem ganzen Planeten über Jahre gereicht. Der Metallverarbeitung, dem Bergbau, dem Bauwesen ... und leider auch der Waffenindustrie. Es kamen wahnwitzige Projekte für Orbitallifts auf ...

Wie sich dann jedoch herausstellte, setzten die Stäubler diesen monomolekularen Faden nur in jenem Lebensprozess ein, der sich noch am ehesten mit unserer Geburt vergleichen lässt. Wir sollten den Faden ausschließlich zum gleichen Zweck benutzen dürfen.

Es gab Proteste, Rücktritte, Gesuche an die Starken Rassen ... Schließlich wurden die Magnetcontainer mit den Fäden in einen bewachten Speicher gebracht. Wo sie auf bessere Zeiten warten. Interstellare Handelsakademien wurden gegründet, in denen die Menschen lernten, solche Klippen zu umschiffen. Manchmal klappt das, zum Beispiel mit dem Kortrison, das Danilows *Wolchw* »schmückt«. Meist geht die Rechnung jedoch nicht auf.

Die dritte Startrampe, von der aus die *Prorok* in den Kosmos aufstieg, lag fast zehn Kilometer vom Hotel entfernt. Trotzdem war ein gewaltiges Dröhnen zu hören. Die Fensterscheiben in den Duralrahmen vibrierten, der Flammenstrahl, auf dem das Schiff balancierte, kroch nach oben. Behäbig und kräftig. Ein beeindruckender Anblick.

Nur würde ich einen ruhigen und leisen Start in einem Gravitationsstrahl bevorzugen.

»Viel Glück, Jungs«, wünschte ich dem aufsteigenden Schiff.

Wollen wir hoffen, dass uns diesmal niemand beschummelt. Und wir das der Erde gelieferte Plutonium oder Beryllium oder Platin nicht einzig und allein zu gastronomischen Zwecken verwenden dürfen.

Die Tür klappte, und ich drehte mich um. Danilow trat ins Zimmer.

»Ich habe angeklopft«, beteuerte er, als er auf mich zukam. Er schaute zum Fenster hinaus, kniff die Augen zusammen und beobachtete das am Himmel verschwindende Schiff. »Viel Glück, Wassja ...«

Ich schwieg.

»Sei mir nicht böse, Pjotr.« Danilow legte mir die Hand auf die Schulter. »Jetzt hast du lange genug geschmollt. Ich bin kein Teufel, du kein Heiliger. In Ordnung?«

Sobald ich nickte, entspannte Danilow sich.

»Hervorragend. Dein Großvater ist übrigens angekommen, mit irgendeiner Frau.« Er zwinkerte mir kaum merklich zu. »Und mit einem Haufen Koffern. Er reist wohl nicht gern mit leichtem Gepäck?«

»Keine Ahnung. Wir sind noch nie zusammen verreist.«

»Andrej Valentinowitsch ist gerade bei Kisseljow. Die beiden trinken Kaffee. Wir müssen jetzt zu den Dienern des Äskulap. Bist du fertig?«

Wir mussten in der Tat zur letzten medizinischen Durchsicht vor dem Start aufbrechen.

Noch vor dreißig Jahren hätte man uns vor einem Start nicht so viel Freiheit gewährt, da durften wir nicht einfach draußen herumspazieren. Da wären wir in Quarantäne gekommen, um uns vor dem Start nicht mit irgendeiner Krankheit anzustecken. Es hätte eine strenge Kontrolle durch die Ärzte gegeben, rund um die Uhr Einweisungen und Trainingseinheiten. Aber alles ändert sich. Inzwischen gehörte das All zum täglichen Leben. Heute flogen wir am Tag des Starts zum Kosmodrom, Reservemannschaften gab es überhaupt nicht mehr. Pro Tag erfolgten fünfzehn bis zwanzig bemannte Starts allein von den russischen Weltraumbahnhöfen! Die Amis brachten es noch auf ein paar mehr, das europäische Weltraumkonsortium lag knapp darunter. Dann gab es noch die japanischen, chinesischen, südamerikanischen und afrikanischen Gesellschaften. Zwanzig Raumhäfen, und immer noch wurden neue gebaut. Hunderte von Schiffen. Weitere lagen auf Stapel. Sämtliche alten Schiffe vom Typ Spiral und Hermes waren vollständig überholt, neue, hyperschwere Trägerraketen und Schiffe konstruiert worden. Ständig mangelte es an Kosmonauten, Flieger wurden für Raumschiffe umgeschult, in sechs bis acht Monaten – wie am Fließband!

Aber gab es denn eine andere Möglichkeit? Schließlich war der natürliche Schwund enorm ... Schiffe kamen im Weltraum abhanden, krepierten bei der Landung, explodierten beim Start. Und in ihnen meine Kollegen. Bekannte und Unbekannte.

Insofern war unsere ganze Freiheit wie das letzte Gläschen oder die letzte Zigarette für einen zum Tode Verurteilten ...

Die Untersuchung ging schnell über die Bühne, sogar ein wenig lax. Mich hatte man in den letzten zwei Tagen dermaßen oft untersucht, dass die Ärzte nun eine gewisse Nachlässigkeit an den Tag legten. Dafür erwischte es Danilow. Er saß ewig im Sprechzimmer des Gastroenterologen. Als er herauskam, war er wütend, hatte aber immerhin den grünen Stempel auf seiner Gesundheitskarte ergattert.

Was sie bei ihm gefunden hatten – Anzeichen für eine Gastritis oder leichte Hämorrhoiden –, bekam ich nicht mit. Auf alle Fälle rief ihm der Arzt hinterher: »Halten Sie sich an alle Vorschriften!«

»Mit Sicherheit!«, warf der Oberst über die Schulter zurück.

Bis zum Start blieben noch zwei Stunden.

Während wir uns anzogen und den Ärztekomplex verließen, fragte ich Danilow: »Wann willst du ...«

Der Oberst starrte mich an, die Frage blieb in der Luft hängen.

»Gehen wir zu Kisseljow.«

Fünf Minuten später erreichten wir das Verwaltungsgebäude. Die Sekretärin saß nicht im Vorzimmer, dafür waren die Bodyguards wieder aufgetaucht. War das hier Tradition? Dass die Bewachung nachts verschärft wurde?

Sobald die Sergeanten Danilow erblickten, traten sie wortlos von der Tür weg. Danilow riss die erste Tür auf, und erst im Vorraum minderte er die Heftigkeit seiner Bewegungen, bevor er die zweite öffnete.

»Genosse Generalleutnant ...«

»Oh, Sascha!«, vernahm ich eine bekannte Stimme.

Ich atmete tief durch und folgte Danilow in Kisseljows Büro.

Andrej Chrumow trug einen Anzug mit Bügelfalten, diesmal einen teuren und modernen Anzug aus »Wollbaumwolle«. Seine Krawatte war aus dem halbtransparenten, aromatisierten Stoff der Daenlo gefertigt. Ich hatte dieses Material einmal transportiert. Die Fracht war unter der

Aufsicht von zwei Dutzend Soldaten und Agenten des FSB gelöscht worden. Was versprach er sich bloß von dieser schreienden Aufmachung?

»Wie sieht's aus, nimmst du Petja zum Partner?«, fragte Andrej Chrumow, während er Danilow umarmte. Anschließend streckte er mir die Hand hin. »Hallo, Enkel!«

»Guten Tag. Wie war der Flug?«, erkundigte ich mich.

Unmerklich änderte sich in den Augen des Alten etwas. »Einwandfrei, Petja, einwandfrei ...«

Mascha saß etwas abseits. In dem weißen Hosenanzug und mit dem sorgfältig frisierten Haar wirkte sie sogar recht attraktiv. Wir nickten einander freundlich zu. Kisseljow schenkte ihr gerade lächelnd Kaffee ein. Der alte, ungeschickt-galante Recke ... Er tat mir wirklich leid. In ein paar Stunden würde er der ehemalige Leiter des Kosmodroms in Swobodny sein.

»Was hast du mit deinem Magen angestellt, Sascha?«, fragte Kisseljow tadelnd. »Sobald du wieder zurück bist, begibst du dich zu einer umfassenden Untersuchung ins Krankenhaus ...«

»Sie wissen bereits Bescheid, Genosse General?«

»Mein Posten verlangt es, alles zu wissen.« Kisseljow lachte gutmütig. Ich wandte den Blick ab. »Für euch wird's Zeit ...«

»Stimmt«, sagte Danilow und machte sogar eine Bewegung Richtung Tür. Dann blieb er stehen. »Andrej Valentinowitsch, von wo wollen Sie den Start denn beobachten?«, fragte er.

»Von hier«, antwortete der Alte, der den Blick fest auf mich gerichtet hielt.

»Genosse General, vielleicht könnten wir Andrej Valentinowitsch in Halle 3 bringen? Dann könnte er alles vom Feld aus beobachten?«

»Was ist, Andrej? Oder hast du Angst zu ertauben?«, fragte Kisseljow.

»Hä?«, fragte Chrumow zurück.

Der General lachte. »Gut, mir soll's recht sein ... Was ist mit dir, Maschenka?«

»Ich begleite Andrej Valentinowitsch«, sagte die Frau verlegen. Plötzlich hatte ich den Eindruck, sie führten für Kisseljow das kleine Theaterstück »Je oller, je doller« auf. Das heißt: Falls es ein Spektakel war ...

»Soll ich mich darum kümmern?«, fragte Danilow.

Vielleicht spürte Kisseljow selbst auch etwas. Er antwortete nämlich nicht gleich – stimmte dann aber doch zu. »Gut, Sascha. Begleite unsere Gäste. Und dann seht zu, dass ihr in den Bus kommt.«

Den Weg zum Fuhrpark legten wir in gedämpfter Stimmung zurück. Schweigend. Andrej Valentinowitsch schickte immer wieder einen Blick in meine Richtung, als wolle er verstehen, was in den noch nicht einmal vierundzwanzig Stunden in seinen Enkel gefahren sein mochte. Danilow, dem die Spannung nicht entging, sagte keinen Ton. Nur Mascha achtete auf all das nicht. Sie schleppte zwei pralle Taschen und lehnte unsere Hilfe entschieden ab. Ich hätte um alle Raumschiffe der Galaxis wetten können, dass ich den Inhalt einer der beiden Taschen nur zu gut kannte. Und auch was die andere enthielt, war nicht schwer zu erraten.

Die Halle des Fuhrparks für den Personaltransport innerhalb des Kosmodroms war riesig, nicht kleiner als das Kontrollzentrum oder die Verwaltungsgebäude. Dort standen die Schlepper, die die Trägerraketen zum Start brachten, aber auch kleinere Wagen. Den Eingang bewachten natürlich Sicherheitsleute. Und hier bekamen wir die ersten Probleme.

Kisseljow hatte zwar angeordnet, zwei Zivilpersonen durchzulassen, Maschas Taschen weckten bei dem Major jedoch ein unliebsames Interesse.

»Darf ich mal?« Er streckte die Hände nach den beiden Ungetümen aus.

Danilow, der den Posten schon passiert hatte, blieb stehen. »Gibt es irgendwelche Probleme, Major?«

Ich glaube, Alexander hatte darauf gehofft, einen ganz anderen Mann hier anzutreffen. Pech gehabt!

»Wir müssen die Sachen kontrollieren«, erklärte der Wachtposten.

»Dazu fehlt die Zeit.«

»Genosse Oberst ...«, setzte der Kommandant des Postens in entschuldigendem Ton an. »Sie sind doch mit den Bestimmungen vertraut ...«

»Wir sind in Eile«, ließ sich Danilow gleichmütig vernehmen. »Kommen Sie, Mascha ...«

»Genosse Oberst!« Die Stimme des Majors nahm unvermittelt einen stahlharten Klang an. »Verzeihen Sie, aber die Vorschriften ...«

»In Ordnung!«, willigte Danilow plötzlich ein. »Na los, Junge. Kram alles durch! Glaubst du etwa, unsere Gäste wollen das Kosmodrom in die Luft jagen? Aber wenn die

Herren Senatoren aus den USA sich alles ansehen, dann existieren natürlich keine Vorschriften mehr …«

In seiner Stimme lag Verärgerung, die den Major allerdings nicht beeindruckte. Hinter ihm, in dem verglasten Raum, saßen drei Soldaten mit Maschinenpistolen. Entsetzt malte ich mir aus, was gleich passieren würde.

»Sie müssen entschuldigen …« Der Major nahm Mascha die beiden Taschen ab. »Oho!«

Er bedachte Mascha mit einem anerkennenden Blick.

»Sie hätten Ihr Handgepäck ruhig im Hotel lassen können«, bemerkte der Major, der die Taschen mühevoll auf den zerkratzten Tisch hievte. »Dann hätten Sie jetzt keine Probleme. Aber so … schließlich muss alles seine Ordnung haben. Immerhin besuchen Sie keine Zuckerbäckerfabrik!«

Der Kommandant des Postens war sichtlich stolz auf seine Prinzipientreue. Denn mit Sicherheit erwartete er nicht, in den Taschen verdächtige oder illegale Sachen zu entdecken. Doch die Gelegenheit, Danilow zurechtzuweisen, ließ er sich nicht nehmen …

»Sie können die Taschen auch bei uns lassen. Das ist zwar genauso wenig gestattet, aber da würden wir ein Auge zudrücken …«

Ohne die Antwort abzuwarten, zog er den Reißverschluss einer der beiden Taschen auf.

Barg sie den Zähler oder eine Waffe?

Obenauf lagen ein Pullover und eine leichte Jacke. Schulterzuckend schob der Major die Kleidungsstücke zur Seite.

Aus dem Kleiderberg arbeitete sich eine kleine graue Pfote heraus und berührte sanft die Hand des Majors. Der erstarrte.

»Da sind nur eine Videokamera und Kassetten drin. Die Besucher wollen den Start filmen«, sagte Danilow.

Mein Ex-Opa ignorierte das Geplänkel völlig. Er spähte den Gang hinunter, betrachtete die Plakate an den Wänden, musterte die Soldaten im Raum. Ihn interessierte das Kosmodrom anscheinend wirklich.

Wann hatten sie diese Variante des Eindringens eigentlich ausgeheckt?

»Die Besucher wollen den Start filmen«, wiederholte der Major. Seine Augen wirkten schläfrig und stumpf. Seine Hände lagen kraftlos oben auf den Kleiderhaufen.

»Schließen Sie jetzt die Tasche, Major«, befahl Danilow.

Der Kommandant der Wachleute machte die Tasche gehorsam wieder zu und beugte sich über die andere. Ich nahm an, Danilow würde ihn geradewegs anweisen, sie nicht zu kontrollieren, doch da irrte ich mich.

»Mach die Tasche auf, Mascha«, bat der Oberst.

Diese Tasche besaß ein Zahlenschloss. Mascha selbst öffnete es vor dem Major. Der ließ den Blick gleichmütig über die höchst verdächtig aussehenden Metallteile gleiten, mit denen die Tasche bis obenhin vollgestopft war. Fragend sah er Danilow an.

»Es ist alles in Ordnung, und Sie haben sich davon überzeugt«, soufflierte der Oberst.

»Ja«, bestätigte der Major widerstandslos. »Schließen Sie die Tasche. Guten Flug. Schöne Aufnahmen.«

Doch was auch immer der Zähler mit ihm gemacht haben mochte, allmählich würde sich der Major von seinem Schock erholen. Möglicherweise würde er sich sogar ... nach einer gewissen Zeit ... daran erinnern, was die Taschen tatsächlich enthalten hatten.

Der Major schrieb etwas ins Wachbuch und gab den Code für die innere Tür ein. Und wir betraten die Garage. Die riesige, matt beleuchtete Halle erinnerte an einen überdachten Bahnhof. Ein paar lange, mehrrädrige Schlepper, größer als eine Lok, verstärkten diesen Eindruck. Eines dieser Monster fuhr gerade rumpelnd auf das Gelände des Kosmodroms hinaus. Es stank nach Abgasen, dagegen kamen keine Ventilatoren an.

Hier stand eine weitere Wache, doch diesmal kamen wir ohne die Fähigkeiten des Zählers aus. Danilow drückte dem Chef der Sicherheitsleute einfach die Hand, sie alberten kurz herum, dann ließ man uns durch. Den kleinen Autobus, der uns zur Startrampe bringen sollte, entdeckte ich sofort. Danilow winkte den paar Leuten neben dem Bus jedoch nur zu und führte uns in eine andere Richtung, hin zu einem alten Wolga, auf dessen Türen der Schriftzug *Sonderfahrt* prangte. Neben dem Auto stand ein mir unbekannter Mann in Zivil.

»Alles wie abgemacht«, teilte Danilow ihm zur Begrüßung mit.

»Ich bitte um eine schriftliche Anordnung, Genosse Oberst.«

Bei dem Mann handelte es sich fraglos um jemanden vom Geheimdienst. Er musste Danilows Befehle befolgen, zeigte sich momentan jedoch nicht sonderlich begeistert angesichts dieser Tatsache.

»Selbstverständlich.«

Danilow holte ein Blatt Papier heraus und reichte es ihm. Ich erhaschte einen flüchtigen Blick auf den fettgedruckten Kopf: »Zum internen Gebrauch. Streng geheim.«

Der Fahrer las den Befehl aufmerksam durch.

»Ausführung«, sagte Danilow.

»Zu Befehl, Genosse Oberst«, erwiderte der Fahrer ohne jeden Enthusiasmus.

Ich ging Mascha zur Hand, als sie die Taschen auf den Rücksitz bugsierte, und war ihr anschließend beim Einsteigen behilflich. Mein Ex-Opa nahm neben dem Fahrer Platz. Er zögerte kurz, bevor er die Tür zuzog. »Was ist denn mit dir, Pjotr?«, fragte er.

Ich antwortete nicht. Das war nicht der richtige Zeitpunkt dafür.

Der Wolga fuhr sofort los, Andrej Chrumow betrachtete mich durch die Scheibe, aber ich winkte ihm nicht mal. Mein Arm hob sich einfach nicht in die Höhe.

»Beeilt euch!«, rief uns jemand vom Bus aus zu. »Wir hätten schon vor fünf Minuten abfahren sollen!«

Da es bereits dämmerte, schaltete der Fahrer die Scheinwerfer ein. Wir fuhren durch von Laternen erhellte Abschnitte, tauchten aber auch immer wieder in die Dunkelheit ab.

Auf dem Gelände waren recht viele Autos unterwegs. Die meisten fuhren zur dritten Startrampe, von der aus die *Prorok* gestartet war. Dort war es zwar immer noch heiß und verraucht, die Techniker hatten jedoch nur einen Tag, um die Anlagen zu überprüfen und für den nächsten Start vorzubereiten.

Wir machten einen Bogen um die dritte Startrampe, fuhren an der zweiten vorbei, wo bereits die *Russki Metsch* aufragte, die morgen starten würde. Vor uns lag jetzt nur noch die erste Rampe mit der zum Start vorbereiteten *Wolchw*. Die gigantische Energija, die einzige Trägerrakete, die ein Schiff dieser Klasse in den Orbit zu bringen vermag, wartete in einer Nebelwolke. An den Hilfsraketen schimmerte im Licht der Scheinwerfer eine Eiskruste.

»Ist sie nicht schön?«, fragte Danilow.

Da er keine Antwort erwartete, nickte ich bloß.

Dennoch haftete dieser Schönheit etwas Falsches an. Fürs 20. Jahrhundert ging sie problemlos durch. Damals sollten Schiffe dieser Art der Menschheit helfen, das Sonnensystem zu bezwingen. Basen auf dem Mond und Siedlungen auf dem Mars zu errichten, Venus und Merkur zu erreichen. Später hätten Ionen- und Atomtriebwerke aufkommen müssen, allerlei exotischer Kram wie Laserbeschleuniger, Sonnensegel und Photonenraumschiffe ... Und erst danach, wenn die Menschheit in ihrem eigenen System gut zurechtgekommen wäre, hätten wir den Jump erfinden sollen.

Aber trugen wirklich jene jungen Wissenschaftler der Moskauer Uni die Schuld daran, dass sie mit den paar Kopeken, die ihnen der arme Staat zugebilligt hatte, das Modell eines Jumpers konstruierten? Heutzutage gehört es zum guten Ton, sich über die »russischen Erstentdeckungen« lustig zu machen. Aber der Jumper war nun mal in Russland erfunden worden! Freilich, später ist das gesamte Konstruktionsteam in die Staaten ausgewandert. Sie wurden gekauft, einfach und ohne viel Drumherum. Amerika war es gewohnt, zu kaufen, was es nicht selbst herstellen konnte. Insofern war das erste Schiff mit Jumper die amerikanische *Enterprise* gewesen. Trotzdem war mein Land der Zeit voraus gewesen, um Jahrzehnte, wenn nicht gar um Jahrhunderte.

Unmöglich, undenkbar. Die Cro-Magnon-Menschen hatten gelernt, einen Rolls-Royce zu bauen und mit ihm auf Mammutjagd zu gehen.

Wenn es doch bloß einen Funken Gerechtigkeit auf der Welt gäbe! Wenn das Konklave doch der Liga der Freien Sterne gliche, den Galaktischen Allianzen, dem Großen Ring oder einer anderen der so zahlreich von Schriftstellern ersonnenen kosmischen Gemeinschaften. Wir hätten den Aliens den Jump geschenkt, ihnen dieses unvorstellbar großzügige Geschenk gemacht – und dafür Gravitationstriebwerke, die Klimakontrolle, Universalimpfstoffe und Biocomputer kriegen müssen ...

Aber es gibt keine Gerechtigkeit. Die Lanze mit der Steinspitze in der Hand, lehnen wir uns aus dem Fenster der Limousine, spähen dem davontrampelnden Mammut mit scharfem Auge hinterher – und sind stolz auf uns.

Was bliebe uns auch sonst übrig?

Der Autobus hielt fünfzig Meter vor der Startrampe. Der Motor verstummte. Ich seufzte, erhob mich und griff mir den Aktenkoffer. Danilow zwinkerte mir zu und ging zur Tür.

»Seht zu!« Der Chef der Mannschaft, die uns zum Start gebracht hatte, war mit Sicherheit neu. Die Nähe zu der dampfenden, mit flüssigem Sauerstoff und Wasserstoff vollgepumpten Rakete machte ihn nervös. Wahrscheinlich war das auch wirklich angsteinflößend. Als vor einem Jahr die *Georgi Pobedonosez* beim Start explodiert war, war im Umkreis von zwei Kilometern alles niedergebrannt.

Die Furcht vor der Technik verliert sich erst, wenn du über sie gebietest. Wenn sich vor dir das Steuerpult befindet und du jeden Grad in den Düsen, jede Atmosphäre in den Rohrleitungen auf dem Bildschirm ablesen kannst. Wir Menschen sind seltsam. Wir schaffen Gebilde, die wir nicht verstehen – was nebenbei bemerkt ein Merkmal einer Starken Rasse ist ...

Im Bus saßen rund fünfzehn Mann. Einige, weil sie es mussten, zum Beispiel die Ärzte, Sicherheitsleute und Techniker, andere, weil sie sich das Kosmodrom ansehen wollten. Alle hielten es jedoch für ihre Pflicht, Danilow und mir auf den Rücken zu klopfen. Und uns Glück zu wünschen.

Als wir bereits auf dem verrußten, geborstenen Beton standen, händigte der Chef der Bodenmannschaft Danilow den Zugangsschlüssel zum Steuerungssystem aus. Schweigend nahm der Oberst die gewölbte Metallscheibe in Empfang, quittierte dies im Protokollbuch und übernahm damit das Kommando über das Schiff.

»Viel Glück«, wünschte der Chef.

»Danke.« Danilow machte einen langen Hals und betrachtete die Rakete. »Na, Petja, was sagst du?«

»Gehen wir.«

Ein paar Leute begleiteten uns bis zum Fahrstuhl. Wir stiegen in die geräumige, vergitterte Kabine und schlossen die Tür. Der Mannschaftschef drückte feierlich den Knopf.

Der Fahrstuhl glitt nach oben.

Aus unerfindlichen Gründen war ich mir sicher gewesen, mein Großvater und Mascha würden im Fahrstuhl auf uns warten. Bedeutete ihre Abwesenheit nun, dass sie schon im Schiff waren?

»Bist du nervös?«, fragte Danilow.

»Und du?«

»Klar.«

Automatisch hielt ich mich am Stahlgitter des Fahrstuhls fest – und riss sofort die Hand zurück. Der Titankörper der Energija verströmte Kälte. Die drang bis auf die Knochen durch, ließ die Haut am Metall festfrieren. Dergleichen war ich nicht gewohnt, die alte Proton, die meine Spiral ins All brachte, flog immer noch mit Distickstofftetroxid und asymmetrischem Dimethylhydrazin. Zugegeben, ein seltenes Giftzeug ...

»Wenn Karel lügt ...«, setzte ich an.

»Weshalb sollte er?«

»Woher wollen wir die Aliens kennen?«

»Profit ist einer der Hauptstimuli intelligenten Lebens«, dozierte Danilow. Ihn fröstelte, und er knöpfte seine Jacke zu. Der Fahrstuhl hatte erst den halben Weg zurückgelegt, trotzdem lag das Kosmodrom schon wie auf dem Präsentierteller vor uns. Das Metall der Träger knarzte, die Eiskruste an den Seiten der Energija knirschte. »Es springt nichts für den Zähler raus, wenn er lügt.«

»Ich dachte immer, der Hauptstimulus für ein intelligentes Wesen sei die Liebe«, entgegnete ich. »Die Liebe zu den Menschen, zur Heimat, zu Wissen. Wozu auch immer.«

»Das ist dasselbe, Petja. Unsere armen, müden Hirne glauben gern, dass wir lieben und geliebt werden. Die Mutter liebt den Sohn, das Vaterland den Bürger, deine Freundin dich. Aber im Grunde ...« Danilow spuckte durchs Gitter und grinste. »... sind das bloß Instinkte oder Kalkül. In der Regel ein Mix aus beidem. In Wahrheit ist uns doch klar, dass unser Wert einzig und allein von unserer Arbeitskraft abhängt. Davon, ob wir unserer Umwelt und der Gesellschaft nützen. Und dass das nicht ewig so weitergehen kann, verstehen wir auch. Deshalb versichern wir uns ... mit Liebe. Gegen das Alter, gegen Krankheiten und Traurigkeit ... Wenn Karel etwas von seiner Liebe für die Menschheit gefaselt hätte, hätte ich ihn am Schlafittchen gepackt und persönlich zur Wesi gezerrt. Aber wir interessieren ihn überhaupt nicht. Es ist lediglich vorteilhaft, wenn sich die Zähler und die Menschen vorübergehend zusammentun.«

»Du bist ein alter Zyniker, Sascha.«

»Ich höre in deiner Stimme keine Missbilligung.«

Danilow linste nach oben, seufzte und knöpfte sich die Hose auf.

»Glaub nicht, dass ich verrückt geworden bin«, sagte er. »Jeder pflegt halt seinen persönlichen Aberglauben ...«

»Und auf die Trägerrakete zu pissen bringt Glück?«

»Mir ja.«

»Pass auf, dass du dir nichts abfrierst«, riet ich und konnte mir das Lachen kaum verkneifen.

»Was ist daran so komisch?«, fragte Danilow verstimmt, während er die Hose wieder zuknöpfte.

»Nichts ... Ich stell mir nur gerade vor, was die anderen Piloten sagen würden, wenn sie wüssten, warum du so ein Glückspilz bist.«

»Wladimirski zum Beispiel wirft immer ein paar Fünfkopekenstücke aus dem Fahrstuhl«, berichtete Danilow. »Und Kisseljow, der hat sich, als er noch geflogen ist, immer Naphtyzin in die Nase getröpfelt. Bist du etwa nicht abergläubisch?«

Ich dachte kurz nach. »Doch«, gestand ich. »Ich habe einen Talisman. Das hat schließlich auch mit Aberglaube zu tun. Entschuldige, Sascha, ich hätte dich nicht auslachen sollen.«

Der Fahrstuhl kam scheppernd zum Stehen. Danilow entriegelte die Tür, und wir traten auf die oberste Plattform der Startrampe hinaus.

Hier wurden wir bereits erwartet.

Andrej Valentinowitsch und Mascha lagen auf dem eisernen Boden, was sicher übervorsichtig war, damit man sie von unten nicht sah. Natürlich hielt Mascha eine Waffe im Anschlag. Diesmal nicht den Paralysator, sondern ein extrem imposantes Ding, mit einem dicken Lauf und einem zylindrischen Kolben. Neben ihr standen die Taschen.

Das waren mir zwei schöne Partisanen.

»Sie erkälten sich noch, Andrej Valentinowitsch«, bemerkte Danilow besorgt. Er trat an die Luke heran, die in die Schleuse der *Wolchw* führte, und hantierte hastig an dem in den Korpus eingelassenen Rad. »Sie hätten ruhig schon reingehen können, die Luke ist nicht abgeschlossen!«

»Das war eine Vorsichtsmaßnahme unsererseits«, erklärte Mascha, während sie sich auf alle viere hochrappelte. »Es hätte ja irgendein Melder anspringen können ...«

Danilow schlüpfte als Erster durch die Luke, ich half Mascha und dem sich duckenden Chrumow hinein und reichte ihnen die Taschen. Dann warf ich einen letzten Blick aufs Kosmodrom.

Wie seltsam. Ich hatte mit Gewissensbissen oder – im Gegenteil – mit der Überzeugung, das Richtige zu tun, gerechnet.

Aber in meiner Seele war nichts. Nur Leere.

Vier

Eine Buran ist so konstruiert, dass eine normale Position von »Fußboden« und »Decke« nur bei der Landung gegeben ist. Jetzt, beim Start, da das auf die Energija gesattelte Schiff mit der Nase nach oben stand, bereitete es Schwierigkeiten, die Plätze einzunehmen. Danilow und ich halfen Chrumow und Mascha in die Sitze des Jump-Navigators und des Bordingenieurs auf dem »Unterdeck«. Wir brauchten fünf Minuten, um diese in Startposition zu bringen. Der Zähler, der aus der Tasche geklettert war, hätte bestimmt wieder gern auf dem Jumper gesessen. Aber eine Buran war nicht die winzige Spiral. Hier in der *Wolchw* befand sich der Jumper im Servicemodul. Deshalb nahm der Zähler mit dem Sitz des Wissenschaftlers vorlieb, der sonst fast immer frei blieb. Schließlich erforschen wir das All nicht. Wir befördern Fracht.

Alles ging mit absolutem Schweigen vonstatten. Im Cockpit gab es zwar keine verborgenen Mikrophone, trotzdem zogen wir es selbst ohne vorherige Absprache vor, kein unnötiges Risiko einzugehen. Wenn das Kontrollzentrum mitkriegte, dass in dem Schiff nicht nur zwei Menschen waren, dann ...

»Co-Pilot, nehmen Sie Ihre Position ein«, befahl Danilow, der sich als Erster zu seinem Sitz begab. Ich setzte – genauer: legte – mich in meinen, schaltete das Helmmikro ein, schloss den Overall an das Kabel für die Telemetrie an und linste nach unten.

Chrumow nickte mir beruhigend zu. Falls mein Ex-Opa sich wegen meines Verhaltens Gedanken gemacht hatte, ließ ihn die natürliche Angst vor dem Start jetzt alle anderen Sorgen vergessen. Mascha lag mit der Ruhe einer erfahrenen Kosmonautin im Sitz. Selbst ihre Beine hatte sie ordnungsgemäß angeschnallt. Ihre weißen Hosen waren nach oben gerutscht. Unwillkürlich warf ich einen Blick auf ihre Knöchel. Einer meiner Kommilitonen hatte Frauen in erster Linie nach ihren Beinen beurteilt. Maschas Beine hätten ihm gefallen ...

»Co-Pilot ist bereit«, informierte ich Danilow. Verstohlen steckte ich die Hand in die Tasche, holte meine Spielzeugmaus heraus und hängte sie kurzerhand über meinem Monitor auf. Vielleicht war es wirklich albern, seinen Aberglauben zu pflegen ...

Danilows Hände glitten übers Pult. Die Computerbildschirme leuchteten auf, in den Kopfhörern rauschte es.

»*Wolchw* an Erde«, meldete sich Danilow. »Mannschaft ist startbereit. Wir beginnen mit dem Test des Schiffs.«

»Erde an *Wolchw*«, erklang es in den Kopfhörern. »Hier ist Wassiljew, Chef der Schicht. Wir hören Sie gut. Die Telemetriedaten werden übertragen. Sascha, sind Sie nervös?«

»Nein.«

»Ihr Puls liegt bei über hundert.«

»Dann lasst mich doch erst mal in aller Ruhe durchatmen!« Danilow lachte gezwungen. »Bis zum Start bleibt uns noch knapp eine Stunde, und ihr treibt uns die ganze Zeit an!«

»In Ordnung, Sascha. Ich übergebe jetzt an Major Hiller.«

»*Wolchw*, wir beginnen jetzt mit der Kontrolle vor dem Start!«, teilte mein Bekannter munter mit.

»Hallo, Maxim«, erwiderte Danilow. »Mach das mit Chrumow. Es wird ihm guttun, sich ans Schiff zu gewöhnen.«

»Hallo«, sagte ich.

»Wie fühlst du dich?«, wollte Hiller wissen. »Deine Telemetriedaten werden übertragen. Sieht alles aus, als würdest du zu Hause vorm Fernseher sitzen.«

»Unser Bett ist die Pferdedecke des Streitrosses«, entgegnete ich. »Fangen wir mit der Arbeit an, Maxim. Der Allgemeintest der Computersysteme ...«

Ich hatte lange nicht mehr in einer Buran gesessen. Ein halbes Jahr bestimmt nicht, und damals auch nur im Rahmen eines obligatorischen zweiwöchigen Kurses. Damals hatte ich eine Umschulung auf Schiffe mittlerer und großer Tonnage absolviert ...

»Der Test ist abgeschlossen, Petja.«

»Jetzt der Jump-Test ...«

Wir brauchten insgesamt rund vierzig Minuten. Die Triebwerke stotterten zunächst, aber beim zweiten Versuch löste das Kontrollzentrum das Problem. So ist es immer: Eine Kleinigkeit stimmt nicht, du machst dir ein paar Minuten lang Sorgen, während die Erde Reserveverbindungen aktiviert. Am Ende kriegst du die Starterlaubnis doch.

»Alles in Ordnung«, informierte mich Maxim schließlich. »Wir beginnen mit dem zehnminütigen Countdown.«

»Nur zu.«

Ich blickte nach unten. Chrumow schien seine Ruhe zurückgefunden zu haben. Mascha fing dagegen jetzt an, in ihrem Sitz herumzuzappeln. Der Zähler wirkte wie eine Statue.

Wenn nur im letzten Moment nichts schiefging! Wenn nur der Start nicht verschoben wurde!

»Noch drei Minuten bis zum Start«, erklärte Hiller. »Wir ziehen den Fahrstuhl weg.«

Das Schiff bebte leicht, dann war das Fahrstuhlgerüst weg.

»Ich übernehme jetzt wieder«, verkündete Danilow. »Vielen Dank, Pjotr.«

Genau drei Minuten später erzitterte die *Wolchw*. Ein Heulen erklang – und zwar nicht von unten, sondern von überall her.

»Ihr hebt ab«, vernahm ich Hillers Stimme.

Ich bemerkte den Start nur anhand der auf dem Monitor blinkenden Zeilen. Die Stahlbolzen, mit denen die Trägerrakete am Starttisch befestigt wird, hatten dem Schub nicht standgehalten und sich gelöst. Wir flogen.

Große Schiffe starten weicher als eine Proton, das hatte ich schon ganz vergessen ...

»Zehn Sekunden, Flug normal«, teilte uns die Erde mit.

Die Beschleunigung machte sich gleichmäßig, aber deutlich bemerkbar. Ich schielte nach unten. Die Passagiere schienen den Start einigermaßen gut zu verkraften. Aber wenn irgendwelche extravaganten, altersschwachen Millionäre aus den USA sich einen kleinen Trip in den Kosmos spendieren oder sogar mal über fremde Sterne spazieren konnten, warum sollte Andrej Valentinowitsch dann zusammenklappen?

»Einschwenken in Umlaufrichtung ...«, informierte uns Hiller. Das spürten wir natürlich selbst. Das Schiff legte sich auf die Seite, ging auf Sollkurs.

»Wir führen die Kursangleichung durch«, erwiderte Danilow. Von uns hing beim Start eigentlich rein gar nichts ab. Die Erde entschied, die Erde steuerte das System. Es war jedoch angenehmer, sich wie ein Pilot vorzukommen – nicht wie Frachtgut.

Kaum schwenkte das Schiff in die Horizontale und beschleunigte dort weiter, setzte das Gerüttel ein. Damit war die schwierigste Phase des Starts eingeleitet. Das Schiff musste sich mit der Trägerrakete durch die dichten Schichten der Atmosphäre »bohren«. Das Heulen der Triebwerke veränderte sich, der Schub war auf 67% heruntergefahren. Zwanzig Sekunden später kehrten wir zur Normalleistung zurück, auf 104% der Triebwerkskraft.

Das war so üblich – 104%, nicht 100% ...

Nach zwei Minuten lösten sich die Booster. Gedanklich wünschte ich ihnen eine glückliche Landung. Nicht immer kamen sie wohlbehalten auf, selbst im Meer nicht.

Bei Starts von Baikonur aus gingen die Booster bei der Landung in der Steppe meistens zu Bruch. Die Konstruktion war einfach zu fragil bei diesen Flüssigtanks. Die Amis hatten es da besser, mit ihren Feststoffboostern.

Es blieben noch fünf Minuten bis zur Abtrennung der Hauptstufe der Energija und dem eigenständigen Flug. Noch konnte man uns auf die Erde zurückholen, uns kehrtmachen lassen und in Swobodny landen oder in den Staaten oder uns in eine niedrige Umlaufbahn zwingen und nach Baikonur schleifen ...

»*Wolchw.*« Irrte ich mich – oder klang Hillers Stimme anders? »*Wolchw*, hier Kontrollzentrum, antwortet ...«

»Zentrum, hier *Wolchw*«, erwiderte Danilow. »Der Flug ist normal.«

»*Wolchw*, schildern Sie die Situation an Bord.«

»Zentrum, an Bord ist alles in Ordnung.«

»Oberst Danilow ... wie viele Personen sind an Bord?«

War das der Anfang vom Ende?

War der Chef des Postens am Fuhrpark zu sich gekommen? Oder hatte der Untergebene Danilows den seltsamen Befehl gemeldet, einen alten Mann und eine junge Frau zu einem Schiff zu bringen, das gerade startklar gemacht wurde?

Wie gut, dass das nicht schon vor fünf Minuten passiert war.

Aber wie ärgerlich, dass es nicht zehn Minuten später passiert war.

»Zentrum, ich habe Sie nicht verstanden«, sagte Danilow.

»Sascha ...« Hiller wechselte unvermittelt vom offiziellen Ton in den persönlichen. »Wir haben Informationen vorliegen, dass sich an Bord des Schiffs eventuell zwei Zivilpersonen befinden.«

»Maxim«, antwortete Danilow in derselben Tonlage, »zu unserer Crew gehören zwei Mann. Der Flug ist normal. Es sind keine Außenstehenden an Bord.«

Er hob sich leicht in seinem Sitz hoch und machte mit der Hand eine energische Bewegung nach unten. Er gab jemandem ein Zeichen ...

»Oberst Danilow, General Kisseljow spricht jetzt mit Ihnen ...«

Ein leichtes Knistern. »Danilow, was geht da vor?«, vernahm ich die Stimme des Generals.

Ich behielt das Pult fest im Auge. Noch funktionierten die Triebwerke genau richtig, um in die Umlaufbahn einzutreten. Dennoch konnte die Erde den Flug schon in der nächsten Sekunde stoppen.

»Genosse General, es ist alles in Ordnung.«

»Danilow, uns liegen Informationen vor, dass Chrumow und Maria Klimenko zur Startrampe gebracht worden sind.«

Damit erfuhr ich nun also auch Maschas Familiennamen ...

»Genosse General, der Flug erfolgt nach Dienstplan. Chrumow und Klimenko befinden sich am vorgesehenen Ort«, erwiderte Danilow.

Wie er es fertigbrachte, eine offene Lüge zu vermeiden!

»Danilow, Himmeldonnerwetter noch mal!«, schrie Kisseljow. »Sie sind aber nicht in Halle 3! Sie sind überhaupt nirgends!«

Es blieben noch dreieinhalb Minuten an dynamischen Operationen ...

Ich schaute nach unten. Mascha und Chrumow kümmerten sich überhaupt nicht um uns, ihnen raubte die dreifache Beschleunigung sämtliche Kräfte. Der Zähler saß bereits nicht mehr in seinem Sitz, sondern lag auf dem Pult des Wissenschaftskosmonauten, seine Pfoten glitten über das Armaturenbrett ...

»Genosse General, das muss ein Fehler sein«, behauptete Danilow mit fester Stimme. »Ich gebe Ihnen mein Wort als Offizier, dass alles nach Plan läuft.«

Ganz kurz meinte ich, Kisseljow würde ihm glauben ...

»*Wolchw*, wir brechen den Flug ab!«, entschied der General dann. »In zehn Sekunden erfolgt die Abtrennung der Trägerrakete und eine Notlandung auf der Luftwaffenbasis Vandenberg.«

»Zu Befehl«, antwortete Danilow. »Aber Ihnen liegt eine Fehlinformation vor.«

Was hatte er vor?

Ich starrte aufs Pult. Dort blinkte bereits die rote Zeile: »Unvorhergesehene Situation. Notrückkehr.« Drei, zwei, eins ...

Der Befehl zur Abtrennung von der Energija wurde erteilt, der Ruck blieb jedoch aus.

»*Wolchw*, was ist jetzt los?« Das war wieder Hiller.

»Erde, wir fliegen unverändert weiter«, teilte Danilow mit gelassener Stimme mit. »Das Schiff lässt sich nicht mehr steuern.«

»Danilow!« Aus dem Äther drang eine wahre Kakophonie. Wir vernahmen Stimmen aus dem Kontrollzentrum, Kisseljow übertönte mit seinem Gebrüll Hiller.

»Genosse General, die Befehle von der Erde kommen nicht an, der Flug erfolgt weiter nach Programm.«

»Was hast du getan?«

»Genosse General, Sie wissen selbst, dass ich überhaupt nichts unternehmen kann!«, empörte sich Danilow. »Ich habe keinen Einfluss auf die Handlungen des Kontrollzentrums. Der Fehler muss bei Ihnen liegen.«

Dort, auf der Erde, griff jetzt eindeutig Panik um sich. Erst die Meldung, blinde Passagiere hätten sich an Bord des Raumschiffs geschlichen. Dann ein Schiff, über das man die Kontrolle verloren hatte.

»Erde, der Flug verläuft normal. Wir warten auf eure Anweisungen«, fügte Danilow höhnisch hinzu. Er drehte mir den Kopf zu und sah mich grinsend an.

Ich blickte zum Zähler, der unablässig am Pult herumfingerte.

Weiter so, Reptiloid, lass dir die Steuerung nicht abnehmen. Mach das Unmögliche möglich, raub den Rechnern und den Empfängern den Verstand, übernimm die Funktion des Kontrollzentrums, bring uns raus in den Orbit ...

»*Wolchw!*«, meldete sich erneut Hiller.

»Kontrollzentrum, wir sind auf Empfang.«

»Nach Eintritt in den Orbit bleibt ihr in freiem Flug. Der Einsatz des Jumpers ist untersagt! Ich wiederhole: Der Einsatz des Jumpers ist untersagt! Euer Flug ist illegal. Weitere Instruktionen erhaltet ihr nach Stabilisierung der Umlaufbahn.«

»Wir haben euch verstanden, Erde.«

Es blieb weniger als eine Minute übrig. Wenn im Kontrollzentrum niemand die Entscheidung getroffen hatte, uns abzumurksen, dann mussten die Versuche, sich einzumischen, jetzt aufhören. Wir konnten bereits nicht mehr zurück, ohne eine paar Runden auf unserer Umlaufbahn zu drehen.

»Danilow!« In den Kopfhörern erklang erneut die Stimme Kisseljows. »Die Weltraumsicherheit ist über die unvorhergesehene Situation informiert. Die Kontrolle über euch übernimmt die *Skif*.«

Instinktiv sahen Danilow und ich uns an. Den alten Lasersatelliten der russischen Armee mussten wir ernst nehmen. Wenn er nicht völlig eingerostet war, würde er unser Schiff in einer einzigen Sekunde versengen.

»Der Versuch, den Jumper zu benutzen, wird entsprechend beantwortet«, drohte Kisseljow.

»Genosse General, ich muss schon bitten!«

Kisseljow schluckte seine Tirade hinunter. »Gib mir Chrumow!«, verlangte er in sachlichem Ton.

»Zu Befehl, Genosse General ...«

Noch dreißig Sekunden bis zum Eintritt in den Orbit ... Ein Stoß. Die Triebwerke der *Wolchw* zündeten und unterstützten die schwächer werdende Energija.

»Was ist da bei euch los, Pjotr?«

»Es ist alles in Ordnung.«

»Ist dein Großvater an Bord?«

»Mein Großvater ist nicht an Bord«, antwortete ich absolut ehrlich. Anscheinend klang es sogar derart aufrichtig, dass Kisseljow ins Schwanken geriet.

»Pjotr, wo sind Andrej Valentinowitsch und Maria Klimenko?«, fragte er.

»Na ... unten«, sagte ich mit einem Blick aufs Unterdeck.

»Hier ist etwas Seltsames im Gange, Pjotr«, bemerkte Kisseljow. »Ich verbiete euren Weiterflug. Bleibt in der

Umlaufbahn. Eventuell müsst ihr an Gamma andocken, damit euer Schiff inspiziert werden kann. Wenn sich die Situation aufgeklärt hat, könnt ihr euren Auftrag zu Ende bringen.«

O ja, den würden wir sicher zu Ende bringen ...

»Gut, Genosse General.«

Vibrationen setzten ein, dann folgte ein Stoß ...

»*Wolchw*, ihr seid im Orbit«, sagte Hiller in bedauerndem Tonfall. »Haltet jetzt Funkkontakt mit den Stationen der Weltraumsicherheit. Ihr habt alle ihre Instruktionen zu befolgen. Und benutzt auf keinen Fall den Jumper.« Er schwieg kurz, bevor er unsicher den üblichen Wunsch hinzufügte. »Glückliche Rückkehr ...«

Stille trat ein. Die Wesi ließ sich mit der Kontaktaufnahme Zeit. Vielleicht kriegte sie aber auch keine Verbindung zum Schiff.

»Darf ich?«, fragte der Zähler. Er befand sich schon nicht mehr unten, denn oben und unten waren verschwunden, genau wie das Dröhnen der Triebwerke verschwunden war. Wir flogen in einer vorläufigen Umlaufbahn.

Die Verkleidung knackte, durch die Frontfenster ließ sich eine weiß-hellblaue Kuppel erkennen. Die Erde. Noch keine Kugel und schon keine Fläche mehr. Wir hatten den Film der Erdatmosphäre durchbrochen, aber der Planet war noch nah, zog uns noch zu sich, bremste uns, wollte sich mit dem Verlust nicht abfinden.

»Wie geht es Ihnen, Andrej Valentinowitsch?«, fragte Danilow.

Der Alte, der an seinen Sitz festgegurtet war, bewegte sich vorsichtig. »War es das?«, wollte er wissen.

»Noch eine Korrektur.« Danilow machte sich offenkundig nicht die geringsten Sorgen wegen der *Skif*. »Wir sind in einer Höhe von hundertvierzig Kilometern. Hier gibt es noch Spuren von Atmosphäre.«

»Wie schön das ist …«, sagte Chrumow leise. Ich nahm an, er meinte die Erde, die er zum ersten Mal von oben sah.

Den Jump sollte man nicht auf die leichte Schulter nehmen. Theoretisch konnte man ihn auch von der Erde aus durchführen, nur würde dann zusammen mit dem Schiff ein Teil des Planeten in den Hyperraum verschwinden. Und zwar ein ganz schöner Brocken, mit einem Durchmesser von einem halben Kilometer. Und es wäre schade um den Planeten, schließlich haben wir nur ihn. Am verdrießlichsten wäre jedoch, dass am Punkt des Jumps ein vollständiges Vakuum entstünde. Der Effekt einer Explosion, bei der die Leere von diesem Umfang mit umgebender Luft gefüllt wird, wäre noch schrecklicher als der einer Wasserstoffbombe. Nevada, der einzige Ort auf der Erde mit Jump-Erfahrung, wurde dermaßen erschüttert, dass das Erdbeben, das Los Angeles zerstört hat, den Amerikanern wie ein unbedeutendes Ärgernis vorkam. Selbst ein Start aus den oberen Schichten der Atmosphäre ruft noch Hurrikans von ungeheuerlicher Kraft hervor.

»Station Gamma ruft *Wolchw* von Transaero. Station Gamma …«

Die Stimme klang ernst. Militärs erlauben sich keinen Spaß. Sie standen – genauer schwebten – schon allzu lange tatenlos auf ihren Militärbasen, diese kühnen Gebieter über Laserkanonen und Atomraketen. Erstmals in der Geschichte der Wesi bot sich ihnen hier nun die Chance, der Menschheit zu dienen.

Zumindest beurteilten sie die Lage so.

»Hier Frachtschiff *Wolchw*, Transaero-Flug 60-04«, meldete sich Danilow. »Von der Erde nach Dschel-17. Am Empfang ist der Kommandant des Schiffs, Oberst Danilow.«

»Schildern Sie die Situation an Bord!«

»Alle Systeme funktionieren normal«, berichtete Danilow munter. »Beim Start hat das Kontrollzentrum versucht, den Flug zu stoppen, aber die Befehle erreichten uns aus unbekannten Gründen nicht. Der Eintritt in die vorläufige Umlaufbahn erfolgte gemäß der Flugroute.«

»*Wolchw*, Sie dürfen den Orbit nicht wechseln.«

»Gamma, wir befinden uns in einem instabilen Orbit. Ich bitte um Erlaubnis einer Korrektur.«

»*Wolchw*, die Korrektur der Umlaufbahn wird untersagt. Die Zündung der Triebwerke wird als vorsätzliche Verletzung der Sicherheitsbestimmungen betrachtet.«

»Gamma, wollen Sie uns verrecken lassen?« Danilow drehte sich dem Zähler zu und gab ihm mit der Hand ein Zeichen, sich zu beeilen.

»*Wolchw*, Ihre Umlaufbahn gibt Ihnen mehr als drei ganze Tage. Bleiben Sie, wo Sie sind, und warten Sie auf weitere Befehle.«

»Zu Befehl, Gamma.«

Nach einer kurzen Pause wollte unser unsichtbarer Gesprächspartner wissen: »Danilow, sind unbefugte Personen an Bord?«

»Ich habe Sie nicht verstanden, *over*.«

»Danilow, nach unseren Informationen befinden sich zwei Zivilpersonen an Bord. Bestätigen oder dementieren Sie.«

»Weltraumsicherheit, ich bestätige.«

Ich zuckte in meinem Sitz zusammen. Hatte Danilow den Verstand verloren?

»Danilow, hier spricht Igor Ustinow«, meldete sich ein Mann von der Wesi.

»Ich habe deine Stimme erkannt, Igus«, erwiderte Danilow. »Deshalb bin ich auch mit der Wahrheit herausgerückt.«

»Das war ganz richtig so. Mach keinen Mist, Schura, ja? Ich habe dich im Visier. Wenn du in den Jump-Orbit eintrittst, fackel ich dich ab. Und du weißt, dass ich nicht scherze.«

»Ist mir klar«, sagte Danilow.

»Bleibt auf Empfang.«

Und daraufhin unterbrach Danilow die Verbindung. Er sah mich an. »Pjotr, das ist mein ... Kollege. Ich kenne ihn gut.«

»Würde er uns abfackeln?«, fragte ich.

»Ja. Wundere dich trotzdem nicht, dass ich die Karten auf den Tisch gelegt habe. Es hat zu viel Gerede gegeben. Solange sie nicht wissen, was los ist, machen sie sich Sorgen. Alles zu leugnen hätte nur dazu geführt, dass sie noch nervöser würden.«

»Petja ...«, rief mich Chrumow. Ich drehte mich zu ihm um.

Auf dem Jump-Pult, vor dem mein Ex-Opa saß, turnte der Zähler herum. Chrumow blickte mich an, den Kopf weit in den Nacken gelegt. »Was ist mit dir, Petja?«, fragte er leise.

»Es ist alles in Ordnung.«

»Du hast dich nicht mal erkundigt, wie ich den Start verkraftet habe.«

»Ich habe angenommen, du hast dich auf alles gut vorbereitet«, entgegnete ich. »Ich vermute sogar, dass du regelmäßig trainiert hast. Für alle Fälle.«

Mascha, die eine kleine Flasche aus ihrer Tasche zog, schaute mich missbilligend an. »Pjotr, es geht mich ja nichts an«, mischte sie sich ein, »aber du hast kein Recht, so mit deinem Großvater zu reden ...«

»Mit meinem Großvater?«, fragte ich zurück.

Andrej Valentinowitsch zuckte zusammen, als habe er einen Schlag erhalten. Unsere Blicke kreuzten sich.

»Ich weiß alles«, stellte ich klar.

Mascha hielt meinem Großvater das Fläschchen hin, der nahm es wie in Trance, ohne den Blick von mir zu lösen.

»Warum hast du das getan?«, fragte ich. »Warum hast du mich angelogen?«

Der Zähler sprang vom Pult und landete sanft in seinem Sitz. »Die Flugbahn ist eingegeben ...«, zischelte er.

»Du hast mich fünfundzwanzig Jahre lang angelogen!«, schrie ich.

Danilow blickte uns verständnislos an. Schließlich holte er tief Luft. »Hört auf, euch zu streiten!«, brüllte er.

Wahrscheinlich funktionierten bei mir irgendwelche Reflexe, die ich mir während der Ausbildung antrainiert hatte. Ich sagte kein Wort mehr. Mein Großvater, der ohnehin noch keinen Ton herausgebracht hatte, führte die Flasche mit zitternder Hand an den Mund. Geräuschvoll atmete er ein, dann schluckte er die Medizin.

»Bereitet euch alle auf den Jump vor!«, befahl der Oberst. »Danach … könnt ihr euch weiterstreiten.«

»Das ist eine verbotene Höhe!«, erinnerte ich ihn.

»Alles, was wir jetzt tun, ist verboten«, giftete Danilow mich an. »Noch zwanzig Sekunden.«

Er hob die Abdeckung vom Jump-Pult hoch und legte die Hand auf die Starttaste.

Das Gleichgewicht in der Natur ist etwas höchst Fragiles. Wir verlassen mit einem Sprung die höchsten Schichten der Atmosphäre, und irgendwo über der Karibik fegt ein zerstörerischer Hurrikan los. Wir werden zu dem Sandkorn, das den Lauf im tadellosen Getriebe der Natur zum Stocken bringt. Zu einem todbringenden Sandkorn.

»Noch zehn Sekunden«, verkündete Danilow.

Ich war daran gewöhnt, das Dröhnen des Energie sammelnden Jumpers zu hören. Insofern entspannte mich die vollständige Stille, die im Cockpit hing.

»Wohin fliegen wir?«, fragte Mascha, ohne sich an jemanden direkt zu wenden.

»Zu den Überresten des rot-violetten Geschwaders der Alari«, antwortete der Zähler.

In den zwei oder drei Sekunden, die noch bis zum Jump verblieben, schaffte ich es, den Farbcode der Alari in das mir vertrautere Zahlensystem zu übersetzen. Die vierzehnte Flotte?

Und warum *Überreste*?

Dann verrichtete der Jumper sein Werk und riss die Welt entzwei.

Oh! Ah!

Allzu leicht ...

Als ich in der völligen Dunkelheit zu mir kam, in jener schmerzlichen Leere, die der Jump zurücklässt, schoss mir genau dieser Gedanke durch den Kopf. Er war allzu leicht, der Jump. Allzu angenehm.

Niemals hätten wir etwas in dieser Art entwickeln dürfen.

Dazu hatten wir kein Recht gehabt!

Er gibt uns die Illusion der Allmacht, dieser Sprung durch das Innere des Raums. Er weckt Hoffnungen, bringt uns dazu, uns in Abenteuer zu stürzen. Dabei hätten wir uns still und leise ans Universum gewöhnen müssen, an die Sterne, die uns nicht brauchen ... Die Menschheit ist wirklich ein Kind, das ist keine Metapher, sondern die pure Wahrheit. Wir sind unter einem endlosen Himmel aufgewachsen, unter einer schwarzen Endlosigkeit, die jeden Abend auf die kleine, tischflache Erde einstürzte. Und die Sterne haben über uns geleuchtet, lockend und unerreichbar, fremde Juwelen, lockende und unerreichbare Spielzeuge. Doch wir schafften es, uns nach den Sternen zu strecken. Wenn auch zu früh, viel zu früh. Wir berührten sie, diese betörenden und begehrten Stücke.

Und das Sterneneis versengte uns die Handteller.

Die Sterne sind ein kaltes Spielzeug. Wir werden es nie in Händen halten können.

Aber darauf zu verzichten, jetzt, da wir an unsere Größe glauben, an unsere Schiffe, die die schnellsten im All sind, dazu fehlt uns die Kraft ...

»Pjotr ...«, krächzte Danilow aus der Dunkelheit.

Ich schwieg, denn ich war noch da, wo es keine Stimmen gab, keine Vorschriften, keine Prozeduren, die unbedingt nach dem Jump zu erledigen waren, um das Schiff wiederzubeleben. In den Fenstern ließen sich nach und nach Sterne ausmachen, da die Netzhaut nun den Schock überwand und allmählich begann, etwas zu erkennen.

»Co-Pilot!«

»Co-Pilot ist auf Posten ...«, flüsterte ich.

»Andrej Valentinowitsch!« Ich hörte, wie Danilow sich bewegte und versuchte, das Kästchen mit den Notfallmitteln zu öffnen. Aber ich hatte überhaupt keine Kraft mehr.

»Ich hab's überlebt ...«, antwortete Chrumow leicht erstaunt. »Das ... das ist so seltsam ...«

»Maria!«

»Auf Posten ...« Ihre Stimme zitterte, aber sie riss sich zusammen. Alle Achtung, nach dem ersten Jump musste man manchen Leuten sogar ein paar Ohrfeigen verabreichen ...

»Karel?«

»Was für eine widerliche Angelegenheit euer Jump doch ist«, zischelte der Zähler.

Mein Ex-Opa hustete, um sein Lachen zu kaschieren. Er weidete sich eben doch an den Qualen eines Aliens.

Schließlich holte Danilow das chemische Leuchtröhrchen heraus. Mit einem Knacken knickte er die Plastikröhre. Ein blasses hellblaues Licht ergoss sich in die Kabine.

Unsere Gesichter wirkten tot, halb erstickt. Mascha hatte die Gurte bereits geöffnet und sich zu Chrumow rübergebeugt. Gerade musterte sie besorgt sein Gesicht. Aber er hatte den Jump recht gut verkraftet.

Woran ich übrigens nicht gezweifelt hatte. Früher hatte ich gewusst, dass mein Großvater sein Ziel immer erreicht. Heute wusste ich, dass Andrej Valentinowitsch sein Ziel immer erreicht.

Ein geringfügiger Unterschied.

»Ich überprüfe die Fracht ...«, teilte Danilow mit, nachdem er sich von seinem Sitz abgeschnallt hatte. Was war nur mit ihm los? Machte er sich wirklich solche Sorgen um die alten Büsten? »Wir überprüfen sie ... Mascha, Karel, folgt mir!«

»Aber Andrej Valentinowitsch ...«, protestierte Mascha.

»Pjotr wird sich um seinen Großvater kümmern!«, fiel Danilow ihr ins Wort. »Halt dich an mir fest!«

Er sprang durch die Kabine und packte Mascha um die Taille. Die schlang gehorsam die Arme um den Oberst. Zu zweit arbeiteten sie sich zur Schleusenkammer vor. Karel beäugte mich kurz, dann sprang er den beiden hinterher.

»Er ist eben doch ein Mann mit Taktgefühl ...«, flüsterte mein Ex-Opa, sobald wir allein waren. »Geschlagen, gebeutelt, vom Leben geschubst und getreten ... aber mit Taktgefühl.«

Schweigend half ich ihm, die Gurte zu lösen. Der Alte stieg unbeholfen überm Sitz in die Luft auf und krallte sich mit einer Hand an der hohen Lehne fest. Er drehte sich um und betrachtete voller Interesse die Sterne in den Fenstern. Ja, sie sind schön, die Sterne, so aus der Ferne betrachtet ...

»Wie hast du es herausgefunden?«, wollte Chrumow wissen.

»In dem Photoalbum steckte unter einer der Aufnahmen ein Zeitungsartikel. In dem hieß es, der bekannte Politologe und Publizist Andrej Chrumow habe bei dem Unglück seine gesamte Familie verloren. Seinen Sohn, seine Schwiegertochter und seinen Enkel.«

»Verdammt ...« Chrumow rieb sich übers Gesicht. »Ja ... das Gedächtnis ... Anfangs verlangt es nach Symbolen ... nach Texten und Bildern ... aber später stolperst du genau darüber ...«

»Ich bin nicht dein Enkel.«

»Ja! Ich habe dich adoptiert! An Enkels Statt angenommen! Alle Papiere weisen dich als meinen Enkel aus! Was also wirfst du mir vor?«

»Andrej Valentinowitsch ...«

Er zuckte, als hätte ich ihm eins mit der Peitsche übergezogen, als ich ihn mit Vor- und Vatersnamen ansprach.

»Es geht gar nicht darum, dass du meinen Vater nicht gezeugt hast. Und schon gar nicht darum, dass du mich aufgezogen hast. Dafür danke ich dir. Was ich wissen will, ist, wozu du mich brauchst. Wozu?«

Der Alte fiel in sich zusammen und senkte den Blick.

»In deinem Buch, im Vorwort ... Da gibt es einen Satz über Menschen, die ein Kind adoptieren und aufziehen, nicht weil sie es lieben, sondern weil sie sich in der Zukunft Vorteile von ihm versprechen. Du hast mir immer beigebracht: Assoziationen sagen ausschließlich etwas über den Autor aus. Über mehr nicht.«

»Ein Arzt kann sich nur schlecht selbst heilen ...«, flüsterte der alte Mann.

»Wozu brauchst du mich?«

»Damit in dem Moment, da ich einen Verbündeten brauche, einen starken, klugen und treuen Mann, tatsächlich einer da ist.«

Immerhin war er ehrlich.

»Ich belüge dich nicht. Ich werde dich nie wieder anlügen. Also frag, was du wissen willst.«

O nein, Andrej Chrumow hatte die Lorbeeren, eine Gefahr für Regierungen zu sein, nicht grundlos fast ein halbes Jahrhundert lang getragen. Er hatte sich vorbereitet und nahm den Kampf auf. Nur dass diesmal sein Gegner ich war.

Dann zeig, was du kannst, alter Mann!

»Gibt es Tests, mit denen das intellektuelle Potenzial eines zweijährigen Kindes ermittelt werden kann?«

»Kaum. Ich musste selbst etwas erarbeiten.« Andrej Chrumow lächelte bitter. »Ja, du liegst richtig. Ich habe dich nicht einfach aus dem Waisenhaus mitgenommen. Ich habe dich ausgewählt. Wie einen Welpen. Ich wollte einen gesunden und klugen Jungen. Ich habe Tomographie, ein Kardiogramm und Analysen eingesetzt. Tests. Ich habe unter anderthalbtausend Jungen den vielversprechendsten ausgewählt.«

»Du bist ein Schuft, Andrej Valentinowitsch.«

»Ja. Ich bin ein Schuft. Aber genau deshalb habe ich dich zu einem Menschen erzogen. Ich habe den Diamanten geschliffen. Allein hättest du deinen Weg nie gemacht, Pjotr. Du wärst ein Arbeiter geworden. Oder ein Bauer. So anständig, wie du bist, hättest du es nicht mal zum Banditen gebracht! Heute würdest du literweise billigen Wodka saufen oder Gras rauchen. Du hättest deine Intelligenz zu Grabe getragen, dein Gedächtnis, deine Güte, tropfenweise den Menschen aus dir herausgepresst. Und die Erde würde auf dem Weg vorangehen, den die Aliens für sie abgesteckt haben!«

»Dann wäre es aber wenigstens mein Weg gewesen, Chrumow! Was du da sagst ... die Aliens glauben doch auch, es sei ihr gutes Recht, für uns zu entscheiden! Auch sie schleifen bloß den Diamanten! Indem sie es den Menschen verbieten, ihre Kräfte für unnütze Dinge zu vergeuden!«

»Wir sind beide Menschen.«

»Aber was heißt das? Du hättest mich nicht anlügen müssen! Ich hätte nicht aufgehört, dich zu lieben, wenn du mir die Wahrheit gesagt hättest! Du wärest mein Großvater geblieben! Begreifst du das denn nicht? Ich wäre Kosmonaut geworden, wenn du mir erklärt hättest, warum das wichtig ist! Du hättest mich so oder so zu was auch immer erziehen können! Zu einem Kämpfer gegen die Aliens, einem Terroristen oder einem Mörder. Was auch immer dir in den Kram gepasst hätte!«

Chrumow erwiderte kein Wort.

Ich wandte mich ab. Tränen stiegen in mir auf. Sie funkelten wie kleine Kristallkugeln, rissen sich von den Wimpern los, hingen mir vor den Augen und brachen das giftige chemische Licht. Hellblaue Tränen ...

»Ich habe dich geliebt, Petja«, sagte Chrumow. »Glaubst du mir das?«

»Du hast mich geliebt? Wie ein perfektes Werkzeug, an das sich die Hände gewöhnt haben?«

»Nein. Wie einen Enkel. Ich habe meinen Sohn nicht so geliebt, wie ich dich geliebt habe.«

Darauf schwieg ich. Sanft erglommen die Lampen der Notbeleuchtung.

Ich wollte jetzt kein Licht!

»Es ist sehr einfach, sich für die Gemeinheit zu entscheiden«, sagte Chrumow leise. »Vor allem wenn du selbst zugibst, dass etwas gemein ist. Zu entscheiden, dass du einen Erben brauchst. Jemanden, der deine Ideen fortführt. Du investierst etwas Geld, um jemanden zu bestechen ... und ich war nie ein armer Mann, das weißt du. Du heuerst Ärzte an, die unter tausendfünfhundert Jungen einen auswählen. Die Behörden wussten Bescheid ... aber ihnen war es egal. Ein alter, streitlustiger Populist, der den Verstand verloren hat und sich einen neuen Enkel aussucht ... Ja, ich wollte einen Verbündeten finden. Einen Verbündeten, mehr nicht! Einen jungen Mann, der mir alles verdankt! Aber dann wurdest du mir zum Sohn, zum Enkel, zu allem ... Ich habe dich zu sehr geliebt. Ich habe mich gescheut, das zuzugeben. Es ist sehr schwierig, sich zur Offenheit durchzuringen ... vor allem gegenüber jemandem, den du liebst. Was spielt es denn letzten Endes für eine Rolle? Was für eine? Ich hätte es dir so früh wie möglich sagen sollen. Mit zehn, zwölf oder fünfzehn Jahren. Es hätte nichts geändert. Sogar heute kann ich dir genau sagen ... wie du in dem einen oder anderen Alter reagiert hättest. Aber ich brachte es nicht fertig. Mir fehlte der Mut.«

»Du lügst«, flüsterte ich.

»Nein, Petja. Ich habe keinen Beweis, um dich zu überzeugen, dass ich nicht lüge. Gar keinen. Ich bin dir wirklich fremd. Wir sind keine Blutsverwandten. Aber die Liebe ... die bemisst du nicht mit irgendwelchen Geräten. Der kannst du kein Zertifikat und Siegel beilegen.«

»Aber du liebst mich nur, damit ich die Erde ...«

»Ja zur Hölle mit ihr, mit dieser Erde!«, schrie mein Großvater mit dünner Stimme. »Soll sie doch zu Staub zerfallen! Im Feuer verbrennen! Wenn ich gewusst hätte, es damals gewusst hätte ... wenn mir klar gewesen wäre ...«

Ich zitterte, krallte mich am Sitz fest, riss mich dann los und beugte mich zu meinem Großvater vor. Er krümmte sich, bedeckte das Gesicht mit den Händen, aber die trotzigen Tränen, die kläglichen Tränen eines alten Mannes, rannen durch seine Finger und spritzten funkelnd durch die Kabine. Ich setzte ihn in den Sitz und half ihm, die Gurte anzulegen. Ich bettete meinen Kopf an seine Brust, genau wie in meiner Kindheit, als ich mich auf seinem Schoß vor allen Kränkungen, vor jedem Kummer verstecken konnte.

»Verzeih mir, Großpapa ...«

»Petja, mein Junge ...« Ein Schluchzen schüttelte ihn. »Ich bin schuldig, ich weiß, dass ich schuldig bin.«

»Großpapa, verzeih ...«

»Du hast recht, ich hätte dich nicht anlügen dürfen, nicht anlügen sollen. Jetzt glaubst du mir nicht, wirst mir nie wieder glauben. Und du hast recht. Ich habe zu viel gesagt ... über die Freiheit ... über das Recht, man selbst zu sein. Aber wir sind nicht frei, mein Junge. Wir sind Sklaven. Wir sind Diener unserer Liebe.«

»Großpapa, ich glaube dir ...«

»Ich habe die Erde zu sehr geliebt. Ich habe unsere komische Welt geliebt. Und unser unglückseliges Land, das habe ich stets noch mehr geliebt als die Erde. Und mein Zuhause wiederum habe ich mehr geliebt als mein Land. Denn so ist die Liebe nun einmal, sie speist sich aus dem Kleinen, aus Teilchen, aus etwas Komischem und Dummem, aus dem Hauseingang, in dem du das erste Mal ein Mädchen geküsst hast, aus dem Hof, in dem du dich das erste Mal geprügelt hast, aus der Arbeit, in der du dich verwirklichst ... Nicht die Freiheit ist wichtig, Petja. Die Liebe ...«

Ich löste seine Hände vom Gesicht und sah dem alten Mann in die Augen.

»Ich liebe dich, Großpapa«, sagte ich. »Und ich liebe Russland. Genau wie die Erde. Aber das ist zweitrangig. Weine bitte nicht. Gleich kommen Danilow und Mascha zurück ...«

Unwillkürlich spähte ich zur Luke in die Schleusenkammer und fuhr zusammen. Dort hingen Mascha und Danilow, sich bei den Händen haltend. Neben ihnen schwebte der Zähler.

Bestimmt hingen sie schon lange dort ...

»Pjotr, beginnen Sie mit der Reanimation der Fähre«, sagte Danilow. Und fügte hinzu: »Bitte.«

Ich nickte, brachte jedoch kein Wort heraus. Mir doch egal, was sie gehört hatten und was nicht. Meine ganze

Sorge galt meinem Großvater, der immer noch weinte und die Tränen mit dem Ärmel abwischte.

»Ich könnte etwas sagen, das der Situation angemessen wäre«, zischelte der Zähler. »Und es würde ganz ehrlich klingen. Aber ich schweige, weil ich im Grunde keine relevanten Emotionen verspüre.«

»Verstehe«, erwiderte ich. »Und genau deshalb sind wir euch überlegen, Echse. Weil wir immer Gefühle empfinden, ob sie nun angemessen sind oder nicht.«

Der Reptiloid klappte mit den Kiefern. »Ich hoffe, dass die Emotionen der Menschheit uns gegenüber positiv sein werden«, bemerkte er. In einem beinahe bittenden Ton.

»Das hängt davon ab, ob ihr unsere Liebe verdient«, entgegnete ich. »Aber noch habt ihr die Chance.«

Fünf

Das Leben kehrte ins Schiff zurück.

Die Heizelemente verfügten wieder über Energie, die Computer konnten erneut auf die Flugprogramme zugreifen. Schweigend reanimierten wir alle zusammen das Schiff. Die Erde war fern, gut zwölf Lichtjahre weit weg. Und kein einziges Schiff der Erde würde uns je finden – obwohl jedes von ihnen diese Distanz genau kannte.

Denn allein auf die Richtung kam es an. Das war wie im Leben: Du verstehst schnell, wie weit ein Mensch zu gehen vermag, aber du weißt nie, welchen Weg er wählt.

Wie sich gezeigt hatte, war es ein Kinderspiel, ein Raumschiff zu entführen. Sobald alle Systeme wieder im vorgeschriebenen Modus liefen und wir zu unseren Sitzen zurückgekehrt waren – frei durch die Gegend zu schweben ist entgegen der landläufigen Meinung nämlich nicht gerade angenehm –, meinte Danilow, seine kaum wahrnehmbare Verlegenheit hinter einem geschäftigen Ton verbergend: »Maria, ich sollte dich in die Benutzung der Toilette einweisen ...«

»Vielen Dank, aber ich habe die Anleitung genau studiert«, entgegnete sie.

»Gut ... die Aufsätze für Frauen müssten im Container über der Sanitäreinheit sein.«

»Ich werd sie schon finden.«

Sie errötete nicht mal. Wirklich, vor Mascha konnte ich nur den Hut ziehen. Wenn sie mit all ihren Vorzügen jetzt noch ein wenig femininer wäre ...

»Wollen wir dann vielleicht zur Sache kommen?«, fragte mein Großvater. Er blickte alle an und nickte zufrieden. »Petja und ich entschuldigen uns für unsere Schwäche ... ein paar unserer alten Probleme sind hochgekocht. Verzeiht uns. Aber jetzt wollen wir uns mit dem beschäftigen, weshalb wir zu Verbrechern geworden sind.«

»Ich kann's kaum erwarten«, bemerkte Danilow.

Ohne dass wir uns abgesprochen hätten, schauten wir alle auf den Reptiloiden.

»Können wir uns das schon leisten?«, wollte der Zähler wissen.

»Schon längst«, stellte mein Großvater klar. »Bevor wir den Alari begegnen, möchte ich endlich eine Geschichte hören. Genauer, jene vermeintliche Geschichte, warum wir die Erde verlassen haben.«

Der Zähler zögerte selbst jetzt noch. Als verstünde er nicht, dass uns jeder Rückweg abgeschnitten war, dass wir mit einem Bann belegt und gemäß dem Artikel zu den Verbrechen gegen die Menschheit angeklagt würden.

»Wir haben bereits maximale Kompromissbereitschaft bewiesen«, sagte mein Großvater. »Meinst du nicht auch, Karel?«

»Gut …«

Der Reptiloid schwebte von seinem Sitz zum Pult des ersten Piloten. Anscheinend hatte er ihn wegen des großen Monitors ausgewählt. Als die geschuppte Pfote die Armaturen berührte, leuchtete der Bildschirm mit einem milchigen Licht auf.

»Ich werde alles darlegen und demonstrieren«, kündigte der Zähler an. »Das ist nicht sehr kompliziert. Aber da ich den Prozess der Darstellung der visuellen Information nicht kontrollieren kann, sagt mir Bescheid, wenn das Bild undeutlich ist. Machen wir einen Test … *R*einliche *O*tter *g*ehen *g*ern *b*aden *i*m *V*eilchenmeer.«

Gehorsam lösten sich die sieben Farben des Spektrums – Rot, Orange, Gelb, Grün, Blau, Indigo, Violett – auf dem Bildschirm ab.

»Du bist besser als eine japanische Videokamera«, machte ihm Danilow ein fragwürdiges Kompliment.

»Großer Kreis, kleiner Kreis, großes Quadrat, Buchstabe A, Ziffer 7 …«

»Alles einwandfrei zu sehen«, bestätigte mein Großvater. »Für ein Wesen, das keine Fernsehbilder erkennen kann, machst du das tadellos.«

»Dann fange ich jetzt an«, verkündete der Reptiloid. »Begeben wir uns zwölf Erdtage zurück …«

Dunkelheit breitete sich auf dem Bildschirm aus. Die schwarze Nacht des Kosmos mit den Funken der Sterne. Hatte der Zähler je das gesehen, was er uns hier zeigte? Oder rekonstruierte er einfach Ereignisse, somit dem Bedürfnis der Menschen, alles mit eigenen Augen zu sehen, Tribut zollend?

»Die rot-violette Flotte der Alari stellt eine unabhängige militärische Einheit dar«, führte Karel aus. »Gemäß den Entscheidungen des Konklave patrouilliert sie in mehr als dreißig Sektoren der Galaxis, ordnet sich jedoch keiner der Starken Rassen unter. Genau das kommt uns zupass!«

In der Dunkelheit des Bildschirms leuchteten weiße Punkte auf. Sie wuchsen zu den Schiffen des Geschwaders an und kamen auf uns zu. Darunter waren Kreuzer, diese Scheiben, die ich nur zu gut kannte, jede Menge Zerstörer, die wie kleine Kugeln aussahen, sowie Schiffe mir unbekannter Typen, alle von schlichter Form, alle elegant und funktional.

Wollte der Zähler etwa alle Schiffe des Geschwaders vor uns defilieren lassen? Das würde eine halbe Stunde dauern, mindestens!

»Momentan beläuft sich die Stärke des rot-violetten Geschwaders der Alari auf nur 67 Prozent der ursprünglichen Größe«, teilte der Zähler sachlich mit.

»Das Geschwader war komplett?«, hakte Danilow rasch nach.

»Ja.«

Sieh einer an!

Die Alari hatten es fertiggebracht, in zwölf Tagen gut vierzig Schiffe zu verlieren!

Wer auch immer ihren Weg gekreuzt haben mochte, er musste den Nagern ordentlich eingeheizt haben!

»Die Hauptverluste haben die kleinen Zerstörer erlitten«, fuhr der Zähler fort. »Aber auch zwei Kreuzer wurden vernichtet. Hier seht ihr das Flaggschiff.«

Sobald das Schiff auf dem Bildschirm entstanden war, stieß ich einen Pfiff aus. Es hatte ebenfalls die Form einer Scheibe, genau wie die normalen Kreuzer. Aber wenn mir mein Gedächtnis keinen Streich spielte, hatte diese Scheibe einen Durchmesser von fünf Kilometern. Die Mitarbeiter der Wesi könnten sich nur noch die Kugel geben, sollte ein solches Schiff je die Erde angreifen.

Dieses Flaggschiff dürfte sich allerdings geraume Zeit jeden Gedanken an einen Angriff verkneifen müssen.

In der Mitte der Scheibe klaffte ein Loch. Ja, richtig, ein ganz normales Loch, durch das die Sterne funkelten. Die Ränder der Scheibe, die perfekt glatt hätten sein müssen, waren zerflossen und hingen gewellt herab. In meiner Kindheit hatte ich einmal versehentlich eine alte Schallplatte aus der Sammlung meines Großvaters in der Sonne liegen gelassen. Sie war geschmolzen, und das schwarze Plastik hatte sich am Rand genauso verformt wie bei dem Schiff.

Aber da vor uns, da auf dem Bildschirm, das war keine Vinylplatte!

»Welche Kraft ist nötig, um einen solchen Schaden anzurichten?«, fragte mein Großvater.

»Es kommt nicht auf die Kraft an, das sollte die Rasse, die den Jumper ersonnen hat, wissen«, belehrte ihn der Zähler. »Allerdings hat hier tatsächlich eine gewaltige Energie gewirkt. Ich vermute, selbst die Torpp hätten sie nicht verkraftet.«

Das wurde ja immer schöner. Bisher hatte ich angenommen, diese Rasse der Starken, die in der Photosphäre der Sterne lebte, sei absolut unverletzbar.

»Weiter!«, befahl mein Großvater. Seine Augen blitzten. Endlich lag ihm der Beweis vor, dass es im Kosmos eine Kraft gab, die dem Konklave Entsetzen einzuflößen vermochte!

»Und hier haben wir den Gegner der Alari«, sagte der Zähler. Auf dem Bildschirm erschien ein weiteres Schiff, ebenfalls scheibenförmig und anscheinend aus Metall. Aber weitaus anspruchsvoller in der Form, mit einer Reihe von Vorsprüngen am Rand, die eine eigenwillige Zierkante bildeten, und einer deutlichen Verdickung in der Mitte. Damit erinnerte das Schiff eher an eine Linse als an eine Scheibe.

Und es war sehr klein. Neben dem Schiff tauchte jetzt die winzige schematisierte Figur eines Menschen auf. Die Linse schien kleiner als unsere *Wolchw* zu sein. Vielleicht so groß wie eine Spiral.

»Wie viele Schiffe waren es?«, wollte Danilow wissen.

»Habe ich mich derart unpräzise ausgedrückt?«, fragte Karel bestürzt. »Nur dieses eine.«

Als ich zu meinem Großvater hinübersah, bemerkte ich, wie er, das Kinn in die Hände gestützt, aufmerksam das unbekannte Schiff studierte. Im Unterschied zu mir jagte ihm das Ding keine Angst ein.

»Karel«, sagte ich, »ihr müsst euch geirrt haben. Das kann nicht jene Zweite Kraft sein, die wir brauchen, um uns auf ein diplomatisches Spiel einzulassen. Das ist einfach bloß eine Kraft. Sie fegt die Starken Rassen weg und zermalmt die Schwachen. Ohne es selbst zu merken.«

Danilow nickte. In dieser Frage vertraten wir haargenau dieselbe Auffassung.

»Es gibt da noch ein kleines Detail.« Der Zähler linste zu mir herüber. »Es gibt etwas, das über der Kraft steht.«

Jetzt lief über den Bildschirm offensichtlich eine Videoaufzeichnung. Oder etwas, das den Alari als Entsprechung diente und minutiös vom Zähler in unser Darstellungssystem übertragen worden war.

Ein riesiger Hangar – und überall Mäuse. Der Albtraum einer Katze aus einem Zeichentrickfilm. Kräftige, hundsgroße Nager. Einige nackt, andere in ungewöhnlichen, abstoßenden Raumanzügen aus metallischen Schuppen. Die Mäuse wuselten überall herum, rannten über den unebenen, schartigen Boden, der aus Steinplatten gelegt schien. Die Vorderpfoten der Mäuse waren länger als ihre Hinterbeine und mündeten in kräftige Finger. Als Folge davon ragten der Brustkasten und der Kopf auf, was sie extrem aggressiv aussehen ließ.

Inmitten der wuselnden Alari blitzten hier und da unbewegliche, verrenkte und mitleiderregende Leichen auf. Eigentlich war der ganze Boden mit ihnen übersät ...

Die Kamera fuhr heran, die Mäuse wichen auseinander, und im Hintergrund ließ sich das Schiff erkennen, jene kleine Linse, die das Flaggschiff demoliert hatte. Es lag da, krängte ein wenig und schien von Mäusen belagert. Aber das war noch nicht mal das Entscheidende ...

Das Entscheidende, das kam erst noch. Das nahm erst jetzt den ganzen Monitor ein.

Ein Körper.

Ein menschlicher Körper!

Ein junger blondhaariger Mann. Am Hals klaffte eine Wunde. Hatten die Alari im Zweikampf etwa ihre Zähne eingesetzt?

Lange Haare und braungebrannte Haut mit Blut, das aus den zahllosen Bisswunden und Kratzern lief. Da der Mann nur kurze Shorts aus silbrigem Stoff trug, war auf dem muskulösen Körper jede Wunde zu sehen. Obwohl das Blut schon fast an allen Stellen eingetrocknet war, glaubte ich, es handelte sich um frische Wunden. Komisch. Er tat mir leid, dieser Mann, der da in einer absolut unfairen Auseinandersetzung gestorben war. Außerdem kam mir sein Gesicht vage bekannt vor ...

Mein Bewusstsein hakte sich weiter an verschiedenen Details fest, an jedem Punkt der unerbittlich scharfen Darstellung ... Irgendwann gelang es mir endlich, meine Bestürzung abzuschütteln.

Das Wichtigste war nicht, dass das winzige Schiff dieses Mannes vierzig Schiffe der Alari vernichtet hatte. Und auch nicht, dass er im Zweikampf mindestens ein Dutzend Mäusekommandos erledigt hatte.

Das Wichtigste war, dass es sich um einen Menschen handelte. Oder zumindest um ein Wesen, das sich nicht von einem echten Menschen unterscheiden ließ.

»Er war allein«, zischelte der Zähler. »Die Alari hatten Glück, dass er allein war.«

Danilow riss plötzlich den Kopf herum und starrte mich ungläubig an. Dann blickte er abermals auf den Bildschirm.

»Verflucht, Pjotr, ihr seht euch ähnlich!«

Das stimmte tatsächlich. Nein, der Unbekannte war keine genaue Kopie von mir. Sein Gesicht war etwas breiter, und die halb geöffneten Augen waren anscheinend schwarz. Die Ohrläppchen sahen auch anders aus ...

Trotzdem waren wir einander extrem ähnlich. Wie Brüder.

»Ist das ein Mensch?«, fragte ich.

»Was ist denn das, ein Mensch?« Der Reptiloid lachte leise.

»Spar dir deine Sophistereien«, bat ich nur. »Ist er tot?«

»Ja. Leider ja.«

»Haben die Alari seinen Körper untersucht?«

»Selbstverständlich. So ist sein Organismus aufgebaut ...«

Die Darstellung auf dem Bildschirm veränderte sich. Das wirkte wie ein Horrorfilm oder wie ein Dokumentarfilm für Medizinstudenten. Zunächst verschwand die Haut. Dann die Muskeln. Schließlich die inneren Organe. Ein paar Sekunden starrten wir blöd auf das Skelett, dann flackerte der Bildschirm, und der tote Körper lag wieder da, umgeben von aufgeregten Alari.

Mascha schrie leise auf. Mir behagte der Anblick ebenfalls nicht.

»Ich sollte hinzufügen, dass zu den Untersuchungsmethoden der Alari keine Obduktion gehört«, erklärte der Zähler. »Das eben war eine Inszenierung. Wenn auch auf der Grundlage genauer Daten.«

»Zeig mir noch mal das Skelett«, bat mein Großvater, den nichts aus der Ruhe brachte. »Ich konnte die Wirbel nicht zählen.«

»Sein Körperbau entspricht völlig dem der Erdbewohner.«

»Und die Zellen?«

»Ebenfalls.«

»Das Genom?«

»Nach ersten Angaben auch.«

»Aber er kann kein Mensch sein«, murmelte mein Großvater vor sich hin. »Nein, das ist unmöglich ... Wenn allerdings ...« Er streckte die zitternde Hand nach dem Zähler aus. »Wann? Wann ist das passiert?«

»Glauben Sie etwa, der Mann käme aus der Zukunft, Andrej Valentinowitsch?«, wollte der Zähler wissen.

»Ich schließe es zumindest nicht aus.«

»Daran hege ich größte Zweifel ...« Der Zähler stieß einen Seufzer aus. »Freilich kann ich diese Möglichkeit nicht kategorisch zurückweisen. Aber ich habe meine Zweifel.«

Schade. Ich hatte mir schon ausgemalt, wie schön das wäre. Vielleicht ein wenig wie in einem Kinderbuch, aber trotzdem, schön wäre es. Unsere fernen Nachfahren, stark und frei, die Hilfe in die Vergangenheit schicken ...

»Und hier seht ihr das Cockpit seines Schiffs«, fuhr der Zähler fort.

Auf dem Bildschirm erschien die Metalllinse. Sie öffnete sich, entfaltete sich wie eine Blume, indem die zarten Blütenblätter in der Mitte sich anhoben, nach unten senkten und eine Art runde Gangway oder Landefüße bildeten.

»Das Schiff hat sich automatisch geöffnet, als der Körper des Piloten zu ihm gebracht wurde«, berichtete der Zähler.

Genau wie ich vermutet hatte, befand sich das Cockpit im Zentrum der Linse. Wir blickten von oben in die Kabine hinein.

Zwei Sitze. Ein Pult in Form eines M, das sich um die Sitze zog. Ansonsten nur sehr wenig Platz.

»Er konnte nicht von weit her gekommen sein«, vermutete mein Großvater.

»Kommt drauf an, was für Triebwerke er hat ...«, zischelte der Zähler. »Die Alari sind tapfer. Sie haben Opfer in Kauf genommen. Den Tod ihrer Brüder. Aber sie haben nicht zu den Waffen gegriffen, und sie haben das Schiff des Fremden gestürmt, ohne es zu beschädigen.«

Jetzt sahen wir das Pult in Großaufnahme. Ein gegossenes weißes Armaturenbrett voller Lämpchen ...

Danilow seufzte enttäuscht. Mein Großvater krächzte ebenfalls, allerdings irgendwie zufrieden.

Nein, das war nicht das Pult von Menschen.

Ich suchte nach Tastaturen, Schaltern, Sensoren, nach irgendwas, das an die normalen Steuervorrichtungen bei uns auf der Erde erinnerte. Nichts. Betriebslämpchen, nach einer ungewöhnlichen Logik angeordnet, blinkten. Zwei ovale Bildschirme, die für Menschen unbequem gewesen wären. Dann noch vier kleinere Trichter, die sich vor dem gleichmäßig leuchtenden Pult ganz seltsam ausnahmen. In ihnen pulsierte, schäumte und blubberte eine dicke, ölige Flüssigkeit ...

»Haben die Alari versucht, das Pult auseinanderzunehmen?«, wollte Danilow wissen. Man konnte in der Tat annehmen, an den vier Stellen hätten die Alari versucht, das Armaturenbrett anzubohren.

»Nein. Die Dinger waren schon vorher da.«

»In meiner Kindheit habe ich gern Filme über verrückte Professoren und blutrünstige Aliens gesehen«, bemerkte mein Großvater unvermittelt. »Da wurde … so was auch gezeigt.«

Ich weiß nicht, wie es dem Zähler erging, aber wir verstanden sofort, worauf mein Großvater anspielte.

Das Schiff war in übertriebener Weise modern. Das Pult zu schön. Auf Effekt bedacht.

»Karel, das Schiff sieht viel zu sehr nach einer Filmkulisse aus«, erklärte mein Großvater dem Zähler. »Ein Mensch nähme sich in ihm recht natürlich aus. Selbst die Geschichte über die vierzig vernichteten Schiffe der Alari passt dazu … Aber könntet ihr nicht einfach ein Schiff auf der Grundlage eurer Technologie und des Jumpers der Menschen gebaut haben? Und jetzt wollt ihr einen von uns auf den Pilotensitz platzieren und ihn dann den Starken Rassen vorführen? Die würden daraufhin völlig zu Recht in Panik geraten. Ein Geschwader solcher Schiffe, ausgestattet mit dem Jumper und hocheffizienten Angriffs- und Verteidigungswaffen, könnte die ganze Galaxis auf den Kopf stellen.«

»Genau deshalb würden wir dergleichen nie versuchen«, konterte der Zähler. »Wir haben nämlich nicht die Absicht, den Teufel mit dem Beelzebub auszutreiben. Oder die Daenlo mit den Menschen.«

»Wie können wir da sicher sein?«, flüsterte mein Großvater. »Du behauptest also, das sei ein fremdes Schiff? Ein Schiff von einer bisher unbekannten Rasse? Die den Erdbewohnern in allem gleicht, inklusive dem Genom? Ihr technisch dabei aber weit überlegen ist?«

»Ja. Und genau das bedeutet euren Tod. Wenn die Starken Rassen von einer Rasse erfahren, die mit den Erdbewohnern identisch, dabei aber mehr oder weniger allmächtig ist, werden sie euch vernichten. Denn es wäre unvermeidlich, dass ihr mit der neuen Rasse ein Bündnis eingeht – und das würden die Starken Rassen niemals zulassen.«

»Aber zu diesem Bündnis würde es doch nur kommen, wenn diese Rasse« – mein Großvater nickte in Richtung Schirm – »aggressiv wäre.«

»Das ist sie. Fragen Sie die Alari, sie werden es Ihnen bestätigen.«

»Der Junge hat sich verteidigt«, ergriff ich plötzlich für den ermordeten Piloten Partei.

»Das hat er. Aber zunächst hat er versucht, einen der Zerstörer der Alari in seine Gewalt zu bekommen.«

»Du musst schon entschuldigen«, sagte ich, »aber ich empfinde deswegen keinen gerechten Zorn. Zumindest nicht, wenn ich an die Hyxoiden und das Shuttle *Explorer* denke.«

»Wir alle können genug anführen, was wir den anderen vorwerfen«, bekräftigte der Zähler. »Und wir alle sind auf Stärke erpicht. Vielleicht der Freiheit wegen ... vielleicht der Liebe wegen. Aber dies ist nicht die Zeit, an Rache zu denken. Dies ist die Zeit zu handeln.«

»Was habt ihr über diese Rasse in Erfahrung gebracht?«, fragte mein Großvater.

»Sie ist biologisch mit den Menschen identisch. Sie beschreitet einen vergleichbaren Weg der Entwicklung, nämlich einen überwiegend technischen. Vielleicht würdet ihr in ein paar hundert Jahren sein wie sie. Und sie ist von außerhalb gekommen.«

»Aus einer anderen Galaxis?«, hakte mein Großvater nach.

»Ich weiß es nicht. Jedenfalls von außerhalb ...«

Auf dem Bildschirm erschien abermals ein neues Bild. Der Zähler hatte in seinem Gedächtnis eine unglaubliche Menge von Informationen gespeichert.

Der Kosmos. Sehr weit weg. Dafür brauchte ich mir die Sternbilder noch nicht einmal genauer anzusehen, das spürte ich einfach. Der Kosmos glitt weiter, als schwenke jemand die Kamera zur Seite.

»Das ist eine der Aufzeichnungen, die in dem eroberten Schiff gespeichert sind«, erläuterte der Zähler. »Wir haben es geschafft, mit dem Computer des Schiffs in Dialog zu treten. Das ist zwar wesentlich schwieriger, als eure Elektronik zu knacken, aber wir haben es trotzdem gemeistert.«

Der Schwenk endete. Als habe derjenige, der die Aufnahmen gemacht hatte, genug gesehen.

Oder hatte er nicht genug von dem, was er gesehen hatte – sondern von der Leere um ihn herum?

Mit einem Mal schien die Bewegung wieder einzusetzen. Dafür erloschen nun die Sterne.

Aus dem Nichts tauchten Schiffe auf.

Erst jede Menge Linsen. Sie flogen alle in verschiedene Richtungen auseinander und verschwanden im Nu aus dem Blickfeld. Ich entdeckte keine Hinweise auf laufende Triebwerke, keinen Flammenstrahl des verbrennenden Treibstoffs, kein Leuchten des Ionenantriebs, kein fliederfarbenes Schimmern der Gravitationsgitter. Nein, ich sah etwas, das mir völlig unbekannt war.

Plötzlich zitterte das Bild, als ertrüge der Raum nicht länger, was sich in seinem Inneren zusammenbraute.

»Herr im Himmel!«, ächzte Danilow.

Vermutlich war das Ding ein Kreuzer. Allerdings glich es weniger den Scheiben der Alari oder den Polyedern der Daenlo als vielmehr jenem Traum von Schlachtschiff, den man auf der Erde träumte.

Es war ein längliches, gigantisches Schiff. Leicht stromlinienförmig, natürlich nicht für die Landung auf einem Planeten, sondern eher als Tribut an die Ästhetik ... etwa wie ein Ozeanriese. Den Kreuzer umhüllte blaues Licht.

Er war schön, wie jedes Kriegsgerät.

»Ist das ein Kraftfeld?«, fragte Mascha mit gepresster Stimme. Meine Güte, sie interessierte sich wirklich für die taktischen und technischen Daten.

»Vielleicht. Wir kennen diesen Schiffstyp nicht«, antwortete der Zähler. »Vielleicht ist das aber auch nur Sekundärstrahlung ...«

Den letzten Satz brachte er ohne jegliche Überzeugung hervor.

»Die Größe?«, erkundigte sich mein Großvater, während der Kreuzer ruhig aus dem Bild flog.

»Genau konnten wir sie nicht ermitteln«, gestand Karel. »Wir hatten keine Vergleichswerte. Annähernd zehn bis zwanzig Kilometer.«

Die armen kleinen Alari! Wenn sie ihre riesigen Schiffe bauten, um die Komplexe, die sie wegen ihrer geringen

Größe empfanden, zu überwinden, dann musste dieses Schiff für sie ein Schlag ins Gesicht sein. Noch nie hatte jemand dergleichen gebaut.

Und zwar vor allem deshalb nicht, weil niemand ein solches Schiff brauchte!

Fünf Minuten beobachteten wir, wie im Raum immer neue Schiffe auftauchten. Die Bilder wurden allmählich kleiner, als entferne sich das Schiff dieser unbekannten Rasse, das die Aufnahmen gemacht hatte.

»Das sieht in der Tat wie eine Invasion aus«, sagte mein Großvater. »Das gebe ich zu. Oder wie eine Zurschaustellung der eigenen Kräfte. Diese Aufzeichnung befand sich mit Sicherheit nicht zufällig in dem Schiff!«

»Ich nehme an, dieses Schiff war nur das erste«, meinte der Zähler. »Ein Erkundungsschiff. Es hat Aufnahmen gemacht. Es hat den Punkt ausgekundschaftet, wo sie eindringen wollten. Dann hat es ein Signal gegeben.«

»Durch die Kehrseite des Raums?«

»Warum nicht?«

Irgendwann tauchten keine neuen Kreuzer mehr auf. Oder das Erkundungsschiff war inzwischen so weit weg, dass es sie nicht mehr ins Bild bekam.

»Jetzt kommt etwas Interessantes«, kündigte der Zähler mit verschwörerischer Stimme an. »Ich lasse etwa eine Viertelstunde aus, die recht belanglos ist.«

Ich verstand nicht auf Anhieb, was da vor sich ging. Die Aufnahme flackerte, Sterne tanzten über den Bildschirm. Irgendwann flammte ein blendendes Licht auf.

Ein Stern!

Die Sonne!

Der gelbe Stern leuchtete auf dem Bildschirm, nicht wie ein Funken am Himmel, sondern wie eine Scheibe von solchen Ausmaßen wie die Sonne, wenn man sie von der Erde aus betrachtet. Das Bild hüpfte auf und ab, als führe das Schiff ein verzweifeltes Manöver durch. Ganz kurz erschien auf dem Bildschirm ein Planet, der an die Erde erinnerte, weiß und blau, der aber eben nicht die Erde war. Und selbst wenn ich schon viele Planeten gesehen habe: Dieser hier war unnormal. Irgendwie seltsam.

»Das ist nicht einfach eine Invasion«, behauptete der Zähler. »Das ist eher eine Expansion. Eine Migration. Hier ist ein ganzes Planetensystem in unsere Galaxis eingedrungen.«

»Spul noch mal zurück«, bat mein Großvater. »Ich glaube ...«

»Gern.« Der Zähler war die Liebenswürdigkeit in Person. Vielleicht verspürte er echte, nicht nur imitierte Gefühle, sobald er sein Wissen demonstrierte? »Ihr habt doch nichts dagegen, wenn ich eine Bildkorrektur vornehme? Wenn ich die Wolkendecke entferne und die fehlenden Ausschnitte berechne?«

Natürlich hatten wir nichts dagegen. Abermals erschien der Planet auf dem Bildschirm. Ich wurde ganz unruhig auf meinem Sitz und beugte mich unwillkürlich zum Monitor vor.

Jetzt, da der Zähler das Bild »retuschiert« hatte, indem er die Wolkendecke weggenommen hatte, sah der Planet wie ein Globus aus. Auf der uns zugewandten Seite gab es zwei Kontinente.

Einer war quadratisch.

Der andere kreisrund.

»Eine Rasse mit solchen Vorstellungen von Schönheit jagt mir einen gewissen Schrecken ein«, flüsterte Danilow. »Karel! Ist dir wirklich kein Fehler unterlaufen?«

Der Planet verschwand wieder unter den Wolken. Doch selbst durch sie hindurch ließen sich die Konturen der Kontinente erahnen.

Ein Quadrat und ein Kreis.

»So ein Unsinn!«, entfuhr Mascha ein überraschend scharfer Kommentar. »Das ist absolut nicht rational! Als ob es nicht auch anders ginge! Wenn sie nicht genug Platz haben, wenn sie derart an … an Überbevölkerung leiden … könnten sie doch neue Kontinente schaffen, schwimmende Inseln, Unterwassersiedlungen, von mir aus sogar Weltraumstädte! Aber so! Mit Zirkel und Lineal! Das ist idiotisch!«

»Da haben wir aber recht spaßige Brüder im Universum gefunden, Karel«, bemerkte mein Großvater kichernd.

Der Reptiloid reckte den biegsamen Hals. Er versuchte angestrengt, seinem Gegenüber bei einem Gespräch in die Augen zu sehen. Anscheinend glaubte er, die Etikette verlange dies.

»Nur ihretwegen haben wir euch Menschen hinzugezogen«, sagte er. »Unserer Ansicht nach wird eine nähere Bekanntschaft mit dieser Rasse euch davon überzeugen, dass es nicht allein auf äußere Ähnlichkeit ankommt.«

»Aber vielleicht sind sie bloß völlig besessen von Geometrie?«, gab mein Großvater in nachsichtigem Ton zu bedenken. »Ihr seid Zähler. Sie Geometer. Da wollten sie eben ihre Lieblingsformen verewigen.«

Der Reptiloid dachte relativ lange nach, bevor er schließlich fragte: »Ist das ein Scherz?«

»Ja.«

»Das ist gut. Falls euer Gott existiert, sollte er die da eure Erde lieber nicht vermessen lassen. Dann würde nämlich aus Australien ein hübsches Parallelogramm, aus Nord- und Südamerika jeweils ein Dreieck. Aber ob euch das gefallen würde?«

Er lachte sorgfältig. Ich hörte mir sein nervöses Geschnatter gar nicht an. Das brachte keinen Nutzen. Nichts brachte Nutzen. Ich schaute auf den Bildschirm, auf die von Wolken verschleierten Kontinente. Selbst die Wolken hatten sich allzu akkurat über dem Planeten zusammengezogen! Das war nicht schlicht ein Spiel der Winde. Hier verbarg ein aktiver Geist Teile des Festlands unter einer Wolkendecke, während er andere dem Licht einer fremden Sonne aussetzte.

Geometer?

Raumschiffe von alles hinwegfegender Stärke, vollständige Kontrolle über das Klima und die Planetenkruste, Technologien, die es gestatten, ganze Sternsysteme durch den Raum zu verschieben ... etwas, das mit dem Jump nie möglich wäre.

Geometer?

Die Bezeichnung passte haargenau auf diese Rasse. Ein Blick auf ihre Welt genügte – und man würde keine andere wählen. Ich besah mir den kreisrunden Kontinent, der mitten im Meer lag, besah mir seine gleichmäßige Uferlinie. Instinktiv wusste ich: Das ganze Ufer bestand aus endlosem Strand. Mit sauberem goldenen Sand ...

Vorausahnungen sind Scharlatanerie. Zumindest hatte ich das bisher immer angenommen. Doch in diesem Moment, da ich jenen fremden Planeten betrachtete, sah ich mich selbst dort, an seinem Ufer. Wie ich an der Brandungslinie entlangrannte, in dem hoffnungslosen Versuch, jemandem zu entkommen oder jemanden einzuholen. Ein endloser Lauf, immer im Kreis. Mein erschöpfter Körper schmerzte. Ich ahnte Verzweiflung und Einsamkeit.

Ich würde dort hingelangen.

Das wusste ich.

»Pjotr!«

Ich wandte mich meinem Großvater zu und lächelte schuldbewusst. »Entschuldige. Ich war grad woanders.«

»Was sagst du zu den Maßen des Planeten, Petja?«

»Sie entsprechen denen der Erde.« Ich zuckte die Schultern. »Die Maße sind allerdings nicht entscheidend. Der Typ der Atmosphäre, das Vorhandensein von Wasser und Wolken belegen die Ähnlichkeit viel besser.«

»Kannst du das Schiff da landen?«

Ich starrte Danilow an, aber auch er wartete allem Anschein nach auf meine Antwort.

»Großpapa, diese Landung auf der Straße ... das war ein Zufall. Fähren werden normalerweise nicht in der Wüste oder auf Straßen gelandet.«

»Und was ist mit den Salzseen in Amerika?«

»Also ... selbst da wird die Landebahn abgesperrt ...«

»Andrej Valentinowitsch«, schaltete sich der Zähler in vorwurfsvollem Ton ein, »ich glaube nicht, dass ein partisanenhaftes Vordringen zum Planeten der Geometer nötig sein wird.«

Ich war nicht der Einzige, dem der von meinem Großvater geprägte Name gefiel ...

»Eine Rasse, die in der Weltraumtechnik derart weit ist, wird vermutlich über ein System zur Fernüberwachung verfügen.«

»Karel, unser Schiff, das noch dazu mit chemischen Triebwerken funktioniert, ist ein Staubkorn im Vergleich zu normalen Raumschiffen.«

Anscheinend wollte mein Großvater seinen Plan nicht so schnell aufgeben.

»Andrej Valentinowitsch, wir haben ihre Sprache entschlüsselt«, teilte der Zähler mit.

»Und?«

»Das Wort für *Wachsamkeit* hört sich in der Sprache der Geometer genauso an wie das Wort für *Entspannung*.«

»Brr!« Mein Großvater schüttelte den Kopf. »Bist du noch bei Troste?«

»*Ich entspanne und erhole mich ... ich bin wachsam und erhole mich*. Das klingt beides gleich.«

»Sag es einmal in ihrer Sprache.«

»Das kann ich nicht. Ich habe mir ihre Phonetik nicht angeeignet.«

»Was gibt es sonst noch für Besonderheiten im Vokabular der Geometer?«

»Sie haben kein Wort für *Frieden*«, berichtete der Zähler. »Sie haben nur ein Verb, das so viel bedeutet wie *Friedenskampf* ... oder *Friedensprozess* ...«

»Vielleicht sollten wir uns doch an die Starken Rassen wenden und ihnen einen Treueid leisten?«, sinnierte Danilow.

»Wir sollten lieber zu den Alari fliegen«, sagte mein Großvater. »Solange ich das, was uns der Zähler gezeigt hat, nicht mit eigenen Augen gesehen habe ...«

»Ich habe nicht gelogen. Sie können sich davon überzeugen.«

Wie nicht anders zu erwarten, trat er wesentlich selbstsicherer auf, seit wir die Erde verlassen hatten.

»Wie weit ist es bis zur Flotte der Alari?«, fragte mein Großvater.

»Einhundertdreiunddreißig Lichtjahre.«

»Zwölf Jumps?«, schrie Danilow auf.

»Elf, wenn ich alles richtig berechnet habe.«

»Danach ist uns ein Eintrag im Guinness-Buch der Rekorde sicher ...«, brachte Danilow ohne jede Begeisterung heraus. »Nie zuvor ist jemand so weit von der Erde weg gewesen ... Wenn wir nach jedem Sprung eine Stunde für die Reanimation der *Wolchw* ansetzen ... und wenn wir nicht schlafen, dann schaffen wir das in einem halben Tag. Berechne den Kurs, Karel.«

Der Reptiloid schwebte zum Navigationspult. Vielleicht hätte er mit meinem Großvater den Platz tauschen sollen ...

Wir brauchten dann doch statt elf Jumps dreizehn. Schuld daran war wohl weniger ein Fehler des Zählers als vielmehr das ungenaue Navigationssystem.

Nach dem sechsten Sprung legten wir eine Essenspause ein. Meinem Großvater und Mascha bereitete die Nahrungsaufnahme in der Schwerelosigkeit anscheinend großen Spaß. Früher einmal hatte auch ich voller Vergnügen schwebenden Fleischstückchen und Safttropfen nachgejagt. Vor langer, langer Zeit ...

»Das Gefühl, das du beim Jump empfindest, ist wirklich nicht mit Worten zu beschreiben!«, ließ sich mein Großvater kategorisch vernehmen. »Wie farblos doch alle Vergleiche sind. Erdbeeren mit Schlagsahne, das warme Meer, betörende Musik, schöpferische Ekstase ... und natürlich der Orgasmus. Alles Quatsch!«

»Mein Navigator ... Rinat ... erklärt es immer so: ›Als ob zwei attraktive Frauen dir den Rücken massieren, während du einen eisgekühlten Cocktail durch einen Strohhalm schlürfst und in einem orientalischen Dampfbad liegst.‹«

»Ist das sein Ernst?«, fragte mein Großvater.

»Nein, wahrscheinlich nicht. Aber es bringt die Leute dermaßen aus dem Konzept, dass sie auf weitere Nachfragen verzichten.«

Mascha beteiligte sich nicht an dem Gespräch. Sie aß schweigend ihr Essen, beobachtete meinen Großvater, ihr Gesicht hatte sich gerötet und wirkte jetzt sogar ganz hübsch. Hol mich der Teufel, sie war wirklich in ihn verknallt! Ich empfand eine grundlose, wahnsinnige Eifersucht. Ob mein Großvater ihr Verhalten überhaupt bemerkte? Oder war er als echter Stubengelehrter nicht in der Lage, seine Kenntnisse anzuwenden, sobald es um ihn persönlich ging?

Nach dem neunten Jump gestand der Zähler einen Fehler bei der Kursberechnung ein. Wir führten dennoch zwei weitere Jumps durch, die uns allerdings nicht zum Punkt unseres Rendezvous brachten.

»Wir haben unser Ziel um sechsundzwanzig Milliarden Kilometer verfehlt«, teilte uns der Zähler mit, nachdem er die Koordinaten mehrfach überprüft hatte. »Mit dem simpelsten Überlichtantrieb würden wir diese Strecke innerhalb von einem Tag zurücklegen!«

»Und mit dem Jumper innerhalb von zwei Stunden.« Danilow nahm dem Zähler die Kritik an seiner geliebten Fähre offensichtlich krumm.

»Wenn ich mich nicht irre ...«

Zum ersten Mal räumte der Zähler ein, dass auch seinen Fähigkeiten Grenzen gesetzt waren. Ich schwebte gerade vor einem der Fenster und betrachtete verzückt die Sterne. Die völlig fremden, aparten Sternbilder. Was, wenn der Reptiloid uns nicht zu den Alari bringen konnte? Die Reserven des Schiffs würden nur für eine Woche reichen, schließlich flogen wir mit doppelter Besatzung. Und man konnte sich hier ohne weiteres verirren, in dieser endlosen Leere. Unsere Schritte sind zu groß. Unsere Augen zu kurzsichtig ...

»Bereitet euch zum Sprung vor«, sagte der Zähler.

Die Taste des Jumpers drückte der Schiffskommandant, ganz wie es sich gehörte. Dennoch war Danilows Macht über die Ereignisse nunmehr pure Illusion. Uns blieb nichts anderes übrig, als Karel alle Kursberechnungen zu überlassen. Weder ich noch Sascha oder Rinat hätten das Schiff an einen Punkt gebracht, der gut einhundertdreißig Lichtjahre von der Erde entfernt lag ...

Als wir nach dem zwölften Sprung wieder zu uns kamen, blieben wir lange in unseren Sitzen sitzen. Als ob uns alle zugleich eine nervliche Erschöpfung erfasst hätte. Der Zähler, der sich bisher so tapfer gehalten hatte, fing wieder an zu winseln, genau wie damals nach seinem ersten Jump. Wir lagen da, unter der Behäbigkeit und Schwere unserer schwerelosen Körper leidend, die Sterne leuchteten wie Funken durch die Fenster herein, das Stöhnen des Reptiloiden zerschnitt die Stille, aber wir hatten nicht einmal die Kraft, ein Leuchtröhrchen anzuzünden ...

»Irgendwann einmal«, flüsterte Danilow, »werden wir klug und stark sein ... und uns etwas Langsameres als den Jump überlegen, das aber genauso gut für interstellare Flüge taugt. Dann werden wir alle Schiffe zu einem großen Geschwader vereinen und diesen Schweinen Feuer unterm Arsch machen ... damit sie niemals ... nie wieder ...«

Ich verstand ihn. Dieses Vergnügen würde uns umbringen, alles aus uns herauspressen, was es in unserer Seele gab, was man für richtige Taten brauchte. Die Starken Rassen hatten uns mühelos zu Fuhrleuten degradiert, zu einer Tätigkeit, die so verdammt, so verteufelt angenehm war! Vermutlich wären wir besser dran, würden wir uns vor Schmerz winden und krümmen wie die Zähler ...

»Hör auf, Karel ...«, bat mein Großvater mit schwacher Stimme. »Sei still! Dein Verhalten ... ist eines derart hochentwickelten Wesens einfach nicht würdig ...«

Seltsamerweise half das. Das Gefühl des Stolzes ist ein universelles Laster. Der Zähler verstummte.

»Sehen wir zu, dass wir den Kurs berechnen«, verlangte Danilow. »Ich bin müde. Bringen wir die Reise hinter uns.«

Wenn selbst er, mit seiner ungeheuren Erfahrung, diese Sprungserie nicht ertrug, wie erging es dann wohl erst meinem Großvater und Mascha? Man spendierte den Piloten zwischen den ersten Übungssprüngen und dem Beginn der regulären Flüge aus gutem Grund einen bezahlten Urlaub in den besten Ferienorten der Erde. Um die Euphorie ein wenig abzuschwächen, um ihnen einen Fixpunkt zu geben, einen psychologischen Anker, um ihnen einzubläuen, dass es neben dem Jump noch andere Freuden im Leben gibt. Wahrscheinlich waren auch die Frauen, die uns, die verwirrten Anfänger, in Griechenland derart umschwirrten, nicht zufällig vor Ort. Die KOSKOM, die Kosmoskommission der UNO, hatte uns das Paradies auf Erden geboten. Meine Spielzeugmaus, meinen treuen Talisman, hatte mir eine Frau auf einer Jacht im Ägäischen Meer geschenkt, auch das ein Detail des ausgeklügelten Plans ...

War ich auch im normalen Leben so scharfsichtig? Oder nur nach einem Jump?

Ich holte ein Leuchtröhrchen heraus und beleuchtete das Cockpit. »Nur Mut«, sagte ich. »Man darf sich doch nicht unterkriegen lassen.«

Dann brachte uns der dreizehnte Sprung ans Ziel.

Auf dem Radar blinkten Punkte – die Schiffe des rotvioletten Geschwaders der Alari. Bestimmt rund hundert Schiffe, also alle, die nach dem Angriff noch übrig waren. Folglich lagen die Zerstörer nicht in den Ladebuchten auf den Kreuzern, sondern flogen Patrouille.

Die mutigen Mäuse waren aufgeschreckt.

»Wollen wir mit unserem Manöver beginnen?«, schlug Danilow vor. Es juckte ihn vermutlich in den Fingern, sich den Schiffen zu nähern.

»Die Geschwindigkeitsdifferenz liegt bei mehr als hundert Kilometern pro Sekunde«, holte ich ihn auf den Boden der Realität zurück. »Mit unseren Triebwerken holen wir sie nie ein, Sascha.«

»Sie werden sich uns von sich aus nähern«, unterbrach uns der Zähler. »Sie stoppen bereits.«

Das stimmte. Die Alari hatten anscheinend ein Manöver eingeleitet, sobald wir im Raum aufgetaucht waren, also bereits vor einer Viertelstunde. Während wir das Schiff in Ordnung gebracht hatten, hatten sie ihre Geschwindigkeit an unsere angeglichen und sich auf uns zubewegt. Als Erstes würden uns die Zerstörer erreichen.

Vermutlich, weil ihr Zahlensystem ein quartiäres war, flogen die Alari meist in Quadrigen. Momentan umgaben uns vier Schiffe, ein Ehrengeleit vielleicht oder eine Wache.

»Ich brauche eine Verbindung ...« Der Zähler klammerte sich ans Pult. Danilow stellte den Empfänger rasch auf die Standardfrequenz des Konklave ein, die Schiffe unterschiedlicher Rassen für Nahverbindungen nutzten. Im Grunde dürften jedoch eher wir als der Reptiloid darauf angewiesen sein. Das Mikrophon ignorierte er. Aus den Lautsprechern drang die wispernde, monotone Sprache der Alari. Bei windstillem Herbstwetter rascheln so die Blätter, die zur Erde fallen. Wir sandten ein Wispern als Antwort – worauf die Stimmen der Piloten verstummten. Jetzt sprach offensichtlich der Reptiloid.

»Ist es für dich leichter, wenn du eine elektronische Verbindung herstellst?«, fragte mein Großvater.

»Ich bin außerstande, diese Geräusche selbst zu erzeugen«, erklärte der Zähler, ohne das »Gespräch« mit den Alari zu unterbrechen. »Meine Kehle ist modifiziert worden, um mit Menschen reden zu können. Für die verbale Kommunikation mit den Alari greife ich daher auf ihr Übersetzungssystem zurück.«

Die Zerstörer umkreisten uns. Statt weiter auf das Radar zu starren, schwebte ich zum Fenster. Mein Großvater und Mascha hatten das schon längst getan.

Eines der Schiffe glitt gut zwanzig Meter entfernt an uns vorbei. Die mattgraue Verkleidung wirkte weich und lebendig, wie das Fell eines unbekannten kosmischen Tiers. Einige Schießscharten mit transparenter Verblendung sowie die flache Scheibe des Triebwerks glitten über die Schutzhülle und veränderten in einem fort ihre Position. Als einer der Zerstörer sich direkt neben uns befand, glaubte ich, die Kugel flache ein wenig ab und nehme vorübergehend die Form einer Bohne an.

»Karel, sind ihre Schiffe zu Transformationen in der Lage?«, fragte ich.

»Wie wenig ihr von ihnen wisst ...«, seufzte der Zähler. »Selbstverständlich. Die Schiffe der Alari sind aus sogenanntem lebendem Metall gebaut, das ihnen die Daenlo zur Verfügung stellen. Für den Kampf ist das höchst vorteilhaft. Aber ausgesprochen energieintensiv.«

Die Zerstörer tanzten so lange um unser Schiff herum, bis die Kreuzer uns erreicht hatten. Hin und wieder richteten sich weiße Lichtkegel auf uns, die uns zwangen, die

Augen zusammenzukneifen. Irgendwann tauchten aus der Leere drei Scheiben auf, die uns ihren schmalen Rand zukehrten. Das Flaggschiff, das ihnen folgte, hielt uns dagegen seine flache Seite entgegen, was es wie einen gigantischen Teller aussehen ließ. Einen durchlöcherten Teller allerdings ... Inzwischen hatten sie jedoch mit den Reparaturen begonnen, und das Flaggschiff wirkte nicht mehr ganz so lädiert wie in dem Film, den uns der Zähler gezeigt hatte.

Die Maße des Flaggschiffs waren zu groß, als dass mein von der Schwerelosigkeit ermüdetes Hirn mit ihnen etwas anzufangen gewusst hätte. Außerdem störte irgendetwas die Betrachtung: Das Schiff näherte sich uns nämlich gar nicht mehr, sondern wir selbst fielen jetzt auf eine Metallfläche, die mit bunten Lichtern übersät, mit Türmen und Antennen bewehrt war. Wir fielen schneller und schneller ...

Ich starrte auf die Verkleidung und versuchte mit aller Gewalt, nicht in Panik zu geraten. Die Alari würden es doch nicht auf einen derart brutalen Zusammenstoß ankommen lassen!

Sie ließen es tatsächlich nicht darauf ankommen. Die Oberfläche der Scheibe vibrierte »unter uns«, die Schleuse öffnete sich, und das Schiff bebte. Ein Gravitationsstrahl erwischte uns ...

»Zum Boden!«, schrie ich. »Die Füße zum Boden hin!«

Aber mein Großvater und Mascha genossen die erste Schwerelosigkeit ihres Lebens viel zu sehr. Als die Anziehungskraft ins Schiff zurückkehrte, schwebten sie immer noch vor den Fenstern. Im letzten Moment schaffte ich es, meinen abstürzenden Großvater aufzufangen und den Fall durch meinen eigenen Körper zu dämpfen. Mist! Die einen magern ja ab, wenn sie alt werden, bei den anderen trifft leider das Gegenteil zu!

Die Verkleidung des Schiffs knirschte leise, als wir übergangslos vom Vakuum in die Atmosphäre wechselten. Mascha saß auf dem Boden und rieb sich den Ellbogen, den sie sich aufgeschlagen hatte. Mein Großvater kroch ächzend von mir herunter und erstarrte dann auf allen vieren. »Also ...«, brachte er überrumpelt heraus. »Danke, Petenka. In meinem Alter ... das ist einfach zu viel für mich.«

Schuldbewusst sah ich zu Mascha hinüber. Wenn ich etwas reaktionsschneller gewesen wäre, wäre keinem von beiden etwas passiert.

»Danke, Petja«, bemerkte sie in aufrichtigem Ton. »Ich Idiotin war einfach nicht bei der Sache ... Sind Sie in Ordnung, Andrej Valentinowitsch?«

»Mir ist nichts passiert«, sagte mein Großvater nachdenklich. »Ich frage mich allerdings, warum unsere Vorfahren den aufrechten Gang gewählt haben. Auf allen vieren ist es doch wesentlich bequemer.«

Ungeachtet seiner Proteste half Mascha meinem Großvater in seinen Sitz. Zwanzig Stunden in der Schwerelosigkeit sind zwar nicht viel, doch wenn man nicht daran gewöhnt ist, knicken einem einfach die Beine weg.

Ich trat vors Fenster und sah zum ersten Mal in meinem Leben ein Schiff der Außerirdischen von innen.

Es war genau der Raum, in dem der Pilot der fremden Rasse gegen die Alari gekämpft hatte. Ich erkannte ihn auf Anhieb, obwohl sich das linsenförmige Schiff nicht mehr darin befand. Ein schartiger Boden und eine unebene Decke, fast wie in einer Höhle. In den Wänden saßen große trübe Glassteine, die ein diffuses orangefarbenes Licht ausstrahlten. Und überall Alari. Anscheinend hatten sie die Hermetisierung der Schleuse nicht aufgehoben, als sie uns an Bord holten, sondern ein Kraftfeld hatte die Luft zurückgehalten. Die Aliens haben etliche solcher Tricks auf Lager.

Meine Hände wurden schweißnass. Hier wimmelte es nur so von Alari. Und sie glichen gewöhnlichen Mäusen einfach zu sehr. Als ob wir geschrumpft seien, als ob ich zu einem Nussknacker geworden sei, der ins Königreich der Mäuse geraten war …

Wer wohl den Paten Droßelmeier abgeben würde – mein Großvater oder der Zähler?

»Und wer ist hier der Mausekönig?«, fragte mein Großvater, den Mascha hatte zum Fenster bringen müssen. Mich verblüffte überhaupt nicht, dass uns beiden der gleiche Gedanke gekommen war. Das passiert uns öfter.

»Das jüngste Wesen …«, zischelte der Zähler. »Es ist ganz vorn … das mit dem schwarzen Fell und dem goldenen Gewand … Es ist der Flottenkommandant …«

»Ist es ein Er oder eine Sie?«

»Das ist noch nicht entschieden. Die Alari bestimmen ihr Geschlecht erst, nachdem ihr Fell eine dunkelgraue Färbung angenommen hat. Aber ihr könnt ihn als Er betrachten. Die Alari wissen, dass auf der Erde die Männer herrschen.«

Mascha schnaubte.

Danilow gesellte sich zu uns. Mich plagten Gewissensbisse, denn es hätte zu meinen Pflichten gehört, ein Konservierungsprogramm zu starten, das hätte ich nicht dem Kommandanten überlassen dürfen. Danilow machte mir jedoch keinen Vorwurf. Er legte mir die Hand auf die Schulter. »Wie sieht's aus, Petja«, bemerkte er leise, »wollen wir rausgehen?«

»Etwas anderes bleibt uns wohl kaum übrig.«

Die Alari warteten. Ich zupfte meine Uniform zurecht und klopfte gegen meine Taschen. Dabei stieß ich auf Widerstand. Ach ja, das Messer. Das Geschenk meines kleinen Nachbarn ...

Ich wusste selbst nicht, warum, aber ich holte es heraus und befestigte es neben der Pistole am Gürtel. Danilow sah mich verwundert an, sagte jedoch kein Wort.

»Wartet bitte noch kurz«, bat Mascha plötzlich. »Ich glaube, bevor wir rausgehen, sollten wir uns alle ... frisch machen.«

Brav schauten wir Männer zum Fenster raus. Sollten sich die Mäuse ruhig noch ein wenig gedulden.

»Kriegen wir bei ihnen überhaupt Luft?«, fragte Danilow.

»Ja«, beteuerte der Zähler. »Der Sauerstoffgehalt ist hier sogar höher als auf der Erde. Ihr werdet keine Probleme haben.«

»Auch die Gravitation ist größer ...«, sagte mein Großvater nachdenklich.

»Nein, das scheint nur so.« Ich schüttelte den Kopf. »Sie liegt bei 0,9 oder 0,95 der Erdanziehungskraft.«

»94% der Erdanziehungskraft«, berichtigte der Zähler zuvorkommend.

»Gefällt es dir, dein Wissen zu teilen?«, fragte ich ihn.

»Selbstverständlich. Aber das haben die Starken Rassen immer verboten.« Daraufhin stieß Karel ein hüstelndes Lachen aus.

Das Zischen des Ventils verstummte, der Druckausgleich war hergestellt. Danilow und ich hoben die Hermetisierung der Außenluke auf und öffneten sie.

Ein Geruch hing in der Luft, ein leichter, säuerlicher Geruch, wie in einem alten, unbewohnten Bauernhaus. Ein leichtes Kratzgeräusch ließ sich vernehmen. Ich begriff nicht auf Anhieb, dass es von den Krallen herrührte, die über den Boden scharrten.

Die Alari trippelten aufgeregt hin und her, beäugten uns.

Danilow ließ die leichte Notfallleiter hinunter. Ich kletterte als Erster raus, mir folgte Mascha, dann halfen wir beide meinem Großvater. Der Reptiloid sprang einfach hinunter. Als Letzter verließ Danilow das Schiff.

Die Mäuse warteten.

»Ich begrüße den Flottenkommandanten«, sprach sie der Zähler feierlich an. »Hier bin ich. Der Mensch Chrumow und seine Freunde sind mit mir gekommen. Die Menschen stehen auf unserer Seite!«

Als ob das nicht bereits in dem Moment klar gewesen wäre, da die Alari unser Schiff gesehen hatten!

Der Kommandant kam auf uns zu und umrundete uns langsam. Mein Großvater musterte den Alari völlig unverhohlen, ich folgte seinem Beispiel. Danilow tat so, als bemerke er die kräftige schwarze Maus zu seinen Füßen nicht, sondern starrte stur vor sich in die Luft. Mascha inspizierte mit steinerner Miene die Decke.

Sie hat Angst vor Mäusen!, begriff ich mit einem Mal. Ich konnte mich nicht beherrschen – und brach in Gelächter aus. In der Stille klang mein Lachen unverhältnismäßig laut. Fast wie ein Angriffssignal.

Die schwarze Maus baute sich vor mir auf. Immer noch lachend, betrachtete ich sie. Die Vorderbeine waren länger als die Hinterbeine, der kurze, pelzige Schwanz schlingerte über den Boden, die kleine, spitz zulaufende Schnauze mit den scharfen Zähnen stand ein wenig offen ... O nein, ich habe keine Angst vor dir, du Ratz in der goldenen Tunika! Du bist nämlich bloß albern. In gewisser Weise sogar nett, vor allem aber komisch.

»Pjotr ...«, sagte der Alari. »Du bist Pjotr.«

Er hatte eine schöne Stimme. Kräftig, tief, überhaupt nicht vergleichbar mit ihrem sonstigen gedämpften Genuschel. Nur kam diese Stimme nicht aus seinem Mund! Unter der spitzen Schnauze des Alari baumelte ein in dem schwarzen Fell kaum auszumachender, kleiner, vielleicht zwei Faust großer Beutel.

Das war ein Cualcua!

Ein Symbiont, der als Dolmetscher diente!

»Ja, ich bin Pjotr Chrumow«, erwiderte ich.

Hatte der Zähler also doch von Anfang an geplant, uns beide mitzunehmen.

»Eure Anwesenheit ist ebenfalls von Vorteil«, erklärte der Alari Danilow und Mascha. Geradeheraus, ohne jede Etikette. »Aber deine ist unverzichtbar.«

»Weshalb das?«

»Streck deine Hand aus.«

Ich kam gar nicht auf die Idee, Widerstand zu leisten, sondern streckte dem Alari die rechte Hand hin. In völliger Stille verfolgten alle Anwesenden, wie die schwarze Maus meinen Handteller beschnupperte. Schließlich warf sie den Kopf in den Nacken ...

Der schwarze Beutel um seinen Hals vibrierte sacht und spaltete sich in zwei Teile. Einer blieb beim Alari, der andere glitt auf meinen Finger und hing dort wie ein Klumpen Gel.

»Pjotr!«, schrie mein Großvater. Aber weder zog ich meine Hand zurück, noch schüttelte ich den Cualcua ab. Ich stand bloß da und wartete.

Denn ich verstand nichts von dem, was da geschah!

Die zähflüssige schwarze Masse kroch meinen Arm rauf. Und zwar nicht einfach über den Ärmel, sondern – fast als teile sie sich – sowohl auf der Kleidung wie auch auf der Haut.

»Keine Angst ... keine Angst ...«, flüsterte der Symbiont sanft. *»Zukünftiger Wirt ...«*

Er veränderte seine Farbe. Von Schwarz zu Rosa! Zur Fleischfarbe!

Nun schüttelte ich meinen Arm doch. Meine Nerven versagten. Aber den Cualcua wurde ich schon nicht mehr los. Blitzschnell war er verschwunden – als hätte er sich durch den Stoff meiner Jacke gesaugt. Die Haut an meinem Unterarm brannte ...

Wild schreiend riss ich mir die Jacke vom Leib, krempelte den Ärmel meines Hemds hoch, zerriss ihn. Doch der Cualcua blieb verschwunden.

Dafür schwoll meine Hand leicht an. Wurde muskulöser.

»Hau ab, du Mistding!«, brüllte ich. Mit der linken Hand zog ich das Messer, das mir Aljoscha geschenkt hatte, und fuchtelte damit über der Haut herum.

Das ist nicht nötig ... das ist nicht nötig ..., raunte es tonlos in meinem Hirn. *Pjotr, das ist nicht nötig ...*

»Das ist nicht nötig«, ließ sich hinter mir mein Großvater vernehmen. »Petja, ich glaube, ich weiß, was sie damit beabsichtigen.«

»Aber ich weiß es nicht!«, brüllte ich, bereit, mein eigenes Fleisch aufzuschlitzen, das sich so widerstandslos dem Alien unterworfen hatte. Nicht mal Schmerz empfand ich!

»Dir werden gleich alle Erklärungen gegeben«, informierte mich der Alari in tadelndem Ton.

Bevor noch irgendwer reagieren konnte, schleuderte ich den Flottenkommandanten zu Boden. Mein Messer rammte ich ihm an den Hals.

»Befiehl diesem Vieh, meinen Körper zu verlassen!«, schrie ich. Ich schaute mich um. Die Alari drückten sich alarmiert auf der Stelle herum, hatten aber anscheinend den Befehl erhalten, mir vom Leib zu bleiben. »Oder ich mach dich kalt, du Dreckskerl!«

»Hab keine Angst!«, brachte der Alari vermittels seines Symbionten heraus. »Vielleicht bringst du mich eines Tages um. Oder ich dich. Aber das wird später sein. Ein wenig später. Jetzt bist du erst einmal unser teurer Gast. Du bist die Hoffnung der Galaxis.«

»Dann soll dieser Cualcua abhauen!«

Etwas schlierte über meinen Körper und hinterließ eine leicht feuchte Spur. Wie eine riesige Egelschnecke. Ich schüttelte das Bein, und ein Klumpen amorphen Fleischs in der Farbe meiner Haut fiel aus dem Hosenbein.

»Das war nur ein Test«, setzte mich der Befehlshaber ins Bild. »Wir mussten uns überzeugen, dass ein Cualcua und der menschliche Organismus kompatibel sind. Für unseren Plan ist das von entscheidender Bedeutung.«

Ich sah mich Hilfe heischend um, aber niemand sagte ein Wort. Mascha starrte mit angewidertem Gesichtsausdruck auf den Cualcua, Danilow wich meinem Blick aus, mein Großvater gab mir ein beruhigendes Handzeichen ...

»Pjotr, wir müssen tun, was sie verlangen ...«

»Ich erlaube diesem Stück Dreck nicht, in meinem Körper herumzukriechen!«, schrie ich. »Was auch immer euer Plan vorsieht!«

»Ich glaube, die Alari haben recht«, sagte mein Großvater. »Beruhige dich, Petja.«

In dem Moment zerbrach etwas in mir.

Wie sollte er auch verstehen, was das ist: Fremdes Fleisch, das sich in deinem Körper einnistet! Eine redende, kriechende, denkende Kreatur!

Und würde er sich denn darum scheren?!

»Ich bin eben doch nur ein Werkzeug für dich!«, schrie ich. »Ein Werkzeug!«

Dritter Teil
Die Geometer

Eins

Das ist die Decke.

Es ist oben, also muss es die Decke sein. Ungleichmäßig, braun-grau, ungewohnt ... fremd.

Ich drehte den Kopf.

Ein winziger Raum. Alles war ungleichmäßig, faltig, zusammengequetscht. Der Boden, die Wände, die Decke. Sogar das Bett, auf dem ich lag, schien höckerig zu sein. Die Beleuchtung kam von trüben glasartigen Körpern, die wahllos in den Wänden verteilt waren und ein orangefarbenes unangenehmes Licht spendeten.

Wo bin ich?

Und wichtiger noch: Wer bin ich?

In meinem Kopf herrschte Leere. In meinem Körper Mattigkeit. Ich musste aufstehen ...

Etwas verhinderte das. Als ich den Kopf etwas hob, entdeckte ich ein breites Band aus festem Stoff, das sich erst über meine Oberschenkel, dann über meine Brust zog und meinen Körper ans Bett fesselte. Das Bett war tatsächlich uneben, eher ein flacheres Podest, das aus dem Boden wuchs.

Wie bin ich hierhergekommen?

Und wer bin ich?

Ich erinnerte mich an nichts ...

Panik stieg in mir auf. Ich sah mich in dem Raum um, in dem ich lag, und alles, was ich erblickte, vermochte ich zu benennen. Wände, Boden, Decke, Bett, Licht, Band ... Viel war es nicht. Ein paar Bezeichnungen, die durch meinen leeren Schädel waberten, als ob ... als ob was? Etwas war da irgendwo passiert ... aber ich erinnerte mich nicht, was und wo.

Eine winzige Welt, sie ließe sich mit Schritten ausmessen, falls es mir gelänge, mich zu befreien. Sechs mal sechs Schritt würde ich schätzen. Ich stemmte meinen Unterkörper mit den Füßen hoch und versuchte, mich unter dem Band herauszuwinden. Das spannte sich jedoch sofort fester und schnürte mich noch enger ans Bett. Ohne einen Ton von mir zu geben, kämpfte ich weiter, es gelang mir sogar, ein wenig unter dem Band herauszukriechen, doch dann zog es so fest an, dass mir die Luft wegblieb. Gierig nach Atem ringend, gab ich auf. Nach einer Weile lockerte sich das Band wieder.

Verstanden. Ein Gefängnis.

Was ist ein Gefängnis? Ein Ort, um jemanden von seiner Umwelt zu isolieren. Folglich gab es sie, diese Welt. Folglich bestand sie nicht nur aus diesen grauen Wänden.

Ein erster Erfolg. Etwas entschlüpfte meinem Gedächtnis, arbeitete sich aus ihm heraus. Scheu zwar, unsicher – aber trotzdem. Wände, Boden, Decke, Bett, orangefarbenes Licht – das war mein Gefängnis. Dann gab es noch mich. Arme, Beine, ein leerer Kopf ... Dann gab es Bewegungen: aufstehen, herauskriechen, losgehen. Dann gab es Zahlen. Eins, zwei, drei, vier, fünf, sechs ...

All das ließ sich aussprechen. Mit meiner Stimme. Laut.

»Wer bin ich?«, fragte ich die Decke. Meine trockenen Lippen bewegten sich mit Mühe, meine Stimme hörte ich kaum, dennoch bescherte mir dieser Versuch prompt etliche neue Begriffe. Lippen, Zunge, Kehle, Atmung, Luft, Stimme.

Wenn ich nur von hier weg könnte! Wenn ich mehr sehen könnte! Dann würde ich mich erinnern, mit Sicherheit würde ich mich an alles erinnern. Wer ich war und wie ich hierhergekommen war.

Ein Knirschen. Ich drehte den Kopf. In der Wand ging eine Luke auf. Eine Luke – das ist etwas, durch das man hereinkommt. Sie war nicht sehr groß, ich müsste mich bücken, um durchzugehen.

Durch die Luke kam ein Wesen in die Zelle. Ein vierbeiniges, armloses Wesen, mit einem langen spitzen Maul, schwarzem Fell und einem Schwanz. An seinem Hals schwabbelte ein Klumpen, der aussah wie ein bösartiger Auswuchs. Das Äußere des Wesens stieß mich ab und beunruhigte mich. Etwas extrem Unangenehmes verknüpfte sich mit diesem Wesen ... Nein, nicht mit diesem einen Wesen, mit vielen von ihnen. Und es gab viele von ihnen, das wusste ich. Ich erinnerte mich nicht, aber ich wusste es ...

Ob auch ich ...

Ich riss den Kopf hoch und belinste meinen Körper. Nein, soweit ich es erkennen konnte, sah er völlig anders aus. Und normalerweise bewegte ich mich nicht auf allen vieren.

»Wie fühlst du dich?«, fragte das Wesen.

Seine Stimme war wie Musik. Einfach deshalb, weil sie die Stille vertrieb.

»Angespannt und verzweifelt«, antwortete ich. »Wer bist du?«

»Ich bin Alari. Das ist nicht mein persönlicher Name, sondern die Bezeichnung meiner Rasse.«

Seine Stimme kam anscheinend nicht aus seinem Mund, sondern aus dem Auswuchs am Hals. Wahrscheinlich handelte es sich bei ihm um einen Stimmsack oder Resonator.

»Warum darf ich mich nicht bewegen?«

»Du bist aggressiv«, erklärte mir der Alari. »Du hast großen Schaden angerichtet.«

Schaden?

Ein Feuer ... ja, jetzt erinnere ich mich an ein Feuer. In der Dunkelheit, dort, wo es nie Feuer gab und nicht geben konnte, lodert eine Flamme auf. Scherben treiben mir entgegen, ich weiche aus, fliege davon ...

Ich kann also fliegen?

... fliege davon, fliege durch das Dunkel und die Kälte, aber ich habe zu viel Kraft vergeudet, um diesen Schaden anzurichten, die Flamme zu entzünden, die Metall verbrennt, etwas zieht mich zurück ...

»Wer bin ich?«

Der Alari knirschte mit den Kiefern. »Spiel nicht den Dummkopf! Du weißt genau, wer du bist! Und es wäre an uns, dir diese Frage zu stellen!«

»Wisst ihr wirklich nicht, wer ich bin?«, hakte ich völlig ungläubig nach.

Das Wesen trat einen Schritt zurück. Es reckte die Schnauze hoch zur Decke. »Eine unvorhergesehene Schwierigkeit ...«, murmelte es.

»Lasst mich frei«, bat ich. »Bitte. Ich werde mich erkenntlich zeigen. Ich werde euch keinen weiteren Schaden zufügen.«

»Nein. Du bist gefährlich.«

»Dann werde ich weiter hier liegen?«

»Ja.«

»Lange?«

»Sehr lange.«

Angst erwachte in mir.

Nur das nicht!

Ich konnte mich einfach an nichts erinnern, und ich würde nicht wieder ich selbst werden, solange ich in dieser winzigen Zelle vegetierte, ans Bett geschnürt, hilflos und unbeweglich.

Ich wand mich abermals. Sofort spannte sich das Band fester um mich und verhinderte jede weitere Bewegung.

»Ich habe Durst ...«, sagte ich, sobald ich wieder zu Atem gelangt war.

»Trinken ist erlaubt.«

Das Wesen verschwand in der Luke. Ich wartete, denn die Luke blieb offen, doch es war nichts zu sehen, nur ein kurzer, halbdunkler Tunnel. Nach einer Weile kehrte der Alari zurück.

Wie sich dabei zeigte, konnte er auch auf zwei Beinen gehen. In den Vorderpfoten trug er jetzt ein kleines Metallgefäß.

»Das ist Flüssignahrung. Sie stillt Hunger und Durst.«

Gierig trank ich einen Schluck aus dem an meine Lippen geführten Gefäß. Das Zeug schmeckte widerlich. Salzig-süß, eine dunkle, zähe Flüssigkeit, mit Klumpen drin ...

Aber ich musste zu Kräften kommen. Um mich zu befreien, brauchte ich Kraft.

»Danke«, sagte ich, nachdem ich alles ausgetrunken hatte.

»Du wirst gefesselt liegen bleiben und nachdenken«, teilte mir der Alari mit. »Wenn du Stoffwechselprodukte ausscheiden musst, informiere uns. Wenn du mitteilen willst, wer du bist, informiere uns.«

»Ich weiß nicht, wer ich bin«, gestand ich verzweifelt. »Und wenn ich weiter hier rumliegen muss, wird es mir erst recht nicht einfallen.«

»Du musst warten«, entgegnete der Alari. »Wir ergreifen unsere Maßnahmen. Wir haben Experten hinzugezogen. Sie werden herausfinden, wer du bist.«

Experten – das klang gut. Experten werden mit jeder Situation fertig. Sie machen keinen Fehler, denn es ist ihre Pflicht, keine Fehler zu machen, das weiß ich. Trotzdem durfte ich nur auf mich selbst vertrauen.

Denn das ... das ist meine Pflicht.

Wie unangenehm es ist, wenn man seine Pflicht nicht erfüllen kann!

»Wenn dich das Licht stört, teile uns das mit«, sagte der Alari.

»Es ist ... orange ...«

»Was für ein Licht bevorzugst du denn?«

»Weißes. Gelbes.«

»Gut.«

Das Wesen verließ mich. Kurz danach nahm die Beleuchtung tatsächlich eine fahl-weiße Farbe an.

Ich musste nachdenken!

Wer bin ich und was mache ich im Gefängnis? Wer sind diese Alari? Warum rufen sie eine solche Antipathie in mir hervor? Was soll ich tun? Worin besteht meine Pflicht?

Leere. Mein Kopf war wie leergefegt, kein einziger Gedanke, keine Erinnerung fand sich in ihm. Nein, ich durfte nicht weiter grübeln, ich musste mit Begriffen operieren, um Hypothesen zu entwickeln. Nur standen mir zu wenig Begriffe zur Verfügung. Wände, Boden, Decke ... eins, zwei, drei ... Alari, Experten, ich ...

Wer bin ich?

Die Zeit zog sich endlos dahin. Einmal kam ich auf das Angebot des schwarzen Wesens zurück und bat die desinteressierten Wände um Hilfe. Daraufhin kam sehr schnell ein Alari, nicht der schwarze, sondern ein Wesen mit hellerem Fell, einer anderen Stimmfärbung und etwas größer. In den Vorderpfoten hielt er ein Behältnis aus weißem Metall. Ein Ding wie in einem Krankenhaus.

Krankenhaus – das ist ein Ort, an dem man geheilt wird ...

Danach blieb ich wieder allein zurück. Das kurzfristig gelockerte Band presste mich erneut aufs Bett.

Ich musste mich an etwas klammern. Jeder Fetzen meiner Erinnerung würde mir helfen.

Der Schaden?

Dunkelheit, Feuer, Flug ...

Gefangenschaft.

Als ich versucht hatte zu entkommen, hatten sie mich in ihre Gewalt gebracht. Ein seltsames, zischendes Gemurmel, eine Meute winziger Wesen ... von Alari ...

Und dann war ich im Gefängnis gelandet.

Ein Kampf: Ich hatte mich auf dem Boden gewunden, umdrängt von fauchenden und kratzenden Wesen. Krallen hatten sich mir in die Haut gebohrt ...

Ich hob den Kopf, betrachtete meine Haut an den Stellen, wo sie nicht von dem Band bedeckt war. Genau. Wunden. Fast verheilte Kratzer, aber auch tiefere Wunden, die jedoch bereits eine kaum erkennbare Membran überzog. Hatte jemand meine Wunden versorgt?

Ich befand mich in Gefangenschaft. Ringsum gab es nur *Nicht-Freunde*. Ich hatte mit ihnen gekämpft, aber verloren. Dann hatten sie etwas mit mir gemacht – und ich hatte mein Gedächtnis verloren. Das war schlecht, sehr schlecht. Ich wusste, irgendwo warteten meine Freunde. Irgendwo existierte meine Welt.

Und meine Pflicht bestand darin zurückzukehren.

Es verging viel Zeit. Zweimal brachte man mir Essen, einmal wurde ich mit einem feuchten Schwamm gereinigt, wobei das Band nacheinander an den beiden Stellen gelockert wurde. Dabei bekam ich mit, dass ich völlig nackt war und mein Körper fast überall Wunden aufwies.

Egal.

Ich sog jeden neuen Begriff auf, jedes gehörte Wort. Ich reihte sie aneinander, suchte Wurzeln und Verbindungen. Wasser – gab es manchmal viel davon? Ja. Das war dann das Meer. Essen – sah das immer so aus? Nein. Es konnte auch anders aussehen und besser schmecken. Diese Wesen, diese Alari – waren das diejenigen, zu denen ich zurückkehren musste? Nein ... höchstwahrscheinlich nicht.

Zurück musste ich zu Wesen wie mir ...

Ich schlief, ich glaube lange, denn als ich das Geräusch der sich öffnenden Luke vernahm, wachte ich sofort auf und fühlte mich frisch und munter.

Es kam wieder dieser erste Alari. Aber diesmal nicht allein.

Ihm folgten zusammengekauert weitere Wesen durch den Tunnel.

Wesen, die mir ähnelten!

Menschen!

Der Alari sagte ihnen etwas, aber ich verstand die Worte nicht. Es war eine fremde Sprache. Im Moment genügte mir jedoch sowieso, dass ich meine Artgenossen sah.

Der erste war ein hochgewachsener Mann. Er war in mittleren Jahren. Sein Gesicht wirkte streng und entschlossen. Der nächste war ein dicker, grauhaariger Alter. Als letzte folgte eine junge Frau, deren Haare zu einem dünnen Pferdeschwanz zusammengebunden waren.

So viel neue Begriffe!

Alter und Geschlecht. Wir leben und altern. Wir verändern uns mit dem Alter. Es gibt Männer, und es gibt Frauen.

Begriffe wie Steine, die auf den Boden einer Schlucht fallen und die klaffende Spalte füllen. Doch wie viele waren nötig? Wie viele solcher Steine?

Das spielte keine Rolle. Momentan freute mich allein die Tatsache, dass Wesen existierten, die mir ähnelten. An wie viel Neues würde ich mich jetzt erinnern!

Männer und Frauen, Alte, Erwachsene und Kinder ... In meinem Gedächtnis tauchten keine Gesichter auf, klangen keine Sätze oder Gefühle nach. Dennoch wusste ich jetzt, dass es sie gab.

Der Alari redete immer noch mit den Neuankömmlingen. Sie antworteten einsilbig und schauten mich an. Ich lächelte ihnen zu, freute mich über die Begegnung. Sie alle wirkten nett. Der Alte – unwillkürlich keimte ein Gefühl des Respekts in mir auf. Der Mann – fraglos ein erfahrener Mensch, der schon viel erlebt hatte, ein guter Freund, professionell in seinem Beruf. Die Frau – sie war attraktiv, so schön wie die einzige Frau auf der Welt nur sein kann ...

»Verstehst du ihre Sprache?«, fragte mich der Alari plötzlich.

»Nein.« Ich schluckte einen Kloß in meinem Hals hinunter. »Wissen sie, wer ich bin?«

Das bepelzte Wesen ließ sich nicht zu einer Antwort herab.

Dafür kam die Frau zu mir und strich mir mit der Hand über die Stirn. Mein ganzer Körper streckte sich dieser mitfühlenden Zärtlichkeit entgegen. Umgehend presste mich das verfluchte Band nach unten.

Die Menschen bemerkten das anscheinend. Sofort redeten sie alle zugleich auf den Alari ein. Protestierend und aufgeregt. Der Alari knurrte nur finster. Aber am Ende war ihre Beschwerde wohl zu energisch – das kleine schwarze Wesen stieß ein paar Zischlaute aus, und das Band glitt von meinem Körper. Es verschwand, schlängelte sich irgendwo in die Unterseite des Betts hinein. Ich war frei!

Ich setzte die Füße auf den Boden, genoss den Widerstand, den ich da spürte. Mir schwindelte leicht, trotzdem wollte ich mir diese wundervolle Gelegenheit nicht entgehen lassen und ein paar Schritte gehen.

»Bleib beim Bett!«, befahl der Alari.

Schon gut, wird gemacht ...

Ich ging an meinem Bett entlang. Es war in der Tat höckerig und ungleichmäßig. Nach einer Weile setzte ich mich wieder darauf.

Die Menschen sahen mich irgendwie befremdet an. Vor allem die Frau. Unvermittelt blickte sie woanders an.

Was hatte ich falsch gemacht?

Der Mann zog seine Jacke aus und hielt sie mir wortlos hin. Da ging mir plötzlich auf, dass es sich nicht gehörte, nackt herumzuspazieren. Verdammt!

Rasch warf ich mir die Jacke über den Schoß.

»Keine Bewegung!«, befahl der Alari. Er kam zu mir, schnappte sich die Jacke und tastete mit den Vorderpfoten flink die Taschen ab. Obwohl sich nichts in ihnen befand, kontrollierte er noch das Futter und die Nähte. Erst danach gab er sie mir zurück. Ich bedeckte meine Blöße gleich wieder. »Gebt mir meine Sachen zurück«, verlangte ich.

»Nein.«

»Dann weigere ich mich, mit euch zu reden und auf eure Fragen zu antworten.«

Nach einer kurzen Pause fragte der Alari die Menschen etwas. Offenbar rieten sie ihm, auf die Bitte einzugehen.

Ein zweiter Alari tauchte auf, sehr schnell. Er brachte mir Shorts aus funkelndem silbrigen Stoff. Die Frau drehte sich um, ich zog schnell die Hosen an und wollte dem Mann schon seine Jacke zurückgeben, doch der schüttelte den Kopf. Das sollte bestimmt heißen, dass ich die Jacke behalten durfte. Ich zog sie an, knöpfte sie bis oben zu, genau wie es ihr früherer Besitzer getan hatte.

»Wo sind meine anderen Sachen?«, fragte ich den Alari.

»Was für andere Sachen?«

Es kam wie eine Erleuchtung über mich. Mit einem Blick auf die Menschen begann ich meine Aufzählung: »Schuhe, Socken, lange Hosen, Hemd, Pullover, Unterhemd, Unterhosen, Rock und Brustband.«

Die Spitze der schmalen Schnauze des Alari zitterte. »Ziehst du das alles auf einmal an?«

»Ich weiß nicht.« Ich dachte nach. »Nein. Ein Brustband ist ein Teil der weiblichen Garderobe.«

»Du hattest nur das an.« Der Alari deutete mit der Pfote auf meine Shorts. »Bist du jetzt zufrieden? Kooperierst du jetzt?«

»Ja«, antwortete ich.

»Du bist eines Verbrechens angeklagt. Du hast unsere Schiffe zerstört.«

Schiffe!

Sterne und Planeten!

Das All.

Ich war geflogen, wirklich geflogen. Aber nicht selbst, sondern in einem Schiff.

»Ich erinnere mich nicht«, versicherte ich. »Ich erinnere mich nicht.«

»Wie heißt dein Planet?«

Ich kniff sogar die Augen zusammen, als ich mich zu erinnern versuchte. Ich wollte den Namen unbedingt in meinem Gedächtnis ausfindig machen. Nicht für die Alari, sondern für mich selbst ...

»Ich weiß es nicht.«

»Diese Wesen ...« Der Alari nickte in Richtung der Menschen. »... sind das deine Artgenossen?«

»Vielleicht ...«

»Ihr Planet heißt Erde. Sagt dir das etwas?«

»Erde – das ist die weiche Schicht des Bodens.«

»Antworte auf die Frage.«

Erde, wiederholte ich in Gedanken, *Erde*.

»Nein.«

»Jetzt fängt die Ruhezeit an. Aber wir kommen wieder und setzen die Unterredung fort«, kündigte der Alari an. »In meiner Abwesenheit darfst du dich uneingeschränkt im Raum bewegen.«

Wie großzügig!

»Und wie heißt dieser Planet? Wo befinden wir uns?«

»Das ist ein Schiff«, antwortete der Alari nach kurzem Zögern. »Schluss jetzt. Ich muss jetzt nachdenken.«

Er teilte den Menschen etwas in einer mir fremden Sprache mit, daraufhin verließen sie den Raum, wobei sie offen ihr Bedauern bekundeten und mir mitleidige Blicke zuwarfen.

Folglich hatten sie hier nicht viel zu sagen.

Auch für sie war der Alari ein *Nicht-Freund*. Das bedrückte mich. Denn *Nicht-Freunde* mussten doch zu *Freunden* werden.

Ich war mir sicher, beobachtet zu werden. Deshalb dauerte es ziemlich lange, den Raum auszukundschaften. Ich schlenderte hin und her, blieb immer wieder stehen, um mir die Beine zu massieren, und hockte mich ab und an hin. Sollten sie doch denken, ich wollte mich lockern. Nebenbei bemerkt, schadete die Bewegung ja tatsächlich nichts.

Ich befand mich auf einem Schiff, einem großen Schiff offensichtlich. Mein Schiff war kleiner. Vielleicht lag es irgendwo in der Nähe.

Meine Chancen standen natürlich schlecht. Trotzdem musste ich sie nutzen.

Worüber verfügte ich, von meinem eigenen Körper abgesehen?

Shorts und eine Jacke. Die Shorts nützten mir gar nichts, bestenfalls konnte ich sie in Streifen reißen, ein Seil knüpfen und mich aufhängen. Die Jacke ... fester, dunkelblauer Stoff, ein weiches Futter, Embleme mit mir unbekannten Symbolen und Zeichen in einer fremden Sprache. Mit Knöpfen, außerdem mit winzigen Metallstücken, die sich an beiden Seiten unter den Knöpfen entlangzogen. Gehörten die auch zum Verschluss? Es sah so aus ... Aber wie funktionierte er? Anscheinend handelte es sich um eine Uniform. Das half mir auch nicht weiter ... Halt. Ich drehte das Ende der Schnur, die unten durch die Jacke gezogen war, zwischen den Fingern. Links und rechts saßen kleine Metallringe auf der Schnur. Aha, damit zog man sie in der Taille zusammen. Und das half mir weiter!

Ich ging nach wie vor in der Zelle umher, wobei ich den kleinen Knoten an der Schnur lockerte. Schließlich gelang es mir, ihn aufzuknüpfen und die Schnur am anderen Ende der Jacke nach und nach herauszuziehen. Das dauerte rund zehn Minuten, die Jacke widersetzte sich meinen Bemühungen, ich musste sie wieder zurechtzupfen und dabei darauf achten, alles so zu bewerkstelligen, dass mein potenzieller Beobachter es nicht mitbekam. Irgendwann waren meine Bemühungen von Erfolg gekrönt. Ich hatte die Schnur ganz herausgezogen. Verborgen in meiner Faust lag fast ein Meter festen Seils.

Bestens geeignet, um jemanden zu erwürgen.

Ich zweifelte nicht daran, dass ich mit den Alari auch mit bloßen Händen fertig werden würde. Den Spuren an meinem Körper nach zu urteilen, hatte ich einen solchen Kampf schon einmal überstanden und den Zottelwesen keine geringen Verluste beigebracht. Sie dürften guten Grund haben, jetzt derart übervorsichtig aufzutreten.

Es blieb die Luke.

Ich selbst konnte sie nicht öffnen. Folglich musste ich die Alari um besagte Gefälligkeit bitten. Dieser Alari, der erste, der mit dem schwarzen Fell, hatte eine »Ruhezeit« erwähnt. Ob sie aus diesem Anlass vielleicht ein paar Wachen abgezogen hatten? Vielleicht passte jetzt nur noch ein Wesen auf mich auf?

Als ich mich auf den glatten Boden der Hypothesen vorwagte, büßte ich meine Sicherheit sofort ein. Wenn sie mich wirklich für dermaßen gefährlich hielten, dann musste ich mehrere Bewacher haben. Aber hatte es nicht auch einen Kampf im All gegeben? Dieser »große Schaden«. Ein Teil der Wesen könnte also durchaus mit der Reparatur des Schiffs beschäftigt sein ... Wie viele von ihnen sich wohl insgesamt an Bord befanden? Zwei? Sechs? Zehn? Hundert?

Meine Entschlossenheit schmolz mit jeder Sekunde. Deshalb zögerte ich nicht länger.

»Ich muss meine Ausscheidungsprodukte loswerden!«, teilte ich der Decke mit. »Bringt einen Topf!«

Meinen Bedürfnissen schenkten sie eigentlich Aufmerksamkeit. Die letzten Male war umgehend ein grauer Alari aufgetaucht, ich hatte mal gerade bis zwanzig gezählt.

Zehn ... zwölf ... achtzehn ... zwanzig ...

Sie waren wirklich ausgesprochen pünktlich.

Die Luke öffnete sich, ein Alari mit dem Nachttopf in den Pfoten betrat die Zelle. Unverzüglich schleuderte ich ihn zu Boden und schlang ihm die Schnur um den Hals. Der Topf fiel scheppernd auf den Boden.

»Wer bewacht die Zelle?«, schrie ich und zog die Schnur kurz zusammen. Einen Fuß stemmte ich gegen die Luke, für alle Fälle, damit er nicht auf die Idee kam zu verschwinden.

»Ich ...«, antwortete der Alari mit normaler, keineswegs erstickter Stimme. Ob ich nicht fest genug gezogen hatte? Ich zerrte noch einmal – und das Wesen, das ich mit dem Knie zu Boden presste, keuchte auf. »Nein ...«, brachte es in unverminderter Lautstärke hervor.

Dieses ekelhafte Ding an seinem Hals, aus dem die Laute kamen, hing offenbar nicht von der Atmung ab.

Ich lockerte den Druck ein wenig. »Wer noch?«, fragte ich.

Schweigen. Gut, das ist auch eine Antwort. Und sie gefiel mir.

»Wo ist mein Schiff?«

»Du kommst hier nicht weg«, verkündete der Alari zwischen zwei Krämpfen. »Lass mich los und geh an deinen Platz zurück. Ich habe dir ein Gefäß gebracht.«

Unwillkürlich musste ich lachen. Danach stand mir nun wirklich nicht der Sinn, mein *Nicht-Freund*.

»Antworte!«

»Nein ...«

Die unerschütterliche Stimme des Alari passte nicht zu den Krämpfen seines Körpers. Verzweifelt dachte ich nach. Noch einmal würde sich mir eine solche Gelegenheit nicht bieten, das stand fest. Dieser Alari würde mir nichts sagen. Folglich musste ich mich auf gut Glück durchschlagen ...

Plötzlich vernahm ich einen Schmatzlaut. Der Auswuchs am Hals des Alari zuckte, teilte sich in zwei Hälften, floss unter der Schnur durch und fiel zu Boden. Sein Inneres zeigte eine rosa-weiße Farbe, wie ausgeblutetes Fleisch. Die Stücke erzitterten und streckten sich zueinander hin.

Was war das nun schon wieder für eine biologische Ausgeburt! Ein Dolmetscher, ein Translator! Oder noch schlimmer: ein Symbiont!

Ich schnappte mir das Metallgefäß, schlug mehrmals auf die Brocken aus Protoplasma ein und verschmierte sie über dem Boden. Das Wesen stellte seine Fähigkeit, sich zu teilen, durchaus unter Beweis, doch jede Lebensform hat ihre Grenzen. Aber bitte sehr, du kannst ja mal versuchen, dich aus dem Matsch am Boden wieder zusammenzusetzen!

Das rosa Gel wabbelte, veränderte nach und nach seine Farbe, verschmolz beinahe mit dem Boden, versuchte aber nicht länger, sich neu zu formen.

Ich wandte mich dem Alari zu – gerade noch rechtzeitig. Er nutzte den Umstand, dass ich die Schnur nur noch mit einer Hand hielt und der Druck deshalb nachgelassen hatte, und schlug mit seiner Vorderpfote auf mich ein. Die scharfen Krallen rissen mir die Jacke auf, Schmerz versengte meine Schulter. Mich fröstelte bei dem Gedanken, was mit meinem Arm passiert wäre, wenn er nackt gewesen wäre.

Ich fasste die Schnur wieder mit beiden Händen und zog sie fest zusammen. Der Alari stieß Laute aus, es klang wie ein Rascheln. Wir hatten keine Möglichkeit mehr, uns miteinander zu verständigen.

Folglich hatte der Alari auch keine Möglichkeit mehr, mein *Freund* zu werden.

Ich zog die Schnur mit aller Kraft zusammen. »Zieh an der Schnur ...«, flüsterte ich.

So werden Probleme gelöst.

Der Körper des Alari erschlaffte.

Ich zog die Schnur ab, nahm sie in die linke Hand und stieß den Körper mit dem Fuß weg. Das Wesen wirkte tot oder sterbend, genau wie sein widerlicher Symbiont. Mitleid mit dem Alari empfand ich keins, Hass übrigens ebenso wenig. Diejenigen, die an keinem *Friedensprozess* teilnehmen wollen, sterben halt manchmal. Aber vielleicht würde er ja auch wieder zu sich kommen, mein glückloser geschwänzelter Gefängniswächter.

Ich nahm den Nachttopf in die rechte Hand. Das Metall, aus dem er gefertigt war, wog kaum etwas, war aber dennoch solide. Besser als nichts.

Mit der Schnur in der einen und dem Topf in der anderen Hand brach ich aus meinem Gefängnis aus.

Der Tunnel zog sich zehn Schritt in die Länge. Es wäre bequemer gewesen, ihn auf allen vieren zu durchkriechen, aber das hätte mich meine Kampfbereitschaft gekostet. Deshalb musste ich gekrümmt rennen.

Irgendwann teilte sich der Tunnel. Ich bog nach links, einfach weil der Tunnel hier kürzer war und sich bald verbreiterte.

Der Raum, in den ich gelangte, war etwas größer als meine Zelle, diente aber genau dem gegenteiligen Zweck: Hier war die Wache untergebracht. Eine Wand nahm ein riesiger Bildschirm ein, auf dem grelle, in die Augen schneidende Farben flackerten. Wahrscheinlich unterschied sich mein Sehvermögen von dem der Alari, so dass ich auf diesem Bildschirm weder meine Zelle noch die Leiche des erwürgten Aufpassers zu erkennen vermochte. Neben einem hermetisch abgeschlossenen Fass standen zwei weitere Nachttöpfe auf dem Boden, dazu ein Behältnis mit dem Zeug, das sie mir zu essen gaben.

Immerhin konnte ich mich hier zu voller Größe aufrichten.

Mitten im Zimmer stand ein »Bett«, das dem glich, an das ich geschnallt gewesen war. Auf ihm lag reglos ein Alari, der dem Getöteten glich wie ein Ei dem anderen. Wie unvorsichtig sie waren! Und wie vorteilhaft das für mich war!

Mich lautlos auf nackten Füßen vorwärtsbewegend, trat ich an den Alari heran und presste ihm die Schnur quer über den Hals. Er zuckte nur einmal, denn ich hatte kein Risiko eingehen wollen. Als das Wesen verstummte, fiel von ihm ebenfalls ein Klumpen Protoplasma ab, und ich wiederholte die Prozedur von vorhin.

Unvermeidliche Verluste. *Bei der Waldrodung fallen immer kleine Holzpartikel an.* Wenn ich es nicht schaffte zu fliehen, würden die Verluste nur noch dramatischer ausfallen. Dann müsste es heißen: *Bei einem Waldbrand ...*

Ich durchsuchte das ganze Zimmer, fand jedoch nichts, was mir helfen konnte. Einen zweiten Nachttopf brauchte ich nicht, und dieses Zeug essen, das direkt neben dem Behälter für die Exkremente stand, das wollte ich nicht.

Also zurück. In den Tunnel rechter Hand.

Hier musste ich ziemlich lange gehen. Das fremde Schiff erwies sich in der Tat als riesig. Das heißt, falls man mich nicht angelogen hatte und ich mich wirklich im All befand, auf einem Schiff ...

Mit jedem Moment begriff ich besser, dass meine Flucht der reine Wahnsinn war: Ständig würde ich auf verschlossene Luken stoßen – die ich nicht würde öffnen können. Es würde von Alari wimmeln – und mit allen auf einmal könnte selbst ich es nicht aufnehmen.

Inzwischen gab es jedoch keinen Weg zurück.

Als ich die nächste Luke in der Wand entdeckte, vermochte ich schon keinen klaren Gedanken mehr zu fassen. Sollte ich weitergehen oder die verschlossene Luke aufbrechen? Spielte das überhaupt eine Rolle? In einem Labyrinth existiert kein sicherer Weg, da bieten sich einem nur Möglichkeiten.

Eventuell bekam ich die Luke ja auch gar nicht auf. Zumindest diese Möglichkeit würde ich gleich ausschließen.

Ich legte die Hand auf die Luke. Ich zog sie zu mir, nach links, nach rechts, nach oben und nach unten. Nichts rührte sich.

Daraufhin klopfte ich einfach an.

Ebenfalls nichts.

Ich stand vor der Luke, die womöglich in die Freiheit führte. Wütend knallte ich mit dem Topf gegen sie. Ein bulleriger Ton entstand. Dann ging ich weiter durch den Tunnel.

Bis ich hörte, wie hinter mir die Luke geöffnet wurde.

Nein, wenn ich jetzt über die Alari herfallen würde, käme ich nicht ungeschoren davon. Insofern wäre es reinste Zeitverschwendung.

Aber dann ragte in der geöffneten Luke gar kein Alari auf, sondern der Mann, der mir die Jacke geschenkt hatte.

Wir konnten einander nicht verstehen.

In dem Raum, in den mich der Mann gebracht hatte, standen mehrere Betten und Stühle – voller Vergnügen erinnerte ich mich daran, dass zum Sitzen spezielle Möbelstücke entwickelt worden waren. Der Raum selbst war größer als meine Zelle, auf dem Boden lagen verschiedene Sachen ... Diese Menschen waren keine Gefangenen, sondern Gäste, wenn auch nicht gerade sonderlich geschätzte. Alles hier wirkte richtig, normal.

Aber sie konnten mich nicht verstehen.

Sie sprachen alle mit mir, der Mann, die Frau und der Alte. Anscheinend in unterschiedlichen Sprachen. Sie wollten mich unbedingt verstehen ... genau wie ich sie. Doch die unbekannten Laute lösten keinerlei Echo in meinem Gehirn aus. Leider.

Waren wir einander also auch fremd? Obwohl wir uns so ähnlich sahen?

Der Alte fasste mich beim Arm und zeigte auf die Schnur. Ich spannte die Schnur und machte eine Bewegung, als zöge ich sie jemandem um den Hals.

Sie verstanden und redeten aufgeregt miteinander. Ich wartete. Selbst wenn wir aus unterschiedlichen Welten waren – wir ähnelten uns einfach zu sehr, um *Nicht-Freunde* zu sein. Der Mann hatte mir sogar seine Jacke gegeben, die Frau hatte mein Gesicht mit dem größtmöglichen zärtlichen Mitleid berührt, das sie sich in Anwesenheit des Alari herausnehmen durfte.

Ich brauchte Hilfe. Ohne Hilfe wäre ich verloren.

Aber würden sie dieses Risiko eingehen?

Sie verstummten. Der Mann trat an mich heran. Schweigend zog er seine Schuhe aus und reichte sie mir. Dann zog er seine Hose aus ...

Freunde ...

Während ich mich anzog, knüpfte er ein längliches

Paket von seinem Gürtel. Ich nahm auch das an mich. Es enthielt ein langes Messer.

Freunde.

Die Hosen waren mir etwas zu eng, und mit dem Verschluss kam ich nicht zurecht. Der Mann half mir, mich anzuziehen. Jetzt konnte man mich für ihn halten. Darauf hoffte ich jedenfalls.

»Ich danke euch«, sagte ich. Selbst wenn sie meine Worte nicht verstanden, würden sie doch den Ton erfassen. »Danke.«

Schließlich gab mir der Mann noch eine Pistole. Eine seltsame Konstruktion, ein dicker Griff, ein breites Bodenstück, ein kurzer Lauf, der in eine Halbkugel von rubinroter Farbe mündete. Der Mann entsicherte sie und legte sie mir mit größter Vorsicht in die Hand. Er zeigte auf den Abzug.

»Ihr werdet Probleme bekommen«, bemerkte ich.

In der Zwischenzeit hatte der Alte aus einer prall gefüllten Tasche ein Blatt Papier herausgeholt und einen komischen, primitiven Stift. Anscheinend handelte es sich dabei um ein Stück Graphit, das in eine Holzummantelung eingelassen war. Er zeichnete eine Skizze. Eine einfache und klar verständliche Skizze.

Ein Kreis – das war meine Zelle. Die Linien, die von ihr wegführten – das waren die Tunnel zum Zimmer der Wache und in diesen Raum. Eine verzweigte Linie – das war der weitere Weg.

Wenn der Maßstab stimmte, war es nicht sehr weit bis zu einem großen Raum. Und anscheinend musste ich dorthin.

»Ich habe nichts, was ich euch zum Dank geben könnte«, sagte ich. »Aber wenn ich hier rauskomme ...«

Der Alte gab mir das Blatt und küsste mich auf die Stirn. Fast als segne er mich.

»Die Waffe ist nicht nötig«, meinte ich. »Die Alari würden wissen, woher sie kommt.«

Offenbar hatten die drei darüber auch schon nachgedacht. Der Mann fasste mich an der Hand und führte sie rasch an sein Gesicht. Fragend sah er mich an.

»Ich will das nicht«, sagte ich. »Ich habe dich verstanden, aber ich will das nicht!«

Sie warteten. Schließlich holte ich aus und schlug mit aller Kraft zu. Der Mann schwankte und presste beide Hände gegen das Gesicht.

Ob die Alari nun glauben würden, ich hätte ihm die Waffe gewaltsam abgenommen?

»Ich danke euch«, flüsterte ich. »Danke. Wir werden Freunde werden.«

Die ersten drei Wendungen des Tunnels brachte ich ohne Probleme hinter mich. Dann erweiterte sich der Tunnel und mündete in einen dunklen Saal. Ich verlangsamte den Schritt.

Es war sehr leise. Eine trügerische Stille. Eine nichtmenschliche Stille.

Ich hob die Waffe, die ich geschenkt bekommen hatte. Ich hätte sie gern zunächst ausprobiert, wusste aber nicht, wie viel Munition sie überhaupt enthielt. Immerhin hatte ich ja noch das Messer, die Schnur und den Nachttopf. Ein reiches Arsenal ...

Der Saal war rhombisch und kaum beleuchtet, nur hier und da funkelten in den Wänden transparente Glaskörper. Außerdem wimmelte es in ihm von Alari. Nachtschwarze und fast weiße Wesen, die auf dem Boden lagen, vor einer Erhebung von sonderbarer Form. Gerade Linien akzeptieren diese Wesen anscheinend nicht. Die Erhebung erinnerte vage an eine Tribüne, aber auf ihr befand sich niemand.

Was taten sie?

Die letzten Minuten hatten mich mit unzähligen neuen Begriffen bereichert, so dass ich etliche Hypothesen formulieren konnte: Gebet. Erholung. Arbeit.

Doch was spielte es schon für eine Rolle? Ich musste den Saal durchqueren, was auch immer in ihm vor sich ging.

Die geschenkte Pistole würde wohl kaum über einen großen Energievorrat verfügen. Außerdem würde Alarm ausgelöst, sobald ich den ersten Schuss abgab. Ich nahm die Waffe in die linke Hand, mit der rechten packte ich den Metalltopf fester. Ein Ende der Schnur knotete ich an seinen Henkel, das andere an mein Handgelenk. Schwer seufzend betrat ich den Saal.

Meine ganze Hoffnung gründete darauf, dass für die Alari alle Menschen gleich aussahen. Ich trug die Sachen des Experten, der kein Gefangener war. Vielleicht würde ich ja durchkommen.

Die ersten zehn Schritt ging ich völlig ruhig. Ich sprang sogar über einen Alari, der mir im Weg lag.

Dann fingen sie an, sich zu rühren und sich in meine Richtung zu drehen. Drei Dutzend spitzer Gesichter glotzten mich an. Eins ließ sich vom andern nicht unterscheiden, nur ihre Farbe variierte, von Schwarz bis Weiß. Mich konnten sie bestimmt genauso wenig von dem Experten unterscheiden. Sie konnten es einfach nicht! Ich trug die Kleidung des Mannes. Ich ging langsam meinen Weg … Ich brachte den Nachttopf raus …

Durch die Reihen der Alari rann ein Nuscheln. Es war leise – was mich nur umso mehr erschreckte.

Vielleicht durfte der Experte gar nicht hier sein. Vielleicht wunderte sie die Pistole oder der Topf. Oder sie konnten unsere Gesichter bestens unterscheiden.

Ein kleiner schwarzer Alari sprang auf mich zu. Ich hatte damit gerechnet und reagierte entsprechend – ich richtete die Hand mit der Pistole auf ihn und betätigte den Abzug.

Ein feiner weißer Strahl flammte auf. Eine Laserwaffe … Der Alari, der im Sprung von der Lichtnadel aufgespießt wurde, kreischte los. Sein Brustfell fing Feuer, er krampfte sich zusammen, streifte kurz meine Hand und fiel zu Boden.

Die Alari schrien und sprangen wild umher. Als ich den Abzug noch einmal drückte, vibrierte die Pistole nur, spuckte behäbig einen kleinen Keramikzylinder aus und drehte in ihrem Innern etwas herum.

Was war das schon wieder? Eine Handfeuerwaffe, die ein paar Sekunden brauchte, um nachzuladen?!

Ich schleuderte die Pistole zusammen mit der Hoffnung, die Reihen der *Nicht-Freunde* problemlos zu passieren, fort. Dann zog ich das Messer und stürmte vorwärts.

Die Alari fielen geschlossen über mich her.

Im Zweikampf waren sie mir natürlich weit unterlegen. Sie zeigten sich verzweifelt kühn und schnell, waren jedoch viel schwächer als ich. Ich rannte, teilte mit dem Nachttopf Schläge aus, bis deren dumpfes Echo zu einem gleichmäßigen Heulen verschmolz. Wenn das Metallgefäß schwerer gewesen wäre, wären die Alari nicht mit dem Leben davongekommen. Aber so flitzten die halb benommenen Wesen nur zur Seite, schüttelten die Köpfe, um wieder zu sich zu kommen, und warfen sich erneut auf mich.

Ein großer, hellgrauer Alari sprang mich an, grub in Brusthöhe seine Zähne in meine Jacke und hämmerte mit seinen langen Vorderpfoten auf mein Gesicht ein. Meine Augen traf er zum Glück nicht, aus meinen Wangen strömte jedoch Blut. Ich stieß ihm mit dem Messer in die Seite, worauf der Alari von mir abfiel, unversehens seines Kampfeseifers beraubt. Die anderen spornte das nur an. Sie hingen schon zum dritten Mal an mir. Mich rettete, dass ihre Attacken immer gleich ausfielen – sich in Brusthöhe verbeißen und mit den Pfoten auf meinen Hals oder mein Gesicht einhämmern. Die Jacke schützte meinen Körper, aber mein Gesicht verwandelte sich in eine einzige Wunde, und Blut lief mir in die Augen.

»Euch zeig ich's!«, schrie ich, während ich mit dem Topf auf die zotteligen Köpfe eindrosch. Ich kannte ihre Schwachstelle bereits, nämlich die schwarze Nasenspitze. Nach einem Schlag darauf wichen sie viel schneller zurück und wagten sich anschließend nicht mehr an mich heran. »Auseinander!«

Nein, sie verstanden mich nicht. Aber ihr Selbsterhaltungsinstinkt funktionierte, so dass sie mir den Weg freigaben. Zu viele Alari wimmerten schon vor Schmerz in den Ecken, zu viele krümmten sich bereits in Lachen dunklen Bluts auf dem Boden.

Ich rannte aus dem Saal, eine Meute wütender und verletzter Alari zurücklassend. Sie wagten es nicht, mir nachzusetzen – obwohl der Korridor ihnen bei ihrer Körpergröße einen Vorteil gegeben hätte. Dennoch wagten sie nicht, die Verfolgung aufzunehmen. In dem schmalen Gang wäre alles auf Zweikämpfe hinausgelaufen – und da hätten sie nicht die geringste Chance gehabt.

Andererseits hatte ich jetzt meinen Hauptvorteil eingebüßt, das Überraschungsmoment. Inzwischen war meine Flucht bekannt, nun konnten sie Maßnahmen ergreifen. Sie brauchten nur die Luken zu schließen, und ich säße in der Falle ...

Ich rannte weiter, so schnell ich konnte, stolperte immer wieder, hielt aber nicht an. Der Skizze zufolge führte dieser Gang zu einem großen Raum. Was ich dort vorfinden würde – darüber wollte ich jetzt lieber nicht nachdenken.

Der Tunnel wurde wieder breiter. Ich gelangte in einen riesigen Saal, in dem es ebenfalls diese transparenten Glaskörper in den Wänden gab und die Decke nicht plan war. Nur war er noch größer als alle anderen Räume. Wenn sich mein Schiff nicht hier befand, dann war alles aus ... Die Halle war fast leer, nur am Eingang zum Tunnel standen zwei Alari, die bei meinem Auftauchen erstarrten.

»Hallo!«, schrie ich und zog ihnen meinen dienstbaren Nachttopf über die Schädel. Die Wesen stießen unverständliche Laute aus und flohen vor mir. Anscheinend waren es irgendwelche Techniker, die normalerweise nicht kämpften.

Das erlaubte es mir, kurz durchzuatmen. Ich sah mich um. In den Wänden klafften die Öffnungen anderer Tunnel, aus denen jeden Moment die wütenden Bewohner des Schiffs auftauchen konnten. Und ich wollte nicht noch einmal in die engen Gänge kriechen.

Ganz hinten in der Ecke des Saals stand ein kleines, linsenförmiges Schiff aus mattem grauen Metall. Irgendwas an ihm kam mir bekannt vor, und meine Füße trugen mich von selbst in diese Richtung.

Nur wie wollte ich das Schiff steuern? Ich wusste ja noch nicht mal, wie ich hineinkommen sollte!

Trotzdem eilte ich auf die Metalllinse zu. Das war meine einzige Chance.

Da vollführten die Alari einen absolut überraschenden und effektiven Schlag: Genau in dem Moment, als ich die Mitte des Saals erreichte, verschwand der Boden unter meinen Füßen.

Die Schwerelosigkeit!

Natürlich war die Gravitation im Schiff künstlich! Und jetzt hatten die Alari sie eben abgeschaltet. Ungelenk mit den Beinen strampelnd, glitt ich durch die Luft.

Wie idiotisch!

Ich hing einen Meter überm Boden und schwebte langsam zur Decke. Aus den Tunneln schossen die Alari heraus. Sie beeinträchtigte die Schwerelosigkeit nicht, und so bewegten sie sich langsam, aber sicher, indem sie ihre Krallen in den rauen Fußboden gruben. Was für ein Albtraum! Ich hing völlig hilflos in der Luft, während diese Monster gemächlich auf mich zusteuerten ...

»Nein!«, schrie ich. Ich krümmte mich und reichte fast bis an den Boden. Meine Finger glitten über die Platten, ohne Halt zu finden.

Das Messer!

Ich rammte das Messer in den Boden. Verzweifelt und fast sicher, dass es zerbrechen oder abfedern und ich gegen die Decke geschleudert werden würde. Aber der Stahl drang durch den Belag, das Messer blieb stecken. Ich reckte mich zum Boden hinunter und schaute über die Schulter zurück.

Die Alari rückten vor. Ich bewegte die Klinge hin und her, zog sie heraus und stieß sie etwas weiter vorn wieder in den Boden. Erneut machte ich mich lang. Purpurrote Bällchen stiegen in die Luft auf, Bluttropfen, die aus meinem zerkratzten Gesicht perlten. So bewegte ich mich auf das Schiff zu.

Die Alari hinter mir kreischten los, als sie begriffen, dass ihr Opfer floh.

Diese wahnsinnige Jagd dauerte nicht lang, kam mir aber ewig vor. Als mich nur noch rund zehn Schritte vom Schiff trennten, vibrierte sein Körper und öffnete sich, und zwar genau wie die Blüte einer Blume. Die Alari waren mir dicht auf den Fersen. Nachdem ich das Messer erneut in den Boden gehauen hatte, zog ich es so heraus, dass ich mich gleichzeitig daran abstieß und meinen Flug Richtung Schiff lenkte. Trudelnd flog ich weiter.

Die Alari sprangen hinter mir her.

Ich hatte die Flugbahn schlecht berechnet. Es trug mich nach oben, und ich begriff, dass ich über das Schiff hinausschießen, keinen Halt an ihm finden und gegen die Wand knallen würde. Das wäre mein Ende.

Aber genau in dem Augenblick, als ich über die offene Kabine segelte, zog mich etwas sanft an Bord. Alles war so, wie es sein sollte, auch die Schwerkraft war wieder da. Nicht in der ganzen Halle, sondern nur in meinem Schiff. Mit einem Aufschrei fiel ich direkt in den breiten, weichen Sitz vor dem geschwungenen Pult. Die Kuppel über dem Cockpit schloss sich langsam.

Dann gab es einen Stoß – und ein Alari plumpste in den Nachbarsitz. Quiekend stürzte er sich auf mich. Ich zog ihm mit dem Nachttopf eins über und warf das Wesen, während es den Kopf noch hin und her drehte, um sich von dem Schlag zu erholen, durch die sich schließende Kuppel hinaus. Ein paar weitere Alari stürmten noch zum Schiff, in dem vergeblichen Versuch hineinzuschlüpfen. Ich ließ das Gefäß über mir kreisen, mein verdienstvoller Nachttopf rutschte von der Schnur und flog seinen Erbauern entgegen. Mir tat es sogar leid um diesen überraschend nützlichen Gegenstand.

Die Kuppel schloss sich endgültig und schirmte mich zur Halle hin ab. Das Innere des Schiffs wurde unverzüglich in mattes, weißes Licht getaucht. Ich atmete geräuschvoll durch und lehnte mich auf dem Sitz zurück. Was auch immer geschehen sein mochte – das hier war mein Schiff. Sonst hätte es mich nicht eingelassen und vor den Feinden beschützt. Fürs Erste war ich in Sicherheit.

Zwei

Meine Flucht, die Begegnung mit den Experten, der Kampf – all das hatte mich ungeheuer bereichert. Wie viel neue Begriffe ich jetzt kannte: Waffe, Schwerelosigkeit, Gravitation, Wunde und Blut. Mein Bewusstsein saugte diese Wörter auf und verlieh ihnen Sinn.

Das Schiff dagegen – mein Schiff – löste in meinem Gedächtnis nichts aus!

Gab es womöglich nicht von ungefähr zwei Sitze im Cockpit? War ich vielleicht gar nicht der Pilot? War mein Gefährte, der das Schiff fliegen konnte, gestorben?

Entsetzt betrachtete ich das zickzackförmige Pult. Die unzähligen bunten Lämpchen. Sie saßen zu dicht beieinander und waren viel zu klein – anscheinend brauchte man nur einen flüchtigen Blick auf sie zu werfen, musste sie jedoch nicht im Einzelnen wahrnehmen. Dann gab es noch zwei ovale Bildschirme.

Und vor jedem Sitz zwei Vertiefungen im Pult, zwei Trichter, die mit einer öligen, silbrigen Flüssigkeit gefüllt waren.

Ganz ruhig ... Das Schiff musste sich steuern lassen. Betriebslämpchen und Bildschirme – das sind Systeme zur

Informationsausgabe. Wo konnte Information eingegeben werden?

Ich streckte die Hand aus und berührte mit den Fingerspitzen die silbrige Flüssigkeit. Es fühlte sich wie Gel an, wie eine kolloidale Masse. Elastisch und gleichzeitig unter der Hand nachgebend ...

Ich steckte die Finger in den Trichter. Meine Hände schienen in weiche Handschuhe zu gleiten.

Ich begrüße dich an Bord, Kapitän ...

»Wer bist du?«, schrie ich. Laut, obwohl die Stimme nur in meinem Kopf zu hören gewesen war. In ihr hatten nicht mehr Gefühle gelegen als in einer Seite mit mathematischen Gleichungen. Und trotzdem – es war eine lebendige Stimme.

Dein Bordpartner. Das Schiff ist bereit zum Start. Die Energieressourcen sind wiederhergestellt.

»Ich erinnere mich an nichts mehr«, flüsterte ich. »Mit mir stimmt etwas nicht ... mit meinem Gedächtnis ...«

Die möglichen Gründe einer Amnesie sind ein Verhör unter Anwendung einer destruktiven Mentalkopie, ein hysterischer Schock oder eine Psychoblockade.

»Wer bist du?«

Dein Bordpartner. Ein künstliches System zur Steuerung des Schiffs.

»Und wer bin ich?«

Auf diese Frage antwortete der Computer komischerweise nicht sofort.

Der Kapitän des Schiffs, Nik Rimer. Pilot einer Gruppe der Fernaufklärung. Progressor dritter Klasse. Regressor erster Klasse. Ritter des Ordens des Ruhms dritten Rangs.

Ausgestattet mit dem Recht der freien Suche sowie dem Recht, wichtige Entscheidungen zu treffen.

»Nik Rimer? Das bin ich?«

Ja.

Ich brauchte also nicht laut zu sprechen, damit das Schiff mich hörte. Nik Rimer ...

Der Name löste nicht das geringste Echo in meinem Bewusstsein aus. Leere. Finsternis.

Du hast alle persönlichen Erinnerungen verloren. Du brauchst die Hilfe von Ärzten.

»Ich möchte nach Hause«, flüsterte ich. »Nach Hause. Dort ... dort gibt es Licht.«

Als tauche aus der Leere etwas auf, presste Sehnsucht mein Herz kurz zusammen. Zu Hause – das ist Licht. Wärme und Ruhe. Sicherheit. Dort gab es nicht diese gebleckten Zähne der alarischen *Nicht-Freunde*. Dort würde man mir helfen.

Soll ich den Start vorbereiten?

»Ja!«

Die Vorbereitung ist abgeschlossen. Einschätzung der Situation: Wir befinden uns an Bord des Schiffs einer unbekannten, aggressiv gesonnenen Zivilisation. Ich bitte um vollständige Verschmelzung, damit ich die aktiven Handlungen vornehmen kann.

»Ja ...«

Mir wurde schwarz vor Augen. Im nächsten Moment stand ich mitten in einer riesigen fremden Halle, umgeben von Alari.

Nein, das war ich nicht! Das war das Schiff. Wir waren eine Einheit geworden. Ich blickte in alle Richtungen gleichzeitig. Ich spürte den Schlag, als die Schwerkraft zurückkehrte. Ich wusste, wie sich die Luft im Schiff prozentual zusammensetzte. Ich spürte die Energieströme in den Wänden und die Dicke dieser Wände ...

Für den Eintritt in den freien Raum sind aktive Handlungen nötig.

Welche Waffen haben wir?, formulierte ich in Gedanken eine Frage.

An Bord gibt es keine Waffen.

Das überraschte mich. Schließlich erinnerte ich mich doch an die Dunkelheit des Alls, die durch Lichtexplosionen durchbrochen worden war ...

Möglich ist eine nicht-standardgemäße Anwendung des Relativitätsschilds, der Meteoritenabwehrkanonen, der seismischen Sonden, der Reparaturlaser, der Fernfunkanlage ...

Tu alles, was nötig ist!, gab ich einen mentalen Befehl. Die Alari um mich herum standen nämlich durchaus nicht tatenlos da, sondern schleppten verschiedene Gegenstände heran, bereiteten einen Sturm vor. *Tu alles, damit wir nach Hause kommen!*

Zu Befehl. Das Verteidigungsfeld ist aktiviert.

Der Ring der *Nicht-Freunde* um uns brach auf, zerfiel.

Ich bringe den Antimeteoritenschild in Position.

Unmerklich veränderte sich etwas. Als ob Ich-das-Schiff die fest verschränkten Hände nach oben riss ... und die kuppelförmige Decke der Halle unter dem Schlag einen Riss bekam, an dieser Stelle zu Staub zerfiel ... und in einer kurzen blendenden Explosion verbrannte.

Start.

Im Luftstrom, der durch den Riss schoss, stiegen wir auf. Hindernisse gab es keine, das fremde Schiff verfügte anscheinend nicht über die entsprechende Ausrüstung, um innerhalb des eigenen Raumschiffs gegen uns zu kämpfen.

Ich selbst hatte gar keine Waffe.

Wie komisch das klingt, *nicht-standardgemäße Anwendung* ... Sicher, mit dem Schild kann man den kosmischen Staub in Geschwindigkeiten, die der Lichtgeschwindigkeit nahekommen, verdampfen. Oder ein Schiff der *Nicht-Freunde* zerstören.

Wir schoben uns durch den Riss in der Decke, als in der Halle irgendein Feld aktiviert wurde, dessen fahles Leuchten ich sehen konnte. Das stellte keinen Angriff oder den Versuch, uns aufzuhalten, dar. Die Alari hielten vielmehr die wegströmende Luft auf. In einer Wolke silbriger Kristalle gefrierenden Sauerstoffs und von Dämpfen entfernten wir uns von ihnen.

Oho!

Das Schiff, in dem ich gefangen gehalten worden war, erwies sich als riesige Scheibe. Und es war nicht allein im Kosmos, überall funkelten fremde Schiffe. Kleine Kugeln, die uns in Vierergruppen entgegenkamen, aber auch noch ein paar gigantische Scheiben. Sobald ich eines dieser Schiffe im Auge behielt und beobachtete, wie es größer wurde, registrierte ich förmlich jede seiner Bewegungen und wohl auch einzelne Details in seinem Innern ...

Es folgen ein Ablenkungsmanöver und der Abflug. Ich setze seismische Sonden aus.

In dem Schiff – in mir – öffneten sich die Schießscharten, und sechs kleine Kegel schossen den fremden Schiffen entgegen. Diese wichen zur Seite aus, als kennten sie das Manöver bereits.

Sechs Feuerbälle loderten im All auf. Ich sah, wie die Ströme der Strahlung im Raum zerflossen, wie die fremden Schiffe sich mit ihren Verteidigungsschilden gegen die Explosionen zu schützen versuchten.

Subatomare Sprengkörper von mittlerer Sprengkraft. Sie werden zur Sondierung der Bodenschichten auf unbewohnten Planeten eingesetzt und zur Überwindung unvorhergesehener Situationen.

Wir glitten durch die lodernden Flammen. Die Nicht-Freunde blieben hinter uns zurück.

Wir gehen auf Überlichtgeschwindigkeit …

Als ich in der Kabine wieder zu mir kam, steckten meine Hände nach wie vor in der silbrigen Flüssigkeit. Dennoch fühlte ich mich nicht länger als das Schiff.

Es tut gut, nicht alle Seiten gleichzeitig sehen zu müssen!

Du hast das Bewusstsein verloren. Hat sich dein Zustand jetzt verbessert?

»Ja«, flüsterte ich. »Wo sind wir?«

Im Außer-Raum. Wir bewegen uns auf Die Heimat zu.

»Ist es weit?«

Das Schiff zögerte mit der Antwort. *Das Ausmaß deiner Verletzungen ist sehr groß.*

»Anzunehmen. Ich erinnere mich an nichts mehr. Nicht einmal mehr an meinen Namen.«

Du bist Nik Rimer. Pilot der Fernaufklärung.

»Mir geht es nicht gut«, gestand ich. »Ich erinnere mich wirklich an rein gar nichts mehr.«

Die Situation trägt bedenkliche Züge. Ich bin verpflichtet, dich selbstständig nach Der Heimat zu bringen. Wenn du andere Anweisungen erteilst, habe ich das Recht, den Gehorsam zu verweigern.

»Aber ich will doch gar nichts anderes!« Wut auf das gehorsame und treue und zugleich so dumme Schiff packte mich. »Ich habe doch genau das befohlen!«

Die Warnung bezüglich der temporären Einschränkung deiner Rechte ist erfolgt.

»Bring mich endlich nach Hause!«

Ich zog die Hände aus der schmatzenden Flüssigkeit und schaute mich in der Kabine um. Sollte das wirklich der Ort meiner *Arbeit-für-Die-Heimat* sein? Wie konnte ich weiter von Nutzen sein, wenn ich mein Gedächtnis nicht zurückerlangte?

Nein, man würde mir helfen. Bestimmt würde man das. Schließlich hatte ich viel geleistet – mit meiner Gedächtnislücke, ohne Waffe, als ich mich aus der Gefangenschaft befreit hatte –, und jetzt war ich auf dem Weg nach Hause, brachte wertvolle Informationen mit. Selbst wenn ich mich kaum an etwas erinnerte, würde das Schiff gewiss alle wichtigen Daten gespeichert haben.

Außerdem besaß ich materielle Trophäen. Genauer gesagt Geschenke. Ein Messer, eine Jacke, Schuhe, eine Hose ... Anzeichen einer fremden Kultur, die unserer Welt so ähnlich ist ...

Ich steckte die linke Hand in den Trichter am Pult. Nur eine Hand, als würde ich mich selbst daran erinnern, dass ich keinen vollständigen Kontakt herstellen wollte.

»Wie lange dauert der Flug?«

Etwa vier Stunden.

»Wie lang ist das?«

Hast du das Zeitgefühl verloren?

»Ja!«

Ich stelle die Information auf dem Bildschirm dar.

Beide Monitore leuchteten auf. Auf dem, der sich gegenüber dem freien Sitz befand, war nur graue Dunkelheit zu sehen. Aber auf dem vor mir prangte ein quadratisches Zifferblatt, unterteilt in zehn Sektoren. Über das Zifferblatt kroch ein Zeiger, zwei weitere verharrten reglos in ihrer Position.

Ein Tag – das ist die Phase, in der sich Die Heimat einmal um die eigene Achse dreht. Ein Tag besteht aus zehn Stunden. Eine Stunde aus hundert Minuten. Eine Minute aus hundert Sekunden. Eine vollständige Drehung des grünen Zeigers dauert hundert Sekunden. Eine vollständige Drehung des blauen Zeigers hundert Minuten. Eine vollständige Drehung des roten zehn Stunden.

Wie einfach und natürlich das war! Anders konnte es ja gar nicht sein. Aber selbst das hatte ich vergessen!

Ich zog die Hand aus dem Trichter und bedeckte das Gesicht mit den Händen. Nein, ich würde nicht wieder normal werden. Niemals mehr. Ich war krank, unvollkommen, ein Krüppel, nur noch des Mitleids meiner Gefährten würdig. Selbst wenn ich nach Hause käme, würde ich die mir bekannten Gesichter nicht erkennen. Ich würde meine Welt neu entdecken müssen. Mir einen neuen Platz im Leben suchen müssen.

Vielleicht in ein paar Jahren ... ein Jahr – das ist der Zeitraum, in dem Die Heimat um Das Mütterchen kreist ... immerhin, an etwas erinnerte ich mich ja doch noch ... in ein paar Jahren würde ich gelernt haben, normal zu sein. Genauer gesagt, es würde so wirken. Denn stets würde ich mich an diesen Moment erinnern, an dem ich das Zifferblatt gesehen habe und es mir komisch und dumm vorkam, dass ein Tag zehn Stunden hat, eine Stunde hundert Minuten ...

Ich steckte die Hand in den Trichter.

»Mein Gedächtnis und mein Wahrnehmungsvermögen sind ernsthaft gestört«, sagte ich. »Es ist richtig, dass du meine Befehle nicht befolgst, Bordpartner. Ich muss auf die Hilfe der Spezialisten warten.«

Eine tapfere und weise Entscheidung.

»Ich möchte mich an so viel wie möglich erinnern, Bordpartner. Teil mir mit, warum ich in den Kosmos aufgebrochen bin.«

Du gehörst zur Fernaufklärung.

»Die Wesen, die uns beide gefangen gehalten haben – sind die auf Der Heimat bekannt?«

Dazu liegen keine Daten vor. Deshalb nehme ich an, dass sie es nicht sind.

»Wie bin ich in Gefangenschaft geraten?«

Wir sind auf ihre kleinen Schiffe gestoßen. Du hast beschlossen, Kontakt aufzunehmen, indem du eines der Schiffe kaperst und nach Heimat bringst, damit dort freundschaftliche Beziehungen hergestellt werden können.

»War das … eine richtige Entscheidung?«

Ja. Die empfohlene Prozedur zur Herstellung des ersten Kontakts sieht vor, einen einzelnen Vertreter der fremden Rasse in seine Gewalt zu bringen.

»Warum sind wir dann in Gefangenschaft geraten?«

Es sind neue Schiffe aufgetaucht. Sie besaßen große Feuerkraft. Fluchtbedingungen waren nicht gegeben. Unsere Energie war verbraucht. Wir wurden von dem größten Schiff des fremden Geschwaders geschluckt.

»Und weiter?«

Du hast die Verschmelzung unterbrochen und bist ausgestiegen, um einen Friedensprozess einzuleiten. Doch man hat dich angegriffen. Du hast das Bewusstsein verloren. Eine nicht-standardgemäße Anwendung der Bordmittel hätte zu deinem Tod geführt.

»Und dann?«

Es ist nichts passiert. Da keine Daten über deinen Tod vorlagen, habe ich weiter funktioniert. Sieben ganze Tage und viereinhalb Stunden bist du fort gewesen.

»Haben sie versucht, in dich einzudringen?«

Nein.

»Also besitzen die *Nicht-Freunde* keine Informationen über Die Heimat? Es besteht keine Gefahr?«

Höchstwahrscheinlich nicht.

»Ich werde warten«, versicherte ich. »Zu Hause wird man mir helfen. Bestimmt.«

Ruh dich aus. Du brauchst Ruhe für die Regeneration deines Organismus.

Ich berührte mein Gesicht. Die Wunden bluteten schon nicht mehr, sondern hatten sich geschlossen, ohne dass ich es gemerkt hätte. Dafür hatte ich gewaltigen Hunger.

Essen findet sich im Container zwischen den Sitzen. Ich öffne ihn.

Ein ovaler Behälter zwischen den beiden Sitzen öffnete seine Blütenblätter – ebenso, wie sich die Schutzhülle des Schiffs geöffnet hatte. Sein Inneres barg mehrere zylindrische Container. Ich befolgte die Anweisungen meines Bordpartners und öffnete einen, indem ich von der Oberseite eine hermetisierende Folie abriss.

Der Zylinder enthielt eine dicke, klumpige Flüssigkeit. Sowohl Essen als auch Trinken ... Freilich, es schmeckte besser als jener Dreck, den mir die Alari vorgesetzt hatten.

Ich aß etwas und versenkte den leeren Container in einer Luke, die mir mein Bordpartner ebenfalls geöffnet hatte. Zu gern hätte ich mich selbst mit allen Gerätschaften vertraut gemacht, schließlich war ich noch vor siebeneinhalb Tagen ein richtiger Pilot gewesen ...

»Wie habe ich dich früher genannt, Bordpartner?«

Partner. Einfach Partner. Das ist die übliche Form.

»Ich werde mich regenerieren, Partner«, versprach ich. »Alles wird wieder gut.«

Ja. Jetzt ruh dich aus. Das ist ein ärztlicher Rat.

»Erzähl mir von Der Heimat. Ich erinnere mich an nichts.«

Das wird nicht empfohlen. Deine Behandlung nehmen die Spezialisten vor. Schlaf.

»Ich kann jetzt nicht schlafen«, beklagte ich mich. »Wirklich nicht.«

Ich werde dir helfen. Schließ die Augen und sei entspannt-wachsam. Lass die Hand im Trichter.

Ich gab mir alle Mühe einzuschlafen. Wie versprochen, hielt ich die Hand in die warme, elastische Flüssigkeit getaucht und ließ mir das wenige durch den Kopf gehen, das ich wusste. Wie ein Baby, das mit bunten Rasseln spielt – dem wenigen, das es in der ihm zugänglichen Welt gibt. All, Schiffe, Heimat, Alari, die Experten, die mir so ähnelten, Bordpartner ...

»Ich kann nicht einschlafen, Partner«, sagte ich und schlug die Augen auf.

Du bist gerade aufgewacht. Wir nähern uns dem System.

»Was?«

Der Bildschirm.

Die größte Rassel der Welt – das Sonnensystem – funkelte vor mir. Das warme gelbe Feuer Des Mütterchens, halb verdeckt von der Scheibe Der Heimat.

»Zuhause ...«, flüsterte ich. »Mein Zuhause ...«

Nein, ich erinnerte mich an nichts. Bis auf das Gefühl, dass ich das schon einmal erlebt hatte: Diesen Blick auf den näher kommenden Planeten. Die wachsende Vorfreude auf die Begegnungen, die Ruhe, die Sicherheit. Licht, das nicht verlischt.

Ich schluckte und beugte mich zum Monitor vor. Alles würde gut werden! Man würde mir helfen, ich würde mich an alles erinnern, am Ende über meine Ängste lachen, über meine Flucht ... Die dämlichen aggressiven Alari würden unsere Freunde werden – so war es schließlich immer gewesen. Wir würden gemeinsam über die Fehler bei unserer ersten Begegnung lachen.

Das Komitee für Fernaufklärung ist informiert. Wir setzen beim Haupterholungszentrum auf Der Heimat auf. Man holt dich dort ab, Nik.

»Vielen, vielen Dank, Partner!«, sagte ich. »Wir werden wieder zusammen fliegen!«

Er antwortete nicht gleich.

Möglich, aber unwahrscheinlich. Sehr zweifelhaft. Es besteht nur die geringe Chance, dass ich an einen anderen Piloten angepasst werde. Werde gesund und viel Erfolg bei der Arbeit, Nik.

Die Scheibe Der Heimat verwandelte sich erst in eine Halbkugel, dann in eine Kugel. Ich sah einen Kreis, vor dem fast keine Wolken hingen, und freute mich, dass ich meinen Kontinent so leicht erkannt hatte. Die Perspektive verschob sich nicht, Gravitationsänderungen traten ebenfalls nicht auf, es war fast, als ob das Schiff sich immer noch mit derselben Geschwindigkeit, noch immer auf demselben Kurs fortbewegte. Vermutlich kontrollierte es aber einfach die inneren Schwerkraftfelder sehr gut.

»Die Heimat ...«, sagte ich. »Heimat, ich bin zurück!«

Nachdem ich wieder aufgewacht war, dauerte es weniger als eine Stunde bis zur Landung. Anfangs wirkte das Bild auf dem Schirm leicht trüb, dann verwandelte sich der trübe Schleier in einen Flammenvorhang. Wir durchdrangen die Atmosphäre.

Was würde nun geschehen?

Ob mir ein Blick auf einst vertraute Gesichter genügen würde, damit die Barriere einstürzte, damit sich über den Abgrund in meinem Bewusstsein eine solide Brücke spannte? Vielleicht ...

Der Feuersturm rund um das Schiff legte sich. Wir flogen, zwar noch in großer Höhe, dicht am Rand der Atmosphäre, waren aber bereits zu Hause. Weit unten spannten sich weiße Ketten von *Agrarwolken*, aus denen Ackerland berieselt wurde, gab es durchbrochene Streifen von *Schmuckwolken*, die die Augen erfreuten, und dunkle, dräuende *Romantische-Stimmungs-Wolken*.

Ja doch, ich erkannte Die Heimat wieder! Wenn auch nicht alles auf einmal!

Allen Schwierigkeiten zum Trotz waren wir zurückgekehrt, noch dazu als Sieger!

Halte dich bereit, Nik. Erfolg und Gesundheit.

Wir gingen jäh tiefer. Es war nicht einmal ein freier Fall, sondern ein Flug hinab mit großer Beschleunigung. Ich zog die Hand aus dem Trichter und klammerte mich am Sessel fest. Mir wurde ein wenig bange.

Als sei ich schon einmal abgestürzt, vor langer Zeit, ohne jede Hoffnung auf Rettung, in der Wirklichkeit oder in der Phantasie, egal, es ist beides fast gleichermaßen schrecklich ...

Nachdem das Schiff die Wolken durchstoßen hatte, verminderte es sein Tempo ein wenig. Auf dem Bildschirm sah ich eine Stadt, weiße Erhebungen von Häusern und einen perfekt geraden, einen *sehr-gut-begradigten* Fluss. Schade nur, dass der Bildschirm so klein war, sehr schade sogar ...

Der Schiffskörper wurde durchsichtig. Mich umgaben kaum noch zu erkennende Wände – und auch die dienten gewiss zu meinem psychologischen Wohlbefinden. Ich schrie auf, presste mich in den Sitz, in den einzigen Gegenstand, der noch sichtbar war.

Was bedeutete das? Hörte mich das Schiff ständig? War der Trichter vielleicht gar nicht nötig?

Das ist so Tradition.

Die Stadt lag etwas abseits, zwanzig bis dreißig Kiloschritt. Nur mit Mühe löste ich meinen Blick von ihr – dermaßen schön war sie. Ich sah nach unten, auf ein riesiges, gleichmäßiges Feld, das mit grünem Gras bewachsen war und auf dem unzählige silbrige Linsen standen. Wir flogen bereits so tief, dass ich die Figuren von Menschen erkennen konnte, die mit zurückgelegtem Kopf dastanden.

Ich wurde erwartet.

Das Schiff landete auf dem Gras, etwa zehn Schritte von den Menschen entfernt. So sanft, dass ich das Aufsetzen nicht einmal bemerkte. Warum hätte ich es allerdings auch spüren sollen – in einem Feld mit künstlicher Schwerkraft?

Die Kuppel über mir öffnete sich. Der Bildschirm erlosch.

Ich zögerte noch, bevor ich ausstieg, blieb sitzen, das warme Licht Des Mütterchens genießend. Hatte ich nicht genau davon geträumt?

Ob ich mich vom Schiff verabschieden sollte?

Hm, nehmen wir an, dass sämtliche Wünsche bereits ausgesprochen sind ...

Ich erhob mich und kletterte zum gewölbten Dach des Schiffs hinaus. Ich betrachtete die Menschen und lächelte unsicher.

»Nik!«, rief mich jemand. »Willkommen zu Hause, Nik!«

Leb wohl.

Drei

Es waren vier. Vorneweg ein großgewachsener, hagerer Alter mit Geheimratsecken in einem zerknitterten weißen Anzug. Er sah mich nachdenklich und ohne zu lächeln an. Er schaute sehr ernst drein, worauf ich den Blick rasch abwendete.

Dafür lächelten die drei anderen, einladend und erfreut. Zwei junge dunkelhaarige Männer in meinem Alter, die sich ähnelten und wahrscheinlich Brüder waren. Beide trugen silbrige Shorts und weite Hemden – aber keine Schuhe. Der ältere hatte ein buntes Tuch um den Hals gebunden. Etwas abseits von den beiden stand eine junge Frau, die im Unterschied zu den zweien einen kurzen Igelhaarschnitt hatte, einen langen, engen Rock und ein kaum die Brust bedeckendes Band trug. Ihr Lächeln wirkte verlegen und ratlos.

»Nik!«, sprach mich der Mann mit dem Tuch um den Hals tadelnd an. »Was ist denn mit dir?«

Ich sprang hinunter ins Gras, das weich unter meinen Füßen federte, und ging zu ihnen. »Guten Tag«, sagte ich.

Diese Worte hatten sie nicht erwartet. Bis auf die Frau jedenfalls nicht, doch in ihrem Gesicht regte sich nichts. Der Alte dagegen schüttelte den Kopf, die beiden anderen wechselten irritierte Blicke.

»Nik, Nik …«, sagte der Alte und trat dicht an mich heran. Er schaute mir in die Augen. »Erkennst du mich denn nicht?«

Ich schüttelte den Kopf. Wer war er? Mein Großvater? Mein Vater?

»Niki, das ist doch dein Ausbilder«, soufflierte die Frau halblaut. »Dein Ausbilder!«

»Ich erinnere mich an nichts.« Ich spürte, wie Tränen in meine Augen traten. »Entschuldigt. Ich erkenne niemanden.«

»Hattest du Kontakt mit Fremden?«, fragte der Alte streng.

»Ja.«

Der Alte fasste mich am Kinn und betrachtete mit äußerster Aufmerksamkeit mein Gesicht. »Wir sind zu sorglos«, meinte er seufzend. »Zu offen. Dabei hat uns der Kosmos schon oft genug eine Lektion erteilt, eine strenge Lektion … In deinem Gesicht sind Spuren von Wunden, mein Junge.«

»Ich habe gekämpft.«

»Du warst immer impulsiv und unbesonnen …« Der Alte tätschelte meine Wange. »Das habe ich nicht vergessen … verzeih mir, Nik. Alles wird wieder ins Lot kommen. Die Hauptsache ist, dass du zurückgekehrt bist. Ich bin dein Ausbilder, Nik. Ich heiße Fed.«

Mit einem Mal wechselte er in einen verschwörerischen Flüsterton: »In deiner Kindheit habt ihr, du und die anderen, mich ›Feder‹ genannt. Ihr glaubtet, ich wüsste das nicht …«

»Daran erinnere ich mich auch nicht mehr«, antwortete ich mit leiser Stimme.

»Alles wird wieder gut werden, mein Junge …«, versicherte der Alte noch einmal.

Er fasste mich beim Arm und brachte mich zu den geduldig wartenden jungen Leuten. Mir war klar, dass ich sie besser Freunde hätte nennen sollen, aber ihre Gesichter weckten nichts in meinem Innern.

»Das sind deine Freunde«, sagte der Ausbilder. »Han.«

Der Mann ohne Tuch um den Hals breitete die Arme aus. Entschuldigend, als sei er dafür verantwortlich, dass wir uns neuerlich kennenlernen mussten.

»Nik«, stellte ich mich automatisch vor. Dann streckte ich die Hand aus – worauf alle begriffsstutzig auf den offenen Handteller starrten.

Etwas Seltsames ging mit mir vor …

Unbeholfen wiederholte ich Hans Geste und breitete die Arme aus.

»Tag«, nannte der andere Mann seinen Namen. »Taggi.«

»Nik. Aber du erinnerst dich ja daran …«

Die anderen lachten. Ein wenig gezwungen, aber erleichtert, fast wie am Bett eines Kranken, der mit einem Mal die Kraft zu scherzen in sich entdeckt.

»Ich bin Katti«, sagte die Frau. Nach kurzem Zögern fragte sie: »Erinnerst du dich auch an mich nicht?«

Wie gern hätte ich mich an sie erinnert!

Ich betrachtete Katti, ihr schmales, zartes Gesicht, die kurz geschnittenen braunen Haare, den zerbrechlichen Körper. Ihr Anblick war weitaus angenehmer als der der anderen. Sogar angenehmer als der jener Frau der fremden Menschen, die auf dem alarischen Schiff zurückgeblieben war ...

»Ich erinnere mich nicht«, gestand ich. »Aber ich glaube, dass ich dich gekannt habe. Verzeih.«

»Macht nichts, Niki.« Sie machte eine aufmunternde Kopfbewegung, dennoch legte sich Kummer in ihre Augen. »Das kommt alles wieder.«

Der Alte hüstelte. »Rimer.«

»Ja?«, reagierte ich.

»Man hat uns erlaubt, dich abzuholen. Das Komitee der Fernaufklärung erwartet jedoch einen detaillierten Bericht, weshalb ich mich daran erinnern musste, wie du früher warst ... und mich jetzt auf meine Pflichten besinnen muss. Ist mit deinem Schiff alles in Ordnung?«

»Ihm geht es viel besser als mir.«

»Wenigstens etwas. Es hat uns bereits derart umfangreiche neue Informationen zukommen lassen, dass alle Dienste vollauf beschäftigt sind. Han! Untersuch das Schiff! Bring es in die Box und nimm es vollständig auseinander! Versichere dich, dass keine Artefakte eingeschmuggelt wurden! Kontrolliere, ob jemand in das Bewusstsein des Bordpartners eingedrungen ist! Gründlich! Wenn alles in Ordnung ist, wird das Schiff eingeschmolzen. Und alle Messgeräte, die mit ihm Kontakt hatten, ebenfalls.«

»In Ordnung, Ausbilder. Wird erledigt.« Han lächelte und setzte sich in Bewegung.

Ich war völlig konfus und wusste nicht, was ich überhaupt sagen sollte.

Daran hatte mein Bordpartner also gedacht, als er behauptet hatte, die Chance einer Wiederbegegnung sei äußerst gering!

»Wir sehen uns heute Abend«, bemerkte Han, als er an mir vorbeiging. Aus irgendeinem Grund hatte ich erwartet, er würde mir auf die Schulter klopfen oder mich sonst irgendwie berühren. Aber das tat er nicht.

»Bist du verwirrt?«, fragte Fed. Er hatte mich nicht einen Moment aus den Augen gelassen. Offenbar vermochte er gut in meinem Gesicht zu lesen.

»Es ist alles neu, Ausbilder«, antwortete ich. »Irgendwie ... ganz ungewohnt.«

»Deine Kleidung, Nik – woher kommt die?«

»Es ist ein Geschenk einer fremden Rasse, die uns ähnelt. Es waren drei Personen: ein junger Mann, eine junge Frau und ein Alter. Sie haben mir bei der Flucht geholfen und mir eine Waffe sowie diese Kleidung gegeben.«

»Das Schiff hat uns darüber nichts mitgeteilt.«

»Es wusste nichts davon.«

»Gehen wir. Nik, Kinder ...«

Wir entfernten uns vom Schiff. Die Kuppel hatte sich bereits über dem ins Cockpit eingestiegenen Han geschlossen, jetzt flog das Schiff langsam und nicht sehr hoch über das Feld dahin. Ich sah ihm nach, dann zog ich mir die Jacke aus und warf sie mir über den Arm. Es war heiß, über dem Landefeld prangte ein wolkenloser Himmel, und Das Mütterchen leuchtete überall. Der Alte ging uns voran, vertieft in seine Gedanken, wir drei folgten ihm.

»Sind sie uns wirklich ähnlich?«, fragte Tag.

Ihn interessierte das sehr. Er brannte förmlich vor Neugier. Katti schien mein Zustand zu beunruhigen, was Fed umtrieb, ließ sich nicht abschätzen. Tag jedoch interessierte sich vor allem für die Neuigkeiten über die fremden Menschen.

»Ja. Sie sind uns ziemlich ähnlich.«

»Auf dem Niveau der Physiologie und Anatomie sind Unterschiede ja nicht so ungewöhnlich«, meinte Tag seufzend. »Aber was das Genom angeht … Interessant ist das natürlich. Das ist also ihre Kleidung? Darf ich mal?«

»Klar.« Ich hielt ihm die Jacke hin. Tag wirbelte sie in den Händen herum und deutete mit einer komisch wirkenden Geste an, er wolle sie sich über die Schultern werfen. Schließlich steckte er einen Finger in die Risse an der Brust, die die Zähne der Alari hinterlassen hatten.

»Ziemlich unbequem«, urteilte er. »Schwer, nicht reißfest, aus einzelnen Stoffteilen zusammengesetzt. Lauter Nähte. Solche Sachen trugen unsere Urahnen. Wie hast du sie so zugerichtet?«

»Ich wurde angegriffen.«

Tag schnalzte mit der Zunge und zupfte das Tuch um seinen Hals zurecht. »Ist dir nicht warm in diesem Zeug, Nik?«

»Doch«, sagte ich.

Wir gelangten zu einer flachen weißen Plattform. Im ersten Moment glaubte ich, sie stünde im Gras, dann bemerkte ich jedoch, dass zwischen der Erde und dem Boden der Plattform ein schmaler Spalt klaffte. Alle kletterten auf die Plattform. Der Alte hockte sich auf sie, Katti nahm eine halb liegende Position ein, Tag schlug die Beine unter. Ich setzte mich ebenfalls auf die Plattform.

»Jetzt fahren wir zu Tag und bringen in Erfahrung, was mit dir passiert ist.« Fed sah mich streng an. »Hast du Angst?«

»Wovor?«, fragte ich ratlos.

»Davor, dass man dich, wenn alles in Ordnung ist, zum Umschmelzen schickt!«, bemerkte Tag lachend. Fed lächelte, selbst auf Kattis Gesicht zeichnete sich ein Lächeln ab.

»Ehrlich gesagt, weiß ich nicht, womit ich rechnen soll«, gab ich zu. »Es hat mich verblüfft, von der Umschmelzung des Schiffs zu hören. Ich erinnere mich wirklich an *nichts* mehr.«

Das Lächeln verschwand vom Gesicht des Alten. »Nik, alles wird gut werden.«

Diese Beschwörungsformel war ich allmählich leid ...

»Du glaubst mir doch?«

»Wahrscheinlich schon.«

Fed seufzte. »Ein Ausbilder, dem man erklärt, man glaube ihm *wahrscheinlich schon*, sollte sich fortan damit befassen, den Strand von Abfällen zu säubern ... Aber ich nehme es dir nicht übel, Nik. Du bist ein besonderer Fall. Glaube mir.«

Die Plattform setzte sich in Bewegung – vermutlich weil ihr jemand einen mentalen Befehl erteilt hatte. Sehr schnell erreichten wir eine beachtliche Geschwindigkeit, aber irgendein Feld schwächte den Luftstrom zu einem leichten, angenehmen Wind ab.

»Han überprüft dein Schiff«, erklärte Fed. »Er ist ein sehr guter Spezialist für intelligente Systeme, du hast dich auf diesem Feld nie mit ihm messen können ...«

Ich hüllte mich in Schweigen.

»Und Tag überprüft dich. Er ist auf die nicht-menschlichen Lebensformen spezialisiert.«

Den Sinn dieser Aussage erfasste ich nicht auf Anhieb. »Ausbilder ...«

»Nik, ich bin mir so gut wie sicher, dass du du bist. Ich kenne dich, seit du sechs Jahre alt warst. Aber du musst die Situation begreifen. Wir befinden uns jetzt *hier*, in einem fremden Raum. Dass Das Mütterchen nach wie vor über Der Heimat und den Planeten der Freunde scheint, ändert nichts an dieser Tatsache. Wir leben in einer fremden Welt. Und wie diese ist ... besser als unsere bisherige oder grausamer ... lässt sich nicht einschätzen. Wir Menschen müssen uns davon überzeugen, dass du kein Fremder bist. Es ist fast eine Woche vergangen, seit du zu deinem Erkundungsflug aufgebrochen bist. Neun Tage! Du warst in Gefangenschaft! Und wer aus der Gefangenschaft zurückgekehrt ist, wissen wir noch nicht.«

»Das ist Nik, Ausbilder!«, mischte sich Katti ein. »Das kann ich reinen Gewissens sagen! Als Ärztin und ... als Freundin.«

»Auch ich bin dessen ja fast sicher«, beteuerte Fed. »Aber eben nur fast.«

Mir war, als habe man eiskaltes Wasser über mich gegossen.

Nach Hause zu kommen und zu erfahren, dass man dich verdächtigt, ein Fremder zu sein! Ein Regressor der *Nicht-Freunde*!

Ich legte mich auf den Rücken und betrachtete die gleichmäßigen Wolkenstreifen. Das Licht Mütterchens ließ mich blinzeln. Die fliegende Plattform vibrierte leicht unter mir.

»Verzage nicht, Rimer«, mahnte mich der Ausbilder streng. »Verzage nicht!«

»Niki, sollte ich herausfinden, dass du ein Fremder bist, wäre ich bereit, meine ganze Sammlung zu fressen!«, tröstete mich auch Tag. Er saß da, kaute auf einem Grashalm, den er unterwegs herausgerissen hatte, und wirkte völlig ruhig.

»Und was sammelst du?«, fragte ich.

»Mineralien aus anderen Welten. Die sind wahrscheinlich nicht gerade lecker ... Du selbst hast mir auch schon welche mitgebracht.«

Seufzend durchforstete ich die leeren Speicher meines Gedächtnisses. Und begeistert bemerkte ich, dass Tags Worte etwas in mir auslösten!

»Daran erinnere ich mich! Ich glaube, ich erinnere mich!«

»Siehst du«, meinte Katti und seufzte erleichtert. »Alles kommt zurück ... alles wird wieder wie früher.«

»Ich nehme an, du leidest an einer Psychoblockade«, sagte Fed. »Du bist verhört und gefoltert worden. Dein Selbstschutz hat deshalb dein Gedächtnis abgeschaltet. Das ist sehr gut. Ich habe nie wirklich daran geglaubt, aber jetzt ... Nik, mein Junge, erzähl mir alles, woran du dich erinnerst.«

»Als ich zu mir gekommen bin, lag ich auf einem Podest«, fing ich an. »Zunächst habe ich die Decke gesehen und erfasst, was das ist. Dann habe ich meinen Kopf gedreht und die Wände angesehen. So ging es weiter ... brockenweise. Nach und nach setzte sich daraus ein Bild zusammen ...«

Als ich meine Erzählung beendete, befand ich mich bereits in Tags Untersuchungszimmer, das in einem der oberen Stockwerke eines riesigen pyramidenförmigen Gebäudes lag. Ich saß unter einer weißen, leise summenden Metallglocke. Durch die durchsichtigen Wände des Raums konnte ich die Stadt erkennen. Parks, schmale Gehsteige, über die Autobahnen fahrende Autos ...

»Dann zeigte sich, dass wir uns bereits Der Heimat näherten«, sagte ich. Ich rieb mir den Unterarm, in den ich einige Spritzen bekommen hatte. Übrigens nicht nur dahin ... »Wir landeten ohne Probleme ... Das ist alles, glaube ich.«

Meine Stimme hallte dumpf unter dem halbkugelförmigen Diagnoseapparat. Anscheinend trennte mich momentan irgendein Feld vom Raum. Vielleicht sollte es Nebengeräusche absorbieren oder mich vor schädlichen Folgen durch die Strahlung der Apparate schützen. Vielleicht sollte es mich aber auch an Ort und Stelle festhalten, falls ein Verrat aufgedeckt wurde.

Dabei wusste ich doch, dass ich kein Regressor einer fremden Zivilisation war!

Tag und Katti saßen abseits hinter dem Pult. Fed hatte mir gegenüber auf einem niedrigen Stuhl Platz genommen. Während meines Berichts hatte er mich ein paar Mal unterbrochen und gebeten, etwas zu präzisieren oder ausführlicher darzustellen. Meist hatte er jedoch einfach nur genickt.

Das Labor, in dem die fremden Lebensformen untersucht wurden, sah seltsam aus. Es gab zahlreiche Apparate, hinter den Glastüren der Schränke standen verschiedene, nicht allzu sympathische Substanzen in flachen Gefäßen. Doch so *richtig* das ganze Ambiente war, lag auf dem Boden des biologischen Laboratoriums doch ein weicher Teppich mit abstraktem Muster, hingen an den Wänden Bilder in schmalen Holzrahmen, meist Meeresansichten. Etwas hinter dem Hauptdiagnosepult, dort, wohin jetzt die Daten meines unglückseligen Organismus strömten, stand ein hoher Tisch, auf dem sich Tassen, Teller und durchsichtige Boxen mit Essen stapelten. Mich erinnerte das eher an die Einrichtung einer Wohnung.

Aber wie wollte ich das in meiner Situation überhaupt wissen?

Katti erhob sich hinter dem Pult und ging so zur Seite, dass ich sie nicht mehr sehen konnte. Ich verkrampfte mich. Sie ging dorthin, wohin die Analysen meines Bluts und der Gewebeproben, die man mir am Unterschenkel und Unterarm entnommen hatte, verschwunden waren. Gut, ich war mir sicher, ich selbst zu sein, aber wenn nun ...

Was, wenn ihnen ein Fehler unterlaufen war? Nein, einen Fehler würde es nicht geben. Sowohl Tag wie auch Katti waren Spezialisten. Sie wollten mir nur Gutes.

Als Katti zurückkehrte, entnahm ich ihrem Gesicht alles. Ich entspannte mich und versuchte sogar, es mir auf dem harten Stuhl bequemer zu machen. Katti reichte Fed das Blatt Papier und gab mir ein beruhigendes Handzeichen. »Willkommen zu Hause, Niki! Hab noch etwas Geduld!«

»Noch fünf Minuten, Niki«, mischte sich Tag vom Pult aus ein.

Ich war ich! Ich war ich!

Der Ausbilder studierte konzentriert das Blatt. Er faltete es sorgsam zusammen, steckte es in die Tasche und sah Katti an. »Danke, Mädchen ... danke. Tag, beeil dich!«

Er erhob sich und kam auf mich zu. Ich ahnte eher, als dass ich es hörte, wie sich das uns trennende Kraftfeld auflöste.

Also hatten sie Angst vor mir gehabt ...

»Niki ...« Der Alte griff nach meiner Hand. »Wenn du wüsstest, welche Angst ich ausgestanden habe. Ich habe befürchtet, dich gebe es nicht mehr und vor mir stünde eine Kopie. Eine Attrappe.«

»Kommen Sie unter dem Detektor hervor, Fed!«, verlangte Tag in scharfem Ton. »Sie stören die Aufzeichnung!«

Anscheinend konnte man einen Ausbilder getrost anfahren, sofern es um die Arbeit ging.

Ich musste noch rund fünf Minuten sitzen bleiben. Auf Befehl von Tag entspannte ich mich, versuchte krampfhaft, mich an etwas zu erinnern, und assoziierte frei auf seine Stichwörter: Freiheit – Opfer, Liebe – Verantwortung, Heimat – Arbeit ...

Doch die grundlegenden Zweifel waren bereits ausgeräumt.

»Komm raus, Niki. Du kannst dich wieder anziehen.«

Da Tags Stimme nicht allzu freudig klang, wurde ich wieder nervös. Geschwind schlüpfte ich in meine Shorts – die geschenkten Sachen und das Messer waren sonstwo abgeblieben. An ihrer Stelle hatte ich ein weißes, kurzärmliges Hemd aus festem weichen Stoff bekommen. Schuhe trug man hier offensichtlich nicht.

Fed war ebenfalls angespannt.

»Nik, dein Gedächtnis ist nicht blockiert ... wie wir angenommen hatten ...« Tag druckste und wandte den Blick ab. Es fiel ihm schwer, diese Worte auszusprechen. »Es ist ... gelöscht worden. Komplett. Eine psychische Blockade wirkt nicht ... so verstümmelnd.«

»Was heißt das? Komplett?« Bockige Streitlust packte mich. »Ich gehe, spreche und denke doch! Ich bin doch nicht in ein kräftiges Baby zurückverwandelt!«

»Ich habe mich unklar ausgedrückt ... Deine Erinnerungen sind gelöscht worden. Dein persönliches Gedächtnis. Das, was du gesehen hast, das, was du empfunden hast. Dein ganzes Leben.«

»Wozu?!« Es war Katti, die diesen Schrei ausstieß.

»Anscheinend funktioniert der Prozess der Mentalkopie bei den Fremden auf diese Weise. Sie haben alle Informationen abgezogen! Damit haben sie dein Gedächtnis eben doch ausgeweidet.« Endlich blickte mich Tag wieder an. In seinen Augen stand Qual. »Sie haben dir alles genommen ... auch unsere Freundschaft ...«

Ich trat an ihn heran und griff nach seiner Hand. »Aber ich bin doch trotzdem ich?«, flüsterte ich. »Tag, wenn wir einmal Freunde gewesen sind, werden wir es auch wieder werden.«

»Gibt es denn gar keine Hoffnung?«, fragte der Ausbilder hinter mir.

»Nein.« Tag zog unbeholfen seine Hand weg. »Bestimmte assoziative Verbindungen sind noch erhalten, Ausbilder. Mitunter wird sich Niki an etwas erinnern ... Nein, eher wird er es neu kennenlernen, aber er wird sich daran erinnern, dass es schon einmal dagewesen ist. Ich glaube, dass er nach wie vor ein normaler Mensch ist« – Tag lächelte mir schief zu –, »aber er wird sich nie wieder an sein früheres Ich erinnern können.«

Fed stand da, den Blick zu Boden gerichtet. Wie ein Mann, der etwas sucht, das ihm viel bedeutet, der jedoch zu dem Schluss gekommen ist, dass es unweigerlich verloren ist ...

Nein, das war ein dummer Gedanke! So durfte ich nicht denken. Das ist ein falscher Vergleich. Überhaupt sind alle Vergleiche falsch ...

»Nik, wir lassen dich nicht im Stich«, versicherte der Ausbilder schließlich. »Du bist zurückgekommen. Das ist das Wichtigste. Und wir sind deine Freunde. Deine besten Freunde.«

Unten warteten zwei Transportmittel vor dem Gebäude auf uns. Geschlossene und mit Rädern, nicht eine von diesen fliegenden Plattformen, die uns vom Flugfeld hergebracht hatte.

»Ich muss dem Komitee Bericht erstatten«, sagte Fed. »Wahrscheinlich muss die Situation von einem Spezialisten kommentiert werden ... Übernimmst du das, Katti?«

Die Frau wandte den Blick von mir ab. »In Ordnung, Ausbilder.«

»Tag, du kümmerst dich um Niki.«

»Selbstverständlich, Ausbilder!« Tag nahm diese Aufforderung sogar ein wenig übel. »Ich werde mir alle Mühe geben, damit du dich wenigstens an etwas erinnerst, Nik!«

Der Ausbilder und Katti fuhren in einem Auto davon. Ich sah durch die transparente Verkleidung hindurch, wie Fed die Hand in einen Trichter steckte. Daraufhin erbebte das Gefährt.

»Die Feder hat der Wind verweht ...«, bemerkte Tag. »Das hast du als Kind immer gesagt. Dann konnten wir mit unserem Unfug loslegen, denn die Feder war weg, nicht wahr?«

Ich schüttelte den Kopf. »Ich erinnere mich an gar nichts. Weder an den Ausbilder noch an Katti ... Tag, war ich mit ihr zusammen?«

»Ihr wolltet heiraten«, bestätigte Tag. »Wir alle kannten uns doch schon von Kind an, nicht wahr? Und du bist immer ...«

»Spar dir bitte dieses *nicht wahr*«, bat ich. »Das ist doch sinnlos.«

»Entschuldige«, sagte Tag niedergeschlagen. »Verzeih einem alten Idioten.«

Das Gebäude, in dem er arbeitete, war sehr hoch, vielleicht sogar eines der höchsten in der ganzen Stadt. Mindestens hundert, hundertfünfzig Hektoschritt. Ich legte den Kopf in den Nacken und versuchte, an der Spitze der Pyramide die Fenster auszumachen, durch die ich auf die Stadt geschaut hatte.

»Du bist also ein Spezialist für fremde Lebensformen?«

»Ja. Wir haben alle unterschiedliche Berufe. Du bist Kosmonaut geworden ... Davon haben wir alle geträumt, weißt du noch ... Entschuldige. Aber nur du bist zur Fernaufklärung gegangen. Han ist Ingenieur geworden. Ich Biologe.«

»Katti ist Ärztin«, fuhr ich fort. »Wer noch?«

»Was meinst du damit?«

»Zu unserer Gruppe gehörten doch vier.«

»Stimmt, vier, wenn du Katti nicht mitzählst. Sie war in einer anderen Gruppe, in einer Frauengruppe«, sagte Tag bedächtig. »Zu uns gehörte noch Inka.«

»Und wo ist er?«

»Er ist gestorben ... Vor zwei Jahren ... dort ... nicht einmal seine Asche ist nach Der Heimat zurückgekommen ...« Tag machte eine unbestimmte Handbewegung und verstummte kurz. »Lass uns zu mir gehen ... nein, besser zu dir.«

»Glaubst du, das hilft mir?«

»Du hast da vier Jahre gewohnt. Wenn dein Geist auch alles vergessen hat, dein Körper muss sich erinnern.«

Wir stiegen ins Auto. Ich hinten, Tag vorn, wo sich das Steuerterminal befand. Ich wäre gern durch die abendlichen Straßen spaziert, aber mit einem Arzt fängt man lieber keinen Streit an. Und Tag war im Moment mein Arzt.

»Weißt du, deine Situation hat auch gewisse Vorteile«, sagte er, nachdem er beiläufig die Hand in den Trichter des Terminals gesteckt und das Gefährt auf diese Weise in Bewegung gesetzt hatte. »Du verfügst über einen ganz frischen Blick. Der noch durch nichts getrübt ist. Du siehst die Welt wie ein Kind, das zum ersten Mal das Internat verlässt.«

»Sind wir in einem Internat aufgewachsen?«

»Klar.« Tag wunderte sich ein wenig über die Frage. »Welche Varianten sollte es sonst geben?«

»Mir würden einige einfallen. Zum Beispiel könnte ein Kind von seinen Eltern aufgezogen werden.«

»Wie im Steinzeitalter.« Tag schüttelte den Kopf. »Du hast Ideen. Meinst du wirklich, ein Nicht-Spezialist sollte sich mit der Erziehung befassen? Und sogar wenn die Eltern selbst Ausbilder sind ... Das wäre doch nicht ethisch.«

»Wenn es gute Eltern sind ...«

»Ein Kind braucht keine guten Eltern«, fiel mir Tag ins Wort. »Es braucht einen guten Ausbilder.«

Ich hüllte mich in Schweigen. Mir war schleierhaft, welche Vorteile ein ungetrübter Blick auf die Welt bot – Nachteile brachte er jedenfalls genug mit sich. Ich würde Dummheiten von mir geben, mit kluger Miene behaupten, Feuer brenne nicht und Wasser fließe bergauf. Daraufhin würde man mir erklären, warum ich mit diesen Aussagen unrecht habe, ich würde mich wundern ...

»Ich brauche Bücher«, sagte ich, zum Fenster rausschauend. »Viele Bücher, Tag. Vor allem über Geschichte. Ein Lehrbuch der Umgangsformen. Philosophie ...«

Wir fuhren über die Autostraße dahin. Viel Verkehr gab es nicht, sicherlich war ich nicht der Einzige, der abends gern spazieren ging. In den Fußgängerzonen, auf den Plätzen vor den Gebäuden und an den zahlreichen Springbrunnen drängten sich Menschen. Die mir völlig fremd waren, jedenfalls noch ...

»Die wirst du bekommen«, versicherte Tag. »Du wirst alles bekommen. Mach dir keine Gedanken, Niki. Wir helfen dir. Was ist das Wichtigste im Leben?«

»Arbeit, Freunde und Liebe«, antwortete ich.

»Siehst du!« Tag lächelte zufrieden. »Deine Arbeit hast du bewältigt! Obwohl du in Gefangenschaft geraten bist, hast du sie bewältigt. Jetzt hast du deine Freunde an deiner Seite. Und die Liebe wird auch zurückkehren.«

»Meinst du?«

Diesmal zog er es vor, nicht zu antworten.

»Katti ist sehr nett«, tastete ich mich vor. »Aber ... ich erinnere mich an nichts. Sie wird doch unwillkürlich erwarten, dass ich mich genau wie früher verhalte, und das wird nicht der Fall sein, was sie wiederum enttäuscht ... Hatte ich wenigstens ein paar dämliche Angewohnheiten, Tag?«

»Also ... ein paar. Du bist hitzköpfig. Du stürzt dich bedenkenlos in ein Abenteuer. Aber das hängt von deinem Charakter ab, und dein Temperament dürfte sich ja wohl kaum grundlegend geändert haben. Wollen wir etwas essen, Niki?«

»Ja.« Plötzlich fiel mir auf, wie hungrig ich war.

»In der Nähe gibt es ein nettes Restaurant ...«

Er steckte abermals die Hand in den Trichter.

»Warum ist eigentlich der direkte Kontakt mit dieser Brühe nötig, Tag?«, wollte ich wissen. »Die Kommunikation mit dem Steuerungssystem könnte doch auch von weitem erfolgen, oder?«

»Das ist keine Brühe, sondern ein kolloidaler Aktivator«, erklärte mir Tag. »Mit seiner Hilfe bestimmt das System deine Persönlichkeit und entscheidet, ob du das Recht hast, das Verkehrsmittel zu benutzen. Wenn es viele Passagiere gibt, könnten die widersprüchlichen Befehle das Steuern unmöglich machen. Oder deine eigenen Überlegungen, wohin du fahren möchtest, werden von dem

System als eine Reihe von Befehlen aufgefasst. Der Kontakt mit dem Aktivator bedeutet dagegen, dass du deine Entscheidung getroffen und in die nötige Form gebracht hast. Also ... im Grunde ist es Tradition. Die alten Systeme waren noch nicht so empfindlich, sie brauchten den direkten Kontakt mit dem Menschen.«

»Vielen Dank für den Vortrag ...« Ich grinste. »Du wirst mir viel erklären müssen, also haushalte mit deinen Kräften.«

»Wir werden sie gleich mal ein wenig stärken.«

Das Auto wendete direkt in der Spur – die hinter uns kommenden Wagen mussten scharf bremsen, um uns Platz für unser Manöver zu machen. Dann bogen wir in eine schmale Gasse ein, in der sich zu beiden Seiten kleine Häuser erstreckten.

»Wir haben eine hohe Priorität«, meinte Tag munter. »Prima.«

Ich presste mich gegen die Scheibe und schaute mir die Häuser an. Durch das Grün der Bäume schimmerten die warmen Farben der Fassaden, ließen sich die offenen Fenster ausmachen. Auf einer Wiese zwischen zwei Häusern picknickten zwei Pärchen. Eine Frau, die auf einem Tablett Essen aus einem Haus brachte, fing meinen Blick auf, lächelte und machte eine Kopfbewegung, als lüde sie mich ein, mich ihnen zuzugesellen.

»Nette Menschen«, bemerkte ich.

Tag linste durchs Fenster. »Alle Menschen sind nett«, sagte er. »Das ist normal.«

Ich biss mir auf die Zunge. Warum fehlte mir diese Sicherheit? War auch sie verschwunden – zusammen mit meinem Gedächtnis? Und wieso ausgerechnet jetzt?

Das Auto verringerte das Tempo.

»Wir sind da«, verkündete Tag zufrieden.

Das kleine Restaurant lag unter freiem Himmel. Etwas abseits stand ein kleineres, kuppelförmiges Gebäude, aber anscheinend beherbergte es nur die Küche, nicht die Gäste. Zwei Dutzend Tische waren in schnurgeraden Reihen um ein quadratisches Becken mit einem sprudelnden Springbrunnen aufgestellt. Das Wasser im Becken leuchtete schwach, nicht von Scheinwerfen angestrahlt, sondern als schimmere es von selbst in zartem türkisfarbenen Licht.

»Da drüben ist etwas frei ...«

Ich trottete brav hinter Tag her und versuchte, nicht allzu offen alles um mich herum anzuglotzen. Uns beachtete niemand, obwohl viele Menschen hier waren. Auf jedem Tisch brannte ein Lämpchen, ein Metallgefäß mit einer öligen Flüssigkeit, in der ein Docht schwamm. Wahrscheinlich weil es schön aussah. Der Platz um den Springbrunnen herum war mit Steinplatten in verschiedenen Farben gepflastert, an seinen Rändern leuchteten matt niedrige Laternen. Einige Autos parkten in der Nähe, die meisten Menschen schienen jedoch zu Fuß gekommen zu sein.

Wir setzten uns an den freien Tisch. Breite, bequeme Stühle, ein makellos sauberes, rosafarbenes Tischtuch aus Wolle, ovale und quadratische Teller, allerlei Besteck aus gelbem Metall. Die Unmenge von Gabeln, Löffeln und Messern beunruhigte mich ein wenig. Anscheinend hatte ich vergessen, wie sie zu gebrauchen waren.

Insgesamt gefiel es mir hier jedoch.

»Nur keine Sorge«, flüsterte mir Tag zu. »Erinnerst du dich an nichts?«

Ich schüttelte den Kopf.

»Wir sind oft hier gewesen. Als wir noch im Internat gewohnt haben, fanden einige Unterrichtsstunden hier statt. Schon damals haben wir beschlossen, regelmäßig hierherzukommen.«

Tag amüsierte sich über etwas, das ihm völlig klar war. Welcher Unterricht wohl in einem Restaurant gegeben wurde? Tischmanieren? Wohl kaum, denn dann würde selbst ein behagliches Fleckchen wie dieses nicht derart angenehme Gefühle wecken.

»Und wer kommt hierher?«

»Wer immer Lust dazu hat. Wer in der Nähe wohnt oder arbeitet.«

Verstohlen beäugte ich die Menschen an den Nachbartischen. Größtenteils handelte es sich um Gruppen von drei oder vier Menschen verschiedenen Alters, aber meist nur eines Geschlechts. Bei den Pärchen überwogen ältere Leute.

Ging man normalerweise also mit seinen Freunden essen – und nicht mit seiner Familie?

Abermals stieg ein schmerzliches Gefühl in mir auf. Meine Heimatwelt, die mir fremd geworden war, zu verstehen und zu akzeptieren, das ist etwas anderes, als einen Nachttopf schwingend den Außerirdischen zu entkommen ...

»Hallo!«

Eine sehr junge Frau im Minirock und mit einem breiten, funkelnden Band über der Brust war an uns herangetreten.

»Hallo!«, erwiderte Tag.

»Ich erinnere mich an euch«, meinte die Frau lächelnd. »Du bist Tag. Und du Niki. Stimmt's? Ihr seid doch auch aus *Mütterchens Licht*. Das Übliche?«

Tag sah mich betreten an.

»Das Übliche«, bestellte ich.

»Und ... eine Karaffe trockenen Wein«, ergänzte Tag.

Die Frau schnitt eine Grimasse und entfernte sich mit tänzelnden Schritten.

»Was ist *Mütterchens Licht*?«, fragte ich.

»Das Internat, in dem wir aufgewachsen sind. Das Mädchen ist auch von da, eine ihrer Formen der *Vorbereitung-zur-Arbeit* ist das Kellnern.«

»Also haben auch wir mal hier gearbeitet ...«

»Nicht gearbeitet!« Tag schüttelte energisch den Kopf. »*Uns-auf-die-Arbeit-vorbereitet*. Das ist etwas ganz anderes, Niki! Die Arbeit – das ist dein Schicksal! Das, was dir Vergnügen bereitet und für Die Heimat am nützlichsten ist.«

»Es ist alles weg, Tag«, stellte ich fest. »Wie ausgewaschen. Vielleicht sollte ich mich lieber ... umschmelzen lassen, so wie das Schiff.«

Tag lächelte gequält.

»Jeder wird es wissen, jeder wird Mitleid mit mir haben«, erklärte ich. »Alle, die ich kannte, werden mich anschauen, als sei ich ein bemitleidenswerter Kranker. Und selbst wenn das der Wahrheit entsprechen sollte ...«

»Niemand wird etwas davon erfahren!«, unterbrach mich Tag scharf. »Wo denkst du denn hin! Das Persönlichkeitsgeheimnis!«

Das Wort kannte ich! Der Sinn erschloss sich mir im Großen und Ganzen auch, aber ...

»Die Verlautbarung dessen, was dir passiert ist, ist verboten!«, fuhr Tag fort. »Schließlich ist das eine unangenehme, dich traumatisierende Situation. Wir wissen Bescheid – aber nur, weil wir dir helfen sollen. Dein Ausbilder weiß Bescheid ... aber das verstehst du doch, oder? Das Komitee der Fernaufklärung muss eingeweiht werden, immerhin handelt es sich um lebenswichtige Informationen. Vermutlich wird der Weltrat davon erfahren. Aber sonst niemand. Keine einzige lebende Seele wird etwas davon wissen, sofern du es nicht von dir aus erzählst.«

»Das ist ja schön und gut«, sagte ich. »Aber wie soll ich denn mein Geheimnis wahren? Wenn mich sogar eine Kellnerin erkannt hat? Wenn sie sich daran erinnert, was ich gern esse – und ich selbst nicht?«

»Ich bin ja bei dir«, beruhigte mich Tag. »Der Ausbilder, Katti, Han, ich ... Solange du dich einlebst, sind wir immer in deiner Nähe. Du bist stark, Niki. Du wirst dich daran gewöhnen und ein drittes Mal geboren werden!«

»Und wann war das zweite Mal?«, hakte ich nach. »Sicher, ich kenne das Wort *Zweite-Geburt*. Aber was bedeutet es?«

»Zunächst kommst du auf die Welt«, holte Tag aus. »Die Liebe deiner Eltern und die Fürsorge Der Heimat schenken dir das Leben. Dann wählst du dein Schicksal. Der Ausbilder gibt dir dann einen Beruf. Das ist die *Zweite-Geburt*.«

»Bin ich eigentlich ein kompletter Idiot?«, fragte ich leise.

»Nein, Niki. Du bist krank. Jetzt wirst du gesund werden.«

Die Kellnerin kam mit einem Tablett zurück, und wir verstummten.

»Dein Fleisch, Niki.« Sie stellte ein Tongefäß vor mich, unter dessen Deckel Dampf aufstieg. Es roch lecker. »Und dein Fisch, Tag.«

»Danke, Mädchen«, bemerkte Tag.

»Brot ... und euer Wein.« Das letzte Wort sprach sie leicht missbilligend aus. Sie stellte ein rundes, mit einer rubinroten Flüssigkeit gefülltes Gefäß in die Tischmitte.

»Wir trinken ihn auf ärztliche Anordnung«, klärte Tag sie auf.

»Ach ... Guten Appetit.«

»Warum sprichst du sie nicht mit Namen an?«, fragte ich Tag, während ich der Kellnerin nachsah. Wer gefiel mir eigentlich besser? Katti oder sie? Keine Ahnung. Kattis Frisur war ziemlich hässlich. Ihr hätten lange Haare gestanden ...

»Woher soll ich ihren Kindernamen kennen?«, wunderte sich Tag. »In einem Jahr bekommt sie ihren Erwachsenennamen, dann mache ich mich mit ihr bekannt.«

Wie seltsam das alles war, wie erstaunlich ...

Schweigend nahm ich den heißen Deckel ab und tat mir Fleisch auf, große, appetitliche Stücke, die mit Gemüse vermengt waren. Tag beobachtete mich verstohlen, als erwarte er einen Ausruf meinerseits: »Jetzt erinnere ich mich!« Nein, Tag ... Mich erstaunten diese Lebensmittel nicht, ich wusste, dass Essen lecker sein muss, aber ich glaubte nicht, dass dieser gedämpfte Brei mein Lieblingsgericht war.

Tag tat sich zwei große Stücke weißen Fischs auf. Als er probierte, hantierte er geschickt mit zwei Gabeln zugleich. »Hmm!«, schmatzte er. »Ich verstehe wirklich nicht, wie man standardgerechten, idealen Fisch anders zubereiten kann! Aber es geht! In der Mensa vom Wohnheim ist das Essen viel schlechter!«

»Du wohnst im Wohnheim?«

»Ja-a …« Tag verschluckte sich. »Genau wie du. Ein eigenes Zuhause bekommt ein Mensch, wenn er eine Familie gründet. Und wir sind halt noch Junggesellen!«

»Ich werde wohl ein ewiger Junggeselle bleiben«, prophezeite ich düster. Ich gab den Versuch, mit der winzigen Gabel zu essen, auf und schnappte mir einen großen Löffel. Tag nickte anspornend. »Wenn Junggesellen hier essen, ist es allerdings nur halb so schlimm!«

»Ein nettes Plätzchen«, schloss sich mir Tag an. »Aber lassen wir das. Was ich über den ärztlichen Rat erzählt habe, stimmt. Katti hat dir natürliche Psychostimulatoren verordnet.«

»Wein?«

»Ja.«

Er füllte zwei gläserne Becher und schaute versonnen durch eines hindurch auf den in der Schale brennenden Docht. Es dunkelte bereits, und der Wein im Glas funkelte mit kräftigem feiertäglichen Licht.

»Wie schön«, bemerkte Tag gedankenversunken.

Ich schaute ebenfalls durch das Glas auf die Flamme.

»Kein Ende kannte die Kerze, brennend auf dem Tisch. Die Kerze brannte«, sagte ich.

»Ist das ein Gedicht?«, fragte Tag erstaunt. »Wie aufschlussreich. Das müssen wir im Informatorium nachschlagen. Wer hat dich da wohl derart nachhaltig beeindruckt?«

»Wenn ich das wüsste.«

»Vielleicht ist es von dir«, vermutete Tag. »Du hast in deiner Kindheit selbst Gedichte zusammengeschustert, bis dir der Ausbilder irgendwann *Zehntausend große Verse* in die Hand gedrückt hat, dann hast du aufgehört, deine Kräfte zu vergeuden ... Gut, Niki. Auf deine Rückkehr.«

Ich hob mein Glas auf die Höhe des seinen und stieß mit dem Rand leicht dagegen. Das Glas antwortete mit einem feinen, angenehmen Ton.

»Was soll das?«, fragte Tag irritiert.

»Ich weiß es nicht. Ich habe mir so ein Ritual ausgedacht.«

Der Wein trank sich gut, den Geschmack kannte ich. Ich nahm einen weiteren Schluck, bevor ich das Glas auf dem Tisch abstellte.

»Warum hat sich die Kellnerin über die Bestellung so gewundert?«

»Alkohol ist nur unter bestimmten Bedingungen erlaubt«, erklärte Tag widerstrebend. »Es gibt zwar kein Verbot, aber es müssen gewichtige Gründe vorliegen, damit man sich seinen Genuss erlauben darf.«

»An gewichtigen Gründen mangelt es uns nicht.«

»Leider«, stimmte Tag zu.

Vier

Der Wein wirkte schnell, obwohl er ganz leicht war, der Alkohol kaum zu spüren. Doch ich hatte diesen Zustand erwartet und wunderte mich nicht, als über meinen Körper eine Welle der Entspannung wogte, das Entsetzen angesichts meiner Lage von mir wich und die Welt mir beinahe vertraut vorkam.

»Han kommt wohl nicht mehr«, meinte Tag seufzend. »Mein Herr Bruder ist mal wieder in seiner Arbeit versackt ...«

»Er ist dein Bruder?«

Tag war der Wein ebenfalls zu Kopf gestiegen, er wunderte sich über nichts mehr, nahm meine Amnesie gelassen hin.

»Ja. Als Kleinkind war er häufig krank, so dass man unseren Eltern geraten hat, ihn noch ein halbes Jahr bei sich zu Hause zu behalten. Auf diese Weise sind wir in einer Gruppe gelandet.«

»Und wer sind meine Eltern? Habe ich auch Geschwister?«

Tag runzelte die Stirn und versuchte angestrengt, sich zu erinnern. »Deine Mutter hat dich ein paar Mal besucht ... und dein Vater ... also ... Ich weiß es nicht, Niki! Du kannst im Informatorium anfragen.«

»Wozu? Das würde mir nicht helfen, Tag. Wenn ich euch nicht erkannt habe, dann würde ich meine Eltern ...«

»Stimmt schon ...« Er schenkte uns noch einmal Wein ein. »Man sollte ihnen keine solch katastrophale Enttäuschung zumuten. *Trotzdem-auf-dein-Wohl!*«

»Trotzdem-auf-dein-Wohl!«, wiederholte ich den traditionellen Trinkspruch, auf den bei einer potenziell gesundheitsschädigenden Handlung zurückgegriffen wurde ... Ich schüttelte den Kopf. Als ob sich über den Abgrund meiner Amnesie eine Brücke aus Wörterbüchern spannte! Was für ein Albtraum! »Auf dein Wohl!«

Wir tranken abermals.

»Ich brauche Schulbücher, Tag ...«, erinnerte ich ihn noch einmal. »Für Geschichte ...«

»Das Steinzeitalter. Was fällt dir dazu ein?«

»Mammuts, Tiger, Äxte, Pfeile?«

»Alle Achtung!« Tag lächelte. »Dein assoziatives Denkvermögen funktioniert.«

»Alle Assoziationen sind falsch.«

»Quatsch! Da meldet sich dein Wi... dein Widerspruchsgeist. Danach kam das Knochenzeitalter.«

»Die Zähmung der *Freund-Tiere*, die Erfindung von Kufen und Rad, Ackerbau ...«

»Hervorragend!« Tag fuchtelte mit der Hand. »Dein Wortschatz ist noch erhalten. Und ein Wort ist schließlich nicht nur ein Symbol. Es enthält auch die Vorstellung von einem Objekt. Das heißt ... du hast eine Art Sicherheitskopie der Informationen. Dein Grundwissen über die Welt ist verloren gegangen, aber du bist in der Lage, aus den Wörtern Informationen zu ziehen! Sehen wir mal weiter. Das Burgenzeitalter ...«

»Soziale Differenzierung der Gesellschaft, Feudalherrscher, Kriege, Erz- und Ölgewinnung, Erfindung von Schießpulver und Napalm ...«

»Was du für kriegerische Assoziationen hast«, bemerkte Tag seufzend. »Ob dein Beruf dir seinen Stempel aufgedrückt hat? Ich würde mich vermutlich an den Alchimisten Rig Hattern erinnern, Rig den Stinkenden, und seine Entdeckung der Antibiotika. Sie sind meiner Meinung nach für die Gesellschaft viel wichtiger als das Napalm. Was ist, bleiben wir dabei?«

Ich nahm an, er meinte unsere Geschichtsstunde, aber Tag hatte an den Wein gedacht.

»Das ist doch gesundheitsschädigend«, wandte ich ein.

»Aber wenn es doch auf ärztlichen Rat hin geschieht ...« Tag geriet ein wenig in Verlegenheit. »Also, auf das Burgenzeitalter folgte das Industriezeitalter ...«

»Dampfmotoren, Elektrizität, die Feudalherrschaften haben sich endgültig in klaren Grenzen etabliert, Funkverkehr, Aufkommen der Schifffahrt, Entstehung der Tradition der Ausbilder ...«

»Siehst du! Du antwortest wie in der Schule!«, freute sich Tag. »Das Meereszeitalter?«

Hier stockte ich kurz. Als müsste ich sehr tief graben, um zu meinen Assoziationen zu gelangen. »Die ersten Karten des Sternenhimmels?«

»Und weiter?«

»Navigation ... Entdeckung und Besiedlung des quadratischen und des dreieckigen Kontinents ... der Große Fehler ...«

Ich verstummte.

»Du weißt nicht mehr, was der Große Fehler ist?«

»Nein.«

»Wir haben dort Leben vorgefunden, Niki«, erklärte Tag seufzend. »Intelligentes Leben. Die *Befellten* ...«

Die *Befellten*, die Verlorenen Freunde, Krieg, der Große Fehler, die Schande ...

»Wir haben sie vernichtet«, sagte ich. »Stimmt's?«

»Ja, Niki. Diese Schande lastet auf der ganzen Menschheit. Aber damals schien der Krieg der einzige Ausweg zu sein. Sie waren weniger entwickelt, aber ausgesprochen talentiert und aggressiv. Lane Der Spät Bereuende hat einen Stamm von Pesterregern gezüchtet, der die Befellten innerhalb von rund vierzig Jahren dahingerafft hat.«

»Die *Befellten* waren *Nicht-Freunde*, aber wir hätten sie zu *Freunden* machen können«, hielt ich dagegen.

»Natürlich! Wir hätten sie sogar zu Freunden machen müssen! Aber die Einrichtungen des Progressorentums und des Regressorentums existierten damals noch nicht. Glücklicherweise haben die Ausbilder verstanden, welche Schuld die Menschheit auf sich geladen hat, und beschlossen, sie zu sühnen. Das Zeitalter der Vereinigung, erinnerst du dich daran?«

»Ausbildertum, Beseitigung der sozialen Unterschiede, Atomenergie, Umformung der Kontinente, Raumflüge ... die Planeten der Freunde. Richtig?«

»Ja. Wir sind mit primitiven Atomraketen in den Kosmos aufgebrochen. Die gesamte Menschheit aller drei Kontinente hat sich für dieses Ziel vereinigt. Die Flüge zum Inneren und Äußeren Planeten, die Siedlungen ... daran musst du dich doch erinnern!«

»Die Nahen Freunde?«, fragte ich.

»Genau. Aber wir sind auch auf Unverständnis gestoßen, auf *Nicht-Freundschaft*. Und es hat Opfer auf unserer Seite gegeben. Die Ausbilder hatten jedoch inzwischen das Konzept der Freundschaft ausgearbeitet. Und damit haben wir die Nahen Freunde gewonnen.«

»Wer sind sie?«, wollte ich wissen.

»Dreh dich mal um.«

Der Vorschlag ließ mich zusammenfahren. Langsam drehte ich mich um.

Die Menschen an den Tischen, die jungen Kellnerinnen ...

»Sind sie uns ähnlich?«

»Du machst es einem wirklich nicht leicht ...«, gestand Tag schuldbewusst. »Manchmal schließt du Wissenslücken sofort. Und manchmal ... Ja, vor allem deine visuellen Erinnerungen haben gelitten. Ins Becken musst du sehen ...«

Ich schaute in das funkelnde, türkisfarbene Wasser. Am Boden registrierte ich eine kaum merkliche Bewegung. Etwas Langes, Schmales ...

»Sie haben keine Lautsprache«, teilte mir Tag leise mit. »Hören können sie allerdings. Und sie reagieren hervorragend auf Vibrationen. Es wäre sinnlos, ihre Eigenbezeichnung zu übersetzen, sie klingt wie *Menschen*. Deshalb nennen wir sie die Wendigen.«

»Die Wendigen und die Kleinen«, sagte ich. »Stimmt's?«

»Ja. Aber die Kleinen gibt es auf Der Heimat fast nicht, die Bedingungen hier sind zu hart für sie. Du musst sie dir schon auf dem Inneren Planeten ansehen. Oder in ihrer Botschaft.«

»Ich schaue sie mir lieber auf Abbildungen an«, erwiderte ich. Irgendwie vermittelte mir der träge über den Beckenboden dahingleitende Körper ein unangenehmes Gefühl ... Die Wendigen ...

Ich leerte mein Glas und löste den Blick von diesem Nahen Freund.

»Soll ich noch Wein bestellen?«, fragte Tag.

»Ja.«

Wir verließen das Restaurant um ein Uhr nachts. Wir hatten den Wein ausgetrunken und – von der Kellnerin mit einem Blick purer Missbilligung bedacht – eine weitere Karaffe bestellt. Außer uns orderte anscheinend niemand Wein. Das hinderte die Menschen jedoch nicht daran, sich zu amüsieren. Im Halbdunkel – beim Licht der bunten Lämpchen vom Becken und der Laternen, im Schein der in den Schalen schwimmenden Dochte – fingen einige an zu tanzen. Von irgendwoher erklang Musik, die Melodie erkannte ich nicht, das Motiv war jedoch leicht und rhythmisch. Tag schlug mir vor, mich am Tanz zu beteiligen, doch ich lehnte ab. Ich traute meinen Fähigkeiten nicht, mich dieser komplizierten Bewegungen zu erinnern.

Auch tanzen würde ich neu erlernen müssen. Vieles würde ich neu erlernen müssen.

Wir brachen mit den letzten Gästen auf. Hinter den Kellnerinnen glitt eine überdachte Plattform her, die Frauen sammelten das schmutzige Geschirr von den Tischen ein, löschten die Kerzen und nahmen auf den Plattformen Platz. Sie waren jetzt nicht mehr so munter, der Abend hatte sie geschafft.

»Haben sie es weit?«, fragte ich.

»Hundert, hundertzehn Minuten«, antwortete Tag gähnend.

»Gibt es denn keine schnellere Transportmöglichkeit?«

»Das ist eine Komponente der *Vorbereitung-zur-Arbeit*«, tadelte mich Tag. »Es gibt eine große Zahl von Berufen, die dir nur geringe Möglichkeiten zur Selbstverwirklichung bieten. Die Persönlichkeit muss auch auf ein solches Schicksal vorbereitet sein. Was ist? Tun dir die Mädchen etwa leid? Sie können sich ausschlafen ... einmal in der Woche in die Stadt fahren ... das ist so schlecht doch nicht. Nik ... Niki ...«

»Was bin ich nur für ein Idiot.«

»Das gibt sich!«

Wir kamen schnell zum Wohnheim. Bereits nach fünf Minuten hielt der Wagen vor einem flacheren, nur vierstöckigen Haus in Hufeisenform. In manchen Fenstern brannte Licht, über den Eingängen leuchteten grelle Lampen. Trotzdem herrschte absolute Stille.

Bevor wir aus dem Wagen stiegen, berührte Tag das Terminal. »Ich lösche den Auftrag«, erklärte er mir. »Wir brauchen jetzt ja kein Transportmittel mehr ...«

Ich schwieg, um nicht wieder irgendeinen Unsinn von mir zu geben, und folgte ihm. Wir hielten auf den zweiten

Eingang von links zu. Eine Tür gab es nicht, aus einer nicht zu erkennenden Ritze strömte jedoch warme Luft, die das Innere von der Straße trennte. Sobald wir durch diesen Vorhang traten, ging das Licht an.

Eine kleine runde Halle. Ein paar Sessel, ein Tisch, ovale Bildschirme, eingelassen in die Wände. Einer lief, über ihn krochen Textzeilen. Vermutlich handelte es sich um ein Informationsterminal mit den neuesten Nachrichten.

»Nach oben«, sagte Tag, während er schon die schmale Treppe hinaufstieg.

Ich stapfte hinter ihm her. Zwei Schritte von uns entfernt befand sich ein Fahrstuhl, aber Tag wollte ihn offenbar nicht benutzen. Ob sich das nicht gehörte, wenn kein Notfall vorlag?

Jedes Stockwerk verfügte über einen schmalen Korridor, von dem ein Dutzend Türen abging, vermutlich in die Zimmer. Und zum Fahrstuhl ... Vielleicht wohnten wir ja gar nicht weit oben?

Im dritten Stock verwarf ich diese Hypothese. Tag deutete mit einer Kopfbewegung zu einer der Türen. »Das ist mein Zimmer«, informierte er mich. »Du wohnst im vierten Stock ... Wart mal. Leg die Hand hier drauf.«

Ich berührte mit der Hand seine Tür, und sie sprang einen Spalt auf. Im Zimmer schaltete sich das Licht ein.

»Das Schloss hat dich erkannt«, stellte Tag zufrieden fest. »Na, dann komm, ich bring dich zu deinem Zimmer.«

Tag wohnte unmittelbar neben der Treppe, ich am Ende des Gangs. Er öffnete meine Tür ebenso problemlos, wie ich die seine geöffnet hatte.

»Unabhängig von dir können der Ausbilder, Han und ich rein ... und vielleicht Katti?« Er grinste unverschämt. »Und natürlich alle, für die du das gegebenenfalls eingerichtet hast. Geh rein!«

Ich betrat mein Zuhause. Mein unbekanntes Zuhause ...

Das Zimmer war quadratisch, relativ groß, zehn mal zehn Schritt. Außer der Tür, durch die wir gekommen waren, gab es noch eine.

»Das ist das Bad«, erklärte Tag, als er meinen Blick auffing. »Soll ich dir erklären, wie da was funktioniert?«

»Ich glaube, daran werde ich mich erinnern«, lehnte ich ab. Tag lachte.

An einer Wand stand unterm Fenster das Bett. Meiner Ansicht nach war es ziemlich schmal und viel zu niedrig. Aber woher wollte ich eigentlich wissen, wie Betten zu sein hatten? Jenes Podest, auf dem ich bei den Alari geschlafen hatte, hatte ja in erster Linie dazu gedient, mich festzuschnüren, dann noch als Detektor, der meinen Körper erkundete, aber nicht als Möbel.

Was mich befremdete, war, dass es mir gefiel, unterm Fenster zu schlafen.

Die ganze gegenüberliegende Wand nahmen Regale ein. Halb leere, hier und da ein Stapel Bücher – alles sehr schmale Bände –, ab und an ein Stein von bizarrer Form, sorgfältig zusammengelegte Kleidung, eine Schale aus gelbem Metall mit geschwärzter Intarsienarbeit ... Alles sichtbar, alles extrem akkurat, aber die Freigabe zur allgemeinen Betrachtung löste einen gewissen Schmerz in mir aus, ebenso wie das Übermaß an ungenutzter Fläche und die nahezu zwanghafte Ordnung. Ich glaubte, meine Sachen momentan nicht mit dieser Pedanterie zusammenlegen zu können. Dann gab es noch einen völlig leeren Tisch und zwei Stühle. In die Wand war ein Bildschirm eingelassen, der aber gerade ausgeschaltet war, dazu gehörte ein Terminal.

»Ich zeige dir jetzt, wie die Bücher benutzt werden«, sagte Tag. Er durchforstete den Stapel und zog eines heraus. »Genau das, was wir brauchen! Ein Einführungskurs in das Regressorentum! Das vermittelt dir nützliches Wissen und Geschichtskenntnisse in einem!«

Er kam zu mir und schlug das Buch auf.

Assoziationen stellten sich bei mir keine ein ...

Das Buch war aus Plastik. Es bestand einzig aus dem Umschlag. Die Innenseite war hellgrau und leer. Die oberen Ecken des Umschlags wirkten allerdings leicht abgerieben ...

Tag berührte mit dem Finger eine Ecke, und auf der Innenseite schimmerten Buchstaben auf.

Regressorentum. Einführungskurs.

Auf der anderen Seite erschien eine hochwertige Farbphotographie. Nackte Menschen, ein Mann und eine Frau, zu deren Füßen ein fünf Schritt langes, schwarz-graublaues glänzendes Wesen eingerollt dalag. Obwohl es über eine Art Kopf verfügte, vermochte ich nicht mit Gewissheit zu sagen, wo der Kopf war und wo der Schwanz. Dann gab es noch ein weiteres Wesen, das, sich mit einer schwächlichen Pfote an der Hand der Frau festhaltend, aufrecht dastand und nur halb so groß wie die Menschen war. Kleine graue Schuppen bedeckten seinen Körper fast vollständig, das Gesicht sah aus wie die Karikatur eines menschlichen.

Die Wendigen und die Kleinen Freunde.

Die beiden ersten Rassen, die wir nicht ausgelöscht, sondern uns gleich, uns zu Freunden gemacht hatten.

»Blätter weiter ...«, verlangte Tag. »Mit dem Finger schreibst du eine Ziffer – damit kommst du schnell zur gesuchten Seite. Wenn du ein Wort schreibst, leitest du eine Kontextsuche ein ...«

»Danke«, sagte ich. »Ich habe den Eindruck, als sähe ich zum ersten Mal in meinem Leben ein Buch.«

»Und das aus dem Mund von unserem Schlaukopf Niki«, bemerkte Tag seufzend. »Du wirst dich schon wieder an alles erinnern. Wie sieht's aus, kann ich dich allein lassen?«

Ich ließ den Blick durchs Zimmer schweifen. »Ja, ich denke schon.«

»Wenn du willst, blätter ruhig vor dem Einschlafen noch ein bisschen in dem Buch«, sagte Tag. »Aber besser wäre es, du würdest dich ausschlafen. Was gibt's sonst noch? Ist in deinem Kühlschrank was zu essen?«

Selbstsicher durchquerte er das Zimmer, öffnete einen kleineren, in einem Regal stehenden Container und schaute hinein. »Verhungern wirst du nicht. Gut. Wenn du etwas wissen willst, komm bei mir vorbei. Oder ruf an.«

Tag nickte in Richtung des Terminals, ich lächelte wissend. Mit dem Ding würde ich schon zurechtkommen. Schließlich sind sie recht klug, unsere Steuerungssysteme.

»Uneingeschränkte Erholung, Niki.«

»Dir auch, Tag.«

Mein Freund – mein alter und zugleich neuer Freund – verließ mich, und ich blieb allein.

Hier hatte ich gelebt. Hier hatte ich Lehrbücher zum Regressorentum gelesen, mich mit Freunden getroffen, von hier aus war ich zur Fernaufklärung gestartet, hier hatte ich mich in Katti verliebt ... Nein! Das auf gar keinen Fall! Ich konnte mich nicht in sie verliebt haben! Ich spürte nichts in mir, keinen Hinweis auf diese Liebe, nicht einen Funken Sehnsucht!

Hier würde ich wieder leben. Abermals die Konstruktion von Raumschiffen studieren und die Methode erlernen, *Nicht-Freunde* in *Freunde* zu verwandeln. Ich würde Tag und Han treffen, zur Fernaufklärung starten, mich in Katti verlieben, irgendwann würden wir heiraten, Kinder kriegen, sie ins Internat geben, ich würde mich weiter mit meinen Freunden treffen, fliegen ...

Ich ließ mich aufs Bett fallen, zog die Decke erst über mich, schob sie dann wieder weg, knüllte sie zusammen und presste mein Gesicht hinein. Die Tränen strömten ganz von selbst, und ich konnte sie nicht zurückhalten.

Warum war das alles so gekommen? Diese Welt um mich herum war anständig, freundlich und gut – aber ich konnte sie einfach nicht meine Welt nennen!

Etwas stimmte nicht, etwas war absolut nicht so, wie es sein sollte!

Nach fünf Minuten erhob ich mich. Ich ging zum Terminal und experimentierte mit dem Licht herum. Ich schaffte es, die Deckenbeleuchtung in Form von vier kleinen Lampen auszuschalten und über dem Bett ein kleines Licht, eine matte Kugel an einem elastischen Arm, aufleuchten zu lassen. Das Steuerungssystem hier im Zimmer war zwar weitaus dümmer als das im Schiff, aber immerhin schlau genug, um den Wunsch eines Idioten wie ich zu verstehen.

Ich würde jetzt nicht einschlafen können. Selbst wenn wir Wein getrunken hatten und es spät war.

Mit dem Buch in der Hand legte ich mich aufs Bett. Ich schlug es auf ... Hmm, warum glaubte ich bloß, Bücher müssten völlig anders aussehen? Ich »lud« die ersten Seiten. *Einführungskurs*. Weiter ...

Nach dem Photo folgte eine Seite, die bis auf drei Zeilen leer war.

> *Man kann der Zukunft nicht ohne einen Blick in die Vergangenheit entgegenschreiten.*
>
> *Hatr Chamezzi*

Der Name kam mir bekannt vor. Das Wort »Regressor« verband sich mit ihm wie ein Synonym. Hatr Chamezzi war Ausbilder und Begründer der Theorie des Regressorentums gewesen ...

Ich blätterte um und fing an zu lesen.

Zunächst bekam ich, genau wie Tag es versprochen hatte, die Menschheitsgeschichte präsentiert. Das Stein- und das Knochenzeitalter sowie das Burgenzeitalter überflog ich nur. Erst als ich zur Geschichte der Entwicklung des Napalms gelangte, die sich als wirklich spannend und überraschend herausstellte, vertiefte ich mich in die Lektüre. Ein wirklicher Durchbruch im menschlichen Denken. Über den Ausbilder und Alchimisten Rig Hattern, Rig den Stinkenden, und die von ihm entdeckten Antibiotika gab das Buch kaum etwas her. Es wartete lediglich mit zwei Versionen auf, wobei Rig sich der ersten zufolge mit Medizin beschäftigt hatte, um seine Schützlinge vor der Pest zu retten, während er laut der zweiten seinen alten Ausbilder retten wollte. Damals wogten Wellen der Epidemie über den Kontinent, es war eine schreckliche und finstere Zeit. Die Ausbilder setzten alles daran, das Wüten der Pest einzudämmen, führten Hygienenormen in der Gesellschaft ein, aber ohne die wundersamen Antibiotika von Rig dem Stinkenden wäre die Welt auf lange Zeit in der Entwicklung gebremst worden, die Burgstädte hätten sich in abgelegene, Fremdlinge fürchtende Dörfer verwandelt ...

Insgesamt war Geschichte jedoch nicht der Hauptgegenstand. Immer wieder gab es Verweise auf irgendwelche »allgemein bekannten« Postulate des Regressorentums und Exkurse zum Thema »Was wäre gewesen, wenn ...?«.

Ein interessantes Spiel, gewiss. Sich vorzustellen, welche Entwicklung eine Gesellschaft genommen hätte, wenn ein Faktor verändert, wenn irgendeine Entdeckung erst zehn, zwanzig Jahre später gemacht worden wäre ...

Warum wurde die Schifffahrt beispielsweise nicht schon viel früher entwickelt? Bauten denn nicht schon die Urmenschen im Steinzeitalter Schiffe und Flöße, wussten sie sich nicht die Windenergie zunutze zu machen, indem sie sie mit ihren Segeln aus Tierhäuten einfingen?

»Der entscheidende Faktor, der uns so lange auf dem Runden Kontinent festhielt, war der Himmel. Kreiselkompasse zur Orientierung, hochsensible Radargeräte, die das Magnetfeld von Der Heimat einfingen – all das sind Errungenschaften einer durchaus entwickelten Technologie. Die ersten Schritte Richtung Schifffahrt wurden jedoch nicht nach der Entwicklung starker Elektrodampfschiffe möglich, hundert Jahre lang sollten diese Schiffe nämlich nur die mit Leuchttürmen bewehrte Küste befahren, bevor dann endlich das Meereszeitalter anbrach. Nein, entscheidend war vielmehr die Möglichkeit, sich auf See zu orientieren, und zwar vermittels Sternkarten, die es erlaubten, den Kurs zu halten. Aber wie beschwerlich war der Weg dorthin! Man braucht nur einmal in den Nachthimmel aufzuschauen …«

Ich riss mich von dem Buch los und folgte dem Rat. Ein ganz normaler Himmel. Wenige Wolken. Die Sterne …

»Man braucht nur einmal in den Nachthimmel aufzuschauen, in das blendende Licht der Abermillionen von Sternen. Was aber wäre, wenn Das Mütterchen sich nicht im Zentrum der Galaxis befände, sondern in einem fernen, stärker ausgedünnten Sternarm? Man nehme nur einmal in Gedanken die Sterne weg, lasse lediglich einen von hundert stehen. Die Finsternis ist erschreckend? Ja, das ist die negative und auf der Hand liegende Folge. Die Landwirtschaft wäre in der Erntezeit ohne künstliche nächtliche Beleuchtung undenkbar. Die Philosophie hätte vermutlich einen anderen Weg genommen, die Vermutung, es könne eine Vielzahl bewohnter Welten geben, wäre wohl später aufgekommen … Alles hat jedoch auch eine positive Kehrseite. Unter solchen Bedingungen wäre es wesentlich einfacher, Sternkarten zu erstellen und sich an den Sternen zu orientieren. Damit wäre die Schifffahrt weit früher aufgekommen. Wir hätten die Nachbarkontinente unter Bedingungen erreicht, da unsere wissenschaftliche Überlegenheit gegenüber den Verlorenen Freunden noch nicht erdrückend gewesen wäre. Man sollte die Ereignisse indes nicht vorschnell beklagen. Schließlich gab es damals auch das Institut des Regressorentums noch nicht, und wir wären in einen Dauerkonflikt gestolpert ...«

Richtig. Über Der Heimat musste sich früher ein anderer Himmel gespannt haben!

Auf der nächsten Seite gab es zwei Photographien. Ich erschauderte, als ich die erste betrachtete. Die Verlorenen Freunde, die Befellten, die hier wie unglückliche Opfer aussahen. Von etwas geringerem Wuchs als die Menschen, dafür sehr breit in den Schultern, gedrungen, mit langen, kräftigen Armen und gefletschten Zähnen waren die beiden Befellten gegenüber einer Frau und einem Mann erstarrt, in einer aggressiven, angreifenden Haltung. Einer der beiden Befellten hielt einen Metallgegenstand in Händen, von dem leichter Rauch aufstieg. Der Mann presste die Hand gegen eine blutende Wunde an der Schulter ...

Die zweite Photographie zeigte wahrscheinlich die potenzielle glückliche Lösung, bei der die Befellten und die Menschen sämtlichen Widrigkeiten zum Trotz Freunde geworden waren. Alle vier lächelten und hatten einander die Arme über die Schulter gelegt.

Aber irgendwie wirkte dieser Ausgang nicht sehr überzeugend ...

Ich übersprang die Geschichte von Lane Dem Spät Bereuenden – über die Entwicklung des Peststamms, mit dem die Befellten gezielt vernichtet worden waren. Ich hegte keine Sympathie für diese kraftstrotzenden Zottelkreaturen, kein Mitleid mit Lane, der zunächst als Liebling der gesamten Menschheit galt, dann jedoch sein Leben als geächteter und ausgestoßener Wandersmann beschloss und durch die Berge des Quadratischen Kontinents streifte, auf der vergeblichen Suche nach Befellten, die womöglich durch puren Zufall der Ausrottung entkommen waren ...

Das Zeitalter der Vereinigung. Die Kräfte der Menschheit waren bereits angewachsen, das Ausbildertum hatte die gesellschaftlichen Verhältnisse neu gestaltet, die Schande des Großen Fehlers hatte Chamezzi veranlasst, die Theorie des Regressorentums und des Progressorentums zu entwickeln. Die Umwandlung der Kontinente begann, Sümpfe wurden trockengelegt, Berge eingeebnet, die Uferlinie begradigt, Flüsse in wasserarme Landstriche gelenkt ...

Ich blätterte wieder vor.

Heroische Flüge in den Kosmos, die ersten Erfolge und Katastrophen ... Die Entwicklung des Satelliten Der Heimat, jener kleinen orbitalen Plattform, auf der interplanetare Raumschiffe gebaut wurden. Expeditionen zum Inneren und Äußeren Planeten, wo nach Ansicht der Astronomen eventuell Leben anzutreffen war. Dann wurde das eigentliche Regressorentum erklärt:

»Jede intelligente Lebensform, die sich ihrer selbst bewusst ist und sich im Raum ausbreitet, erkennt unweigerlich den Wert Wahrer Freundschaft an, der Brüderschaft, wenn man diesen veralteten poetischen Begriff gebrauchen mag. Doch wie lang kann der Weg zu einem Verständnis echter Werte sein! Schreckliche Verbrechen können diesen Weg pflastern! Die Menschheit hat das sehr rasch verstanden, da die Tragödie des Großen Fehlers uns Freundschaft gelehrt hat. Zwei intelligente Rassen jedoch, die auf einem Planeten koexistieren, das ist eher eine Ausnahme. Genau wie die Geburt von Zwillingen eine Seltenheit in der Physiologie der intelligenten Rassen ist, so entwickeln sich auch zwei intelligente Rassen nur selten auf einer Welt. Noch in den Stufen der Präintelligenz kristallisiert sich der dominierende Evolutionszweig heraus, der sodann jene ökologische Nische einnimmt, die diesen intelligenten Wesen von der Natur zugewiesen ist, während die Entwicklung der anderen Lebensformen gebremst wird. Was folgt daraus? Sollten wir unseren *Freunden-von-morgen* im Universum erlauben, den Weg des Versuchs und Irrtums zu gehen? Oder sollten wir ihnen helfen, sich zu den Gipfeln der Zivilisation aufzuschwingen, zu Frieden und Freundschaft?

Selbstverständlich Letzteres!

Das wesentliche Hindernis besteht dabei in dem Umstand, dass jede intelligente Lebensform einer Einmischung von außen höchst negativ gegenübersteht. Die Instinkte der Selbsterhaltung sind einer Zivilisation in nicht geringerem Maße zu eigen als dem einzelnen Individuum. Begegnen wir einer Rasse, die sich ihrer selbst gerade erst bewusst geworden und technisch nicht entwickelt ist, können wir einen positiven Einfluss auf sie ausüben, indem wir ihr die Idee der Freundschaft nahebringen. Das ist die Arbeit der Progressoren. Eine schwere, langwierige, indes recht erprobte Arbeit, die sich gut prognostizieren lässt. Nicht jeder Progressor kann Ausbilder werden, wohingegen jeder Ausbilder in der Lage ist, als Progressor zu arbeiten ...

Was aber ist, wenn eine Rasse zwar technisch, jedoch nicht geistig entwickelt ist?

Wenn unsere Hilfe als Einmischung und Aggression aufgefasst wird?

Eben für diesen Fall existiert das Konzept des Regressorentums, das in der ersten und schwierigsten Etappe auf dem Weg zur Freundschaft Anwendung findet. Durch die Regression einer Zivilisation wird ihr technisches, vor allem jedoch ihr militärisches Potenzial auf null zurückgeschraubt, wobei kulturelle und moralische Errungenschaften der *künftigen Freunde* so weit wie möglich erhalten werden sollen. Denn eine Gesellschaft, die sich auf einem Entwicklungsniveau befindet, das dem Stein- oder dem Knochenzeitalter bei den Menschen entspricht, akzeptiert die Hilfe und die Idee der Freundschaft voller Dankbarkeit.

Die grundlegenden, allen bekannten Postulate des Regressorentums lauten:

1. Prinzip der Guten Absichten.

2. Prinzip des Kleineren Übels.

3. Prinzip der Umkehrbarkeit der Wahrheit, aus dem sich das Axiom der Abwesenheit der Lüge ableitet.

4. Prinzip der Moralischen Flexibilität.

Im Weiteren wollen wir auch die sechs ergänzenden Postulate des Regressorentums betrachten, einschließlich solcher auf den ersten Blick nicht unstrittig anmutender wie die Verantwortung der Kultur und der Freiheit des Zweitrangigen. Doch zunächst sei auf die grundlegenden Postulate eingegangen ...«

Ich legte das Buch beiseite.

Ein beklemmendes Gefühl beschlich mich.

Mich verwirrte nicht, dass verständliche und allgemein akzeptierte Wahrheiten Abscheu in mir weckten. Mich erschreckte vielmehr, dass diese Abscheu irgendwie persönlich war, gleichsam mich selbst herabwürdigte!

Ich würde es schwer haben. Sehr schwer.

Ich stand auf und ging ins Bad. Es war überraschend groß, mit einer funkelnden, schneeweißen dreieckigen Badewanne, einem mit desinfizierendem Gel ausgestrichenen Handwaschbecken und natürlich einem Klo. An der Wand, die mit einer dunklen, leicht spiegelnden Folie überzogen war, war ein buntes Bild befestigt: ein kleiner Junge, der sich ordentlich die Hände wäscht, und der Hinweis: »Waschen muss man sich am Morgen und sich abends waschen auch!«

Hygiene ist ausgesprochen wichtig. Das verstehe ich.

Mir fiel mein dummer Impuls wieder ein, der mich veranlasst hatte, Tag bei der Hand zu fassen.

Dergleichen gehörte sich hier offenbar nicht!

Wie war ich nur auf den Gedanken gekommen, so etwas sei zulässig?

Ich musste mich ausschlafen. Ich musste zu Kräften kommen. Morgen würde mir die Welt schon klarer und vertrauter erscheinen. So würde es jeden Tag weitergehen, ich würde mir die Moral und die Normen Der Heimat aneignen, würde wieder ich selbst werden, mich abermals mit dem Regressorentum beschäftigen, Die Heimat würde die Alari ausfindig machen und deren aggressives Potenzial auf null reduzieren. Irgendwann würden die Alari dann unsere Freunde werden.

Ob sich die Regressoren auch jene Wesen, die uns so ähnelten, vornehmen mussten? Oder reichte deren Verstand, um unsere Hilfe freiwillig anzunehmen?

Ich wusch mir die Hände, entschied mich nach kurzem Zögern, gleich vom ersten Abend an die richtige Lebensweise zu praktizieren, und machte mich mit den Mechanismen der Dusche vertraut. Nach ein paar Minuten, nachdem ich mich zweimal mit Wasser übergossen hatte – erst mit eisigem, dann mit kochend heißem –, kam ich mit ihnen zurecht. Ich zog mich aus – etwas spät, nach zwei unfreiwilligen Duschen –, stieg in die Wanne und wusch mich sorgfältig.

Die nassen Sachen akkurat zusammenzupacken – das wäre natürlich idiotisch gewesen. Daher verteilte ich sie auf den Regalen, damit sie bis zum Morgen trockneten, kroch unter die Bettdecke und schlief ein. Ich war derart müde, dass mich nicht einmal die winzigen Maße des Kissens störten.

Ich träumte etwas, einen typischen *Traum-zur-Diskussion-mit-dem-Ausbilder*. Einen schrecklichen Traum.

Eine amöbenartige flüssige Kreatur kroch in mich hinein, floss durch meinen Körper, streckte ihre Fühler nach meinem Herzen und meiner Leber aus und trübte mit ihrem Gift mein Gehirn ... Ich wälzte mich auf einer unebenen Metallplatte, um mich herum standen alptraumhafte Wesen, unter ihnen auch ein Mensch, ein alter Mann, mein Ausbilder, auch wenn er nicht wie Fed aussah ...

Ich ertrug alles, was mit mir geschah, ertrug es, weil es nötig war und mein Verstand begriff: Mein ganzes Leben, mein ganzer Schmerz – die sind nur Staub im Wind des Schicksals, ein Partikel, nicht der Aufmerksamkeit wert ...

»Nik! Niki!«

Die Kreatur kroch in mir herum, machte sich daran, jede Zelle meines Körpers zu untersuchen, jeden Nerv und jeden Muskel, was durchaus nicht immer schmerzhaft, aber immer eklig war ...

»Niki!«

Ich stöhnte und wachte auf.

Katti saß neben mir am Bett und studierte besorgt mein Gesicht.

»Du hast geweint«, sagte sie. »Du hast im Schlaf geweint, Niki ...«

Ich schluckte, denn mein Hals war völlig ausgetrocknet, und mein Herz hämmerte wie irrsinnig in der Brust.

»Niki ...«

»Was ... was machst du hier?«

Na toll! Etwas Klügeres hätte ich mir wohl nicht einfallen lassen können!

Katti zuckte zusammen, als hätte ich sie geschlagen. Sie wollte schon aufstehen.

»Warte.« Unwillkürlich griff ich nach ihrer Hand. »Verzeih mir. Mir war schlecht. Du hast mir geholfen, danke. Ich habe mich nur gewundert, wie du hereingekommen bist.«

»Dein Schloss kennt mich.« Sie betrachtete leicht verwundert meine Hand. »Niki, wir waren doch schließlich ... Freunde ... Einen fröhlichen Morgen, Nik!«

Sie sah sehr gut aus. Nur diese Igelfrisur ... die gefiel mir überhaupt nicht. Dafür hatte sie sehr gute Augen, ein schönes Gesicht, einen halbnackten Körper. Heute hatte sie einen kurzen Rock an, und das Band, das Frauen statt eines Hemdes trugen, war ganz schmal und fast durchsichtig.

Bestimmt hatte ich sie früher wirklich geliebt.

Und ich war bereit, mich hier und heute sofort wieder in sie zu verlieben.

Etwas in meinem Kopf hakte sich fest: In dem vergeblichen Versuch, die eigenen Wünsche zu verstehen, musste ich in eine logische Sackgasse getreten sein.

Was sollte das? Nicht einmal die Worte reichten!

Zum ersten Mal weigerte sich mein »Reservegedächtnis«, mir zu erklären, was ich eigentlich wollte.

»Katti ...«, flüsterte ich hilflos. »Ich ... ich liebe dich.«

Sie entspannte sich sofort und lächelte sogar.

»Ich liebe dich auch, Niki. Alles ist gut. Du bist bereits auf dem Weg der Besserung.«

Vorsichtig zog sie die Hand aus der meinen und berührte meine Stirn.

Prompt fiel mir jene fremde Frau ein und ihre scheue Geste ...

»Deine Temperatur ist normal«, konstatierte Katti.

Hätte sie doch bloß geschwiegen!

»Steh auf, du Faulpelz!«, forderte sie mich munter auf. »Dir ist erlaubt, im Bett zu liegen, aber du solltest das nicht ausnutzen!«

Sie erhob sich und zog mir die Bettdecke weg.

So schnell, dass ich sie nicht festhalten konnte.

Und gestern Abend hatte mir doch die Kraft gefehlt, frische Unterwäsche zu suchen!

»Wasch dich und zieh dich an«, sagte Katti völlig unerschüttert. »Du hast gestern deine Sachen nicht in den Reinigungstrakt gebracht, ich habe sie für dich dort abgegeben. Und jetzt hoch mit dir!«

Ich setzte mich im Bett auf, was überraschend unbequem war, als hätte man ihm die Beine abgesägt, so dass es niedriger als normal war. Nachdenklich schaute ich Katti an.

Meine Nacktheit irritierte sie überhaupt nicht – im Unterschied zu jener fremden Frau. Fand man hier also nichts dabei?

Aber welches Verhalten stimmte dann nicht?

Warum konnte ich mich einfach nicht durchringen aufzustehen?

»Nimm eine kalte Dusche«, riet mir Katti. »Du hast einen Hormonschub. Das hat nichts zu bedeuten, dergleichen kommt nach Stresssituationen vor.«

Etwas in mir zerbrach. Ohne mich noch länger zu genieren, stand ich auf und ging ins Bad. Dort stellte ich, dem ärztlichen Rat folgend, das kalte Wasser an und ließ mich berieseln. Aus winzigen Löchern in der Decke ergoss sich echter Regen über mich, ich drehte mich in ihm, hob die Hände und fing die kalten Tropfen auf. Irgendwann lehnte ich mich mit der Stirn gegen die glitschige Wand und erstarrte.

»Ich habe dir deine Sachen gebracht«, teilte Katti freundlich mit, als sie das Bad betrat. Die Badezimmertür ließ sich nicht abschließen. Vielleicht hatte ich aber auch nur den Mechanismus des Schlosses nicht durchschaut. »Geht es dir gut? Tag hat gesagt, ihr habt zwei Karaffen Wein getrunken. Er leidet an einer leichten Vergiftung ...«

»Mit mir ist alles in Ordnung«, erwiderte ich, ohne mich umzudrehen.

»Deine Bioabwehr ist besser«, vermutete Katti. »Dein Organismus hat die toxischen Stoffe problemlos abgebaut.«

»Katti, ich leide an psychischen Störungen«, bemerkte ich. »Mir ist ... ich bin ...«

Sie wartete geduldig, während ich nach Worten suchte.

»Ich verspüre ein gewisses Unbehagen, wenn ich nackt neben dir stehe!«, brachte ich schließlich heraus.

»Das passiert dir nur mit mir?«, erkundigte sie sich sachlich.

»Also ... ich glaub schon. Gestern, bei der Untersuchung, habe ich dieses Unbehagen auch jedes Mal empfunden, wenn du mich angesehen hast.«

»Keine Sorge. Das ist eine bekannte Erscheinung. Eine psychische Regression. Sie tritt mitunter bei Kindern während der Adoleszenz auf, manchmal auch unter starkem Stress. Es gibt dafür einen Fachausdruck: *Schamhaftigkeit*.

Normalerweise ist die Schamhaftigkeit aufs andere Geschlecht gerichtet.«

»Und was soll ich jetzt machen?«, fragte ich begriffsstutzig.

»Das geht vorbei. Wir müssen die bei dir aufgetretene falsche Verhaltensform ändern. Wenn du willst, gehen wir zusammen in ein Dampfbad. Wir haben noch Zeit.«

»Das musst du wissen«, antwortete ich.

»Dann zieh dich an, und wir gehen zu Tag.«

Vielleicht war es eine Regression – aber ich entspannte mich erst, nachdem Katti das Bad verlassen hatte.

Tag fühlte sich wirklich miserabel.

»Alkoholhaltige Getränke müssten verboten werden«, brummte er, während er durchs Zimmer tigerte. Bei ihm herrschte die gleiche penible Ordnung wie bei mir, allerdings besaß er mehr Sachen. Vor allem Photographien von entsetzlichen Monstern, die an den Wänden hingen, und allerlei unappetitliche Substanzen in breiten, flachen Gefäßen. »Das ist Gift. Ich werde ein Gesuch beim Weltrat einreichen, im Namen des ganzen Instituts ...«

»Warte damit noch ein, zwei Tage, dann wirst du es dir überlegt haben«, lachte Katti. Sie saß in einem Sessel, heiter und sorglos. Ob sie vielleicht tatsächlich glaubte, mit mir käme wieder alles in Ordnung? Oder wollte sie mich nur aufheitern?

»Gut, ich warte! Aber ich werde es mir nicht überlegen!«, verkündete Tag energisch. »Wann muss Niki Rechenschaft ablegen?«

»Der Ausbilder hat mit dem Rat einen Termin für sechs Uhr vereinbart. Bis dahin bleibt jede Menge Zeit. Ich will mit Niki noch ins Dampfbad gehen.«

»Wozu das?«, fragte Tag verwundert.

»Um die toxischen Stoffe auszuschwitzen.« Katti zwinkerte mir zu. Ich wusste ihr Taktgefühl zu schätzen. »Kommst du mit?«

»Ja«, entschied Tag. »Wir müssen um ein Auto bitten ...«

»Ich bin motorisiert. Der Ausbilder hat mir für fünf Tage ein Auto besorgt, für die erste Rehabilitationsphase von Nik.«

»Verstehe. In diesem Prozess kommt es jetzt vor allem auf dich an ... Han hat nichts gefunden?«

»Absolut nichts. Der Vortrag des Schiffs war vollständig und korrekt. Er hat die halbe Nacht gearbeitet und ist erst um halb drei nach Hause gekommen. Wollen wir ihn ausschlafen lassen?«

»Ja«, antwortete Tag. Er inspizierte einen Kleiderstapel und zog sich über das Hemd eine Jacke, die aus bunten Schnüren gefertigt war. »Seh ich gut aus?«

»Sehr«, lobte ihn Katti.

Das Auto war entweder das von gestern Abend oder sah völlig gleich aus. Katti gab die Route ein und drehte anschließend den Vordersitz zu uns herum, so dass wir uns unterhalten konnten. Über alles Mögliche. Über die Rasse der *künftigen Freunde*, die ich im Kosmos entdeckt hatte, und darüber, wie aufregend und abwechslungsreich es wäre, sich ernsthaft mit ihnen zu befassen, ihnen zu helfen, unsere Freunde zu werden. Die Alari interessierten Tag allerdings kaum, die Rasse, die uns äußerlich glich, dafür umso mehr.

»So etwas hat es noch nie zuvor gegeben!«, sagte er wild gestikulierend. »Als wir die Kleinen zu Freunden gemacht haben – was mussten wir uns da alles einfallen lassen! Sogar spezielle Anzüge haben wir angefertigt und Kinder in diesen Kostümen zu den Kleinen Freunden geschickt! Das Wachstum haben wir künstlich gebremst, um erwachsene Regressoren zu erhalten ... Die Kinder haben eine Niederlage nach der nächsten einstecken müssen ... Wie lange haben wir uns mit diesen Versuchen noch mal rumgeschlagen, Katti?«

»Siebzehn Generationen von Kleinwüchsigen«, antwortete sie seufzend. »Ja selbst heute noch ... also manchmal ... heißt es ...«

»Aber mit denen kannst du einfach loslegen! Wähle die Mitarbeiter aus, schick sie zu dem Planeten der *künftigen Freunde* und mach dich an die Arbeit! Ich beneide die Regressoren! Ehrenwort, ich beneide sie!«

»Sie sind weit genug entwickelt, um Fremde zu erkennen. Wir können ihnen äußerlich in noch so idealer Weise gleichen, aber die Unterschiede in der Psyche werden uns verraten. Ganz so einfach wird die Arbeit wohl nicht werden.«

»Vergiss die Methoden nicht, die uns zur Verfügung stehen! Zum Beispiel ...« Tag wies mit dem Finger auf mich. »... die Amnesie! Sie ist eine hervorragende Möglichkeit, um jede Merkwürdigkeit eines Regressors zu erklären!«

Stille trat ein. Tag selbst verstummte, ich hatte nichts zu sagen, Katti wandte den Blick ab.

»Eine gute Hypothese«, bemerkte ich.

»Niki!« Tag sprang sogar von seinem Sitz hoch, stieß mit dem Kopf gegen die Decke. Weil das Auto aber gerade in die Kurve ging, fiel er auf seinen Platz zurück.

»Woher weißt du, dass ich Niki bin? Vielleicht haben sie *ihn* ja verhört, so viel wie möglich aus ihm herausgepresst und mich in der Gestalt von Niki zu euch geschickt? Mich, einen fremden Regressor? Na?«

Ich fühlte mich momentan so beschissen, dass ich niemanden schonte.

»Nik!«

Ich sah Katti in die Augen.

»Das ist aus drei Gründen unmöglich.«

»Dann beweis mir, dass ich ich bin. Weil ich nämlich selbst nicht hundertprozentig daran glaube!«

»Dein Körper ist der Körper von Niki. Wir haben die Genkarte überprüft! Beide Analysen haben sich als positiv herausgestellt und entsprechen deinem Gentyp!«

»Einen Körper kann man kopieren«, gab ich zu bedenken.

»Das zweite Argument dagegen! Wir haben eine vollständige Mentoskopie deines Gehirns angefertigt. Ja, du erinnerst dich an nichts aus deiner Vergangenheit! Aber dein Wortschatz ist eben genau dein Wortschatz! Du weißt das, was du wissen musst! Und du trägst kein fremdes Gedächtnis in dir! Warum sollten die einen Regressor schicken, der seine Aufgabe nicht kennt? Das wäre sinnlos! Und wir haben das ganze Gehirn durchforstet, sämtliche Winkel. Es ist sauber!«

»Und das dritte Argument?«, fragte ich. Geradezu mit dem rachsüchtigen Wunsch, mir selbst zu schaden!

»Das sind wir. Deine Freunde, dein Ausbilder. Meinst du nicht, wir hätten es nicht gespürt, wenn du ausgetauscht worden wärst?«

Ich schloss die Augen. Danke, Katti. Danke für diese Worte. Vielleicht waren sie das wichtigste Argument. Das Argument, das mich beruhigte.

»Ein *nicht-freundschaftlich-gesinnter* Regressor müsste eine solch perfekte Kopie von Niki sein ... eine moralisch-ethische Kopie ... dass es einfach unmöglich wäre.«

»Danke, Katti ...«, flüsterte ich.

»Das sind absolut unstrittige Argumente«, fasste Tag zusammen. »Mir glaubst du doch wohl, dem Spezialisten für fremde Rassen?«

»Ja.«

»Zugegeben, wenn du das alles als abstrakte Hypothese auffasst ...« Tag setzte eine süßliche Miene auf. »Dann könnte ich natürlich versuchen, Einwände zu finden. Und alle Argumente durchhecheln.«

Die Stille kehrte zurück.

»Tu das, Tag«, bat ich. »Versuch herauszukriegen, ob ich ein fremder Regressor sein könnte. Wenn du eine entsprechende Möglichkeit siehst, überleg dir, wie du sie verifizieren könntest. In dem Fall müsste man mich nämlich sofort von der Gesellschaft isolieren und Gegenmaßnahmen ergreifen.«

»Und diese Worte«, mischte sich Katti ein, »sind der

letzte Beweis, Nik. Vielleicht wird dir der Weltrat nicht glauben. Aber ich, ich glaube dir. Du bist unser Niki. Niki der Schlaukopf, Niki der Zappelphilipp, Niki der Übervorsichtige. Du brauchst keine Angst zu haben!«

»Glaub niemandem, fürchte niemanden, bitte niemanden um etwas«, sagte ich. »Ich danke euch. Wenn ich wieder ganz der Alte bin, werden wir zusammen über diese Geschichte lachen. Doch vorerst klappt das noch nicht.«

Bei dem Dampfbad handelte es sich nicht nur um ein Gebäude, sondern um einen ganzen Komplex aus runden, aufgrund ihrer enormen Höhe eher an Türme erinnernde Pavillons, aus dreieckigen, Seite an Seite stehenden Pyramiden und einem gigantischen würfelförmigen Bau aus schneeweißem Stein im Zentrum. In der Fläche zwischen den einzelnen Gebäuden wucherte das Grün derart dicht, dass die Anlage verwildert gewirkt hätte, wären da nicht die Pfade gewesen, die ins Innere führten. Wir ließen das Auto an der Straße und schlenderten über einen der kleinen Wege, die unter Brücken und Galerien wegtauchten und die Bauten wie ein versponnenes Netz miteinander verbanden. Einmal kam uns eine kleine Gruppe entgegen, drei Männer und zwei Frauen. Sie lachten, plauderten miteinander und begrüßten uns freundlich.

Durch ein Tor mit einem Wärmevorhang gelangten wir in einen weitläufigen, dämmrigen Saal. An der Schwelle blieb ich einen Moment stehen.

Kein Zweifel, falsche Verhaltensmuster galt es zu ändern.

In dem Raum hielten sich um die hundert Leute auf. Männer und Frauen, nackte, sich entkleidende und halb angezogene. Hier kam, hier ging jemand. Entlang der Wände zogen sich Reihen kleinerer Spinde, in welche die Besucher akkurat ihre Sachen legten. Die gewölbte Decke durchbrachen spiralförmig angeordnete kleine Fenster, durch die das nicht sonderlich grelle, gleichsam gefilterte Licht Des Mütterchens fiel.

»Gehen wir«, drängte Tag mich.

Wir steuerten ein paar freie Spinde an. Katti und Tag begannen sofort, sich auszuziehen, ich zögerte kurz.

Das ist normal, flüsterte ich mir schließlich zu und fing ebenfalls an, mich zu entkleiden. Um mich herum gab es ein solches Übermaß an nackten Körpern, dass mein Verstand voller Panik jenes Gefühl, das Katti als Schamhaftigkeit bezeichnet hatte, verleugnete.

»In die Hurrikan-Halle oder in die Meer-Halle?«, wollte Tag von Katti wissen.

Katti hatte sich bereits ausgezogen und ihren Schrank zugemacht – ich bemerkte, dass es in der Tür kein Schloss gab – und ließ sich die Frage nun durch den Kopf gehen.

»Erst ins Meer. Niki muss sich wieder daran gewöhnen.«

Ohne Widerspruch folgte ich ihnen. Weder einen Hurrikan noch das Meer hätte ich mit einem Dampfbad assoziiert.

Zusammen mit einem Dutzend anderer nackter Besucher gingen wir durch einen schmalen Gang. Sowohl der Steinfußboden als auch die Steinwände verströmten Wärme, ab und an klafften in den Wänden schmale

Schlitze, aus denen uns heiße Luft entgegenschlug. Das Licht war hier bereits künstlich, gespendet von matten Lampen an der hohen Decke. Niemand sagte ein Wort, alle waren ernst, als bereiteten sie sich auf ein wichtiges Ritual vor, und das Patschen der nackten Füße auf dem Boden verschmolz zu einem seltsamen Rhythmus, einer urwüchsigen Begleitmusik für die kommende Handlung. Der Boden unter den Füßen war zwar immer noch heiß, wurde jetzt aber feucht. Irgendwo musste Wasser hinuntertröpfeln, das dann ungehindert vorwärts floss, da der Boden anscheinend ganz leicht, fürs Auge nicht fassbar abfiel.

Obwohl mich die Teilnahme an dieser Prozession in Bann schlug, fand ich Gelegenheit, mich verstohlen umzusehen. Männer und Frauen waren zu annähernd gleichen Teilen vertreten, die meisten jung, etwa in unserem Alter. Sehr viele schöne Frauen. Die Menge teilte sich klar in einzelne Gruppen von Leuten, die zusammen gekommen waren, aber selbst innerhalb einer solchen Kleingruppe berührte niemand einen anderen. Als ein Mann stolperte, fiel er ebenso ungeschickt wie schmerzhaft aufs Knie, obwohl ich hätte schwören können, dass er sich zu halten vermocht hätte, wenn er nach dem Oberarm seines neben ihm gehenden Freunds gegriffen hätte.

Heiße Luft wehte. Es roch nach Salz und Jod, als ob vor uns wirklich das Meer läge. Ein glühendes, fast kochendes Meer. Das Wasser unter unseren Füßen nahm zu, und ich setzte meine Schritte vorsichtiger.

Der Gang endete abrupt, öffnete sich in einen Raum, der mich an das Schiff der Alari erinnerte. Auch er wirkte wie die Nachbildung einer Höhle und wies eine Steinverkleidung auf. Allerdings fiel durch die Fenster Licht. Der Boden war mit grobkörnigem weißen Sand bestreut, hier und da schimmerten Muscheln und sogar kleine Bruchstücke von Korallen. Der Sand war zu unzähligen kleinen Hügeln aufgeschüttet, zu Dünen, auf deren Spitze Menschen saßen, standen und lagen. Von irgendwoher blies heißer Wind, die Hitze war inzwischen jedoch so stark, dass er Erleichterung mit sich brachte. In Gedanken schätzte ich die Temperatur auf das Doppelte der Temperatur eines gesunden Körpers.

»Niki!«

Ich folgte Katti und Tag auf eine kleine Sanddüne und ließ mich dort im Schneidersitz nieder. Wir saßen da, die Gesichter einander zugekehrt, eine von unzähligen Gruppen. Heiße Windstöße strichen über unsere Körper.

»Wie gefällt's dir?«, erkundigte sich Katti.

Ich versuchte, sie nicht anzusehen. Hundertprozentig half diese therapeutische Maßnahme nämlich doch nicht. Mich irritierte allein schon die eigene Nacktheit – von ihrer ganz abgesehen.

»Es ist interessant«, antwortete ich ausweichend.

»Genieß es«, riet Katti. »*Entspann-dich-sei-wachsam* und genieß es ...«

Mit geschlossenen Augen folgte ich dem Befehl.

Eigentlich war es angenehm.

Mein Körper hatte sich zwar zunächst gesträubt, als er in diesen gigantischen Backofen gesteckt wurde, nach und nach wirkte die Hitze jedoch angenehmer. Ich schwitzte, aber die heiße Luft trocknete den Schweiß im Nu. Der

Sand strömte langsam unter den Windböen dahin, sammelte sich um meine Beine, verbrannte meine Haut.

Wie gut das tat ...

»Niki!«

Ich öffnete die Augen. Katti und Tag hatten sich bereits erhoben.

»Gehen wir«, forderte mich Tag auf. »Wir sollten uns jetzt einer anderen Temperatur aussetzen.«

Wir umrundeten die Sandhügel, auf denen die nackten Körper schwitzten und dörrten, und gingen zum gegenüberliegenden Ende des Raums. Dort gab es ein kleines Wasserbecken, einen kleinen See, zu dem sich das über die Wand strömende Wasser gesammelt hatte; von dort aus strömte das Wasser durch einen in die Wand eingelassenen Tunnel weiter.

»Ohoho«, kreischte Tag und lief los. Mit einem Kopfsprung tauchte er in den See. Wir folgten ihm. Das Wasser brannte, so eisig war es, fast als sei es nicht über erhitzte Wände geflossen. Ich tauchte wieder auf und saugte gierig die Luft ein. Tag hielt bereits auf den Tunnel zu, wobei er sich gänzlich von der Strömung treiben ließ.

»Ihm nach ...« Katti tauchte neben mir aus dem Wasser auf. Unsere Körper berührten sich beinahe. »Niki!«

»Ich schwimme«, sagte ich.

Der Strom brachte mich durch den Tunnel. Die Wände, die im ersten Stück aus Stein bestanden, wurden plötzlich durchsichtig. Jetzt schwammen wir in einer der Glasröhren, die über den Pfaden hinwegführten. Unter uns gingen Leute ... anscheinend sah uns niemand, die Transparenz musste also einseitig sein.

»Wechselbäder wirken sich positiv auf den Organismus aus!«, klang die Stimme der hinter mir schwimmenden Katti zu mir herüber.

Konnte sie nicht einfach mal »klasse« sagen?

Die Strömung ließ nach, wir wurden in einen weiteren Raum gespült. Ich tauchte das letzte Stück des Tunnels und fand mich anschließend in einem neuen Becken wieder.

Oho!

Das Wasser war hier ebenfalls kalt. Aber der Wind ...

War das die Hurrikan-Halle? Bestimmt!

Der Fußboden war aus Stein, vereinzelt waren allerdings Holzstücke eingelegt. Das erwies sich als ausgesprochen umsichtig, denn meine Fußsohlen verbrannten bereits beim ersten Schritt. Windböen zwangen uns zu blinzeln und uns zu ducken.

Sand gab es hier natürlich keinen. Er wäre innerhalb von einer Minute an die Wände gefegt worden. Statt der Sanddünen erhoben sich hier Steinklötze mit hölzerner Sitzfläche. Wir erklommen eiligst den nächsten freien Stein und kauerten uns oben zusammen.

»Hier darf man nicht lange bleiben!«, schrie mir Tag zu. »Drei Minuten, maximal fünf!«

»Gut zu wissen!«, brüllte ich, um das Tosen des Winds zu übertönen. Ich hatte den Eindruck, das Wasser aus meinem Körper werde buchstäblich herausgesaugt. Die drei gesprochenen Worte hatten mir den Mund völlig ausgetrocknet, und ich musste schlucken, um neuen Speichel zu produzieren.

»Ein Dichter hat den vollständigen Zyklus der Prozeduren im Dampfbad einmal mit der Menschheitsentwicklung verglichen!«, sagte Katti. »Der Sieg über die feindlichen Naturgewalten, die Eiseskälte und die Flammen, die entschlossene Bewegung und schließlich der Zustrom neuer Kräfte und die Liebe zum Universum!«

»Ein nicht gerade angenehmer Entwicklungsprozess«, flüsterte ich, eher an mich selbst gerichtet.

»Was?«, fragte Katti.

»Ich glaube, wenn man den Wind vermindert und die Temperatur senkt, würde die Natur nicht ganz so feindlich erscheinen!«, rief ich.

Fünf

Ich weiß nicht, warum mein Körper sich derart leicht anfühlte. Vielleicht rührte das vom segensreichen Einfluss der Dampfbadprozeduren her, vielleicht von der Freude darüber, dass sie vorüber waren.

Die zweite Version kam mir weit überzeugender vor.

»In einer Stunde musst du im Weltrat sein«, erinnerte mich Katti. »Du gehst zusammen mit dem Ausbilder hin. Wir haben unsere Berichte bereits alle eingereicht, so dass wir nicht dabei sein müssen. Aber wir warten auf dich ... im Gebäude.«

»Ist es weit?«, fragte ich.

»Im Zentrum.«

Das sagte mir nichts, Katti bemerkte meine Irritation jedoch. »Im Zentrum des Kontinents«, erklärte sie. »Nach Dienen, so heißt die Stadt.«

»Schaffen wir das denn?«

Das Auto, in dem wir jetzt saßen, schien mir nicht schnell genug, um die Strecke vom Ufer zum Zentrum des Kontinents innerhalb von einer Stunde zurückzulegen. Selbst wenn es eine Schnellstraße gäbe ... nein, auch dann würde ein Transportmittel mit Rädern nicht die nötige Geschwindigkeit erzielen ...

Katti und Tag sahen sich an.

»Wir schaffen es«, versicherte Katti. Mit Mitleid und Zärtlichkeit in der Stimme. »Niki, erinnere dich an die Formen von Transportmitteln auf unserem Planeten!«

»Autos, Plattformen, Schiffe, Flyer, Kabinen«, zählte ich automatisch auf.

»Die richtige Antwort sind in diesem Fall die Kabinen«, erklärte Katti. »Damit schaffen wir es spielend. Jetzt fahren wir erst mal in ein Geschäft, du musst dich umziehen. Das ist zwar keine Pflicht ... aber es sieht besser aus, es ist ein Zeichen des Respekts gegenüber dem Weltrat.«

»Wer gehört ihm an?«

»Wissenschaftler, Ingenieure ... verschiedene Leute halt!« Tag zuckte mit den Achseln. »Hauptsächlich aber Ärzte und Ausbilder. Es sind die Persönlichkeiten, die am meisten geschätzt werden. Katti, gib den Kurs ein.«

Das Auto fuhr an, wir machten uns auf zum nächstgelegenen Geschäft ...

Die nächsten fünfzig Minuten fühlte ich mich wie ein Kind, das fürsorgliche Eltern ... Ausbilder ... herausputzten. Nein, eher wie eine Puppe, die von kleinen Kindern angezogen wird. Ein Kind kann man schließlich ab und an fragen, ob ihm dieses oder jenes Kleidungsstück gefällt. Bei mir gab sich niemand diese Mühe. Katti und Tag überließen sich völlig ihrer interessanten Beschäftigung, nämlich durch mich ihren Respekt gegenüber dem Weltrat auszudrücken.

»Also wirklich, all diese modischen Halbmäntel und Pullover kannst du vergessen!«, belehrte Katti Tag. »Schließlich wollen wir mit Nik nicht in einen Jugendclub. Es muss etwas Seriöses und Klassisches sein. Wenn man ihn sieht, muss man gleich denken: Das ist ein Mensch, der Unsagbares durchlitten und nach Der Heimat zurückgekehrt ist. Ihm ist ein Unglück widerfahren, aber er ist nicht daran zerbrochen. Er ist dieser Gesellschaft nützlich und glaubt an sich!«

Nach dieser Tirade wurde für mich Hellgrau gewählt, das Symbol der wahrhaften Reinheit und der schweren Prüfungen, wie Tag mir erklärte. Weiße Kleidung hätte allzu selbstsicher gewirkt, schwarze oder rote hätte für einen Fehler gestanden, den ich nicht begangen hatte.

Ich setzte mich nicht mit sämtlichen Details auseinander. Gehorsam zog ich mich aus und probierte Anzug um Anzug an. Am Ende bekam ich ein stahlgraues Hemd, graue Hosen und ein graues Jackett, um den Hals wurde mir ein plüschiges weißes Band gebunden, über die Füße wurden weiche, eng wie Socken anliegende Schuhe aus feinem grauen Leder gestülpt.

»Jetzt schau dich nur mal an!«, rief Katti aus, während sie mich von allen Seiten begutachtete. In der kleinen Garderobe gab es keinen Spiegel, doch noch bevor ich danach fragen konnte, wie ich einen Blick auf mich selbst werfen sollte, betätigte Tag einen Schalter an der Wand, und direkt neben mir materialisierte sich ein dreidimensionales Bild in der Luft. Ich starrte meinen Doppelgänger an, der meinen Blick mit einem ebenso neugierigen quittierte. Im nächsten Moment wich die Neugier im Gesicht des Hologramms allerdings einem Ausdruck des Abscheus.

Das weiße Band setzte meiner idiotischen Erscheinung die Krone auf. Ohne dieses Ding hätte ich wie ein leicht mürrischer Mann gewirkt, der so angezogen ist, dass nicht gleich auffällt, wenn er sich schmutzig macht. Mit dem weißen Band um den Hals kam ich mir wie ein *Tier-Freund* vor, der mit seinem Frauchen einen Spaziergang macht, oder wie ein Clown, der gleich das Publikum unterhalten will.

»Stimmt was nicht, Niki?«, fragte Tag erstaunt.

Wortlos zog ich mir das Band vom Hals und warf es zu Boden. Mein Abbild machte gehorsam das Gleiche. So war es schon wesentlich besser!

»Ich weiß nicht«, meinte Katti nachdenklich. »Das war ein schönes Symbol der inneren Reinheit. Nicht auffällig, aber wirkungsvoll.«

Was heißt hier *nicht auffällig*!

»Ich weiß ja, dass du von klein auf Modemacherin werden wolltest, Katti«, sagte Tag. »Aber deine Ausbilderin hatte doch wohl guten Grund, dir von diesem Beruf abzuraten, oder? Vielleicht spürt Niki intuitiv den provozierenden Symbolismus des weißen Bandes?«

»Vielleicht.« Katti seufzte. »Gut, lassen wir es so. Es wird Zeit, Jungs.«

»Es muss hier in der Nähe eine Kabine geben«, meinte Tag.

»Ja, ich weiß, wo.«

Wir verließen die Garderobe. Aus irgendeinem Grund hatte ich angenommen, wir müssten den Verkäufern des Geschäfts mitteilen, welche Kleidung wir ausgesucht hatten, vielleicht musste man irgendwo Bescheid sagen – aber meine Freunde kümmerte das offensichtlich nicht. Vorbei an den Ständern mit der Kleidung, die manchmal so grell war, dass sie vor den Augen flimmerte, manchmal leuchtete oder die Farbe änderte, trabten wir ans andere Ende des Geschäfts. Dort stand neben einer Glastür, die auf die Straße führte, ein hoher Zylinder aus dunklem, halbtransparentem Plastik.

»Am besten lassen wir uns zur sechsten Kabine von Dienen befördern, oder?«, sagte Katti.

»Richtig«, bestätigte Tag.

Sobald wir näher kamen, bemerkte ich die Schiebetüren und das in die Wand eingelassene Terminal. Tag legte lässig den Handteller auf den kolloidalen Aktivator, runzelte dann aber die Stirn.

»Die sechste Kabine ist für eine große Gruppe reserviert«, teilte er uns mit. »Nehmen wir die fünfte.«

Die Türen des Zylinders glitten auseinander, im Innern sprang Licht an. Dort gab es nichts, nur ein Metallgitter im Fußboden und eine Lampe in der Decke. Tag trat in den Zylinder und winkte uns zu. Die Türen schlossen sich wieder, Dunkelheit hüllte die Kabine ein. Für einen kurzen Moment flammte bläuliches Licht auf.

»Jetzt du«, forderte mich Katti auf. »Gib über das Steuerungssystem die fünfte Kabine ein.«

Gehorsam berührte ich das Terminal.

Zielort?

»Fünfte Kabine von Dienen«, sagte ich heiser. Mir war nicht ganz wohl bei der Sache.

»Du brauchst es nicht laut zu sagen!«, rief mir Katti in Erinnerung.

Warten Sie, bis die Kabine frei ist. Steigen Sie ein.

Ich betrat die sich öffnende Kabine. Tag war natürlich nicht mehr drin.

Kabine, die Kehrseite des Raums, Fortbewegung außerhalb der Zeit ... verzweifelt klammerte ich mich an eine Kette von Worten. Sicherheit und Zuverlässigkeit. Bequemlichkeit und Komfort ...

Das Licht verlosch, anschließend erfolgte die bläuliche Explosion. Nichts veränderte sich. Ich wartete.

Dienen. Fünfte Kabine. Verlassen Sie die Kabine.

Die Türen öffneten sich, ich trat hinaus und erwartete selbstverständlich, eine Reihe von Kleiderständern und Katti zu sehen.

Der Zylinder stand in einem Park. Es war dämmrig, als habe sich etwas Gigantisches vor das Licht Des Mütterchens geschoben. Auf dem Rasen vor dem Zylinder wartete Tag ungeduldig auf mich.

»Nun komm schon raus!«, rief er mir aufmunternd zu.

Auf wackligen Beinen ging ich zu ihm hin. Hinter mir schloss sich der Zylinder.

Neben Tag stand ein Pärchen, eine ältere Frau mit einem jungen Mann. Sie trugen beide sehr grelle Kleidung, hatten fröhliche Gesichter, wirkten aber dennoch ein wenig unzufrieden.

»Freunde, noch einen Moment«, entschuldigte sich Tag bei ihnen. »Noch eine Person.«

Automatisch nickte ich den beiden zu, die vermutlich Dienen verlassen wollten, blieb stehen und legte den Kopf in den Nacken.

Eine Statue bohrte sich in den Himmel.

Nie zuvor hatte ich ein derart großes Denkmal gesehen ... nein, ein derart großes Haus in Form einer Statue. Sie stellte einen Menschen dar, einen älteren Mann, im leichten Mantel ... Einzelheiten, die mein Bewusstsein wahrnahm, die sich aber nicht zu einem Gesamtbild fügen wollten. Obwohl mein Verstand sich weigerte, die Höhe einzuschätzen, registrierte ich, dass sich der Kopf der Statue auf gleicher Höhe mit den Wolken befand.

»Die allegorische Figur eines Ausbilders krönt das Gebäude des Weltrats«, erklärte Tag mit der Stimme eines Fremdenführers. »Erschaffen vor mehr als zweihundert Jahren, ist es das höchste Bauwerk hier auf Der Heimat. Als seinerzeit die Versuche mit den Quarksreaktoren nach einem Bau verlangten, der das Gebäude des Rates überragt hätte, fand man folgenden Kompromiss: Die Versuchsanlage wurde erst gebaut, nachdem das Ratsgebäude um anderthalb Kiloschritt angehoben worden war.«

»Los jetzt!« Katti stürzte aus der Kabine. »Wir sind spät dran.«

Wir durchquerten den Park. Bis zum Fuß der Statue war es nicht weit, hier standen überall Kabinen. Und es wimmelte von Menschen. Sie schlenderten durch den Park, saßen auf den Bänken oder einfach im Gras und bewunderten das Gebäude. Mir war nicht klar, was ihnen daran gefiel, im Schatten dieser gigantischen Statue zu sitzen. Mich persönlich bedrückte das monströse Gebilde.

»Schau mal, deshalb war die sechste Kabine blockiert«, rief Tag aus. »Eine Exkursion.«

Aus einem Zylinder sprang ein Kind nach dem nächsten heraus. Die ersten Kinder, die ich auf Der Heimat sah. Alles Jungen. Sie hüpften fröhlich lachend aus der Kabine, verstummten jedoch sofort, drängten sich zu viert oder zu fünft in kleinen Gruppen zusammen und scharten sich um den unerschütterlichen Ausbilder.

»Sie sind das erste Mal in Dienen, das merkt man sofort«, kommentierte Tag freundlich, aber auch ein bisschen arrogant. »Ich kann ihre Gefühle gut nachempfinden.«

»Ich auch«, sagte ich, während ich den Kindern hinterherblickte.

Ein Junge lief zu seinem Ausbilder, schmiegte sich an ihn, fragte etwas und zeigte dabei auf das Ratsgebäude. Der Ausbilder lachte, zerzauste ihm das Haar und legte ihm den Arm um die Schultern.

Gab es nicht zu jeder Regel eine Ausnahme?

Gab es nicht für jede Ausnahme einen Grund?

Was bedeutete eine Berührung in einer Welt, in der ein ungeschriebenes Gesetz jeden Körperkontakt verbot?

Welche Kraft steckte hinter der Berührung durch eine andere Hand? Wärme, Liebe, Sorge, Vertrauen?

Aber genau das waren doch die treibenden Kräfte unserer Moral. Freundschaft, Liebe, Gleichheit ... oder poetisch gesprochen: Brüderlichkeit. Weshalb wurde dann die Liebe tabuisiert? Weshalb die Wärme eingeschränkt?

Ob womöglich das Monopol auf die Liebe die stärkste Waffe in dieser Welt bedeutete? Das Burgenzeitalter mit seinen Epidemien, der Pest und den bösartigen Geschwüren hatte uns vom Körperkontakt abgebracht. Es hatte ihn auf ein Minimum reduziert, ihn zu einer Verletzung des Anstands deklariert. Aber wenn irgendwo in der Seele das Bedürfnis nach der Berührung durch die Hand eines Menschen existierte, wenn ein Kind sich an den Kuss seiner Mutter erinnerte und sich innerhalb der vier Wände seines gemütlichen Internats danach sehnte – was verkörperten dann die Ausbilder? Waren sie etwa die Einzigen, die umarmen, trösten, loben, liebkosen und bestrafen durften?

Waren sie Heilige?

Ich schüttelte den Kopf.

Was für absurde Gedanken mir in den Sinn kamen! Was sollte das?! Schließlich war ich doch ein Teil dieser Welt, Fleisch von ihrem Fleisch! Und meine Welt war voll von Güte und Liebe – nur ich, der ich während meines Gedächtnisschwunds zu den dunklen Tiefen meines Unterbewusstseins hinuntergestolpert war, verlangte nach etwas Verbotenem, nach etwas, das die Geschichte längst verworfen hatte ...

»Was ist denn, Niki?«

In Kattis Blick lag Sorge.

»Es ist schwer, ein Neugeborener zu sein«, antwortete ich.

Das Gebäude des Weltrats wirkte innen noch bedrückender als von außen. Kleine Zimmer ließ man hier nicht gelten. Die Flucht von Sälen, die durch das Postament der »allegorischen Figur des Ausbilders« führten, zog sich derart endlos dahin, dass ich mich nicht über Flugapparate gewundert hätte, die durch das Gebäude flogen. Stattdessen gab es jedoch die üblichen Transportplattformen.

»Siebter Saal, bei den Informationsschaltern«, erklärte Katti. »Schnell, Tag, schnapp dir eine Plattform!«

Überall schwärmten Menschen hin und her. Sie erledigten ihre Angelegenheiten, schauten sich um und studierten wie verzaubert in jedem Saal die gewölbte Decke, die mit farbenprächtigen Fresken bemalt war, sammelten sich vor den Säulen mit einem Terminal, die es allenthalben gab; sie kamen hierher, um zu arbeiten und sich zu erholen. Irgendwo spielte leise Musik, irgendwo schlurften Schritte, irgendwo verschmolzen gedämpfte Gesprächsfetzen zu einem sanften Rauschen.

Wir fuhren zusammen mit einem seriösen, schweigenden Ausbilder, der hier fraglos etwas zu erledigen hatte, und ein paar jungen Leuten auf einer Plattform in den siebten Saal. Die jungen Leute schienen einfach durch das Zentrum Der Heimat zu streifen und den Ausbilder mit begeistertem Respekt zu betrachten. Uns sahen sie übrigens ebenfalls voller Achtung an. Wir machten offensichtlich den Eindruck von Menschen, die sich aus gutem Grund in diesem Gebäude aufhielten.

Auch ich sah mich um, studierte vor allem die Deckenfresken. Eigentlich waren sie nichts Besonderes, eine Art Geschichtskurs in Bildern. Vom Steinzeitalter an aufwärts. Das Einzige, was mir auffiel, war, dass das Berührungstabu sich auch auf die Bilder erstreckte. Nur die Ausbilder hielten jemanden an der Hand, nur sie trugen Verwundete aus brennenden Häusern, unterwiesen Kinder und trösteten Greise. Einige der Ausbilder waren noch jung, andere alt, ihre Kleidung unterschied sich durch nichts von der ihrer Mitmenschen. Trotzdem gab es da etwas in der Art der Darstellung, das es erlaubte, die Ausbilder zielsicher unter den anderen Figuren auszumachen. Ein bestimmter Edelmut in der Haltung, Weisheit in den Augen oder das Vertrauen im Blick der Umstehenden.

Übrigens dürfte es recht schwierig sein, eine Kuppel so auszumalen, dass die Bilder von unten überzeugend und proportional aussehen. Die Linien müssen bewusst verzerrt werden. Das Bild muss falsch und disproportional angelegt werden, damit es aus der Ferne realistisch wirkt ...

Ich rieb mir die Stirn. Nein, was für absurde Gedanken kamen mir da in den Sinn?

Am meisten frappierte mich ein Fresko, das die ganze Decke des sechsten Saals einnahm. Es zeigte ein tosendes Meer, spitze Felsen und einen von Sturmwolken verhangenen Himmel. Auf den Felsen standen ein Ausbilder und ein kleiner Junge. Der Ausbilder hatte dem Jungen einen Arm um die Schulter gelegt, mit dem anderen wies er aufs Meer, auf eine Stelle, wo ein Schiff mit gehissten Segeln die Wellen durchpflügte. Die gewaltigen Schaufelräder verschwanden halb im Wasser, an den Masten loderte Feuer. Wahrscheinlich sollte das Bild zum Meereszeitalter die Weisheit des Ausbilders illustrieren, der seinen Schützling auf die Schönheit des Sturms hinwies, auf die Kühnheit der Matrosen, die gegen die Naturgewalten kämpften ... vielleicht aber auch auf ihren verbrecherischen Leichtsinn. Der Kurs des Schiffs ließ keinen Zweifel daran, dass es im nächsten Moment an den Felsen zerschellen würde.

Mich beschlich der unangenehme Gedanke, der Ausbilder und der Junge würden nach der Katastrophe die Felsen runterklettern, um sich daranzumachen, die heilgebliebene Fracht zu bergen.

Ich senkte den Kopf.

Wie fatal ...

Eine Persönlichkeit ist nicht nur der unverwechselbare Genotyp, die Ansammlung von Wissen und das System der sprachlichen Kommunikation. Das Wichtigste an einer Persönlichkeit ist ihre Beziehung zur Umwelt, das Repertoire an Reaktionen, das sich im Laufe des ganzen Lebens herausbildet. Hier wiederum kommt es vermutlich vor allem auf die Stringenz an, mit der man Erscheinungen der Umwelt beurteilt. Diese Fähigkeit muss sich in einem unkritischen, unbewussten kindlichen Alter herausbilden, zu einem Axiom werden, das keiner Beweise bedarf und keine Zweifel hervorruft. Alles andere wäre fatal.

Ich hatte meine Axiome eingebüßt. Die sozialen Normen, die man nicht zu hinterfragen braucht. Und jetzt war es fast unmöglich, sie zurückzugewinnen. Es blieb mir nichts anderes übrig, als etwas vorzutäuschen.

»Niki!«

Ich sprang Tag und Katti hinterher von der Plattform. Der siebte Saal dürfte sich in der Mitte des Postaments befinden. Und das Postament, daran hegte ich nicht den geringsten Zweifel, befand sich genau in der Mitte des Kontinents. Und die Säule aus hellblauem Licht, die aus dem Boden schoss und in die Kuppel hochstieg, sie durchbohrte und himmelwärts strebte, war die Achse, um die sich das ganze Leben auf Der Heimat drehte.

Hier hatte sich die Menge deutlich gelichtet. Mit Sicherheit gehörte es sich nicht, diesen Saal ohne triftigen Grund aufzusuchen. An der Säule aus kaltem blauen Licht standen zwei Figuren. Ich erkannte den Ausbilder Fed und Han.

»Kommen wir zu spät, Ausbilder?«, rief Katti. Statt einer Antwort winkte er uns nur mit der Hand herbei.

Das blaue Licht verströmte Kälte. Ich fühlte mich immer unbehaglicher, bekam Angst. Sogar Katti und Tag wurden nervös, obwohl sie sich nicht vor dem Weltrat zu verantworten brauchten ...

»Ihr seid pünktlich«, bemerkte der Ausbilder, als wir näher kamen. »Guten Tag, Jungs. Hallo, Katti ...«

Als Han mir zuzwinkerte, nickte ich unbeholfen.

»Du siehst gut aus, Nik«, lobte mich der Ausbilder. »Katti, hast du ihm geholfen, sich einzukleiden?«

»Ja, Ausbilder.«

»Hervorragend. Ich frage mich sogar, ob du nicht doch eine gute Modedesignerin geworden wärst. Bisher hatte ich immer den Eindruck, du würdest auf überflüssige Accessoires wie Krawatten, Bänder oder etwas in der Art bestehen ...«

Katti senkte den Blick. »Ich hatte ein weißes Band gewählt, Ausbilder. Nik hat es von sich aus abgenommen.«

»Hatte ich also doch recht«, sagte Fed schlicht. »Was ist, Nik, mein Junge, gehen wir? Es wäre unschön, den Rat warten zu lassen. Aber wenn du nervös bist …«

»Nein, ich bin bereit.«

»Gib mir deine Hand.«

Ich erlaubte ihm, meine Hand zu ergreifen. Was ist, Ausbilder, glaubst du etwa, diese Berührung würde mir Zuversicht einflößen und meine Angst vertreiben? Da irrst du dich, dafür bin ich nämlich viel zu krank. Denn ich sehe nichts Schlimmes in der nonverbalen Kommunikation, und ich gerate ihretwegen nicht in Verzückung.

Ich bin zwar Nik – und doch schon ein Fremder.

Einander an der Hand haltend, traten wir in die Säule aus blauem Licht hinein.

Ich erwartete eine Art Fahrstuhl, mit dem wir nach oben fahren würden. Vielleicht eine Plattform oder einfach ein Kraftfeld.

Aber das blaue Licht markierte lediglich die Zone einer augenblicklichen Raumverschiebung. Wir betraten eine große und luxuriöse Kabine. Hier musste der Ausbilder die Befehle geben, ich vernahm nicht einmal die Stimme des Steuerungssystems.

Das Licht um uns herum erlosch, zog sich zusammen, die schemenhaften Konturen des siebten Saals sowie die Gesichter von Katti, Tag und Han verschwanden. Ich meinte, wir stünden in völliger Dunkelheit, so grell und feierlich strahlte die Welt außerhalb der Verschiebungszone.

Vom Ausbilder an der Hand geführt, trat ich in den Sitzungssaal des Weltrats.

Die Wände hatten keine Konturen. Genauer gesagt, sie waren zu bizarr, als dass ich ihre Form hätte erkennen können. Ich spürte eher, als dass ich es wusste: der Sitzungssaal des Weltrats befand sich im Kopf der Statue des »allegorischen Ausbilders«. Das Fußbodenmosaik lag auf Kinnhöhe. Und da … diese monströse Ausbuchtung … das war seine Nase, dieser Vorsprung der halboffene Mund, die gerippte, kuppelartige Decke sein Haar. Die Figur war nur von innen durchsichtig, und auf irgendeine Weise strömte das Licht Des Mütterchens in den Raum.

Mir fiel das Dampfbad wieder ein.

Die Einrichtung selbst erinnerte allerdings eher an ein Restaurant. Hundert kleine Tische, an denen Menschen saßen, meist Ausbilder. Manche aßen etwas, manche unterhielten sich bei einer Karaffe Wein oder einer Tasse dampfenden Kaffees. Einzelne Gruppen stritten lebhaft.

Hier wurde das Schicksal Der Heimat entschieden?

Wie verzaubert folgte ich Fed. Unwillkürlich heftete ich den Blick auf zwei extrem groteske Figuren, einen auf einem kleinen Sofa ausgestreckten langnasigen Mann mit schmalem, dunklem Gesicht und gewaltigen Augenbrauen, der in trägem Ton mit einem vor ihm hockenden … Kleinen Freund sprach! Der Außerirdische beschwichtigte den Mann oder stimmte seinen Worten zu, strich zart mit der grauen Pfote über den Ärmel der Jacke seines Gegenübers und sah ihm in die tief liegenden Augen. Allerdings fühlte sich der Kleine Freund im Saal wohl nicht recht wohl, denn er steckte das Maul immer wieder in die Atemmaske, die auf seiner Brust baumelte.

Und da war ein Wendiger Freund – er hatte sich auf einem Sessel zu einem Knoten eingerollt und den Rest seines Körpers auf dem Tisch platziert. Die hin und her schaukelnde graublaue Röhre erinnerte an einen abgehackten Hals. Ein lachender Dicker neben ihm beugte sich immer wieder zu dem Wendigen Freund vor und sagte ihm etwas ...

So darf man nicht denken! Es gehört sich nicht, den Freunden gegenüber spöttische oder feindselige Empfindungen zu haben!

Wir gingen zu einem Tisch, hinter dem zwei Leute saßen. Ein breitschultriger, hochgewachsener Mann mit abstehenden Haaren und eine alte Frau mit demselben Igelschnitt, wie ihn auch Katti trug. Zwei schlicht in gedeckte Farben gekleidete Menschen, die uns mit wohlwollendem Lächeln ansahen.

»Die Verdiente Ärztin Der Heimat Ana und der Kommodore der Fernaufklärung Big«, stellte mein Ausbilder mir die zwei vor. »Dich kennen die beiden.«

»Erinnerst du dich nicht mehr an mich, Niki?«, fragte die Frau.

Ich schüttelte den Kopf.

»Setz dich, mein Junge«, befahl sie.

Wir vier verteilten uns um den Tisch. Big goss mir ungefragt aus einer Karaffe etwas Wein ein und schob mir das Glas hin.

»Trink das, Niki. *Entspann-dich-sei-wachsam*. Du hast einiges durchgemacht ...«

»Seine Rehabilitation kommt gut voran«, berichtete Fed, der sich ebenfalls Wein eingoss. »Die Kinder sind hervorragend, sie helfen dem Jungen.«

»Ich kenne den Bericht des Schiffs und habe gehört, was du dem Ausbilder erzählt hast«, fuhr Big fort. »Dein Flug war das wichtigste Ereignis seit dem Tag des Aufbruchs.«

»Des Aufbruchs?«, fragte ich zurück.

Big sah den Ausbilder verständnislos an.

»Ich habe mich noch nicht mit Niki beschäftigt«, erklärte Fed ungerührt. »Zunächst sollte eine grundsätzliche Entscheidung über sein Schicksal getroffen werden.«

»Ja, sicher«, erwiderte Big seufzend. »Niki, für wen hältst du dich?«

»Für Niki Rimer, Pilot der Fernaufklärung, Progressor und Regressor.«

Sie erwarteten noch mehr.

»Nur eigne ich mich im Moment nicht für diese Arbeit«, fügte ich hinzu. »Alles ist weg. Alles ist verloren. Vielleicht bin ich einfach Niki Rimer, der sein Schicksal suchen muss.«

»Großartig, Niki.« Big atmete tief durch und schielte zu der Frau hinüber.

»Die Überprüfung wurde absolut korrekt vorgenommen, ich teile die Schlussfolgerungen des Instituts der Fremden Lebensformen uneingeschränkt«, brachte Ana sachlich heraus. »Ich halte weder einen Sanatoriumsaufenthalt noch eine Einschränkung der sozialen Rechte für nötig. Was jedoch die Rückkehr zu den bisherigen Berufen angeht ...«

Sie schüttelte zweifelnd den Kopf.

»Soweit ich es sehe, bestehen immer noch Zweifel an meiner Persönlichkeit«, sagte ich. Big und Ana hoben verwundert den Kopf. »Angesichts dieses Umstands wäre die Arbeit im Kosmos für mich nicht wünschenswert.«

»Mein bester Schüler«, bemerkte Fed stolz. »Niki ...«

Er verwuschelte mir das Haar.

»Also gibt es zwei Fragen?«, hielt Big fest. »Den Status und die berufliche Empfehlung?«

»Das liegt auf der Hand«, stimmte der Ausbilder zu.

»Was hast du für Vorschläge?«

»Volle Rechte. Einen neuen Beruf, der Zugang zum Weltraum ausschließt.«

»Zum Beispiel?«

Fed zögerte. »Es mag ein unorthodoxer Vorschlag sein ... aber Niki hat ein erstaunliches Verantwortungsgefühl. Er ist konzentriert, zielstrebig und geduldig. Und sehr empathisch.«

»Du schlägst den Beruf des Ausbilders vor?«, fragte Ana erstaunt.

Big rieb sich die Nasenwurzel.

»Die erste Zeit wird Niki mit mir arbeiten. Ganz normal als Assistent. Danach wird er, wenn alles gut läuft, eine eigene Gruppe übernehmen ...«

Ana taxierte mich zweifelnd. Feds Vorschlag fand offenbar nicht gerade ihr Wohlwollen. Sie sagte jedoch kein Wort.

»Ich weiß, was die medizinische Gruppe des Rats empfohlen hat«, ließ Fed sich nicht aus dem Konzept bringen. »Sie schlägt die Arbeit als Wachtposten in einem Energiewerk oder Beschäftigung in der Landwirtschaft vor, unter Sanatoriumsbedingungen ...«

»Das war nur einer der Vorschläge!«, knurrte Ana.

»Ich weiß. Trotzdem glaube ich, dass es für Niki gut wäre, mit Menschen zu arbeiten. An einer Stelle, wo er seine besten Eigenschaften einbringen kann.«

Gegen dieses Argument wollte offenbar niemand etwas einwenden.

»Ich bürge für ihn«, fuhr Fed fort.

»Schon gut.« Ana winkte ab. »Die medizinische Gruppe schließt sich dem Vorschlag an. Aber er steht unter Ihrer persönlichen Verantwortung, Ausbilder.«

»Selbstverständlich.«

Stille trat ein. Big, Ana und Fed sahen mich an. War das etwa schon alles? War damit die Entscheidung des Weltrats gefallen?

»Vielen Dank«, sagte ich. »Ich werde das Vertrauen des Ausbilders und des Rats nicht enttäuschen.«

»Hat jemand Einwände?«, fragte Fed mit lauter Stimme. Erst in diesem Moment fiel mir auf, dass im Saal des Rats absolute Stille herrschte. Alle sahen zu unserem Tisch herüber. Und wahrscheinlich hatten sie unser Gespräch mit angehört.

»Nur, wenn Sie die Verantwortung übernehmen, Fed ...«

Die Stimme klang ganz nah – obwohl jener schmalgesichtige Mann gesprochen hatte, der auf dem Sofa lag und sich vorhin mit dem Kleinen Freund unterhalten hatte.

»Selbstverständlich«, gab der Ausbilder ihm die gleiche Antwort wie zuvor Ana.

»Die Entscheidung ist angenommen.« Big nickte mir zu. »Nik, wenn die Fernaufklärung noch etwas von dir wissen muss, wenden wir uns an dich.«

»Ja«, flüsterte ich. »Natürlich.«

»Viel Glück«, wünschte mir Big.

Die Hand des Ausbilders legte sich mir auf die Schulter.

»Gehen wir, Niki. Wir wollen den Rat doch nicht aufhalten.«

Ich erhob mich und nickte Ana zu. Die alte Frau verhehlte ihre Unzufriedenheit mit der Entscheidung nicht, lächelte mir aber trotzdem zu. Als sei das ihre Pflicht.

Das war alles?

Das war alles!

Niemand achtete länger auf mich. Oder nein, der begeisterte Sofalieger schickte mir noch einen nachdenklichen Blick hinterher. Und Big winkte mir freundlich zu.

»Die Frage des ökologischen Dienstes in den Westlichen Wüsten ...«, erklang es im Saal. »Die Inbetriebnahme der Quarksreaktoren, die im Rahmen des Programms des Aufbruchs realisiert wurde, hat erheblichen Schaden unter den Relikten ...«

Das blaue Leuchten erstickte den Ton.

Ich sah den Ausbilder an. Sein Gesicht wirkte sehr ernst. Auf seiner Stirn perlten Schweißtropfen.

»Hätte der Rat auch eine unangenehmere Entscheidung treffen können?«, fragte ich.

Meine eigene Stimme kam mir fremd vor. Verzerrt und schwach. Von dem blauen Licht abgesehen, gab es in dem Raum noch irgendein Feld.

»Ja.«

In dem Moment wurden wir transportiert. Wir gelangten zurück in den siebten Saal, wo ich meine wartenden Freunde erblickte.

»Gehst du ein Risiko ein, Fed?«

Der Ausbilder drehte mir den Kopf zu – mit einem regelrechten Ruck, als müsse er verrostete Scharniere bewegen.

»Ich hoffe nicht.«

»Was wäre die schlimmste Variante gewesen?«

»Wir dürfen nicht so lange in der Transportzone bleiben«, erinnerte mich Fed streng.

»Trotzdem?«

»Das Sanatorium.« Der Ausbilder zog mich hinter sich her, und ich gehorchte.

Unter anderen Umständen wäre ich durch die Säle des Weltrats geschlendert. Die Bemalung der Decken war ja doch sehr interessant. Auch das Beobachten der Besucher hätte mir bestimmt Spaß gemacht.

Doch momentan bedrückte mich mein Auftritt im Sitzungssaal zu sehr. Wir hatten bereits eine freie Plattform bestiegen und Katti den Kurs zum Ausgang eingegeben.

»Bedrückt dich etwas, Niki?«, fragte Fed.

Ich sollte mich über die Auffassungsgabe des Ausbilders nicht wundern – und erst recht nicht auf den Gedanken kommen, ihm zu widersprechen.

»Ein wenig. Zweierlei.«

»Dann werde ich versuchen, deine Zweifel zu zerstreuen.«

»Niemand hat mich nach meiner Meinung gefragt, Ausbilder. Der Rat hat entschieden, womit ich mich den Rest meines Lebens beschäftigen soll, aber niemand hat sich für meine Meinung interessiert.«

»Aha.« Fed sah Katti an, die verständnisvoll nickte. »Und der zweite Punkt?«

»Mir ist völlig schleierhaft, wie zweihundert Leute das Schicksal der Menschheit kontrollieren sollen. Vor allem in diesem Ambiente ... des endlosen Teetrinkens.«

»Zwei Fragen enthalten in der Regel jede die Antwort auf die andere, mein Junge.«

Ich zuckte mit den Achseln.

»Niki, der Weltrat hat eine Entscheidung getroffen, die auf der Meinung von Menschen beruht, die dich gut kennen. Ana, Big und ich – wir haben recht klare Vorstellungen davon, welcher Beruf und welches Schicksal dir ein zufriedenstellendes Leben ermöglichen. Die zufällige Wahl des Lebenswegs wurde bereits im Burgenzeitalter überwunden, sobald die Institute für das Ausbildertum gegründet worden waren. Heute besteht unsere Zivilisation aus Menschen, die den Platz einnehmen, der ihnen gebührt. Verstehst du? Der Weltrat mischt sich nicht in zweitrangige Probleme ein, weil das nicht nötig ist. Sie werden vielmehr individuell entschieden, auf der Ebene von Ausbilder und Schützling. Deshalb verlangt das Ambiente im Sitzungssaal des Rats auch nicht nach einer falschen Feierlichkeit oder Konzentration. Welche Rolle spielt es schon, auf welche Weise die Menschen den Informationsfluss bewältigen, vor einem Terminal sitzend oder beim Kaffeetrinken?«

Ich schwieg. Ja, er hatte recht.

Aber warum blieb mir diese Wahrheit verschlossen?

»Niki, dein Bewusstsein hat eine psychische Regression erlitten«, erklärte mir Katti. »Eine Flucht in die Kindheit.

Du hast dich vor der Welt versteckt, bist zu den emotionalen Reaktionen eines Heranwachsenden zurückgekehrt. Wir alle empfinden in jener Lebensphase diese Zweifel. ›Warum rät mir die Ausbilderin, Ärztin zu werden, wenn ich doch Modemacherin werden möchte? Warum leitet der Weltrat keine umfassenden Operationen im Hinblick auf die Fernen Freunde ein? Das ist doch so interessant!‹ Wir mussten erst heranreifen, die Gesetzmäßigkeiten in der Entwicklung einer Gesellschaft verstehen und unsere Geschichtslektionen lernen. Dann rückte alles an seinen Platz.«

Han, der bisher geschwiegen hatte, hüstelte. »Du musst erwachsen werden, Niki«, fügte er unsicher hinzu. »Gewiss ist das leichter mit deinem Ausbilder an der Seite.«

Das war's. Meine Freunde hatten für mich entschieden. Sie stimmten mit dem Weltrat und mit Fed überein. Vorbehaltlos unterstützten sie deren Entscheidungen. Unwichtige Probleme wurden auf der Ebene von Ausbilder und Schützling gelöst, und meine Meinung war unwichtig.

Nein, ich hatte ja gar nichts gegen den Beruf des Ausbilders! Wie ich auch nichts gegen den Beruf eines Wachtpostens in einem Energiewerk oder gegen die Arbeit mit landwirtschaftlichen Maschinen hatte. Ich kannte ihre Nachteile nicht. Und der Beruf des Ausbilders bot vermutlich lauter Vorteile.

Aber die dumme psychische Regression zwang mich zu innerlichem Protest. Als ob mir schon mein Leben lang irgendeine Rolle aufgedrängt worden wäre und ich mich hätte unterordnen müssen und das Ganze jetzt wieder von vorn losginge ...

Die Plattform hielt vor der Tür zum ersten Saal an. Wir gingen zum Ausgang. Fed beobachtete mich. Im Unterschied zu meinen Freunden, die mit der Entscheidung vollauf zufrieden waren, spürte er meine Anspannung.

»Vielleicht sollten wir alle zusammen in *Mütterchens Licht* vorbeischauen?«, schlug er plötzlich vor. »Ich könnte dafür sorgen, dass euch solange jemand bei der Arbeit vertritt.«

»Eine gute Idee, Ausbilder«, rief Katti begeistert aus.

»Eure Gesellschaft wird Niki helfen«, fuhr der Ausbilder fort. »Du und Tag, ihr habt schon einiges bei ihm geschafft. Wenn sich jetzt noch unser Sturkopf Han anschließt ...«

Han lächelte gequält.

»Abgemacht«, entschied Fed aufgeräumt. »Was sagst du dazu, Niki?«

Du brauchst mir meine Medizin nicht mit Gewalt zu verabreichen, Ausbilder ... Das sprach ich natürlich nicht laut aus. Er spürte es jedoch trotzdem.

»Möchtest du noch ein bisschen im Park spazieren, Nik? Oder sollen wir gleich ins Internat?«

Du brauchst mir meine Pille nicht zu versüßen, Ausbilder. Das ist nicht die Freiheit der Wahl, von der ich träume.

»Hier ist es mir zu finster, Ausbilder«, antwortete ich. »Fahren wir lieber zu *Mütterchens Licht.*«

Eine Kabine als Transportmittel ist ausgesprochen bequem. Es wunderte mich sogar, dass mein Gedächtnis keine angenehmen Assoziationen gespeichert hatte, die damit verbunden waren. Ob ich nicht häufig eine Kabine benutzt hatte?

»Zur zweiten Kabine des Internats *Mütterchens Licht*«, teilte Katti mir mit. »Na los, versuch's.«

Die anderen räumten mir das Recht ein, als Erster durch den Raum zu reisen. Fragend guckte ich Fed an, der nickte.

Na, von mir aus.

Ich berührte das Terminal, bereits an die gelartige Masse des kolloidalen Aktivators gewöhnt. Und wenn ich eine andere Kabine wählte? Irgendwo am Ufer? Am Meer? Wie würden meine Freunde dann aus der Wäsche gucken, wenn sie mich nicht fänden …?

Präzisieren Sie den Zielpunkt!

»Zweite Kabine des Internats *Mütterchens Licht*«, brummte ich. Meine plötzliche Angst überraschte mich, und ich schämte mich ihrer sehr. Nein, für die Rolle des Ruhestörers taugte ich nicht.

Steigen Sie ein!

Unter mir zuckte das blaue Licht auf. Jenseits der milchigen Wände des Zylinders schien sich nichts zu verändern.

Steigen Sie aus.

Auch hier erstreckte sich ein Park, allerdings ein ganz anderer. Rund um die Statue des Ausbilders in Dienen wirkte alles zu perfekt, akkurat, begradigt und kultiviert. Dort hatte es gerade Wege und nicht sehr hohe, beschnittene Bäume gegeben. Hier lag jedoch ein echtes Wäldchen vor mir. Viele Relikttannen mit bläulichen Nadeln, die so lang wie eine Hand waren. Und Wacholder. Ein einziger

Sandweg schlängelte sich durch den Wald. Die Luft war regelrecht dick, derart schwängerte der Harzgeruch der Bäume sie, und wirkte lebendig.

Mit einem Mal wurde mir leicht zumute.

Ich trat von der Kabine weg und schaute mich um. In der Ferne, dort, wohin der Pfad führte, schimmerten die hellen Mauern von Gebäuden. Stille herrschte, nur ein leises Zirpen in den Büschen ließ sich vernehmen. Vielleicht rührte es von Insekten her, vielleicht von Vögeln, mein Unterbewusstsein soufflierte mir da nichts. Bisher war noch niemand sonst aus der Kabine herausgetreten: Möglicherweise hatte es eine Verzögerung gegeben, oder sie hatten beschlossen, mich ein wenig allein zu lassen.

»Guten Tag.«

Ich drehte mich um. In den Büschen tauchte der Kopf eines Kindes auf. Ein verschmutztes und neugieriges Gesicht.

»Hallo«, sagte ich. »Komm raus.«

»Sind Sie allein gekommen?«

»Nein, mit meinen Freunden und meinem Ausbilder.«

Der Junge linste zur Kabine rüber. »Dann hau ich lieber ab«, kündigte er an.

»Wie du willst«, erwiderte ich achselzuckend.

Da zögerte der Junge.

»Ich schwänze den Unterricht«, platzte er plötzlich heraus, fraglos begeistert von seiner eigenen Kühnheit.

»Alle Achtung«, lobte ich ihn ehrlich.

Das verwirrte ihn offenbar. Nach weiterem Zögern raschelte es im Gebüsch, und die kleine Gestalt flitzte zwischen den Bäumen davon.

Na, ich würde ja einen großartigen Ausbilder abgeben. Tüchtig wie ein Stock aus Sand ...

Wie bekam ich nur meine primitiven, unnormalen Reaktionen in den Griff?

Hinter der Plastikwand der Kabine leuchtete Licht auf. Die Tür öffnete sich, und Fed kam heraus. »Bist du allein?«, fragte er mich mit forschendem Blick.

»Ja«, log ich, ohne zu zögern – und zwar derart sorglos, dass mir der Ausbilder anscheinend glaubte.

»Erkennst du etwas, Niki? Meldet sich dein Herz?«

»Nein. Aber es gefällt mir hier.«

»Immerhin etwas«, meinte Fed seufzend. Er kam auf mich zu. Sein Gang war auch sonst munter und entschlossen, aber jetzt ging er geradezu federnd und energiegeladen, als ob die Tannenluft Kraft in ihn hineinpumpte. »Wie sollte es dir hier auch nicht gefallen, Niki?«

Als Nächste kam Katti aus der Kabine, dann Tag und schließlich Han. Auf ihren Gesichtern lag eine solche Begeisterung, dass ich sie beneidete.

»Ein Jahr bin ich jetzt nicht hier gewesen«, rief Katti aus. »Es ist alles noch genau wie früher! Sogar das Libellennest ist noch da!«

Ich spähte in die Büsche und versuchte, das Nest der sagenhaften Libelle auszumachen, konnte aber nichts entdecken.

»Wir sind zu einer günstigen Zeit eingetroffen«, sagte Fed. »Die Kleinen haben ihre Nachmittagserholung. Die Älteren sind beim Unterricht oder bei der *Vorbereitung-zur-Arbeit*. Da stören wir niemanden.«

Wir gingen den Pfad entlang. Ich bemerkte, wie die anderen mich immer wieder ansahen, als erwarteten sie, es würde ein Wunder geschehen und ich ausrufen: »Daran erinnere ich mich! Das ist doch der Baum, auf den wir in unserer Kindheit immer geklettert sind! Das ist der Busch, der Han die Haut aufgekratzt hat!«

Etwas in der Art hätte ich ohne weiteres sagen können. Bestimmt diente die Gegend um die Kabine Kindern schon immer zum Spielen. Hier versteckten sie sich, bauten heimlich Hütten und hinterließen geheime Nachrichten. Der Junge, der neben der Kabine auf zufällige Gäste gelauert hatte, bewies das. Aber ich wollte nicht lügen, nicht mal, um meinen Freunden eine Freude zu bereiten.

Sie würden mir selbst alles sagen, was ich mir ausdenken könnte.

»Erinnerst du dich noch, Niki, wie wir hier Regressor gespielt haben?«, fing Tag an. »Du hast dich in einem Hinterhalt versteckt und mit einem Armbrustpfeil Hans Barett abgeschossen! Katti hat dich danach den halben Tag durch den Park gejagt!«

»Und hat sie mich erwischt?«, wollte ich wissen.

»Ich glaub ja ...«, antwortete Tag. »Weißt du das noch, Katti?«

»Ich habe ihn erwischt – und ihn beinahe im See ertränkt«, brummte Katti. »Das war schon komisch, Nik, du bist beim Spielen sonst immer übervorsichtig gewesen!«

»Die Natur hat Niki eine Neigung zu impulsivem Verhalten mitgegeben«, mischte sich hinter mir der Ausbilder ein. »Ich habe lange gebraucht, um ihm beizubringen, diese Anfälle zu unterdrücken.«

Sie unterhielten sich noch über dies und das. Erinnerten sich an Spiele, Wettkämpfe, Kränkungen und Versöhnungen, was hier passiert war ... was da ... in der Nähe ... in der Ferne ...

Aber in mir lösten all diese Erinnerungen nichts als Traurigkeit aus.

Kindheit und Jugend waren mir gestohlen worden. Die Gegenwart voller Rätsel. Die Zukunft im Nebel.

Wie sehr hatte ich mich nach Der Heimat gesehnt! Ich hatte gehofft, sie würde mir mich selbst zurückgeben. Aber Wunder gibt es nicht. Und diese Welt, die so gut und wohlgestaltet war, so warm und fröhlich, sie war mir fremd.

Für immer fremd.

Die Bäume lichteten sich, und wir gelangten zu den Gebäuden des Internats.

Der Ort strahlte vor allem Ruhe aus. Die Gebäude waren sehr alt, aus unbehauenem Stein erbaut, der wahrscheinlich irgendwann einmal weiß gewesen, inzwischen aber nachgedunkelt war. Eine Kletterpflanze umrankte die Mauern, durch die grünen Stängel mit den vielen kleinen, orangefarbenen Blüten ließen sich gelbe und vertrocknete Blätter erkennen. Rund um die Fenster, die fast alle weit offen standen, wirkte die Pflanze recht mitgenommen, schienen Blätter und Blüten abgerissen. Aber natürlich ...

»Bin ich nachts gern durchs Fenster aus dem Internat geklettert?«, fragte ich, ohne mich an jemand Bestimmten zu wenden.

Han und Tag sahen sich verlegen an.

»Wir alle haben das gern gemacht«, gestand Han. »Erinnerst du dich daran?«

»Ich glaube nicht«, antwortete ich.

Vor den Mauern waren Beete angelegt. Dort war gerade eine Horde Kinder in Shorts und T-Shirt beschäftigt. Sie jäteten Unkraut und gossen mit kleinen Gießkannen die Blumen. Als sie uns bemerkten, unterbrachen sie ihre *Vorbereitung-zur-Arbeit* und fingen an zu kreischen. Ihre Begeisterung richtete sich vor allem auf den Ausbilder Fed, doch auch wir kriegten ein paar fröhliche Hallos ab und wurden mit der Frage bestürmt, ob wir lange blieben.

An Fed klebte sofort ein ganzes Dutzend Kinder. Er stand da, streichelte die zerzausten Köpfe, antwortete voller Ernst auf ihre Fragen und fragte die Kinder auch seinerseits etwas. Eine sehr anrührende Szene. Ein kleines Mädchen schaffte es allerdings nicht, zum Ausbilder vorzudringen, obwohl sie ununterbrochen in dem Versuch um ihn herumwuselte, den Kopf unter seine zärtliche Hand zu schieben. Als sie einsah, dass sie sich nicht zum Ausbilder durchkämpfen konnte, blieb sie stehen und sah uns beleidigt und finster an.

Ich maß meinem Verhalten keine besondere Bedeutung bei. Ich lächelte der Kleinen einfach zu und streichelte ihr über den Kopf.

Ganz kurz sah mich das Mädchen ungläubig an, bevor sie sich gegen mein Bein schmiegte, als verlange sie eine Wiederholung.

Nach und nach ließen die Kinder von Fed ab und scharten sich um mich.

Der Ausbilder und ich sahen uns schweigend an.

»Das ist der zukünftige Ausbilder Nik«, verkündete Fed laut. »Und jetzt wieder an die *Vorbereitung-zur-Arbeit*! Oder wollt ihr etwa nicht, dass eure Ausbilder stolz auf euch sind?«

Wir liefen an den widerwillig von uns ablassenden Kindern vorbei zum Hauseingang.

»Du wirst ein guter Ausbilder«, sagte Fed leise. »Ich habe keinen Zweifel, dass du in zehn, zwanzig Jahren im Weltrat sitzen wirst. Aber überstürze nichts.«

»Das werde ich nicht.«

»Du bist sehr emotional, Niki. Du bist jung und voller Energie. Aber du musst noch viel lernen.«

»Ich weiß.«

Ins Internat führten ganz normale Türen, nicht diese Wärmevorhänge. Allem hier haftete etwas Altes an. Den dicken Teppichen auf dem Fußboden, den Bildern an den Wänden – keine epischen wie in den Sälen des Rats, sondern normale schöne Landschaften –, den im Vestibül stehenden durchgesessenen Sesseln. Natürlich gab es auch hier die unvermeidlichen Bildschirme mit den Terminals. In einer Nische am Eingang stand unter einer alten, auf Hochglanz polierten Kupferglocke ein kleiner Junge. Wahrscheinlich war das eine Art Ehrenwache, er rührte sich nicht einmal, als wir auftauchten, schielte nur mit den Augen kaum merklich in unsere Richtung und versuchte, einen Blick auf die Gäste zu erhaschen.

»Hallo ... Lotti«, begrüßte der Ausbilder den Jungen nach einem kaum zu bemerkenden Zögern.

Der Junge lächelte.

»Guten Tag, Ausbilder!«

»Und wer begrüßt unsere Gäste?«, fragte Fed tadelnd.

»Guten Tag!«, rief der Junge aus.

Mein Gefühl, all das, was hier geschah, sei irreal, wuchs und wuchs.

Das ist nicht mein Zuhause!

Ich kann hier nicht aufgewachsen sein!

Mit diesen portionierten Zärtlichkeiten der Ausbilder, beschäftigt mit dem Jäten von Unkraut in den Beeten, nachts durch die Fenster ausbüxend, auf der Suche nach einer kurzlebigen Freiheit ... Das war nicht ich! Bestimmt nicht!

Während wir eine breite Treppe hinaufstiegen, bei der goldfarbene Stangen einen verschlissenen Läufer gegen die Stufen pressten, begrüßten wir die Kinder, die die Fenster und Böden in den Etagen wischten.

Hygiene. Die musste sein.

»Das da ist die Tür von unserem Zimmer, Niki!«, rief Tag aus. Ich hatte sogar den Eindruck, er wäre in seiner Aufregung bereit, meine Hand zu ergreifen. Katti sah ohne besondere Gefühle auf die Tür, Han nickte nur phlegmatisch.

»Wir gehen erst zu mir«, kam uns Fed zuvor. »Wir wollen mal sehen, wo wir euch unterbringen können. Vielleicht ...« Er ließ den Satz unbeendet.

Der Ausbilder wohnte im dritten Stock. Es kam mir so vor, als fiele es ihm nicht eben leicht, die Treppe zu nehmen, aber einen Fahrstuhl gab es nicht.

»Kommt rein, Kinderchen«, forderte Fed uns auf, nachdem er durch eine Berührung mit der Hand die Tür entriegelt hatte. »Kommt rein.«

Ein helles und großes Zimmer. Mehr konnte man darüber vermutlich nicht sagen. Mit dem schmalen Bett erinnerte es an die Unterkunft eines Asketen. Ein riesiger Schirm fürs Terminal, zwei Sessel an einem Tisch, Regale mit Büchern und Sachen ... Mein Zimmer schien eine kleinere Kopie von diesem hier zu sein.

Einen Unterschied gab es allerdings. An der Wand, vor der keine Möbel standen, prangten unzählige winzige Farbphotos. Sie waren bunt durcheinander angebracht, immer vier, fünf Bilder zu einer Gruppe zusammengefasst. Und alle zeigten Kindergesichter.

Der Ausbilder Fed hatte schon viele Schützlinge großgezogen. Ich baute mich vor der Wand auf und ließ den Blick über die lachenden Gesichter der Kinder schweifen, in der Hoffnung – und Angst –, mein eigenes zu entdecken.

Zunächst entdeckte ich jedoch den kleinen Tag. Als Kind hatte er helleres Haar gehabt, trotzdem erkannte ich ihn. Genau wie Han, der mir ebenfalls keine Probleme bereitete. In diesem Ensemble von Photos blieben noch zwei Jungen. Der eine hatte leuchtend rotes Haar und Sommersprossen, einer von denen, über die man sagt: »Das Mütterchen liebt sie«, und er strahlte über beide Backen.

»Ist das Inka?«, fragte ich.

»Ja«, antwortete der Ausbilder leise. »Er ist gestorben ... er ist dort geblieben ... als er den Aufbruch gedeckt hat.«

»Tag hat es mir erzählt«, sagte ich.

Dann war der andere wohl ich?

Anscheinend das einzige Kind an der ganzen Wand, das nicht lachte. Das einzige Kind mit gerunzelter Stirn, sogar angespannt.

Der Ausbilder hätte bestimmt einen anderen Moment für die Aufnahme finden können. Aber ihm muss diese Situation besonders richtig und angemessen vorgekommen sein.

»War ich immer so ernst?«, fragte ich.

»Meist schon«, erwiderte der Ausbilder. »Selbst wenn du Unfug gemacht hast.«

Er schaute noch einen Moment auf das Photo von Inka, dann trat er ans Terminal und sagte mit aufgesetzter Munterkeit: »Also dann, Gruppe zwölf! Ihr seid für drei Tage Gäste des Internats!«

»Hurra«, brachte Han völlig ernst heraus.

»Den Gast aus ... äh ...«

»Gruppe sieben, Ausbilderin Seni Aruano«, erinnerte ihn Katti.

»Für den Gast aus Gruppe sieben gilt das ebenfalls.«

»Hurra«, bestätigte Katti.

»Eine vorübergehende Arbeit werden wir schon für euch finden.« Fed seufzte. »Eine medizinische Kontrolle kann nie schaden, genau wie ein Vortrag über fremde Lebensformen. Und du, Han, musst dich wohl mit unseren Steuerungssystemen befassen.«

»Ist hier immer noch der alte Kram installiert?«, erkundigte sich Han in sachlichem Ton.

»Wozu sollten wir uns hyperschnelle Anlagen zulegen«, erwiderte Fed achselzuckend. »Gut, und wo bringen wir euch unter ...«

Er berührte das Terminal. Der Bildschirm ging an.

»Euer Zimmer ist belegt«, teilte der Ausbilder bedauernd mit. »Meine Güte, ein Chaos ist das in dieser Gruppe ...«

Mit ein paar Schritten trat ich an den Tisch.

Auf dem Bildschirm war ein schmales, langes Zimmer zu sehen. Eine Aufnahme von oben. Vier Betten, auf zweien war Kleidung ausgebreitet. Hosen, Hemden, Unterwäsche. Ein durchbohrter kleiner Stein, aufgezogen auf einen Faden. Das Bild bewegte sich die ganze Zeit, kam näher, wich wieder zurück, erfasste die Wände, die Tür, die Fenster, als ob sich eine gierige und hartnäckige Kamera in einem fremden Haus umsah. Ein überfallartiger, schneller Schwenk auf ein aufgeschlagenes Heft. Die Kamera tastete die Zeilen ab und drehte sich, um besser lesen zu können. Anscheinend handelte es sich um Gedichte.

»Ihr Ausbilder ist ... Don ... glaube ich ...« Fed schielte zu mir rüber. »Was ist mit dir, Niki?«

Ich sagte nichts.

»Jetzt kommt übrigens dein erster Test.« Fed lächelte. »Was würdest du in dieser Situation machen, um die Kinder zur Ordnung anzuhalten?«

Das Bild veränderte sich erneut. Die Kamera schaute im Bad vorbei und hielt sich missbilligend über den zusammengeknautschten und in die Ecke geworfenen Socken auf ...

»Vor allem würde ich nicht in fremde Zimmer schauen«, flüsterte ich.

Tödliche Stille trat ein.

»Das ist kein fremdes Zimmer, Niki«, presste der Ausbilder in abgehackten Worten heraus. »Das sind die Schützlinge unseres Internats.«

»Wissen sie, dass sie beobachtet werden?«

»Selbstverständlich nicht!«

Die Kamera lugte angewidert ins Klo und zog sich aus der Toilette zurück.

»Das ist ekelhaft«, sagte ich. Ich drehte mich um, denn ich suchte in den Gesichtern meiner Freunde nach Unterstützung.

Aber darauf durfte ich nicht hoffen.

»Was ist ekelhaft, Niki?«, rief Fed aufgebracht aus. Das schlaffe alte Gesicht erzitterte in stummer Empörung. »Ist es ekelhaft, diesen minderjährigen Rangen zu verbieten, sich aus dem Internat zu stehlen und heimlich in den Weltraumbahnhof zu laufen? Ist es ekelhaft, ein Fehlverhalten gleich im Keim zu ersticken? Ist es ekelhaft, dafür zu sorgen, dass Kinder, die nach Mitternacht noch schwatzen, sich vor dem neuen wunderbaren Tag ausschlafen und dafür die Infrastrahlung einzuschalten?«

Ich hätte mich beinahe übergeben. Meine Hände zitterten.

Jetzt glaubte ich gern, dass ich früher an Impulsivität gelitten hatte ...

»Es ist ekelhaft, jemanden auszuspionieren«, sagte ich. »Es ist ekelhaft, zu spionieren und zu befehlen. Sein Wissen auf Verrat aufzubauen, seine Güte auf Kontrolle.«

»Du hast unrecht, Niki«, brachte Han hinter mir brummig heraus.

»So geht das nicht, Nik!«, sprang ihm Tag bei. »Du musst dich entschuldigen ...«

Ich? Ich musste mich entschuldigen?

Nur Katti sagte kein Wort ...

»Wenn du Ausbilder bist«, sagte Fed leise, »wirst du das verstehen.«

»Ich werde nicht spionieren!«

»Dann kannst du den Kindern nicht helfen.«

»Dann werde ich eben kein Ausbilder!«

Der Alte schüttelte den Kopf. »Komm zu dir, Junge! Ich habe vor dem Rat für dich gebürgt!«

»Das war ein Fehler!«

»Du hast doch gewusst, dass das gesamte Internatsgelände überwacht wird! Alle erfahren das, sobald sie erwachsen sind! Alle verstehen, dass das nötig ist!«

»Ich bin nicht alle!«

»Wenn Seni Aruano nicht auf die Mädchen aufgepasst hätte, die ihre Puppen anziehen, und Katti nicht geholfen hätte, ihre Begabung als Ärztin zu entdecken und sich ihre künstlerische Unzulänglichkeit einzugestehen, dann wäre Katti heute eine untaugliche, unter der eigenen Unfähigkeit leidende Designerin!«, brüllte der Ausbilder. Er holte Luft. »Wenn ich deine jugendlichen Gedichte nicht gelesen hätte, wärst du zu einem nichtsnutzigen Dichter herangewachsen. Du hättest deine Gedichte öffentlich vorgetragen ...« Er runzelte die Stirn:

»Zu Tausenden fliegen Vögel gens Licht
Zu Tausenden stürzen sie zu Tausenden
zerschmettern sie
Zu Tausenden geblendet zu Tausenden verblutend
Sterben sie zu Tausenden...«

»Wenn sie so talentlos waren«, entgegnete ich absolut gelassen, »warum erinnern Sie sich dann bis heute daran?«

»Es ist meine Pflicht, mich an sämtliche Fehler meiner Schützlinge zu erinnern!«

»Ich erinnere mich auch an das Gedicht«, mischte sich Katti unvermutet ein. »Wie heute erinnere ich mich noch daran, wie du es vorgetragen hast, Niki …

Der Leuchtturmwärter kann's nicht ertragen
Er liebt die Vögel zu sehr
Egal sagt er Jetzt reicht's!

Und er macht alles dunkel

In der Ferne sinkt ein Schiff.
Ein Schiff von den Inseln kommend
Ein Schiff mit Vögeln beladen
Tausenden Vögeln von den Inseln
Tausenden Vögeln die ertrinken.«

»Das ist blanker Unsinn«, konstatierte der Ausbilder in scharfem Ton. »Und Katti erinnert sich nur daran, weil eure Beziehungen immer viel zu emotional waren. Natürlich hatte niemand etwas dagegen! Ihr wurdet für ein harmonisches Pärchen gehalten, und eure kindlichen Streiche …«

»Sie sind ein Dreckskerl, Ausbilder«, sagte ich. Und gab ihm eine Ohrfeige.

Keine sehr heftige.

Denn ich wollte dem alten Mann keinen Schaden zufügen.

Doch in der sicheren Überzeugung, dass der Moment gekommen war, da ein leichter Schlag auf die Wange lange und wirre Formen der Darlegung bezüglich der empfundenen Antipathie ersetzte.

Fed taumelte, als hätte ich ihn mit voller Kraft geschlagen. Er presste die Hände vors Gesicht.

Mir selbst wurden die Arme auf den Rücken gerissen.

Ich schaute hinter mich. Tag und Han hielten mich unbeholfen, aber eifrig gepackt. Wo waren nur ihre Vorbehalte gegenüber jeder Form von Körperkontakt geblieben?!

»Das ist nicht nötig«, versicherte ich. »Ich habe nicht vor, noch einmal zuzuschlagen.«

Trotzdem ließen sie mich nicht los.

Es wäre ein Leichtes gewesen, mich loszureißen, die beiden abzuschütteln und ihnen heftige Schmerzen und Verletzungen zuzufügen.

Aber ich wollte meine Freunde nicht schlagen, selbst wenn sie im Unrecht waren.

»Tausenden Vögeln die ertrinken ...«, hauchte Katti, während sie langsam in die Ecke des Zimmers zurückwich. »Tausenden Vögeln die ertrinken ...«

Der Ausbilder löste die Hände vom Gesicht. Seine Wangen glühten gleichmäßig, jedoch nicht vom Schlag, sondern von seiner Wut. Die Röte stand ihm sogar.

»Du bist mein größter Fehler, Niki« sagte er.

»Ich bin der Einzige von Ihren Schützlingen, der ein Mensch geblieben ist«, erwiderte ich. Dann dachte ich nach und fügte hinzu: »Der ein Mensch geworden ist. Trotz allem.«

»Niki ...«, flüsterte mir Tag ins Ohr. »Entschuldige dich, Niki.«

»Damit hast du dich zum Sanatorium verurteilt«, stellte der Ausbilder fest. »Zu einem lebenslänglichen Sanatoriumsaufenthalt.«

»Ich werde mir die Variante durch den Kopf gehen lassen«, versprach ich.

»Und mir bleibt die Schande ...« Fed senkte den Blick. »Auf meine alten Tage noch diese Schande ... für den Rest meines Lebens ...«

»Auch diese Frage werde ich versuchen zu klären«, versicherte ich. Kalter Wahnsinn schüttelte in Krämpfen meine Muskeln. Wenn Tag und Han auf die Idee gekommen wären, mich fester zu packen oder zu schlagen, hätte ich vermutlich nicht mehr für mich garantieren können. Dann wäre etwas Schreckliches und zugleich Wahnsinniges passiert ...

Sie hielten mich jedoch unverändert fest. Meine beiden unglücklichen Freunde, vor deren Augen es zu einer derart widerwärtigen Blasphemie gekommen war.

»Der Leuchtturmwärter kann's nicht ertragen ...«, brachte Katti am anderen Zimmerende heraus. Dann lachte sie los, krampfhaft und tränenerstickt.

Vierter Teil
Der Mensch

Eins

Die Zelle war winzig. Vier mal vier Schritt. Da hatte ich bei den Alari mehr Platz gehabt.

Außerdem nahm die Hälfte des Raums das Bett ein.

Nicht mal umhergehen konnte man hier. Nur aufstehen, sich umdrehen, auf dem Fußboden Liegestütze machen ... und sich danach wieder hinlegen. Gut, angeblich sollte ich hier nicht lange bleiben. Die Entscheidung würde diesmal nicht der Weltrat treffen. Schließlich handelte es sich ja nur um eine Lappalie. Daher würde die Entscheidung der Ausbilder Fed treffen. Unverzüglich und gerecht. Andere Ausbilder würden das Urteil bestätigen oder modifizieren.

Das Resultat würde man mir mitteilen.

Besonders komisch fand ich, dass sich das Ganze *Reue des Ausbilders* nannte.

Formal galt ich als unschuldig. Denn ich war ja nur schlecht erzogen.

In die Wand war ein Bildschirm eingelassen, der jedoch nicht funktionierte. Ein Terminal fehlte.

Vier mal vier Schritt, und wenn man nicht übers Bett stiefelte, zwei mal vier.

Angeblich sollte ich nicht lang hierbleiben ...

Der Schirm leuchtete auf, als ich mich auf dem Bett wälzte und an die graue Decke starrte, die mit einer einzigen matten Lampe aufwartete. Wie vorausschauend, dass es selbst im Internat ein absolut solides Gefängnis gab. Allerdings hieß es hier Karzer ...

»Ich bin schuldig der missglückten Erziehung des Nik Rimer ...«

Ein Blick auf den Bildschirm bewies mir, dass der Ausbilder Fed in der Tat unglücklich aussah. Man hatte mir erklärt, die Übertragung werde für alle Ausbilder auf Heimat ausgestrahlt. Ihnen sollte Feds Erzählung eine Lehre sein ...

»Es gibt nichts Schlimmeres als einen Schützling, der die Hand gegen seinen Ausbilder erhebt ...«, brachte Fed halb flüsternd heraus. »Wie wird da seine nächste Tat aussehen? Wird er eine Frau demütigen? Ein Kind schlagen?«

»Du lügst, du Schwein«, sagte ich gleichmütig zum Bildschirm.

Aber Fed hörte mich nicht. Zumindest jetzt nicht. Mein Rachedurst fand jedoch Gefallen an der Vorstellung, dass er sich später die Aufzeichnung ansehen würde. Denn garantiert wurde die Zelle mit einer Kamera überwacht.

»Nach Auffassung der Ärzte leidet Nik Rimer an psychischer Regression, die durch eine Amnesie hervorgerufen wurde«, fuhr Fed fort. »Er zeigt erneut die emotionalen Reaktionen eines Kindes. Aber selbst das entschuldigt mich nicht. Denn auch das heißt nur, dass ich zu spät jene abnormen Aspekte seiner Persönlichkeit korrigiert habe, die ihn jetzt in dieses Unglück getrieben haben. Impulsivität, Ungeduld, Selbstgewissheit ...«

Ich lachte. Vielleicht werden die Kinder jetzt noch früher ins Internat gesteckt ...

»Ich bitte um Strafe für mich«, verlangte Fed. »Um die Strafe ... eines gesamtplanetaren Tadels. Ich bitte um Mitleid mit meinem Schüler ... und seine Einlieferung in ein Sanatorium auf unbestimmte Zeit.«

»Ich ändere das Sanatorium in einen Tadel«, blaffte ich. »Du Pharisäer ...«

Auf dem Bildschirm senkte der Ausbilder den Kopf. Er wartete.

»Die Entscheidung wurde getroffen«, verkündete eine weibliche Stimme. »Ausbilder Fed, Ihre Arbeit wurde für unbefriedigend befunden. Ihnen wird die Möglichkeit gewährt, Ihre Schuld durch Arbeit im Internat *Weißes Meer* zu sühnen.«

»Danke«, hauchte Fed.

»Schützling Nik Rimer, Ihr Verhalten wurde für asozial und gefährlich befunden. Sie werden auf unbestimmte Zeit ins Sanatorium überstellt, ohne das Recht auf Revision der Entscheidung. Sie haben das Recht, Ihre Meinung zu äußern, wir hören Sie.«

Das versprach, komisch zu werden.

»Könnte es nicht sein, dass Sie allesamt unrecht haben?«, fragte ich.

»Die Gesellschaft kann sich nicht irren.«

»Warum nicht?«

»Fehler sind eine Abweichung der Persönlichkeit von den Gesetzen der Gesellschaft. Die Gesellschaft ist per definitionem frei von Fehlern.«

Mir kam der Verdacht, ich spräche mit einer Maschine.

»Und wenn die Ausgangsprämissen falsch sind?«

»Eine Schlussfolgerung über die Unangemessenheit des Systems kann nur ziehen, wer außerhalb des Systems steht. Sie sind Teil der Gesellschaft, Nik Rimer.«

»Ich befinde mich hinter Schloss und Riegel«, hielt ich dagegen.

»Haben Sie alles gesagt?«

Ich dachte kurz nach. »Ja, absolut alles.«

»Die Entscheidung ist getroffen und öffentlich zur Kenntnis gebracht worden.«

Der Bildschirm erlosch.

Wie schnell und traurig meine Karriere als Ausbilder endete!

Zehn Minuten wartete ich, dann kam ich zu dem Schluss, man würde mich nicht so schnell holen, legte mich bequemer hin und versuchte einzuschlafen. Natürlich öffnete sich prompt die Tür.

Mich holten Han und Tag.

Möglicherweise mussten die Freunde des Verbrechers seine Eskorte stellen. Vielleicht wollte sich aber von den anderen Ausbildern auch einfach niemand an mir die Hände schmutzig machen.

»Steh auf, Rimer«, befahl Han. Er hielt eine Waffe in Händen. Eine kleine silberne Pistole.

»Wie heißt denn dieses Ding?«, fragte ich, während ich mich erhob.

Han war ziemlich nervös. Er verkraftete all das nicht besonders gut. Allerdings wäre es mir in meiner Lage unnatürlich vorgekommen, ihn zu bedauern.

»Das ist ein Muskelrelaxator, Rimer. Er wird in der Medizin im Falle von Krämpfen eingesetzt und ruft eine vorübergehende Muskelerschlaffung hervor.«

»Wie bequem, nicht wahr?« Ich grinste. »Genau wie bei meinem Schiff, das hatte ja auch keine Waffe. Deshalb habe ich das Raumschiff der *Nicht-Freunde* mit den denkbar friedlichsten Gerätschaften abgefackelt ...«

»Rimer, du bist krank. Die Menschen können schon seit langer Zeit auf jede Waffe verzichten.«

»Natürlich können sie das. Bei einer derartigen Auswahl an friedlicher Technik ...«

Ich trat an ihnen vorbei in den Gang hinaus, Tag und Han blieben hinter mir, in meinem Rücken.

»Geh vor, Rimer, wir sagen dir die Richtung.«

»Hast du meinen Namen schon vergessen, Han?«

»Was soll das, Nik?«, fragte Tag. »Du weißt doch, dass du in deinen Rechten eingeschränkt bist.«

»Ja, schon gut. Wohin?«

»Zum Ausgang. Und dann zur Transportkabine.«

In dem Krankenhausblock, in dem der Karzer lag, herrschte gähnende Leere. Wir liefen an den durchscheinenden Wänden der Zimmer mit den sorgfältig gemachten kleinen Betten entlang, an dem großen, schneeweiß blitzenden Operationssaal, kamen in einen Gang, der bereits zum allgemeinen Internatsteil gehörte, und hielten auf die Tür zu. Unter der Kupferglocke am Eingang stand noch immer der kleine Junge. Er sah mich mit nahezu heiligem Entsetzen an.

Armer Lotti. Wie lange deine sinnlose Wacht am Interatseingang wohl noch dauern wird ...?

»Ri... Nik, versprich mir, dass du nicht versuchst abzuhauen.«

»Warum das?«

»Ich will die Kinder nicht mit dem Anblick der Waffe erschrecken.«

»Gut«, lenkte ich ein. »Steck sie weg.«

»Aber ich kann sie jederzeit ziehen«, warnte mich Han.

Da fing ich an zu lachen. Was sollte das? Spielten sie selbst heute noch Regressor?

So verließen wir *Mütterchens Licht*, drei Freunde, einer lachend, die beiden anderen noch über den Witz grübelnd ...

Ich bedauerte ein wenig, dass Katti nicht noch kam. Dagegen freute mich, dass Fed weggeblieben war. Als wir den Waldrand fast erreicht hatten, blickte ich noch einmal zurück auf das Internatsgebäude und meinte, hinter dem flugs erlöschenden Fenster im dritten Stock die Figur des Ausbilders erkannt zu haben. Ob wir uns je wiedersehen würden?

Der Weg zurück zur Kabine kam mir kürzer vor. Da es bereits dämmerte, achteten Tag und Han darauf, sich dicht hinter mir zu halten. Die beiden waren nervös. Na klar, vielleicht würde ich mich plötzlich in das Wäldchen schlagen, mich dort verstecken und nachts die Kinder erschrecken, indem ich in dem friedlichen Park Geschrei und das Geräusch von Ohrfeigen produzierte ...

Das ist ein gutes Wort, Ohrfeigen. Wer sich das ausgedacht hatte ... Dehnbar und kränkend.

»Nik …«, ließ sich Tag hinter mir zaghaft vernehmen. »Nik, hörst du mich?«

»Ja.«

»Wir werden versuchen, eine Revision der Entscheidung zu erlangen. In einem Jahr oder in zweien. Wenn deine Genesung Fortschritte gemacht hat.«

»Was ist ein Sanatorium, Tag?«

»Ein Ort, an dem asoziale Verhaltensformen behandelt werden.«

»Und wie?«

»Das weiß ich nicht, Nik.«

»Gibt es nur ein einziges Sanatorium für die ganze Heimat?«

»Natürlich nicht.«

»Das heißt, es gibt viele mit asozialen Neigungen?«

Lange Zeit sagte niemand ein Wort.

»Das wissen wir nicht, Nik«, räumte Han schließlich ein. »Es gehört sich nicht, darüber zu reden.«

»Ihr lebt ein bequemes Leben, Leutchen.«

Wenn ich mich nicht täuschte, seufzte einer der beiden.

»Du hast einen Fehler gemacht, Nik«, sagte Tag. »Du hast dich absolut unanständig verhalten. Direkt widerlich.«

»Ich werde ja Zeit haben, meine bisherige Meinung zu ändern. Oder zu festigen. Werdet ihr mich besuchen?«

»Ich weiß nicht, ob das erlaubt ist«, gab Tag zu.

»Verstehe. Wenn ihr wollt, bringt es in Erfahrung. Wisst ihr, wo ich hinkomme?«

»Dein Sanatorium heißt *Frischer Wind*. Das merken wir uns.«

»Ein schöner Name«, gab ich zu.

Durch die Bäume drang schwaches Licht. Die Kabine schimmerte, das Plastik leuchtete, es zuckten fliederfarbene Blitze darüber.

»In unserer Kindheit sind wir gern hierhergekommen«, sagte ich. »Wir haben uns im Gebüsch versteckt und dieses Licht beobachtet. Und davon geträumt, dass jemand ins Internat kommt und wir uns mit ihm unterhalten. Dass wir den Kopf gegen seine zärtliche Hand schmiegen. Vielleicht würden uns ja auch einmal unsere Eltern besuchen. Obwohl das absolut unwahrscheinlich war.«

Hinter mir breitete sich Stille aus.

»Du erinnerst dich daran?«, fragte Tag.

»Nein, Freunde. Ich weiß, dass es so gewesen ist.«

»Wieso das?«

»Weil ich ein kranker, asozialer Typ bin.«

Vor der Kabine blieb ich kurz stehen und genoss das Spiel des Lichts. »Welche Nummer hat die Kabine im *Frischen Wind*?«, erkundigte ich mich.

»Dort gibt es nur eine Kabine.« Tag druckste, bevor er verlegen hinzufügte: »Du kannst das Terminal nicht mehr benutzen. Dir wurden doch deine sozialen Rechte genommen.«

»Dann erledige du das.«

Er trat an die Kabine heran und berührte den Aktivator. Die Türen öffneten sich.

»Sehen wir uns noch mal?«, fragte ich.

Die beiden hüllten sich in Schweigen.

»Grüßt Katti von mir«, bat ich. »Sagt ihr, dass es mir

leidtut, wie alles gekommen ist. Aber ich konnte nicht anders.«

»Aber warum? Warum, Nik?«, presste Tag mit gequälter Stimme heraus.

»Weil Mistkerle eins auf die Schnauze kriegen müssen. Ungeachtet der Folgen.«

Inzwischen war es völlig dunkel, und ich konnte ihre Gesichter nicht erkennen. Ich trat in die Kabine und hob die Hand zum Abschied.

Raumverschiebung ohne Rückkehr. Sanatorium Frischer Wind.

»Los schon, du Blechdose«, knurrte ich.

Unter mir flammte Licht auf, und die Dunkelheit außerhalb der Kabine verzog sich kurz.

Schon war ich da.

Das Sanatorium trug seinen Namen mit gutem Grund. Der Wind hier war frisch. Sogar sehr frisch.

Ich stand bis zu den Knöcheln im Schnee. Eishagel peitschte auf mein Gesicht ein. Meine Aufmachung war hier reichlich fehl am Platze. Aber ich sollte froh sein, dass ich nicht Shorts und ein kurzärmliges Hemd trug.

Der Zylinder der Transportkabine schien der einzige Hinweis auf eine Zivilisation in diesem endlosen Schneefeld zu sein. Graue Finsternis bedeckte den Himmel, nur im Westen schimmerte er unter den letzten Strahlen Des Mütterchens noch zart durch. Ich drehte mich nach links und nach rechts – in einem Anflug von Panik, dass sie genau das für mich vorgesehen hatten: Eine einsame

Kabine mitten in einer Schneewüste. Und den Entzug der sozialen Rechte.

Meine Rechte hätten mir allerdings sowieso nichts genützt. In der Kabine gab es ja nicht mal ein Terminal. Ich war über eine Einbahnstraße hierhergekommen.

Ich machte einen Schritt, dann noch einen, spürte, wie mir trockener, loser Schnee in die Schuhe geriet. Ich sackte bis zu den Knien ein.

»Das darf doch nicht ...«, flüsterte ich. Alles war so dämlich, so hoffnungslos! »Ihr Mistkerle!«

In dem Moment sah ich einzelne Lichter, die sich in einer Kette am Horizont entlangzogen.

Also gab es hier doch Leben ...

Dort mussten Hochstände oder Türme stehen. Ziemlich weit weg. Ob ich zu denen gehen sollte?

Ich tastete mit dem Blick noch einmal den akkuraten Kreis der Lichter ab. Anscheinend begrenzten sie etwas.

Entweder die Transportkabine oder ...

Etwa zweihundert Schritt entfernt standen, halb unter Schnee begraben – weshalb ich sie auch nicht gleich gesehen hatte –, flache, unscheinbare Gebäude.

»Da haben wir ja auch das Sanatorium«, sagte ich laut und fing mit dem Mund Schneespritzer auf. »Wird Zeit, dich zu erholen, Niki ...«

Durch den Schnee zu waten war schwierig. Und vor allem: ärgerlich. Noch hatte ich die makellosen Straßen der Stadt vor Augen, die Pfade des Internats. Mein Körper erinnerte sich noch an die sommerliche Wärme. Das hier schien nachgerade die Kehrseite der Welt zu sein.

Kälte und Nacht.

Vielen Dank, Ausbilder.

Schließlich erreichte ich die Häuser mit ihren geriffelten Mauern, den dunklen Fenstern, den flachen, mit Schneewehen und einer Eiskruste verzierten Dächern doch. Vor den Türen war der Schnee platt gestampft, was mir Hoffnung gab.

Also dann ...

Im Grunde hatte ich sowieso keine Wahl. Deshalb steuerte ich auf die nächstgelegene Tür zu. Ich berührte sie mit der Hand, doch es passierte nichts. Ich stieß gegen die Tür – denn sie würde ja wohl nicht nach außen aufgehen, das wäre bei einem solchen Schneefall einfach unklug, morgens würde man das Haus nie verlassen können ... Woher wusste ich das nun schon wieder?

Eigentlich spielte es aber gar keine Rolle. Was sollte ich jetzt tun? Erfrieren? Von Haus zu Haus rennen?

Ich trat gegen die Tür, hämmerte mit den Fäusten dagegen, ohne Schmerz in den tauben Fingern zu spüren. Es verging nicht weniger als eine Minute, bevor es im Schloss knackte und die Tür in die Mauer glitt.

Ein geräumiger Vorraum. Blendende Lampen an der Decke. Ein würfelförmiges Gitterding an der Tür – ich spürte sofort die Wärme, die davon ausging.

Und dann noch ein gebeugter älterer Mann, der mir die Außentür geöffnet hatte.

Seine Glatze und die in den Nacken gerutschte Strickmütze entblößten auf dem ganzen Kopf trockene Grindstellen. Er hatte kleine, hellblaue Augen, die sich in mich hineinbohrten, und ein dunkelhäutiges, hageres Gesicht.

Seine dicke, formlose Kleidung war von schmutzig grauer Farbe.

»Da bist du ja«, begrüßte er mich.

Man hatte mich also erwartet. Mich aber dennoch von der Kabine allein herstapfen lassen, obwohl ich die Gebäude durchaus hätte übersehen können.

Ich trat vor und schob den Mann beiseite. Schweigend machte er mir daraufhin freiwillig Platz.

Ich setzte mich vor den Heizwürfel und streckte die klammen Hände der Wärme entgegen. Langsam wich die Kälte aus meinem Körper.

Nach einer geraumen Weile schloss der Mann die Außentür. Er blieb stehen, trieb mich aber nicht an.

Ich zog die Schuhe aus und schüttelte den eingedrungenen Schnee heraus. Die dünnen weißen Socken waren jetzt braun und nass, ich wagte es jedoch nicht, sie ebenfalls auszuziehen. Nachdem ich mich etwas bequemer hingesetzt hatte, streckte ich die Füße der Wärme entgegen.

»Willst du da Wurzeln schlagen?«, fragte der Mann leise.

»Das wird sich finden«, warf ich ihm hin, ohne mich umzudrehen.

Der Mann gickelte, anscheinend gefiel ihm meine Antwort.

»Ich bin Agard. Agard Tarai.«

»Nik Rimer«, stellte ich mich vor.

Er ließ eine weitere Minute verstreichen, bevor er mich fragte: »Was ist, wollen wir jetzt weiter?«

»Ich habe den Eindruck, man würde mich schon mein ganzes Leben lang antreiben. Warte noch.«

Ich zog mir die Schuhe wieder an und bewegte die Zehen. Sie taten etwas weh, waren aber nicht abgestorben.

»Hast du dir Frost gefangen?«

»Nein.«

Ich stand auf und musterte Agard. Er war so hässlich, dass es ihn sympathisch machte.

»Was wäre passiert, wenn ich diese Häuser nicht bemerkt hätte, Agard Tarai?«

»Dann hätten die Wendigen Freunde dich gerettet.«

»Sind die etwa auch hier?«

»Das hier ist sozusagen ihr Zuhause.« Agard lächelte und entblößte damit weit auseinanderstehende, gelbe Zähne. »Die Bedingungen bei uns sind fast wie auf dem Äußeren Planeten, allerdings gibt es hier mehr Schnee. Das gefällt ihnen aber.«

Ich schaute mich noch einmal im Vorraum um, diesmal aufmerksamer und ruhiger. An der Wand waren in einem grob gezimmerten Holzverschlag zwanzig Spaten aufgestellt. Ganz normale Dinger, genau wie aus dem Burgenzeitalter. Die Hälfte von ihnen wurde häufig benutzt und hatte glänzende Griffe und funkelnde, abgeschliffene Blätter.

»Bin ich der elfte?«, fragte ich.

Agard folgte meinem Blick. »Kluger Junge«, meinte er nickend. »Ja, ja, es fehlt uns stets an Arbeitskräften. Viele kommen nämlich nicht in den Genuss, in den *Frischen Wind* geschickt zu werden.«

Ich trat vor die Tür, die ins Haus selbst führte. Sie stand halb offen.

»Lass dich nicht unterkriegen«, warf mir Agard nach.

Anscheinend war das ein ehrlich gemeinter Rat ...

Im Unterbewusstsein hatte ich mit etwas gerechnet, das sich mit dem Internat oder dem Wohnheim vergleichen ließe. Gänge, Treppen, kleine Zimmer ...

Vor mir lag jedoch nur ein einziger Raum. Schmutzige Holzwände, die mit irgendwelchen Aufschriften beschmiert waren. Fenster, durch die man nicht blicken konnte. Lediglich die Hälfte der Deckenlampen brannte, eine von ihnen flackerte, um sie herum prangte ein feuchter Fleck. Ob die Decke undicht war?

Die Einrichtung fügte sich ins Bild. An den Wänden standen ein paar Heizgeräte. Reihen von Etagenbetten aus Eisen, ein großer, zerkratzter Tisch mit einem Dutzend Stühlen und einem Sessel. Im Sessel saß ein Mann, der etwas älter war als ich. Mit seinem blassen Gesicht, den langen blonden Haaren und dem plüschigen, grellrosafarbenen Anzug nahm er sich hier wie ein zufälliger Gast aus. Bei meinem Anblick presste er die Lippen fest zusammen, winkte mich aber trotzdem heran.

Die Stühle waren ebenfalls alle besetzt. Ich ließ den Blick über die Gesichter schweifen und hielt gedanklich fest, dass die meisten Bewohner des Sanatoriums noch jung waren. Von Agard abgesehen, der mir langsam aus dem Vorraum nachschlurfte, gab es nur noch einen älteren Mann, einen sehr kräftigen, hochgewachsenen Mann mit klugem Gesicht, der einen eng anliegenden dünnen Anzug aus silbrigem Stoff trug, unter dem sich seine Muskeln wölbten. Er saß ein wenig abseits ... bewusst abseits.

Ich trat an den Tisch heran. Da es keinen freien Stuhl mehr gab, zögerte ich. Niemand sagte etwas. Daraufhin setzte ich mich auf den Rand des Tischs, indem ich einen Metallbecher zur Seite schob, der mit einer heißen, dampfenden Flüssigkeit gefüllt war.

»Recht forsch«, bemerkte der blonde Mann in leicht vorwurfsvollem Ton. »Wie heißt du?«

»Nik Rimer«, antwortete ich.

Der Mann trank einen Schluck aus seinem Becher und lächelte verzückt. Im Raum hing ein schwacher Geruch nach Alkohol. War der im Sanatorium etwa nicht verboten?

»Ist dir kalt?«

»Ein bisschen.«

»Dann wärm dich auf.«

Er hielt mir seinen Becher hin. Eine Sekunde wartete ich, ob mir jemand den Becher weiterreichte, denn ich wollte nicht vom Tisch aufstehen.

Schließlich nahm ich mir von einem zerkratzten Plastiktablett einen sauberen Becher und füllte mir mit einer Kelle etwas aus einem großen Topf ab. Ich trank.

Die Flüssigkeit war süß und heiß, mit einem guten Schuss Alkohol. Wärme durchströmte meinen Körper.

Der Mann hielt mir seinen Becher immer noch hin. Irgendwann zuckte er mit den Schultern und trank ihn selbst aus.

»Und weshalb hat man dich ins Sanatorium geschickt, Nik?«

»Ich bin falsch über die Straße gegangen.«

»Nik, wir sind hier unter uns«, bemerkte der Mann tadelnd. »Also erzähl.«

»Ich nehme an, ihr kennt die Geschichte sowieso. Ich habe meinem Ausbilder eine in die Fresse gehauen.«

»Wirklich?« Der Mann spielte den Erstaunten. »So etwas gehört sich nicht ...«

Was für eine Farce. Bis auf diesen blassgesichtigen Schönling vor mir schwiegen alle, ein paar musterten mich, ein paar wandten den Blick ab. Der ältere Kraftprotz betrachtete seine Finger, untersuchte sie mit der Neugier eines Blinden, der gerade eben sehend geworden war.

»Es gehört sich nicht, einen Ausbilder zu schlagen!«, wiederholte der Typ. »Wieso hast du das getan, Nik?«

»Es musste sein.«

Ich nippte erneut an dem heißen Alkohol.

»Er ist in Ordnung«, mischte sich hinter mir Agard überraschend ein. »Er ist in Ordnung, Kley.«

Er wandte sich nicht an den blassen Typ. Aber das hatte ich auch nicht erwartet.

Der Kraftprotz riss sich kurz von seinen Händen los und sah Agard missbilligend an. »Dich hat niemand gefragt. Komm her, Nik.«

Ich stellte den Becher ab und ging zu ihm.

»Ich heiße Kley Harter. Und zwar genauso, keine Spitznamen. Das musst du dir als Allererstes einprägen.«

Nach wie vor sah er mich nicht an, ließ er sich nicht zu einem Blick herab.

»Wir führen hier unser eigenes Leben, Nik. Ein schwieriges, anstrengendes Leben. Wir alle sind ... krank. Wir alle sind in Behandlung. Was ist die beste Medizin, Nik?«

»Arbeit.«

»Richtig. Das merk dir als Zweites. Angeblich hast du einen Hirnschaden. Das ist gut. Dann wirst du dich hier leichter einleben.«

Ich schwieg. Er gefiel mir immer weniger. Und dieses Gefühl beruhte auf Gegenseitigkeit.

»Such dir irgendeines der oberen Betten aus«, wies mich Kley an. »Die Nachtzeit wurde bereits eingeläutet, daran müssen wir uns halten.«

»Und warum eines der oberen Betten?«, fragte ich mit einem Blick auf die Reihen von Betten. »Sind die unteren alle belegt?«

»Für dich ja.«

Im Grunde war es mir völlig einerlei, wo ich schlief. Ich wollte auch nicht wissen, warum ich mich an die Nachtzeit halten sollte, während sonst niemand ans Schlafen dachte. Ich ging zu einer der Reihen, zog mein Jackett aus und warf es auf das nächstbeste Bett.

»Komm zurück«, befahl Kley leise. »Unser Gespräch ist noch nicht zu Ende. Abgesehen davon ist es verboten, sich ohne Erlaubnis zu entfernen. Das musst du dir merken.«

»Als Drittes?«

Endlich sah er mich an. Durchdringend, abschätzend.

»Ja.«

»Was sonst noch?«

Kley erhob sich. Er überragte mich um einen Kopf. Und sein Alter dürfte seine physische Verfassung kaum beeinträchtigen.

»Einen alten Ausbilder zu schlagen ist mies«, sagte er. »Ich bin ebenfalls Ausbilder. Könntest du mich schlagen?«

»Ohne Grund nicht.«

»Ganz recht.« Kley breitete die Arme aus. »Ohne Grund sollte man kein schlechtes Verhalten an den Tag legen.

Aber was wäre, wenn du einen Grund hättest? Denk gut darüber nach! Und? Können wir das Thema abhaken?«

Ich nickte.

»Guck einmal hinter diese Tür«, verlangte Kley.

Unter dem Blick von zehn Leuten ging ich schweigend zur Tür. Ich öffnete sie. Im Unterschied zur Außentür funktionierte das Schloss hier.

Die Sanitäreinheit. Fünf Klos, ihnen gegenüber fünf Duschkabinen.

»Fangen wir mit der Therapie an«, sagte Clay. »Die Sanitäreinheit muss sauber gemacht werden. Die Klosetts müssen blitzen. Wenn du gut suchst, findest du eine Bürste und Scheuermittel. Wenn du sie nicht findest, musst du dir was einfallen lassen.«

»Ich glaube, diese Arbeit wird nach einer bestimmten Reihenfolge erledigt«, sagte ich.

»Völlig richtig. Und heute bist du dran.«

Ich zögerte. Hier herrschte ein eigenes Leben, mit eigenen Gesetzen. Vielleicht mussten Neulinge die Klos schrubben und in den oberen Betten schlafen.

Aber diese Gesetze gefielen mir nicht.

Ich schloss die Tür.

»Ich glaube, da irrst du dich, Kley Harter«, sagte ich.

»Aber vielleicht irrst auch du dich? Und zwar gewaltig?«

»Vielleicht«, räumte ich ein. »Aber wenn, dann mache ich wenigstens meinen eigenen Fehler.«

Kley kam auf mich zu. Ganz gemütlich.

»Kli, das ist ein Regressor, vergiss das nicht! Er kennt fiese Tricks!«, schrie der Blonde mit dünner Stimme. »Kli, der tut dir am Ende noch was!«

Kley reagierte nicht. Er lächelte sogar. Ob die Ausbilder vielleicht auch fiese Tricks kannten? Oder war er sich sicher, die Amnesie hätte mir alle Kenntnisse genommen ...?

Ich schaffte es nicht, auf den Schlag zu reagieren. Als ich ihn bemerkte, war mir klar, dass ich einen Kinnhaken einstecken würde, aber mein Körper war noch zu matt, zu entspannt von der Wärme.

Die Welt schwankte, und ich flog an die Wand. Ich prallte mit dem Hinterkopf auf, dass mir schwarz vor Augen wurde. Meine Hand traf auf das glühende Gitter eines Heizgeräts. Der Schmerz der Verbrennung brachte mich zur Besinnung. Ich fuhr zusammen und rappelte mich an der Wand hoch. Aus der aufgeplatzten Lippe tropfte Blut.

»Fangen wir mit der Therapie an«, sagte Kley. »Also, es gehört sich nicht, mit dem Barackenältesten zu streiten, erst recht nicht, wenn er ein Ausbilder ist ...«

»Du bist schon lange kein Ausbilder mehr!«, schrie Agard plötzlich. »Lass den Jungen zufrieden, Kley.«

Tarais Stimme erstarb, als Harter kurz in seine Richtung blickte. Anscheinend bedauerte Agard seine Intervention sofort. Mir jedoch hatte sie Kraft gegeben. Eine bessere Stütze als die Wand in meinem Rücken.

Hatte ich wirklich unrecht?

»Bereust du?«, fragte Kley, als er auf mich zukam.

»Nein«, flüsterte ich.

»Das wird dir noch leidtun, Mann«, meinte Kley mitleidig.

Etwas veränderte sich. Etwas geschah mit mir. Die Farben traten leuchtender hervor, die Geräusche nahmen eine betäubende Lautstärke an. Das Atmen der Leute kam mir wie Donner vor, die Bewegungen Kleys langsam und ungelenk. Mein Herz setzte einen Moment lang aus – um dann wie wahnsinnig loszuhämmern, in einem verzweifelten Rhythmus. Poch-poch, poch-poch-poch ... Ich hatte mich schon einmal an dieser Grenze befunden, an diesem letzten Mal, das mich von einem schrecklichen und wahnsinnigen Moment trennte ... einem Moment, nach dem *etwas* passieren würde. Damals hatte ich, von Tag und Han festgehalten, widerstanden.

Aber diesmal nicht.

Kley sprang vor und streckte die Hand nach meiner Kehle aus. Ich wich zur Seite, glitt weg. Mein Körper lebte sein eigenes Leben, ich beobachtete nur das Geschehen, war ein betäubter, paralysierter Beobachter namens ... namens ...

Der Barackenälteste schlug gegen die Wand, bewegte den Kopf hin und her, drehte sich um. Doch da stand ich schon neben ihm. Ohne jede Hast wartete ich, bis Kley ausholte, verzweifelt ausholte, denn er hatte bereits begriffen, dass Jäger und Opfer die Rollen getauscht hatten.

Keine Angst, keine Angst, flüsterte in meinem Kopf ein unsichtbarer Chor. Das kannte ich, das war fast wie beim Steuerungssystem, dann aber doch ganz anders, absolut anders ... ich kannte das, ich erinnerte mich ...

Ich fing die Hand, die mich schlagen wollte, ab – was sich als genauso leicht herausstellte, als schnappte ich nach einem im Wind schwankenden Ast. Und das Knirschen, als die Knochen des ehemaligen Ausbilders unter meinen Fingern brachen, war ebenso hölzern und in keiner Weise schrecklich.

Er schrie auf, aber es steckten ungeheure Kraft und ein enormer Willen in ihm, in diesem alten, kräftigen Mann, der mich das Leben lehren wollte. Sogar einen Tritt unter die Gürtellinie versetzte er mir noch, einen starken und präzisen Tritt.

Ich verspürte keinen Schmerz.

Schmerz war für die anderen.

Von nun an und für immer.

Ich kugelte ihm den Arm aus, an der Schulter. Das ist ein schwaches Gelenk, und der Schmerz der reißenden Muskeln ist stärker als von einem gebrochenen Knochen.

Kampftransformation …

Es waren drei, die sich auf mich stürzten, während ich über dem zu Boden gestreckten Kley Harter aufragte. Von den anderen rührte sich niemand. Sie erwiesen sich als weitsichtiger.

Jeder der drei bezog einen Schlag. Mehr bedurfte es nicht. Jedes Mal in den Bauch, ins Nervenzentrum. Ich wusste nicht, wohin ich schlagen musste, aber meine Hände wussten es. In die Knoten des parasympathischen Nervensystems, direkt ins Zentrum, damit umgehend eine unerträgliche Schmerzexplosion erfolgte. Drei Körper, die sich am Boden krümmten.

Ich wollte mehr!

Das gefiel mir!

»Nnnicht-Freuuund!«

Die Stimme des blonden Jüngelchens klang gedehnt und zäh. Er war inzwischen in den Vorraum geschlüpft und kam jetzt mit einem Spaten zurück. So linkisch wie er ihn hielt, konnte die Arbeitstherapie wohl nicht für alle im Sanatorium gelten ...

Ich streckte den Arm aus und fing das funkelnde Spatenblatt mit dem Handgelenk ab. Mein Hemd zerriss, vom scharfen Stahl zerschnitten.

Aus der aufgeschlitzten Stelle in meiner Haut trat ein Blutstropfen.

Mit der linken Hand umfasste ich das Gesicht des Mannes, vergrub mich in die Haut der rosafarbenen Wangen und schleuderte ihn in Richtung der Bettreihen. Er knallte mit dem Kopf gegen ein Metallgestell und verstummte.

Rückkehr in den Mimikrymodus ...

»Danke, Cualcua«, flüsterte ich dem Außerirdischen zu, der meinen Körper bewohnte, den Körper eines Menschen von der Erde.

Schmerz. Schwere. Mein Kopf platzte.

In ihm brach ein kleines Erdbeben aus. Der Abgrund, der meine Vergangenheit abgeschottet hatte, stülpte sich um, blähte sich zu einem Berg auf.

Wie weh das tat ...

Zu viele Wörter. Neue Wörter. Zu viel Gedächtnis.

Ich bin nicht Niki Rimer!

Ich bin Pjotr Chrumow!

Ein Konzentrationslager konnte man Sanatorium nennen, aber änderte das etwas?

»Auf eure Plätze, ihr Wanzen«, zischte ich.

Die Leute sprangen vom Tisch auf. Sie suchten zwischen den Betten Zuflucht, in der zweifelhaften Vertrautheit der ihnen zugewiesenen Plätze. Selbst die drei, die Kley zu Hilfe gekommen waren, zogen umgehend ab.

»Schafft den weg!«

Zwei Männer schleppten den ehemaligen Ausbilder gehorsam auf sein Bett.

»Gibt es hier ... einen Arzt?«, fragte ich, inzwischen wieder in normalem Tonfall. Einer der Gefangenen hob zaghaft die Hand. »Befass dich mit ... ihm.«

Ich setzte mich vor der Wand auf den Boden und bedeckte mein Gesicht mit den Händen.

Zu viele neue Wörter. Ein allzu rasanter Wechsel.

Großvater, Schule, Ausbildung, Fluggesellschaft, Hyxi, der Zähler, Danilow, die Alari ...

... und die hatte ich getötet. Wirklich getötet!

»Alles muss echt aussehen«, erklärte der Kommandant des rot-violetten Geschwaders der Alari. »Du wirst mit uns kämpfen und uns umbringen. Wir werden ebenfalls versuchen, dich umzubringen. Aber du hast gute Chancen. Keiner von uns wird einen Panzeranzug tragen. Die Landeeinheiten werden aus dem Flaggschiff gebracht. Die Reihen, die du durchbrechen musst, werden ausschließlich aus Piloten und Technikern bestehen. Und die beherrschen die Kunst des Zweikampfs nicht.«

»Ich will das nicht«, sagte ich der schwarzen Maus.

»Niemand will sterben. Das ist ein Gesetz des Lebens. Aber manchmal muss man alle Gesetze vergessen ...«

Mein Kopf barst vor Schmerz. Mein Herz verlangsamte sein Rasen.

Cualcua!

Ja ...

Warum bin ich so erbarmungslos gewesen?

Deine Aggressionszentren waren vorübergehend aktiviert. Für den Kampf war das unerlässlich.

»Nik Rimer, ich möchte mit Ihnen reden ...«

Ich schlug die Augen auf. Die Worte luden sich nicht sofort mit Sinn auf. Ich lernte gerade erst, in zwei Sprachen gleichzeitig zu denken. Agard Tarai stand vor mir. Ein hässlicher, finsterer Zwerg mit einem von Grind übersäten Kopf. Seine Strickmütze hatte er abgenommen und zerquetschte sie jetzt in der Hand.

»Sprich«, sagte ich.

»Die Patienten der sechsten Baracke des Sanatoriums *Frischer Wind* warten auf Ihre Anweisungen. Es sind bereits zwanzig Minuten vergangen, Nik Rimer.«

Nach terrestrischen Maßstäben war er um die fünfzig. Hier hatte das Jahr eine andere Länge, insgesamt lag die Lebenserwartung aber nicht viel höher ...

Ich schaute zu den Männern hinüber, die vor ihren Betten warteten. Der blasse Schönling schluchzte und rieb sich den Kopf. Kley lag im Bett, sein linker Arm war entblößt und mit durchscheinendem Stoff umwickelt worden. Er war jünger als Tarai, vierzig vielleicht oder fünfundvierzig ...

»Was ist mit ihm?«, fragte ich.

»Ein Bruch und eine ausgekugelte Schulter. Morgen wird Kley Schwierigkeiten bei der Arbeit kriegen.«

»Soll er sich erholen«, flüsterte ich.

Agard schaute mich mit schweigender Verblüffung an. Er zögerte. »Und die anderen?«, fragte er schließlich.

»Sie sollen alle schlafen«, befahl ich. »Morgenstund hat Vernunft im Mund ...«

Teufel auch! Wie verstümmelt das Sprichwort klang, wenn es durch die Sprache der Geometer gesiebt wurde!

Andererseits gewann es dadurch eine ungewohnte Tiefsinnigkeit. Und es nahm die Form eines Befehls an, denn ohne den Blick von mir zu wenden, legten sich die Menschen ins Bett.

»Gut, Nik Rimer.«

»Nenn mich Nik«, bat ich.

Agard sah mir unverwandt in die Augen.

»Wenn dich das nicht stört«, fügte ich hinzu.

»Nein ... gern ... Nik.«

»Ist noch etwas zu trinken da?«, fragte ich.

»Ja.«

»Gibt es hier vielleicht ein Plätzchen, wo wir ungestört sind? Wir müssen miteinander reden.«

Agard nickte schweigend. Er ging zum Tisch, füllte zwei Becher und bedeutete mir, ihm zu folgen. Das tat ich. Von Bett zu Bett wanderte leises Flüstern.

Tarai öffnete eine Tür in der Wand, die ich bisher nicht bemerkt hatte. Er blieb stehen und ließ mir den Vortritt.

War das Höflichkeit oder eine Falle?

Ich trat durch die Tür.

Ein gemütliches Zimmer.

Weicher Teppich auf dem Fußboden. Ein Bildschirm in der Wand, aber ohne Terminal natürlich. Ein kleiner Tisch, ein breites Sofa und zwei Sessel. Ein Schrank, der verschlossen war, und nicht, wie hier sonst üblich, weit offen stand. Eine Spiegeldecke.

Nach allem, was ich über den Alltag der Geometer wusste, stellte das hier nahezu den Gipfel des Luxus dar. Sogar in der Freiheit.

»Was ist das?«, fragte ich Tarai. Er kam ebenfalls herein, schloss akkurat die Tür hinter sich und stellte die Becher auf den Tisch.

»Das Zimmer zur psychologischen Entlastung.«

»Und wer entlastet sich hier?«

»Kley Harter und sein Schatz.«

Ich nickte. Wenn Tarai erwartet hatte, dass ich schockiert sei, hatte er sich getäuscht. Nur Nik Rimer, der noch irgendwo in mir lebte, zuckte angewidert zusammen.

»Jetzt hält man dich bestimmt für den Schatz des neuen Bosses.«

»Nein, Nik, so krank siehst du nicht aus ...« Agard lachte leise und strich sich über die grindige Glatze.

»Woher hast du das?«, fragte ich.

»Mich hat ein Wendiger Freund geküsst.« Agard lächelte finster. »Ich war ein Idiot, als ich hierhergekommen bin ... vor zehn Jahren.«

Ich erschauderte. Zehn von *ihren* Jahren – das waren fast zwanzig Jahre auf der Erde!

»Und weshalb bist du hierhergekommen?«

»Weil ich falsch über die Straße gegangen bin ...«, erklärte Agard ironisch. Er nahm in einem der Sessel Platz und langte nach seinem Becher. »Danke für die Abreibung, die du Kley verpasst hast. Dieses Stück Dreck hat schon lange eine ordentliche Lektion verdient.«

»Alle Ausbilder scheinen Dreck zu sein«, bemerkte ich mürrisch. Ich nahm meinen Becher und schnupperte daran. Heißer Fusel. Herr im Himmel, mit dem Busfahrer Kolja hatte ich nach der Landung auf der Straße ja schon echten Mist getrunken – aber selbst das Zeug war noch besser gewesen.

»Nun mach mal halblang!« Agard schüttelte den Kopf. »Ich will gern glauben, dass du guten Grund hattest, deinem Ausbilder eine zu semmeln. Aber sogar die Ausbilder haben Kley ohne jedes Mitleid hierhergeschickt. Insofern ... solltest du nicht so kategorisch urteilen, mein Junge.«

Ich setzte mich aufs Sofa und nippte an dem heißen Selbstgebrannten. Immerhin – er schmeckte weitaus besser, als er roch. Anscheinend verlangte mein Körper danach, gehörig durchgerüttelt zu werden ...

In der aufgenommenen Flüssigkeit sind Aldehyde, Fuselöl, Methyl- und Äthylalkohol enthalten. Soll ich eine Entgiftung vornehmen?

Ja, von allem, bis auf den Äthylalkohol, befahl ich dem Cualcua. Ich schüttelte den Kopf. Gott behüte, dass diese Symbionten je das Recht erhalten, auf der Erde zu leben. Das würde sämtlichen Onkel Koljas der Welt die Möglichkeit geben, sich absolut unbekümmert volllaufen zu lassen.

»Also, weshalb bist du nun hier?«, fragte ich.

»Ich bin Historiker. Genauer gesagt, ich war Historiker ...« Agard trank einen Schluck aus dem Becher. »Du hast doch sicherlich schon mal gehört, dass Geschichte die wichtigste aller Wissenschaften ist?«

»Ich erinnere mich nicht mehr daran. Aber ich glaube dir aufs Wort.«

Agard nippte erneut an dem Fusel. Er würde morgen keinen leichten Tag haben ...

»Sie ist die wichtigste, weil sie die gefährlichste ist.« Er lächelte bitter. »Denn manchmal ... manchmal ist es gefährlich, zu tief zu graben. Vor allem, wenn man anschließend über das spricht, was man ausgegraben hat.«

Ich wartete auf eine Konkretisierung dieser Worte, doch Agard hatte nichts dergleichen vor. Grinsend schaute er ins Nichts, als bereite ihm das Wissen, das ihn in den *Frischen Wind* gebracht hatte, selbst heute noch Vergnügen.

»Verstehe. Wenn du willst, erzähl – wenn nicht, dann nicht«, sagte ich.

»Wer bist du, Nik?«

»Ein Regressor. Ein Pilot der Fernaufklärung.«

»Ich habe von dir in den Nachrichten gehört«, bemerkte Tarai nachdenklich. »Vor langer Zeit allerdings ... Wir müssen uns täglich die Abendnachrichten angucken ... Ich glaube, du warst einer der Aufklärer, die den Raum vor dem Aufbruch ausgekundschaftet haben?«

»Vielleicht. Aber ich erinnere mich nicht daran. Ich leide wirklich unter Amnesie, Agard.«

»Dann werde ich es dir erzählen«, ereiferte sich Tarai. »Mein Gedächtnis funktioniert noch ... so überraschend das auch klingt ... Du warst einer von drei Aufklärern, die als erste in dieses Raumgebiet aufgebrochen sind.«

Der schwarze Abgrund des Kosmos. Lichtblitze, dann Schiffe, die aus dem unendlichen Nichts kommen ...

»Ich weiß nicht, was für mich gilt, aber mein Schiff war mit Sicherheit unter diesen drei«, räumte ich ein.

»Spaßvogel.«

Tarai genoss seine neue Stellung fraglos. Ein voller Becher mit Fusel in der Hand, eine Unterhaltung, die Deklassierung des bisherigen Barackenbosses ...

Und wer war ich denn, den einstigen Historiker zu verurteilen? Wenn man Jahr um Jahr hier lebt, stellt vermutlich jede Änderung des gewohnten Trotts einen Segen dar.

»Du schläfst besser hier«, erklärte Agard, als hätte er meine Gedanken gelesen. »Sonst wäre diese Nacht deine letzte. Entweder würde Kley dich umbringen oder seine Freunde.«

»Und du?«

»Man würde es erst wagen, mich umzubringen, wenn du schon tot bist«, behauptete Tarai. »Du hast heute eine Vorstellung geliefert, die alle ins Grübeln bringen wird. Alle, bis auf Kley. Zwei Anführer kann es nicht geben. Selbst in einem Rattenschwarm kommandieren nicht zwei Nager, und wir ... wir sind nur wenig besser als Ratten.«

Cualcua?

Deine Sicherheit wird ständig überwacht. Ich brauche keinen Schlaf.

»Ich werde in der Baracke schlafen«, stellte ich klar. »Mach dir keine Sorgen deswegen. Demjenigen, der es wagen sollte, mich heute Nacht anzugreifen, wird das nicht gut bekommen.«

Tarai sah mich zweifelnd an. »Du musst es ja wissen, Regressor. Ich kenne schließlich nicht alle eure Tricks. Ich könnte dir höchstens sagen, wie ein Regressor vor hundert Jahren gewesen ist. Von denen heute ...«

»Erzähl mir, was es mit dem Aufbruch auf sich hat.«

»Was?«

»Was es mit dem Aufbruch auf sich hat.«

»Du weißt das wirklich nicht?«

»Ich leide an Amnesie«, wiederholte ich müde. »Einiges konnte ich rekonstruieren. Sehr vieles jedoch nicht.«

»Bei den Göttern der Alten!«, rief Tarai begeistert aus. »Ich, seit zehn Jahren ein Patient des Sanatoriums, kann jemandem etwas Neues mitteilen!«

»So ist es, Agard. Und ich werde dir sehr dankbar sein.«

»Du wirst dich doch noch daran erinnern, dass Das Mütterchen früher in einem anderen Himmel geleuchtet hat? Dass es früher so viele Sterne gab, dass sich die Nacht kaum von einem bedeckten Tag unterschied?«

»Gehen wir davon aus, dass ich mich daran erinnere. Obwohl ich es eigentlich gelesen habe.«

»Das ist doch nicht möglich!« Tarai fuchtelte mit der Hand, die den Becher hielt, so dass der wertvolle Schnaps überschwappte. Traurig betrachtete er die betropfte Wattejacke und fuhr fort: »Ihr seid schwer auf die Nase gefallen! Ihr, unsere geliebten Regressoren! Indem ihr sie, eure Nase, vor zwölf Jahren dorthin gesteckt habt, wohin ihr sie nie hättet stecken dürfen! Ihr wolltet Freundschaft herstellen – und habt eins auf die Finger gekriegt!«

»Und das freut dich?«, fragte ich erstaunt.

»Ja!«, antwortete Tarai in provokantem Ton. »Freilich, die Jungen, die gestorben sind, tun mir leid. Natürlich. Aber früher oder später musste so etwas passieren! Man kann nicht ohne Ende die eigene Ethik ins Universum hinaustragen, selbst wenn sie absolut richtig ist. Die Sterne brauchen unsere Liebe nämlich nicht, Nik!«

»Und was brauchen sie dann? Wenn nicht Liebe?«

Es war nicht so, dass ich nicht mit ihm übereinstimmte. Im Gegenteil, sein leiser Aufstand gefiel mir ... mir, dem Weltraumfuhrmann Chrumow, nicht dem Regressor Nik.

»Was sie brauchen? Ich weiß es nicht, Nik.« Agard breitete die Arme aus. »Ich bin nur Historiker. Kein Prädiktor, kein Philosoph oder Ausbilder ... Vielleicht Respekt?«

»Anstelle von Liebe?«

»Vor der Liebe. Falls sie sich denn einstellen sollte, natürlich. Die Liebe, das ist eine komische Sache ...« Tarai lachte. »Weißt du, wie viele Bedeutungen dieses Wort früher hatte? Und wie viele sind heute davon noch übrig? Na? Wenn man dir von klein auf die Freundschaft mit einem Mädchen erlaubt und dir ständig erzählt, dass ihr ein Paar seid, wie geschaffen füreinander, ist das dann wirklich noch Liebe?«

»Nein«, antwortete ich. Dann stellte ich mir Katti vor und korrigierte mich: »Ich weiß es nicht.«

»Du bist ein kluger Junge, Nik. Nur wenige bringen das überhaupt zustande, zu sagen: Ich weiß es nicht.« Tarai seufzte. »Also, der Aufbruch. Ich bin abgeschweift ... Wir sind geflohen, Nik. Wir sind in beschämender und erniedrigender Weise geflohen, als wir vor der Wahl standen, uns zu verkrümeln oder vernichtet zu werden. Die vielzitierte Lüge von dem Wunsch, Opfer vermeiden zu wollen ... das ist nichts anderes als euer geliebtes Prinzip der Umkehrbarkeit der Wahrheit ...«

Er lachte aus vollem Hals – bis er abrupt verstummte. Er sah mich entsetzt an, als begriffe er, dass er zu viel gesagt hatte.

»Ich bin ja auch der Meinung, dass die Umkehrbarkeit der Wahrheit nicht der klügste Gedanke ist«, sagte ich und erhob mich. »Ich gehe jetzt schlafen. Es war ein langer Tag.«

»Und wenn ich die Nacht hier verbrächte ...?«, fragte Tarai zaghaft.

»Wie du willst.«

Ich berührte die Tür, und sie öffnete sich. Es war dunkel, nur eine einzige Lampe brannte. Konnte man das Licht selbst regulieren, oder wurde es automatisch abgeschaltet? In der Baracke herrschte völlige Stille, nur draußen pfiff der Wind. Entweder schliefen alle oder sie taten so, als ob.

»Agard, du scheinst kein schlechter Mensch zu sein«, sagte ich leise. »Wie hast du es geschafft, hier zu überleben?«

Als er schwieg, brachte ich die Tür mit einer Berührung dazu, sich zu schließen.

»Ich bin ein Plappervogel, Nik«, sagte Agard da. »Ein Geschichtenerzähler. Die Abende sind lang, das Leben langweilig. Und ich erinnere mich an vieles aus den früheren Zeitaltern. Und noch mehr kann ich mir ausdenken.« Agard zwinkerte mir zu: »Allerlei Unsinn ... aber was kann man von einem kranken Historiker schon verlangen?«

»Das habe ich fast vermutet«, erwiderte ich. »Gute Nacht, Agard.«

Das war schwieriger als alles andere: einzuschlafen.

Schlaf ist wie eine Heldentat, eine gute Anwendung der Kräfte.

Der fast von mir erfundene, fast wieder zum Leben erwachte Nik Rimer, Pilot und Regressor, glitt langsam ins Nichtsein hinüber.

»Die Cualcua haben seinen Körper untersucht, Pjotr. Sie werden mit deinem Fleisch verschmelzen, werden eine Körperhülle erschaffen, die absolut identisch ist mit der des Piloten der Geometer. Bis hin auf die Ebene des Genoms.«

»Wie ist das möglich, Kommandant?«

»Frag sie selbst, Mensch. Wenn du die Antwort verstehen kannst, werde ich dich für den Rest meines Lebens beneiden …«

Armer Nik Rimer. Ich glaube, du warst ein anständiger Kerl. Du hast mit deinem Schiff gesprochen, und die bedauernswerten Elektronenhirne, die der Zähler später ausgeweidet hat, haben deine Intonation und deine Denkweise, deinen Wortschatz und deine Standardreaktionen bewahrt …

»Petja, ich bestehe nicht darauf. Glaube mir, du bist kein Werkzeug für mich …«

»Ich möchte dir gern glauben, Großpapa.«

»Jemand muss es tun. Und du hast die besten Chancen, zu ihnen durchzukommen. Das ist keine Frage des Alters oder des Körperbaus, diese beschissenen Amöben könnten jeden Körper nachbilden. Das Wichtigste ist die Seele. Du bist ihm wirklich ähnlich.«

»Großpapa, das ist fast eine Kränkung. Einem Geometer ähnlich zu sein …«

»Aber genau darin liegt unsere Chance …«

Ich erinnerte mich an alles. An mein wahres Zuhause. An meinen falschen Großvater. An die Ingenieurin Mascha.

Die alte Bettlerin vor dem Jelissejew. Den Jungen namens Aljoschka. An Danilow, den FSB-Oberst und Liebling der Transaero. Und an den wilden, maßlosen Streit mit meinem Großvater auf dem Flaggschiff der Alari.

Aber zum Teufel, ein Cualcua, der in meinen Körper kriecht – wenn das kein Grund ist, wütend zu werden!

Ich fuhr mit der Hand über die Brust. Wo begann mein Fleisch, wo das Bioplasma des Aliens? Nicht einmal Gott im Himmel würde es wissen! Wo begann mein Körper, wo der von Nik Rimer? Was stellte die Grenze dar, wenn selbst mein Verstand aus den Nervenzentren des Cualcua neu gespeist worden war? Mein Gedächtnis war wie ein komischer Kinkerlitz im ungeheuerlichen Bewusstsein des Zählers gelandet. Es war dem Cualcua zur Aufbewahrung übergeben worden und zurückgekehrt, als die Situation aus ihrer Sicht kritisch wurde ... Ich war das Spielzeug, den Außerirdischen übergeben.

Wir mischen uns nicht ein, Pjotr Chrumow. Wir dienen nur. Es fällt dir schwer, das zu glauben, aber wir sind nicht darauf angewiesen, deinen Geist zu steuern. Die freiwillige Einwilligung ...

Was habt ihr davon?

Ein Abenteuer. Wir sind Teil eines Ganzen, Pjotr. Wir leben fremde Leidenschaften, wandern von einem Körper zum nächsten. Die Welt ist doch interessant. Man kann sie aus eigener Kraft umgestalten. Oder man kann Teil einer fremden Kraft werden. Es ist wirklich aufschlussreich, ein ewiger Beobachter auf einer endlosen Reise zu sein. Wir dienen allen und niemandem. Die Starken Rassen lassen uns in ihre Körper eindringen. Die Schwachen

Rassen träumen davon. Du willst die Wahrheit wissen? Die ganze Welt würde uns gehören, wenn wir uns dieses Ziel setzten. Aber wozu? Sie gehört uns doch sowieso schon. Ohne jede Gewalt und Aktivität. Wir beobachten ... beobachten ...

Ich stöhnte.

Die Cualcua haben es leicht. Ihr Schicksal ist die Symbiose, und durch meinen Körper zu gleiten ist für sie in keiner Weise unangenehm. Aber ich lehne ein solches Leben ab. Was in mir gehört jetzt wem?

Von klein auf habe ich einen fremden Platz eingenommen. Ich wuchs auf und hörte auf einen Namen, der mir nicht gehörte. Ich genoss die Annehmlichkeiten und die Achtung, die für einen anderen Menschen bestimmt waren ... einen kleinen Menschen, der hatte nicht groß werden dürfen. Bis mir die Rechnung präsentiert wurde. Die Schulden konnten gestundet werden, aber bezahlt werden musste. Die alte Göttin der Gerechtigkeit hatte den antiken Staub abgeklopft und mir mein eigentliches Schicksal zugemessen. Doch ich hatte mich nicht damit abfinden wollen und war – beinahe – zu Niki Rimer geworden. Ich hatte seinen Platz unter den Sternen eingenommen. Daraufhin hatte die Nemesis kopfschüttelnd ihre Greifen gesattelt und war zurückgekehrt, um mich mit einem Peitschenschlag zur Besinnung zu bringen.

Vielen Dank, Tochter der Nacht. Inzwischen habe ich mein Los akzeptiert. Ich bin nicht Pjotr Chrumow, und ich bin nicht Niki Rimer. Ich bin einfach ein Mensch, der anfängt, von neuem zu leben.

Die Sterne brauchen meine Liebe nicht. Aber auch ich würde ohne die Liebe weiterleben.

Ich war in die Welt der Geometer gelangt, eine Welt, die wie das Paradies aussah. So vertraut, dass sie mir wie meine eigene vorkam. Wie oft war sie durch die menschlichen Träume gegeistert, diese Welt der guten Menschen und der gerechten Entscheidungen, diese Welt ohne Angst und Erniedrigung! Und der Weg, den sie gegangen war, schien ebenfalls richtig und überzeugend zu sein. Erziehung. Ausbildung. Effizienz. Gerechtigkeit. Liebe.

Nur den Respekt, den hatte man stets vergessen.

Recht zu haben ist eine Versuchung. Gutes zu wollen ein Verbrechen.

Denn wieder und wieder kollidiert deine Güte mit der eines anderen. Mit all deinen Kräften und deiner Güte möchtest du helfen, möchtest die Last fremder Fehler auf die eigenen Schultern nehmen.

Was soll schließlich schlecht daran sein, wenn man den Menschen auf der Suche nach ihrer Bestimmung jede Mühe erspart?

Was soll schlecht daran sein, wenn man den Rassen auf der Suche nach Freundschaft jede Mühe erspart?

Die Starken Rassen wollen für die Erde ja nichts anderes. Auch sie wollen eine ruhige und glückliche Zukunft. Eine friedliche und satte Menschheit, die Waren durch die Galaxis transportiert und dem Konklave damit die Möglichkeit gibt, sich mit anderen Dingen zu beschäftigen. Sie werden uns im Gegenzug alles geben, keine Frage! Die Erde wird Gravitationstriebwerke und Raumschiffe mit

Mesonenreaktoren haben. Eine Wetterkontrolle, Medizin gegen Krebs und monomolekulare Fäden, alles das bekommt sie. Das Gesetz zur Unsachgemäßen Anwendung wird aufgehoben. Man wird uns erlauben, Kolonien zu gründen. Es wird Erde-2 und Erde-22 geben … Alles wird es geben. Wir müssen uns nur gedulden. Zwei, drei Generationen müssen heranwachsen, ohne Ambitionen und Aggressionen.

Wenn wir uns allerdings den Schwachen Rassen anschließen … wessen Schuld ist das dann? Das ist eben unsere Natur. Wir beherrschen nun mal nicht viel mehr als den Jump …

Was ist dann aber den Geometern vorzuwerfen? Sie predigen das Prinzip der Effizienz nicht nur gegenüber ihren Freunden, sondern wenden es auch auf sich selbst an. Der Junge Nik Rimer, der so gern Gedichte schrieb, wurde Regressor. Weil der Ausbilder dies für die beste Anwendung seiner Fähigkeiten hielt. Er setzte Niki ein Konzentrat der Weltdichtung vor, stukte den Jungen mit der Nase in die Werke reifer und anerkannter Lyriker …

Wie hatte er es ausgedrückt? »Tausenden Vögeln die ertrinken.« O nein, man hätte Nik nicht erlauben dürfen, Dichter zu werden. Auf gar keinen Fall.

Aber ich erinnere mich! Erinnere mich noch an andere Gedichte von ihm! Denn er wollte nicht einfach klein beigeben, dieser Niki Rimer! Er trug die Gedichte dem Steuerungssystem seines Schiffs vor, dem treuesten Zuhörer und Bewunderer. Sein Gedächtnis kehrt zu mir zurück, genau wie mein eigenes, durch die Vermittlung des Zählers und des Cualcua.

Jetzt, da ich nicht mehr er bin, kenne ich ihn viel besser als zuvor.

Den Regressor und Poeten Nik Rimer ...

Gegen meinen Willen eingestellt in der Ideenfabrik
boykottiere ich die Stechuhr
Gegen meinen Willen eingezogen
desertiere ich

Das stimmt nicht, Niki, du hast dich geduckt. Du konntest weder boykottieren noch desertieren. Du hast *Freunde* nach dem Vorbild und in Analogie zu deiner Rasse geformt. Deiner mächtigen und unglücklichen Heimat. Und nur in der Stille deines Schiffs, in der Leere der Kabine, hast du dir die Worte gestattet, die du sagen wolltest.

Große Dinge habe ich nie begriffen
Große Dinge gibt es nicht
kleine auch nicht
Sondern nur andere

Andere Dinge
nämlich zu lieben wen ich will
und zu machen was ich will.

Nik Rimer, ich habe mich nicht geschämt, deinen Namen zu tragen. Doch es war ein wenig niederträchtig.

Denn ich bin ein anderer.

Und ich muss mein eigenes Schicksal finden.

Ich weiß nicht, was die Ethik des Konklave und der Geometer ersetzen kann.

Ich weiß nicht, was stärker als Effizienz und Liebe ist. Wenn der Verstand und das Herz zum selben Schluss kommen, was soll man ihnen dann noch entgegensetzen?

Noch weiß ich es nicht.

Mein angenommener Großvater, Andrej Chrumow, du wolltest, dass ich zum Maß aller Dinge werde. Zu meinem eigenen Maßstab.

Ich werde es versuchen.

Zwei

Der Morgen begann mit Sirenengeheul.

Ein langgezogener Ton drang von draußen herein, von der weißen Wüste, die rund ums Sanatorium lag. Die Fenster wurden durchscheinend, trübes Licht ergoss sich in die Baracke. Vor der unteren Hälfte der Scheiben türmten sich Schneewehen, an der oberen klebte eine feste Schneekruste.

Niemand hatte in der Nacht versucht, mich umzubringen. Immerhin ein gutes Zeichen.

Ich schälte mich aus der Decke und zog mich an. Anscheinend schnell, aber alle anderen waren noch weitaus schneller als ich. An der Tür zur Sanitäreinheit hatte sich eine kleine Schlange gebildet, es ging jedoch niemand hinein.

Was sollte das? Gewährte man mir etwa das Recht, in stolzer Einsamkeit zu pinkeln?

»Worauf wartet ihr?«, erkundigte ich mich freundlich, während ich mich den dicht zusammenstehenden Gefangenen näherte.

»Nik, du musst die Arbeit des Sanitärkontrolleurs erledigen«, erklärte Tarai. Er hatte sich inzwischen als meine rechte Hand etabliert, als Vermittler bei den Gesprächen. Die anderen versuchten, meinem Blick auszuweichen. Die drei, die gestern Kley zu Hilfe geeilt waren, hielten sich obendrein auch noch abseits. Nur der blonde Geliebte Harters traute sich, mir mit gesenktem Kopf einen Blick voller Hass zuzuwerfen. Wo steckte eigentlich der entthronte Boss?

»War der Sanitärkontrolleur bisher Kley?«

»Ja, Nik.«

Schweigend ging ich in die Sanitäreinheit.

Kley Harter stand an den Klos und schrubbte mit einer langen Bürste methodisch das weiße Plastik. Es roch nach Chlor. Na so was! Hatten sie also die gleichen Methoden der Desinfizierung wie wir.

»Die Sanitäreinheit ist gesäubert«, sagte er mit gelassener, durch keine Emotionen gefärbte Stimme.

»Davon bin ich überzeugt«, erwiderte ich.

Kleys linker Arm steckte nach wie vor in dem straffen, durchscheinenden Verband, wie ich jedoch erleichtert registrierte, benutzte er ihn fast uneingeschränkt.

Gäbe es solche Medizin doch auf der Erde!

»Nik Rimer, ich will mit dir reden«, sagte Kley, der sich immer noch nicht zu mir umgedreht hatte.

»Nur zu.«

»Inoffiziell.«

»Habe ich etwas anderes verlangt? Fang an, aber beeil dich, hier wollen noch mehr Leute rein.«

Kley öffnete einen unscheinbaren Schrank in der Wand. Er warf die Bürste in ein Becken mit irgendeiner Lösung. Dann drehte er sich mir zu.

»Wer bist du?«

»Ich habe mich bereits vorgestellt.«

»Du bist kein Regressor«, behauptete er überzeugt. »Vielleicht bin ich ein schlechter Mensch. Aber ich war ein guter Ausbilder. Du bist nicht derjenige, für den du dich ausgibst.«

Genau das hatte mir jetzt noch gefehlt!

»Ich werde nicht versuchen, dich vom Gegenteil zu überzeugen. Ich bin Nik Rimer. Mir gefallen die Zustände in diesem Sanatorium nicht. Das habe ich gestern bereits in aller Deutlichkeit zum Ausdruck gebracht. Das ist alles.«

»Es gibt hier zehn Gebäude«, erwiderte Kley leise. »Ich werde dir nicht vorlügen, alle Barackenältesten würden mich lieben. Aber ein derart freches Verhalten werden auch sie nicht durchgehen lassen.«

»Pech für sie.«

Mehrere Sekunden spießte er mich mit seinem Blick auf, bis sich die Härte in ihm verlor.

»Schon möglich ... Keine Ahnung, wie und warum, aber du könntest allein hier die ganze Macht an dich reißen. Glaube ich jedenfalls ...«

»Was sind das für seltsame Reden für einen ehemaligen Ausbilder?«, fragte ich. »Welche Macht? Es sind doch alle gleich!« Ich trat an das funkelnde Klo heran und knöpfte mir die Hosen auf. »Es stört dich doch nicht, wenn ich schon mal mein Geschäft verrichte? Das macht dich doch nicht verlegen? Und erregt dich auch nicht?«

»Du Idiot«, ließ Kley verächtlich fallen. »Unser Essen enthält keine Tranquilizer. Lass ein, zwei Wochen vergehen, dann kommen auch dir komische Gedanken in den Sinn.«

»Ich habe nicht die Absicht, mich so lange hier aufzuhalten«, bemerkte ich beiläufig, nachdem ich seine Worte einer Blitzanalyse unterzogen hatte. So schafften sie das also. Mit Tranquilizern. Die Medizin hatte sich in den Dienst des Fortschritts gestellt. Wozu Energie für Sex vergeuden, wenn ihn Freundschaft und Arbeit ersetzen können?

»Und das erzählst du mir?«, fragte Kley lachend. »Deinem *Nicht-Freund*? Du erzählst mir, dass du die Absicht hast, dich über die Entscheidung der Ausbilder hinwegzusetzen und das Sanatorium zu verlassen?«

»Ja. Und jetzt sag, wagst du es, das weiterzuerzählen?«

Er bekam einen weiteren Lachanfall. Bis er dann abrupt verstummte. »Woher kennst du eigentlich unsere Gesetze?«

»*Diese* Gesetze sind überall gleich.«

»Du bist doch ein Regressor ... hast bei den Fernen Freunden gearbeitet ... die nicht zu unseren Freunden wurden ... Ja doch. Ich werde dich nicht verpfeifen, Nik Rimer. Aber es ist sowieso unmöglich. Die nächste Inspektion erfolgt erst in einem Monat. Bis dahin sind wir von der Außenwelt abgeschnitten.«

»Hervorragend.« Ich ging zum Waschbecken.

»Nik, falls du es noch nicht begriffen hast ... das Sanatorium ist umgeben von einer Siedlung der Wendigen Freunde. Sie helfen uns bei der Heilung. Und sie passen auf, dass wir uns an die Regeln halten.«

»Und was soll an diesen Blutegeln schrecklich sein?«, fragte ich.

»Es gibt Momente, da glaube ich, dass du überhaupt nicht unter Amnesie leidest«, meinte er kopfschüttelnd. »Und dann lieferst du mir wieder einen Beweis, dass du dein Gedächtnis verloren hast ... Du hast dir die Antwort doch schon selbst gegeben! Was stand am Anfang der Kontaktaufnahme mit den Wendigen Freunden, Regressor Nik?«

Das Wissen Nik Rimers, sein Bewusstsein, das sich in seinen Worten manifestierte, reagierte schneller als ich.

»Der Äußere Planet. Dünne Luft. Sand. Kälte. Grundwasserseen. Blutegel. Opfer. Razzien. Hinweise auf eine Zivilisation. Regression. Erziehung. Freundschaft ...«

Kley Harter verblüffte diese Wortlawine genauso wie mich selbst.

»Als ob du dich auf eine Prüfung vorbereitet hättest ...«, sagte er.

»Vielleicht habe ich das ja. Also, womit willst du mir Angst machen? Die Wendigen sind unsere Freunde.«

»Die Wendigen sind die Freunde der Menschen. Aber wir sind keine Menschen mehr. Wir sind Kranke. Wir werden behandelt. Das Verlassen des Sanatoriumsgeländes bedeutet den vollständigen Verlust des Verstands. Den Ausschluss aus der Kategorie der Menschen. Beim ersten Mal wird dir noch verziehen, Rimer. Frag nur mal deinen Kumpel, wie das ist. Beim zweiten Fluchtversuch wirst du einfach ausgelöscht.«

Schweigend ließ ich mir das Gesagte durch den Kopf gehen. Ich zapfte mir etwas Flüssigseife aus dem Spender über dem Waschbecken. »Dann wird es eben keinen zweiten Fluchtversuch geben.«

»Ich hätte mich gestern Abend nicht mit dir anzulegen brauchen«, bemerkte Kley. »Ich hätte einfach abwarten sollen. Lange kannst du dich hier nicht halten.«

»Ich glaube, es ist Zeit, die Sanitäreinheit wieder freizugeben«, bemerkte ich.

»Nik! Ich wollte ... ich wollte dich um etwas bitten.«

»Na los.«

»Ich möchte heute zur Arbeit gehen.«

»Wieso? Du bist krank.« Ich deutete mit einer Kopfbewegung auf den verbundenen Arm.

»Ich mache mir Sorgen um ... Tik.«

»Ist das der Blonde?«

»Ja. Ich mache mir Sorgen, dass er eine Dummheit anstellt.«

»Du bleibst trotzdem ein Schwein«, sagte ich. »Aber gut. Arbeite, mir ist das egal.«

Die Menschen vor der Tür begrüßten mein Auftauchen unisono mit einem Seufzer der Erleichterung.

»Es ist frei«, sagte ich.

Alle drängten sich zugleich zur Tür. Selbst die drei treuen Gefolgsleute Kleys. Sogar der arme Tik. Und auch mein neuer Freund Agard. Und auf allen Gesichtern stand Erleichterung und Dankbarkeit geschrieben.

Wie simpel es ist, gut zu sein!

Man muss den Menschen nur vorübergehend ein primitives, aber unvermeidliches Bedürfnis verweigern – und es ihnen dann mit einer gönnerhaften Geste wieder gestatten.

Dafür wird man prompt ehrlich und aufrichtig geliebt.

Nach dem Frühstück zog ich mich um. Tarai brachte mir Kleidung, ähnlich der, die er selbst trug. Eine Wattejacke, um die sich sämtliche KZ-Insassen auf der Erde gerissen hätten, ein recht leichtes und sehr warmes Ding. Dicke, abgesteppte Hosen. Grobe Schuhe, Socken, Handschuhe ...

Zumindest unter der Kälte mussten die Patienten des Sanatoriums nicht leiden.

Von meinem grauen Anzug trennte ich mich leichten Herzens. Er hatte nicht mir gehört, sondern Nik Rimer, der nicht mehr unter den Lebenden weilte.

»Worin besteht unsere Arbeit?«, wollte ich von Agard wissen.

»Wir begradigen den Strand.«

Er stand neben mir und beobachtete, wie ich mich mit der Uniform abmühte. Mehrmals half er mir, mit den ungewohnten Verschlüssen zurechtzukommen. Ihre Kleidung wurde fast ausschließlich geknöpft, zum Reißverschluss hatten sie es anscheinend nicht gebracht, aber die Magnetnähte verwirrten mich anfangs.

»Warum müssen wir ihn begradigen?«

»Seit dem Meereszeitalter«, erklärte Agard seufzend, »also seit die Uferlinien korrigiert wurden und unser Kontinent eine wirklich runde Form erhielt, unterspülen die Wellen das Ufer ...«

»Und wir bessern es dann mit Spaten wieder aus?«

»Ja.«

Ich schüttelte den Kopf. Was für ein Unsinn. Arbeit um der Arbeit willen.

Aber welche Beschäftigung sollte man sonst für Schwerverbrecher in einer hochautomatisierten Welt finden? Ihnen Technik an die Hand zu geben war viel zu riskant. Aber sie ohne Arbeit zu lassen – das verstieße gegen jede Regel.

»Das Sanatorium wechselt in regelmäßigen Abständen seinen Standort«, fuhr Agard fort. »Die Arbeitszone erstreckt sich über etwa zehn Kilometer. Alle zwei Wochen zieht der *Frische Wind* ein Stück das Ufer entlang.«

»Und so ist es überall?«

»Das weiß ich nicht. In den Zonen mit warmem Klima vermutlich nicht. Dort gibt es viele Internate, Städte, da findet sich immer jemand, der sich um das Ufer kümmert.«

»Wozu ist das gut, Agard?«

»Soll ich dir einen Vortrag halten oder einfach so antworten?«, fragte Agard mit verschlagenem Grinsen.

»Einfach so.«

»Ich weiß es nicht.«

Es herrschten fünfzehn Grad Kälte, um es einmal in Celsiuswerten auszudrücken. Die Geometer gingen von der Temperatur eines gesunden menschlichen Körpers aus, denn sie nahmen den Gedanken, der Mensch sei das Maß aller Dinge, absolut ernst. Mir gefiel das Herangehen des schwedischen Physikers aber besser. Wir sollten uns über unsere Rolle im Universum keinen Illusionen hingeben. Wasser ist älter als Fleisch.

Der Himmel hatte sich seit dem Morgen aufgehellt, nur

überm Horizont lag noch fahler Rauch. Der Schnee, makellos sauber und blendend weiß, wie man ihn auf der Erde nur in den Bergen sieht, bedeckte alles, so weit das Auge reichte. Die schwarzen, gitterartigen Silhouetten der Wachtürme steckten den Rand des Sanatoriumsgeländes klar ab. Auf der einen Seite fehlten sie allerdings, dort ging der Schnee gleichmäßig und nahezu unmerklich erst in Eismatsch, dann in das hundekalte Wasser des Meers über. Aus der Ferne wirkte das Wasser weiß und dick wie Milch.

Ob es den Wendigen Freunden hier tatsächlich gefiel? Soweit ich mich erinnerte, entsprach der Äußere Planet, ihre Heimat, von seinen Lebensbedingungen her dem Mars. Dort hatten sie es allerdings vorgezogen, in unterirdischen Seen zu leben und jede Kälte so gut es ging zu meiden ...

Aus den Nachbarbaracken tröpfelten die ersten Leute. Genau wie wir waren sie in warme Kleidung gehüllt und mit Spaten und Brecheisen bewaffnet. Ich musterte sie unauffällig, wobei es mir vor allem darauf ankam, ihre Anführer zu identifizieren. Die Aufgabe stellte sich als überraschend leicht heraus. Sie trugen die gleichen Sachen, hatten ebenfalls Spaten in der Hand, aber ... Wölfe behalten auch in Schafspelzen ihre Manieren bei.

Kley sonderte sich von unserer Gruppe ab und lief schnurstracks zu den anderen.

»Du musst ihn aufhalten, Nik«, raunte Agard hinter mir. »Sieh zu, noch vor Kley mit den Barackenältesten zu sprechen. Überzeug sie, dass du ihnen ihren Rang nicht streitig machen willst ...«

»Er hetzt sie nicht gegen mich auf. Im Gegenteil, er bittet sie abzuwarten.«

Agard glaubte mir wahrscheinlich nicht. Trotzdem sagte er keinen Ton.

Die verletzte Hand an die Brust gepresst, sprach Harter mit einem kleinen, fast liliputanerhaften Mann. Ob es sich bei ihm um ein Opfer jener weit zurückliegenden Experimente zur Züchtung kleinwüchsiger Regressoren handelte? Um die beiden scharten sich weitere Männer.

Schweigend beobachtete ich das Treffen der Bosse. Zehn Mann, Kley eingeschlossen. Mit Sicherheit würden sie treue Handlanger finden.

Wie ist es um meine Kampffähigkeit bestellt, Cualcua? Wie viel Männer können wir ausschalten?

Viele. Soll die Kampftransformation erfolgen?

Warte noch.

Kley kam zurück. Er hielt auf mich zu, ich wartete geduldig.

»Nik Rimer, wir arbeiten heute im ersten Ufersektor«, teilte er mir ruhig, ja, sogar höflich mit. »Wenn es genehm ist, zeige ich dir den Weg.«

»Gut«, willigte ich ein.

Kley ging vor. Die Gefangenen folgten uns, mal mich ansehend, mal ihn.

Alle Achtung, das hatte er gut eingefädelt. Die Situation gewann eine gewisse Doppeldeutigkeit. Es war nicht mehr klar, wer hier eigentlich der Anführer war. Gestern Abend schien ich diesen behaglichen Posten innegehabt zu haben, aber heute führte Kley die Gruppe wie gehabt zur Arbeit und sprach mit allen anderen. Wenn ich von hier verschwände, würde Kley seine Macht problemlos zurückgewinnen.

Sollte er. Ich hatte nicht die Absicht, lange hierzubleiben. In einem einzelnen Konzentrationslager für Ordnung zu sorgen und die lichte Zukunft aufzubauen – das war nicht meine Mission.

»Pjotr, vergiss nie, dass du nicht einer Landetruppe angehörst. Du sollst ihre Welt nicht umkrempeln ... allein schon, weil das unmöglich wäre. Du bist ein Späher. Verstehe ihre Welt. Verschaff dir ein Bild über ihre technische Stärke. Finde die Berührungspunkte und die Wege für Kompromisse heraus. Und dann komm zurück. Versuch ein Schiff zu kapern und komm zurück. Das Geschwader wird einen Monat lang auf dich warten.«

»Und danach? Wenn ich nicht zurückkehre?«

»Dann holen wir dich. Die Alari wollen die Wolchw *modernisieren. Wir bekommen anständige Triebwerke, Generatoren für den Schutzschild und Waffen. Wir werden versuchen, in die Welt der Geometer vorzudringen und dich zu finden ...«*

Der Schnee knirschte unter meinen Füßen. Frischer, lockerer Schnee mit einer hauchdünnen Harschkruste. Ganz bewusst mied ich die Spuren der anderen. Als ob ich mir den Vorteil nicht zunutze machen wollte.

Jede Nacht fiel hier Schnee. Er bildete eine Decke, verbarg alle Spuren. Tagsüber schmolz er, um nachts abermals den Boden zu überziehen. Der frische Wind pfiff über die frostige Tundra, die Wendigen Freunde achteten auf die Ordnung, die Gefangenen wurden therapiert.

Niemand hatte es sich jedoch zum Ziel gesetzt, ihre Fehler – die echten und die eingebildeten – wegzuerziehen. Man isolierte sie lediglich, schuf eine Müllhalde am Rande der Welt. Weitaus schlimmer wäre es jedoch, wenn es einen solchen menschlichen Schrottplatz nicht gäbe, wenn der gesamte Planet der Geometer steril-glücklich wäre. Aber glücklicher- oder unglücklicherweise war dergleichen unmöglich ...

Langsam näherten wir uns den schwarzen Hochständen. Der äußerste stand schon im Wasser. Das Branden der Wellen war nun zu hören, ein grollendes, gleichmäßiges Geräusch. Eismatsch staute sich am Ufer, auch ganze Eisschollen trieben an. Eine schlug gerade gegen das Gerüst des Hochstands, in einem methodischen und erfolglosen Kampf gegen das Metall. Der Stand erinnerte eher an den Mast für eine Hochspannungsleitung, nur dass statt der Isolatoren an der Spitze ein weißes, schneebedecktes Nest thronte, das aus faserartigem Material wie Algen oder Schnüren gefertigt war. Ein kleines Nest, in das ein Wendiger allerdings bequem hineinpasste.

»Sind sie auf Posten?«, fragte ich Agard, wobei ich mit dem Kopf Richtung Hochstand deutete.

»Sie sind immer auf Posten.«

»Wie nehmen die Wendigen die Welt wahr? Mit den Augen? Dem Gehör?«

»In erster Linie durch Vibrationen. Sie nehmen das Geräusch des Auftretens wahr.« Agard verstummte. Dann packte er mich bei der Schulter: »Hör mal, Nik!«

»Was?«

»Komm ja nicht auf dumme Gedanken!« Er zog seine Mütze vom Kopf und demonstrierte mir seinen grindigen Schädel. »Siehst du das? Da hat mich ein Wendiger geküsst. Er hat seine Mundfläche über meinen Kopf gestülpt. Ihr Speichel ist extrem ätzend, Nik.«

»Wie schnell bewegen sie sich?«

Tarai schlug die Hände überm Kopf zusammen. »Wach auf, Junge! Ich bitte dich, komm zur Besinnung!« Der ehemalige Historiker wirkte zu Tode erschrocken. »Wir werden hier einiges ändern. Gestern konnte ich lange nicht einschlafen, da habe ich über alles nachgedacht. Die ganze Idee mit dem Sanatorium ist pervers, aber du hast Kraft, du besitzt einen moralischen Rückhalt! Deshalb können wir alles von Grund auf ändern! Das würde uns nicht nur helfen zu überleben, das würde unser Schicksal in eine neue Bahn lenken! Die Inspektoren werden den positiven Effekt erkennen, sämtliche Entscheidungen und Urteile werden überdacht. Lass ein, zwei Jahre vergehen, dann werden wir in ein anderes Sanatorium gebracht, mit nicht ganz so harten Bedingungen. Es hat schon Präzedenzfälle gegeben! Und am Ende, wer weiß ...«

Er tat mir leid. Sehr leid. Vielleicht glaubte er gar nicht unbedingt an seine Worte, aber ich verstand sehr gut, wie angenehm es gestern Abend für Tarai gewesen sein musste, sich seinen Träumen zu überlassen, bei einem Becher Schnaps, entzückt, vom Possenreißer zum Berater aufgestiegen zu sein.

Ohne mich wird er kaputtgehen. Kley wird ihm das Leben zur Hölle machen.

Also würde ich Tarai mitnehmen müssen ... noch ein Problem mehr ...

»Wie schnell sind die Wendigen ...«

»Viel schneller als ein Mensch! Und sie sind nahezu unermüdlich, außerdem sind die Bedingungen hier optimal für sie.«

»Mach dir keine Sorgen, Agard«, bat ich. »Ich lasse dich nicht im Stich. Wir fliehen zusammen.«

Entsetzt starrte er auf den Hochstand. Ob die Wendigen in der Lage waren, unsere Worte zu verstehen, sie aus den Vibrationen der Schritte und dem Branden der Wellen herauszufiltern?

»Ich habe nicht die Absicht, unüberlegt zu handeln«, versicherte ich. »Warten wir noch ein bisschen und sehen ... was sich ergibt ...«

Das schien ihn ein wenig zu beruhigen. »Überstürze nichts, Nik«, bat er. »Versprichst du mir das?«

»Ja.«

Ich sagte die Wahrheit. Ich glaubte in dieser Minute selbst daran.

Man kann einfach nie alles einkalkulieren.

Die Arbeit war schwer, sinnlos und verlangte absolut keinen Gehirneinsatz. Eine typische Arbeit für Gefangene. Einen halben Kilometer von uns entfernt schuftete eine andere Gruppe, noch weiter weg die nächste. Dunkle Flecken im Schnee, Menschen, die sich an der Brandungslinie abmühten und Steine zum Wasser schleppten.

Zunächst fanden wir drei Punkte, wo die Wellen und das Eis das Ufer weggespült hatten. In Zweierpaaren fingen wir an, die Steine, die wir unter dem Schnee freigelegt hatten, ans Ufer zu tragen. Wir setzten sie ins zischende Wasser und bedeckten sie mit Kieseln und Sand.

Das war Wahnsinn. Eine Sisyphusarbeit.

»Bald gibt es Mittag«, flüsterte Agard schwer atmend. »Du wirst sehen, es tut gut, etwas Heißes zwischen die Zähne zu kriegen …«

Zum Mittagessen mussten wir in die Baracken zurück. Eine weitere ärgerliche Idiotie. Warum müssen wir durch den Schnee hin und zurück stapfen? Warum konnten wir nicht morgens Thermoskannen oder Heizgeräte mitnehmen?

Wahrscheinlich lag darin ein geheimer höherer Sinn der Arbeitstherapie, der sich mir nicht erschloss.

»Gibt es außer den Wendigen noch andere Wachtposten?«, fragte ich, während ich eine weitere Schaufel von diesem frostigen Matsch ins Wasser warf.

»Wer käme denn da überhaupt noch in Frage? Die Kleinen Freunde? Die würden hier sofort krepieren …«

Dass auch Menschen die Aufgabe von Aufpassern übernehmen könnten, war für ihn undenkbar.

Nur gut.

Cualcua, ist es möglich, einen Wendigen zu töten?

Man kann jedes Lebewesen töten.

Ohne Waffe?

Darüber habe ich nicht genügend Informationen.

Ich schaufelte weiter, als ein schwaches Stimmchen in meinem Bewusstsein zu zischeln anfing. Zum ersten Mal wandte sich der Cualcua von sich aus mit einer Frage an mich: *Pjotr, kannst du den Mord an einem*

Wendigen vor dir eher vertreten als den an einem Geometer?

Sicherlich.

Danke.

Ich wollte ihn nicht anlügen. Aber ist es überhaupt möglich, ein Wesen anzulügen, das in deinem Körper lebt und deine Gedanken liest?

Wie auch immer, jedenfalls war ich froh, dass es keine menschlichen Aufpasser gab ...

Als vom Hochstand ein Geräusch herüberdrang, stellte ich die Arbeit ein. Ich rammte den Spaten in den überfrorenen Sand und schaute zum Turm hinüber. Die anderen folgten meinem Beispiel.

Die Wände des Nests taten sich auf, ein langer, graublauer Körper kam zum Vorschein. Der Wendige ließ einen Teil von sich nach unten baumeln, schaukelte in einer Höhe von zehn Metern ein wenig hin und her und schwenkte das eine Ende seines Körpers in verschiedene Richtungen. Dann löste er sich und fiel mit leichtem Platschen ins Wasser.

Niemand rührte sich. Alle warteten auf etwas.

»Was tut er?«, fragte ich Agard. Dessen Gesicht wirkte mit einem Mal leer und tot.

»Er geht auf Jagd. Hier gibt es viele Fische.«

Das Wasser am Ufer schäumte, der Körper des Wendigen tauchte auf. Das uns zugewandte Körperende hatte sich verändert und – gespalten in drei gleiche Teile – geöffnet. Scharfe Zähne blitzten auf, die einen schwach zappelnden, erschlaffenden Fisch gepackt hielten.

»Sie fressen unsere organischen Stoffe?«, staunte ich.

»Sie fressen alles. Es sind hochangepasste Organismen.«

In Agards Stimme lag keine Wut, sondern nur Schmerz. Der Wendige kroch gemächlich ans Ufer, wobei er im Schnee eine geschlängelte Furche hinterließ. Seufzend griff ich nach dem Spaten. Zeit für die Arbeit ...

»Wendiger Freund!«

Der Schrei ließ mich zusammenfahren. Ein hoher, hysterischer Aufschrei von Kleys Schatz, der die Stille zerriss. Der Mann rannte mit rudernden Armen das Ufer entlang zu dem Alien. »Wendiger Freund!«, schrie er.

Den Alien scherten die Schreie offenbar nicht. Er kroch weiter von uns weg. Kley stürzte seinem Freund hinterher. »Tikki! Bleib stehen, Tikki! Halt!«

Agard packte mich am Oberarm. »Er verlässt die Zone. Rühr dich nicht von der Stelle, Nik!«

»Wendiger Freund! Wir haben einen asozialen Kranken! Einen gefährlichen Kranken! Unternimm was gegen ihn!«

»Bleib stehen, Tikki!«

Etwas Mitleiderregendes und zugleich Tragisches lag in dieser Szene. Das Schwulenpaar liebte sich wirklich.

»Wendiger ...«

Ich bekam den Augenblick nicht mit, als Tikki die Zone verließ, jene Linie zwischen den beiden Hochständen übertrat. Sie war in keiner Weise markiert, diese unsichtbare Grenzlinie. Sie existierte nur in dem nicht-menschlichen Bewusstsein des Wendigen Freunds.

Und der Alien reagierte. Er kroch zurück, ohne sich umzudrehen, sondern indem er mit der Leichtigkeit eines Wesens, das zwei Köpfe hat, die Richtung änderte. Das

Ende, das bisher den Schwanz abgegeben hatte, formte sich zu einem dreigeteilten Maul.

Aufheulend blieb Tikki stehen. Vielleicht hätte der Wendige, wenn sich Tikki wieder hinter die Grenze zurückgezogen hätte, die Verfolgung aufgegeben. Aber Tik hatte zu viel Schwung drauf und verfügte nicht über die Fähigkeiten des Aliens. Er fiel auf die Knie, die Strickmütze landete im Schnee. Der Wendige schoss auf ihn zu, presste ihn zu Boden, wand sich um Tiks Körper und riss seinen zweiten Kopf, in dessen Maul immer noch der Fisch hing, in die Höhe. Ein schmatzender Laut war zu hören. Dabei konnte er doch gar keine Töne von sich geben!

»Er verwarnt ihn ...«, flüsterte ich, als wollte ich mich selbst überzeugen.

»Verwarnt worden sind wir längst alle!«, schnauzte Agard.

Im nächsten Moment rannte ich bereits. Der Spaten in meinen Händen störte, ich schmiss ihn weg. Der Wendige schlängelte sich weiter um Tiks Körper, während das zweite Maul, das hoch in den Himmel aufragte, in wenigen Happen den Fisch verschlang.

»Du Mistvieh!«, schrie Kley. Er überholte mich, nicht einmal der gebrochene Arm beeinträchtigte ihn. Mit einem Sprung stürzte er sich auf den Alien.

Die Schuppen des von dem Wendigen ausgespuckten Fischs funkelten auf. Das zweite Maul schlug gegen Kleys Brust, wie gefällt ging er zu Boden.

Kampftransformation!

Der Wendige spürte wahrscheinlich, dass ich mich näherte. Aber solange ich die Grenze nicht überschritt, achtete er nicht auf mich. Er formte einen Bogen und saugte sich mit beiden Mäulern an den krampfhaft zuckenden Körpern fest. Über den graublauen Körper schoss eine bunte Welle, der Wendige, dieser kleine, widerwärtige Regenbogen, erstarrte über seinen besiegten Opfern.

Und dann überschritt ich die unsichtbare Grenze ...

Der zwei Meter lange, glänzende Körper federte sich in die Höhe und katapultierte sich in meine Richtung.

Mit einem Mal verlief die Zeit langsam, unterwarf sich mir.

Ich streckte die Arme aus und fing den Schlag ab. Der Körper des Wendigen war glitschig und elastisch wie ein Gummischlauch. Es gelang mir nicht, ihn zu packen. Doch durch die Handschuhe wuchsen schon lange, spitze Krallen aus meinen Fingern heraus. Der Cualcua schmolz meinen Körper wie Wachs.

Der Wendige erzitterte, als die Krallen ihm die Haut aufritzten. Brauner Eiter floss heraus. Die Enden seines Körpers peitschten auf meine Beine ein. Irgendwann reckte sich ein Maul hoch zu meinem Gesicht, ich musste mich ducken, um den Zähnen zu entkommen. Meine Krallen steckten tief in der Haut des Aliens, und voller Entsetzen begriff ich, dass mich absolut nichts gegen die Mäuler des Wendigen schützte.

Der Kontakt ist hergestellt. Soll ich ihn unterwerfen oder töten?

»Bring ihn um!«, schrie ich, ohne zu erfassen, wovon der Cualcua eigentlich sprach.

Etwas floss aus meinen Händen in den Körper des Wendigen hinein. Etwas, das noch agiler und fähiger war als der Alien. Etwas Amorphes, das die Haut schmolz, die Nervenzentren suchte ...

Den Wendigen schüttelte ein leichter Krampf, und wie ein Schlauch, durch den mit vollem Druck Wasser schoss, wurde er noch straffer. Seine Haut verlor die Farbe, glänzte wieder graublau. Die Kiefer klappten langsam zu.

Nervensystem, Lymphknotenkontur, Herzgefäß, zählte der Cualcua methodisch auf. Er tobte sich jetzt aus, dieser kleine Mistkerl, der ein Teil von mir geworden war und gerade mein Leben rettete. Er erkundete und eroberte den neuen Körper. Vielleicht brauchte er selbst das gar nicht unbedingt, aber jeder Cualcua war bereit, seinem Wirt zu dienen ...

Soll ich die Prozesse seiner Nerventätigkeit unterbinden?

»Ja!«

Der Körper des Wendigen erschlaffte.

Ich lag da, atmete gierig die eisige Luft ein und spürte, wie die Krallen in meinen Körper zurückkrochen. Der Wendige entglitt meinem Griff. Ein paar der weißen Sehnen spannten sich jedoch immer noch von den zerrissenen Handschuhen hinein in sein Fleisch. Sie pulsierten, als ströme etwas durch sie hindurch.

»Komm raus ... komm raus ...«, flüsterte ich.

In zehn Sekunden. Ich habe noch Hunger.

Ich weiß nicht, wie, aber ich hielt diese Sekunden aus, während deren der Cualcua aus dem Körper des Wendigen die Stoffe saugte, die er benötigte.

Und erst als ich sah, dass die Sehnen wieder in mir verschwanden, drehte ich den Kopf zur Seite und erbrach mich, ausschließlich Galle.

»Nik! Nik!«

Agard zappelte an der Grenze, riskierte es aber nicht, sie zu übertreten.

»Nik!«

Ich erhob mich und torkelte zu Tik und Kley. Tik war bereits tot. Seine Wattejacke war an der Brust aufgerissen, die riesige Wunde rauchte im Frost. Die offenen Augen blickten verängstigt und verständnislos gen Himmel.

Kley atmete noch. Er kroch zu seinem Geliebten und ergriff dessen Hand. Der Schnee unter ihm schmolz unter dem heraussprudelnden Blut, und ich war froh, dass der ehemalige Ausbilder auf dem Bauch lag und mir der Anblick seiner Wunde erspart blieb.

»Weshalb?«, flüsterte er.

Ich ließ mich auf die Knie fallen. Es roch nach Blut. In der Kälte nahm der Geruch eine durchdringende Stärke an, abermals würgte es mich.

»Weshalb ... hast du dich da eingemischt?«, wiederholte Kley.

»Ich wollte helfen«, brachte ich die einzige Dummheit heraus – die der Wahrheit entsprach.

»Das hättest du besser nicht getan ... du Dummkopf ... Regressor ...«

Der letzte Funken Leben glühte in seinen Augen auf, bevor er, die Worte gleichsam ausspuckend, hinzufügte: »Für wen bist du ... Regressor?«

Ich erhob mich.

Es gab bereits niemanden mehr, dem ich hätte antworten können.

»Nik! Nik!«, schrie Agard von der Grenze aus. »Nik, dreh dich um!«

... Von allen Hochständen krochen, robbten und glitten Wendige durch den Schnee in unsere Richtung. »Flieh, Nik! Lauf!« Agard fuchtelte unbeholfen mit den Armen. Er hatte seine Worte, wonach die Wendigen viel schneller und ausdauernder sind als Menschen, offenbar vergessen.

Langsam ging ich auf ihn zu.

»Ich danke dir, Tarai«, sagte ich. »Mach dir um mich keine Sorgen.«

Der alte Historiker schluchzte. In seinen Händen hielt er den Spaten. Wollte er sich etwa in ein Handgemenge stürzen? Obwohl er nicht die geringste Chance hatte?

»Sie bringen dich um«, flüsterte er. »Sie bringen dich um, mein Junge.«

»Weshalb hat man dich hierhergeschickt, Tarai?«, fragte ich.

»Was spielt das jetzt ...« Agard schüttelte in stummer Empörung den Kopf. »Ich habe die Archive von Rig dem Stinkenden durchforstet! Ja, er hat der Pestepidemie ein Ende bereitet! Aber er hat sie auch entfesselt! Er hat die Ausbilder mit der Medizin ausgestattet ... und mit dem Erreger!«

Warum wunderte mich das nicht?

Die Geschichte der Geometer hatte sich allzu vage über denjenigen geäußert, der ihre Welt gerettet hatte. Allzu glatt waren auf diesem Planeten die Ausbilder an die Macht gelangt, diese weisen und guten Retter.

»Leb wohl, Agard«, sagte ich. »Halte durch. Vielleicht ... ändert sich irgendwann doch etwas.«

Er schwenkte kämpferisch den Spaten. In seinen Augen blitzte Wahnsinn auf. »Wir ... wir bleiben zusammen.«

Ich schüttelte den Kopf.

Cualcua, leite die Kampftransformation ein.

Ich empfehle, ins Meer einzutauchen, antwortete der Symbiont wie aus der Pistole geschossen.

Ich erzitterte, als ich den weißlichen Brei aus Eis und Wasser sah.

Du brauchst keine Angst zu haben zu erfrieren.

»Das ist das Milieu, an das sie gewöhnt sind«, flüsterte ich, den Blick auf das wogende Eis gerichtet.

Hast du mal darüber nachgedacht, an welches Milieu ich gewöhnt bin?

Selbst wenn die Ironie in diesem Satz zufällig sein sollte, ernüchterte sie mich. In einer Minute würden hier Dutzende von Wendigen auftauchen. Alle würde ich sie nicht besiegen können.

Ich klopfte dem Historiker auf die Schulter und wollte ihm zulächeln – was mir aber nicht gelang. Leider. Dann rannte ich zum Wasser.

»Nik!«, schrie mir Tarai hilflos hinterher. Das Letzte, was ich wahrnahm, waren die erhobenen Hände von zwei »Patienten«. Sie winkten mir zu und wünschten mir Glück.

Drei von zehn – das ist sehr viel. Für diese Welt lohnte es sich noch zu kämpfen.

Ich rannte durch das flache Wasser am Ufer, bis es mir zu den Knien reichte.

Da tauchte ich unter.

Das Eis brannte wie Feuer. Die Wattejacke weichte im Nu durch und hemmte meine Bewegungen. Luft bekam ich nicht mehr, was aber ganz gut war, andernfalls hätte ich geschrien und Wasser geschluckt.

Keine Angst, keine Angst ..., flüsterte der Cualcua.

Wenn meine Rezeptoren eine Sekunde später abgeschaltet worden wären, hätte ich das Bewusstsein verloren. Aber der Cualcua schaffte es rechtzeitig.

Die Kälte war verschwunden. Als ich mich erschaudernd von dem Schock erholte, trieb ich an der Wasseroberfläche. Die nasse Kleidung zog mich zum Grund. Ich schälte mich aus der Wattejacke und den Hosen und sah mich um. Die Wendigen waren bereits am Ufer.

Vorwärts.

Ich schwamm gern. Diese Sportart lockt Faulpelze, und ich habe ihr immer meine Reverenz erwiesen. Allerdings waren auch meine Resultate immer danach gewesen. Als ich rund zwanzig Meter vom Ufer weggeschwommen war, hörte ich rhythmisches Platschen: Die Wendigen sprangen ins Wasser.

Ich tauchte wieder unter, drehte mich um und zwang mich, die Augen zu öffnen. Gerade noch rechtzeitig.

Die Wendigen Freunde schossen torpedogleich auf mich zu. Ihre Mäuler standen offen, das Wasser sprudelte und strömte durch den röhrenförmigen Körper. Wie ausgesprochen bequem, sich mit dem Düsenprinzip fortzubewegen.

Ich greife an.

Meine Finger schmerzten, denn der Cualcua beeilte sich zu sehr, als dass er auf meine Befindlichkeit hätte Rücksicht nehmen können. Weiße Fäden wuchsen heraus, den angreifenden Wendigen entgegen. Zehn sich schlängelnde dünne Fäden.

Um den Feind zu besiegen, muss man eins mit ihm werden. Die Japaner wären mit der Methode des Cualcua zufrieden gewesen.

Die Wendigen verfügten über eine ausgezeichnete sensitive Wahrnehmung. Die lebenden Torpedos teilten sich und manövrierten. Drei von ihnen schafften es jedoch nicht rechtzeitig.

Ich bemerkte nicht, wie die Fühler des Symbionten sich in die Wendigen bohrten. Vermutlich hatte ihm der erste Kampf ausgereicht, um sich an den Organismus der Aliens anzupassen, denn diesmal lief alles sehr schnell ab. Die Wendigen erstarrten, doch die Massenträgheit trug sie noch ein paar Meter vorwärts. Ein Körper glitt dicht an mir vorbei und sank allmählich.

Mit den Armen rudernd kämpfte ich mich nach oben. Ich schluckte Luft, die warm und zäh wie Sirup war. Die Menschen am Ufer kreischten auf, als sie mich sahen.

Wieder hinab ...

Die Wendigen umkreisten mich, wagten sich jedoch nicht näher heran. Es waren nur noch fünf oder sechs übrig. Da ich nicht alle zugleich im Auge behalten konnte, blieb mir nur die Hoffnung, mein Symbiont würde sich neben den menschlichen Augen auch der eigenen Sinnesorgane bedienen ...

Ein Schlag traf mich in der Seite, ein abgleitender, abgefederter Schlag. Der mich von hinten attackierende Wendige war bereits in dem Augenblick tot, als wir kollidierten. Aber sein Maul riss trotzdem noch an meinem

Körper. Schmerz empfand ich nicht, es gab nur Schwere und eine kleine, matte Blutwolke, die durchs Wasser waberte.

Keine Angst, keine Angst ...

Unter mir sank leicht zitternd der Körper des Wendigen Freundes zum Grund. Die anderen umkreisten mich weiter. Waren sie wie Haie? Griffen sie nur einzeln an?

Das Blut strömte nicht mehr, der Cualcua hatte etwas dagegen unternommen. Dafür wurde mein Körper jetzt schwach. Der Blutverlust und das kalte Wasser – selbst wenn ich es nicht spürte – entzogen mir permanent Kraft.

Ein Platschen. Die Wendigen machten synchron kehrt – aber nicht, um mich anzugreifen. Nein, sie schwammen weg, zurück zum Ufer. Entweder war ihnen klar geworden, dass das Wasser ihnen keinen Vorteil mehr verschaffte, oder sie hatten eingesehen, dass das, was hier geschah, längst weit über eine Flucht hinausging.

Ich tauchte auf. Die Aliens krochen bereits ans Ufer, die Menschen wichen eiligst zurück, um ihnen Platz zu machen. Trotzdem blieb mein Auftauchen nicht unbemerkt. Einige schrien, andere winkten. Was auch immer sie in mir gesehen haben mochten, als ich die ungeschriebenen Gesetze des Sanatoriums übertreten hatte, jetzt war ich ein Mensch, der die Wendigen besiegt hatte.

Nur bedeutet ein Sieg über seinen Feind längst noch nicht, dass man auch sich selbst gerettet hat.

Hinter mir lag die Eiswüste, vor mir das Eismeer.

Die Wendigen würden den Vorfall melden. Ich hatte in der Welt der Geometer nichts bemerkt, was unserer Polizei oder Armee entsprochen hätte, aber dies hieß natürlich nicht, dass es dergleichen nicht gab. Wenn es sein musste, würden Regressoren und Piloten aus der Luft kommen, friedliche Landarbeiter zu Lasersicheln greifen, Arbeiter zu Atomhämmern.

Man würde mich suchen.

Schließlich galt es, den unzurechnungsfähigen Kranken zu retten, der das gemütliche Sanatorium verlassen hatte!

Ich schwamm, weiter und weiter vom Ufer weg. Der Cualcua schwieg, vermutlich hatte ihn der Kampf eben einiges gekostet. Sollte mir recht sein, wenn er schwieg. Ich musste meine Entscheidung selbst treffen. Mich retten oder sterben. Diese Welt besiegen – oder kapitulieren.

Drei

Den Abend erlebte ich auf einer Eisscholle, rund zwanzig Kilometer vom Sanatorium und einen halben Kilometer vom Ufer entfernt. Völlig nackt saß ich da, die Kleidung unter mich gestopft. Die Kälte spürte ich nach wie vor nicht, aber so war es irgendwie beruhigender.

Was für ein seltsames Gefühl. Die Geschehnisse kamen mir absolut irreal vor. Die Wunde in der Seite war fast verheilt, es kitzelte nur leicht, wenn ich die neue, rosafarbene Haut berührte. Um mich herum milchig trübes Wasser, Eis, ein farbloser Himmel. Wie auf den Bildern von Rockwell Kent. An einer solchen Landschaft kann man sich jedoch nur dann erfreuen, wenn man zu Hause sitzt, im Warmen. Oder wenn man wenigstens nicht das Schmelzen der Schneeflocken auf der eigenen nackten Haut beobachten muss.

Der Cualcua schützte mich sicherer gegen die Kälte als jeder Pelz. Das brachte allerdings Nebenwirkungen mit sich.

Seufzend hob ich einen frisch gefangenen Fisch vom Eis. Dann würde ich mich mal auf eine Stufe mit den Wendigen stellen ...

Äußerlich ähnelte der Fisch einem Rotbarsch. Rötliche Schuppen, die ein halbes Kilo Fleisch bedeckten.

Ich riss ihm die Flossen ab und machte mich ans Abendbrot. Das rohe Fleisch schmeckte mir nicht, war andererseits aber auch nicht so unangenehm, wie ich befürchtet hatte. Danilow müsste jetzt hier sein, von ihm hieß es ja, er liebe die japanische Küche ...

Irgendwo in meinem Magen bekam der Cualcua seine Portion an Nahrung. Ich selbst hätte es vorgezogen zu hungern, aber mein Symbiont vertrat nach einem sechsstündigen Kampf gegen die Kälte eine andere Ansicht.

Mehr.

»Das war alles«, sagte ich, während ich die jämmerlichen Fischreste wegwarf.

Nein.

»Ich kann nicht mehr.«

Ich kann noch.

Ich legte die Hand auf den Fisch und drehte mich weg. Meine Finger zitterten leicht, aber ich wollte nicht sehen, was da jetzt an meiner Hand passierte.

Jetzt war es alles.

Auf dem Eis lag nur noch ein Fischschwanz. Ich schluckte und kämpfte gegen Würgereiz an. Was die Natur geschaffen hat, ist nicht eklig. Ich schnippte den Schwanz ins Wasser und betrachtete meine Hand. Ich konnte nichts Verdächtiges daran entdecken. Ob der Fisch auch verspeist worden wäre, wenn ich meinen Fuß auf ihn gelegt hätte?

Vermutlich schon.

Ich klaubte eine Handvoll Schnee vom Eis und spülte mein feierliches Mahl runter.

»Was tun wir als Nächstes, Cualcua?«

Ich treffe keine Entscheidungen und gebe keine Ratschläge.

Vielleicht war es ja besser so. Ansonsten würde ich nicht einmal merken, wie ich zu einer wandelnden Behausung für einen fremden Verstand wurde. Der Cualcua musste sich nur um eins kümmern, nämlich mein Überleben sichern. Und das machte er hervorragend. Ich könnte vermutlich den Rest meines Lebens damit zubringen, Fische zu jagen und mich im Schnee zu sonnen.

Wie ich eine Anwendung für das mir geschenkte Leben fand, war mein Problem.

Gut, aber jetzt durfte ich nicht die Nerven verlieren. Wie unwirtlich diese Schneewüste auch anmutete, in ihr musste es Leben geben. Ich konnte mich von allem Möglichen ernähren, obwohl ... stopp, darüber brauchte ich nicht nachzudenken. Schließlich war das hier der Runde Kontinent, auf dem sich die Stadt Dienen befand, die Kosmodrome, die gemütlichen warmen Häuser, die Bergwerke und Fabriken, Wälder und Felder. Ich brauchte mich also nur zu ihnen durchzuschlagen.

»Wir schwimmen ans Ufer«, sagte ich.

Gut. Unterwegs fangen wir Fische.

Ich schluckte.

Schon gut. Meckern nützte nichts.

»Das machen wir«, willigte ich ein.

Die ganze Nacht ging ich am Ufer entlang. Vielleicht trug daran der Cualcua die Schuld, vielleicht spielten aber auch meine Nerven verrückt – jedenfalls fand ich keinen

Schlaf. Es schneite, sanft und leicht, ab und zu musste ich mir das steif gefrorene Hemd weichklopfen. Durch meinen Körper liefen immer wieder kurze Krämpfe, und Eisklumpen fielen von meiner Haut ab. Es war dunkel ... Der Planet der Geometer hatte keinen natürlichen Satelliten, und der wundersame Sternenhimmel, der die Navigation verhindert, es jedoch erlaubt hatte, nachts zu arbeiten, war irgendwo weit, weit weg geblieben ...

Ihr seid also geflohen, Geometer. Ihr habt euch vor denjenigen versteckt, denen ihr eure Freundschaft aufpfropfen wolltet. Ihr habt euer ganzes System irgendwo anders hingebracht, zusammen mit eurer Sonne, Dem Mütterchen, zusammen mit den Planeten der Kleinen und der Wendigen Freunde. Doch selbst danach habt ihr nicht klein beigegeben. Denn der Wunsch, Gutes zu schaffen, lässt sich nicht auslöschen.

Aber warum, warum nimmt er immer diese Formen an?

Wir hätten diesen Weg ja auch gehen können. Hätte er uns dann ebenfalls zu einem rationalen, korrekten und zugleich falschen Paradies geführt? Alles um mich herum war mir ja vertraut. Alles passte ins Repertoire der utopischen Träume über die Zukunft. Pieksaubere Städte, eine freiwillig gewählte Askese im Leben, Ausbilder, die Generation um Generation weise zum Glück führen, Freundschaft mit anderen Rassen – all das gehörte auch zu unserem Traum.

Wäre dann auch bei uns alles auf dieses Ende hinausgelaufen? Auf ein Netz aus Lagern für die Abfälle, auf bis an die Zähne bewaffnete friedliche Schiffe, unanfechtbare

Autoritäten im Weltrat und jene gegenseitige Verantwortung, die Niks Freunde gezwungen hatte, ihn ins Sanatorium zu eskortieren? Oder hatten die Geometer einfach einen Fehler gemacht, waren sie vom Weg abgekommen, hatten sie irgendwann irgendwo ihre eigenen Prinzipien verletzt? Zum Beispiel, als sie – da war ich mir ganz sicher – einen bakteriologischen Krieg im Mittelalter entfacht und die Armeen der Feudalherren niedergemäht hatten, um dann, indem sie der Welt eine Medizin gegen die Pest schenkten, friedlich und unwiderruflich die Macht zu übernehmen. Um die Stelle der Heiligen einzunehmen. Sicher hatten früher bei den Geometern bestimmte Kulte existiert, Glaubensvorstellungen ...

Oder gab es womöglich keinen anderen Weg? Gab es nur den offenen Zynismus des Konklave oder den schön verpackten Zynismus der Geometer?

Triff eine Wahl, Pjotr Chrumow. Triff eine Wahl, Planet Erde. Auf wessen Seite stellst du dich, wenn die Idee der Freundschaft auf das Gesetzbuch des Konklave trifft?

Zwei Kräfte. Wie sehr hattest du auf diese Konstellation gehofft, Großpapa. Aber wird es dir wirklich gelingen, einen Vorteil daraus zu ziehen? Oder vernichtet das Konklave uns als möglichen Verbündeten der Geometer? Oder werfen uns die Geometer kurzerhand und in gewohnter Manier ins Mittelalter zurück, um uns ihre eigene Ethik aufzupfropfen?

Müßig, darüber zu spekulieren ... Könnten denn die Geometer in einem Kampf gegen das Konklave überhaupt bestehen? Gegen die Kampfschiffe der Alari, gegen die Plasmawesen der Rasse der Torpp, die nicht viele Angehörige zählt, aber in den Sternenkoronen leben kann? Gegen die unzähligen Heerscharen der Hyxoiden und gegen die Daenlo? Gegen die ungeheure Intelligenz der Zähler?

Pah! Natürlich könnten sie. Selbst wenn ihr System lediglich aus drei bewohnten Planeten besteht. Sie sind klug. Ihre Technologie – nicht die augenfällige, sondern dir richtige, verkörpert in Schiffen und Transportkabinen – ist hocheffizient. Und das Wichtigste: Ihre Gesellschaft ist absolut monolithisch. Freilich, es gibt die Lager, aber die stehen halb leer. Ein, zwei Prozent Oppositionelle, das ist nichts. Und selbst diese unglücklichen, mit einer sinnlosen Arbeit beschäftigten Gefangenen sind Der Heimat noch treu ergeben. Nicht eine Sekunde würden sie zögern, den Spaten gegen die Waffe einzutauschen.

Mit Gewalt ließe sich die Zivilisation der Geometer nicht bezwingen. Schließlich ist ihr gesamtes Planetensystem ein einziges Raumschiff, imstande zu manövrieren, der Verfolgung zu entkommen und anzugreifen. Die Prinzipien ihrer Fortbewegung im Raum sind uns unbekannt, aber sie sind allem überlegen, was dem Konklave zur Verfügung steht. Welch monströse Kraft die Starken Rassen auch gegen die Geometer aufbringen mochten, diese würden entkommen. Und dann würden sie zurückkehren, denn diese Rasse ist – genau wie die Menschen – außerstande, einen Schritt zurückzugehen. Sie würden Regressoren für die Arbeit auf der Erde züchten, Regressoren, die in die Haut der Zähler schlüpften, sowie Regressoren, die den Hyxoiden glichen.

Und das Konklave, diese an Kränkungen und intern geschürtem Hass reiche Institution, würde zusammenbrechen. Die Starken müssten sich zurückziehen, ihnen bliebe einzig die Möglichkeit, sich zu verteidigen. Die Schwachen dagegen würden die Ideen der Freundschaft annehmen.

Dessen war ich mich absolut sicher.

Vielleicht existierte dort, woher die Geometer kamen, eine Kraft, die sie in Schrecken versetzt hatte. Aber das Konklave würde dergleichen nicht fertigbringen ...

Ich blieb stehen und lauschte. Ich meinte, von vorn ein Geräusch zu hören, ein fernes Knallen, das an Schüsse erinnerte ...

Nein, wahrscheinlich hatte ich mir das eingebildet.

Ich habe auch ein Geräusch registriert.

Ist es weit weg, Cualcua?

Nicht mehr als fünf Kilometer an der begradigten Uferlinie entlang.

Danke.

Nach kurzem Zögern fragte ich: *Liest du alle meine Gedanken?*

Ja.

Was denkst du über die Verteilung der Kräfte? Wären die Geometer in der Lage, das Konklave zu besiegen?

Eventuell.

Erschreckt dich das nicht?

Nein. Wir verlieren nie.

Wenn es euch egal ist, warum nehmt ihr dann an der Verschwörung gegen die Starken Rassen teil?

Wir? Ich nehme daran teil. Mein bisheriger Wirt, der Alari, wollte das, deshalb bin ich zu dir gekommen. Über die anderen Wesen meiner Rasse kann ich nichts sagen.

Sie lebten ein bequemes Leben. Gelassen. Die Körper ihrer Wirte konnten sterben, Zivilisationen konnten einander vernichten – die Cualcua würden all das nur voller Neugier aus fremden Augen heraus betrachten. Natürlich waren auch sie sterblich, und sollte mich eine Plasmabombe verbrennen, dann zusammen mit der in meinem Körper lebenden Amöbe.

Aber was heißt ein *gewaltsamer* Tod für eine Rasse, die keinen *natürlichen* Tod kennt? Die in ewiger Teilung von Körper zu Körper reist? Für die Cualcua konnte der Tod eine schreckliche Tragödie bedeuten – oder eine absolut belanglose Nebensächlichkeit. Wohl eher Letzteres. Schließlich dürften sie nicht ohne Grund in großer Ruhe ihre »Arbeit« in den Sprengköpfen von Raketen verrichten ...

Sie lebten ein bequemes Leben ...

Ich ging weiter. Das Geräusch konnte sich als das Knirschen von Eisschollen herausstellen, das absolut nichts zu bedeuten hatte. Vielleicht lag vor mir aber auch eine Ansiedlung. Ein Bergwerk, ein Fischerdorf, ein Hafen ... oder noch ein Konzentrationslager.

Es half nichts, ich musste abwarten. Fünf Kilometer – das würde ich bis zum Morgen schaffen.

Zwei Stunden später lag ich bis zum Hals im Schnee eingegraben da und spähte in das dämmrige Halbdunkel. Der Schnee half mir, er spendete Licht, ließ die Gebäude vor mir so klar hervortreten wie Scherenschnitte auf einem weißen Blatt Papier.

Ein Turm. Fünfzig Meter hoch, dreißig Meter im Durchmesser. Die Fensterscheiben fingen bereits zu funkeln an.

In einem oder zweien schimmerte schwach Licht. Für ein Bergwerk oder ein technisches Gebäude gab es zu viele Fenster. Es handelte sich bestimmt um ein Wohnhaus ... das übrigens architektonisch durchaus auf die Erde gepasst hätte. So eine phallische Betonkonstruktion, die aus dem Frostboden aufragte.

Der Turm war jedoch keineswegs das interessanteste Bauwerk hier am Ufer. Etwas weiter in der Ferne blitzten zwei Glaskuppeln auf – unter denen ich das Grün von Bäumen auszumachen meinte. Transparente Röhren verbanden die Kuppeln mit dem Turm. Im Hintergrund gab es eine weitere Gruppe kleinerer Bauten.

Bestimmt handelte es sich um irgendein Dorf. Eine Art Siedlung von Bergleuten oder Erdölarbeitern. Die Geometer mussten doch Öl haben, oder? Im Fernsehen hatte ich mal ein Dorf von kanadischen Gasarbeitern gesehen, das in Sibirien gebaut worden war, in einer Gegend, die Russland für neunundneunzig Jahre verpachtet hatte. Die Ähnlichkeit ließ sich nicht von der Hand weisen! Außerdem hatte mein Großvater einen ganzen Schrank voll mit Science-Fiction-Bildbänden, die ich in meiner Kindheit begeistert durchgeblättert hatte. Vor einem halben Jahrhundert hatte man sehr ähnliche Landschaften zu Papier gebracht, als man versuchte, den Kommunismus aufzubauen. Damals musste es unbedingt Gärten unter Kuppeln geben, transparente Laufröhren ... beheizte Klos. Und über all diese Pracht fegte ein Schneesturm hinweg, ohne den geringsten Schaden anzurichten ...

Ich kicherte leise. Zu bedauerlich, dass keiner der Künstler jener Zeit auf die Idee gekommen war, diesem romantischen Ambiente einen nackten Menschen beizufügen, der sich hinter Schneewehen versteckt. Einen Menschen, der aus einem Konzentrationslager geflohen war.

Gut, jetzt hatte ich die Kräfte des Cualcua lang genug strapaziert. Vorwärts! Auf zum Sturm der hiesigen Erdölbasen. Selbst wenn diese Kuppeln durchsichtig waren, konnte man sich in ihnen ausgezeichnet verstecken, wärmen und etwas essen. Und falls ich es dann noch in den Turm schaffte ...

Ich nutzte die letzten Minuten der Nacht und rannte weiter. Mein graues Hemd war inzwischen vereist und mit Schnee bedeckt. Auf meinem Haar lag ebenfalls Schnee. Wenn hier draußen keine Alarmanlage installiert war, dann konnte man mich bei einem zufälligen Blick aus dem Fenster kaum entdecken. Und wenn sie doch eine hatten ... dann ließe sich das nur auf eine einzige Art und Weise feststellen.

Auf dem Weg zum Turm überquerte ich einige festgestampfte, schmale Rinnen. Skispuren? Spuren von einem Wagen? Spazierwege der Wendigen Freunde?

Wenn die Geometer etwas verstanden, dann das: keinen Müll zu hinterlassen. Da stand ein Gebäude mitten in der Tundra – und es fehlte jeder Hinweis darauf, woher es gekommen war, jedes Anzeichen, dass es bewohnt war. Niemand ließ es sich einfallen, einen Apfelrest aus dem Fenster zu werfen oder beim Bau ein paar Betonplatten zu vergessen. Nein, alles musste akkurat sein. Es klingt komisch, doch unterwürfen die Geometer die Erde, würde ihre Ordnung vor allem in Russland auf Missfallen stoßen. Ungeachtet aller Tradition utopischer Träume ...

Im leichten Trab umrundete ich den Turm. Ich entdeckte drei Türen, von denen jedoch keine auf meine Berührung reagierte. Pech. Damit blieben die beiden Kuppeln und die kleineren, abseits gelegenen Bauten. Zunächst lief ich zu den Kuppeln, denn das Grün der solide gegen den Frost abgeschirmten Bäume lockte mich zu sehr. Kurz vor der ersten Kuppel drehte ich mich noch einmal um und warf einen flüchtigen Blick auf den Turm.

Teufel auch!

War ich von Natur aus so klug, oder kam das von der Kälte?

Ein Spion! Ein Späher der Erde! Ein allseitig entwickelter Vertreter der Menschheit!

Die Kette meiner Spuren zeichnete sich absolut deutlich ab. Sie begann an den Schneewehen, umrundete den Turm und führte zur Kuppel. Sobald die Sonne aufgegangen war, würde mein Auftauchen für niemanden mehr ein Geheimnis sein. Es würde schwer sein, sich nicht dafür zu interessieren, wer da nachts barfuß durch den Schnee gelaufen war. Wenn dann noch die Nachricht über die Flucht eines Patienten aus dem nahe gelegenen Sanatorium durchkam ...

Ich jammerte leise auf, als ich mir klarmachte, was ich da angerichtet hatte.

Wenn ich doch wenigstens nicht auch noch um den Turm herumgerannt wäre! Das sah ja aus, als ob ich mich über seine Bewohner lustig machen wollte, damit man unbedingt Jagd auf mich machte!

Natürlich nützte es rein gar nichts, sich jetzt die Haare zu raufen und zu bereuen. Ich hielt den Handteller in die

Luft und fing zarte Schneeflocken auf. Ob die Spuren zugeschneit würden? Es bestand zwar nur eine schwache Hoffnung – aber mit irgendwas musste ich mich ja trösten.

Als Erstes erforschte ich den Teil der Kuppel, der an die Röhre grenzte, die zum Turm führte. Die terrestrische Logik hätte an dieser Stelle eine Tür vorgesehen.

Aber nein, ich war nicht auf der Erde.

Die Kuppel hatte einen Durchmesser von einem halben Kilometer. Ich lief an der Glaswand entlang und schaute unwillkürlich auf die dunklen Silhouetten der Bäume. Warm war es dort, warm. Da drinnen würde ich mich wieder wie ein Mensch fühlen, nicht mehr wie eine Schaufensterpuppe in einem Gummianzug ... Bäume, kleine Hügel und Sträucher. Ein sehr lauschiges Wäldchen lag da hinter Glas. Und es war nicht unbewohnt, denn durch das Dickicht drang bläuliches Licht ... Gab es hier etwa ebenfalls keinen Eingang? Ob dieses Dorf vollständig von der Außenwelt abgeschnitten war? Vielleicht war der Turm direkt über einem Bohrloch oder einem Schacht errichtet worden und die Bewohner hatten kein Bedürfnis, in die Schneewüste hinauszugehen?

Jetzt achtete ich darauf, weniger Spuren zu hinterlassen, und rannte dicht am Rand der Kuppel entlang. Hier, an der Schnittstelle der vom Wind zusammengetragenen Schneewehen und der unberührten Schneefläche, dürften meine Abdrücke nicht ganz so stark auffallen.

Es wurde heller und heller. Am Himmel hingen fast keine Wolken mehr, bald würde Das Mütterchen hervorlugen ... wie dieses Wort der Geometer in meinem Gedächtnis haften geblieben war ... Wurde Zeit, dass ich von hier wegkam. Nur noch ein paar Fische im Meer gefangen, den Cualcua gefüttert und dann das Ufer entlangwandern oder -schwimmen.

Ich wechselte in Schritttempo über. Nein, auch in der Kuppel gab es keine Türen. Aber gut zehn Meter von ihr entfernt störte eine einsame Schneewehe von gleichmäßiger Würfelform die ansonsten makellose Schneefläche. Der Wind bringt dergleichen nicht zustande.

Es dauerte lange, bis ich den Schnee weggefegt hatte. Dann jedoch wunderte ich mich nicht, als ich unter dem Harsch glattes Plastik entdeckte. Ein Verschlag von halber Mannshöhe. War den tadellosen Handwerkern also doch ein Fehler bei der Arbeit unterlaufen?

Ich fuhr mit der Hand übers Plastik und versuchte, das Schloss zu ertasten und zu aktivieren. Na, komm schon! Los jetzt!

Die Klinke brachte mich völlig aus dem Konzept. Meine starren Finger stießen gegen sie, und ich bemerkte, wie die Plastikwand leicht zitterte. Aha! Mit neuer Energie fegte ich den Schnee beiseite und legte schon bald eine kleine Klappe frei. Nachdem ich ein paar Mal gerüttelt hatte, ließ sie sich problemlos öffnen, denn der Schnee hatte den Angeln nicht zugesetzt. Aus dem Innern des Verschlags strömte mir feuchte Wärme entgegen. Ich tastete mit der Hand: Eben! Es gab keinen Boden. Irgendwo unten rauschte Wasser.

Bei aller Liebe zu intelligenten Schlössern hatten die Geometer doch darauf verzichtet, jeden Kanaldeckel damit auszustatten.

Damit standen mir drei Wege für mein weiteres Vorgehen offen. Was hatte mein Großvater über die Zahl Drei gesagt? Es sei die Zahl, die für das menschliche Bewusstsein am bequemsten sei? Ich könnte also weiter nach einem normalen Eingang suchen. Oder abhauen. Oder mich Hals über Kopf ins fließende Wasser stürzen.

Die beiden ersten Varianten kamen mir vernünftiger vor, hingen mir inzwischen aber zum Hals raus.

Ich erkundete mit den Beinen das Nichts. Dann schloss ich hinter mir die Klappe und balancierte auf dem schmalen Rand entlang. Bis zum Wasser war es nicht weit, das Plätschern klang ganz nah.

Als ich sprang, stand mir überdeutlich vor Augen, wie eine spitze Stange, die aus dem tosenden Strom herausragte, meinen Körper aufspießte ...

Das Wasser kam mir nur warm vor. Dabei war es normales Meereswasser. Salzig. Das kannte ich inzwischen. Die Strömung erfasste mich und trug mich eine enge, dunkle Röhre entlang. Der Raum über dem Wasser war ganz knapp bemessen, gerade mal meinen Kopf konnte ich herausstrecken.

Eine Wasserleitung, die vom Meer her kam!

Ich schwamm vorwärts, spuckte das Wasser aus, tauchte bald unter, bald wieder auf und sog jedes Mal gierig Luft ein. Es trieb mich Richtung Kuppel. Damit sah ich mich mit einer unermesslichen Zahl von Möglichkeiten konfrontiert. Gitter, Schaufeln, Kühlsysteme von Reaktoren, geschlossene Reservoire.

Nein! Das konnte nicht sein. Die Geometer hatten eine sehr sorgsame Einstellung gegenüber dem Leben. Wenn die Klappe nicht blockiert gewesen war, wenn es keine Warnhinweise und keine Sicherheitsgitter gegeben hatte, dann hieß das, dass einem Menschen, der in den Tunnel fiel, keine Gefahr drohte!

Natürlich war das eine sehr freie Interpretation. Aber sie half mir, jene Minute zu überstehen, als die Strömung mich durch den Tunnel trug. Irgendwann funkelte schwaches Licht vor mir auf, die Strömung ließ nach, und ich ertastete allmählich Boden unter den Füßen. Ein letztes Mal schleuderte es mich herum, dann wurde ich auf ein maschendrahtartiges Metallgitter gespült, das den Boden bildete. An der Decke brannten schwache Lampen. Ich erhob mich. Erst jetzt verspürte ich Angst.

Ein kleiner runder Raum. Der Boden war durchlöchert wie ein Sieb, hier und da hingen Algen und Dreckbrocken darin. Das durch den Tunnel strömende Wasser schäumte, floss auseinander und stürzte nach unten.

Diese Geometer! Ich befand mich mitten in einem Klärwerk. Ausgesiebt mit anderem Dreck.

Auf wackligen Beinen taumelte ich zur einzigen Tür, die aus dem Raum hinausführte. Wenn sie sich nicht öffnen ließ, war ich ein seltener Idiot. Ließ sie sich dagegen öffnen, war ich ein Idiot, der Glück gehabt hatte.

Ich sollte Glück haben. Die Tür ging auf, dahinter lag ein schmaler, nach oben führender Schacht mit in der Wand befestigten Bügeln. Auf dem Boden waren Erdklumpen und fauliger Mulm verteilt. Ohne weiter darüber nachzudenken, kraxelte ich nach oben. Drei Meter über mir gab es eine Metallluke. Was sich wohl dahinter befand?

Die Luke fügte sich meinem Druck, ich klappte sie auf. Das Gemisch, das auch den Boden des Schachts bedeckte, rieselte in leichtem Regen auf mich herab. Von außen war der Ausgang nachlässig mit Erde getarnt.

Ich zog mich durch die Luke hoch und krabbelte nach draußen. So wie ich mich umsah, hätte man glauben können, ich sei noch in der Lage zu fliehen oder zu kämpfen. Doch ich fiel nur noch bäuchlings auf den Boden. Über mir hingen die Äste der Bäume, über diesen die Glaskuppel, noch weiter oben das fahle Dämmerlicht.

Ich hatte es geschafft. Ich war in die Siedlung der Geometer vorgedrungen.

Ob das Grund zur Freude oder zur Klage war, stand allerdings noch nicht fest.

Zwanzig Minuten lag ich einfach da und genoss die Ruhe. Meine Haut fing an zu kribbeln, als das Gefühl in sie zurückkehrte, weil der Cualcua den Schutz aufhob.

Ich musste etwas essen. Als Erstes musste ich die Kräfte des Symbionten wiederherstellen, erst dann durfte ich mich ausruhen ... Der Gedanke war überraschend aufgetaucht, und ich verkrampfte mich prompt. Beeinflusste der Cualcua am Ende doch mein Bewusstsein?

Nein, eigentlich war das eher unwahrscheinlich. Ich spürte keinerlei Gewalt. Eher handelte es sich um jene Fürsorge, mit der ich auf der Erde meinen Hund gefüttert hatte. Und mehr verlangte der Cualcua ja auch nicht.

Es war komisch, über einen Außerirdischen nachzudenken und zu versuchen dahinterzukommen, ob sich in seinen Handlungen Arglist und Verrat verbarg – wenn er jeden Gedanken las. Daran musste man sich nicht nur einfach gewöhnen, solch eine Situation musste man akzeptieren, da musste man vertrauen.

Wenn man über eine Situation keine Kontrolle hat, bleibt nur Ohnmacht. Die nennen wir dann Vertrauen, und schon sind wir zufrieden ...

Ich erhob mich. Schaute mich um. Der Schacht der Kanalisation hatte mich ins Zentrum der Kuppel gebracht. Bis hoch zur Glasdecke waren es hier rund siebzig Meter, die Bäume wuchsen also völlig ungehindert. Nach terrestrischen Vorstellungen handelte es sich um einen Nadelwald. Allerdings waren die Nadeln der Kiefern einen halben Meter lang und ihre Stämme glatt und weißlich, wie bei Birken.

Ich schloss die Luke und bedeckte sie wieder mit Erde und abgefallenen Nadeln. Geduckt lief ich durch das Wäldchen. Das aufgetaute Hemd umspannte meinen Körper wie eine feuchte Kompresse. Ich hätte es auf dem Gitter des Filters lassen sollen. Oder im Schnee vergraben. Von Nutzen war es sowieso nicht.

Die Glaskuppel über mir gestattete es, mich einigermaßen zu orientieren. Ich lief relativ schnell zur Wand. Hier wuchsen andere Bäume, niedrigere. Wenn ich ihre Bezeichnung wüsste, könnte Rimers Gedächtnis mir soufflieren, ob die Früchte essbar waren ... An der Wand entlang trabte ich in Richtung eines Tunnels. Die Situation wiederholte sich, nur dass ich jetzt in die entgegengesetzte Richtung lief und mich auf dieser Seite der Kuppel befand. Irgendwo hier hatte ich das Licht bemerkt ...

Es war jetzt fast Tag, und das machte alles schwerer. Trotzdem entdeckte ich das fliederfarbene Licht. Ich bog die Büsche auseinander, orientierte mich am Licht und wusste bereits, was ich gleich erblicken würde.

Eine Transportkabine. Eine normale Kabine mit einem Terminal an der Tür. Steig ein – und spring durch den Raum. Nur würde das Steuerungssystem mir den Befehl verweigern. Und zu allem Überfluss würde es auch noch Alarm schlagen.

Ich klopfte mit der Hand auf das warme Plastik und lief weiter, in den Tunnel hinein.

Natürlich wusste ich nicht sehr viel von Der Heimat. Aber ich war an verschiedenen Orten gewesen: auf dem Feld des Kosmodroms, an Tags Arbeitsstelle, in dem Restaurant, im Wohnheim, im Dampfbad, im Geschäft, im Weltrat, im Internat und in diesem Sanatorium genannten Lager. Mein Großvater würde mir sicherlich ein paar kluge Gedanken zu diesem Einblick in die Gesellschaft vortragen können. Doch obwohl ich keine voreiligen Schlussfolgerungen zog, erinnerte mich diese verglaste Wohnanlage an etwas. Ziemlich klar sogar. Zum Beispiel diese Transportkabine mitten im Wald – deren Lage durch keinen logischen Grund zu erklären war. Also musste ich die Logik beiseitelassen.

Einen solch hochkomplizierten Mechanismus in einem Wald aufzustellen hieß, seine Natürlichkeit unterstreichen, seinen alltäglichen Charakter.

Um jemanden daran zu gewöhnen …

Insofern wunderte ich mich überhaupt nicht, als ich am Ende des Tunnels, über einer breiten, in den Turm führenden Tür ein Schild sah: *Weißes Meer*.

Das Internat, wohin sie den Ausbilder Fed geschickt hatten, damit er »seine Schuld sühnte«.

Da war ich also gelandet.

Ich setzte mich auf eine der Steinplatten, mit denen der Boden des Tunnels ausgelegt war, und versuchte zu einer Einschätzung der Situation zu gelangen. Ich durfte nicht trödeln, aber trotzdem ...

Vermutlich hatte mein Großvater recht. Alles lief wieder auf drei Möglichkeiten hinaus.

Ein Zufall.

Oder die Geometer kontrollierten mich und hatten mich irgendwie und mit irgendeinem Ziel direkt ins Internat *Weißes Meer* geführt.

Oder die Orte der »Strafverbüßung« für uns waren eben nicht zufällig gewählt worden, sondern man hatte ein Internat und ein Sanatorium ausgesucht, die nahe beieinander lagen. Selbst wenn ich davon nichts gewusst hatte, dürfte Fed diese Tatsache doch bekannt gewesen sein. Die Güte der Geometer – sie ist sehr eigenwillig. Den Ausbilder Fed dürfte meine »Verrücktheit« wirklich betrüben, das verstand ich jetzt, nachdem ich die erste Wut überwunden hatte. Und wenn der Ausbilder wusste, dass fünfzig Kilometer entfernt ... hundert Kiloschritt entfernt, wie er es ausdrückte ... sein einstiger bester Schützling mit Spaten und Hacke hantierte, würde dies seine Psyche ernstlich belasten.

Was sollte dieser Quatsch! Fehlte ja bloß noch, dass ich über das Schicksal des Ausbilders in Tränen ausbrach!

Ich erhob mich und zupfte überflüssigerweise das schmutzige, feuchte Hemd zurecht. Wie würden die Kinder der Geometer wohl auf das Auftauchen eines unbekannten Mannes in Unterhosen und Hemd, mit einem Dreitagebart und wütendem Blick reagieren?

Wahrscheinlich würden sie mir einen Stuhl anbieten, mir ein Glas mit heißem Tee bringen und den Arzt holen.

Die Ausbilder verstanden etwas von Erziehung. Nur schmeckten mir die Resultate nicht.

Ich stieß leicht gegen die Tür – die ohne weiteres aufging. Schlösser hatte sie nicht.

Die Halle war in einem ganz anderen Stil gehalten als die in *Mütterchens Licht*. Sie war riesig, nahm das ganze Erdgeschoss ein. Und alles erstrahlte in Weiß, funkelte, die Wände waren uneben, die Decke aus Platten zusammengesetzt. Ich hatte den Eindruck, mich in einer Eishöhle zu befinden. Lampen entdeckte ich nirgends, vielmehr schienen die Deckenplatten selbst zu leuchten. Das war zwar schön – aber wozu diese Einrichtung? Schließlich dachten sich die Geometer bei allem, was sie taten, etwas. An den Wänden standen runde, weiche Sessel, bezogen mit weißem Stoff, auf dem Boden lag ein dicker Teppich. Ich hütete mich, ihn zu betreten, um ja keine Spuren zu hinterlassen. Die müssten die Kinder dann beseitigen, im Rahmen der *Vorbereitung-zur-Arbeit* …

Ich trat ein, lehnte die Tür sanft an und lauschte. Alles blieb still. Hier war niemand. Ein Plan für die einzelnen Stockwerke wäre jetzt hilfreich, um zu sehen, wo die Ausbilder wohnten. Dann würde ich zu Fed gehen und sagen: »Du bist mir noch was schuldig, aus unserer Zeit draußen, in Freiheit …« Aber nein, das würde Fed nicht verstehen. Den Lagerhumor würde er nicht zu schätzen wissen.

Von der Halle führten zwei Treppen weg, eine nach oben, eine nach unten. Gab es hier also noch Untergeschosse? Ein paar Türen ließen mich an Fahrstühle denken, aber auf die verzichtete ich lieber. Drei weitere Türen identifizierte ich sofort als Ausgänge aus dem Turm – und zwar die, an denen ich noch vor kurzem völlig ergebnislos gerüttelt hatte.

Nur gut, dass es keine Wache gab ...

Stopp. In *Mütterchens Licht* hatte an der Tür eine Ehrenwache gestanden!

Ich drehte mich um, voller Hoffnung, man würde die Kinder nicht zwingen, nachts Wache zu schieben.

Selbstverständlich gab es einen Posten. In einer Nische an der Tür, unter einer riesigen funkelnden Harpune, die an Haken hing. Der Junge war nicht größer als diese Harpune. Jetzt schlief er, friedlich ausgestreckt auf dem Fußboden.

Ich schüttelte den Kopf. Vermutlich lag irgendein höherer pädagogischer Sinn in diesen Posten an der unverschlossenen Tür. Erziehung zu Verantwortung, zum Stolz auf das eigene Internat, auf sein Symbol. Und sie mussten diesen Dienst ja nicht häufig versehen, schließlich gab es in jedem Internat Hunderte von Zöglingen. Trotzdem hielt ich den Schlaf dieses Jungen für weitaus richtiger.

Wenn er älter gewesen wäre, hätte ich nicht an mich halten können. Dann hätte ich die heilige Harpune vom Haken genommen und hinter einem der Sessel versteckt, in bester Tradition meiner Ausbildungszeit. Was konnte es Lustigeres geben, als den Bildersturm auf die hochheiligen Symbole? Aber der Junge war allerhöchstens neun.

Ich blieb kurz stehen und betrachtete das Lächeln, das er im Schlaf zeigte. Am liebsten hätte ich ihm über den Kopf gestreichelt, aber wahrscheinlich wäre er von der außerplanmäßigen Zärtlichkeit aufgewacht. Also schlich ich leise, auf Zehenspitzen, zur Treppe und begab mich nach oben.

Wo könntest du stecken, Ausbilder Fed?

Ich muss dich sehen. Muss dir in die Augen blicken. Dir ein paar Fragen stellen.

Es wurde Zeit für Nik Rimer und seinen geliebten Ausbilder, Tacheles zu reden!

Ich hatte die richtige Treppe gewählt, hier fingen die Wohnetagen an. Ohne lange zu überlegen, ließ ich den ersten und den zweiten Stock hinter mir, denn dort gab es zu viele Türen. Das mussten die Zimmer der Schützlinge sein.

Im dritten Stock blieb ich stehen.

Der runde Treppenabsatz war etwas breiter als unten, die Lampen brannten heller. Und es gab insgesamt nur sechs Türen. Hier könnten die Ausbilder durchaus untergebracht sein.

Ich hätte auch noch die oberen Etagen inspiziert. Man handelte besser erst, wenn man sich ein Gesamtbild verschafft hatte. Aber mein Blick war an einem weißen Stück Stoff hängen geblieben, das achtlos neben einer Tür befestigt worden war.

Ein weißes Band.

Ein Band, wie Katti es mir hatte um den Hals binden wollen.

Das Herz hämmerte mir in der Brust, Schweiß bildete sich auf meinen Händen.

Kampftransformation?

Ich antwortete dem Cualcua nicht. Ich ging zur Tür und berührte das Band. Entweder handelte es sich genau um dasselbe oder um ein sehr ähnliches. Ich befreite es von der Nadel und band es mir sorgsam um den Hals. Bedauerlicherweise gab es keinen Spiegel. Ich hätte zu gern gewusst, wie meine dreckigen Füße, das schmutzige Hemd und das weiße Band zusammenpassten.

Dann klopfte ich an.

»Komm rein, Nik«, erklang leise die Stimme des Ausbilders Fed. »Es ist offen.«

Ich berührte die Tür, und sie glitt in die Wand.

»Guten Morgen, Ausbilder Fed«, begrüßte ich ihn beim Eintreten.

Hier, im *Weißen Meer*, war Feds Zimmer viel größer. Es war trapezförmig, den ganzen Raum um die Tür herum nahmen einfache Gerätschaften ein. Federn, Gegengewichte und Griffe. Man brauchte keine besonderen Kenntnisse, um zu wissen, dass es sich hier um Sportgeräte handelte. Man hatte sie auseinandergenommen, zur Tür geschleppt, aber noch keine Zeit gefunden, sie aus dem Zimmer zu expedieren. Vermutlich hatte der bisherige Bewohner die körperliche Fitness recht hochgehalten.

»Komm rein, Nik. Setz dich.«

Der Ausbilder Fed sah mich nicht einmal an. Er saß da, mit dem Rücken zu mir, und starrte auf einen Bildschirm, der die Halle zeigte, in der der kleine Wachtposten friedlich schlief.

Die Sessel standen weit weg, und auf das gemachte Bett wollte ich mich nicht setzen. Deshalb nahm ich mit dem Sattel eines Sportgeräts vorlieb, das verdammt an ein Fahrrad erinnerte. Also, ein begnadeter Erfinder würde aus mir in dieser Welt nicht werden, das Fahrrad hatten die Geometer schon selbst erfunden.

»Was soll diese Wache an der Tür, Fed?«, fragte ich. »Kinder sollten nachts schlafen.«

»Kinder müssen zu Verantwortung erzogen werden. Und in erster Linie zu Verantwortung für andere. Dieser Junge ist leider noch weit vom Ideal entfernt.«

Der Ausbilder Fed drehte sich in seinem Sessel um. Er betrachtete mich mit aufmerksamem Blick. Natürlich hatte er mich längst gesehen, auf dem Bildschirm, und in seinen Augen lag keinerlei Neugier.

»Du bist übel zugerichtet, Nik«, sagte er. »Darf ich dich nach wie vor Nik nennen?«

»Warum nicht?«

»Aus dem einfachen Grund, weil du nicht Nik Rimer bist«, antwortete der Ausbilder seufzend. »Du bist nicht mein Schützling.«

Man kann nicht auf ehrliche Weise einen Falschspieler schlagen. Man kann nicht heimlich in eine Zivilisation von Spionen eindringen.

»Wie kommst du darauf, Ausbilder?«

»Deine Reaktion, Junge. Du benimmst dich fast wie Nik ... unter Berücksichtigung der Amnesie, natürlich. Ich bin nicht gleich auf die Idee gekommen, die Archive nach der Operation *Schatten* zu durchforsten. Erst nachdem ... als ich wieder zu mir gekommen bin. Nik hätte mich nicht geschlagen, Junge. Er hätte frech werden können, weinen, abhauen oder nicht mehr mit mir sprechen können. Mehr nicht. Für die Bewohner des Schattens wäre diese Reaktion jedoch völlig normal gewesen. Ein symbolischer Schlag, als Zeichen der Verachtung.«

»Nicht nur für die Bewohner des Schattens ...«

Waren die Geometer also vor einer weiteren humanoiden Rasse geflohen? Vor Menschen, die fähig waren, so zu handeln wie ich?

»Mag sein, Junge. Der Kern ist groß ...«

Sie waren aus dem Zentrum der Galaxis gekommen! Das hätte ich mir eigentlich gleich denken müssen! Ein Himmel, flammend vor Sternen!

»Wie soll ich dich nennen?«

»Pjotr.«

»Pjor?«, fragte der Ausbilder irritiert zurück.

»Pjotr«, artikulierte ich die Laute so klar wie möglich. In ihrer Sprache war das »t« ganz weich, fast nicht hörbar. Daher war es schwer, etwas aus dem Russischen in der Sprache Der Heimat wiederzugeben.

»Pjoter ...«, brachte Fed heraus und erinnerte mich damit an Elsa von der Lufthansa. Herr im Himmel! Das war weniger als zwei Wochen her! Der Weltraumbahnhof auf Hyxi, das Glas Bier in der Bar ... »Sag mir, Pjoter, lebt Nik Rimer noch?«

»Er ist tot.«

»Hast du ihn umgebracht?«

»Nein. Ich glaube, er war ein guter Mensch, Fed. Ich hätte ihn nicht umbringen können.«

»Und einen schlechten – den schon?«

»Ja«, gab ich ehrlich zu. »Jetzt könnte ich das.«

Der Ausbilder senkte den Blick. Er starrte auf den Boden, wo zwei nicht ausgepackte Taschen standen. In einer von ihnen befanden sich bestimmt die Photos, die an der Wand in seinem alten Zimmer gehangen hatten.

»Du bist ihm wirklich ähnlich …«, flüsterte Fed. »Aber selbst Nik hätte gegen die Wendigen keine Chancen gehabt … und wäre nicht halbnackt bis zum Internat gekommen.«

Unbestimmter Schmerz überkam mich. Alles war so hoffnungslos. Gewiss, man konnte den Helden spielen, sich mit Aliens prügeln und den Mistkerlen unter den Menschen die Fresse polieren. Aber eine ganze Welt konnte man nicht täuschen.

»Was erwartet mich jetzt, Fed?«

»Das Sanatorium natürlich nicht. Das Sanatorium ist für Menschen gedacht, sogar wenn diese schlecht sind.«

»Was dann?«

»Wir müssen wissen, wer du bist«, informierte mich Fed sachlich. »Wie du zu uns vordringen konntest. Wie du zu Nik werden konntest.«

Ich fing an zu lachen. »Es ist viel leichter, eine ganze Zivilisation zu verstehen als nur einen einzigen Menschen. Und ich habe nicht einmal das geschafft. Ihr seid wie ein Zerrspiegel. Alles sitzt an der richtigen Stelle – und trotzdem sieht man ausschließlich negative Eigenschaften.«

»Das kommt dir nur so vor, Peter.« Der Ausbilder legte beiläufig die Hand auf den Aktivator des Terminals. »Wirst du dich deiner Festnahme widersetzen, Peter?«

»Ich weiß es nicht.«

»Versuch es lieber gar nicht erst.«

Er hielt mich mit festem, beinahe körperlich spürbarem Blick gepackt.

»Du weißt, was ich jetzt tue?«

»Du rufst eine Einheit von Regressoren.«

Der Ausbilder brach in Gelächter aus. Dann wurde er wieder ernst. »Wetterkontrolle«, sagte er bewusst laut. »Zwei Stunden Schneefall über dem Territorium des Internats. Die Anordnung erteilt der Ausbilder Fed. Das Ziel besteht in einer Unterrichtsstunde zum schlechten Wetter.«

Ich brachte keinen Ton heraus.

»Du weißt, warum ich deine Spuren verbergen will?«

»Um die Kinder nicht zu beunruhigen.«

»Ganz genau, Pjoter. Manchmal benimmst du dich fast wie ein richtiger Mensch ... Natürlich sind die Abdrücke der nackten Füße im Schnee eine gute Sache. Sie stacheln die Phantasie der älteren Kinder an und geben den kleineren Nahrung für ihre Schauermärchen. Aber nicht, wenn in der Nähe ein Sanatorium für Schwerkranke liegt. Irgendwann werde ich selbst einmal durch den Schnee rennen. Wenn das Sanatorium weit, weit weggezogen ist ... und die Spuren niemanden mehr auf falsche Gedanken bringen. Die Kinder sollen sich ruhig wieder an die Legenden von den Eismenschen erinnern, die Nase in ihre Geschichtsbücher stecken und sich auf diese Weise stählen ...«

»Ausbilder Fed«, sagte ich, »du frappierst mich ebenfalls. Du benimmst dich wie ein Mensch. Aber wenn man die Gründe für dein Verhalten freilegt, stinken sie wie Aas.«

»Wer bist du, um über uns zu urteilen?«

»Ein Mensch.«

»Du bist ein fremder Mensch. Du bist ein Regressor des Schattens.«

Erst jetzt verließ mich die Hoffnungslosigkeit: Also irren auch die Geometer.

»Nein, Ausbilder Fed. Ihr fürchtet die Feinde, die ihr hinter euch gelassen habt, dermaßen, dass ihr nicht mehr nach vorn schaut. Hier, am Rand der Galaxis, gibt es einen Planeten namens Erde. Auf ihm leben Menschen ... Menschen wie ihr. Nur betrachten sie die Welt mit etwas anderen Augen.«

Schweigend dachte er über meine Worte nach. »Wenn du die Wahrheit sagst, ist das für Die Heimat umso besser«, bemerkte er schließlich. »Wie sich gezeigt hat, ist die Welt des Schattens uns überlegen. Aber sie ist einmalig. Möglicherweise sind einige Entwicklungslinien identisch, aber die Ergebnisse unterscheiden sich nun mal. Wie sieht es aus, Peter, ist eure Rasse uns überlegen?«

»Nein«, antwortete ich ehrlich.

»Und eure Freunde? Das sind die Alari – und wer noch?«

»Die Alari sind nicht einmal unsere Freunde«, berichtete ich. »Möglicherweise sind es unsere Leidensgenossen. Wir sind nicht ideal.«

»Dann ...«

»Im Unterschied zu euch verstehen wir, dass wir voller Fehler sind.«

»Stopp!« Fed hob die Arme. »Stopp, Pjoter! Du zeigst Kooperationsbereitschaft, das weiß ich zu schätzen. Aber überlassen wir diese Anerkennung dem Weltrat.«

»Es wird keine Anerkennung geben«, erklärte ich müde. »Ich habe nicht die Absicht, mich vor eurer Welt zu rechtfertigen, Ausbilder.«

»Soll das eine Aggression sein?«, fragte Fed höchst gelassen. Er erhob sich aus dem Sessel, müde und sich auf die Armlehne stützend.

»Was heißt hier Aggression?«, erwiderte ich wütend. »Wie lange wollt ihr euch an eure Ideen klammern? Freundschaft – Nicht-Freundschaft ... Niemand auf der Welt braucht eure Liebe! Ihr seid in unsere Welt gekommen, wir haben uns eure angeschaut. Ich habe sie mir angeschaut! Es gefällt mir hier nicht, aber ich habe nicht die Absicht, eure Energiewerke in die Luft zu sprengen oder eure Schützlinge umzuerziehen. Lebt euer Leben! Mir tut der Junge leid, der die ganze Nacht unter einer Holzharpune stehen muss und sich erst am Morgen traut einzuschlafen. Mir tut Katti leid, die es nicht wagt, auch nur ein Wort zur Verteidigung ihres Freundes vorzubringen! Mir tun Tag und Han leid, die ihren Freund ins Sanatorium schleifen! Aber das sind eure Kinder, eure Männer und Frauen. Also lebt euer Leben! Ich verschwinde von hier, Ausbilder. Ich entführe ein Schiff, das kann ich, daran solltest du nicht zweifeln, und verschwinde. Aber wenn ihr eure Freundschaft auch zu uns bringen wollt, dann komme ich wieder.«

»Würde sich deine Welt wirklich der Freundschaft verweigern?«, wollte Fed in sachlichem Ton wissen. »Der Liebe zu allem Lebendigen, der Ordnung und Selbstsicherheit?«

»Sie würde sich nicht verweigern«, räumte ich ein. »Deshalb werde ich es euch ja auch nicht erlauben, zur Erde vorzudringen.«

»Du triffst diese Entscheidung für die ganze Rasse?«

»Ja.«

»Hast du das Recht dazu?«

»In demselben Maß, wie Rig der Stinkende das Recht hatte, eure Welt zu vergiften.«

Ich musste mich davon überzeugen, dass er das wusste. Und ich überzeugte mich, indem ich den Hass in den Augen des Ausbilders wahrnahm.

»Du bist ein Regressor des Schattens«, behauptete Fed. »Du hast gelogen. Du wirst nicht verschwinden. Verteidigung aktivieren!«

Ich hatte mich genau im richtigen Moment vom Heimtrainer erhoben. Ich hatte nicht die Absicht, den Ausbilder zu schlagen, ich wollte einfach verschwinden. Und sei es auf dem Weg, auf dem ich gekommen war, durch die Kanalisation ...

Aber die Luft um mich herum verdickte sich und presste sich mit unsichtbaren Händen um meinen Körper. Ich erstarrte wie eine Fliege in Bernstein.

»Glaubst du wirklich, ich würde einem *Nicht-Freund* trauen?«, fragte Fed müde. »Ich wusste, dass du hierherkommen würdest. Selbst wenn die Berichte der Wendigen dagegen sprachen, selbst wenn alle Vernunft dagegen sprach. Denn Nik wäre gekommen ... wenn es in menschlichen Kräften gestanden hätte. Und in dir steckt zu viel von Nik.«

Ich vermochte nicht zu antworten. Der Raum um mich herum wurde zu Gummi, fest und elastisch. Ich war außerstande, mich von der Stelle zu rühren.

»Die ganze Nacht über habe ich Aufputschmittel geschluckt und zum Fenster rausgeschaut«, fuhr Fed fort.

»Die Wendigen schämen sich ihrer Niederlage und wollen mir weismachen, du seist gestorben – das habe ich mir immer wieder vorgebetet. Der Rat will die Gefahr nicht eingestehen und hält dich für einen verrückten Regressor. Aber ich habe alles begriffen, wenn auch zu spät. Du bist ein Außerirdischer im Körper von Nik. Du bist ein *Nicht-Freund*. Und als ich dich gesehen habe, wie du um den Turm herumgelaufen bist, da habe ich mich nicht gewundert. Als du in den Garten eingedrungen bist, da habe ich mich nicht gewundert …«

Ich war nicht einmal imstande, ein Wort herauszubringen.

»Ich bleibe hier, im *Weißen Meer*. In diesem Internat am Rande der Welt. Es ist meine Schuld, dass euch Nik Rimer in die Hände gefallen ist. Aber du, *Nicht-Freund*, du wirst dem Rat alles erzählen, was du weißt …«

Soll ich intervenieren?

Ja, Cualcua! Ja!

War denn für meinen Symbionten nicht einmal ein Kraftfeld ein Hindernis?

»Du wirst untersucht werden, Pjotr.« Fed spie die Worte förmlich aus. »Du …«

Etwas geschah. Feds Gesicht erzitterte, nahm einen seltsamen, einfältigen Ausdruck an. Einen unangenehmen Anblick bot er, dieser korrekte Alte, aus dessen Mund jetzt Speichel tropfte.

»Verteidigung deaktivieren!«, sagte Fed. »Verteidigung abschalten! Verteidigung aufheben …«

Seine Stimme klang monoton und schwach. Da bewegte nicht sein eigener Wille seine Lippen …

Der Gummimatsch um mich herum löste sich auf. Schweigend trat ich an Fed heran. Das Gesicht des Ausbilders ergraute zusehends.

»Ich will dir keinen Schaden zufügen«, sagte ich. »Keine Sorge. Ich verschwinde.«

Schweiß trat auf die Stirn des Ausbilders. »Der Schatten ...«, flüsterten seine Lippen.

»Ich bin von der Erde gekommen«, sagte ich. »Beruhige dich ...«

»Der Schatten ...« In seinem Blick lagen nur Hass und Panik. »Ich ... ich ...«

Er taumelte nach hinten.

»Cualcua!«, schrie ich, während ich auf Fed zustürzte.

Das bin nicht ich. Das bin nicht ich. Er hat schwache Gefäße. Eine Hirnblutung.

Ich fing den Körper des Ausbilders auf. Er sah mich in hilflosem Schmerz an.

»Stirb nicht!«, schrie ich. »Du darfst nicht! Bleib am Leben, ich will dir doch nichts Böses!«

Die Augen des Ausbilders schlossen sich kurz.

Das bin nicht ich.

Nik Rimers Ausbilder starb in meinen Armen.

Ich sah in die brechenden Augen. Fed hatte die Angst umgebracht. Die Angst vor einer mir unbekannten Kraft, vor dem Schatten, der die Geometer in die Flucht geschlagen hatte. Als er starb, hatte er nicht den eigenen Tod durchlitten, sondern war an dem Bewusstsein verzweifelt, dass ein Regressor des Schattens, getarnt in Nik Rimers Körper, weiter auf Der Heimat leben würde. Insofern hatte ich ihn in gewisser Weise doch umgebracht. Genauso sicher, als wenn ich ihm ein Messer ins Herz gestoßen hätte.

»Ich will euch nichts Böses!«, schrie ich. »Ich will es nicht!«

Wie ähnlich sich die Blicke von Toten sind! Die Augen des Ausbilders Fed waren ebenso leer und ruhig wie die des perversen Kley, der von einem Wendigen Freund ermordet worden war.

»Ich wollte das nicht ...«, wiederholte ich, während ich den Körper des Ausbilders auf den Boden bettete. »Ich wollte das nicht ...«

Er hat aufgehört zu denken.

Ich trat ans Fenster. Obwohl es mir schwerfiel, den Blick von dem toten Körper zu reißen, starrte ich jetzt in die kalte Tundra hinaus. Es schneite, der vom Ausbilder Fed georderte Schnee. Meine Spuren verschwanden unter ihm. Wahrscheinlich war Das Mütterchen schon am Horizont aufgegangen. Aber hier herrschte Nacht, denn bleigraue Wolken hatten sich vor den Himmel geschoben – woher auch immer sie aufgetaucht sein mochten. Gehören sie zum Unterricht in schlechtem Wetter, Ausbilder Fed?

Irgendwann, vor langer, langer Zeit, hatte ich mit meiner Freundin in einem Café gesessen. Am Nachbartisch hatte eine betrunkene Frau ihrem Kavalier wieder und wieder vorgehalten: »Blumen kaufst du für deine Frau ... Blumen ... Blumen, die alles bedecken. Sogar ein Grab.«

Aber Schnee war noch besser als Blumen.

Er verdeckte wirklich alles.

Vier

»Schwöre … schwöre, dass du ihn nicht … essen wirst«, verlangte ich.

Was ist ein Schwur? Und was ist Nahrung? Ich brauche Proben seiner Zellen.

»Du nimmst wirklich nur Proben«, stellte ich klar.

Gut.

Ein dünner weißer Faden schlängelte sich aus meiner Hand. Er beleckte das Gesicht des Ausbilders und glitt zurück.

Das ist einfach.

»Dann fang an, Cualcua.«

Im Bad des Ausbilders nahm der Spiegel die ganze Wand ein. Ich stand neben Feds Körper und betrachtete mein Spiegelbild. Ein junger Mann, nackt, mit kalten grauen Augen.

Ich kann den Schmerz nicht vollständig fernhalten.

»Fang an.«

Es war, als schütte man heißes Wasser über mich. Meine Haut rötete sich, jedes Härchen trat klar hervor. Meinen Körper schüttelten leichte Krämpfe.

Das hielt ich aus.

Etwas riss mich nach oben. Machte mich größer. Streckte mich. Dagegen war das mit den Krallen, die der Cualcua schon einmal aus meinen Fingern hatte wachsen lassen, geradezu läppisch gewesen! Ich fiel auf die Knie, mein Körper erschlaffte und sackte auf die Leiche des Ausbilders.

Dieser Schmerz ...

Mein Gesicht wurde von innen durchgeknetet. Meine Augen quollen hervor. Die Schultern rundeten sich. Die Beine wurden krumm.

Dieser Schmerz würde nicht ewig anhalten ...

Ich grub das Gesicht in die schwachen, morschen Knie des Ausbilders Fed. Der verlorene Sohn, der zu seinem guten Vater zurückgekehrt war. Ich habe bereut, Vater. Ich bin einverstanden, bis ans Ende meiner Tage die fetten Viehherden zu hüten. Nur hab Mitleid mit mir, berühre mich mit deiner zärtlichen Hand und schlachte dein gemästetes Kalb etwas schneller. Segne mich mit deiner toten Hand, Ausbilder ...

... Mir schwindelte. Mein Körper war mir fremd geworden. Ein ausgetrockneter, täppischer alter Körper. Ich stand auf und sah mich mit den Augen des Ausbilders Fed an.

Nun war ich ein vollwertiges, wenn auch gestraucheltes Mitglied der Gesellschaft der Geometer.

Der Ausbilder Fed.

Sollte es etwa mein Schicksal sein, ständig die Hülle zu wechseln, von Körper zu Körper zu wandern? Musste ich zum Feind werden, um ihn zu verstehen? Töten – verstehen – nachahmen?

Wollte ich das wirklich?

Der Wahnsinn, mit einer alten Proton zu starten, die Süße des Jumps, die erlaubte Exotik fremder Welten und die Freude der Rückkehr – das war meine Welt. Ekelhaft, wahnsinnig, bar jeder Hoffnung, aber meine.

Wer war ich, über das Schicksal der Welten zu entscheiden? Ich hatte nie auch nur über mein eigenes Schicksal bestimmt!

Aber so hatte es sich gefügt. So lagen die Karten, die vor Jahrtausenden gemischt worden waren, von den Menschen, den Starken Rassen und den Geometern. Am Ende einer alten Geschichte, am Beginn einer neuen gibt es stets jemanden, dessen Aufgabe darin besteht, Verantwortung zu übernehmen. Zu entscheiden. Für alle.

Ohne das Recht, sich zu rechtfertigen. Ohne die Hoffnung auf Mitleid. Jedes Verhalten wird zum Fehler, wenn auf den Waagschalen das Leben und der Tod von Zivilisationen liegen. Ich musste nach Hause zurückkehren. Ich musste berichten, wer die Geometer waren. Und in der Hülle des Ausbilders Fed dürfte mir das gelingen. In ihr konnte ich die Transportkabinen benutzen, mir ein Schiff schnappen und es genau zu dem Punkt im Kosmos bringen, an dem die Flotte der Alari auf mich wartete.

Dann würde es Krieg geben. Das Konklave gegen die Geometer und ihre Freunde.

Ich könnte mich allerdings auch an den Weltrat wenden. Ihm vom Konklave erzählen, vom Planeten Erde, der unter dem Joch der Außerirdischen vegetierte.

Dann würde es Krieg geben. Das Konklave gegen die Erde und die Geometer ...

Ich will diese Entscheidung nicht treffen. Nicht, solange es noch den Schatten einer Hoffnung gibt ... *den Schatten ...*

Die dritte Kraft.

Jene Kraft, welche die Geometer in Panik versetzt hatte.

Ob in dieser Welt Rettung lag? Ob sie einen Weg bot, der sowohl auf die kalte Logik der Starken Rassen als auch auf die böse Güte der Geometer verzichtete?

Ich verließ das Bad. Mit einer Verzweiflung, als wollte ich wieder in einen dunklen Brunnen springen, schob ich die Hand in den Trichter des Terminals.

»Meine Aufgaben für heute!«

Wecken in siebzehn Minuten ...

Die stumpfsinnige Dienstbarkeit des Steuerungssystems brachte mich zum Lachen. Es überprüfte nicht das Bewusstsein, sondern identifizierte einen Menschen anhand von Fingerabdrücken oder der Genstruktur. Aber ins Allerheiligste, ins eigene Gehirn, lassen die Geometer keine Maschinen hinein.

Kennenlernen der Schützlinge. Unterricht. Vor vierzig Minuten wurde die Entscheidung getroffen, eine Unterrichtsstunde zum schlechten Wetter abzuhalten. Der weitere Arbeitsplan liegt noch nicht vor.

»Ihr werdet eure Lektionen lernen«, kündigte ich an. Selbst meine Stimme klang anders. Rau, zitternd, die gelangweilte Stimme des Ausbilders Fed.

Das Steuerungssystem schwieg.

»Wie kann ich eine größere Menge organischer Stoffe loswerden?«

Im Bad gibt es einen Müllschlucker.

Ich zog die Hand aus dem Terminal. Die Variante gefällt dir nicht, was, Ausbilder Fed?

Wieso eigentlich nicht? Schließlich weiß ich auch nicht, auf welcher Müllhalde mein Weg enden würde ...

Trotzdem brachte ich das nicht fertig.

Unter keinen Umständen.

»Ich kann das Gebäude verlassen?«, fragte ich, indem ich das System abermals aktivierte.

Die Notausgänge befinden sich im Erdgeschoss.

Ich schaute auf den Bildschirm, der mir nach wie vor die Halle im Parterre zeigte. Der kleine Wachtposten schlief noch.

»Noch zehn Minuten, Kleiner«, sagte ich. »Abgemacht? Vielleicht träumst du von einem neuen Planeten oder von *Nicht-Freunden*, bei denen man schnellstens eine Regression durchführen muss.«

Der Junge schlief weiter, was ich als Zustimmung auffasste.

Als ich ins Internat zurückkehrte, war ich bis auf die Knochen durchgefroren. Der Cualcua hatte mir keine Thermoisolierung angeboten, von mir aus hatte ich ihn nicht darum gebeten.

Schließlich hatte es nicht allzu lange gedauert, den Körper des Ausbilders Fed in einer Schneewehe zu vergraben.

Asche zu Erde.

Eis zu Schnee.

Vor der Tür – vor jener, an die ich vor ein paar Stunden erfolglos gehämmert hatte – klopfte ich meine Sachen ab und brachte die kurze, für irdische Verhältnisse zu knappe Jacke in Ordnung. Die Tür öffnete sich gehorsam. Ich betrat die Halle und fing den erschrockenen Blick des Jungen auf, der unter der vernickelten Harpune hervorkroch.

War er also doch aufgewacht.

»Einen fröhlichen Morgen, mein Junge«, begrüßte ich ihn.

»Einen fröhlichen Morgen, Ausbilder«, antwortete er mit dünner Stimme.

Den Jungen beschäftigte fraglos nur ein einziger Gedanke, nämlich ob ich gesehen hatte, dass er auf seinem Posten geschlafen hatte. Genauer gesagt, welche Schuld er wohl damit auf sich geladen hatte ...

»Als ich klein war«, brachte ich diesen dämlichen Satz heraus, der jedem Erwachsenen über die Lippen kommt, sobald er mit einem Kind spricht, »bin ich auch ein paar Mal während der Wache eingeschlafen. Bei uns im Eingang stand ... äh ... ein alter Pflug. So ein Ding, mit dem man bereits im Burgenzeitalter den Boden gepflügt hat. Neben dem bin ich auch öfters eingeschlafen. Ich glaube, es ist nicht so schlimm, gegen Morgen ein wenig zu schlummern. Meinst du nicht auch?«

»Ja«, antwortete der Junge wie verzaubert.

Verschwörerisch zwinkerte ich ihm zu und ging zur Treppe. Besser, der Junge erinnerte sich daran, dass sein Ausbilder ihm sein Vergehen verziehen hatte – als daran, dass er hinausgegangen war, um im Schneetreiben herumzuspazieren.

»Trifft mich wirklich keine Schuld, Ausbilder?«, fragte er zaghaft hinter mir.

Ich blieb stehen und sah den Jungen an. Nein, die Welt der Geometer war weiß Gott keine Parodie auf die klassenlose Gesellschaft, wie ich zunächst geglaubt hatte. Selbst wenn hier Geld im Umlaufe wäre, hätte das nichts geändert.

Es war eine Welt der Erziehung. Der Ausbildung. Der Instruktion.

Eine Welt, die den Traum eines wahnsinnigen Pädagogen verkörperte.

Eine Welt, in welcher der Lehrer, der Ausbilder, zum höchsten Maß der Gerechtigkeit geworden war.

Aus den Kindern konnten die Ausbilder machen, was ihnen gefiel. Sie konnten ihnen beibringen, Menschenfleisch zu essen oder sich im Schnee zu sonnen. Die Kinder waren formbar wie Knetmasse. Ein idealer Rohstoff, ein ideales Kanonenfutter.

Tragen wir Freundschaft durch die ganze Galaxis!

Ich könnte zu dem Kleinen gehen, ihn umarmen und ihm versichern, niemand auf der Welt sei schuldig. Weder derjenige, der auf seinem Posten schläft, noch derjenige, der durch die Nacht schleicht, nachdem er aus einem Lager mit dem Namen *Frischer Wind* geflohen ist. Und selbst der Mensch, dessen Körper jetzt in einer Schneewehe steif wurde, war unschuldig. Vielleicht traf nur denjenigen, der vor Jahrhunderten die Verantwortung für die Welt der Geometer auf sich genommen hatte, Schuld, vielleicht waren Rig der Stinkende oder sein Ausbilder schuldig geworden ...

Nur war das eine Sackgasse. Denn jeder Schritt, jedes Wort ändert deine Mitmenschen. Und die Wege in die

Hölle sind ausschließlich mit guten Absichten gepflastert, das Prinzip des Kleineren Übels aber, eine der Waffen der Regressoren, ist mitunter so verführerisch und verlockend.

Außerdem durfte ich mir auch nicht den Hauch von Liebe und Zärtlichkeit gestatten. Denn beides war in dieser Welt zur Waffe geworden. Eine nie versagende und todbringende Waffe.

»Ich bin dir überhaupt nicht böse«, sagte ich.

So war es richtig. Der Junge lächelte und reckte sich unter der hölzernen Harpune, mit der die Vorfahren der Geometer die hiesigen Haie erlegt hatten.

Ich ging nach oben.

Das Internat erwachte allmählich. Ich hörte die leisen Geräusche hinter den Türen, die Balgereien und die verschlafenen Seufzer. Die einen wachten von allein auf, andere wurden geweckt. Normaler Kinderlärm. Wieso sollte diese gemütliche kleine Welt auch schlechter sein als die Erde? Schlechter als unsere vernachlässigten Kinder, die ewig betrunkenen Erwachsenen, die Schulen, in denen einem *nichts* beigebracht wird, die Berufe, die keine Freude bringen?

Nein, sie *war* schlechter. Wenn ich Zweifel daran zuließ, war ich verloren.

So wie es Andrej Chrumow sich erträumt hatte, war ich zu meinem eigenen Maßstab geworden. Denn der ist frei von allen Zweifeln. Der Meter oder das Kilogramm hängen weder von den Träumen der Verkäufer noch von den Wünschen der Kunden ab.

Mir gefiel die Welt der Geometer nicht!

Also musste ich weitergehen. Auf ihren Spuren, durch die Kehrseite des Raums und durch den Himmel, dem seine Sterne abhandengekommen waren. Bis die Nacht unter Millionen von kalten Funken lodern würde. Bis mir die Welt des Schattens, die die Geometer in die Flucht geschlagen hatte, eine Antwort gab.

Was jedoch dient als Maß, wenn der Verstand versagt und das Herz dich verraten hat?

»Einen fröhlichen Morgen, Fed!«

Ich lächelte der jungen Frau freundlich zu, die aus ihrem Zimmer trat. Sie war Ausbilderin, sah mich jedoch mit Respekt und unbeholfenem Mitleid an. Na klar. Schließlich war Fed gestrauchelt. Und sie hatte nicht die Absicht, Fehler dieser Art zu machen. Vor gar nicht langer Zeit erst hatte man ihr das Gehirn gewaschen, nun hielt sie die ruhmreiche Stafette in Händen.

»Einen fröhlichen Morgen ... äh ...«

»Lori. Ausbilderin Lori.«

Sie trug einen kurzen Rock. Ein winziges Stück Stoff spannte sich über ihre Brust, sie nannten das Frauenband. Das schwarze Haar war zu einem Zopf gebunden. Auf der Erde würde man sich nach ihr umdrehen, wahrscheinlich weil sie gut aussah, weniger wegen ihrer seltsamen Aufmachung. Für meinen Geschmack war sie ein wenig zu füllig, aber über Geschmack lässt sich ja bekanntlich nicht streiten.

Hatte Fed sie gestern kennengelernt, oder war er nicht mehr dazu gekommen?

»Ich wollte Sie zum Frühstück einladen«, sagte die Frau. »Sind Sie hungrig?«

»Ein wenig.«

Der Cualcua in meinem Körper vertrat bestimmt eine andere Ansicht. Vielleicht auch nicht. Schließlich war Nik Rimer weitaus massiver als der Ausbilder Fed. Und wohin war das überflüssige Fleisch eigentlich verschwunden?

»Wollen Sie zu mir kommen?«

In ihrem Verhalten lag nicht die Spur von Erotik. Und zwar nicht, weil der Ausbilder Fed bereits zu alt war. Sondern einfach weil das hier nicht üblich war. Nicht notwendig.

Es lenkte von der Freundschaft ab.

Loris Zimmer war gemütlicher als »meins«. Auch hier hingen Photos von Kindern an den Wänden, aber viel weniger, noch keine zwei Dutzend. Etliche bunte Flickenteppiche bedeckten den Boden, waren an den Wänden aufgehängt, lagen über dem Bett.

»Sehr hübsch!«, sagte ich ehrlich.

Lori blühte auf. »Wirklich, Fed? Ich habe nur geringe Fähigkeiten, aber ich gebe mir Mühe ...«

Nachdem ich mich an den Tisch gesetzt habe, beobachtete ich schweigend, wie die junge Frau das Frühstück vorbereitete. Zwei Tassen wurden aus einer Plastikkanne mit heißem Kaffee gefüllt, winzige Brotscheiben, bestreut mit fein gehackten Kräutern, aufgetragen, Fleischstücke in zwei Porzellanschalen gefüllt.

Ihr Fleisch war künstlich, so viel hatte ich immerhin herausgefunden. Entweder wurde es in Kübeln angesetzt oder synthetisiert. Um der Nahrung willen töteten die Geometer keine Lebewesen.

»Wir haben uns große Sorgen um Sie gemacht, Ausbilder Fed«, sagte Lori. »Wir alle verstehen Ihren Kummer.«

Ich nickte und machte mich über das Essen her. Ich weiß nicht, wie es um den Cualcua stand, aber inzwischen hatte ich wirklich Hunger.

»Sagen Sie ... falls Ihnen das nicht zu nahegeht ... ist Ihr Schützling Nik Rimer unheilbar?«

»Absolut«, antwortete ich, nachdem ich ein Stück Brot und das Fleisch hinuntergeschluckt hatte. »Es gibt keine Hoffnung.«

»Verzeihen Sie, Fed ...«

»Es macht nichts«, versicherte ich übertrieben munter. »Dergleichen passiert.«

Vermutlich hatte ich einen Fehler begangen, indem ich mich als Zyniker aufführte. Lori betrachtete mich mit einem Anflug von Angst. Aber jetzt riss es mich mit.

»Er war immer ein komplizierter Schützling«, fuhr ich wütend fort. »Er hat Gedichte geschrieben, ohne das geringste Talent dafür zu zeigen. Er ist aus dem Fenster geklettert, statt sich auf den neuen glücklichen Tag vorzubereiten. Er hat mit mir gestritten, geheult oder geschwiegen, statt seine Fehler zuzugeben. Ein höchst komplizierter Junge! Und als er sein Gedächtnis verloren hat und mit ihm all das, was ich ihm beigebracht hatte – war der traurige Schluss unvermeidlich!«

Und?

Du hast doch kluge Augen! Du fertigst Teppiche an, obwohl das nicht deine Berufung ist. Sag einem alten Ausbilder, dass er sich irrt!

Oder schweig wenigstens!

»Nehmen Sie es sich nicht so zu Herzen, Fed.« Sie berührte meine Hand. »Niemand wäre imstande gewesen, mit einer solchen Situation zurechtzukommen.«

Man dringt nicht zu ihnen durch.

»Sie übernehmen eine neue Gruppe«, fuhr Lori in zärtlichem Ton fort. »Sie ziehen neue Schützlinge heran, die Rimers Schuld begleichen.«

»Das werde ich«, versicherte ich, während ich schwer an den letzten Fleischstücken schluckte.

Ich musste fliehen. Musste weg von hier. Solange die Schneewehe unter den Fenstern noch nicht geschmolzen war, solange die Wendigen Freunde nicht gestanden hatten, dass Nik Rimer lebend entkommen war, indem er übermenschliche Fähigkeiten an den Tag gelegt hatte.

Wenn nur die geringste Chance dafür bestand, dann musste ich den Weg der Geometer rückwärts gehen. Ich musste zum Kern vordringen, ins Innere der Galaxis, dorthin, wo nicht einmal die Starken Rassen hinkamen. Ich musste den Schatten finden.

Vielleicht hatte ich Glück, und darin lag wirklich unsere Rettung?

»Möchten Sie noch Brot?«, erkundigte sich Lori.

Ihre sanfte Stimme ließ mich leicht zusammenfahren. Du müsstest Köchin sein, Lori. Oder noch besser heiraten, Kinder bekommen und sie selbst erziehen, sie mit Kuchen verwöhnen und mit Milchbrötchen.

»Nein, danke.«

Ich stand auf und schaute aus dem Fenster. Es schneite erbarmungslos. Die Schneeflocken wirbelten und trieben gegen das Fenster. Schwaches Sonnenlicht schimmerte hinter den Wolken, nützte aber nichts.

»Wer hat nur das schlechte Wetter bestellt ...«, fragte Lori nachdenklich.

»Das war ich. Also ... ich wollte das für den Unterricht. Für eine Lektion zum schlechten Wetter.«

»Eine interessante Entscheidung«, versicherte Lori. »Haben Sie sich schon Ihre Schützlinge ausgesucht?«

»Nein.«

»Nehmen Sie die dritte Gruppe der Kleinen, Ausbilder Fed.«

»Gut«, willigte ich ein. War es nicht völlig einerlei, wer mir zugeteilt würde? Schließlich hatte ich ohnehin nicht die Absicht, mich hier länger aufzuhalten.

»Es sind die schwierigsten Kinder ...«, berichtete Lori eifrig. »Da werden Sie sofort in Ihrer Arbeit aufgehen, Fed! Das ist eine hochinteressante Gruppe, aber von uns kommt niemand mit ihr zurecht. Schließlich hat niemand Ihre Erfahrung ...«

Ich lachte lautlos, ohne Lori mein Gesicht zuzukehren.

Vielen Dank für das Vertrauen. Der Ausbilder Fed würde deinen Rat vermutlich schätzen.

Natürlich würde ich diese Farce nicht lange durchhalten können. Der Cualcua konnte mein Äußeres perfekt imitieren, aber ich wäre nie in der Lage, mich wie Fed zu verhalten.

Ich musste Zeit gewinnen. Nur ein paar Stunden, bis die Ausbilder der Arbeit mit ihren Schützlingen nachgehen würden. Dann würde ich eine Kabine benutzen und verschwinden.

Die Weltraumbahnhöfe der Geometer waren praktisch unbewacht. Ich müsste also nur einen Piloten in meine Gewalt bringen, ihn ausschalten und dem Symbionten die Möglichkeit geben, eine Gewebeprobe zu nehmen. Dann würde ich mein Äußeres ändern und zum Schiff vordringen.

Über alles Weitere brauchte ich mir den Kopf jetzt noch nicht zu zerbrechen.

Ich hätte lieber in Feds Zimmer gewartet. Meiner Ansicht hätte das nicht gegen den guten Ton verstoßen, und die Verschlossenheit des frisch eingetroffenen Ausbilders dürfte allen verzeihlich erscheinen. Schließlich hatte er so viel durchgemacht mit seinem wahnsinnigen Schützling ...

Aber ich bekam Besuch. Die gastfreundliche Lori und ein junger Mann, den ich nicht kannte. In seinen Augen lag der gleiche mitleidige Respekt. Wahrscheinlich waren in diesem Internat alle Angestellten noch sehr jung.

»Sollen wir Sie zur dritten Gruppe bringen, Ausbilder Fed?«, erkundigte sich Lori. »Die Kinder warten schon auf Sie.«

Der Mann verzichtete darauf, sich vorzustellen. Offenbar kannten wir uns bereits. Darum nickte ich ihm zu und ging so jedem Gespräch aus dem Weg.

Die Gruppe, mit welcher der Ausbilder Fed nun nie arbeiten würde, wohnte im elften Stock des Turms. Gehorsam folgte ich Lori und dem Unbekannten.

»Wenn Sie wollen, Ausbilder, bleiben wir ...«

»Nein, das ist nicht nötig«, lehnte ich ab. »Ihr habt selbst genug zu tun.«

Beobachter – das hätte mir gerade noch gefehlt!

»Da wären wir«, brachte der Mann seine ersten Worte heraus. »Eine schwierige Gruppe, Ausbilder Fed. Die Kinder zeigen eine ausgeprägte Neigung, alles zu kritisieren. Man muss sie buchstäblich von jeder Kleinigkeit überzeugen.«

»Das werde ich schon schaffen«, versicherte ich. »Keine Sorge.«

Unter dem aufmerksamen Blick meiner beiden Begleiter betrat ich das Zimmer der dritten Gruppe. Die jungen Kollegen des Ausbilders Fed spürten, dass etwas nicht stimmte.

Ich sollte wirklich zusehen, hier wegzukommen.

Bei der Innengestaltung der Räume gestanden die Geometer ihren Schützlingen durchaus Phantasie zu. Vermutlich verflüchtigte sich dieses Bedürfnis mit der Zeit von selbst. Nicht, weil sie nicht nach Schönheit oder Individualität strebten, sondern weil ihr Zuhause – davon hatte ich mich bereits überzeugen können – ihnen lediglich einen Ort zum Schlafen und Schutz gegen schlechtes Wetter bedeutete. Ihre Gesellschaft gab ein faszinierendes Beispiel für eine Zivilisation von Extrovertierten ab. Für eine Welt, die auf Expansion ausgerichtet war. Und dabei absolut glücklich.

Diese Kinder hatten einfach noch kein würdiges Ziel gefunden, auf das sie ihre kleinen Kräfte richten konnten. Sie hatten kein Labor, keine Werkstatt, nur dieses eine Zimmer, das sie für ihr Zuhause hielten. Oder eher für ihre Burg ... wobei sie in ihrer Naivität nicht einmal ahnten, dass der Ausbilder jederzeit, Tag und Nacht, in ihr Zimmer hineinschauen konnte.

Die Wände waren mit einer geriffelten, grauen Folie überzogen, die recht überzeugend Steinquader imitierte. Die Decke hatte eine Folie in Holzimitat erhalten. Auf dem Fußboden lag ein seltsamer Teppich, der an dicht verflochtene Strohbündel denken ließ. Die Lampen, vermutlich elektrische, saßen in nachgedunkelten Kupferschalen, die an Ketten von der Decke herabhingen. Sie spendeten ein trübes Licht, vor dem Fenster hing eine Strickgardine von unbestimmter Farbe. Die Betten waren grob, hölzern, der Tisch, wenn auch tadellos sauber, so doch ordentlich zerkratzt und mit einem in seine Mitte hineingerammten Messer.

Die vier Jungen in der peniblen, nahtlosen Kleidung der Geometer – Shorts und Hemden in Salatgrün – nahmen sich ein wenig fehl am Platze aus. Sie mochten etwa elf oder zwölf sein, im Alterssystem der Erde gesprochen. Die vier saßen direkt auf dem Fußboden, das Gesicht der Tür zugekehrt. Anscheinend hatten sie auf mein Kommen gewartet.

»Hallo«, begrüßte ich sie. »Habt ihr es nicht geschafft, euch Kleidung aus dem Burgenzeitalter zuzulegen?«

»Guten Tag, Ausbilder«, antwortete einer der Jungen ernst. Ein rotblonder Junge, ganz wie Nik Rimers Freund Inka, der im Kern gestorben war. Ein schmächtiger kleiner Kerl. Mit einem wachsamen Blick.

Das heißt, eigentlich hatten alle vier einen wachsamen Blick. Nicht verschreckt, natürlich nicht, wieso sollten die Kinder der Geometer auch ihre Ausbilder fürchten? Sondern einfach aufmerksam, zweifelnd, abschätzend.

»Wir haben Kleidung aus dieser Zeit«, fuhr der Junge fort. »Nur wird uns geraten, sie ausschließlich in der Freizeit anzuziehen. Und jetzt haben wir Unterricht.«

Die Botschaft war angekommen: Misch dich nicht in unsere Spiele ein, verehrter Ausbilder. Lass uns unsere Freiheit.

Ich setzte mich neben die Jungen auf den Fußboden – Teufel auch, wie ungelenk dieser Körper Feds war – und fragte: »Wie heißt ihr, Kinder?«

»Wissen Sie das wirklich nicht, Ausbilder?«, wunderte sich der rotblonde Junge ehrlich. Ein anderer, ein blonder Lockenkopf mit dem Gesicht eines schlaftrunkenen kleinen Engels, ergänzte ebenso langsam wie genüsslich: »Über unsere Gruppe gibt es doch Daten ... jede Menge sogar ...«

Ich hätte gern meine Zeit mit diesen Jungen verbracht. Ich hätte versucht zu verstehen, woher in dieser Welt der Geometer so höfliche, zugleich aber auch so dickschädelige Kinder kamen, die nicht Regressor spielten, sondern Burgenzeitalter ... das letzte Zeitalter der Freiheit auf diesem Planeten. Das wäre eine interessante Aufgabe gewesen. Wenn mir zehn Jahre zur Verfügung stünden, würde ich sie sogar erziehen. So, wie es sein musste ... aus meiner Sicht. Und sie wären ebenfalls Ausbilder geworden ... hätten diese Welt verändert.

Und es hätte eine herrliche Schlacht gegen die Geometer gegeben, ausgetragen mit ihren eigenen Waffen. Dann hätten wir noch die Pest eingeführt, damit ganz gezielt die Ausbilder ausgerottet – und wären endgültig in ihre Fußstapfen getreten.

»Ich habe mir eure Dateien nicht angesehen«, sagte ich. »Das wäre nicht fair, findet ihr nicht auch? Schließlich habt ihr über mich auch keine Informationen.«

Die Jungen schwiegen. Bestimmt hatten sie schon etliche Ausbilder erlebt. Und allerlei Methoden kennengelernt, mit denen warmherzige, freundschaftliche Beziehungen hergestellt werden sollten ...

Ich seufzte. Tut mir leid, Jungs, aber mir stehen diese zehn Jahre nicht zur Verfügung, um euch zu helfen. Leider nicht. Ich habe noch nicht mal zehn Tage, um mich mit euch anzufreunden. Zum Glück nicht.

»Warum habt ihr euch gerade das Burgenzeitalter ausgesucht, Kinder?« Ich ließ meinen Blick durch das Zimmer schweifen. »Warum nicht das Knochenzeitalter oder das Meereszeitalter? Interessieren die euch denn nicht?«

»Weil das Burgenzeitalter einen Wendepunkt in der Entwicklung der Menschheit darstellt, Ausbilder«, teilte mir der rothaarige Junge mit. »Eine Wegscheide.«

»Den Punkt, an dem man sein Schicksal wählt«, ergänzte der Lockenkopf. »Unsere Welt wäre jetzt vielleicht eine andere, wenn es die damaligen Ereignisse nicht gegeben hätte. Sehen Sie das nicht auch so?«

Wie schade, dass mir nicht ein paar Jahre zur Verfügung standen ...

»Das tue ich«, gab ich zu. Ich erhob mich. Der alte Körper knirschte missmutig in den Gelenken. »Habt ihr etwas dagegen, wenn ich das Fenster aufmache, Kinder?«

Sie hatten nichts dagegen. Sie legten es aber auch nicht darauf an, mir zu helfen. Oder mich kennenzulernen. Zwei von ihnen hatten sich nicht einmal zu einem Gespräch mit mir herabgelassen ... diese unerschrockenen kleinen Rebellen.

Ich zog die Gardine zurück. Wie ich erwartet hatte, war das Glas durchsichtig. Zum Einsatz von Technik hatten sich die vier nicht herabgelassen, von ein paar elektronischen Büchern auf ihren Betten vielleicht abgesehen.

Draußen tobte ein trübes Schneegestöber. Der Wetterdienst hatte den letzten Befehl des Ausbilders Fed erfüllt. Der helle Fleck der Sonne ließ sich kaum erkennen. Ich würde diesen fremden Stern nicht länger Mütterchen nennen.

»Kann sich die Welt denn nicht auch jetzt noch ändern?«, fragte ich. »Der Punkt, an dem man sein Schicksal wählt – was ist das denn? Ein mit einem Kreis markierter Tag im Kalender? Eine absolut zufällige Pestepidemie? Eine Entscheidung des Weltrats?«

Die Jungen hinter mir schwiegen. Nach einer Weile sagte der Rotblonde, dessen Stimme ich inzwischen erkannte: »Nein, Ausbilder. Der Punkt, an dem man sein Schicksal wählt, das ist der Tag, an dem die Welt etwas verliert.«

»Aber gewinnt sie nicht auch etwas?«

»Sie gewinnt nur einen Weg. Aber sie verliert Tausende. Wie eine Kugel, die auf der Spitze eines Hügels liegt. Die Kugel kann sich da oben nicht lange halten und rollt runter. Man muss ihr nur einen kleinen Stoß geben. Und wenn sie erst mal rollt, kann man sie so schnell nicht umlenken.«

Jemand schnaubte und flüsterte etwas.

»Du immer mit deinen kindlichen Vergleichen ... au!«

Ich wartete, bis sich der Streit gelegt hatte, dann sagte ich: »Das stimmt. Nur gibt es im Leben keine Hügel und keine Hänge, die für alle gleich sind. Da steht immer einer unten und sieht, wie die Welt auf ihn zurollt, und kann nichts dagegen tun, während ein anderer alles von oben betrachtet und glaubt, die Kugel rolle den einzig richtigen Weg hinunter. Und ein Dritter wiederum ...«

Ich legte eine Pause ein – und natürlich hielt es einer der Jungen nicht aus: »... der steht genau da, wo die Kugel rollt?«

»Richtig.« Ich drehte mich um und sah ihn an. Es war ein absolut unauffälliger Junge, dunkelhäutig, dunkelhaarig, mit einer leichten Andeutung von Schlitzaugen. Auf der Erde hätte man ihn für einen Asiaten gehalten. »Ganz recht. Jemand steht genau auf dem Weg, den die Welt nehmen könnte. Und er sieht, dass die Welt eigentlich unbeweglich ist. Dass sie nur erstarrt ist und gleich abstürzt. Und dieser Mensch kann die Hand ausstrecken und der Welt einen Stoß in die nötige Richtung geben. Wenn er sich das traut, natürlich nur. Denn richtige Richtungen gibt es nicht.«

»Und wie kommt man an diesen Punkt?«, fragte der Lockenkopf da plötzlich.

»Dafür braucht man sich nicht einmal besonders anzustrengen«, antwortete ich achselzuckend. »Die Welt kommt ... von selbst zu dir. Hauptsache, du verstehst, dass du jetzt an der Reihe bist, die Hand auszustrecken und sie anzustupsen ... Also, Kinder, ihr solltet doch jetzt eigentlich Unterricht haben!«

»Ich denke, wir haben schon damit angefangen, Ausbilder Fed«, sagte der rotblonde Junge. »Ich heiß Till, Ausbilder.«

Nein, eigentlich sprach sich sein Name etwas anders aus. Aber in dem Jungen steckte wirklich etwas von einem Till Eulenspiegel. Als ich lächelte, musste ich das Gesicht des Ausbilders Fed mühevoll dazu bringen, meinen Willen auszuführen. Er hatte nicht das Lächeln, an das ich gewöhnt war. Mit Niks Körper hatte es diese Probleme nicht gegeben.

»Ich heiße Grik ...« Das war der Lockenkopf.

»Und ich Laki ...« Der »Asiate«.

»Und ich Fal ...«, brachte der Junge heraus, der bis jetzt geschwiegen hatte.

Sogar der Blick hatte sich bei ihnen allen verändert. Er war nicht mehr so wachsam. Er war jetzt ... wie bei herrenlosen Welpen, die auf der Straße einem Fremden zulaufen. Aufgrund ihrer Jugend glauben sie fest daran, nicht getreten zu werden, auch wenn sie schon ahnen, dass sie sich nicht an jeden Fremden werden schmiegen dürfen.

Sie werden euch kleinkriegen, Kinder. Mit all euren Zweifeln, eurer Neugier und der großen Bereitschaft, Kritik zu üben. Ihr könnt euch dem nicht entziehen, wenn sich ein Ausbilder wie Fed der Sache annimmt. Vielleicht geht dabei das Potenzial, über das ihr verfügt – eure Fähigkeit, aus der Reihe zu tanzen, Fragen zu stellen und Antworten zu finden – nicht einmal verschütt.

Und irgendwann werdet ihr an den gemütlichen Tischen im Weltrat sitzen und in der gemütlichen, fast heimeligen Atmosphäre entscheiden, wohin eure Welt rollt ...

Von der Tür war ein gedämpftes, dumpfes Dröhnen zu hören, fast als schlüge eine Glocke.

Die Jungen wechselten Blicke.

»Es ist jemand gekommen, Ausbilder Fed«, teilte Grik mir mit. »Da sind Fremde am Tor!«

»Sie wollen zu mir«, teilte ich ihnen ohne den Hauch eines Zweifels mit. »Öffne bitte die Tür.«

Vielen Dank, dass ihr mich habt mitspielen lassen, Kinder. Aber jetzt ist das Spiel aus.

Grik, der komisch auf allen vieren über das »Stroh« krabbelte, sprang auf und klatschte mit der Hand gegen die Tür. Garantiert ließ sich ihre Tür nicht ordentlich abschließen, und jeder Ausbilder konnte ungefragt hereinkommen. Aber noch bewahrten sich die Kinder die Illusion, sich an einem geschützten Ort zu befinden.

Vor der Tür stand Katti.

Ich wunderte mich nicht einmal darüber. In meinem Innern hätte ich es akzeptiert, hinter ihr auch Tag und Han mit einem medizinischen Paralysator in der Hand zu sehen. Oder auch eine ganze Einheit. Und zu hören: »Das Spiel ist aus, Regressor des Schattens!«

»Hallo, Kinder ... Guten Tag, Ausbilder Fed.« Sie legte dem Jungen die Hand auf die Schulter und sah mich an. Mich, den gemeinen Spion, der erst in den Körper ihres Freundes, dann in den ihres Ausbilders geschlüpft war. Sie blickte traurig und treu ergeben.

»Guten Tag, Katti«, sagte ich.

»Ausbilder, verzeihen Sie, dass ich Ihren Unterricht störe. Aber ich muss dringend – sehr dringend – mit Ihnen reden. Ich ... werde warten ...«

»Ich rede jetzt sofort mit dir«, erwiderte ich. Ich sah Grik, der die Berührung ihrer Hand genoss und seinen Gefährten Grimassen schnitt, und die anderen Jungen an. »Tschüs, Kinder. Ihr habt mir sehr gefallen.«

»Kommen Sie bald wieder, Ausbilder Fed?«, fragte Till mit schwacher Stimme, als ich zur Tür ... zum Tor ihrer kleinen, umzingelten und dem Untergang geweihten Burg ging.

»Ich weiß es nicht«, antwortete ich mit der Lüge, die der Wahrheit am nächsten kam.

Im Gang ergriff Katti meine Hand. Ohne uns darüber abzustimmen, gingen wir die Treppe hinunter. Irgendwo im vierten Stock brachte Katti mit schiefem Lächeln heraus: »Sie sind schon richtig in Sie verliebt, Ausbilder. Für die schwierigste Gruppe ist das erstaunlich.«

»Sie sind die normalsten von allen«, erwiderte ich.

»Und sie sind genauso begeistert vom Burgenzeitalter ... wie Nikis Gruppe ...«

Ihre Stimme zitterte.

»Was ist passiert, Mädchen?«

Katti brach plötzlich in Tränen aus und klammerte sich mit aller Kraft an mich. »Ausbilder Fed ... bitte, verzeihen Sie Niki, Ausbilder!«

Fünf

Wir gingen durch den Park, der geschützt unter einem Glashimmel angelegt worden war, und Katti sagte, noch immer schluchzend: »Ich verstehe es ja ... verstehe es, Ausbilder ... Er hat sich fürchterlich benommen. Aber er ist doch krank.«

»Nik ist aus dem Sanatorium geflohen«, teilte ich ihr mit. »Weißt du das?«

Sie nickte schweigend.

»Ich bin nicht böse auf ihn«, fuhr ich fort, angesichts der widerlichen Falschheit, die sich jetzt in meinen Worten verbarg, zusammenzuckend. Aber mir fehlte die Kraft für die Wahrheit! »Ich bin nicht böse auf Niki.«

Der Ausbilder Fed hätte übrigens genau dasselbe gesagt.

»Das liegt alles an seinem Gedächtnis«, behauptete Katti überzeugt. »Wenn wir unser Gedächtnis verlieren, bleibt nur noch das Wesen. Die Seele. Sie wissen doch, wie impulsiv er früher gewesen ist. Wie aufbrausend. Er hat stets sehr emotional reagiert. Sie haben ihm geholfen, sich selbst zu überwinden, Fed. Ein normaler Mensch zu werden. Aber jetzt ist sein Wesen wieder durchgebrochen! Wenn die Erziehung wegbricht, wenn das wegbricht, was die Gesellschaft einem beigebracht hat, dann ... Nik stand ... plötzlich mit nacktem Herzen da. Vor uns, den Klugen und alles Verstehenden ... Ich bin hierhergekommen, weil ich verstanden habe, dass ich nicht länger ... dass ich mit Ihnen reden muss. Sie müssen Niki verstehen, Ausbilder.«

»Was kann ich denn tun, Katti?«, fragte ich, mich hinter der Maske Feds versteckend. »Er hat das Sanatorium verlassen. Er hat die Wendigen Freunde angegriffen. Momentan weiß niemand etwas über sein Schicksal.«

Wir standen in der Nähe der Transportkabine. Ruhig war es hier, in diesem kleinen Park des polaren Internats. Nicht einmal im Gebüsch schien sich jemand zu verstecken, der die Libellen beobachtete oder zufälligen Besuchern auflauerte.

»Als die Entscheidung getroffen worden ist, hätte man Niks Zustand berücksichtigen müssen«, erklärte Katti mit fester Stimme. »Sie wären dazu verpflichtet gewesen. Sie hätten auf einer anderen Strafe bestehen müssen. Oder ... oder den Vorfall vertuschen müssen.«

»Du klagst mich an?«, fragte ich verwirrt. Oder war das nicht ich? Sondern der Ausbilder Fed, der sich in mir eingenistet hatte? Der Ausbilder Fed, der bereit war, die Geometer mit ihren eigenen Waffen zu schlagen, die fünfte Kolonne in den schneeigen Weiten zu erziehen, zu lügen und zu lehren – um der hehren Ziele willen?

»Ja«, antwortete Katti seelenruhig. »Ich klage Sie an, Ausbilder. Und ich kann das gern vorm Weltrat wiederholen.«

Nein, diese Welt war kein hoffnungsloser Fall. Sie war nicht einmal statisch. Sie rollte den Hang hinunter, aber jetzt stand ich auf dem Weg. Ich konnte sie ebenso gut hochwerfen wie fallen lassen, für mich bedeutete das keinen Unterschied. In jedem Fall brauchte ich bloß die Hand auszustrecken und ihr einen Schubs zu geben.

Was für eine süße Versuchung – einen Moment lang an sich selbst zu glauben!

»Niki hat ein Gedicht geschrieben«, sagte Katti leise. »Vor langer Zeit hat er es mir vorgetragen. Er schien förmlich geahnt zu haben, was mit ihm passieren würde … dieses Unglück …«

Ich schwieg, unterbrach sie nicht. Sie war nicht hierhergekommen, um den Ausbilder Fed anzuklagen oder um für den im Schnee vermissten und mit an Sicherheit grenzender Wahrscheinlichkeit toten Nik Rimer zu bitten. Sie brauchte jemanden, mit dem sie über Niki reden konnte.

Und Tag und Han taugten dafür nicht. Vielleicht, weil sie es fertiggebracht hatten, mir die Arme auf den Rücken zu drehen?

»Gestern Abend stopfte ein Fremder mit
Gedächtnisschwund
all meine Erinnerungen in eine große goldene Kugel«,

brachte Katti nachdenklich hervor.

Und ich, versteckt im Körper des Ausbilders Fed, erzitterte, weil ich mich an Nikis Gedicht erinnerte.

An diese seltsamen Zeilen über einen Menschen, der nur eins wollte, nämlich nach Hause kommen, und nicht wusste, dass in seinem Haus ein fremdes Gedächtnis auf ihn lauerte.

... und die Kugel rollte einen Korridor entlang
kullerte die Treppe runter
und warf
direkt vor der Wohnung der Portiersfrau
einen Herrn um
gerade als er beim Nachhausekommen seinen Namen sagen wollte
Und die Kugel hat ihm all meine Erinnerungen in den Kopf gepfropft
so dass er meinen Namen sagte statt seinen
und siehe da
jetzt habe ich ein Weilchen Ruhe

Nik-Nik-Niki ... du Junge einer fremden, fernen Erde, die unserer Erde so ähnlich ist ... Es war unser Schicksal, uns zu begegnen – auch wenn du zum Zeitpunkt unserer Begegnung schon tot warst. Trotzdem sitzt du in mir, und etwas von dir lebt noch in mir. Im Unterschied zum Ausbilder Fed, von dem nichts übrig bleiben wird.

Du wirst leben, solange ich lebe. Vielleicht wirst du das erste Mal im Leben ruhig sein. Wenn auch nur für ein Weilchen.

Und Katti trug das Gedicht weiter vor, leicht und mühelos, sie kannte es auswendig, und ich verkrampfte mich, weil ich wusste, was sie gleich sagen würde:

»Er hat sich alles einverleibt
ich erinnere mich an nichts
und er ging weinen am Grab meines Großvaters
väterlicherseits
jenes gescheiten Heuschreckenzüchters
der nicht viel taugte der aber vor nichts Angst hatte
und der malvenfarbene Hosenträger trug
Seine Frau nannte ihn großes Faultier
oder vielleicht auch großes Maultier
ja ich glaube großes Maultier
oder sonst wie
was weiß ich
woran erinner ich mich denn schon
All das Nichtigkeiten Kram in Schubfächern Krümel
meines Gedächtnisses
Ich kenne das letzte Wort der Geschichte nicht mehr«

»Er war ein guter Dichter«, sagte ich. »Er war ein echter Dichter, Katti.«

»Ich kann es noch weiter«, sagte Katti.

Auch ich konnte das. Deshalb fuhr ich fort:

»Und das Gedächtnis
wie ist es beschaffen das Gedächtnis
wie sieht es aus
wie wird es später aussehen
das Gedächtnis«

»Ich wusste gar nicht, dass Niki Ihnen das Gedicht vorgetragen hat, Ausbilder«, brachte Katti nachdenklich und vielleicht sogar verlegen heraus. »Er hat es erst vor drei Monaten geschrieben. Wussten Sie wirklich, dass Nik weiterhin Gedichte geschrieben hat, Ausbilder?«

Ich schwieg. Für mich gab es nichts mehr zu sagen.

»Sie haben das Gedicht sehr gut vorgetragen, Ausbilder Fed.« Katti hielt den Blick, der immer verständnisloser wurde, fest auf mich gerichtet. »Fast wie Niki. Wie Niki.«

Und nun bist du aufgeflogen, Petja Chrumow.

Es gibt da ein Ding namens Seele, und das lässt sich nicht so leicht fälschen wie die Gesichtsform oder der Genotyp.

»Wasser ...«, bat ich, während ich mich auf den Boden sacken ließ. »Katti, bring mir Wasser. Mir ... mir ist schlecht. Ich brauche Wasser!«

Eine Sekunde kämpften in ihr Verwirrung sowie ein vager Verdacht gegen die Bereitschaft zu helfen. Dann stürzte Katti zum Tunnel, der ins Gebäude des Internats führte.

Ich sprang mit aller Behändigkeit, die mir der alte Körper zugestand, hoch und rannte zur Transportkabine.

Das war's. Die Atempause war vorbei. Jetzt begann die Flucht.

Und trotzdem danke ich dir, Nik Rimer, ich danke dir für deine Gedichte!

Ich rammte die Faust in den quecksilbrigen Brei im Trichter des Terminals.

Der Augenblick, bis die Steuerungssysteme der Geometer, diese gestutzten Elektronengehirne, mit meinem Bewusstsein in Kontakt traten, zog sich lange und peinigend dahin. Ich war aufgeflogen. Hatte mich enttarnt.

Und ich hatte die Chance eingebüßt, Luft zu holen, ein, zwei Tage in dem warmen Innern des Internats abzuwarten ...

Zielort?

»Ausbilder!«

Ich drehte mich um und hakte mich an Kattis Blick fest. Sie war zurückgekommen. Wie angewurzelt stand sie am Rand des Felds, starrte Fed an, der sich gerade noch ans Herz gegriffen hatte – und sich jetzt davonschleichen wollte.

In mir steckt zu wenig vom Ausbilder Fed! Nur das Fleisch.

Seine Seele war mir fremd.

Und Katti hatte gespürt, dass etwas nicht stimmte.

Präzisieren Sie den Zielort!

Wohin sollte ich fliehen? Wo würde man nicht gleich nach mir suchen? Wo konnte ich mich verbergen, mein unbezahlbares Leben retten, meinen zweimal veränderten Körper ...

Welche Kabine?

Ich schaffte es nicht einmal, mich zu freuen. Das Steuerungssystem hatte meine Gedanken gelesen und sie für einen Befehl gehalten. Hervorragend.

»Die erste!«, schrie ich.

Treten Sie ein.

»Ausbilder!«, rief Katti, als ich durch die sich öffnende Tür verschwand. »Ausbilder?«

Sie kam auf die Kabine zugerannt, und ich sah ihr Gesicht durch das milchige Glas, spürte ihre Anspannung, fing den bereits verstehenden Blick auf.

Dann flammte unter mir das hellblaue Licht auf.

Flucht.

Das war alles, was mir noch blieb. Mich verstecken, abtauchen, davonstehlen. Ein Mensch – das ist allzu wenig, um die Welt zu verändern.

Ort des Abschieds. Verlassen Sie die Kabine.

Ich verharrte eine Sekunde, bevor ich die Kabine verließ. Durch das Glas fiel Licht herein, ungleichmäßiges, flackerndes, purpurrotes Licht.

In welche Hölle hatte mich die Kabine gebracht?

Ich trat durch die geöffnete Tür und erstarrte.

Es war dunkel. Nacht herrschte – und aus unerfindlichen Gründen meinte ich, sie währe hier ewig. Und es war heiß. Die Hitze schien zudem ebenso ewig wie die Dunkelheit. Schwere und stickige Luft, geschwängert von Aschegeruch.

Über meinen Rücken strich leichter Wind, doch auch er war heiß und klebrig.

Die Kabine befand sich am Rand einer riesigen Steinschale. Im ersten Moment hielt ich das Ganze für einen Vulkankrater, denn unten, in einer Tiefe von einem halben Kilometer, leuchtete dunkelrotes Lavalicht. Aber der schwarze Stein zeigte einen Spiegelglanz von einer Regelmäßigkeit, zu der sich die Natur nie erbarmen würde, wie sie jedoch den Geometern nur allzu gut gefiel.

Ein schmaler Vorsprung, der am Rand der Schale entlanglief, war förmlich von Transportkabinen gespickt. Alle hundert Schritt ... alle fünfzig Meter ragte ein Zylinder aus dunklem Glas auf, der im fliederfarbenen Widerschein kaum auszumachen war. Sehr, sehr selten und ungeheuer weit voneinander entfernt standen auf diesem Steinrand auch Menschen. Verschwommene Silhouetten, Schatten des roten Feuers, das tief unten loderte.

Wie verzaubert trat ich an den Rand der Schale vor. Eine Absperrung gab es nicht. Keine Lichtsignale, keine Kraftfelder, keine Kante – nichts, was den steinernen Vorsprung vom Abgrund trennte. Faszinierend. Die Geometer liebten das Leben sehr. Was konnte sie dazu veranlasst haben, *dergleichen* zu bauen?

Diese Schale aus schwarzem Stein mit einem am Boden schwappenden See aus dunkelroten Flammen und flirrender Luft. Eine Säule aus heißer Luft stieg in den dunklen, völlig sternfreien Himmel auf.

Dann die Stille. Eine lebendige, alle Geräusche aufsaugende Stille, nicht einfach die Abwesenheit von Geräuschen, sondern eine Stille, wie sie im Buche steht.

Ich trat mit dem Fuß heftig gegen den Stein. Kläglich und hilflos verlor sich das Geräusch in der Stille.

Ich drehte mich um. Bis auf die funkelnden Konturen der Kabine war nichts hinter mir.

Als ob diese Schale, angefüllt mit dunklem Feuer, außerhalb von Raum und Zeit stünde. Außerhalb der Welt der Geometer. In ewiger Nacht.

Wofür war er geschaffen, dieser dunkle Altar, in dieser rationalen und korrekten Welt Der Heimat?

»Abschied ...«, flüsterte die Nacht. Eine Stimme aus dem Nichts, aber mit Sicherheit eine Stimme, kein telepathisches Signal.

Ich drehte mich der Schale zu – gerade noch rechtzeitig! – und sah, wie über dem Steinkrater, über den roten Flammen, für den Bruchteil einer Sekunde ein winziges dunkles Sandkorn entstand. Zu weit weg, als dass ich die Umrisse eines menschlichen Körpers hätte erkennen können ...

»Hars Aignon, Operator des Cybersystems, Abschied ...«

Das Sandkorn fiel in die Tiefe, bis es sich in einen weißen Rauchfaden auflöste, den Feuersee berührte das Fleisch nämlich nicht – auf halbem Wege wurde es zu Rauch und stieg wieder auf, hinauf in den dunklen Himmel.

»Abschied ... Rini Sacco, weiblicher Schützling, Abschied ...«

Ein weiterer Körper segelte nach unten, verwandelte sich in Rauch und stieg hoch zum Firmament der Geometer.

»Abschied ... Dange Krin, Operator der Quarksreaktoren, Abschied ...«

Ich stand über der Schale eines Krematoriums. Über dem größten und seltsamsten Krematorium, das man sich vorstellen kann.

Vermutlich gab es hier viele solcher Friedhofsvulkane. Selbst in einer dermaßen komfortablen und gefahrlosen Welt müssen öfter Menschen sterben.

Aber mir reichte bereits diese Szene. Bis ans Ende meiner Tage. Die Dunkelheit, die lediglich durch die von Menschenhand geschaffene Gehenna am Boden des Kraters erhellt wurde, die fliederfarbenen Funken der Kabinen, die wenigen Silhouetten von Menschen und jene die Stille zerreißende, gleichmütige Stimme.

»Abschied ... Hati Lene, Kind, Abschied ...«

Um das Leben von Fremden zu verstehen, muss man sich ihren Tod anschauen.

Vielleicht ist es ja richtig, wenn sich das Fleisch in Asche verwandelt und in den Himmel aufsteigt, damit es auf die Erde rieseln kann und in Form von Gras und Bäumen neu erwächst?

Trotzdem brauchte man noch etwas anderes als diese sterilen Feueröfen und diese Balkons für die leidgeprüften Freunde.

Und sei es ein grober Zementobelisk in der Nähe eines Trichters mitten in der endlosen sibirischen Taiga. Ein provisorischer Obelisk, der aber immer noch nicht durch eine Granitstele ersetzt worden ist. Immer noch steht er dort, in jener anderen Welt, in meiner *Heimat*. Und man kann ihn aufsuchen, die Stirn gegen die raue, bröckelnde Kante pressen und flüstern: »Ich bin gekommen ...«

Mir war nicht einmal bewusst, dass ich mit mir selbst gesprochen hatte.

»Abschied ...«

»Fed?«

Ich drehte mich um und bemerkte erst jetzt, dass ich mich weiter und weiter über den Rand gebeugt hatte. Noch ein, zwei Sekunden – und ich wäre zu einem Teil der Welt der Geometer geworden. Auf einfachem, direktem und sicherem Weg.

Kattis Stimme war gerade rechtzeitig erklungen.

»Wer bist du?«, fragte sie.

Sie stand neben der Kabine, eine Hand auf die Glaswand in ihrem Rücken gelegt. Vermutlich hatte sie Angst.

Und sei es vor den eigenen Schlussfolgerungen.

»Katti, ich möchte allein sein«, sagte ich mit der Stimme des Ausbilders Fed.

»Wer bist du?«

Ich schwieg.

Was hätte ich sagen können? Ich bin ein Mensch von dem Planeten Erde. Ich bin Pilot der Fluggesellschaft Transaero. Ich bin derjenige, der in Niks Körper geschlüpft ist. Derjenige, der den Ausbilder Fed umgebracht hat.

»Niki?«, flüsterte sie. »Niki, bist du das? Ich weiß es doch! Niki, was ist mit dem Ausbilder? Was ist mit dir, Niki? Niki?«

Etwas in mir zerbrach unter dem Blick dieser gepeinigten Frau mit ihrer ekelhaften Igelfrisur, diesem winzigen lebendigen Rädchen in der Welt der Geometer. Einer Fremden für mich, aber einer Vertrauten für Niki Rimer.

Mein Gesicht weichte auf, zerfloss.

»Abschied ...«

Ihr versteht es nicht zu leben, Geometer. Ihr, in eurer gut eingerichteten Welt, mit den auf ein Minimum reduzierten Bedürfnissen und den gekappten Emotionen, mit eurem Bedürfnis, die ganze Welt zu beglücken, ihr seid schon lange, sehr lange tot. Und selbst wenn die Ausbilder den Leichnam noch lange galvanisieren können – es ist kein Leben mehr darin.

Wenn der Tod sich in ein Spektakel verwandelt, dann stimmt etwas nicht.

»Ich bin Pjotr Chrumow«, sagte ich und machte einen Schritt auf Katti zu. Mein Gesicht brannte, als sei es vom Feuer erfasst. Jetzt war es das Gesicht von Niki Rimer, und für einen kurzen Moment loderte in Kattis Augen Freude auf, vermischt mit Entsetzen. Dann veränderte ich mich jedoch erneut, es stülpte mein Inneres nach außen, die Muskeln schwollen an, der Körper gewann in den Schultern an Breite, die Wangenknochen wurden breiter, die Augen wechselten die Farbe.

»Abschied ...«

»Ich bin ein Fremder«, sagte ich. »Ich bin nicht Niki. Verzeih mir. Woher sollte ich wissen, dass ihn jemand liebt? Niki ist tot.«

Kopfschüttelnd wich sie zurück.

»Niki ist tot«, wiederholte ich. »Fast tot. Nur in mir lebt noch etwas von ihm ... entschuldige ...«

Letzten Endes war es, als schlüpfte ich in alte, eingetragene und vertraute Kleidung. Mein Körper, der Körper von Pjotr Chrumow, kehrte problemlos zu mir zurück, ohne jene entsetzlichen Schmerzen, die es mich gekostet hatte, Nikis oder Feds Äußeres anzunehmen. Vermutlich war ich irgendwo in mir drin ich selbst geblieben. Bis zum Schluss.

Kattis Augen weiteten sich. Sie sah mich an, diesen Fremden, der sich unablässig veränderte und ihr innerhalb von einer Minute zwei vertraute Körper gezeigt hatte. Die Kleidung des Ausbilders Fed platzte an den Schultern. Ich musste wie ein Monster wirken.

Oder war ich schon lange eins?

Der Cualcua, der mein Fleisch gehorsam moduliert hatte, schwieg. Vielleicht hatte er sich vollständig untergeordnet. Oder waren wir bereits so weit verschmolzen, dass wir nicht mehr miteinander reden mussten?

»Der Schatten ...«, hauchte Katti.

Wahrscheinlich kannten sie keine größere Angst und keinen schlimmeren Fluch.

In Kattis Stimme lag verächtlicher Ekel und Entsetzen.

»Ich verschwinde von hier. Du solltest mir nicht folgen.«

Worauf hoffte ich da eigentlich? Auf den ihrem Unterbewusstsein eingebläuten Gehorsam? Darauf, dass ich eben noch in der Hülle des Ausbilders Fed gesteckt hatte? Auf jenen kurzen Augenblick, als ich Katti wie Niki Rimer vorgekommen war?

Sie schlug mich. Versuchte es, besser gesagt ... Ich fing ihre Bewegung mit jener Leichtigkeit ab, die mir der Cualcua geschenkt hatte. Ich griff nach ihrem Arm, bog ihn nach oben und schuf mir Platz, um zum Schlag auszuholen. Es wäre so einfach, jetzt zurückzuschlagen – und ihr für lange Zeit jede Kraft zu nehmen, mir nachzusetzen.

Stattdessen berührte ich ihre Wange mit dem Handteller. Mit einer leichten und vorsichtigen Zärtlichkeit, schließlich liebte sie jemand anderen. Und die Tatsache, dass dieser andere tot war, seine Asche jedoch nie in den Himmel Der Heimat aufsteigen würde, hatte keine Bedeutung.

Katti erstarrte.

»Ich wollte das nicht«, sagte ich. »Verzeih.«

Sie machte keinen weiteren Versuch, mich aufzuhalten. Ich berührte das Terminal, ohne Katti aus den Augen zu lassen.

Zielort?

Der nächstgelegene Weltraumbahnhof der Fernaufklärung.

Zielort?

Ich musste einen Fehler gemacht haben. Ob ein Kosmodrom keine eigenen Kabinen hatte?

Zur Kabine, die dem Hauptweltraumbahnhof der Fernaufklärung am nächsten liegt …

Die Pause dauerte auch diesmal viel zu lange. Aber immerhin öffnete sich die Tür.

Ich trat ein und sah Katti an. Wie gebannt beobachtete sie mich. Verzeih mir, Katti …

»Niki!«, schrie sie laut und wütend. Die Türen schlossen sich, kappten den Schrei, auch wenn Katti weiter schrie und mit den Fäusten auf das dunkle Glas einhämmerte.

Sie würde mir nicht verzeihen.

Wahrscheinlich speichern die Transportkabinen den letzten Bestimmungsort. Wie hätte Katti mir sonst folgen können? Aber diesmal würde sie mir nicht nachjagen. Ihr irrsinniger Verdacht hatte sich bewahrheitet, und es war an der Zeit, Alarm zu schlagen. Hilfe zu rufen.

Warum hatte ich sie nicht ausgeschaltet? Es wäre so leicht gewesen – die Frau in Schlaf zu versenken, sie zu paralysieren, zu betäuben …

Unter mir flammte es blau auf, und ich dachte kurz darüber nach, dass ich in dem beim Hypersprung entstehenden gespenstischen Licht wie ein Monster aussehen musste. Zerfetzte Kleidung, die mir vom Körper fiel, die Haut von roten Flecken übersät …

Dann brach durch das dunkle Glas die Sonne.

Ich blieb lange stehen, konnte mich nicht durchringen, durch die offene Tür zu treten. So starr steht ein verwilderter, dreckiger Landstreicher an der Schwelle eines fremden Heims, von der Sauberkeit und Freiheit zurückgehalten. Einer Sauberkeit, die ihm nicht zusteht.

Und dennoch musste ich hinaustreten. Ich verließ die Kabine und stieg die steinernen Stufen eines nicht sehr hohen Postaments hinunter, auf dem sich der Glaszylinder befand. Ein brüchiges Denkmal an einem verlassenen Ufer.

Das letzte Denkmal der Freiheit ...

Das Meer brandete. Ewig und immer gleich, sowohl in der Welt der Geometer als auch auf der Erde. Immer und überall war das Meer frei. Man konnte Gift hineinleiten, man konnte Grenzen in ihm abstecken. Am Ufer konnte man Kosmodrome errichten, von denen Schiffe in den Himmel starteten, um Freundschaft zu bringen.

Das Meer aber lebte.

Das Meer trug nichts nach.

Gleich dem Himmel glaubte es an die Freiheit, gleich dem Himmel duldete es keine Einschränkung. Ich stand im feuchten Sand, die Wellen umspülten meine Füße, und nichts war leichter, als zu glauben, der fremde Stern am Himmel sei meine Sonne, das salzige Wasser die alte Wiege der Menschheit.

Wenn nicht die Uferlinie allzu gleichmäßig gewesen wäre, gerade wie der Horizont – und ebenso unecht. Sollte ich an diesem Ufer entlangwandern, würde sich nie etwas ändern: rechter Hand zögen sich die niedrigen, gleichsam zurechtgestutzten Haine hin, linker Hand würden die Wellen branden. Nur der Sand unter meinen Füßen würde die Farbe wechseln, von Gelb zu Weiß, von Weiß zu Rosa, von Rosa zu Schwarz und zurück. Denn für das Auge unmerklich, beschrieb der Strand einen Bogen nach rechts, Schnee würde ihn bedecken, dann wieder der Sand sich dahinziehen, und irgendwann, nach sehr langer Zeit, würde ich an diesen Punkt zurückgelangen, an dem die Wellen noch immer das Ufer liebkosen würden ...

Ein Mensch ist schon mehr als genug, um die Welt zu ändern.

Ich machte einen Schritt, und das Wasser schoss zischend in meine Fußstapfen.

Die Welt war schon zu klein, um sie in Ruhe zu lassen.

Ob ich es wollte oder nicht, aber Niks Seele würde immer in mir leben. Ein Teil dieser Welt. Nik würde leben. Oder ich würde leben – für ihn.

Allein das Meer und der Himmel kennen die Ruhe. Ich hob die rechte Hand, betrachtete sie – und meine Finger verlängerten sich. Mein Blick formte sie, verwandelte das Menschenfleisch in scharfe, gekrümmte Krallen.

Allerdings: Hatte ich eigentlich noch das Recht, mich als Menschen zu bezeichnen?

Irgendwo weit, weit weg raunte Nik Rimer, der nicht mehr unter den Lebenden weilte:

Und das Gedächtnis
wie ist es beschaffen das Gedächtnis
wie sieht es aus
wie wird es später aussehen
das Gedächtnis

Woher kenne ich die Antwort, Nik?

Ein Mensch ist schon mehr als genug
um die Welt zu ändern.

Doch ich bin nicht nur *ein* Mensch.
Nie wieder werde ich nur *ein* Mensch sein.
Und folglich werde ich etwas zustande bringen.